读客悬疑文库

认准读客读悬疑，本本都是大师级。

间谍先生

上帝的拳头

［英］弗·福赛斯 著

舒云亮 译

上海文艺出版社

THE FIST OF GOD

Frederick Forsyth

献给特空团官兵的遗孀和孩子们。

献给桑迪，没有你的支持，这一切都将无比困难。

献给知道海湾真正发生过什么的人们，感谢你们对我诉说。你们知道自己是谁，这样就够了。

目录

第一章

火炮设计师

那个还能活十分钟的人正在开怀大笑。

使他开心的原因，是他的私人助手莫妮克·杰明给他讲的一个故事。这是一九九〇年三月二十二日，一个细雨蒙蒙的晚上，莫妮克正驱车把他从办公室送回家去。故事的主人公是他们在斯塔尔街的空间研究公司的一位女同事，公认的荡妇、花痴，结果却是个同性恋。这种笑料似乎正好符合他低俗的趣味。

地点是在比利时首都布鲁塞尔，七点差十分时，他们两人离开位于乌可郊区的办公室，由莫妮克驾驶一辆雷诺21型汽车。她已经在几个月之前卖掉了她雇主的大众汽车，因为他开车技术很糟糕，她担心他会因车祸而死于非命。

他的住宅位于福黎街旁边切里德鲁三栋公寓楼的中间那一栋。从办公室到住宅只有十分钟车程，但半路上他们在一家面包房停了下来。两人都走了进去，他买了一只他最喜欢吃的乡间面包。风中夹着雨丝，他们缩着头，没有注意到跟在他们后面的那辆轿车。

这并不奇怪，因为他们都没接受过特工训练。那辆没有标志的轿车里面坐着两个脸颊黝黑的人，已经在科学家后面跟踪了几个星期，从来没有跟丢过，也从来没有接近过他，只是注视着。而他却没见过他们。其他人见过，但他不知道。

从公墓前面的那家面包店出来后，他把面包扔进了汽车后座，然后钻进汽车继续回家的旅程。七点十分，莫妮克在离街边十五米的公寓楼玻璃门前面停住了汽车。她提议要陪他上楼，看着他走进家里，但被婉言谢绝了。她知道他要等他的女朋友海伦，不愿让女同事看到。这是他的虚荣心之一，他的女助手们也纵容了他这种虚荣。海伦仅仅是一个好朋友，是他在布鲁塞尔期间的伴儿，而他的妻子在加拿大。

他钻出汽车，与往常一样，那件有腰带的风雨衣领子向上翻着。他提起那只与他形影不离的黑色大帆布包，背到了肩上。帆布包重量超过十五公斤，里面装满了纸：科技资料、项目书和各种数据。这位科学家不相信保险箱，不合逻辑地认为把他所有的最新项目资料背在肩上更为保险。

莫妮克最后看到她雇主时，他正站在玻璃门前，一边肩膀上背着包，另一边手臂下夹着面包，在掏钥匙。她注视着他走进门内，自动上锁的玻璃门在他身后"咔嚓"一声锁上了。然后她就驾车离开了。

科学家住在这座八层公寓大厦的六楼。大楼后部装有两部电梯，楼梯环绕电梯盘旋而上，每一层楼道都有一扇消防门。他走进其中一部电梯，到达六楼时走了出来。楼道门厅里的小功率灯泡在他步出电梯时自动亮了起来。他的一只手拎着叮当作响的钥匙串，另一只手抓着面包，身体因为背包的重量而向一边倾斜。他向左转弯，接着又是左转走过黄褐色的地毯，走到自己的住宅前，把钥匙朝门锁插了进去。

杀手一直等候在灯光昏暗的电梯井另一边。他静静地从电梯井旁转过身来，手里握着一把装着消音器的7.65毫米贝雷塔自动手枪。枪外面套了一只塑料袋，以防止跳出来的弹壳落到地毯上。

一共五枪，从不到一米的距离射入了后脑和后颈，这已经绰绰有余了。科学家那高大、粗壮的身体向前一冲，倚在了门上，然后慢慢地下滑，倒在了地毯上。枪手甚至不想去作检查，没有这个必要。这种事情他以前干过，在囚犯身上练习过，现在他明白任务已经完成了。他轻盈地跑下六层楼梯，从后门出去，穿过栽着树木的花园，上了等候在那里的轿车。一小时内，他已经在自己国家的大使馆里了，随后当天就离开了比利时。

五分钟后，海伦来了。起先，她还以为她的情人心脏病发作了。她慌忙进入房内打电话给急救人员。然后她记起来他的医生就住在同一幢楼里，于是也给医生打了电话。急救人员先到了。

其中一个急救员试图去挪动仍然俯卧在地上的沉重身躯。当他把手抽出来时，发现手上沾满了鲜血。几分钟后，他和医生宣告受害人已经死亡。这层楼四套公寓中唯一的住户走到自己的门边，这是一位老太太，刚才一直在听古典音乐，隔着厚厚的实木门根本没有听到外面发生了什么。在切里德鲁这种小区，邻里之间总是保持距离。

躺在地上的人是杰拉尔德 · 文森特 · 布尔博士，一位任性的天才、世界著名的大炮设计师，也是最近为伊拉克的萨达姆 · 侯赛因服务的武器设计制造商。

自格里[1] · 布尔博士遭谋杀之后，欧洲大地开始发生一些奇怪的事

1　杰拉尔德的爱称。——译注（本书中的注释，如无特别说明，均为译注）

情。在布鲁塞尔，比利时反间谍机构承认，几个月以来布尔差不多每天都被一系列没有标志的轿车所跟踪，车内是两个黝黑的、东地中海人长相的男人。

四月十一日，英国海关在米德尔斯布勒码头截获了八段巨型钢管。这些钢管铸造、加工得很精美，两头装有庞大的法兰，可用大号螺栓和螺帽拼接组装起来。大获全胜的海关官员宣称，这些钢管并不是用于石油化工厂的（提单和出口证明上是这么写的），而是由格里·布尔设计的大炮炮筒的部件，目的地是伊拉克。超级大炮的笑剧由此诞生了，并将继续演下去，抖露出一些两面派的伎俩、几个情报机构的卑鄙行动、一些官僚主义现象和政治上的奸诈手段。

几个星期内，超级大炮的零部件开始在欧洲各地露面。四月二十三日，土耳其宣布拦下了一辆匈牙利卡车，车上装有运往伊拉克的一根十米长钢管，土方认为那根钢管是超级大炮的部件。同一天，希腊官员声称截获了另一辆装载钢铁部件的卡车，并以同谋的罪名把那个倒霉的英国司机拘留了几个星期。五月份，意大利方面查获了七十五吨部件，另有十五吨在罗马附近的富齐尼工厂被没收。后者是用于超级大炮炮尾的钛钢合金部件。在意大利北方布雷西亚的一个仓库里查出了更多的零配件，也是同样用途。

接下来是德国人，他们在法兰克福和不来梅港查获的东西，据证实也是现在已经世人皆知的超级大炮的部件。

事实上，格里·布尔为他的设计所做的订单是很高明的。组成炮筒的钢管确实是由两家英国公司制造的，即伯明翰的瓦尔特·索玛斯和谢菲尔德铸造厂。但一九九〇年四月遭截获的那八段钢管，只是五十二段中的最后一批。这些部件齐全后，可以组装成两条一百五十六米长的炮筒，其令人难以置信的一米口径，可以发射电话亭那么大的物体。

撑脚也就是支架，来自希腊；组成反冲机构的管路、泵和阀门，来自瑞士和意大利；炮尾和炮闩来自奥地利和德国；推进剂来自比利时。总之，共有七个国家充当了承包商，但他们谁也不知道他们生产的究竟是什么产品。

媒体兴奋得如获至宝，兴高采烈的海关官员和英国司法机关也是如此，他们开始急切地起诉无辜的涉嫌者。没人指出，真正的大鱼已经漏网了。被截获的只是构成2、3、4号超级大炮的部件。

至于格里·布尔遭暗杀，媒体抛出了一些荒唐的理论。可想而知，美国中央情报局又被扣上了"应对一切负责"的帽子。这是一个谬论。尽管在过去，在特定的情况下，兰利（中情局所在地和代名词）也曾实施过一些暗杀，但目标都属于同一类型：变节的情报官、叛徒和双重间谍。那种在中情局头儿指使下、被同事枪杀的前中情局特工的尸体堆满了兰利门厅的说法听起来很有趣，但毫无真实性可言。

再者，格里·布尔不是黑社会人物。他是著名的科学家，大炮设计师和承包人，设计制造传统和非传统大炮；他也是一位美国公民，曾为美国工作过几年，并曾多次向他的美国军方朋友谈起过他的打算。如果说，军火业中每一位曾为敌对国工作过的设计师和实业家都要被"消灭"的话，那么南北美洲和欧洲约有五百个人符合这个条件，何况伊拉克早前并没有被视作美国的敌人。

最后，在最近的十年里，兰利受到了监督委员会这种官僚主义体制的制约。没有书面签署的命令，任何情报官不得下达杀人的指令。对于像格里·布尔那样的人，实施暗杀的命令必须来自中央情报局局长本人。

当时的中情局局长是威廉·韦伯斯特，一位来自堪萨斯州的本本主义的前法官。要想从威廉·韦伯斯特那里得到一份杀人手谕，难度如同用一把茶匙从马里奥监狱越狱。

但是毫无疑问，在谁杀了格里·布尔这个谜团中，以色列的摩萨德脱不了干系。整个新闻界和布尔的大多数亲友都得出了这个结论。布尔曾为伊拉克工作过，而伊拉克是以色列的敌人。一加一等于二。但国际政治错综复杂，事情可能不是那么简单。

世界上的主要情报机构中，摩萨德是最小、最冷酷无情和最雄心勃勃的。毫无疑问，它过去执行过许多暗杀任务，它的三个"基顿"队就是干这个的——基顿这个词在希伯来语中是刺刀的意思。基顿队员来自摩萨德的战斗部，都是些隐蔽的、身手不凡的外勤特工队员。但即使摩萨德也有其做事的规矩，虽然完全是他们自己定的。

摩萨德杀人有两种范畴。一种是"行动的需要"，我方或对我方有益的人处于危险中时，挡道的那个人必须被消灭，而且要快，要永久性解决。在这种情况下，特工队长有权消灭使整个行动陷入危险境地的对手，事后再从特拉维夫的上司那里得到认可。

另一种是那些已经被列上处决名单的人。这份黑名单存放在两个地点：总理的私人保险箱和摩萨德局长的保险箱内。按规定，每一位新上任的总理都要看这份名单，该名单上可能列有三十至八十个名字。他可以在某个名字旁签上自己姓名的缩写字母，也就是授权摩萨德根据实际情况，自行选择时间、方式去执行处决，或者他会坚持在处决某人前必须要再跟他协商一下。但无论何种情况，他必须签发处决命令。

广义说来，黑名单上的人分为三类。第一类是残留下来的为数不多的纳粹高级将领，尽管这一类人很少还活在世上。多年前，以色列开展过绑架和公审阿道夫·艾希曼的一次重大行动，因为以色列要搞一个国际性的杀鸡儆猴的例子。而其他纳粹战犯则被悄悄地清除了。第二类差不多都是现代的恐怖分子，主要是像艾哈迈德·贾布里勒和阿布·尼达尔那样的，对以色列人或犹太人欠下血债的阿拉伯人，也有几个非阿拉伯人。第三类有可能包括格里·布尔的名字，是那些为以色列的敌人工作的人，因为他们的工作如果继续下去，会对以色列和她的公民带来极大的危险。

共同点是，目标必须双手沾满鲜血，要么是事实的，要么是预期的。

如果要实施处决，总理会把案件交给一名司法调查官去办理。该调查官鲜为人知，只有极少数以色列司法人员听说过，广大老百姓根本闻所未闻。调查官将组成一个"法庭"，宣读罪名，出庭的会有一名检察官和一名被告律师。摩萨德的指控一旦被证实，案子就回到了总理那里，由总理签发命令。余下的事就由基顿队去执行。

"摩萨德杀了布尔"这个理论几乎在各个方面都漏洞百出。确实，布尔是在为伊拉克工作，设计新的传统型大炮（其射程打不到以色列）、一个火箭项目（有一天也许能打到以色列）和一门巨炮（以色列一点儿都不担心）。但另有几百名科学家也在为伊拉克工作。有六家德国公司是伊拉克秘密毒气工厂的幕后策划者，其产品已经威胁到了以色列。德国人和巴西人在全力以赴研制萨德16火箭。而法国人是伊拉克原子弹研究的提议人和供应商。

布尔其人、其想法、其设计及其工作进展，引起了以色列的极大兴趣，这是毫无疑问的。在他死后，许多事实显示，在过去的几个月里，一直有人秘密进入他的公寓，而他也一直备受困扰。东西倒是没被拿走，但留下了外人进来过的痕迹。玻璃杯被动过了，窗户被打开了，录像机中的录像带被倒带又被取出。他不知道，这是在向他发出警告吗？是摩萨德干的吗？他确实是在受警告，而且确实是由摩萨德发出的——但不是为了杀他。

事后，那两个在布鲁塞尔到处跟着他的、操浓重喉音的黑脸颊陌生人，被媒体说成是正在等待时机下手的以色列刺客。这个理论的瑕疵在于，摩萨德特工并不那样高调地到处转悠。没错，摩萨德特工是在那里，但没人见过他们，布尔没见过，他的亲友没见过，比利时警方也没见过。摩萨德在布鲁塞尔的特工队员长相酷似欧洲人，都能混同于欧洲人。而且正是他们向比利时人透露情报说，布尔被另一拨人跟踪着。

而且，格里·布尔是一个没有心计的人，经不起挑战。他以前曾为以色列工作过，喜欢那个国家及其人民，在以色列军中有许多朋友，但他老是管不住他那张嘴。如果有人用激将法对他说"格里，我敢打赌你肯定搞不出萨德16火箭"，布尔准会跳起来，滔滔不绝地讲上三个小时：他现在正在做什么，项目进度到了什么阶段，还有什么困难，以及他会如何解决——和盘托出。对情报机构来说，他是他们梦想的对手。就在他生命的最后一个星期，他还在办公室里接待了两位以色列将军，向他们讲解了所有的细节。这一切全被将军们手提箱内的录音设备给录了下来。以色列为什么要除掉一个如此丰富的内部情报源呢？

最后，摩萨德在对付科学家和实业家时还有另一个习惯：向对方发出最后一次警告。当然，这个习惯决不会用于恐怖分子。这种警告不是进入房间，移动玻璃杯或把录像带倒带，而是实质的口头警告。即使是对于雅西亚·阿尔梅沙德博士——为伊拉克建造第一台核反应堆、后来在一九八〇年六月十三日被杀死在巴黎美丽殿宾馆房间里的埃及核物理学家——也是按照这程序来的。一名会说阿拉伯语的特工队长走进他的房间，直言不讳地告诉他，如果他再不撒手的话会发生什么事。埃及人告诉站在门口的陌生人马上滚蛋。这不是一个明智的举动。两个小时之后，梅沙德就死了。但他曾经有过机会。一年后，全套由法国人提供的奥西拉克1号和2号核设施毁于以色列的一次空袭。

布尔就不同了，他是一位生于加拿大的美国公民，是一位热情和蔼、平易近人、喜欢喝威士忌的天才科学家。以色列人可以像朋友一样与他谈话，而且也确实时常与他这样交谈。派一位朋友去直接告诉他，他必须止步，要不然行刑队就会来追杀他，是再简单不过的了——这不是个人的事情，格里，公事公办。

布尔并没有在从事关乎国家民族命运的事业。而且他已经告诉过以色列人和他在亚洲国家的一位朋友，他想退出伊拉克，彻底退出。他已经受够了。格里·布尔经历了太多起起落落。

杰拉尔德·文森特·布尔，一九二八年生于加拿大安大略省的北湾。在中小学期间他就显得聪明过人，并渴望获得成功，享誉世界。十六岁时他就高中毕业了，但因为他太年轻了，唯一愿意接受他的高等学府是多伦多大学工程学院。他在那里证明自己不但聪明，而且前程无量。二十二岁时他成为学院史上最年轻的物理学博士。航空工程学抓住了他的想象力，尤其是弹道学——也就是对飞行体的研究，无论是弹射体或是火箭。就是这门学问指引他走上了大炮设计的道路。

离开多伦多大学后，他加入了加拿大军械开发研究所——简称卡德（CARDE），位于魁北克市郊外一个安静的小镇瓦尔卡地亚。二十世纪五十年代初，人们的目光不但瞄向天空，而且瞄向比天空更高的太空。当时的流行词语是火箭。就在那个时候，布尔显露出他不但技术高明，而且还有其他素质。他是一个自行其是的人——与众不同，不受传统制约，富有创造力和想象力。在卡德的十年时间里，他形成并发展了自己的想法，之后，这个想法成了他的毕生梦想。

与所有新想法一样，布尔的想法显得相当简单。当他关注二十世纪五十年代后期美国火箭的射程时，他发现这些看上去十分壮观的火箭有十分之九都是初级火箭。顶端的二级和三级火箭，尺寸只是初级火箭的小零头，而最尖端的锥体状载荷体积就更小了。

巨大的初级火箭目的在于把载荷送上一百五十公里的高空，在这个高度之内，空气最为稠密，地心吸力也最大。过了一百五十公里这道关以后，只需很小的推力即可把人造卫星继续送上太空，进入离地球四百至五百公里的轨道。每次火箭升空后，硕大、昂贵的初级火箭即会被整个毁掉——焚毁，碎片溅入大洋之中。

布尔思考着，能否用一门巨炮的炮筒，把二级、三级火箭连同有效载荷打上一百五十公里的初始高空？从理论上说，这是可能的，更简单，成本更低，而且那门炮可以重复使用。于是他向政府部门管经费的人提出了他的请求。

这是他第一次真正与政客和官僚主义者打交道，但他失败了，主要原因是他的性格。他不喜欢他们，他们也不喜欢他。一九六一年，他的运气来了。麦吉尔大学因为预见到一些技术新发展而找上门来。美国陆军因其自身的利益也来找他。当时作为炮兵卫士的美国陆军正与空军较劲，因为空军要抢夺对所有射程高度超过一百公里的火箭和弹射体的控制权。布尔用他们的联合基金，在巴巴多斯的一个岛上建起了一个小小的研究中心。陆军给了他一整套库存的16英寸舰炮（世界上最大的口径）、一条备用炮筒、一台小型雷达瞄准器、一台起重机和几辆卡车。麦吉尔大学设立了一个金属加工车间。这好比是小车间想搞高科技，但布尔却真的搞成了。他那令人惊奇的创造发明开始了，是年他三十三岁，害羞，缺乏自信，衣衫不整，富有创造力，且仍是一个自行其是的人。

他把巴巴多斯的研究课题称为高空研究项目，英文缩写名为哈普（HARP）。那门老旧的舰炮及时地架了起来，布尔开始了对弹射体的研究工作。他根据麦吉尔大学校徽图案上的那只纹章鸟，把那些弹射体称为欧洲燕。

布尔想比其他人更快、更省钱地把仪器载荷送上地球轨道。他十分清楚地知道，任何人体都无法承受从大炮中发射出来的压力，但他正确地预见到，将来百分之九十的空间科学研究工作将由机器完成，而不是人。肯尼迪执政时的美国，受到苏联宇航员尤里·加加林登月的挑战，追求在卡纳维拉尔角[1]创造出更多的荣耀，结果只是毫无意义地先是把老鼠、狗、猴子，最后把人类送上了太空。

在巴巴多斯，布尔继续为他那门唯一的大炮和欧洲燕弹射体而奋斗。一九六四年，他把一只欧洲燕打上了九十二公里高度。之后，他又将大炮炮筒加长了十六米（只花费四万一千美元），三十六米的新炮筒成为世界上最长的炮筒。由此，他把一百八十公斤的载荷送上了神奇的一百五十公里高空。

他把出现的问题逐个解决了。其中一个主要的问题是火药。在小型火炮中，火药在一微秒时间内从固体膨胀成气体，对弹射体产生一股强大的推力。气体试图从容器中逸出，但除了炮筒口无处可去，于是就把炮弹向前推出。但如果炮筒像布尔的大炮那么长的话，就需要一种缓慢燃烧的火药，以免炸破炮筒。他需要一种能从炮筒中持续加速、把弹射体推射出去的火药。他设计成功了。

一九六六年，布尔在加拿大国防部里的官僚主义老对手搞了他一下。他们敦促部长抽去他的资金。布尔申诉说，他可以以卡纳维拉尔角成本的零头把仪器载荷送上太空。但他的申诉毫无用处。美

---

1 位于美国佛罗里达州的大西洋沿岸，是肯尼迪航天中心和空军基地的所在地。

国陆军为保护其自身利益，把布尔从巴巴多斯转移到了亚利桑那州的尤马。

那年的十一月，他在那里把一个载荷发上了一百八十公里的高空，这个纪录保持了十五年。但在一九七六年，加拿大方面，即政府和麦吉尔大学，双双撤出了他的项目。美国陆军也跟着撤出了。哈普项目只得关闭。布尔在佛蒙特州北部、加拿大国境线上的海沃特买下了一座房子，办起了一个纯属咨询性质的公司，起名为空间研究公司。

哈普项目留下了两个后话。到一九九〇年时，卡纳维拉尔角的宇航项目将一公斤仪器送上太空需花费一万美元。而布尔临死那天，他完成同样的事只需要花六百美元。此外，一九八八年，加利福尼亚的劳伦斯利弗莫国家实验室开始了一个新项目，该项目涉及一门巨炮，但炮筒的口径只有四英寸，长度只有五十米。最后，该项目花费几亿美元，希望能建造一门比它大得多的炮，以把载荷发送到太空。项目的名字为超高研究项目，简称"夏普"（英文缩写SHARP）。

格里·布尔在国境线上的海沃特生活工作了十年。其间他抛开他那未完成的梦想，即能把载荷发射到太空的大炮，转向他的第二个强项——更有利可图的传统火炮。

他从主要问题入手：几乎世界上所有的陆军炮兵都以155毫米榴弹野战炮为常用主战兵器。布尔知道在炮火交战中，射程远的一方是赢家。他可以坐在远处把敌人炸得稀巴烂，而自己则毫发无损。布尔下决心要增加155毫米野战炮的射程，提高其精度。他从弹药着手。以前有人尝试过对弹药的改进，但没人成功过。四年内布尔取得了突破。

在控制试验中，布尔研制的炮弹射程达到了同样155毫米标准炮弹的一倍半，精度更高，在爆炸力相同的情况下炸成了四千七百块碎片，而北约的同样炮弹只能炸成一千三百五十块碎片。但北约不感兴趣。谢天谢地，幸好苏联也不感兴趣。

布尔没有气馁，他继续努力，开发出一种新型的远射程炮弹。北约还是不感兴趣，还是更喜欢原来军火商提供的短程炮弹。

虽然列强对此不屑一顾，其他国家却刮目相看。各种军事代表团蜂拥来到了海沃特，与格里·布尔洽谈。这些代表团包括以色列（此时他与以色列观察员在巴巴多斯就开始的友谊更加紧密了）、埃及、委内瑞拉、智利和伊朗。他也作为顾问为英国、荷兰、意大利、加拿大和美国提供其他火炮的咨询服务。其中美国的军事科学家很警惕地持续研究、关注着他的一举一动。

一九七二年，他悄悄地加入了美国籍。第二年他开始对155毫米口径野战炮的本身进行改进。两年后他又取得了突破，他发现加农炮炮筒的最佳长度既不能大于也不能小于其口径的四十五倍。他对标准的155毫米野战炮进行了优化的全新设计，命名为GC-45。这种新火炮配上远程炮弹后，其射程可超过整个社会主义武器库里的任何大炮。他指望能有订货合同，却还是失望了。五角大楼还是站在枪支说客的一边，坚持采用政客们推介的价格高七倍的火箭助推炮弹。其实这两种炮弹的性能完全一样。

一九七六年起，布尔的名誉地位一落千丈。开始时他完全是无辜的。当时在中情局的纵容下，他应邀去帮助南非改进他们的大炮和炮弹，那时候南非正与莫斯科支持下的古巴雇佣军在安哥拉交战。

布尔对政治的无知达到了令人惊讶的程度。他去了南非，发觉他喜欢上了南非，并与南非人相处融洽。南非因实施种族隔离，是国际社会的一个孤儿，但这个事实并没有使他担忧。依照他那不断完善的GC-45长炮筒远射程榴弹炮，他帮助他们重新设计了他们的大炮。后来，南非人研制出自己的版本，并用那些加农炮炸毁了苏制大炮，打退了苏联人和古巴人。

回到美国后，布尔继续交付装运他的炮弹。然而在一九七七年，联合国对南非实施了武器禁运，吉米·卡特当上美国总统后，布尔被捕了，罪名是向被禁国家出口产品。中情局像扔一只烫手的山芋那样把他扔掉了。他被劝说要保持沉默，主动认罪。又被告知说，审讯只是个程序，他会得到从轻发落的。

一九八〇年十月十六日，一名美国法官判处布尔监禁一年，缓刑六个月，并处罚金十万零五千美元。布尔实际上在宾夕法尼亚州的阿伦伍监狱待了四个月零十七天。但对他来说，问题并不在这里。

使他愤怒的是他遭受的羞辱，再加上被出卖的感觉。他们怎么可以这样对待他呢？他据理问道。他尽自己的能力帮助了美国，入了美国籍，听从了中情局的劝告。当他在阿伦伍监狱服刑期间，他的公司——空间研究公司倒闭了，他也被毁了。

出狱后，他永久地离开了美国和加拿大，移居去了布鲁塞尔，在一个没有电梯的公寓楼的一室一厨小套房里重新开始了他的事业。朋友们后来说，自那场官司之后他变了，再也不是原来的他了。他永远不会原谅中情局，永远不会原谅美国；但他多年来一直在努力争取一次听证会，争取一声对他的道歉。

当布尔远在布鲁塞尔期间，其他地区发生了一些事。南非人对他的设计进行了极大的改进，以他的GC-45为基础，他们开发出一种叫G-5的拖曳式榴弹炮，以及一种叫G-6的自行式加农炮。这两种火炮使用远程炮弹时均能达到四十公里的射程。南非人向其他国家出售这种大炮，但由于布尔与南非人没谈妥，他连一分钱的使用权费也没得到。

在这些大炮的客户中，就有伊拉克的萨达姆·侯赛因。这些加农炮在八年的两伊战争中打散了伊朗狂热分子的人浪，最后在法奥的沼泽地里打败了他们。但萨达姆·侯赛因做了一些手脚，尤其是在法奥战役中——他在炮弹里添加了毒气。

后来布尔又为西班牙和南斯拉夫工作，把南斯拉夫陆军的苏制130毫米大炮改造成配备远程炮弹的新型155毫米加农炮。虽然他没能活下来看到这些事，但就是这些大炮，在南斯拉夫解体时被塞尔维亚人继承，在内战中炸平了克族人和穆斯林的城市。一九八七年时，他获悉美国还是想研制能把载荷送上太空的加农炮，但格里·布尔断然拒绝了这笔生意。

那年冬天他接到了从伊拉克驻波恩大使馆打来的一个电话：布尔博士是否愿意作为伊拉克的客人访问巴格达？

他不知道，八十年代中期，伊拉克亲眼目睹了"止血行动"，那是美国发起的一次行动，旨在切断伊朗所有武器进口源头。随后在伊朗支持下，真主党狂热分子袭击了美国驻黎巴嫩海军陆战队兵营，造成美军士兵大量伤亡。

伊拉克对此的反应是，虽然"止血行动"使他们在与伊朗人的战争中获利，但是，如果美国人能那样对付伊朗，那么他们也能那样对付我们。此后，伊拉克下决心停止进口武器，转而尽一切可能进口武器制造技术。布尔是一位著名的设计师，他引起了他们的兴趣。

招募布尔的任务交给了伊拉克工业与军工部（简称军工部）第二把手阿莫·萨蒂。当布尔于一九八八年一月抵达巴格达时，阿莫·萨蒂这位能说英语、法语、德语当然还有阿拉伯语的具有大都市外交家与科学家风度的伊拉克高级官员，把他玩得晕头转向。

阿莫·萨蒂说，伊拉克人想借助布尔的帮助实现他们的梦想：把用于和平目的的人造卫星送上太空。要达到这个目标，他们必须设计出能把载荷送上去的火箭。为他们工作的埃及和巴西科学家曾建议，第一步应该是把五枚飞毛腿导弹捆绑起来。这种导弹伊拉克已从苏联买了九百枚。但这里有许多技术难题。他们需要一台超级计算机。布尔能帮助他们吗？

布尔喜欢难题，那是他存在的理由，是他的用武之地。他没有超级计算机，但他本人就是一台有两条腿的超级计算机。此外，他告诉阿莫·萨蒂，如果伊拉克想成为第一个把人造卫星送上太空的阿拉伯国家，还有另一种方法，比从零开始研制火箭更快、更简便、更省钱的方法。

他说，只要三百万美元，他就能生产出能承担这项任务的一门巨炮。这是一个五年计划。他可以击败美国在利弗莫的项目。这将是阿拉伯世界的一个胜利。萨蒂博士兴奋得两眼放光。他说，他要把这个想法向政府报告，并竭力举荐。同时，布尔博士是否愿意参观一下伊拉克的火炮？

为期一周的访问结束时，布尔就已经同意：第一，帮他们解决把五枚飞毛腿捆绑起来作为初级运载火箭的问题；第二，为陆军设计两门新型大炮；以及第三，准备超级大炮的正式项目建议书，以期尽快把载荷送上地球轨道。

以前为南非工作时，他没注意他为之服务的政权的性质。这次，朋友们已经告诉他，萨达姆·侯赛因是中东地区的一个血腥人物。但一九八八年前后，世界上有数以千计享有盛誉的大公司和几十个政府在与出手大方的伊拉克做生意。

对布尔来说，诱饵是他的大炮，他深爱的大炮，他的人生之梦。现在终于有了一位支持者，准备帮助他实现这个梦想，使他能够加入精英科学家的行列。

一九八八年三月，阿莫·萨蒂派遣一名外交官到布鲁塞尔与布尔洽谈。火炮设计师说，是的，他已经在初级火箭的技术问题上取得了进展。他很愿意由他的公司——重新成立的空间研究公司——出面签约。业务谈成了。伊拉克人明白，布尔为一门大炮要价三百万美元真是太傻了；他们主动把价格提高到了一千万美元，条件是要加快进度。

当布尔快速工作时，他真是快得惊人。在一个月之内，他把他能找到的最优秀的自由职业专家组成了一个工作班子。伊拉克超级大炮任务，由英国工程师克里斯托弗·考利担任组长。布尔将位于伊拉克北方萨德16基地的火箭项目命名为青鸟项目；将超级大炮任务命名为巴比伦项目。

到了五月份，巴比伦项目的确切规格已经制定出来了。这将是一台令人难以置信的机器。炮筒口径一米，长度一百五十六米，总重一千六百六十五吨，高度相当于华盛顿纪念碑。

布尔向巴格达阐明，他本想研制较小的样板，一台350毫米口径、重量仅为一百一十三吨的微型巴比伦。但用现在的这门巨炮，他可以同时测试对火箭项目也有参考意义的鼻状锥体。伊拉克人喜欢这个主意——他们也需要鼻状锥体技术。

这种技术对伊拉克贪得无厌的胃口有极其重大的意义，但格里·布尔似乎忽视了这一点。也许，他满腔热情地希望看到他的人生梦想最终实现，而把这事给忘了。为防止重新进入地球大气层时摩擦热量将其焚毁，设计鼻状锥体需要非常先进的技术。但是在太空中进入轨道的载荷不会回来，它们留在轨道上。

一九八八年五月下旬，克里斯托弗·考利向英国伯明翰的瓦尔特·索玛斯公司下达了第一批订单，求购能够组装微型巴比伦炮筒的钢管。下一步是订购全尺码巴比伦1号、2号、3号和4号炮筒的管件。其他奇形怪状的钢铁部件的订单也发到了欧洲各地。

布尔的工作进度令人惊异。两个月之内他就完成了国有企业需两年才能完成的工作量。到一九八八年底，他完成了为伊拉克设计的两门新型火炮——自行火炮。这两门新大炮威力强大，能摧毁周边的伊朗、土耳其、约旦和沙特阿拉伯的炮兵阵地，因为这些国家使用的都是从北约和美国采购的大炮。

经过不懈的努力，布尔还解决了把五枚飞毛腿捆绑起来组成初级青鸟火箭的问题。该火箭被起名为阿贝德，即"信徒"。他还发现伊拉克人和巴西人在萨德16研究中使用的数据是错的。他把自己新计算的数据交了出去，留给巴西人去继续研究。

一九八九年五月，世界上大多数军火制造商、新闻媒介、政府观察员及情报机构，均参加了在巴格达举办的兵器展览会。与会者对展出的两台巨炮的样板模型表示了相当大的兴趣。十二月份，阿贝德的试射引起了传媒大吹大擂的宣传报道，使西方的军事分析家们感到如坐针毡。

伊拉克电视台播放出来的镜头显示，巨大的三级火箭从安巴空间研究基地呼啸着腾空而起，升上蓝天，渐渐消失了。三天后华盛顿承认，该火箭看来能把人造卫星送上太空。

分析家们研究得更为详细。如果阿贝德能将人造卫星送上太空，那么它也可以是一枚洲际弹道导弹。忽然间，西方情报机构感到原先的观点——萨达姆·侯赛因不是真正的危险人物，他要想构成严重威胁还需好多年——是大错特错了。

三大情报机构——美国中央情报局、英国秘密情报局和以色列摩萨德都认为，伊拉克这两个项目，巴比伦炮只是一个赏心悦目的玩具，而青鸟火箭才是真正的威胁。

三个情报局都搞错了。不起作用的是阿贝德。

布尔知道为什么，而且把实情告诉了以色列人。阿贝德呼啸着升上了一万两千米后就从视线中消失了。实际上二级火箭没能与初级火箭脱离，而三级火箭并不存在，它只是一个假体。他知道这个底细，因为他一直在努力说服某个亚洲科技强国提供三级火箭，正准备飞过去谈判。

他确实去了，但遭到了断然拒绝。这时候，格里·布尔感觉到伊拉克的项目有大问题，使他极为忧虑，但与以色列无关。好几次他坚持要退出伊拉克的项目，快点退出。他的这个决定是完全正确的，但是太晚了。

一九九〇年二月十五日，在库尔德山区萨森的宫殿里，萨达姆·侯赛因总统召开了一次内层顾问小组的全会。

他喜欢萨森。它坐落在一个山头上，透过三层窗玻璃，他能够俯视周围的乡间景色，在那里，库尔德农民们蜷缩在他们的棚屋茅舍里，度过寒冷的冬季。这里离哈拉布贾这个经历过恐怖屠杀的城镇不是很远。一九八八年的三月十七日和十八日两天，他曾经下令处罚那里的七万居民，因为他们被指控与伊朗人勾结。

炮兵结束轰击后，五千个库尔德人死去，另有七千人终生致残。就萨达姆个人来说，他对炮弹喷发出来的氢化物的效果留下了深刻的印象。他很感激帮助他获得毒气制造（包括塔本和沙林神经毒气）技术的德国公司。这些毒气与多年前在犹太人身上使用过的齐克隆-B相似，并很有可能再次使用。

那天上午，他站在客厅的窗前朝下凝视着。他已经掌权十六年，拥有无可争议的权力。他已经被迫惩罚了许多人，但他也已经取得了许多成就。

他倾听着从南方飞过来的护航直升机队发出的咔嗒咔嗒声，他的化装师慌慌张张地为他调整那块绿头巾。他喜欢把它围在军装的V字形领口之上，遮住他的脸颊。收拾停当之后，他拿起了他的随身武器，一把伊拉克制造的镀金贝雷塔手枪，把它插进拴在皮带上的枪套里，又把皮带系到腰上。他以前对一名内阁部长用过这支手枪，也许以后还要使用。他总是带着它。

一名仆从敲了敲门，通知总统他所召集的人员已经等在会议室里了。

当他步入装着大块窗玻璃、能俯视雪景的长房间时，房间里的人全体起立。只有在山上的萨森堡垒中，他对暗杀的恐惧才会消失。他知道这个宫殿设有三道防线，他自己的儿子库赛亲自统帅着总统卫队，屋顶装有法国克罗泰尔防空导弹，战斗机在山区上空盘旋巡逻。没人能接近这些大窗户。

他在T形会议桌上首中央那把御座般的椅子里落座了。在他两侧的是他最信任的四名助手，左右各两名。萨达姆·侯赛因对他所喜爱的人只有一个品质要求：忠诚。绝对忠诚、完全忠诚、奴隶般的忠诚。经验告诉他，这个品质是分层次的。最高层次的是家庭，其次是宗族，然后是部族。有一句阿拉伯老话说："我和我的兄弟对付我的堂兄弟；我和我的堂兄弟对付外人。"他相信这话。这话有道理。

萨达姆·侯赛因出身于提克里特小镇的贫民区，属于提克里特部族。现在，他的家庭成员和提克里特部族中有一大帮人在伊拉克身居要职，执掌大权。他们的任何失误、残忍或行为不当都可得到饶恕，只要他们对他忠心。他精神变态的二儿子乌代不是打死了一名仆人又得到了宽恕吗？

坐在他右边的是伊扎特·易卜拉欣，他的副总统；再右边是他的女婿侯赛因·卡米尔，军工部头头，负责武器采购。左边坐着塔哈·拉马丹总理；再往左是萨多恩·哈马迪副总理，虔诚的什叶派穆斯林。萨达姆·侯赛因是逊尼派，但他唯一能够宽容人之处便是宗教信仰。他的外交部长塔里克·阿齐兹是一名基督徒。那又怎么样？只要他能按吩咐做好本职工作就行了。

军队的高级将领坐在T字形会议桌尾部。这些将军统帅着共和国卫队、步兵、装甲兵、炮兵和工程兵。再远处坐着四名专家，就是因为这几个专家的报告，才召集了这次会议。

坐在桌子右边的两位专家，一位是阿莫·萨蒂博士，技术专家，也是他女婿的副手；另一位是反间谍局局长哈桑·拉曼尼准将。与他们面对面的是负责国外情报局的伊斯梅尔·乌贝蒂博士和秘密警察局局长奥马尔·卡蒂布准将。

这三名谍报头子有着明确的工作分工。乌贝蒂博士主管国外的情报工作；拉曼尼准将反击国外组织在伊拉克的谍报活动；卡蒂布负责维持国内安全。这位秘密警察头子手中有巴格达西郊的阿布格雷布监狱，还有总部底下被戏称为"体育馆"的一个审讯中心，传言任何被抓进去的反对者都会遭到令人毛骨悚然的刑讯。这些传言在人群中引起的恐惧，再加上大量眼线组成的天罗地网，粉碎了一切国内反抗行动。

许多人都向萨达姆·侯赛因反映秘密警察局头子太残忍，但他总是一笑了之。谣传说是他本人给卡蒂布起了"穆阿齐"——折磨者的诨号。当然了，卡蒂布是提克里特族人，绝对忠心耿耿。

有些独裁者在讨论敏感事情时，喜欢把知情者范围圈得很小。萨达姆恰恰相反；如果要去干肮脏的事情，他们都应该知道。这样没人会说："我的双手是干净的，我不知道。"这种方法使他周围的人都明白："如果我倒了，你们全都得倒。"

当大家重新落座后，总统朝他的女婿侯赛因·卡米尔点了点头。后者让萨蒂博士汇报。这位技术权威在读报告时没有抬起过眼皮。明智的人是不会去盯视萨达姆的脸的。总统声称他可以通过眼睛洞悉对方的灵魂。许多人都相信这一点。盯视他的眼睛也许意味着勇气、蔑视和不忠。如果被总统怀疑为不忠，那么肇事者通常会死得很惨。

萨蒂博士读完报告后，萨达姆想了一会儿。

"这个人，这个加拿大人，他知道多少？"

"不是全部，但是也够多的了。我相信他可以据此推算出来，赛义德。"

萨蒂使用了阿拉伯的敬语赛义德，相当于西方人的先生，但更为敬重。另一个得体的称呼是赛义德热依斯，即"总统先生"。

"多久？"

"很快，他很有可能已经知道了，赛义德。"

"而且他一直在向以色列人说这些事？"

"经常谈起，赛义德热依斯，"乌贝蒂博士回答说，"他是他们多年的老朋友。他访问过特拉维夫，给他们的炮兵参谋们作过有关弹道学的学术报告。他在那里有许多朋友，有的可能是摩萨德的人，尽管他也许不知道。"

"少了他，我们能完成那个项目吗？"萨达姆·侯赛因问道。

侯赛因·卡米尔插话了："他是一个怪人。他坚持随身携带着一只大帆布包，把他所有重要技术资料都背在身上。我已经指示我们的反间人员去看他的资料并把它们复印下来。"

"那么，这个任务完成了吗？"总统的目光转向了哈桑·拉曼尼，他的反间谍局局长。

"当即就完成了，赛义德热依斯。上个月他在这里访问期间的事。当时他喝了不少威士忌。那酒被下了药，他沉睡不醒。我们拿走了他的包，复印了里面的每一份资料。我们还把他的技术会谈全录了音。复印件还有录音整理稿，都已经移交给了我们的萨蒂博士同志。"

总统的目光又转回到那位科学家。

"现在，我再问一遍，少了他你能完成那个项目吗？"

"能，赛义德热依斯，我相信我们能完成。他的有些计算只有他自己能看懂，但我让我们最优秀的数学家研究了一个月。现在他们能读懂了。余下的工作工程师们都能干。"

侯赛因·卡米尔向他的副手投去了警告性的一瞥：你最好别搞错。

"他现在在干什么？"总统问。

"他去了亚洲，"乌贝蒂博士回答，"他正在努力为我们的阿贝德项目搞一枚三级火箭。但是，他会失败的。预计三月中旬他可以回到布鲁塞尔。"

"你在那边有人，很好的人，是吗？"

"是的，赛义德。我们的人在布鲁塞尔跟踪他已经有十个月了。所以我们知道他一直在办公室里接待以色列代表团。我们还有他的住宅钥匙。"

"那就这样干吧。等他一回来。"

"立即照办，赛义德热依斯。"乌贝蒂博士想了想他在布鲁塞尔的四人盯梢小组。其中一个人以前干过这种事。他将把这个任务交给他。

三名情报官和萨蒂博士退出去了。其他人留了下来。当会议重新开始时，萨达姆·侯赛因转向他的女婿。

"那个，另一件事——什么时候可以完成？"

"我保证，在年底时完成，阿布库赛。"

作为家庭成员，卡米尔可以使用更为亲近的称呼"我的父亲"。这提醒了与会者谁是家庭成员、谁不是家庭成员。总统咕哝了一声。

"我们需要一个地方，一个新的地方，一处要塞；现在的地方无论多秘密都不行。要找一个没人能知道的新的隐蔽地点。只有极少数人可以知情，就连这里在座的也不是全部可以知情。这不是民用的，而是军用工程项目。你能做吗？"

工程兵司令阿里·穆苏里上将挺直腰杆，凝视着总统的胸部。

"我很荣幸，赛义德热依斯。"

"工程的负责人应该是你手下最优秀的人才。"

"我知道一个人，赛义德，一名上校。他擅长土建和伪装工程。苏联教官斯特潘诺夫说过，此人是他在马斯基洛夫卡教过的最优秀学员。"

"带他来见我。不要来这里，去巴格达，我要亲自向他布置任务。他是复兴党的优秀党员吧，这位上校？是忠于党，忠于我的吧？"

"绝对忠于，赛义德。他会为您而死。"

"你们大家也都会这样，我希望，"他停顿了一下，然后静静地说，"但愿不会发生那样的事。"

这话一出，所有人都沉默了。幸好会议也就这样结束了。

三月十七日，格里·布尔身心疲惫地回到了布鲁塞尔。同事们猜测他因亚洲之行遭到冷遇而心情沮丧，但事情远不止如此。

两年多以前，自他抵达巴格达时起，他就听信了——因为这也是他愿意相信的——火箭项目和巴比伦大炮，是为了把装有仪器的小型人造卫星发射到地球轨道上去。如果伊拉克做到了，那么伊拉克就为整个阿拉伯世界争了光，而且，通过为其他国家施放通讯卫星和气象卫星，伊拉克还可获得可观的利润。

据他所知，该计划是用巴比伦炮把载有人造卫星的弹射体向东南方向发射出去，越过伊拉克、沙特阿拉伯和南印度洋上空，进入地球轨道。那就是他设计这门巨炮的目的。

同事们已经说服他，没有一个西方国家会相信的。西方会认为这是军用大炮。于是，布尔在伊拉克的工作小组用各种借口订购炮筒、炮尾和反冲机构。

只有他，杰拉尔德·文森特·布尔自己，知道真相。其实真相很简单：巴比伦大炮不能作为武器，发射传统的爆炸性炮弹，无论炮弹多么巨大都不行。

一方面，炮筒长达一百五十六米的巴比伦巨炮如果不安装支架，就无法保持其刚性。由二十六段钢管组成的炮筒，需要每隔一段用支架支撑，如同他所预见到的，即使是架在四十五度的山坡上，如果没有这些支架，炮筒就会像湿面条那样下垂，钢管接头处就会开裂，炮筒就会折断。

而且，炮筒无法作俯仰调节，也无法作左右旋转，因此它无法瞄准不同的目标。如果要改变其角度，作上下或左右调整，那么就要拆卸大炮，这要花费几个星期的时间。光是清理和重装弹药也要花上两天时间。再者，重复发射会磨损价格昂贵的炮筒。最后，巴比伦巨炮无法躲避对方的反击。

巨炮每发射一次，炮口将会蹿出一缕九十米长的火焰，空中的每一颗人造卫星和每一架飞机都会发现。几秒钟之后，其地图坐标就会被美国人确定。而且其回响震波可被远在加利福尼亚的精密地震仪探测到。所以他告诉每一个愿意听他的人："这不能当武器。"

问题是，在伊拉克待了两年之后布尔已经明白，对萨达姆·侯赛因来说，科学技术有一个、且只有一个用处：用于战争，以维护他借此获得的霸权。这样的话，为什么萨达姆·侯赛因还要资助巴比伦项目？它只能发一次威，随即对方的战斗轰炸机就会把它炸得粉身碎骨，且它只能发射人造卫星或传统炮弹。

在亚洲期间他才明白过来，这是他要解答的最后一个方程式。

第二章

侵占科威特

从卡塔尔至阿拉伯联合酋长国阿布扎比的主要公路上，一辆宽大的道奇越野车在疾驶着。空调保持着车内的凉爽，车载录音机正在播放司机最爱听的美国乡村音乐，使人有回到家乡的感觉。

过了鲁怀斯，汽车行驶在开阔的乡间，左边的大海在沙丘之间时隐时现，右边是绵延几百英里、直到佐法尔和印度洋的荒凉沙漠。

梅贝拉·沃克坐在她丈夫旁边，激动地注视着在正午阳光照耀下闪闪发光的黄褐色沙漠。雷·沃克的双眼一直凝视着前方的道路。干了一辈子石油的他对沙漠已经不觉得新鲜了。"见过一处，见了全部。"当他的妻子又一次对她眼前的奇景发出惊叹时，他咕哝着说了一句。

可是对于梅贝拉·沃克来说，这一切都很新奇，她享受着为期两周的阿拉伯湾（以前曾叫波斯湾）之行的每一分钟。

他们从北部的科威特开始，驾着公司借给他们的这辆越野车，朝南穿过卡夫吉和哈巴尔进入沙特阿拉伯，经过水堤路驶入巴林，然后折回下行，经卡塔尔抵达阿联酋。每到一处，雷·沃克都到公司的办事处简单"视察"一番——这是这趟旅行的表面理由；梅贝拉则带上办事处派的向导去游览当地的景色。她觉得自己非常勇敢，因为当她行走在狭窄的街巷里时，只有一名白种男子相伴。其实她不知道，她在任何美国城市都不比海湾的阿拉伯地区更安全。

这是她第一次、也许是最后一次离开美国出国旅行。她赞赏那些阿拉伯宫殿和清真寺尖塔；她对黄金市场陈列的无穷无尽的金饰品惊叹不已；她敬畏老市区里在她身边晃来晃去的黑肤色面孔和他们五颜六色的衣袍。

她对每一处景色和每一个人都拍了照片，这样回去后她就能向女士俱乐部的姐妹们展示她的见闻。她听从了公司驻卡塔尔办事处代表的警告：要给生活在沙漠里的阿拉伯人拍照时，如未得到对方同意一定要当心，因为有些人仍认为被人拍照会被摄走部分灵魂。

她时常提醒自己，她是一个快乐的女人，有许多事值得她快乐。她高中一毕业，就与约会了两年的固定男朋友结了婚。她发现自己嫁给了一个实实在在的好男人。丈夫在当地的一家石油公司工作，随着公司扩展，他一步一步得到提升，现在已经是副总裁了。

他们在特尔萨郊外有一座漂亮的房子，在北卡罗来纳州的大西洋与帕姆利科湾之间的哈特勒斯，另有一座沙滩别墅，供夏季度假用。婚后三十年来夫妻恩爱，有一个儿子。现在，由公司出钱让他们去阿拉伯湾观赏异域的风土人情。

"这条路不错。"当他们驶上一个山丘时她评论说。伸展在他们前方的沥青路发出亮晶晶的微光。车内的温度是七十五华氏度（约为二十四摄氏度），而外面沙漠里的气温是一百度（约为三十八摄氏度）。

"应该不错，"她的丈夫咕哝着说，"是我们修建的。"

"公司吗？"

"不。是山姆大叔，没错。"

雷·沃克在转述信息时，习惯加上"没错"两个字。

年近六十岁，雷·沃克即将过上退休生活，他可以领取丰厚的年金，并持有一些优绩股。感恩戴德的公司支付一切费用，向他提供了一次为期两周的旅行，让他坐头等舱去海湾地区"视察"各驻外机构工作。尽管他以前从未去过那些地方，他不得不承认他没有像妻子那样着迷，但为了她，他还是很高兴。

他个人打算在阿布扎比或迪拜结束此行，然后登上经伦敦直飞美国班机的头等舱。至少他可以买到一大杯冰镇的百威啤酒，而用不着急急忙忙跑到公司的办事处去喝了。他觉得，伊斯兰教义对某些人来说很好，可是在科威特和沙特阿拉伯的最高级的宾馆住过，并被告知他们绝对禁酒之后，他不免觉得禁止人在大热天喝啤酒的宗教有点不可思议。

他全身穿着沙漠地区石油人的装束：长筒皮靴、牛仔裤、宽皮带、衬衫和斯泰森草帽——其实他并不需要这样打扮，因为他实际上是主管质量控制的化学工程师。

他看了一眼里程表，到阿布扎比的岔路口还有八十英里。

"我要方便一下，甜心。"他低声说。

"那好吧，你要小心，"梅贝拉警告说，"外面有蝎子呢。"

"可是它们跳不了两英尺高。"他说，忍不住对自己的玩笑哈哈大笑起来。那地方被一只弹跳力很高的蝎子蜇一下——回去被单位里同事知道后会让他们笑掉大牙的。

"雷，真拿你这个人没办法。"梅贝拉说着也被逗笑了。沃克打了一下方向盘，把道奇越野车开到空旷的公路旁边，车门打开时迎面扑来的热浪如同是打开了鼓风炉门。他钻出汽车，"砰"的一声关上车门，尽量保持车内凉爽。

当丈夫走向附近的沙丘去方便时，梅贝拉继续坐在前排的旅客座上。她朝挡风玻璃望出去，轻轻地说了一声："噢，天哪，看那边。"

她伸手取来照相机，打开车门，慢慢地下了车。

"雷，我给他拍照他会介意吗？"

"当心点，甜心。是谁呀？"

一个贝都因人正站在她丈夫对面的马路边，看起来是从两个沙丘之间走出来的。刚刚还没影，此刻就在那里了。梅贝拉站在汽车右前轮的挡泥板旁，手里拿着相机，正举棋不定。她丈夫转过身来，拉上了裤襟的拉链。他盯着公路对面的那个人。

"不知道呀，"他说，"估计不会介意。但不要太靠近，说不定他身上有跳蚤。我去把汽车发动起来。你快点拍，如果他恼怒了，你就跳上车。快点。"

他爬上司机座，发动了汽车，同时也打开了空调。

梅贝拉·沃克向前走了几步，举起手中的照相机。

"我能给你拍一张照片吗？"她问，"照相机？照片？咔嚓咔嚓？回家后放进相册里？"

那人只是站在那里凝视着她。他那曾经是白色的罩袍沾满了污渍和尘土，从双肩下垂到他脚边的沙土上。那条有红白斑点的茶巾用一根两股搓成的黑带子系着，盘在头上。茶巾垂下来的一角被塞进了另一边的太阳穴下，这样把他的脸部从鼻梁以下全遮住了。在有斑点的茶巾之上，那双黑眼睛凝视着她。前额上的一小片皮肤，还有那双眼睛，在沙漠的反射下发出棕色的光泽。梅贝拉已经拍了许多照片，但还没有一张这样的：一个贝都因部族的游牧民站在沙特广袤的沙漠里。

她举起了相机。那人没有动。她对准视窗眯起一只眼睛，把那人的身影放进长方形镜框的中央，心里盘算着，如果他追过来她能否及时跳上车。咔嚓。

　　"非常感谢你。"她说。他还是没有动。她倒退着走向汽车，脸上绽出灿烂的笑容。她记起来，《读者文摘》有一次曾这么忠告美国人，任何时候遇上不懂英语的人，要"保持笑容"。

　　"甜心，快上车！"她的丈夫喊道。

　　"没事，我认为他没发火。"她说，一边拉开了车门。

　　在她拍照时，车上的录音带已经播放完了。这时电台广播插了进来。雷·沃克伸出手把她拉进车内。汽车随即驶离了路边。

　　那个阿拉伯人注视着他们离开，耸耸肩，走向沙丘后面。那里停放着他那辆涂上沙漠伪装的越野吉普车。几秒钟之后，他也朝着阿布扎比的方向疾驶而去了。

　　"干吗这么着急？"梅贝拉·沃克抱怨说，"他不会来追击我的。"

　　"不是因为这个，甜心。"雷·沃克抿紧嘴唇，他是一个有控制力的人，能应付任何突发事件。"我们去阿布扎比搭乘下一班飞机回国。今天上午伊拉克入侵了科威特，没错。他们随时会抵达这里。"

　　这时候是一九九〇年八月二日，海湾时间上午十点钟。

　　十二小时之前，在萨夫湾的一个小型机场附近，伊拉克工程兵部队的奥斯曼·巴德里上校在一辆T-72主战坦克的履带旁等待着，心情既紧张又激动。虽然当时他不可能知道，科威特战役将在萨夫湾打响也将在萨夫湾结束。

　　这个机场只有跑道，没有地面建筑。南北方向的主要公路就在机场外面通过。三天前巴德里上校就是沿着这条主要公路一直南下。那条路有一个岔口，往东可去巴士拉，往西北可抵达巴格达。

该公路朝南可一直到达五英里之外的科威特边境站。从他站着的地方往南眺望，他可以看见灯火阑珊的贾赫拉，越过贾赫拉再往东，在小海湾的对面就是科威特市的灯光。

他之所以激动，是因为为祖国效劳的时刻到来了。该是惩罚那些科威特贱民的时候了，为他们对伊拉克的所作所为，为不宣而战的经济战，为伊拉克的金融损失，也为科威特人的骄傲自大。

难道不是伊拉克在八年血战中挡住了波斯的游牧民族侵入海湾北部，才保住了科威特人的奢侈生活方式吗？难道现在科威特人对伊拉克的回报，就是从他们共享的鲁迈拉油田偷走他们应得份额之外的石油？是科威特在超额生产并压低油价，难道现在还要伊拉克人去向他们摇尾乞怜？科威特这帮狗东西坚持要他们归还在两伊战争中借给伊拉克的一百五十亿美元，难道伊拉克现在只能屈从吗？

不。与往常一样，总统作出了英明的决策。历史上，科威特是伊拉克的第十九个省份；一直是这样，直至英国人于一九一三年在沙地上划了那条该死的国境线，创建了世界上最富裕的酋长国。科威特将在今夜被收复，就在今夜。而他奥斯曼·巴德里，将是这项伟大事业的一分子。

作为一名工程兵，他不会被派往最前线，但他将随着他的舟桥部队、推土机、推扒机和挖掘机紧跟其后，如果科威特人试图阻挡，工程兵们将开出一条道路。空中侦察没有发现任何障碍。没有工事、没有反坦克壕、没有混凝土陷阱。但为防万一，工程兵部队将在奥斯曼·巴德里的指挥下，为共和国卫队的坦克兵和机械化步兵开出一条前进的道路。

距他站立的地方几码远处有一座野战指挥帐篷。此刻里面挤满了高级军官。时间在一分一秒地流逝，他们一边俯身在作战地图上为进攻计划作最后的调整，一边等待着总统从巴格达发出最后的"开始"命令。

巴德里上校已经向他的上司——伊拉克陆军工程兵司令阿里·穆苏里上将汇报过了。二月份巴德里被举荐参加那项"特别任务"，为此他对将军感激涕零。现在他向首长作出了保证，他的部队已经整装待发。

当他站在那里与穆苏里上将交谈时，另一名将军走了过来。于是他被介绍给了装甲兵司令阿卜杜拉·卡迪里上将。在远处，他看见统帅精锐的共和国卫队的萨蒂·图马·阿巴斯上将走进了帐篷。巴德里上校是忠诚的党员、萨达姆·侯赛因的崇拜者，当他听到卡迪里上将朝着阿巴斯的背影轻声说了声"小爬虫"时，他感到非常迷惑不解。这怎么可能呢？图马·阿巴斯不是萨达姆·侯赛因的一名亲信吗？不正是他赢得了关键的法奥战役、并最终打败了伊朗人而受到了嘉奖吗？巴德里上校听到过传闻，说法奥战役实际上是由现在已经消失了的马哈尔·拉希德上将打胜的，不过他把这种说法自动排除出脑海了。

现在，黑暗中他周围全是共和国卫队塔瓦库尔那师和麦地那师的官兵。他的思绪回到二月份那个令人难忘的夜晚，当时穆苏里上将命令他丢下库拜项目的扫尾工程，立即到巴格达报道。他猜测他将接受新的任务。

"总统要见你，"穆苏里直截了当地说，"他会派人来找你。马上搬到这里的军官营区，日夜待命。"

巴德里上校抿紧了嘴唇。他做错了什么？还是说了什么？他没有不忠的言行，那是不可能的。是不是他遭到了诽谤？不，总统是不会派人来找那样的人的。犯错误的人将被秘密警察局局长卡蒂布准将手下的行刑队抓去教训一顿。看到他一脸迷惘的样子，穆苏里上将不禁哈哈大笑起来，他的牙齿在浓黑的小胡子下显得格外白亮。许多高级军官都蓄着小胡子，以模仿萨达姆·侯赛因。

"别担心。他要交给你一项任务，一项特别任务。"

果然，在二十四小时之内，巴德里就被召唤到了军官营房的前厅里，一辆长长的黑色公务车已经在等候他了，车内坐着总统卫队的两名卫兵。他被迅速带往总统府，接受他一生中最惊险也最重要的会见。

当时，总统府坐落在金迪街与七月十四日街的转角上，靠近同名的那座大桥。两者都是为了纪念一九六八年七月份那两次政变中的第一次。那两次政变使复兴党上台执政，同时结束了军人统治。巴德里被引到了一间接待室，在那里等了两个小时。他被彻底搜了两次身，然后才被领去参见总统。

他身边的卫兵一停下脚步，他也停下，把两个脚跟一碰，"啪"的一声敬了一个军礼。过了三秒钟他才放下手，摘去他的贝雷帽，把它夹在左臂之下，然后他保持着立正的姿势。

"那么你就是马斯基洛夫卡的天才学员喽？"

他已经被告知不要去看总统的脸，但在被提问时，他还是忍不住看了。萨达姆·侯赛因此刻心情颇佳。他面前的年轻人流露着热爱和羡慕的眼光。好，没什么可怕的。总统斟酌着词句，把他的要求告诉了这位工程师。巴德里的胸中涌上了一股自豪和感激的暖流。

在此后的五个月里，他按进度要求努力工作，最后提前完成了任务。他有总统答应给他的全部设施。每一件设备、每一个人都归他调配使用。如果他需要更多水泥或钢材，他只要打卡米尔的私人电话号码，总统的女婿就会立即从工业部把物资调拨过来。如果他需要更多的劳动力，成百上千的劳工就会到达，都是订有契约的朝鲜人和越南人。那年夏天，这些劳工白天劈山、挖土，晚上就睡在山谷下面残破的临时房子里。后来他们被带走了，他不知道他们去了哪里。

除了苦力，没人从那条道路进来过。这条最终要被抹去的唯一的土路，专供卡车运来钢材、货物以及混凝土搅拌机。除了卡车司机，其他每一个人都是搭乘苏制米尔直升机进来的，而且在他们抵达后才被允许摘去眼罩，在离开时又得戴上。不光是伊拉克平民如此，最高级别官员们也是同样。

乘直升机从空中对山区考察数天后，巴德里亲自选定了该地点。它位于比基夫利更北更深的杰巴尔哈姆利的高山上。基夫利处于通往苏莱马尼耶的路上，从那里开始，哈姆利山脉由小山丘渐渐变成崇山峻岭。

他每天工作二十四小时，只在工地上随便打个盹。他把巨大的工作量压到部下的肩上，对他们采取了威吓加哄骗的软硬兼施的手段，及发放奖金的刺激机制，最后工程于七月底前竣工了。随后，所有工作过的痕迹都被抹去；每一块砖头，每一片混凝土块，每一片在阳光下可能会发光的金属，在岩石上留下的每一处刮擦，都被清除掉了。

三个卫兵村也完工了，村里养起了羊群。最后，那条唯一的土路也被抹掉了，被推土机碾成碎石又被推到了下面的峡谷里。那三条山谷和遭受过破坏的山坡，被恢复成与原先几乎一模一样。

他，工程兵上校奥斯曼·巴德里，古城尼尼微和泰雷建筑技术的继承人，苏联建筑大师斯特潘诺夫的得意门生，擅长伪装工程——把某项工程完全掩盖起来或伪装成其他工程，为萨达姆·侯赛因建成了那个"喀拉"要塞。没人能看到它，没人知道它在哪里。

在工程结束前，巴德里亲眼目睹了大炮的组装者和科学家们，建起了一门令人敬畏的加农炮，其炮筒似乎能触到天上的星星。

全部完工后他们离开了，只有警备队留了下来。警备队将留居在那里，没人能再出去。那些必须进出此处的人则由直升机载运。直升机不许着陆，只能在那座山外边的一块草地上空盘旋。极少数几个抵达过又离开的人，都被蒙上了眼睛。那些飞行员和机组人员被封闭在一个空军基地里，既不许会客，也不许打电话。最后一批野草种子撒下了，最后一批灌木种下了，喀拉要塞被孤零零地留在了那里。

巴德里并不知道，实际上那些坐卡车进来的工人最后又被卡车拉走，然后转移到了车窗封黑的大客车。载运三千名亚洲工人的大客车到了远处的一个山谷后，卫兵迅速跑开。雷管起爆，整块山体滑下来，把所有的客车永久性地埋在了里面。然后那些卫兵又被其他卫兵枪杀了。他们都已经看见了喀拉。

巴德里的遐想被指挥帐篷里爆发出来的喊声打断了。命令迅速在整装待命的战士中传开，进攻开始了。

工程兵上校赶紧跑向自己的卡车，坐到驾驶室的旅客座上。他的司机"轰"的一声发动了汽车。他们准备就绪的同时，承担入侵尖刀任务的共和国卫队两个坦克师发动了战车，顿时空中响起了震耳欲聋的噪声，然后苏制T-72坦克群隆隆响着离开机场，驶上了去科威特的道路。

坦克部队长驱直入，他后来这么告诉他在空军当上校飞行员的哥哥。那个倒霉的边防警察岗亭被掀翻后又被碾得粉碎。凌晨两点钟，坦克纵队已经越过国境线朝南滚滚而去。如果说科威特人以为这支名列世界前四强的陆军只是冲到穆塔拉山口来耀武扬威，直至科威特同意伊拉克总统的要求的话，那么他们猜错了；如果说西方认为这支军队是去夺取朝思暮想的瓦尔巴岛和布比延岛，以使伊拉克获得它垂涎已久的进出海湾的门户的话，那么他们也是搭错了脉。来自巴格达的命令是：占领全境。

黎明前，在科威特市北部的科威特石油城贾赫拉发生了一场坦克战。入侵前一星期为避免惹恼伊拉克人而留在后方的科威特唯一一支装甲旅赶赴北方仓促应战。

战斗是一边倒的。只配做生意和搞石油的科威特人打得很艰苦、很顽强。他们把伊拉克共和国卫队的精锐部队拖住了一个小时，使在南方艾哈马迪空军基地的天鹰战斗机和幻影战斗机得以升空，但科威特人根本没有可能获胜。庞大的苏制T-72坦克把科威特人的较小型T-55坦克炸成了碎片。最后，守军损失了二十辆坦克后撤退了。

奥斯曼·巴德里在一英里后面观察着伊军的庞然大物在硝烟弥漫中左冲右突，喷射出猛烈的炮火，火光映红了伊朗上空的天际。他不知道，塔瓦库尔那师和麦地那师的这些坦克，有一天会被英、美的挑战者和亚布拉姆斯坦克炸得粉身碎骨。

黎明时，第一批先头部队进入了科威特市的西北郊，然后兵分四路占领了该地区进出市区的四条公路：海岸边的阿布扎比路，格拉纳达与安达鲁斯郊区间的贾赫拉路，以及再往南的第五号和第六号绕城公路。分兵后，四支分遣队向着科威特市区进发。

巴德里上校几乎没有用武之地。没有壕沟需要他的推土机去填平；没有障碍需要炸药去炸掉；没有水泥桩柱需要推扒机去扒倒。只有一次他差点儿丢了命。

当伊军穿过苏莱比卡滚滚而去时，一架孤独的天鹰战斗机从太阳底下钻出来，瞄准他前面的一辆坦克发射了四枚空对地火箭。那坦克猛跳了一下，损失一条履带后燃烧起来。极度惊慌的坦克手从炮塔里钻出来逃命。天鹰盘旋一圈后又飞回来了，准备打击尾随着的卡车，机鼻首吐出一长溜火舌。巴德里看见他身前的沥青路面爆裂开来，他猛地推开车门跳了下去，而他那大呼小叫的司机驾车窜入了路边的沟里，车翻了个四轮朝天。

没有人受伤，但巴德里怒气冲天。冒失鬼。后来他坐另一辆卡车继续行进。

两个作战师带着装甲兵、炮兵和机械化步兵开进了科威特市中心。一整天都发生着零星的战斗。在国防部大楼，一些科威特军官把他们自己关在楼内，试图用他们在大楼里找到的一些轻武器对付入侵者。

一名伊拉克军官趾高气扬地向他们指出，如果他用坦克炮开火，那么他们全都死定了。少数几个科威特抵抗者在投降之前与他发生了火力争执，其余的脱下军装换上袍子从后门溜走了。其中一人后来成为科威特抵抗运动的领导人。

主要的抵抗发生在埃米尔[1]萨巴赫的住宅，尽管他本人和家人早已南下逃到沙特阿拉伯避难去了。抵抗被粉碎了。

日落时分，奥斯曼·巴德里上校站在科威特市阿拉伯湾大街上，背对城市北角的大海，凝视着达斯曼宫的门面。有几个伊拉克士兵已经进入宫内，不时有人携带着从墙上摘下来的贵重艺术品走出来，跨过台阶上和草坪上的尸体，把战利品放进卡车。

他也想去拿几件，作为贵重礼品送给他的父亲，让老头子挂在卡迪西亚的家中，但他脑海里的某种思想拉住了他：那是多年前他在巴格达那所英语学校受到的品质教育，还有他父亲与英国人马丁的友谊，及父亲对英国的崇拜。

"抢劫就是偷窃，孩子们，而偷窃是不对的。《圣经》和《古

1　埃米尔是伊斯兰国家对统治者的称号。

兰经》都禁止偷抢。所以不要去偷抢。"

时至今天他仍清晰地记得，由英国人创办管理的塔西西亚基础预科学校里，校长哈特利先生向英国学生和伊拉克学生讲的课。

自加入复兴党之后，他不知道与父亲辩论了多少次。他的观点是，英国人一直是帝国主义侵略者，把阿拉伯人奴役了几个世纪，为的是攫取自己的利益。

他父亲已经有七十岁了，奥斯曼和哥哥是父亲第二次结婚后出生的。对于他的这个观点，他的父亲总是笑着说："也许他们是外国人，是异教徒，但他们有礼貌，做事有准则，儿子。你们的萨达姆·侯赛因先生有什么准则？"

要使老头子那顽固不化的脑袋接受党对伊拉克是何等重要，以及党的领袖如何能为伊拉克带来光荣和胜利这个道理实在太困难了。最后他停止了争论，免得他父亲说出总统的坏话，而这种话如果被邻居听到会使他们全家遇上麻烦。在这一点上他不能同意他的父亲，但他还是很爱他。

所以，因为二十五年前一位校长的教导，巴德里上校现在站在后面，没有加入对达斯曼宫的抢掠，虽然他认为这是他的先辈们留下的遗产，而英国人全都是笨蛋。

至少塔西西亚学校教他学会了一口流利的英语。这是非常有用的。就是因为这门语言，使他能与斯特潘诺夫上校进行流畅的交流。斯特潘诺夫长时间来一直是苏联军事顾问团的一名高级工程师，冷战结束后才返回莫斯科。

奥斯曼·巴德里时年三十五岁。而一九九〇年被证明是他一生中最重要的年份。后来他这么告诉他的哥哥："我就站在那里，背对海湾面朝达斯曼宫，心里想着，'先知啊，我们胜利了。我们终于拿下了科威特。而且是在一天之内。'就那样结束了。"

他错了。后来发生的事情表明，那仅仅是开始。

用雷·沃克自己的话来形容，他们屁滚尿流地跑进阿布扎比机场，用拳头捶着售票柜台，坚持要买下一班机票回美国。而当时他的一些同胞正在度过一个不眠之夜。

在七个时区之外的华盛顿，国家安全委员会委员们彻夜未眠。以前他们都要亲自到白宫地下室的战情室出席会议，现在，新技术使得他们能在各自不同的地方参加电视电话会议。

头天晚上，华盛顿时间还是八月一日，早先发来的报告显示，沿科威特北部的国境线上有开火现象。这并不出人意料。几天来，在海湾北部上空遨游的硕大的KH-11人造卫星发来照片，向华盛顿传送了比美国驻科威特大使馆更为详尽的情报，表明伊拉克部队正在集结。问题是，萨达姆·侯赛因想干什么？想恫吓还是想入侵？

各种问询在前一天就已经铺天盖地地压向了在兰利的中央情报局，但中情局也无能为力，只能根据国家侦察办公室收集到的卫星照片，提供一些含糊其词的分析，以及那些早已为国务院中东司所熟知的政治见解。

"这种东西连白痴都能搞得出来，"国家安全委员会主席布伦特·斯考克罗夫特不满地说，"我们在伊拉克统治集团内部有人吗？"

答案是一声遗憾的"没有"。而且这个问题将在后来的几个月中被重复提及。

这个难题的答案在晚上十点前出来了。这时候布什总统上了床，再也不接听斯考克罗夫特的电话了。在海湾，天已经破晓，伊拉克的坦克部队已经越过贾赫拉，进入了科威特市的西北郊。

与会者后来回忆起来，这个夜晚真是非同寻常。参加电视会议的共有八个人，分别代表国家安全委员会、财政部、国务院、中央情报局、参谋长联席会议和五角大楼。会议下达了一连串命令，并得到了执行。在伦敦，匆忙召集起来的内阁危机处理委员会会议，也发出了类似的命令。伦敦与华盛顿相隔五个小时，但与海湾只相差两个小时。

两国政府冻结了伊拉克在国外的资金，在征得科威特驻华盛顿和伦敦的大使同意之后，也冻结了科威特的所有财产，以免任何新上台的伊拉克傀儡政府伸手去拿那些资金。总共冻结了数千亿石油美元。

布什总统在八月二日凌晨四点四十五分被唤醒，签发了那些文件。在伦敦，玛格丽特·撒切尔早已起床，并已经忙得焦头烂额了。在坐飞机赴美国前，她也已经签妥了相同的文件。

另一个主要步骤是，提请在纽约的联合国安理会谴责入侵，并敦促伊拉克立即撤军。这就是安理会第660号决议，是在同一天凌晨四点四十分签发的。

黎明时分，电视会议结束了，与会者有两小时的时间可以回家去梳洗一下，刮刮脸，换件衣服，再回到白宫，参加上午八点钟由国家安全委员会召集的、由布什总统亲自主持的全会。

全会新加入的人有，国防部的理查德·切尼，财政部的尼古拉斯·布雷迪，和司法部长理查德·索恩伯格。鲍勃·金米特继续代表国务院出席会议，因为国务卿詹姆斯·贝克和助理国务卿劳伦斯·伊格尔伯格都不在市里。

参谋长联席会议主席科林·鲍威尔从佛罗里达回来了，并带来了负责中央军区的诺曼·施瓦茨科普夫上将。后者身材高大、粗壮，他的情况在后文中会有更多介绍。在他们进入会议室时，施瓦茨科普夫走在鲍威尔上将的身旁。

乔治·布什于上午九点十五分离开了会议，这时候雷和梅贝拉·沃克已经千恩万谢地登上飞机，正掠过沙特阿拉伯上空朝西北方向的家乡安全飞去。总统在白宫南草坪坐上一架直升机飞到安德鲁斯空军基地，然后换乘"空军一号"专机飞赴科罗拉多州的阿斯彭。根据日程安排，他要作一个关于美国防务需求的演讲。现在看来，这个题材很合适，但这一天比预见的要忙得多。

　　在空中他接听了约旦国王侯赛因打来的一个电话。约旦是伊拉克旁边躲在阴影中的一个君主立宪制小国家。此刻哈希米特国王在开罗，正与埃及总统霍斯尼·穆巴拉克会面。

　　侯赛因国王强烈要求美国给阿拉伯国家几天时间，去努力和平解决这次争端。他本人建议召开一次四国会议，由穆巴拉克总统、他本人和萨达姆·侯赛因参加，并由沙特阿拉伯法赫德国王陛下作为会议的主席。他满怀信心地说，他们能在会上说服伊拉克独裁者从科威特撤军。但他需要三天、也许四天时间，而且与会国不要公开遣责伊拉克。

　　布什总统告诉他："行，听你的。"这位不幸的总统说这话时还没有见到从伦敦来的撒切尔夫人。她在阿斯彭等他。他们那天晚上会面了。

　　铁娘子很快就明白，她的好朋友又要开始动摇了。在之后的两个小时里，她的唇枪舌剑让美国总统简直难以招架。

　　"不行。不能让他做了坏事就这么算了，乔治。"

　　面对那双一闪一闪的蓝眼睛，听到空调的气流吹拂过来的坚定语调，乔治·布什承认，这也不是美国的意图。他的亲信后来发觉，让他担忧的与其说是萨达姆·侯赛因的大炮和坦克，倒不如说是撒切尔夫人那只使人气馁的手提包。

　　八月三日，美国与埃及进行了秘密协商。穆巴拉克总统被提醒，他的武装力量是如何地依赖于美国；埃及欠下了世界银行和国际货币基金会多少钱；以及美国给了他多少援助。八月四日，埃及政府发表了一份公开声明，谴责萨达姆·侯赛因的侵略行径。

让约旦国王沮丧的是，伊拉克暴君断然拒绝赴吉达，坐到霍斯尼·穆巴拉克的身旁参加由法赫德国王主持的会议。这倒也不意外。

对沙特阿拉伯国王来说，这是对素以彬彬有礼著称的阿拉伯文化的公然怠慢。法赫德国王是一个极有政治头脑、相当通情达理的人，他感到很不高兴。

这是吉达会议未能召开的两个因素之一。另一个因素是沙特的君主看到了美国人从太空中拍摄的照片。照片证明，伊拉克军队不但没有停止前进，而且仍处于战斗状态，并不断向着科威特南方与沙特的国境线推进。

伊拉克人真的胆敢越过国境入侵沙特阿拉伯吗？砝码在增加。沙特阿拉伯的石油储量为世界第一。其次是科威特，按照目前的开采量，还有可开采一百多年的储存量。第三位是伊拉克。吞并科威特后，萨达姆·侯赛因就能把排名倒过来了。再者，沙特百分之九十的油井和油田分布在王国东北端的达兰、佐法尔、达曼和朱拜尔，以及这些港口的后方腹地。这个三角形正好处在伊拉克共和国卫队作战师的进军道路上，而且照片证明还有更多的伊军作战师正在涌入科威特。

八月六日，沙特阿拉伯王国正式请求美军进入王国保卫其安全。

当天，美军第一批战斗轰炸机飞赴中东。"沙漠盾牌"行动开始了。

哈桑·拉曼尼准将跳下他的公务轿车，踏上希尔顿宾馆门前的台阶。该宾馆已经作为伊拉克安全部队在被占科威特的总部。八月四日上午，当他推开玻璃门进入大堂时，他感到很有趣，因为希尔顿就在美国大使馆的隔壁，两者都在海边，看出去是阿拉伯湾波光粼粼的湛蓝的海水，景色美不胜收。

从使馆看出去的全部景色也仅限于此——因为在他的建议下，使馆大楼已经立即被共和国卫队包围起来了，并将一直包围着。他不能防止外国外交官从他们的领土上发电报给国内政府，他也没有超级计算机去破解英国人和美国人使用的复杂密码。但身为反间谍局局长他很清楚，美国外交人员如果被限制得只能从窗户往外看，其实就没有什么令人感兴趣的情报可往家里发送了。

对英美外交人员来说，剩下来的可能性就是通过电话，从那些仍逍遥在科威特的本国同胞们那里收集情报了。这对拉曼尼又是一件头等大事：要确保大使馆的所有外线电话要么切断要么被窃听——窃听更好些。但他手下的大部分得力干将都在巴格达。

他走进分配给反间局的套房，脱下制服，把它扔给了他的副官——副官刚刚给他扛上来两大箱文件，大汗淋漓——走到窗前去看窗下的酒店泳池。待会儿游游泳倒是一个好主意，他想，然后他看见有两名战士正在那里灌水瓶，另有两名在往那里撒尿。他叹了一口气。

三十七岁的拉曼尼是一个整洁、英俊的男人，脸刮得光光的——他不喜欢蓄萨达姆·侯赛因那样的小胡子。他就是他，有自知之明，靠的是工作出色而不是政治影响；他是那帮靠政治发家的白痴们中间的技术专家。

他的外国朋友问他，为什么你要为这个政权效劳？通常是在拉希德宾馆的酒吧，或在更隐秘的地方，他把那些外国人灌得半醉时他们会问。他能够与他们混在一起是因为工作的需要。但每次他都能保持清醒。他并不由于宗教而反对饮酒，他会点个金汤力（一种鸡尾酒），但他让酒吧侍者给他上的实际上是汤力水（无酒精的汽水）。

此时，他会对这个提问笑笑，耸耸肩回答说：我是一个伊拉克人，并为此而感到自豪。你们让我去为哪一个政府服务呢？

私下里，他十分清楚地知道自己为什么要为一个打心底里讨厌的政权服务。如果确实有某种爱国情怀，那也是来自于对他的国家、人民尤其是普通老百姓的真实感情——而复兴党早就不再代表普通老百姓的利益了。

但主要原因是他想有所作为。对于他这一代伊拉克人来说，选择并不多。他可以反对这个政权，继之离开祖国移居国外，躲开秘密警察的追捕，靠阿拉伯语—英语翻译工作挣得一口饭吃。

他也可以留在伊拉克。

那样的话就有三种选择。继续反对这个政权，直至在秘密警察局局长奥马尔·卡蒂布的刑讯室里结束生命；或者当一个自由职业的工商经营者，在一个系统性走下坡路的经济体中苦苦挣扎；或者对那些白痴言听计从，保持微笑，靠自己的聪明才智一步一步地得到提升。

他认为最后一种选择没有什么不好。像莱因哈德·盖伦那样，先是为希特勒效劳，继之为美国人、西德人服务；像马库斯·沃尔夫那样，为东德工作，但不相信他们说的话。他是一位象棋大师，他为游戏而活着，为间谍与反间谍的阴谋活动而活着。伊拉克只是他的人生棋盘。他知道世界上其他国家的专家也明白这一点。

哈桑·拉曼尼从窗边走回来，坐到书桌后面的椅子里开始写笔记。即使科威特能成为第十九个省，他也有大量的工作要做。

他的第一个问题是，他不知道萨达姆·侯赛因打算在科威特待多久。他怀疑其本人也不一定知道。如果伊拉克要撤军，那么没有必要展开一场大规模的反间谍活动去封堵所有漏洞。

私下里，他相信萨达姆其实能够逃脱处罚。但这需要认真布局，走对每一步，说对每一句话。第一个阴谋是必须参加明天在吉达的会议，去奉承法赫德国王，稳住他，让他宣称伊拉克无非是想要一个公正的条约，对石油，海湾进出门户，那笔巨额贷款讨个说法。这种方法，可以把整个事情圈在阿拉伯人范围之内，不让美英插进来。萨达姆就可以依照阿拉伯人的事情应由阿拉伯人自己处理的原则，一直瞒骗下去。

西方的注意力会有几个星期的时间差，他们听够了这种话，就会把这件事让四位阿拉伯人——两位国王和两位总统去处理。只要石油能源源不断地流出来把他们浸泡在其中，他们就高兴了。除非科威特遭到野蛮的强暴，媒体也会扔掉这个议题，流亡在沙特阿拉伯某地的萨巴赫政权会被人们淡忘，科威特人会习惯在新政府领导下的生活，而撤出科威特的会议会咬文嚼字地拖上十年的时间，直至失去其重要性。

事情可以这么做，但需要适当的手法。希特勒的手法——“我只寻求公正的和平解决。这绝对是我的最后一次领土要求。”沙特国王法赫德会中计的——没有谁对科威特人存有特殊好感，更不用说对萨巴赫这个贪图安逸的人了。法赫德国王和侯赛因国王会扔掉他们的，就像一九三八年张伯伦扔掉捷克人那样。

麻烦在于，尽管萨达姆有许多小聪明——要不然他也活不到现在——但在战略上和外交上，他却是一个扮演滑稽角色的小丑。哈桑·拉曼尼估算，总统会在某方面把事情搞砸的——他既不想撤兵，也不愿继续进军去夺取沙特的油田，这样能给西方世界造成一个既成事实，使得西方也束手无策，除非摧毁油田，影响一代人的繁荣。

"西方"指的是美国人，还有与其站在一起的英国人，都是盎格鲁-撒克逊人。他知道盎格鲁-撒克逊人。在哈特利校长的塔西西亚预科学校的五年间，他学会了完美的英语，懂得了英国风俗，也明白了盎格鲁-撒克逊人事先不给警告狠揍你一拳的习惯。

他摸了摸多年前曾遭过这么一拳的下巴，不禁哈哈地笑出声来。在房间的另一头，他的副官吓了一跳。该死的麦克·马丁，你现在在哪里呀？

哈桑·拉曼尼，这位聪明、有文化、有知识、有自制力、出身大都市、为一帮歹徒组成的政权服务的上层社会精英，开始埋头工作。工作量很大。值此八月份之际，在科威特共有一百八十万人口，其中只有六十万是科威特人。另有六十万是巴勒斯坦人，这当中有些人忠于科威特；有些人站在伊拉克一边——巴解组织已经这么做了；而大多数巴勒斯坦人将俯首称臣。然后是三十万埃及人，其中有些无疑是为开罗工作的，现在等于是在为华盛顿或伦敦工作。还有二十五万巴基斯坦人、印度人、孟加拉人和菲律宾人，主要是蓝领工人或私家佣人。身为伊拉克人，他相信科威特人什么事情也干不了，即使是屁股被跳蚤叮了一下，也非得呼唤外国佣人给自己搔痒不可。

最后，还有五万名第一世界的公民——美国人、英国人、法国人、德国人、西班牙人、瑞典人、丹麦人等等。而他的工作就是要打击外国人的谍报活动。他为以前使用信使和电话搞情报的日子叹了一口气……作为反间局局长，他可以关闭边境和切断电话线。但当今世界连傻瓜都能通过人造卫星，用移动电话或计算机的调制解调器与加利福尼亚通话。很难截取或追踪源头，除非使用最先进的设备，而这恰恰是他所没有的。

他知道他无法控制难民潮涌出国境，信息随之外流。他也无法改变头顶上美国卫星的轨迹，他怀疑现在美国的所有间谍卫星都已经重新调整了轨道，每隔几分钟就会经过科威特和伊拉克上空。（这点让他估算对了。）

试图去做不可能的事情是没有意义的，尽管他不得不装作已经尝试过了。他工作的主要目标是防止恶意阻拦、暗杀伊拉克士兵，或损毁伊军的装备，还有防止科威特人形成有组织的抵抗运动。他必须防止外援——无论是人员、技术或装备——跟任何抵抗运动接上头。

这样他必然会遇到他的老竞争对手——秘密警察局，该机构就设在他下面两层的房间里。那天早上他已经获悉，卡蒂布局长任命沙巴维那个恶棍为秘密警察局科威特分局局长。科威特游击队员一旦落到他们手里，会发出像国内持不同政见者那样的尖叫声。因此他，拉曼尼，将把目标对准外国人。那是他的工作范畴。

伦敦。那天上午临近中午时分，在戈华街外边的伦敦大学亚非学院，特里·马丁博士讲完课，回到了高级教师的办公室。在门口，他遇上了玛贝尔——阿拉伯学教研组的女秘书。

"噢，马丁博士，你有一张条子。"

她支起膝盖，把公文包搁到花呢裙子上，在包里翻了几下，取出一张纸条。

"这位先生打电话找你。他说事情比较急，希望你能回电。"

走进办公室，马丁放下讲义拿起墙上的付费电话。铃声响了两下，有人来接听了，一个女性清脆的声音重复了一下自己的号码。没有报出单位名称，只是号码。

"史蒂夫·莱恩先生在吗？"

"请问您贵姓？"

"呃……马丁博士。特里·马丁。他打电话找过我。"

"哦，是的，马丁博士。请你稍等一下好吗？"

马丁皱了皱眉头。这个女人知道他的名字，知道他要打这个电话。他一生中可从来不认识任何叫史蒂夫·莱恩的人。

电话里传来了一个男人的声音。"我是史蒂夫·莱恩。你真好，这么快就回电了。不久前我们在战略研究所曾见过面。就是你作了关于伊拉克军火采购机器的学术报告之后。不知你中饭是怎么安排的？"

这个莱恩，不管他是谁，采用了既有点踌躇同时又有说服力的自我表述，让人很难回绝。

"今天吗？现在吗？"

"除非你另有安排。怎么样？"

"去食堂吃三明治。"马丁说。

"能否请你到司各特餐馆吃时鲜的比目鱼？行吗？你肯定知道那家餐馆，在蒙特街。"

马丁听说过司各特，那是伦敦最好最贵的海鲜馆之一。坐出租车需二十分钟，现在是十二点半。而他喜欢吃海鲜。司各特不是他这种做学问的人消费得起的地方。这位莱恩先生是否知道这些情况？

"你确实是在战略研究所工作吗？"他问。

"吃饭时再解释吧，博士。那就一点钟，我等你。"电话挂断了。

当马丁进入那家餐厅时，领班服务员亲自迎上前来。

"马丁博士吗？莱恩先生在桌子旁等着你。请跟我来。"

这是位于角落里的一张安静的桌子，相当隐蔽。谈话不会被别人听到。莱恩——此时马丁明白以前肯定没有见过这人——起身与他打招呼。这人骨瘦如柴，头发有些灰白，穿着一套深色西服，打着一条朴素的领带。他把客人引到一个座位旁，朝着一瓶放在冰桶里的葡萄酒做了一下手势，并扬起了一条眉毛。马丁点点头。

"你不是研究所的，对吧，莱恩先生？"

莱恩丝毫没有狼狈的样子。他注视着清澈凉爽的液体倒入酒杯。服务员在留给他们每人一份菜单之后走开了。他向客人举起了手中的玻璃杯。

"实际上是世纪大厦的。你介意吗？"

英国秘密情报局在世纪大厦办公。这是一座毫不起眼的大楼，位于泰晤士河南岸的大象城堡与老肯特路之间。这不是一栋新楼，外观与其所担当的任务并不相配。其内部复杂得像是一个迷宫，来访的客人其实根本用不着进行安全检查，因为要不了一分钟他们就会在里面迷路，最后非大声呼救不可。

"不，只是感兴趣。"马丁说。

"确切地说，感兴趣的应该是我们。我着迷于你的研究领域。我正在努力向你学习，可我研究得没你那么详尽。"

"我觉得这话令人难以置信。"马丁说，但他挺受用。一个学者听到别人表达仰慕之情，总是会很高兴的。

"没错，"莱恩坚持着，"来两份比目鱼吧？好的。我真希望我已经读过你在战略研究所、联合情报所和查塔姆研究所发表过的所有论文。当然还有在《幸存》杂志上的那两篇文章。"

尽管马丁博士只是一位三十五岁的年轻学者，但在过去的五年里，战略研究所、联合情报研究所等机构，因为广泛研究外事之需，越来越频繁地邀请他为他们作学术报告。《幸存》是战略研究所办的一份杂志，每期均会有二十五份寄到位于查尔斯国王大街的外交与英联邦事务部，其中五份再下发给世纪大厦。

特里·马丁之所以引起这些人的兴趣，并不是因为他对中世纪美索不达米亚的渊博知识，而是由于他第二个研究领域。作为个人兴趣，多年前他就开始研究中东地区的武装力量。他去参加防务展览会，结交武器制造商及他们的阿拉伯用户。在这些方面，他那流利的阿拉伯语帮他认识了许多联系人。十年后，在这个本来用于消遣的第二专业领域，他成了百科全书，连一些高层专业人员也来认真地听他讲课，其中许多人被美国作家汤姆·克兰西认为是北约和前华约防务设备的世界级专家。

两份比目鱼端上桌来，他们开始津津有味地吃了起来。

八个星期之前，当时还是世纪大厦中东处主管行动处长的莱恩，就从研究人员那里调来了特里·马丁的档案。他对所看到的内容留下了深刻的印象。

生在巴格达，长在伊拉克，后来在英国上学，当马丁从海利伯里毕业时，他有三门功课特别出色：英语、历史和法语。海利伯里认为他将是一名出色的学者，应该去牛津或剑桥深造。

但这位能说一口流利阿拉伯语的男孩想攻读阿拉伯学，于是他以大学毕业生的身份向伦敦大学亚非学院提出了申请，并于一九七三年春季参加了面试。面试立即获得通过，他于一九七三年秋季入学，主修中东历史。

通过三年学习，他以优异成绩毕业了，然后进一步攻读博士学位，专修八世纪至十五世纪的伊拉克历史，尤其是公元七五〇年至一二五八年的阿拔斯王朝。一九七九年他获得了博士学位，接着于一九八〇年去了一次伊拉克，就在那时伊拉克侵入伊朗，触发了长达八年的两伊战争，其间的经历使他对中东地区的军事力量发生了兴趣。

回国后，他才二十六岁就被亚非学院聘为讲师。这是世界上研究阿拉伯学最好也是最难攻读的学院之一。由于他优秀的第一手研究，他晋升为高级讲师，三十四岁那年又成为中东历史方面的高级讲师，显然可望在四十岁之前成为教授。

莱恩读到的书面材料仅限于这些。使他更感兴趣的是第二个领域，即中东武器库方面的知识。多年来，这一直是个边缘学科，被冷战所忽视，可现在……

"是关于科威特的事。"他最后说。吃剩的比目鱼撤下去了。两人都谢绝了甜点。比目鱼已经让他们吃得够饱了，而且莱恩猜测马丁吃得很多。两杯佳酿的红葡萄酒端了上来。

"也许你可以想象，这几天我们忙得焦头烂额。"

莱恩只是轻描淡写地提了一下。外交大臣道格拉斯·赫德被刚从美国回来的铁娘子狠狠批评了一顿；要求立即搞清情况的命令，如雨点般落到了世纪大厦的密探们头上。

"事实是，我们想派一个人潜入科威特，摸清楚那里究竟在发生什么事。"

"伊拉克占领之下的科威特吗？"马丁问。

"恐怕是这样。"

"那为什么找我呢？"

"让我对你坦率地讲，"莱恩说，"我们确实想弄明白里边在发生什么。伊拉克占领军有多少部队？战斗力如何？配有什么装备？我们的本国同胞现在是怎样应付的？他们是否处境危险？能否安全地把他们转移出来？我们需要派一个地面人员进去。这种情报是非常重要的。所以要找一个人，阿拉伯语说得与阿拉伯人——伊拉克人或科威特人——一样好。你一生都在搞阿拉伯语，比我强多了……"

"可现在的英国肯定有几百个科威特人，他们可以潜回去。"

马丁建议说。

莱恩哑着嘴，想把嵌在牙缝里的一小片比目鱼弄出来。

"确切地说，"他喃喃地说道，"我们想派遣一名本国人。"

"一个英国人？可谁能混同于阿拉伯人呢？"

"那就是我们所需要的。我不知道是否有那样的人。"

肯定是因为葡萄酒。特里·马丁不习惯中饭时喝红葡萄酒。事后他真恨不得咬下自己的舌头，假如时间能够倒转几秒钟的话。但是话已经说出去了，就无法收回了。

"我知道一个人。我的兄弟麦克，他是特空团的一名少校。他的长相酷似阿拉伯人。"

当莱恩把牙签连同一小片捣乱的比目鱼从嘴里取出时，他按捺住心中涌上来的一阵狂喜。

"是吗？"他喃喃地说，"是吗？"

第三章

特空团少校

史蒂夫·莱恩又惊又喜地坐出租车回到了世纪大厦。原先他安排与阿拉伯学专家共进午餐，是打算招募他去干另一件任务。这个任务他还藏在心里没说出口，提出科威特事件只是交谈的策略。

多年的实践已教会他，先以一个对方无法完成的要求入手，然后转换到实际要解决的事上来。这种策略会让被第一个要求绊了一下的专家，为挽回面子而积极配合，努力满足第二个要求。

马丁博士泄露的这个令人惊奇的消息，正好回答了头一天世纪大厦的一次高层次会议上提出来的一个问题。当时大家都认为这事希望渺茫。但如果马丁博士的话当真，他兄弟的阿拉伯语说得比他还好，而且是特别空勤团的一名军官，肯定习惯秘密行动……有意思，太有意思了。

回到世纪大厦后，莱恩立即向他的顶头上司——主管中东处的行动部主任汇报。一小时后，他们双双去见两位副局长中的一位。

秘密情报局——简称秘情局，也被非正式地称为军情六局

（MI6）——即使在所谓政府"公开化"的年代里也是一个隐蔽的组织。只是到了近年，英国政府才公开任命其局长，这一举措被绝大多数知情人认为是愚蠢和目光短浅的，只能迫使那位新上任的局长先生花公费雇用保镖，这种新开销当然不受公众欢迎。

秘情局的工作人员没有花名册，他们的名字出现在内阁各部的公务员名单里，主要是外交部，因为秘情局归外交部管理。局里也没有账户，预算都分散在十几个部的预算上。

它那破旧的总部大楼多年来一直被当作国家机密，结果后来每一位出租车司机都知道了。当乘客说要去世纪大厦时，司机们会回答："哦，你指的是密探大厦，对吧？"事情到了这一步人们才不得不承认，如果连伦敦的出租车司机都知道它的存在，克格勃也许早就一清二楚了。

虽然秘情局的名声比美国的中情局小得多——规模小，资金也少，但"企业"（秘情局的代名词）因其"产品"（秘密收集的情报）的质量，在朋友和敌人之中获得了实实在在的声誉。在世界上主要的情报机构中，只有以色列的摩萨德比它更小，也更为隐蔽。

秘密情报局的领导人除了局长还有两名副局长。在他们之下另有五名局长助理。这些人管理着五个部门：行动部（负责收集秘密情报）、情报部（负责情报分析）、技术部（负责假证件、微型照相机、密信书写、超微型通讯器材，及在敌对国家搞非法活动所需的所有其他金属物品）、行政部（负责工资、养老金、人事、预算、会计、法律事务、登记注册等）、反情报部（负责检审敌对力量渗入局内）。

行动部之下是各个处室，分别负责全球各地区：西半球、苏联集团、非洲、欧洲、中东和大洋洲等。还有一个联络处，承担着努力与友好情报机构配合的棘手任务。

坦率地说，分工没有这么清晰（在英国没哪件事清晰过），但部门之间经过磕磕碰碰也对付着过来了。

一九九〇年的八月份，人们注意力的焦点集中到了秘情局中东处，尤其是伊拉克科。威斯敏斯特（国会）和白厅（政府）的官僚部门都似乎涌到那里，几乎把那变成了一个人声嘈杂的球迷俱乐部。

副局长认真听取了中东处处长和主管该地区的行动部主任的情况汇报，并频频点头。他认为这是，或者说也许是，一个有意义的行动。

并不是没有情报从科威特流出来。在初始的四十八小时内，在伊拉克关闭所有国际电话线路之前，每一家在科威特设有办事处的英国公司都在用电话、电传或传真与他们驻当地的代表联系。科威特大使馆一直拉着英国外交部的耳朵，诉说发生在科威特的第一批恐怖故事，并要求他们立即去解放那里。

问题在于，没有一则消息绝对可靠，可以让局长呈交给内阁。被入侵之后，科威特已是"一桶浑水"，这是外交大臣在六小时前评估形势时用的词儿。

即使是英国驻科威特使馆的工作人员，也被封锁在海湾岸边的使馆大院之内，正在努力按照不太详尽的名单，用电话联系那些在科威特的英国公民，了解他们的处境是否安全。英国商人和工程技术人员被吓得如同惊弓之鸟，从他们口中能了解到的情报，无非也就是他们偶尔可以听到枪炮声。"请把我不知道的情况告诉我！"这是世纪大厦对这种宝贝情报作出的反应。

现在派一个人进去——一个经过特工训练的人，一个长相酷似阿拉伯人的人——很有意义。除了能了解那里正在发生什么之外，现在秘情局有了这么一个机会，可以向政客们显示他们已经在干实事了。这消息肯定会让正在嚼口香糖的中情局局长威廉·韦伯斯特噎得透不过气来。

副局长清楚，玛格丽特·撒切尔非常欣赏特空团，因为在一九八○年五月的一个下午，是特空团战士击败了伊朗驻伦敦使馆里的恐怖分子。事后她还专门抽出一个晚上的时间，到位于阿尔巴尼街的兵营与特空团官兵一起喝威士忌，听取他们讲述英勇故事。

"我认为，"他最后说，"我最好与特种部队司令员商量一下。"

正式地说，特别空勤团与秘密情报局没什么关系。他们各有不同的上级部门。全职的第22特空团（与半业余的第23特空团相对应）驻扎在英格兰西部赫里福德县城郊外一个叫斯特林的兵营里。其指挥官要向特种部队司令报告。特种部队的总部设在伦敦西区的一片楼房内。司令官的办公室在一栋带柱子的楼房的顶层，房子的外表包着一种类似永久性架子的东西。这是养兔场小格子房的一部分，这种毫无光彩的装饰，让人们不免产生误解，低估这座楼内制订的行动计划的重要性。

特种部队司令在军事行动局局长（一名上将）领导之下，军事行动局在总参谋长（一名级别更高的上将）管辖之下，而总参谋部是属于国防部的。

特别空勤团名字中的"特别"一词是有原因的。该部队于一九四一年由大卫·斯特林上校在利比亚西部沙漠里创建，自那之后，特空团就开展了各种隐蔽的行动。其主要任务是深入敌后隐藏下来，观察敌军的活动；在敌后开展破坏、暗杀和骚扰行动；消灭恐怖分子；营救人质；贴身警卫——为高官和要人提供保镖服务；以及国外培训业务。

与任何精锐部队的将士一样，特空团官兵生活平静，安于他们自己的圈子，不能向局外人谈及他们的工作。他们拒绝一切采访，很少从幕后走出来。

由于两个秘密机构成员的生活方式相类似，秘情局和特空团的人见面就能相互辨认出来，在过去也频繁地有过配合，要么是联合行动，要么是情报人员借用特空团有专长的士兵去执行某项特殊任务。秘情局副局长心里回想着这类事情，在向局长柯林爵士请示过之后，于那天晚上日落时分，在特种部队司令部与JP洛瓦特准将一起喝上了麦芽威士忌酒。

在伦敦的讨论中被提到的那个人，此刻正在遥远的另一座兵营里，俯身在一张地图上。在过去的八个星期里，他和他的十二人教官组一直居住在阿布扎比的泽耶德苏丹酋长私人警卫队的营房中。

这种任务特空团以前执行过许多次。在海湾的西岸地区，从南方的阿曼苏丹国到北方的巴林，分布着一连串的苏丹国和酋长国，英国人曾在那里轻松地工作了几个世纪。现在的阿拉伯联合酋长国以前曾被称为休战国，这是因为，英国曾为它们的统治者们签订了一份休战协定，由英国皇家海军来保护它们免受强盗的抢掠，并以此换取贸易特权。这种关系一直持续着，这些统治者的警卫队都由来访的特空团教官组进行培训。培训当然是要付费的，付给伦敦的国防部。

麦克·马丁少校把一张包括了海湾及中东大部分地区的大地图摊在餐桌上，正在作研究，周围是他手下的几名军人。三十七岁的他不是房间里年纪最大的人。他的两名中士已经四十出头了，长得结实又强壮。比他们年轻的二十岁的毛头小伙子想与他们较劲的话，是再愚蠢不过了。

"有我们的事吗，头儿？"其中一名中士问道。

在小部队、小分队中，相互间一般都是叫名字，但军官们通常被其他级别的军人称为"头儿"。

"我也不知道，"马丁说，"萨达姆·侯赛因侵入了科威特。问题是，他是否会自动撤出？如果不会，那联合国是否会派部队进去把他赶出来？如果是，那我想那里应该会有我们的事。"

"好的。"中士满意地说。桌子周围的人点点头。他们已经有好长好长时间没参加过令人激动的实战了。

特空团里有四项技能要求，每一位新兵必须精通其中一项。它们是：自由跳伞，能从高空带伞跳下；翻山越岭，能在山区健步行走，攀登岩面和山峰；驾驶装甲侦察车，能在开阔地带驾驶和操作重型装甲越野车；两栖作战，也就是能驾桦皮舟、充气皮划艇在水面和水下作业。

在马丁的十二人小组里，有四名自由跳伞者，包括他自己；四名侦察车驾驶员，在向阿布扎比人讲授如何在沙地上快速出击和反击；另外，因为阿布扎比靠海，还有四名潜水教官。

除了自己的专长，特空团官兵还要了解和学会其他技能，这样角色就能互相转换了。另外，他们还需掌握无线电、急救和外语等。

基本战斗小组由四人组成。如果一人无法继续参加行动——不管他是无线电报务员还是救生员——他的任务就立即由幸存下来的三人分担。

他们为自己接受过军中最高的教育而感到自豪。而且因为他们需要在世界各地参加行动，外语是必须掌握的技能。每一位战士除英语之外必须学会一门外语。多年来，俄语一直是热门外语，现今随着冷战的结束已经不再流行了。马来语在远东地区很有用，特空团曾在远东的文莱战斗过几年。西班牙语在升温，因为要在哥伦比亚打击可卡因毒枭。也有人在学习法语，作为备用。

因为特空团帮助过阿曼的喀布斯苏丹，打击渗入佐法尔的南也门游击队，以及在海湾和沙特阿拉伯举办培训班，特空团许多官兵都能说一口过得去的阿拉伯语。刚才请战的那位中士就是其中之一，但他不得不承认："头儿的阿拉伯语才是最令人信服的。我还从来没有听到过谁像他说得那么好。他甚至长得也像阿拉伯人。"

麦克·马丁伸直身体，用一只棕黄色的手理了理乌黑发亮的头发。

"该睡觉了。"

这时候刚过十点。他们将在黎明前起床，赶在太阳把大地晒得太热之前完成每天一练的十英里负重长跑。这是阿布扎比学员们最讨厌的训练项目，但他们的酋长坚持要他们练。如果这些来自英格兰的奇特士兵认为是好的，那就是好的。此外，酋长支付了培训费，他要让他的钱花得值。

马丁少校回到住所后很快就沉沉地睡着了。那位中士说得对：他确实长得像阿拉伯人。他的部下常常纳闷，他的橄榄色皮肤、黑眼睛和黑头发，是不是有地中海地区的血统。他们全都猜错了。

马丁兄弟的外公特伦斯·格兰吉尔，曾经是在印度大吉岭的一名英国茶叶种植人。孩提时他们见过外公的照片——高大，脸色红润，蓄着金色的大胡子，口中叼着烟斗，手里提着步枪站在一只被打死的老虎旁边，很像一位王公。

后来在一九二八年，特伦斯·格兰吉尔做了件不可思议的事：他爱上了一个印度姑娘，并坚持要娶她为妻。她很温柔、很美丽，但问题是，这不行。茶叶公司并没把他解雇——这样会使事情公开化。他们把他遣送流放到了遥远的阿萨姆一个孤零零的茶场。

如果说这就是惩罚，那么它没有起到作用。格兰吉尔和他的新婚妻子——娘家姓名为英迪拉·波塞小姐，都喜欢上了新地方——那充满着猎物和老虎的荒山野岭、那种植着深绿色茶叶的山坡、那里的气候和那里的人们。他们的女儿苏珊就是于一九三〇年在那里降生的。他们在那里抚养她——一个有印度玩伴的英印混血姑娘。

一九四三年，战火朝印度燃烧过来了，日军穿越缅甸进军到了印度边境。格兰吉尔已经过了当志愿兵的年龄，可他坚决要求参军。在德里经过基本军训之后，他被分配到阿萨姆步兵团当少校。所有英国军官候补人员都直接晋升为少校——不可能让英国人听从印度军官的指挥。而印度人可以当上中尉或上尉。

一九四五年，格兰吉尔在跨越伊洛瓦底江时战死了。他的遗体从来没被找到过，它在缅甸的那些雨林里消失了，与成千上万因最激烈的白刃战而死的其他战士的尸体一样。

他的寡妇拿着公司发的一份微薄的抚恤金，返回了家乡。两年后，新麻烦来了。印度在一九四七年分裂。英国人准备撤离。阿里·金南坚持在北方成立穆斯林的巴基斯坦，潘迪特·尼赫鲁在南方建立起信奉印度教的印度。当两种宗教的难民潮各自向着南北方向流动时，爆发了武力冲突，死了一百多万人。格兰吉尔夫人担心女儿的安全，于是把她送到英国萨里郡的赫泽尔米尔，请先夫的弟弟——一位建筑师——照顾她完成学业。六个月后，母亲死于骚乱。

就这样，十七岁的苏珊来到了英格兰——她从未见过的先辈的故乡。她在靠近赫泽尔米尔的一所女子学校读了一年，然后在法恩汉姆总医院学了两年护士课程，此后又为法恩汉姆的一家律师事务所当了一年秘书。

二十一岁那年，她向英国海外航空公司申请当女乘务员。她与其他姑娘一起在英海航的培训学校接受了培训。该学校位于伦敦郊区海斯顿的一个古老的圣玛丽女修道院内。她以前学过的护士课程起到了很大作用，她的容貌和气质更为她添加了砝码。她被录用了。

二十一岁的她长得美丽动人，有着一头瀑布般的栗色头发，雾灰色的眼睛和像是被永久性晒成金色的欧洲人肤色。学业结束时她被分配到一号航线，伦敦—印度，显然是因为她能说一口流利的印地语的缘故。

当时对于四螺旋桨的阿戈诺客机来说，这是一段很长的航程。航线是伦敦—罗马—开罗—巴士拉—巴林—卡拉奇—孟买，然后继续飞往德里、加尔各答、科伦坡、仰光、曼谷，最后是新加坡、香港和东京。当然，一个机组无法飞完整个航程，所以第一个机组会在伊拉克南方的巴士拉换班，由另一个机组在那里接班。

一九五一年，就是在巴士拉，在空港俱乐部喝饮料时，她遇见了一位在伊拉克石油公司工作的很害羞的年轻会计师，他的名字叫奈杰尔·马丁。当时伊拉克石油公司由英国所有并由英国经营管理，马丁是英国人。他请她吃饭。她已经被警告过要提防色狼——不论是乘客还是机组人员。但他看上去很善良，于是她接受了邀请。当他把她送回到空姐居住的英海航基地时，他伸出了手。她感到非常惊奇，就握了一下。

后来，在那个炎热难耐的夜晚，她睁着眼睛躺在床上，不禁想知道去吻一下奈杰尔·马丁会有什么感觉。

在她下一次到巴士拉停留时，他又等在那里了。直到他们结婚后，他才承认自己为她神魂颠倒，所以从海航基地职员阿历克斯·雷德那里打听到了她下一次到巴士拉的时间。那年秋天，他们一起在空港俱乐部打网球、游泳，还一起去逛巴士拉的集市。在他的建议下，她请假跟着他去了巴格达。他就在那里工作。

她很快就感到，这是一个她可以安居的地方。穿着鲜艳衣袍的蜂拥的人群，街上的景色，底格里斯河畔的烤肉香味，出售草药和香料的尖顶小商店，金银饰品和珠宝玉器——所有这一切都使她回忆起她的故乡印度。当他向她求婚时，她当即答应了。

他们于一九五二年在海法街旁的那座英国国教教堂——圣乔治大教堂举行了婚礼。虽然没有她那边的亲友参加，但从伊拉克石油公司和英国使馆来了许多人，教堂内的两排靠背长椅都坐满了。

当时的巴格达是个理想的居家生活城市。生活悠闲，节奏较慢。在位的是男孩国王费萨尔，由努里作为摄政王辅助管理国家。伊拉克受英国的影响最大。这部分是因为伊拉克石油公司对其经济所作出的贡献，部分是因为大多数军官均受过英国教育，但主要是因为整个上层社会的人士，从孩提时代起就受到英国保姆的刻板教育，这种教育留给他们终生的印象。

后来马丁家里添了两个儿子，分别降生于一九五三年和一九五五年。他们的教名是麦克和特里，但他们的长相如同粉笔和奶酪般地不一样。麦克继承了英迪拉·波塞小姐的基因，长着一头黑发、一双黑眼睛和一身橄榄色的皮肤。英国社区里那些爱说笑话的人说他更像一个阿拉伯人。年轻两岁的特里像他的父亲：个矮、粗壮，有着粉红色的肌肤和姜色头发。

凌晨三点钟，麦克·马丁少校被一名勤务兵唤醒了。

"有一份电报，赛义德。"

电报的内容相当简单，但标示着"特急"字样，下面的署名表明这来自特种部队司令官。电报未要求回复，只是命令他立即搭乘下一班飞机回伦敦。

他把工作移交给了特空团的一名上尉。该上尉是教官组副组长，是第一次由团里派到中东地区。他自己则穿上便服赶往机场去了。

凌晨两点五十五分飞往伦敦的班机早就应该起飞了。机舱内一百多名乘客有的在打瞌睡，还有的在咕咕哝哝地说话，这时候女乘务员欣喜地宣布，由于营运原因引起的九十分钟延误马上就可以结束了。

当机舱门又一次打开，放进来一名身材瘦瘦的男乘客时，一些没有睡着的旅客都用眼睛瞪着他。那人身穿衬衣、紧身短夹克和牛仔裤，足蹬一双沙漠靴，肩头上挂着一只马桶包。他被引到商务舱内的一个空位子后就舒舒服服地坐了下来，起飞后几分钟，他放倒座椅靠背很快就睡着了。

坐在他旁边的一位商人，早先已经吃了许多东西，又喝了不少违禁的饮料，后来在机场里等了两个小时，又在飞机上等了两个小时。这时候他又吞了一片解酸药，瞪着他身边正在轻轻松松睡觉的人。

"讨厌的阿拉伯人。"他嘟哝着说，接着努力想睡觉，但没能睡着。

两个小时之后，黎明来到了海湾。英国航空公司的这架喷气客机朝着西北方向飞行，并于当地时间上午十点之前降落在伦敦希斯罗机场。麦克·马丁走在第一批从海关大厅出来的旅客之中，因为他没有大件行李托运。没人到机场来接他。他知道没人会来，他也知道该到哪里去。

这时候在华盛顿，天还没有亮，但远处乔治王子县的群山上空已经出现了一片朝霞。帕图克森河就是从那里流淌下来汇入到切斯皮克河。在兰利的中央情报局总部楼群中，有一栋长方形的大楼。此刻，该大楼的六层，也就是顶层，仍然灯火通明。

中央情报局局长威廉·韦伯斯特法官用指尖揉揉疲倦的眼睛，站起身，走到窗户边。波托马克河边一大片枝叶繁茂的银色白桦树，此时仍笼罩在黑暗之中。一小时之内，初升的太阳将使这些桦木树叶恢复淡绿色。又是一个不眠之夜。自科威特遭入侵之后，他一直只能在接听电话的间隙打盹。这些电话来自总统、国家安全委员会、国务院等等，似乎每个人都知道他的电话号码。

在他身后坐的是与他一样疲倦的主管行动的副局长比尔·斯图尔特，和中东处处长奇普·巴伯。

"那么，就这些了吗？"局长问道，好像再问一遍能得到更好的答案似的。

可是答案并没有改变。现在的处境是，总统、国家安全委员会和国务院都要求中情局提供来自巴格达心脏、来自伊拉克高层的超级机密情报。萨达姆是不是想赖在科威特不走？他会不会在联合国安理会不断发出的决议的威胁下撤军？他是否会在面临石油禁运和经济制裁的情况下屈服？他有什么想法？他有什么计划？他到底想干什么？

但是中情局不知道。当然，他们在巴格达是有一个情报站。但在过去的几个星期里，情报站站长一直被冷落在一边。他的身份已经被反间局局长拉曼尼这个狗杂种知道了，现在情况清楚地表明，几周以来提供给中情局代表的情报都是一派胡言。他的"最佳"线人显然是在为拉曼尼工作，并一直在提供垃圾情报。

当然，他们有照片，有足够的照片。KH-11和KH-12人造卫星每隔几分钟飞临伊拉克上空，把整个国家的一草一木都拍了照片。分析员们在夜以继日地工作着，以分清哪一个可能是毒气工厂，哪一个可能是核设施——或者诚如其所声称的，是一家自行车厂。

好了，在中情局和空军联办的国家侦察办公室里，分析家们与全国照片译解中心的科学家们正在绘制一张某一天会拼凑完整的图画。这里是一个指挥中心，那里是一个萨姆导弹基地，那里是一个战斗机基地。很好，因为照片是这么显示的。有一天，也许它们会被炸回到石器时代。但是萨达姆还有什么武器？还有什么深藏起来的、埋在地下的武器？

多年来对伊拉克的忽视现在酿成了苦果。那些在韦伯斯特身后的椅子里萎靡不振的人，是老时代的密探，在柏林墙的水泥尚未干透时就已经在那里浴血奋战了。他们走了很长的一段路，直至后来电子器械取代了人工情报收集。

而且他们已经告诉过他，全国侦察办的照相机和设在米德堡的国家安全局的窃听器无法揭露计划；电子设备无法侦察意图，无法进入到一位独裁者的脑海之中。

同是一届政府，同是一届国会，当初是如此地热衷于电子小机件，花费几十亿美元巨款去开发和制造由天才科学家设计出来的小发明，可现在却大声嚷嚷着，要求得到那些小机件和小发明显然无法向他们提供的答案。

坐在局长身后的人说，电子情报是人工情报的支持和补充，不能取代人工情报的收集。话是对的，但还是没有解决他的问题。

白宫所要求的情报只能由安插在伊拉克高层统治集团内部的线人、密探、间谍或叛徒来提供。而这正是他所没有的。

"你问过世纪大厦了吗？"

"问过了。与我们一样。"

"过两天我要去特拉维夫，"奇普·巴伯说，"我会见到雅科夫·德洛尔。要不要我问问他？"

局长点点头。雅科夫·德洛尔上将是摩萨德局长，是所有"友好情报机构"中最不肯合作的。中情局局长仍对乔纳森·波拉德事件耿耿于怀。那是个摩萨德操纵的、安插在美国从事反对美国活动的间谍。局长不愿去向摩萨德请求帮助。

"只能依靠他了，奇普。我们不能浪费时间。如果他在巴格达内部有线人，我们要插进去。我们需要那个线人。现在，我要回白宫再次去面对斯考克罗夫特那张脸了。"

在这无可奈何的语调中，会议结束了。

八月五日上午，等在秘情局伦敦总部的那四个人已经忙了大半宿。

整个夜晚的大部分时间，特种部队司令官JP洛瓦特准将一直在打电话，只是在凌晨两点至四点才抽空在椅子里打了一个盹。像许多战士一样，他早就养成了只要形势许可就抓紧时间休息的劳逸结合的生活习惯。黎明前他已经梳洗完毕，准备好全力投入到下一个工作日了。

是他在伦敦时间半夜时分打电话给英国航空公司的一名高级职员，才把在阿布扎比的那架客机留住了。英航的执行经理在家里接到电话时，没有询问为什么他要把远在三千英里之外的一架客机留住，让一个额外的乘客登机。他认识洛瓦特，因为他们同是在赫伯特·克莱森特的特种部队俱乐部会员，大致知道他所从事的行业，所以没问原因就帮了他一个忙。

早饭时，一位中士勤务兵问询了希斯罗机场，获悉阿布扎比的航班已经追回了九十分钟延误的三分之一，将于十点左右着陆，这样，马丁少校可以在十一点前到达兵营。

一名摩托车信使已经匆忙地奔赴驻扎在阿尔德雪特的伞兵团总部，从那里的勃朗宁兵营取来了一份档案。那是伞兵团的人事行政参谋在半夜过后从档案室里找出来的。这份档案包括了麦克·马丁自十八岁当学生起在伞兵部队的十九年军旅生涯，除了调到特空团的那两段较长的时段。

第22特空团指挥官布鲁斯·克雷格上校从赫里福德驾车过来了，他带来了缺少的那两个时段的档案记录。他在黎明前迈步走了进来。

"早上好，JP。有什么要紧事？"

他们相互间很熟。被大伙儿称为JP的洛瓦特，曾是十年前把伊朗使馆从恐怖分子手里夺回来的突击队队长，而克雷格当时是他部下的一名军官。他们的友谊已有很长时间了。

"世纪大厦想搞一个人插到科威特去。"他说。话似乎已经说清楚了。长篇大论不是他的习惯。

"我们的人吗？马丁吗？"克雷格上校放下他带来的那份档案。

"好像是这样。我已经让他从阿布扎比回来了。"

"哦，去他们的。那么你同意吗？"

麦克·马丁是克雷格部下的一名军官，他们之间也有很长时间的交情了。克雷格不喜欢他的部下被世纪大厦从他的鼻子底下牵走。特种部队司令耸了耸肩。

"也许只能同意。如果他适合。如果他们认为不错，他们会去上层做工作的。"

克雷格咕哝了一声，伸手接过中士勤务兵锡德递上来的一杯黑咖啡——他与锡德以前曾在佐法尔并肩作战。当涉及政治时，上校知道套路。秘情局真想干什么事时，他们的路子是通天的。世纪大厦一旦决定办这件事，那么他们很可能会得手。特空团只能提供配合，即使是以联合行动的名义，实际上往往也是由世纪大厦牵头。

世纪大厦的两个人紧跟着上校到了，互相间作了介绍。那个级别较高的人是史蒂夫·莱恩。他带来了伊拉克科科长西蒙·巴克斯曼。他们被引到一间接待室里坐了下来，又给他们端来了咖啡，两份档案也给他们拿来了。于是两人埋头看阅麦克·马丁从十八岁之后的经历。头天晚上，巴克斯曼花了四个小时，从麦克的弟弟口中了解了他的家庭背景、在巴格达度过的童年及在海利伯里求学的经历。

一九七一年夏天，在海利伯里的最后一个学期，马丁给伞兵部队写了一封自荐信，并于那年的九月份在阿尔德雪特的司令部得到了一次面谈的机会。学校对他的评语是，学习成绩不错，体育优秀。这正适合伞兵部队。小伙子立即被接受了，并于当月开始了训练。这是一个为期二十二周的训练课程，未被中途淘汰的话，一直要到一九七二年四月才能结束。

首先是四个星期的队列训练、基本武器操作、基本野战训练和体格锻炼，接着又是两周相同内容的训练，但增加了急救、信号和三防（防核战、防化学战和防细菌战）课程。

第七周是进一步的体能训练，难度越来越大，但还比不上第八周和第九周——那是穿越威尔士布雷肯山区的耐力行军，这种拉练曾使体格强壮的人死于体温过低或体力衰竭。

第十周的训练课程安排在肯特郡的海瑟进行射击。打靶成绩表明，刚过十九岁的马丁是一位神枪手。第十一、十二周是考试周，在阿尔德雪特附近的野外进行，内容是在隆冬的冻雨天气里背负三只箱子在泥地中登山。

"考试周？"巴克斯曼喃喃地说，一边翻阅着卷宗，"那么后面到底还有什么花样？"

考试周之后，小伙子们得到了觊觎已久的红色贝雷帽和伞兵服，接下来的几个星期是在布雷肯山区进行的防务练习、巡逻和实弹射击练习。这时候已是一月下旬了，冰封雪盖的布雷肯山区一片荒凉。新兵们在没有篝火的湿地里根本睡不好觉。

第十六周至第十九周在皇家空军的阿宾顿基地学习跳伞课程，又有几个人退出了。

再经过两个星期的所谓的最后练习和阅兵场操练，第二十二周是结业阅兵，此时，充满自豪感的家长们终于被允许见到已离开他们六个月的年轻人。

列兵麦克·马丁早就被认为是一块当军官的料子。一九七二年五月他去了在桑德赫斯特的皇家军事学院，参加为期一年的标准军事课程学习。一九七三年春天，当上了中尉的麦克·马丁直接到海瑟报到，接管一个排，到北爱尔兰进行为期一年的预备训练。他被分配到伞兵三营，简称三伞。从贝尔法斯特返回后，他回到阿尔德雪特指挥一个新兵排，让那些新来的小伙子去接受他经历过的炼狱般的苦难。一九七七年夏天，他回到三伞，奔赴德国的奥斯纳布吕克，作为英军驻莱茵部队的一部分。

这段时期令他非常痛苦。伞兵们要执行"企鹅模式"，意思是每九年中的三年，或每三次外出中的一次，要卸去降落伞作为车载步兵。伞兵们都讨厌企鹅模式，士气低落，伞兵与步兵间爆发了争执。马丁不得不处罚他私下里非常同情的战士。他硬撑了将近一年，后来，在一九七七年十二月，他自愿调到了特空团。

特空团官兵有相当一部分来自伞兵，这也许是因为两者的训练雷同，尽管特空团声称其训练更为艰苦，而且他们只吸收非常强健的人，然后对其进行进一步训练。马丁的档案转到了在赫里福德的特空团档案室，他流利的阿拉伯语受到了关注。于是在一九七八年夏季，马丁开始了为期六周的标准基本训练。

训练的第一天，一名笑容满面的教官对他们说："在这门课程里，我们不是要努力训练你们，而是要努力让你们死。"

他们确实是这么做的。只有百分之十通过基本训练的人才能进特空团。马丁通过了。此后继续进行训练，在贝利兹的丛林中训练，再加上返回英格兰后的一个月反审讯课程，也就是训练他们在遭到极不愉快的折磨时保持沉默。好在特空团和志愿者在任何时候都可以回绝这门课，志愿者如果回绝了就要返回原处。

"他们这是疯了。"巴克斯曼说。他放下卷宗，端起了另一杯咖啡。"他们全都发疯了。"

莱恩哼了一声。他正在聚精会神地看第二份档案。该档案载有马丁在阿拉伯的经历，这正是他心里盘算的任务所需要的。

马丁第一次在特空团待了三年，军衔是上尉连长。他选择了A中队，即自由跳伞中队（共有A、B、C、G四个中队），对于一个曾在伞兵团的高空自由跳伞队——"红魔队"里跳过伞的人来说，这是一个自然的选择。

他在伞兵团里没有机会使用他的阿拉伯语，但在特空团就有机会了。在一九七九年至一九八一年的三年里，他在西佐法尔的阿曼苏丹国的部队中服役过；在海湾的两个酋长国教过要人警卫队；在利雅得教过沙特国家警备团；为巴林的伊萨酋长的私人保镖讲过课。特空团档案中对他的这段时间的记录为，他重新融入了他童年时代的阿拉伯文化；他的阿拉伯语比团内任何军官都好；当他要思考问题时他有到沙漠中去散步的习惯，全然不顾炎热和苍蝇。

记录中说，在特空团三年之后，他于一九八一年冬天回到了伞兵部队，并很高兴地看到，一九八二年一月和二月间，伞兵在阿曼等地参加"洛基长矛行动"。所以在那段时间他回到了阿克达尔山，直到三月份离开。四月份他被紧急召回——阿根廷入侵了福克兰（马尔维纳斯）群岛。伞兵二营和三营开赴南大西洋。他们是搭乘匆忙改装成运兵船的"堪培拉"号客轮去的，在圣卡洛斯海域登岸。在雨夹雪的天气里，三伞强行军穿越东福克兰岛向斯坦利港挺进。强行军是指在恶劣气候下背负120磅装备行军。

三伞把营部扎在一个叫埃斯坦西亚的孤零零的农场里，准备发起对斯坦利港的最后攻击，这意味着首先要夺取敌军重兵防守的朗顿山。在六月十一日这个险恶的夜晚，麦克·马丁上尉挂了彩。

这是一个宁静的夜晚，他们去袭击阿根廷的阵地，当米尔恩下士踩响一颗地雷并被炸飞了一只脚时，宁静被破坏了。阿军的机枪开火了，火光把山区照耀得如同白昼，三伞要么跑回去隐蔽起来，要么冒着枪林弹雨去夺取朗顿。他们攻下了朗顿，代价是二十三人阵亡，四十多人受伤。其中一名伤员是麦克·马丁，他把钻进腿里的一颗子弹抠出来时，口中吐出一连串恶骂声，幸好是阿拉伯语。

当天的大部分时间他留在山边，然后他被带到了在阿贾克斯湾的设备较好的急救站，经缝合后他乘直升机登上了"乌干达"号医疗船。"乌干达"号在蒙得维的亚靠岸后，马丁和其他几名能坐飞机的轻伤员搭乘民用客机飞回英国的布利兹诺顿。伞兵团安排他去利德黑德的疗养院作为期三周的康复治疗。

就是在那里，他遇见了护士露辛达，后来经简单的求婚之后她成了他的妻子。也许她认为有一位当伞兵的丈夫是一种荣耀，但是她错了。他们在科布汉附近的一座小房子里安了家，她去利德黑德上班很方便，他去阿尔德雪特工作也一样。但是婚后三年他只有四个半月的时间在家。于是她相当合理地让他作出选择：你可以选择伞兵和讨厌的沙漠，或者你选择我。他考虑一番后选择了沙漠。

她走了。一九八二年秋天，他已经在参谋学院进修了，这是获得晋升的敲门砖，说不定还可在国防部里谋到一个肥缺。一九八三年二月，他在考试时出错了。

"他是故意出错的，"巴克斯曼说，"他的司令官在这里批注说，如果他想的话，他可以轻松地通过。"

"我知道，"莱恩说，"我已经看过了。这个人……有点不同寻常。"

一九八三年夏天，马丁作为英国参谋被派到阿曼苏丹国在马斯喀特的陆军总部任职。他在那里待了两年多，一直作为伞兵军官指挥着马斯喀特的北线团。一九八六年夏天，他在阿曼晋升为少校。

在特空团待过的军官都可以再次回去，但只能是应邀回去。一九八七年冬天他刚回到英国跳下飞机，他的离婚手续就办好了。接着赫里福德的邀请也到了。于是他回到了特空团，一九八八年他作为一名中队长在北翼（挪威）服役，然后到文莱苏丹国，再后来是在赫里福德的斯特林干了六个月的警卫工作。一九九〇年六月他率领他的教官组赴阿布扎比。

锡德中士在门上敲了敲，探进头来。

"准将问你们是否愿意坐到他那里去。马丁少校快要到了。"

当马丁走进来时，莱恩注意到了他晒黑的脸庞，他的头发和眼睛，并朝巴克斯曼投去了会意的一瞥。他的外表完全符合。现在，就剩下他是否愿意，还有，他的阿拉伯语是否如同他们所称赞的那么好？

JP走上前用力握住了马丁的手。

"很高兴见到你回来，麦克。"

"谢谢你，长官。"他又与克雷格上校握了手。

"我给你介绍一下这两位先生。"特种部队首长说，"世纪大厦的莱恩先生和巴克斯曼先生。他们……呃……有个建议想与你谈谈。先生们，开始吧。你们要不要单独说话？"

"哦，不用了，"莱恩急忙说，"局长希望如果这次会谈有结果，那么肯定要搞成一次联合行动。"

扯大旗呢，JP心想，又把秘情局局长柯林爵士抬出来，无非是想表明这帮家伙神通广大。

五个人都坐下后，莱恩开始说了。他解释了政治背景，萨达姆·侯赛因有几种行动可能：快速撤兵，缓慢撤兵，或者除非被赶出去绝不撤兵。但政治分析意见认为，伊拉克首先会抢走科威特每一件值钱的东西，然后赖着不走，开口提出联合国决不可能满足的要求和条件。这样可能会拖上好几个月。

英国想知道科威特内部情况到底如何——不是街谈巷议和谣言，也不是传媒那些过分渲染的报道，而是确切情报。滞留在那里的英国公民的情况；关于占领军的情况；科威特的抵抗运动状况——如果不得不使用武力时，科威特的抵抗力量能否尽可能多地拖住萨达姆的部队？

马丁点点头，他一直在倾听，只问了几个相关的问题，其他时间一直沉默着。两名高级军官凝视着窗外。刚过十二点，莱恩结束了他的情况介绍。

"就这些，少校。我不要求你现在马上给我们答复，但也不要太耽搁时间。"

"我私下里与部下说几句话你们不会介意吧？"JP问道。

"当然不介意。这样吧，我和西蒙现在先回局里去。你们有我办公室的电话号码。也许下午你们能告诉我吧？"

锡德中士把那两个穿便服的人引出去，送他们到街上，又注视着他们招了一辆出租车。然后他就回来了。

JP走到一只小冰箱前，取出三罐冰镇啤酒。

"你看看，麦克，情况就这些。那就是他们的要求。如果你认为这计划不切实际，我们将站在你一边。"

"确实如此。"克雷格说，"在团里你从来没有过拒绝执行任务的黑记录。但这次是他们的行动，不是我们的。"

"但如果你愿意跟他们走，"JP说，"那你就去。当然，我们也是要介入的。少了我们，他们也许没法搞这次行动。但你将听他们指挥，由他们负责行动。当事情结束时，你就回到我们中间来，如同是去度了一次假。"

马丁知道这种事情是如何操作的。他听其他为世纪大厦工作的人讲起过。对于团里来说，你消失了，等你返回那天他们会说，"很高兴又见到你"，而决不会查问你去了哪里。

"我接受这个任务。"他说。克雷格上校站起身，朝马丁伸出了手。

"祝你好运，麦克。"

"顺便说一声，"准将说，"你有一个午餐约会，就在街那边，是世纪大厦安排的。"

他交给马丁一张纸条，并与他道了别。

麦克·马丁走下了楼梯。那张纸条说午饭订在四百码远的一家小餐馆，主人是瓦菲克·阿尔科利先生。

除了MI5局和MI6局，英国的第三大情报机构是政府通讯总局，英文简称为GCHQ，位于格罗斯特郡切尔特南镇郊外由卫兵把守的一个大院内。

GCHQ是美国国家安全局的英国版本，两者有密切的合作。他们的监听人员如果愿意的话，可以用装有天线的窃听装置窃听世界上每一台无线电广播和每一个电话交谈。

美国国家安全局除了遍布世界各地的其他监听站之外，在英国与GCHQ合作，设立了若干监听站。GCHQ也有它自己的海外站点，其中一个较大的是在塞浦路斯的阿克罗蒂里。

由于靠近中东，阿克罗蒂里监听站一直在侦听中东地区，它再把产品传输给英国的切尔特南作分析。分析员中有一些专家，虽然生为阿拉伯人，但已爬上了英国的较高社会阶层。其中一人就是阿尔科利先生。他早就选择了在英国定居，入了英国籍，并娶了一个英国妻子。

这位和蔼的前约旦外交官现在是GCHQ阿拉伯处的一名高级分析员。在那个处里，虽然有许多英国的阿拉伯语专家学者，但他更能听出录音讲话的话中之话或言外之意。是他，在世纪大厦的请求之下，在那家饭馆里等待着麦克·马丁。

这是一次快乐的午餐，共持续了两个小时，餐桌上只说阿拉伯语。当他们分手后，马丁大步走回特空团大楼去了。在他离开英国赴利雅得之前，肯定有许多事情要向他讲解和交代。他知道，到时候世纪大厦必定会给他准备好一本有签证的、使用假名的护照。

走出饭店前，阿尔科利先生用洗手间旁边墙上的电话拨了一个号码。

"没问题，史蒂夫。他是完美的。事实上，我还从来没有听到过任何英国人能像他那样说阿拉伯语。不是学者们说的阿拉伯语，你知道的；他说得甚至比他们更好。是市井阿拉伯语，带有咒骂、俚语、术语……不，听不出口音……是的，他能够融入……中东随便哪个地方。不，不，没关系，老朋友。很高兴能帮忙。"

三十分钟后，麦克·马丁取出他租来的轿车驶上M4号公路，回切尔特南去了。在进入总部之前他也打了一个电话，拨的是戈华街旁边的一个号码。对方拿起了话筒，此时他正在亚非学院的办公室里看书，这天下午没有课。

"哈罗，小弟。是我。"

军人用不着自我介绍。因为他们曾一起在巴格达的预科学校上学，而他一直称呼他的弟弟为"小弟"。电话的另一头传来了喘气声。

"麦克？你到底在哪里呀？"

"在伦敦，一个电话亭里。"

"我还以为你在海湾的某个地方呢。"

"是今天上午回来的。说不定晚上又得走。"

"听着，麦克，不要去。这是我的过错……我原本应该闭住我那张臭嘴……"

他哥哥那深沉的笑声通过线路传了过来。

"我是在纳闷，怎么那些密探突然对我感起兴趣来了呢。他们请你吃饭了，是吧？"

"是的，开始时我们正在谈其他事情。后来这事冒了出来，我就说漏了嘴。听着，你并不是非去不可。告诉他们我搞错了。"

"太晚了。不管怎么样，我已经接受了。"

"噢，上帝呀……"在放满了关于中世纪美索不达米亚的大部头学术书籍的办公室里，这位年轻的学者差不多要哭了。

"麦克，请你多保重。我为你祈祷。"

麦克想了一想。是的，特里对宗教很投入。他也许应该这样。

"好吧，小弟，等我回来时再见。"

他挂上了电话。在办公室里，这位一向像崇拜英雄一样崇拜军官哥哥的姜色头发的学者，用双手捧住头。

那天晚上八点四十五分飞往沙特阿拉伯的英航班机准时从伦敦希斯罗机场起飞，麦克·马丁在飞机上。他的口袋里放着一本已经签证妥当的护照。他将在黎明前在驻利雅得使馆见到世纪大厦的情报站站长。

第四章

开赴阿拉伯

唐·沃克轻轻踩下了制动踏板，一九六三年产的经典版克尔维特虹鱼跑车，在西摩·约翰逊空军基地大门内侧停了一会儿，让两辆露营车通过，然后驶出大门上了公路。

天气很热。八月的太阳如同一团火球，挂在北卡罗来纳州小镇戈尔兹博罗的上空，沥青路面看上去如同波光粼粼的水面。把汽车的顶篷拆下来是对的，这样虽然热了一些，但让迎面扑来的风吹拂着他那理得短短的金发，使他感到很舒服。

他驾驶着他十分钟爱的经典跑车，穿过静悄悄的镇子上了70号公路，接着转上13号公路朝东北方向疾驶而去。

在一九九〇年这个炎热的夏天，唐·沃克二十九岁，单身，是一名战斗机驾驶员。他刚刚获悉他要奔赴战场。也许是的。显然这要取决于那个名叫萨达姆·侯赛因的古怪的阿拉伯人。

那天早上，中队长哈尔·霍恩伯格上校（后来晋升为将军）已经宣布：三天之后，即八月九日，他的中队——战术空军司令部第九军第336火箭战斗机中队——将开赴阿拉伯湾。命令是从位于弗吉尼亚州汉普顿的兰利空军基地发来的。要打仗了，飞行员们群情激奋。如果永远不去打击恶霸，那么多年的训练还有什么意义？

还有三天时间，要干的工作有很多很多，作为中队的武器管理军官，他比别人有更多的工作要做。但他已经请求放他二十四小时的假，以便去向父老告别。武器管理负责人史蒂夫·特纳中校告诉他，假如在F-15E型鹰式战机开拔时有任何细小的疏漏，那么他，特纳，是决不会客气的。然后他微笑着告诉沃克，如果想在日出前回来，那最好立即就动身。

那天上午九时，沃克驾车驶上斯诺山和格林维尔，朝着帕姆利科湾东部的群岛驶去。幸运的是他的双亲还没返回特尔萨，要不然他这次就探望不成了。因为是八月份，他的父母正在哈特勒斯附近的别墅度假。那里离他的基地有五个小时左右的车程。

唐·沃克是一个野心勃勃的飞行员，并为此而沾沾自喜。年届二十九岁，正干着这世界上自己最喜欢的事业，这种感觉是再好不过的了。他喜欢基地，喜欢同事们，喜爱他驾驶的由麦道公司生产的F-15E型战鹰。他认为，那是整个美国空军中最棒的战机，他才不去理会F-16猎隼飞行员的胡言乱语。只有海军的F-18大黄蜂战斗机才可与之媲美，但他从来没有飞过大黄蜂，对他来说，战鹰使他得心应手。

在贝瑟尔，他转向正东朝哥伦比亚和威尔波驶去，从那里开始公路把一连串的岛屿连接起来。当基蒂霍克移到他的左后方时，他转到朝南去哈特勒斯的方向，公路到那里就结束了，被四周的大海包围了。童年时代，他曾在哈特勒斯度过愉快的假期，黎明时随外祖父到海里去钓蓝鱼，直到后来老人生病再也无法出门。

现在他的父亲快要从在特尔萨的石油公司退休了，父母亲将在海滨别墅度过更多的时光，这样他就能够经常去探视他们了。他还年轻，如果发生战争，还没有想到过能不能从海湾归来的问题。

十八岁那年，当沃克在特尔萨高中毕业时，他的脑海里只涌动着一个理想——他要飞上蓝天。在他记忆中，他一直想在蓝天翱翔。他在俄克拉荷马州立大学读了四年，主修航空工程学，于一九八三年六月毕业。他还在后备军官训练队受训，并于那年秋季正式加入空军。

他在靠近凤凰城的威廉斯空军基地接受了飞行训练，驾驶T-33和T-38飞机。十一个月以后，在飞行阅兵时他得悉，他以四十名学员中第四名的优异成绩通过了训练。使他喜上加喜的是，前五名毕业生将被选派去新墨西哥州阿拉莫戈多附近的霍洛曼空军基地学习驾驶战斗机。至于其余学生嘛，注定要飞战斗机的他带着高度优越感认为，将被送去开轰炸机或运输机。

在佛罗里达州霍姆斯特德的改换机种培训课程中，他终于离开T-38飞机改飞F-4鬼怪式，这是一种机体庞大、功率强劲的怪兽状飞机，但毕竟是一架真正的战斗机。

九个月的霍姆斯特德培训结束后，他首次被分配到了中队里，驻防韩国乌山，飞了一年鬼怪式战斗机。他表现出色，他自己知道这一点，显然他的上司也同样知道。乌山之后，他们送他去堪萨斯州的维切塔，在麦考内尔空军基地的战斗机武器学校学习。

战斗机武器课程是美国空军中，最有争议、最难学的课程。新武器技术是令人敬畏的。麦考内尔的毕业生，必须通晓令人眼花缭乱的一排排器械中的每一只螺帽和每一根螺栓，熟悉微电路板上的每一块硅芯片，这样，现代化的战斗机才能对空中或地面的对手实施打击。沃克又作为一名优秀的学生结业了，这意味着他将为空军的每一个战斗机中队所欢迎。

一九八七年夏天，驻扎在戈尔兹博罗的第336中队接受了他。他在那里飞了一年，又在凤凰城的卢克空军基地飞了四个月的鬼怪式，然后改飞中队新配置的鹰式战斗机。当萨达姆·侯赛因入侵科威特时，他已经飞了一年多的战鹰。

中午前，克尔维特轿车转向一长串的岛屿。在他北边几英里远的基蒂霍克竖立着一座纪念碑。当年莱特兄弟就是在那里，把用绳子扎起来的新发明拖上空中飞行了几英尺，由此证明人类可以把动力强大的飞机飞上天空。

他尾随着露营车和拖挂车慢慢地穿过了内格黑德。过了哈特勒斯角，前方到岛屿尖端的道路一片空旷。正好在一点钟之前，克尔维特驶上了他父母亲那座木结构房子的车道，看到父亲和外祖父正在面朝大海的门廊里。

雷·沃克首先看见了他的儿子，高兴地叫了起来。正在厨房里准备午餐的梅贝拉循声跑出来，一把抱住儿子。外祖父坐在一把摇椅里，凝视着大海。

"嗨，外公。我是唐。"

老人抬起眼睛点点头笑了，然后又去看大海。

"他的神志不太好，"雷说，"有时候能认出你，有时候认不出。噢，坐下来给我们讲讲你的情况。喂，梅贝拉，给几位渴死鬼来两瓶啤酒怎么样？"

唐喝着啤酒告诉双亲，他将在五天之内开赴海湾。梅贝拉惊得用手捂住了嘴巴；父亲看上去脸色庄重。

"哦，你受的那么多训练什么的，我想就是为了这个吧。"他最后这么说。

唐大口喝着啤酒，不止一次地纳闷，为什么父母总是那么多事可担心。他的外公现在正盯着他，那双浑浊的眼睛似乎认出了他。

"唐要上战场了，外公。"雷·沃克朝他大声说。老人的眼睛闪现出生命的光泽。

外公把一生贡献给了军队。多年前，他一出校门就加入了海军陆战队。一九四一年，他吻别妻子，把她和婴儿梅贝拉丢在特尔萨，随部队去了太平洋。在菲律宾的科雷吉多尔，当麦克阿瑟说"我会回来"时，他就在将军的旁边，而当麦克阿瑟确实打回来时，他又在将军旁边二十码处。

这期间他参加了十几场激烈的战斗，他在马里亚纳的珊瑚岛上浴血奋战，在硫黄岛战役中幸存下来了。他的身上有十七处伤疤，全是在战斗中留下的，他被授予了银星绶带、两枚铜星勋章和七枚紫心勋章。

他一直婉拒提升，宁可当一名军士长。因为他知道真正的权力所在。他曾在韩国的仁川登陆；最后，他被派去帕里斯岛当教官，海军陆战队生涯结束了，他的制服上别满了各种勋章，几乎把衣料全部盖住。又经过两次延役，他最终退伍时，有四位将军出席了为他举行的送别仪式，比另一名将军的退伍仪式还要隆重。

老人示意外孙过去。唐从桌子边起身靠上前去。

"要当心那些日本人，孩子，"老人耳语着说，"要不然他们会扑上来的。"

"放心好了，外公。他们无法接近我。"

老人点点头，似乎很满意。他已经八十岁了。最后搞垮这位不朽中士的，不是日本人和朝鲜人，而是风湿病。这些年来，在女儿和女婿的照顾下，他的大部分时间是伴随着美梦度过的，因为他没有其他地方可去。

中饭后，唐的父母向他讲述他们四天前刚结束的阿拉伯湾之行。梅贝拉起身拿来了她拍的照片，是刚刚从照相馆里洗出来的。

唐坐在母亲身旁，看着她一张张地翻弄那一堆照片，讲解着，那是他们游览过的一连串酋长国的宫殿、清真寺、外滩和市场。

　　"这次你去那里可要当心点，"她叮嘱儿子，"这些就是你要对付的人呐哪。是危险人物——你瞧这双眼睛。"

　　唐·沃克去看拿在她手里的那张照片。照片里的贝都因人站在两座沙丘之间，后面是一大片沙漠，他的茶巾一头垂下来塞到了另一边，从而遮住了他的脸。只有那双黑眼睛狐疑地凝视着前方的照相机镜头。

　　"我肯定会当心他的。"他答应了母亲。听到这话，她似乎满意了。

　　下午五点钟光景他决定返回基地。他的双亲送他到了屋前停车的地方。梅贝拉抱了一下儿子，又一次嘱咐他要多加小心；雷拥抱了儿子，并说他们为他感到自豪。唐坐进跑车，把它倒出来转弯驶上车道。他回过头来。

　　在他身后的那座房子里，此刻他的外公拄着两根拐杖出现在一楼的阳台上。老人缓缓地把两根手杖归到了一只手里，并挺直了身体，努力克服风湿病对肩背的影响，直至平稳地站直。然后他举起一只手，手掌朝下，举到了垒球帽的帽沿边，停住。这是一位老战士向他即将奔赴另一个战场的外孙行的军礼。

　　唐从车上回敬了一个军礼。然后他踩下油门疾驶而去。他再也没有见到过他的外祖父。十月下旬，老人在睡眠中永远地闭上了眼睛。

　　这时候在伦敦，天已经黑下来了。特里·马丁工作得很晚，虽然学生们已经离校去过暑假了，但他还要备课，而且由于学校办了一些假期培训班，所以这几个月他一直很忙。但那天晚上他强迫自已干点其他事情，以排解心中的忧虑。

他知道他的哥哥去了什么地方，他想象着，乔装打扮潜入伊军占领下的科威特会有多危险。

十点钟时，当沃克驾车从哈特勒斯返回基地时，特里离开学校，向正在关门的看门人有礼貌地道了别，走过戈华街和圣马丁街，朝特拉法尔加广场走去。也许，他想，明亮的街灯能使他振奋起来。这是一个温暖、芳香的夜晚。

在圣马丁教堂前，他发现大门仍然开着，从里面传出唱赞美诗的声音。他步入教堂，在后面找到一把长椅，坐下来倾听圣歌排练。但是合唱者嘹亮的歌声只能加深他的痛苦。他回想起三十年前他与麦克一起在巴格达度过的童年。

在巴格达那个名为里萨法的上流社会居住区，奈杰尔·马丁和苏珊住在沙顿小区的一座优雅的老房子里。特里最早的记忆，是在他两岁时，他那深色头发的哥哥被穿着打扮起来，第一天去上赛韦尔小姐的幼儿园。这意味着要穿上衬衫、西装短裤、皮鞋和短袜，是英国男孩的制服。麦克大声嚷嚷着不愿脱下他已经穿惯了的长袍，这种白布袍子能使他行动自如、无拘无束，且又能保持凉快。

二十世纪五十年代，在巴格达的英国人社区，生活既悠闲又优雅。曼苏尔俱乐部和阿尔维亚俱乐部都实行会员制，俱乐部里有泳池、网球场和橡皮球场。伊拉克石油公司的高级职员和英国使馆官员在那里碰面，一起游泳、打球、休闲，在酒吧里喝饮料。

他还记得法蒂玛，他们的保姆，一位来自边远山区的丰满而温柔的姑娘。她把付给她的薪金都积存起来，以便日后回到家乡办一份嫁妆，嫁一个好男人。他曾经在草坪上与法蒂玛玩耍，然后去赛韦尔小姐的幼儿园接麦克回家。

弟兄俩各自在三岁不到时就已经会说两种语言了——英语和阿

拉伯语。后者他们是从法蒂玛、花匠和厨师那里学会的。麦克尤其学得快，且由于他们的父亲崇尚阿拉伯文化，家里总是伊拉克人高朋满座。

阿拉伯人特别喜欢小孩，显得比欧洲人更有耐心。当长着黑发黑眼睛的麦克穿着袍子在草坪上蹦蹦跳跳，口中吐出一串串阿拉伯语时，他父亲的伊拉克朋友就会开心地笑着喊道："奈杰尔，他更像是我们的人呢。"

周末，他们去皇家哈利蒂亚猎场观赏猎狐，有时候他们去下游的猪岛野餐，那是底格里斯河道中央的一个小岛，底格里斯河缓慢流过市区，把城市分割成两块。

两年之后，特里跟随麦克也进了赛韦尔小姐的幼儿园，而且由于他天性聪明，所以后来兄弟俩同时进入由哈特利先生管理的基础预科学校。

兄弟俩第一天去塔西西亚学校报到时，特里才六岁，他的哥哥八岁。该学校同时招收英国男孩和伊拉克上层社会家庭的男孩。

到那个时候，伊拉克已经发生过一次军事政变。少年国王和努里被杀害了，卡赛姆将军夺得了绝对权力。虽然这两个英国小男孩不知道这些事，但他们的家长和英国社区的住户开始担心起来。卡赛姆正在开展一场针对国家复兴党员的疯狂报复，复兴党人反过来试图暗杀这位将军。复兴党暗杀行动组里，有一位叫萨达姆·侯赛因的激进、火暴青年。

开学第一天，特里被一群伊拉克男孩团团围住。

"他是蛴螬。"其中一个小家伙说。特里哭了起来。

"我不是蛴螬。"他抽着鼻子说。

"是的，你是蛴螬。"个子最高的那个男孩说，"你长得又白又胖，还有奇怪的头发。你看上去像一条蛴螬。蛴螬，蛴螬，蛴蟛。"

接着他们齐声喊了起来。麦克在他身后出现了。当然，他们都说阿拉伯语。

"不要叫我弟弟蟛蟛。"他警告说。

"什么？你弟弟？他看上去才不像是你弟弟哩。他更像是一条蟛蟛。"

使用拳头解决问题并不是阿拉伯文化的一部分，实际上其他文化中也不多见，除了在远东的某些地方。即使在撒哈拉南部，拳头也不是传统武器。非洲的黑人及他们的后代不得不学会握拳和出拳，所以他们成了世界上最棒的拳击手。喜欢拔拳出击是西地中海人，尤其是盎格鲁-撒克逊人的传统。

麦克·马丁的右拳正中那个带头起哄者的下巴，把他仰面打翻在地。那孩子倒没怎么受伤，只是吓得不轻。但这一来，以后谁也不敢再叫特里蟛蟛了。

令人惊奇的是，麦克和那个挨打的伊拉克男孩反而成了最要好的朋友。在预科学校的整个求学期间，两人简直形影不离。那高个子男孩叫哈桑·拉曼尼。他们的小帮派还有第三个成员，阿卜德尔卡里姆·巴德里，那人有个弟弟叫奥斯曼，与特里同年。这样，特里与奥斯曼也自然而然地成了朋友。这带来了益处，因为后来连巴德里先生也成了他们父母家里的座上客。巴德里先生是一位医生，马丁家很幸运地有了他作为他们的家庭医生。是他帮助麦克和特里·马丁免受麻疹、流行性腮腺炎和小儿天花等儿童疾病的侵袭。

据特里追忆，阿卜德尔卡里姆，即巴德里家的长子，着迷于诗歌，经常埋头阅读一本英语诗集，他甚至还击败英国孩子多次获得诗歌朗诵大奖。巴德里先生的小儿子奥斯曼特别喜欢数学，说将来要当一名工程师或建筑师，建造出美丽的东西。在一九九〇年这个暖和的晚上，特里坐在教堂的靠背长椅上，想象着不知道他们现在怎么样了。

当他们在塔西西亚学习时，伊拉克正在发生一些变化。谋杀国王夺取政权四年之后，卡赛姆自己也被不满他的亲共政策的军队推翻、杀害。随后的十一个月，军人和复兴党分享政权，其间复兴党人反过来对以前迫害他们的人实施了野蛮的报复。

然后军队废黜了复兴党，流放其成员，然后掌权统治至一九六八年。

一九六六年，十三岁的麦克被送到英国海利伯里公学去完成学业。一九六八年特里也跟着去了。那年的六月下旬，他的双亲带他回英国，全家一起度过了一个漫长的暑假，然后特里就随麦克一起在英国上学。这样他们错过了那年七月十四日和三十日伊拉克的两次军事政变。政变推翻了军人政权，在贝克尔总统和萨达姆·侯赛因副总统的领导下，复兴党重新执政。

奈杰尔·马丁已经预测到局势将会很动荡，于是他作出了计划。他离开伊拉克石油公司，加入了总部设在英国的巴马石油公司。他收拾家当离开巴格达，到英格兰的哈特福德安了家，从这里他可以每天去伦敦上班。

奈杰尔·马丁成了高尔夫爱好者，到了周末，由他的儿子当球童，他经常与巴马石油的一位名为丹尼斯·撒切尔的执行董事一起打高尔夫。撒切尔先生的妻子对政治相当感兴趣。

特里喜欢海利伯里，当时的校长是威廉·斯图尔特。兄弟俩住在梅尔维尔，该教学楼当时由理查德·罗德斯-詹姆斯负责。可以预见，特里成了一名学者，而麦克成了一名运动员。不想上大学的麦克早就宣称要当军人。这个决定获得了罗德斯-詹姆斯的赞同。在巴格达的塔西西亚学校开始，麦克就有意识保护他弱小的弟弟，后来在海利伯里，这种保护意识更强了，同时，弟弟对兄长也更加崇敬。

当合唱班结束练习时，特里离开黑暗的教堂，走过特拉法尔加广场，搭上了一辆去贝斯沃特的公共汽车。他和希拉里住在那里的一座公寓里。当巴士载着他穿行在公园路上时，他又回想起与麦克一起度过的学生时代。而现在，由于他说漏了嘴，致使他的哥哥要被派往被占的科威特。因为忧虑和悔恨，他觉得快要流泪了。

他下了公交车，匆匆走过切普斯托花园。与他共同生活的希拉里三天前出差去，应该回来了。他希望这样，他需要有人安慰。走进室内时他喊了一声，从客厅里传出了那位善良、温柔的期货经纪人的应答。

他把他干的蠢事一五一十地全都说了出来。然后他被希拉里揽入温暖和令人欣慰的怀抱之中了。

麦克·马丁在利雅得情报站度过了两天。世纪大厦已经向这个情报站增派了两人，以充实其力量。

利雅得情报站通常在使馆以外的地点办公，而且由于沙特阿拉伯被英国认为是友好的国家，所以情报站的工作从来不是高难度工作，不需要配置大量的工作人员和复杂的设施。但是已持续了十天的海湾危机改变了一切。

新成立的西方和阿拉伯国家联盟强烈反对伊拉克继续占领科威特，并已经任命了海湾多国部队的两名总司令——美国的诺曼·施瓦茨科普夫上将和沙特阿拉伯的卡利德·苏丹·阿卜杜拉齐兹。后者是一位四十四岁的职业军人，曾在美国和英国的桑德赫斯特培训过。他是沙特国王的侄子，国防大臣苏丹王子的儿子。

在英国的请求之下，卡利德王子与往常一样大方地同意，并以最快的速度在利雅得郊外搞到一座独立式别墅供英国使馆租用。

来自伦敦的技术人员正在安装带有扰频器的收发报机，以保证情报的安全传输，这个地方快要变成危机期间英国秘密情报局的总部了。在该城市另一头的某个地方，美国人也在为中央情报局准备类似的设备，中情局显然也想大干一番。美军高级将官与中情局高级特工之间后来达成的共识在当时尚未开始。

在准备工作的间隙，麦克·马丁住在情报站站长朱利安·格雷的私宅里。两人商定，马丁最好不要公开露面。迷人的格雷夫人是一位全职主妇，她以女主人的身份招待马丁，根本没想过去问他是什么人，他在沙特干什么。马丁对沙特职员从来不说阿拉伯语，只是在接受端上来的咖啡时才微微一笑，用英语说一声谢谢。

第二天晚上，格雷向马丁作最后的任务交代。他们似乎已经把他们所能想到的事情都考虑周全了，至少从利雅得方面。

"你将在明天上午飞往达兰。坐沙特的民用航班，他们已经停掉了直飞卡夫吉的航线。会有人到机场接你的。企业已在卡夫吉设置了一名交通员。他会去接你并把你弄到北方去。实际上，这个交通员以前也是特空团的，叫斯帕基·洛。你认识他吗？"

"我认识他。"马丁说。

"你要的东西他都为你备妥了。而且他还找了一个你应该谈得来的年轻科威特飞行员。斯帕基将会从我们这里得到美国人造卫星拍摄到的最新照片。这些照片会显示边境地区和需要避开的伊军主要集结地区。再加上我们所有的其他东西。最后，这些照片是刚刚从伦敦带过来的。"

他把一叠放得很大的、用光面纸洗印的照片放到餐桌上。

"看来萨达姆还没有任命伊拉克总督；他仍在试图组成一个科威特傀儡政府，但还没有进展。甚至连科威特的抵抗活动也没有开始。但伊拉克似乎已在那里设立了秘密警察机构。这个人好像是当地的秘密警察头子，叫沙巴维上校，他的巴格达老板——秘密警察局局长奥马尔·卡蒂布——说不定会来视察。就是这个人。"

马丁凝视着照片中的脸：那是一张绷得紧紧的、阴郁的脸，眼睛和嘴巴交混着残忍和乡下人的狡诈神色。

"他的名声相当血腥。他在科威特的部下沙巴维也同样。卡蒂布约四十五岁，来自于提克里特，是萨达姆本人的同族人，也是他长期的亲信。对于沙巴维我们知道得不多，但以后会了解。"

格雷推过来另一张照片。

"除了秘密警察局，巴格达还派去了另一支安全部队，也许是为了对付外国人，以及来自他们新征服的土地之外的间谍活动或破坏企图。反间局的头子就是这个人——他的名声是既狡猾又聪明，他也许是需要小心对付的人。"

这一天是八月八日。又一架C-5银河运输机隆隆响着从头顶上掠过，准备在附近的军用机场降落，这是庞大的美国后勤体系的一部分，已在正常运行了，正把无穷无尽的物资运进一个紧张、不明状况，又极端传统的穆斯林王国。

麦克·马丁低头凝视着伊拉克反间局局长哈桑·拉曼尼的那张面孔。

世纪大厦的史蒂夫·莱恩又来电话了。

"我不想谈了。"特里·马丁说。

"我认为我们应该谈谈，马丁博士。你担心你哥哥，对吗？"

"非常担心。"

"没有必要担心，你知道，他是一个非常坚强的人，能照顾好他自己。是他愿意去的，这一点毫无疑问。我们给了他选择的权利。"

"我应该闭住我的嘴巴。"

"能不能这样看待问题，博士？如果形势越来越坏，那么，我们也许不得不把许多其他家庭的兄弟、丈夫、叔伯和亲人派往海湾。如果我们中间的某人能减少他们的伤亡，那么，为什么不试一试呢？"

"好吧，你找我有什么事？"

"哦，一起再吃一顿中饭吧，我想。这样面对面谈话方便些。你知不知道蒙特卡姆酒店？就一点钟吧？"

"除了有一颗聪明的脑袋，他还是一个非常容易动感情的人。"那天上午早些时候莱恩曾这么向西蒙·巴克斯曼评价马丁博士。

"噢，天哪。"巴克斯曼说，像是一位昆虫学家刚刚获悉在一块岩石底下发现了一种有趣的新类型昆虫。

下午一点钟，间谍头子和学术家在一张安静的桌子旁坐了下来。当熏大马哈鱼端上来之后，莱恩切入了谈话的主题。

"事实是，我们也许将面临一场海湾战争。当然，现在还没开始；集结部队需要花时间。但美国人是不好惹的。他们已经下定决心，在我们唐宁街的那位夫人的全力支持下，要把萨达姆·侯赛因及其帮凶赶出科威特。"

"假如他自动撤离呢？"马丁提议。

"噢，如果那样就没有战争的必要了。"莱恩回答，虽然他在私下里认为这个方案并不怎么好。社会上流传着一些让人心烦意乱的谣言，于是他安排了与阿拉伯学专家的这次饭局。

"但如果他不撤出，那么我们就要插进去，在联合国的授权下，把他赶出去。"

“我们？”

“主要是美国人。我们派部队——陆军、海军和空军——加入联军。现在我们的战舰已经在海湾地区了，战斗机和战斗轰炸机中队也在飞赴南方。都是些战争的准备工作。撒切尔夫人已下决心，我们不能让人觉得我们拖拖拉拉。当前还是沙漠盾牌阶段，阻止那个狗杂种向南方进军入侵沙特阿拉伯。但事情也许没那么简单。你肯定听说过WMD吧？”

“大规模杀伤性武器，当然听说过。”

“就是这个问题。NBC，即核战、细菌战和化学战。两年来，我们世纪大厦一直在努力让政客们警惕这方面的进展。去年，我们局长作了一个《关于九十年代情报工作》的专题报告，警告说，自冷战结束后，这种威胁正在扩大并且还将扩大。报告提到了野心勃勃的独裁者拥有和使用高科技武器的可能性。‘棒极了，’他们说，‘这个报告太好了。’然后呢？无动于衷。当然，现在他们寝食不安了。”

“他有不少呢，这个萨达姆·侯赛因。”马丁说。

“就是嘛，朋友。我们估算在过去的十年中，萨达姆花了五百亿美元用于军火采购。那就是为什么他破产的原因——他欠下科威特一百五十亿美元的债务，另欠沙特人一百五十亿。那还是在两伊战争期间的贷款。他侵入科威特是因为，科威特人不肯把这些债务一笔勾销，并按他要求再借给他三百亿美元用于振兴伊拉克经济。

“现在问题的核心是，那笔五百亿款项的三分之一，约一百七十亿美元，已花在购买大规模杀伤性武器或武器制造技术设备上了。”

“西方最终还是觉醒了？”

“彻底觉醒了。现在正在采取一系列措施。兰利接到命令，在世界各国政府中询问向伊拉克供货的情况，查核出口许可证。我们世纪大厦也在这么做。"

"那要不了多长时间了，如果他们都能配合。他们应该会配合的。"马丁说，他点的鳐翅端上来了。

"事情没这么简单。"莱恩说，"虽然现在为时尚早，但显然萨达姆的女婿卡米尔设立了一架非常巧妙的采购机器。在欧洲、南北美洲和中美洲有几百个小的假公司。他们购进一些看上去毫无意义的零星东西。伪造出口许可证，捏造产品的内容，虚构用户，目的地也都符合出口许可证上的国家和地区。但一旦把这些看上去没有意义的东西装配起来，就可以变成非常吓人的东西。"

"我们知道他拥有毒气，"马丁说，"他在库尔德人身上用过，在法奥战役时在伊朗人身上用过。光气、芥子气，我听说还有神经中枢毒气。这种毒气无色，无味，能在短时间内致人于死地。"

"我说老朋友，你真是信息灵通啊。"

莱恩知道这些毒气，但他更知道奉承。

"然后还有炭疽病，"马丁说，"他正在对此作试验，也许还有肺炎瘟疫。可是你知道，这种事情不是戴上厨房手套就能搞的，需要高度专业化的化工设备。这些应该会显露在出口许可证上。"

莱恩点点头并无望地叹了一口气。

"应该是的。但是调查员们碰到了两个问题。一些公司，主要是德国公司，故意混淆视听，放烟幕弹；双重用途也是一个问题。比如某个公司运出一批杀虫剂——对于一个想增产粮食的国家来说，这是再清白无辜不过了。另一个国家的另一个公司出口了另一种农药，表面理由相同——杀虫剂。然后聪明的化学师把它们混合成毒气。两家供货商都大喊冤枉，'我们不知道呀'。"

"关键在于化学混合设备，"马丁说，"这是高科技化学。在卫生间的浴缸里是不能混合这种东西的。应该去找那些'交钥匙工厂'的承包商和设备的组装人。他们会装作大惊小怪，但这些人确切地知道他们做的是什么工作，以及有什么用途。"

"交钥匙工厂？"莱恩问道。

"就是外国公司承包建造的整座工厂。新业主只要用钥匙一转就可进去了。但这一切都与今天这顿中饭无关。你们肯定能接触到化学家和物理学家。我只是因为个人爱好才知道这些事。所以，为什么要找我呢？"

莱恩若有所思地搅拌着他的咖啡。这张牌他必须打得非常小心。

"是的，我们是有化学家和物理学家。各门学科的科学家都有。而且毫无疑问，他们会提供一些答案。然后我们把它们翻译成浅易的文字。美国人也做着同样的事。在这一点上，我们正在与华盛顿全力合作，我们还将比较我们的分析结果。我们能得到一些答案，但不是全部。我们相信你能够提供一些不同的情况。所以就安排了这顿中饭。你是否知道，我们的大多数高官仍有那种偏见，觉得阿拉伯人连装配一辆儿童自行车都不会，更不用说发明一辆了？"

他知道他已经触动了某根神经。他让人给特里·马丁博士描绘的心理肖像将要证明其价值了。马丁的脸涨成了紫红色，但他控制住了自己。

"我真是反感至极，"他说，"我们一些同胞坚持认为头上盘茶巾的阿拉伯人只不过是一群养骆驼的人。是的，我确实是这么听说的。事实是，当我们的祖先还在腰上围着一张兽皮跑来跑去时，阿拉伯人就已经在建造极为复杂的宫殿、清真寺、港口、公路和灌溉系统了；当我们还处在中世纪时，他们就已经有非常聪明的统治者和立法者了。"

马丁把身体往前靠过去，用咖啡匙子指向世纪大厦的高级特工。

"我告诉你，伊拉克人中间有一些非常优秀的科学家，还有无与伦比的建筑师。以巴格达为中心，周边一千英里范围内，包括以色列，他们的建筑工程师是最出类拔萃的。许多人在苏联或西方学习过，他们像海绵吸水那样吸收了我们的知识，又作了极大的改进。"

他停顿了一下，莱恩开始反击。

"马丁博士，你说得对极了。我在世纪大厦中东处才工作了一年，但我的观点与你相同。伊拉克人民是天性聪明的人民，但他们不幸被一个种族灭绝的刽子手统治着。所有这些钱和所有这些天赋，难道真的要被用于去屠杀成千上万的人吗？萨达姆究竟会给伊拉克人民带来荣耀还是带来大屠杀？"

马丁叹了一口气。

"你说得对。他脱离了正路。他以前不是这样的，很久以前，但他现在已经心理失常了。他已经把原来的复兴党国家主义蜕变为国家社会主义了，从阿道夫·希特勒那里学来的。还要我说些什么？"

莱恩想了一想，现在千万不能失去这个人。

"乔治·布什和撒切尔夫人已同意我们两个国家联合成立一个机构，调查和分析萨达姆可能拥有的大规模杀伤性武器。调查员们会把他们所发现的情况汇报过来。科学家们会告诉我们它们是什么东西。他拥有什么？发展到何种地步了？如果发生战争，我们要自我保护时需要什么设施——防毒面具？太空服？解毒滤器？我们现在还不知道他拥有什么或我们需要什么。"

"可这些事情我也不知道呀。"马丁打断了他。

"不。但是你知道一些我们不知道的东西。阿拉伯人的心理，萨达姆的心理。他是否会使用他拥有的武器？他是否会赖在科威特不走？或者他是否会撤出？什么情况可能导致他撤出？他是否会硬撑到底？我们的人不明白阿拉伯人的牺牲理念。"

马丁笑了："布什总统和他周围的顾问会按照他们的理念行事，主要是根据基督教的道德哲学，辅之以希腊—罗马的逻辑观。而萨达姆则按照他的自我想象行事。"

"作为阿拉伯人？作为穆斯林？"

"哦，不是。伊斯兰与此无关。萨达姆根本不理会先知编纂的教义，他只为了自己的利益而祈祷。不，必须追溯到尼尼微和亚述时期。他不在乎要死多少人，他只在意战胜。"

"他不会战胜的，胜不了美国人。谁也战胜不了美国人。"

"错了。你是以英国人和美国人的理解来使用'战胜'这个词。布什总统和斯考克罗夫特及其他人也都这么理解。但萨达姆不这样理解。如果他因为法赫德国王满足了他的条件而撤兵——如果吉达会议能召开，这是可能发生的——那么他就赢得了荣誉。满足条件后撤兵是可以接受的。他就胜利了。但美国人不允许那样。"

"当然了。"

"但如果他是在受到威胁的情况下撤兵，他就失败了。所有阿拉伯国家都会看到，他将会失败，也许死亡。所以他不会撤兵。"

"但如果美国人对他发动了战争机器会怎么样呢？他会被碾得粉身碎骨的。"莱恩说。

"这不要紧。他有地下钢筋水泥掩体。他的人民将会死，但这不重要。如果他能伤害美国人，他就胜利了。如果他能极大地伤害美国人，他就会披上一层光彩。不管怎么样，他都能战胜。"

"讨厌，好复杂。"莱恩叹了一口气。

"也不完全是这样。当你跨越约旦河时，会遇到很大的伦理学差异。我再问一次，还有什么事情要我做？"

"我们正在组成一个委员会，就大规模杀伤性武器的问题为领导人当好参谋。至于那些大炮、坦克和飞机，我们两国的国防部会去对付。它们不成问题，只不过是一些五金器具，我们可以从空中把它们摧毁。

"实际上有两个委员会，一个在华盛顿，一个在这里，伦敦。这个委员会由外交部、奥尔德马斯顿和波顿唐等组成。世纪大厦也有两个名额。我会派一名同事，也就是伊拉克科科长西蒙·巴克斯曼参加。我想请你加入，辅助他，看看是否有翻译解释方面的疏漏，因为这是阿拉伯事宜。这是你的专长，这方面你能给我们帮一些忙。"

"好吧，我尽力而为，也许帮不上。那个委员会叫什么名字？什么时候开碰头会？"

"哦，西蒙会把开会的时间和地点通知你的。委员会有一个非常贴切的名字：美杜莎。"

八月十日下午，卡罗来纳州柔和、温暖的黄昏渐渐降临了西摩·约翰逊空军基地。这种傍晚最好的享受，莫过于一罐放在冰桶里的朗姆酒混合甜饮料，加上铁格栅上烧烤的牛排。

第334、第335和第336中队共同组成了美国空军第九军第四战术战斗机联队，但现在第334和335中队的F-15E型战机尚未动员起来，它们要等十二月份才飞赴海湾。此刻，这两个中队的官兵们站在那里观看着。即将开拔的是第336中队。

两天手忙脚乱的准备工作终于要结束了。官兵们准备飞机，制订航线，确定随机携带的装备，收拾起机密的手册及中队的计算机（所有的战术资料都保存在计算机的信息库里），把它们装进集装箱内，然后用运输机运送过去。战斗机中队的搬迁不同于搬家，简直是搬迁一座小城市。

沥青停机坪上，二十四架F-15E战鹰静静地蹲伏着，像是一群令人敬畏的怪兽，在等待着把它们设计制造出来的长腿怪物登上去用指尖轻轻一按，使它们释放出强大的动力。

它们带上了能直接飞到地球另一头阿拉伯半岛的长航程装备。光是十三点五吨的燃油就已经是二战期间五架轰炸机的有效载荷了。而战鹰是战斗机。

机组人员的个人用品被装进了旅行吊舱内，原先的凝固汽油剂舱现在充满生活气息，机翼下的霰弹筒内装上了衬衣、袜子、短裤、香皂、剃须刀、军服、吉祥物和杂志。因为他们知道，去最近的俱乐部也路途遥远。

在跨越大西洋到沙特半岛的整个航程中，有四架大型KC-10加油机中途为战斗机加油，每一架要为六架战鹰服务。现在，这些加油机已经升空，在大洋上空等待着。

稍后，"运输星"和银河运输机组成的机队将载运其他人员和物品——装配人员、电子仪表人员、辅助人员、军械及备品、动力千斤顶和车间、机床和桌椅。他们必须假设目的地什么也没有。二十四架世界上最复杂的战斗轰炸机所需的一切物资，必须经同一条航线运送到世界的另一头去。

那天晚上停在那里的战鹰，这些用黑盒子、铝合金、碳纤维成分、计算机、液压件及富有灵感的设计工作组成的战斗机，每架价值四千四百万美元。虽然这种设计在三十年之前就已经有了，但经过研究和改进，战鹰发展成了一种新式战斗机。

戈尔兹博罗市民代表团由生性爱开玩笑的市长率领，来送行了。此刻，市民代表们站在联队长哈尔·霍恩伯格旁边，自豪地注视着，在牵引车牵引下，战鹰慢慢地从机库里出来，机组人员登上飞机，飞行员坐到双座驾驶舱的前座，武器系统的控制员即火控员坐到了后座上。在每一架飞机的周围，一群地勤人员正在作起飞前的检查工作。

"我是否给你讲过，"市长快活地问他身旁的空军高级军官，"那个将军和妓女的故事？"

这时候，唐·沃克发动了飞机的引擎，两台普拉特和惠特尼F100-PW200涡轮喷气发动机的嚎叫声，淹没了市长的故事的细节。F100发动机把石油转换成大量的噪声和热量，以及两万四千磅的推力。

第336中队的二十四架战鹰，一架跟着一架开始向一英里之外的跑道起点滑行。机翼下迎风飘扬的小红旗表明固定在翼下的麻雀导弹和响尾蛇导弹的位置。固定导弹的销子一直要到起飞之前才会拔去。它们去阿拉伯的航程也许一路平安，但如果不装上自卫武器而让战鹰升空将是不可思议的。

沿跑道从起点直至起飞点，站着一组组武装警卫和空军宪兵。他们有的在挥手，有的在敬礼。到了跑道前，战鹰们停下了，让一大群军械员和地勤人员作最后的检查。他们检查了轮胎，然后挨个检查喷气发动机，查验管路有无任何泄漏，机件有无任何松动，以及有无其他滑行过程中可能暴露出来的问题。最后，拴在导弹上面的安全销被拔掉了。战鹰们耐心地等待着。它们的身体各有六十三英尺长，十八英尺高，四十英尺宽，空重达四万磅，最大起飞重量为八万一千磅，现在已经差不多达到了这个重量。起飞前的助跑距离会很长。

最后，它们滑到了跑道上，转向迎面吹来的微风，在沥青道上开始加速。飞行员们把油门杆推至"开门"，机上的加力燃烧启动了，三十英尺长的火焰从尾管里冒了出来。跑道两侧戴着隔音头盔的地勤组长们，纷纷向去执行国外任务的战鹰们敬礼告别。他们要在沙特阿拉伯才能再次见到它们。

在跑道前方的一英里远处，轮子离开沥青路面，战鹰升空了。轮子收起，襟翼收回来，油门杆拉回来关上了加力燃烧，开始编队定位。二十四架战鹰把它们的鼻首转向空中，以每分钟五千英尺的速率爬升，消失在黄昏的天空之中。

它们升上了两万五千英尺高空，一小时后，见到第一架KC-10加油机的方位灯和航行灯在闪烁。该加油了。两台F100发动机已经渴坏了。在打开加力燃烧飞行的情况下，一只战鹰每小时要消耗四万磅燃油，所以加力燃烧室，或"再热系统"，只是在起飞、战斗或紧急逃跑时才开启。即使是在正常的飞行中，发动机也需要每隔一个半小时加一次油。去沙特阿拉伯的旅途上它们绝对需要KC-10——它们的空中加油站。

中队现在处于一个松散的队形，僚机在各自长机的侧面加入了编队，翼尖之间相距约一英里。唐·沃克身后是他的火控员。他朝旁边瞟了一眼，看到他的僚机固定在它应该处的位置上。他们在向东飞行，所以现在正在黑暗的大西洋上空。飞行员从雷达荧屏上可以看见每一架飞机，还可以从它们的航行灯分辨出来。

在他前面上方的那架KC-10加油机的尾部，一位输油操作员打开了瞭望窗板，看向身后的一片灯海。输油管伸出来了，等待着第一位顾客。

每六架战鹰组成一个小组，每个小组都已经确认了各自的加油机。轮到沃克时，他冲上前去，推一下风门杆，战鹰滑到了加油机的下面，油管的可及范围之内。在加油机里，操作员把输油软管"放飞"到战斗机左翼前缘上突出来的注油孔上。"锁定"以后，输油开始了，速度为每分钟两千磅。战鹰饮了又饮。

当战鹰喝饱后，沃克让开了。他的僚机滑过来吸吮。在空中，另三架加油机也在为各自的六只战鹰喂食。

战鹰们彻夜飞翔。这一天的夜晚是短暂的，因为它们在以每小时五百英里左右的相对地面速度迎着日出飞行。六小时之后太阳再次升起。它们飞过西班牙海岸，飞越非洲的北海岸以避开利比亚。在接近埃及这个多国部队的成员国时，第336中队转向东南方向，掠过红海上空，一大片棕褐色沙土和砾石构成的阿拉伯沙漠开始映入了眼帘。

经过十五小时的空中飞行，身体疲乏僵硬的四十八位美国年轻人终于在沙特阿拉伯的达兰降落了。四十八小时内他们将转移到他们的目的地——阿曼苏丹国的图姆莱特空军基地。

在今后的四个月里，直至十二月中旬，他们将生活在这里，在这个距离伊拉克边境和危险区七百英里的地方。这里将留下他们的记忆。当他们的辅助装备到达之后，他们会在阿曼境内进行飞行训练，在印度洋湛蓝的海水中游泳，等待老天爷和诺曼·施瓦茨科普夫为他们准备的任务。

到十二月，他们将重新转移到沙特阿拉伯；他们中的一个人，虽然他本人永远不会知道，将会改变战争的进程。

第五章

渗入科威特

　　达兰机场已是水泄不通，人满为患。当麦克·马丁从利雅得飞抵达兰时，感觉到东海岸的大部分地区似乎都在蠢蠢欲动。达兰坐落在为沙特阿拉伯带来巨大财富的一大串油田的中心，很久以来就习惯美国人和欧洲人，不像塔伊夫、利雅得、延布以及王国的其他城市，没有多少外国人。即使是繁忙的吉达港，对街上那么多的白种人脸孔也并不习以为常。但这个八月的第二周，达兰被蜂拥而入的外来者压得狼狈不堪。

　　有的人想离开。许多人驾车从水堤路驶入巴林，再从那里坐飞机离开。其他人在达兰机场里等待着，主要是石油工人和他们的家属，准备赴利雅得，然后转机回国。

　　另有一些人在进来。带着武器和物资的美国人如潮水般地涌进来。马丁乘坐的民航班机是夹在两架隆隆作响的C-5银河运输机中间着陆的。从英国、德国和美国飞来的机队几乎首尾相接地来到达兰，它们正在陆续集结着，很快就会把沙特阿拉伯的东北地区变成一座大兵营。

这还不是"沙漠风暴"，解放科威特的战役还要等五个月以后才会打响。现在是"沙漠盾牌"，其目的是阻止伊拉克军队南下——伊军现在已增加至十四个师，布置在边境沿线和科威特境内。

对于旁观者来说，达兰机场的此情此景也许是颇为壮观的，但如果细究一下就会发现，外国人的军事保护其实薄如纸张。美军的装甲兵和炮兵尚未到达，海运船舶才刚刚驶离美国海岸，而"银河""运输星"和"大力神"三种运输机装运的军械，只不过是一艘船舶载货量的零头。

驻扎在达兰的鹰式战斗机和驻扎在巴林的海军陆战队大黄蜂战斗机，加上刚刚从德国抵达达兰、发动机尚未冷却下来的英国狂风战斗机，它们所带来的军械只够执行五六次行动。

想阻挡存心要杀过来的伊军装甲军团还需要更多的军事力量。除了在寥寥可数的几个机场里展示的令人印象深刻的军事硬件之外，烈日下的沙特阿拉伯东北地区还是一片空白，手无寸铁。

马丁侧着身子挤出人头攒动的机场到港大厅，马桶包挂在一边的肩上，这时候他看见了栏杆边接机人群中有一张熟悉的面孔。

当初马丁在特空团上第一堂培训课时，教官告诉他，他们不是要努力训练他，而是要他死。他们几乎成功了。一天，马丁已经在冻雨中，在英国最恶劣的地形里——布雷肯山区行走了三十英里，肩上背着装有一百磅装备的帆布包。与其他学员一样，他已经筋疲力尽了，一直行走在与世隔绝的地方，相伴的只有令人痛苦的阴冷和潮气，只有靠精神和毅力才硬撑到现在。

然后他看见了那辆卡车，那辆等在那里的无限美丽的卡车。那意味着行军的尽头，从人类的忍受极限来说，也是到了尽头。一百码、八十码、五十码。当他那麻木的双腿驱动着他和身上的背包走在最后的几码距离时，苦尽甘来的感觉涌上心头。卡车后面的车厢里坐着一个人，注视着雨水淋浇的、痛苦不堪的脸在踉踉跄跄地向他逼近。当车厢的尾板只与马丁前伸的手指相距十英寸时，那人敲了敲驾驶室的后面，卡车滚动着朝前方驶去了。向前开了不是一百码，而是整整十英里。斯帕基·洛就是当时坐在卡车车厢里的那个人。要忘掉那种经历是很不容易的。

"嗨，麦克，很高兴见到你。"

"嗨，斯帕基，情况怎么样？"

"一团乱麻。"

斯帕基把他那辆不伦不类的四轮驱动吉普车从停车场开了出来，三十分钟后他们已经驶离达兰，朝北方疾驶而去。北上去卡夫吉有二百英里路程，行车需三个小时，但经过朱拜勒港之后，至少安静多了。前方的道路杳无人烟。没人想去卡夫吉，这个科威特边境的小小的石油城现在已经变成了一座鬼城。

"难民潮还在涌过来吗？"马丁问。

"还有一些，"斯帕基点点头，"虽然已经缩成一条细流了。大潮已经过去。顺大路过来的主要是持通行证的妇女和儿童——伊拉克人放她们走是为了甩掉包袱。够聪明的。如果要我去管理科威特，我也会甩掉那些遣返人员。

"有些印度人也出来了。伊拉克人似乎并不理会他们。这就不那么聪明了。印度人消息灵通。我已经说服两名印度人转头把情况告诉我们的人。"

"我要的东西你准备好了吗？"

"是的。格雷一定是在幕后操纵。东西昨天用一辆沙特标志的卡车运到了。我把它放在备用卧室里。今晚我们与我跟你说过的那位年轻科威特空军飞行员一起吃晚饭。他说他在内部有熟人，也许有用处的非常可靠的人。"

马丁咕哝了一声："他不能看见我的脸。因为他也许会被击落。"

斯帕基想了一想："对。"

斯帕基·洛征用的别墅并不坏，马丁想。它本属于阿拉姆科石油公司的一位美国执行董事，该公司已把人员撤回达兰去了。

马丁知道最好不要问斯帕基·洛在那一带干什么。显然，他也是世纪大厦所"借用"的，他的任务似乎是截住南下的难民，如果他们愿意谈，就让他们讲述所见所闻。

卡夫吉实际上已成了一座空城，只有沙特的国民警卫队在城内和城市四周挖掘防御工事。但仍有少数几个闷闷不乐的沙特人在到处游荡。市场上鲜有人光顾，马丁在一个摊贩那里买到了他所需要的衣服。

八月中旬的卡夫吉仍有电力供应，这就意味着还能使用空调，深井水泵也仍在运转。洗澡倒是可以，但他知道最好还是不洗。

他已经有三天未洗脸、剃须、刷牙了。他在利雅得的女主人格雷夫人可能已经注意到了他身上越来越难闻的气味，其实她肯定注意到了，但由于她的良好教养，她什么也没说。马丁只是在饭后用牙签剔牙，保持牙齿卫生。斯帕基·洛对马丁的这副样子也没说什么，但接着他就明白了。

那个科威特军官原来是一个二十六岁的英俊小伙子。他对于他的祖国科威特遭受如此非礼而怒火万丈，显然，他是已遭废黜的萨巴赫王朝的支持者。王室家庭现作为沙特阿拉伯法赫德国王的客人，寄居在塔伊夫的一家豪华宾馆里。

晚餐的主人——穿便服的英国军官——是他已经认识的熟人，但出现在饭桌上的第三个人使他很迷惑。那人看上去像是阿拉伯同胞，但穿着沾满尘土的已失去本来颜色的白袍，头上戴着一条有斑点的茶巾，茶巾垂下的一端把他的下半边脸遮住又塞进另一边。斯帕基为他们作了介绍。

"你真的是英国人？"年轻人惊奇地问道。于是两人向他解释了为什么马丁要穿戴成现在这个模样，为什么要遮住他的脸。卡利德·阿尔卡里法上尉点点头。

"对不起，少校。我当然明白。"

科威特上尉讲的故事明明白白、直截了当。八月一日晚上，他在家里接到通知，要他去部队所在地——艾哈马迪空军基地报到。整个夜晚，他和战友们一直在收听无线电台关于祖国北方遭入侵的报道。到黎明时，他所属的天鹰战斗机中队已经加满油，带上武器，作好了起飞准备。美制的天鹰虽然与现代化的战斗机相差甚远，但用来攻击地面目标还是不错的。但它绝对不是伊拉克的米格23、米格25、米格29或法制幻影战斗机的对手，幸好在上尉平生唯一的一次战斗中他未遭遇伊军的任何战机。

刚过黎明，他在科威特市北郊发现了目标。

"我用火箭击毁了他们的一辆坦克，"他激动地解释说，"没错，因为我看见它起火了。然后我只剩下机炮了，于是我去攻击跟在坦克后面的卡车。我击中了第一辆——那车窜入沟里翻了个底朝天。这样我的弹药用完了，于是往回飞。但我刚飞过艾哈马迪上空，控制塔就告诉我们飞往南方边境以保存飞机。我刚好剩足够的燃油飞到达兰。

"我们把六十多架飞机飞出来了，你知道。天鹰、幻影，还有英国的霍克教练机。加上瞪羚、美洲豹和超级美洲豹直升机。现在我想在这里参加战斗，在祖国解放时回去。你认为什么时候可开始进攻？"

斯帕基·洛微微一笑。小伙子是如此地欣喜若狂。

"恐怕还不行。你要有耐心。现在有许多准备工作要做。给我们讲讲你的父亲。"

飞行员的父亲好像是一位富商，在王室里也有朋友，在当地可谓有财有势。

"他是不是拥戴侵略军？"斯帕基问他。

年轻的阿尔卡里法被刺激起来了。

"不会！绝对不会！为了祖国的解放他愿意提供任何帮助。"他转向格子布上方露出的那双眼睛，"你会去见我父亲吗？你可以依靠他。"

"可能吧。"马丁说。

"你给我捎一封信好吗？"

飞行员在一张纸上书写了几分钟，把纸条递给了马丁。驾车返回达兰后，马丁在烟灰缸里把纸条烧掉了。他不能把任何可能遭牵连的东西带入科威特市。

第二天上午，他和斯帕基把他要求的装备放进吉普车的后部，朝南一直行驶到马尼法，然后转向西方沿着伊拉克边境、横贯沙特阿拉伯的泰普林路行驶。泰普林的意思是跨越阿拉伯的输油管道，这条公路就是为沙特向西方出口原油的输油管道提供服务的。

稍后，泰普林路将成为前所未有的陆上军运大动脉，因为四十万美军、七万英军、一万法军和二十万沙特及其他阿拉伯军队，将从南部进攻伊拉克和科威特。但在这一天，路上还是空荡荡的。

在这条路上走了几英里之后，吉普车又折向北行驶，回到了沙特—科威特国境，但这里的国境深入内陆。在沙特一侧，靠近哈马提亚这个满是苍蝇的沙漠村子附近，这里的边境距离科威特最近。

况且，格雷从利雅得拿到的美国侦察照片表明，伊拉克的主要兵力就集结在边境的对面，但靠近海岸。越往西行，伊军就越稀少。他们的主力部队集中在海边的努韦西布交叉口，至深入内陆四十英里的边境线上的瓦夫腊之间。

哈马提亚村在沙漠中一百英里处，位于国境线上向科威特伸出的位置，这样就缩短了到科威特市的距离。

马丁要的骆驼正在村子外面一个小农场等着他们，那是一头四肢和身体细长的壮年母骆驼，它的孩子——一头长着天鹅绒般的嘴部和温柔眼睛的奶油色小骆驼还在吃奶。

"为什么要小骆驼？"他们坐在吉普车上观察畜栏里的动物时，斯帕基问道。

"作为掩护。如果有人问，我就说要到苏莱比亚外面的骆驼农场去卖掉它。那里能卖个好价钱。"

他滑下吉普车，拖着穿凉鞋的双脚，走过去唤醒正在棚屋里打瞌睡的骆驼贩子。整整三十分钟，两个人蹲在尘土中为两头牲畜讨价还价。盯着那张黝黑的脸、那副污秽的牙齿、那满脸的胡茬、那散发出难闻气味的肮脏衣袍，牲畜贩子无论如何也想不到自己与之谈价钱的，会不是一个掏钱来买两头上好骆驼的贝都因商人。

当买卖成交时，马丁把斯帕基给他的、被他放进腋下故意弄得脏兮兮的一卷沙特里亚尔付给贩子。然后他牵着骆驼走了一英里远，直至走到旁人无法看到的沙丘后面。斯帕基驾车赶了上来。

刚才帕斯基坐在离畜栏几百码远的地方观察着。虽然他对阿拉伯半岛相当了解，但他从没与马丁共过事，现在马丁给他留下了深刻的印象。他不单单是扮作一个阿拉伯人；自他滑下吉普车的那一刻起，他的举手投足无不是一个道道地地的贝都因人。

斯帕基不知道，几天前科威特有两位英国工程师想逃出来，于是他们穿上科威特人的衣袍，并把茶巾盘在头上，走出了公寓楼。刚走了一半，离他们的汽车还有五十码时，一个小孩从后面实事求是地喊道："你们也许可以穿得像阿拉伯人，但你们走路仍像英国人。"工程师们跑回公寓，留在了那里。

在太阳底下劳动会使人热得浑身冒汗，但这个地方可避闲人的耳目，免得别人对他们干的事感到惊奇。

两名特空团军官把装备从吉普车转移到挂在母骆驼身体两侧的驮袋里。它把四条腿屈起来伏在地上，但仍对加在它身上的额外重量提出了抗议，对在它身上动手动脚的人又是喷吐沫又是咆哮。

两百磅塑胶高爆炸药被放进了一只驮袋，每一包五磅重，用布包着，上面又放了几袋咖啡豆，以备好奇的伊拉克士兵检查。另一边的驮袋里放入了几支冲锋枪、弹药、雷管、定时笔和手雷，还有马丁那台功率强大的小型收发报机，以及其折叠式卫星天线和备用镍镉电池。这些器材的上面也盖上了咖啡豆。

当他们忙完了，斯帕基问道："我还有什么事吗？"

"没有了，就这些，谢谢。我在这里等太阳下山。你没有必要等着。"

斯帕基伸出了右手。

"布雷肯山那次我很抱歉。"

马丁与他握手。

"没关系。我幸存下来了。"

斯帕基哈哈笑了，但笑得像狗叫。

"是的，我们就是干这一行的。我们他妈的都活下来了。祝你好运，麦克。"

他驾车走了。母骆驼转了一下眼球，打了一个嗝，反刍出一些食物，开始咀嚼起来。小骆驼努力想找到母亲的奶头，结果没找着，于是在它的身旁躺了下来。

马丁倚靠着骆驼鞍子，扯过茶巾的一角，拉起来遮住脸，开始思考以后的日子。沙漠不成问题；热闹的被占科威特市也许会成问题。伊军控制得多紧？路障盘查得多严？执勤的士兵有多聪明？世纪大厦曾提出要给他搞假证件，但被他回绝了。伊拉克人也许会换发新的身份证。

他对自己选择的打扮信心十足，这是在阿拉伯世界最好的掩护。贝都因人来去自如。他们不会去抗击侵略军，因为他们见得多了——撒拉逊人和土耳其人、十字军和十字军救护团骑士、德国人和法国人、英国人和埃及人、以色列人和伊拉克人。贝都因人都幸存下来了，这全是因为他们不介入政治和军事的缘故。

许多政权曾试图去驯服他们，但都没有成功。沙特阿拉伯的法赫德国王发布条令，他的所有臣民都应该有居所。他下令建造了一个叫埃斯卡的美丽村庄，配之以现代化的生活设施——游泳池、抽水马桶、淋浴房、自来水。一些贝都因人被赶拢，住了进去。

他们在池中饮水——泳池看上去像是一处绿洲，在院子里大便，还玩水龙头，然后就搬出去了，有礼貌地向他们的君主解释说，他们宁愿睡在星空下。埃斯卡村人去楼空，海湾危机期间让美国人用了。

马丁明白，他的真正问题在于他的身高。他身高有六英尺差一英寸（约一米八），但大多数贝都因人都大大低于这个高度。几个世纪以来的疾病和营养不良使他们大都病魔缠身，发育不良。沙漠里的水是只供饮用的，人、羊、骆驼都要喝；因此，马丁避免洗澡。他知道，在沙漠里文明生活方式只为西方人独享。

他没有身份证件，但这不成问题。有几个政府曾试图为贝都因人颁发身份证明。这使部落人高兴了一番，因为身份证可用来做上好的卫生纸，比一把沙砾好多了。对于警察或士兵来说，如果一定要去查验贝都因人的身份证，只能是浪费时间。好在双方都明白。以当局的观点来看，关键是贝都因人不惹麻烦。他们从来不曾想过去介入科威特的任何抵抗运动。马丁明白这一点，他希望伊拉克人也能同样明白。

他一直睡到太阳西斜，然后骑上了骆驼。在他的"嘘、嘘、嘘"吆喝之下，它站起身来。它的宝宝吃了一会儿奶，就紧紧地跟在它的身后，这样它们踱着方步，从容轻松地向前方缓驰而去。骆驼看上去似乎走得很慢，但实际上能走许多路。母骆驼已在畜栏里吃饱喝足了，走上几天也不会累坏。

八点之前，他越过国境时，正处在远离鲁卡法边防检查站的西北方向，边防站那里有一条土路由沙特阿拉伯通向科威特。夜色一片黑暗，只有天上的星星在发出微弱的亮光。科威特麦那基什油田的灯光在他的右侧闪烁，那里很可能有伊拉克的巡逻兵，但他前方的沙漠是空旷的。

地图上显示，到科威特市郊苏莱比亚南部的骆驼农场还有三十五英里距离。他想把骆驼留在那里，直至他再次需要它们。但在此之前，他要把那些装备在沙漠中掩埋起来并做好标记。

除非他被拦住，被耽搁，否则他应该在日出前的黑夜里完成这项工作，而现在离天亮还有九个小时。再过十个钟头，他应该已经到达骆驼农场。

麦那基什油田已经退到他的身后，他用指南针指导自己走直线向着目的地进发。他猜测伊拉克人也许会在公路甚至土路上巡逻，但决不会到荒凉的沙漠里来。难民不会试图由沙漠出逃，敌人也不会试图从沙漠进来。

太阳升起之后，他可以从骆驼农场搭上一辆进城的卡车，进入二十英里远的科威特市区。

在他头顶上方的高空中，美国全国侦察办公室一颗KH-11人造卫星静静地滑过。多年前，美国的前几代间谍卫星在拍照之后，要间隔性地把胶卷传送至太空运载工具，经过繁复的劳动才能把胶卷加工出来。

现在，这些长度六十四英尺、重量三万磅的KH-11卫星先进多了。它们拍摄地面照片时，会自动把照片编成一系列电子脉冲，发射给上方的另一颗人造卫星。

在上方接收的人造卫星，是定位在地球同步轨道上的，也就是说这些卫星在茫茫的太空里遨游时，其速度和航向始终保持在地球某处上空同一地方。在收到KH-11发来的信息后，在上空悬浮的卫星把信号直接发回美国，或者，如有地球曲面阻挡，就会把信息反传给另一颗在空中悬浮的卫星，再由后者把照片发给美国的主人。这样，全国侦察办可立即收集到图片信息，在拍摄后几秒钟内就看到图片。

这种侦察手段在战争中让他们获益匪浅。举例来说，KH-11人造卫星能预先发觉敌军车队的动向，及时发起空袭，把那些军车炸得稀巴烂。车内那些倒霉的士兵永远也不会明白，对方的战斗轰炸机是如何找到他们的。因为KH-11可以昼夜工作，全天候工作。

这种人造卫星据称能看见一切。老天在上，这是自欺欺人的。那天晚上，这颗KH-11飞越科威特和伊拉克上空，但它没看见一个孤独的贝都因人正在进入禁区领土；不过假如它看见了也不会在意。它从科威特上空飞过，然后进入伊拉克。它看到了许多建筑物，还有希拉赫、塔尔米亚、阿迪尔和图韦哈周围的工业小城镇，但它看不见建筑物内有什么东西。它看不见正在准备之中的毒气桶，也看不见用于同位素分离工厂的毒气扩散离心泵内的六氟化铀。

它朝北漫游而去，分辨出机场、公路和桥梁；它甚至看见了在库拜的那个废汽车堆场，但没去注意它；它看见了坐落在巴格达西北郊的喀姆、贾齐拉和希尔喀特工业中心，但没能看见里面正在制造的大规模杀伤性武器；它经过了杰巴尔哈姆利的上空，但未能看见由工程师奥斯曼·巴德里设计的那座要塞。它只看见了群山中的一座山，众多村子中的一个村。然后它遨游到库尔德上空，进入了土耳其。

整个夜晚，麦克·马丁脚步沉重地向科威特市行进。他回想起前几天发生的一件事，不禁微笑了。那天他在阿布扎比外面的沙漠从搭载的车上下来，要走回到他的越野吉普车那儿时，意外地被一位丰满的美国妇女截住了。那妇人指着一架照相机朝他喊"咔嚓、咔嚓"。

经决定，英国美杜莎委员会的预备会议，在白厅内阁办公楼地下会议室里召开。主要理由是那里安全，因为整栋大楼都定期打扫窃听设备。

那个会议室位于第二层地下室。八位客人被引了进去。特里·马丁以前听说过，这座一战阵亡将士纪念碑对面的毫无特色的大楼，地下室的防窃听房间可以做到绝对保密，最敏感的国家大事在那里讨论绝无危险。

会议由保罗·斯普鲁斯爵士主持。他是一位老练的政治家，级别为内阁常务副大臣。他先作自我介绍，然后一一介绍了到会的代表。代表美国参加会议的是，使馆的武官随员和来自兰利的聪明老到的哈里·辛克莱。辛克莱已经当了三年的中情局驻伦敦站站长，是一个大高个、长得有棱有角的男人，喜欢穿粗花呢西服，经常看歌剧，与他的英国对手相处得极为融洽。

中情局代表朝西蒙·巴克斯曼点点头，眨了一下眼睛。在伦敦联合情报委员会的一次会议上——这个会议中情局有一个席位——他与西蒙有过一面之交。

辛克莱的工作是把英国科学家发现的可能有意义的情况记载下来，传回给华盛顿。美国那一头，阵容更加强大的类似美杜莎委员会的机构也在工作。所有的发现都会反复核对和比较，以便分析伊拉克是否有发动大规模杀伤战的潜力。

奥尔德马斯顿，即伯克郡的武器研究所，有两位科学家参加会议。他们一般在武器研究所前面不提原子这个词，但实际上奥尔德马斯顿干的就是这个领域的事。他们的工作是，从美国、欧洲或任何其他地方收集情报，加上从空中拍到的显示伊拉克可能拥有核设施的照片，对它们进行研究，努力阐明伊拉克是否在自行研制原子弹，进度如何，以及有何技术突破。

从波顿唐也来了两位科学家，一位是化学家，另一位是生物学家，专长于细菌学。

波顿唐常被媒体指控在为英国研制化学和细菌武器。实际上，多年来他们的科研集中在寻求解毒药——以防英军和联军遭受毒气战或细菌战。不幸的是，如果不先研究毒素的性质，就不可能开发出解毒药。因此，在这两位来自波顿唐的科学家的领导之下，这个机构拥有一些严加保管的非常可怕的物质。当然，在八月十三日那天，萨达姆·侯赛因先生也有这种东西。其区别在于，多国部队无意在伊拉克人身上使用这种物质，但似乎侯赛因先生不一定那么宽容。

来自波顿唐的代表的作用是，根据过去几年里伊拉克的化学品采购清单，他们能推导出他可能有什么生化武器，有多少，有多厉害，以及是否能使用。他们还将研究伊拉克一系列工厂的空中照片，看看是否有某种迹象——尺码、形状、结构——能表明是除污装置、气味洗涤器等，这样也许能分辨出毒气工厂。

"好吧，先生们，"保罗爵士开始说话了，对着那四位科学家，"重担压在了你们的肩上。我们其他人将尽我们所能协助和支持你们。

"我这里有我们到目前为止收集到的两卷情报，是从国外人员中收集来的，使馆人员、商务人员，以及……呃……秘密工作者。当然，现在为时还早。这些是从过去十年间向伊拉克出口的许可证中筛选出来的，毋庸赘言，这些资料来自以最快速度提供帮助的政府。

"我们已经尽量把网撒得大一些。调查收集的范围为出口的化工品、建材、实验室设备、专用工程产品——包罗万象，但雨伞、针织品和长毛绒玩具除外。

"其中有些产品，实际上也许大多数，到头来会证明是一个发展中的阿拉伯国家用于和平目的的正常采购。对于因此而浪费的时间，我表示抱歉。请各位不但要留心大规模杀伤性武器专用设备的采购，还要注意有双重用途产品的采购——这些东西经改换或拼拆后可用于其他目的。

"现在，我相信我们的美国同事们也在同样工作。"

保罗爵士把其中一份卷宗递给了来自波顿唐的科学家，另一份交给了奥尔德马斯顿的代表。中情局的人也拿出两份卷宗交给了他们。科学家们坐在那里面对着一大叠资料，有点不知所措。

"我们已经努力，"保罗解释说，"不致让美国人与我们的研究重复，但是，也许在实际工作中仍会发生重复。对此，我再次表示抱歉。那么，现在请辛克莱先生讲话。"

与白厅公务员那啰哩啰唆、几乎让在场的科学家们打瞌睡的发言完全不同，中情局伦敦站站长说话开门见山，直奔主题。

"问题是，先生们，我们也许不得不向那些杂种开战。"

辛克莱的这句开场白，进一步证明了英国人印象中美国人的说话方式——直截了当，不咬文嚼字。四位科学家听得聚精会神。

"如果那一天到了，我们要从空中打击开始。与英国人一样，我们也要最大限度地减少伤亡。所以我们要去打击他们的步兵、大炮、坦克和飞机。我们会去瞄准他们的萨姆导弹发射基地、通讯枢纽和指挥中心。但如果萨达姆动用大规模杀伤性武器，我们需要知道两件事。

"第一，他拥有什么？这样我们就可以相应地准备防毒面具、防护服和化学解毒药；第二，他那些东西在哪里？这样我们就能瞄准那些工厂和仓库，在他没能启用之前把它们摧毁。所以要研究这些照片，用放大镜去仔细观察，寻找能说明问题的蛛丝马迹。我们将继续追访为他建造这些工厂的承包商，为他设计装备的科学家。我们能从他们那里了解许多情况。但伊拉克人也许已经把东西转移了。因此问题回到了在座的各位先生这里。你们可以挽救许多生命，所以请你们尽力而为。为我们确认那些大规模杀伤性武器，然后我们去把它们炸得稀巴烂。"

四位科学家听得入了神。他们有了一项任务，且他们清楚这是什么任务。保罗爵士看上去有点吃惊。

"是的，我相信我们非常感谢辛克莱先生为我们所作的……呃……解释。我能否建议，在奥尔德马斯顿和波顿唐能为我们提供一些情况的时候，我们再次碰头开会好吗？"

走出大楼后，西蒙·巴克斯曼和特里·马丁在温暖的八月阳光下步入了议会广场。与往常一样，广场里停满了一排排旅游大客车。他们在温斯顿·丘吉尔的大理石雕像附近找了一把长椅。

"你听说来自巴格达的最新消息了吧？"巴克斯曼问道。

"当然了。"

萨达姆·侯赛因刚刚提出一个条件，如果以色列从西岸撤出，叙利亚从黎巴嫩撤出，那么他就从科威特撤出。一个联动方案。联合国当即予以否决。安理会的决议一个接着一个抛出来：切断伊拉克的对外贸易、石油出口、资金流通、航空运输。占领军对科威特的系统性摧毁仍在继续。

"有什么意义吗？"

"没有，只不过是惯常的虚张声势。可以预见，是做给别人看的。当然，巴解组织倒是喜欢，但也仅限于此。这不是他的游戏计划。"

"他有一个游戏计划吗？"巴克斯曼问，"就是有，也没人能猜出来。美国人认为他疯了。"

"我知道。昨晚我在电视看到布什讲话了。"

"他疯了吗，萨达姆？"

"他像一只狐狸。"

"那么为什么他不在还有机会时南下进入沙特阿拉伯？美军的集结才刚刚开始，我们也同样。在海湾只有几个战斗机中队和几艘航母，地面部队尚未进去。光是空中力量尚不能挡住他。他们刚刚任命的那位美军上将……"

"施瓦茨科普夫，"马丁说，"诺曼·施瓦茨科普夫。"

"就是那家伙。他估计需要足足两个月的时间，才能集结起足够的部队阻止伊军并全面反攻。所以萨达姆为什么现在不进攻？"

"因为这样一来，他就是进攻一个与之没有争端的阿拉伯同胞国家。这会带来羞耻。这会疏远其他阿拉伯国家，是违反传统文化的。他想统治阿拉伯世界，他希望得到拥戴，而不是谩骂。"

"可他已经侵入了科威特。"巴克斯曼指出。

"那不一样。他可以声称那是为了改正帝国主义干的不公正事情，因为科威特在历史上是伊拉克的一部分。如同尼赫鲁侵入了葡属果阿。"

"哦，算了吧，特里，萨达姆入侵科威特是因为他破产了。我们都这么认为。"

"是的，那是真正的原因。但表面理由是他在收复正当的伊拉克领土。你看，这种事情到处发生。印度夺取了果阿，印度尼西亚攫取了东帝汶，阿根廷企图谋求福克兰群岛，都声称是收复一块合理的领土。这种事情在国内都是很得民心的，这你是知道的。"

"那为什么他的阿拉伯同胞全都反对他？"

"因为他们认为他的胃口还不止于此。"马丁说。

"而且他不能做了坏事而逃脱惩罚。他们是对的。"

"这是就美国来说，而不是阿拉伯世界。如果他要得到阿拉伯世界的拥戴，他必须首先羞辱美国，不是阿拉伯邻国。你去过巴格达吗？"

"最近没去过。"巴克斯曼说。

"到处都是萨达姆的画像，他被画成是手举利剑骑在白色战马上的沙漠勇士。当然，全是欺骗百姓的空头话；那人是个街头混混。但他就是那么看待自己的。"

巴克斯曼站起身来。

"这全是理论上的，特里。但不管怎么说，谢谢你的想法。麻烦在于，我必须去对付硬碰硬的事实。不论如何，现在谁也看不出他怎么能羞辱美国。美国人拥有一切力量、一切技术。一旦美国人准备停当，就会进攻，摧毁他的陆军和空军。"

特里·马丁在阳光下眯起了眼睛。

"伤亡，西蒙。美国能够接受许多事，但不能接受大量伤亡。萨达姆能。伤亡对他无所谓。"

"但现在那里美国人还不多。"

"对。"

艾哈迈德·阿尔卡里法乘坐的超豪华劳斯莱斯轿车，驶到阿尔卡里法贸易有限公司总部（公司名是用英语和阿拉伯语两种文字标示的）办公楼前，"吱"的一声停住了。

驾驶员是一个身材高大的男仆，身兼司机和保镖。他从司机座下来，走到后面去为他的主人开车门。

坐劳斯莱斯出来也许不是明智之举，但这位科威特百万富翁听不进劝告，说什么也不肯因为怕惹恼街上路障边的伊拉克士兵而改坐沃尔沃轿车。

"让他们见鬼去吧。"他在早餐桌上已经是火冒三丈了。不过实际上从安达鲁斯富人区的花园洋房豪宅，到位于沙米亚的办公楼，一路上平安无事。

伊军入侵后十天，纪律严明、训练有素的伊拉克共和国卫队士兵就从科威特市撤出了，由常规军乱糟糟的应征士兵取而代之。如果说阿尔卡里法先生仇视前者的话，那么他只能是蔑视后者。

在开始的几天里，伊拉克共和国卫队系统性地洗掠了他的城市。他见过他们进入国家银行，搬走了作为国家储备的价值五十亿美元的金锭。但这种掠夺不是占为个人所有。金锭被装进集装箱，在卡车上贴好封条运往巴格达去了。

除了金锭，伊军还掠走了价值十亿美元的金饰品和黄金工艺品，也用同样的方法运走了。

共和国卫队设置的路障——由黑色贝雷帽和士兵们的行动举止

能清楚地分辨出来——是严格的，职业化的。然后，忽然间，南方需要他们了，他们被调防到面对沙特阿拉伯的南线边境去了。

在这些正规军的位置上，来了军服破旧、纪律松散的常规军。这些人更加捉摸不定，更具危险性。有科威特人因为拒绝交出手表或汽车而遭枪杀，这就足以证明。

八月中旬的科威特，骄阳似火。伊拉克士兵为躲避日晒，挖起人行道上的石砖，在他们执勤检查的街道旁搭起了一些棚屋，钻进里面去休息了，只在黎明和晚上气温凉爽时爬出来执行任务。这时他们就骚扰市民，借口查验违禁汽车，抢夺市民的食物和贵重物品。

阿尔卡里法先生通常喜欢在上午七点钟到办公室，但那天因为有事耽搁，到公司时已经十点了，气温也升上来了。路上他经过了几座由常规军搭起来的石头帐篷，没人拦住他。两名没戴军帽、拖着脚走路的战士还向劳斯莱斯敬了个不符合要求的军礼，可能以为车内坐着他们这边的要人。

当然，这种情形不会长久。这些恶棍迟早会用枪口指着他把劳斯莱斯抢走的。那又怎么样？当他坐车回家后——他确信能坐车回家，虽然还不知道怎么办到——他会再去买一辆。

他下车到了人行道上。他身上穿着闪闪发光的白袍，头上盘了一条用轻棉布料做成的茶巾，上面扎了两条黑带子把它固定住。司机关上车门，走回轿车的另一边准备把它开到车库里去。

"行行好，赛义德，行行好。可怜可怜已经三天没吃饭的人。"

他刚才模模糊糊地看见一个人蹲在门边的人行道上，显然是在太阳下睡着了，这种景象在任何中东地区的城市里都很常见。现在那人到了他身边，一个穿着肮脏衣袍的贝都因人，一只手向前伸着。

司机从劳斯莱斯轿车旁绕过来，大步走上来用一连串骂人话驱赶这个乞丐。艾哈迈德·阿尔卡里法举起了一只手。他是一位乐善好施的穆斯林，努力遵循《古兰经》的教条，其中一条就是要尽可能慷慨施善。

"去停车。"他命令道。然后他从衣袍的侧面口袋里掏出钱包，抽出一张十第纳尔的纸币。贝都因人用双手接住了钞票，这个动作显示恩人的礼物是如此贵重，必须用双手才能承受。

"谢谢，赛义德，谢谢。"然后那人保持原来的语调补充说，"你到了办公室以后派人把我叫上去。我带来了你在南方的儿子的消息。"

商人以为自己肯定是听错了。那人一边拖着脚沿着街道走开，一边把钞票放进了衣兜。阿尔卡里法进入大楼，朝门卫点点头表示打招呼，若有所思地走进他在顶层的办公室。在书桌后面坐下后，他想了一会儿，然后按下了内部通讯器的按钮。

"外面人行道上有一个贝都因人。我要与他说话。请带他上来。"

他的私人女秘书可能会认为老板疯了，但她没有表示出来。五分钟后，她把那个贝都因人引入凉爽的办公室时，她皱了皱鼻子，以表示她很讨厌这位客人身上的气味。

当她离开之后，商人向一把椅子示意了一下。

"你说你见过我儿子？"他简短地问。他仍怀疑那人上来也许是为了得到更多的钱。

"是的，阿尔卡里法先生。两天前在卡夫吉我与他在一起。"

科威特人的心跳加快了。两个星期以来一直没有儿子的消息。他只听说，那天早上他儿子从艾哈马迪空军基地起飞了，此后什么消息也没有。谁也不知道他的下落。八月二日那天情况非常乱。

"你捎来了他的信，是吗？"

"是的，赛义德。"

阿尔卡里法伸出一只手去。

"那就把信交给我。我会重赏你的。"

"信在我的脑子里。我不能把纸片带进来,所以我记住了。"

"很好。请告诉我他说了些什么。"

麦克·马丁开始逐字逐句背诵天鹰战斗机飞行员的那封信。

"'亲爱的父亲,您面前的这个人,不管他外表如何,其实是一名英国军官……'"

阿尔卡里法从椅子里猛跳起来,死死地盯住马丁,他的眼睛和耳朵都难以相信。

"'他乔装打扮来到了科威特。现在您已经知道了他的身份,他的生命就攥在您的手里了。我请求您信任他,如同他现在必须信任您那样,因为他需要您的帮助。

"'我安然无恙,驻扎在达兰的沙特空军基地。我只参加了一次空袭,击毁了伊拉克的一辆坦克和一辆军车。我将与沙特皇家空军一起飞行,直至祖国解放。

"'我每天都在向真主祈祷,希望时间过得快一些,让我早日回到您身边。您的孝子卡利德。'"

马丁停下了。艾哈迈德·阿尔卡里法起身走到窗边,凝视着窗外。他长长地、深深地吸了好几口气。镇定下来后,他回到椅子里。

"谢谢你,谢谢你。你有什么要求?"

"科威特被侵占并不是几个小时或几天就能结束的。这将延续几个月,除非萨达姆·侯赛因能被说服撤兵。"

"美国人不能很快进来吗?"

"美国、英国、法国和其他盟国需要时间集结他们的部队。萨达姆拥有世界上第四强大的常规陆军,有一百多万人。他的部队有些不堪一击,但许多不是这样。这支占领军不是一个小分队就能赶出去的。"

"很好。我明白。"

"同时，最好你们能在被占的科威特拖住伊军的每一名士兵、每一辆坦克和每一门大炮，使他们不能去前线作战。"

"你说的是抵抗，武装抵抗，反击，"阿尔卡里法说，"有些小伙子已经在尝试了。他们去袭击伊军巡逻兵，但他们像狗一般被敌人的机枪扫倒了。"

"是的，这我相信。他们是勇敢的，但太愚蠢了。这种事情有方式方法。正确的做法不是去杀死几百个敌人，然后自己被杀死。要让伊拉克占领军一直神经紧张，担惊受怕，军官出行非要警卫员护送不可，要让他们永远睡不成安稳觉。"

"听着，英国先生，我知道你的意思了，可你是习惯于这种事情，也是受过这种训练的人。而我不是。这些伊拉克人是残暴野蛮的人。我们早就知道了。如果我们按你所说行事，我们会遭到报复。"

"这如同强奸，阿尔卡里法先生。"

"强奸？"

"当一名妇女遭强奸时，她可以反抗或顺从。如果她顺从了，那么她会被强暴，可能会遭殴打，也许会被杀害。如果她反抗，那么她会被强暴，肯定会遭殴打，也许会被杀害。"

"科威特就是那位妇女。这我已经知道了。那为什么还要反抗呢？"

"因为还有明天。明天科威特人会照镜子。你的儿子会在镜中看到一张勇士的脸。"

艾哈迈德·阿尔卡里法盯着英国人那张布满胡茬的黑脸膛，盯了好长时间，然后他说："他的父亲也同样会。愿真主保佑我的同胞。你需要什么？是不是钱？"

"谢谢，不，钱我有。"

实际上他有一万科威特第纳尔，科威特驻英国大使给他的，而大使是从伦敦贝克街和乔治街交汇处的科威特银行里提出来的。

"我需要栖身的房子。要六处。"

"没问题。城里有成千上万套废弃的公寓。"

"不要公寓，要独门独户的别墅。公寓有左右邻居，但没人会去调查一个可怜的下等人看管的废弃的别墅。"

"我去找别墅。"

"还要身份证，真正的科威特身份证。要三份。一份是一个科威特医生，一份是一个印度会计师，还有一份是城外集市上的花匠。"

"行。我在内务部有朋友。他们应该仍掌管着印制身份证的印刷厂。证件上面的照片怎么办呢？"

"那个花匠，就在街上找一个老头，付钱给他。至于医生和会计师，可以从你的职员中找一个大致模样像我的人，但要剃去胡子，刮净脸。这些照片要拍得质量差一些。

"最后，汽车。要三辆。一辆白色轿车，一辆四轮驱动吉普车，一辆破旧的皮卡。都要停放在上锁的车库里，配上新的轮胎。"

"很好，会去办的。身份证，车库钥匙，别墅钥匙——你喜欢在哪里取？"

"你知道基督教墓地吗？"

阿尔卡里法皱起了眉头。

"听说过，但我从来没去过那里。怎么？"

"它在苏莱比克特的贾赫拉路上，穆斯林主墓地旁边。大门有点古怪，上面写着：供基督徒用。大多数墓穴里埋着黎巴嫩人和叙利亚人，也有一些菲律宾人和中国人。在最右边，有一个名为谢普顿的水手的坟墓。大理石墓碑是松动的。我已经在墓碑下的沙土里挖了个洞。把东西放在洞里。如你有纸条要捎给我，也按同样的方法。每星期检查一次坟墓，看看是否有我写给你的条子。"

阿尔卡里法不知所措地摇摇头。

"可我不习惯这种事情呀。"

麦克·马丁消失在布内德卡尔区大街小巷上涌动的人流中。五天以后，在一等水手谢普顿的墓碑下，他找到了三张身份证、三套附有地址的车库钥匙、三套汽车钥匙和六套带有地址小牌子的别墅钥匙。

两天后，从乌姆古达尔油田返城的一辆伊拉克卡车，不知碾上了什么东西被炸成了碎片。

中央情报局中东处处长奇普·巴伯在特拉维夫已经有两天了，这时候美国使馆他办公室里的电话响了起来。是中情局情报站站长打来的。

"奇普，事情办妥了。他回城里了。我定的四点钟会面。这样你还能赶上从本-古里安机场起飞去美国的末班飞机。那些家伙说他们会到办公室来接我们。"

情报站站长是在使馆外面打的电话，所以他说话时使用的是大众化的词汇，以防线路遭窃听。这条线路当然是被窃听的，但只有以色列人在窃听，且他们知道这件事。

电话里的"他"指的是摩萨德局长雅科夫·德洛尔将军，昵称科比·德洛尔，办公室指的是大使馆，那些家伙指的是德洛尔的两名随从。三点十分那两个家伙坐着一辆没有标志的轿车到了。

巴伯认为，从美国使馆大院到位于索尔国王大道上的哈德尔·达夫纳大厦——摩萨德总部办公楼，五十分钟应该绰绰有余。

但是会面地点不在那里。轿车朝北出了城，经过斯迪多夫军用机场，直接驶上了去海法的海滨公路。

在赫兹利亚的郊外，坐落着一个巨大的度假村，叫乡村俱乐部。这个胜地通常吸引的都是以色列人，但主要是从国外归来的犹太老人，来享受该地方自我吹嘘的健康设施和矿泉疗养设施。这些快乐的客人很少会抬头看该胜地上方的山丘。

假如他们抬头，会看见山顶上栖息着一座能把四周乡村和海洋景色尽收眼底的相当漂亮的楼房。如果他们询问这是什么地方，就会得知那是总理的夏季别墅。

当然，包括以色列总理在内的极少数几个人确实可以去那里，因为那实际上是摩萨德的培训学校，在摩萨德内部被称为米德拉莎。

雅科夫·德洛尔在他那间明亮、宽敞、空调开得很大的顶楼办公室里接待了两位美国人。他个矮、粗壮，穿着以色列人惯常穿的短袖衬衫，一天要抽三包烟。

巴伯很高兴房间里有空调；不过烟雾让他的喉咙很难受。

以色列间谍头子从书桌旁起身，脚步沉重地走上前来。

"奇普，我的老朋友，最近好吗？"

他拥抱了一下这位高个子美国人。他欣喜地用低沉的语调说话，如同一个演技不好的犹太性格演员，要要弄这个友好的、和蔼的笨人。全都是一场戏嘛。在过去的任务中，作为一名资深特工，一名基顿队员，他已经证明了自己非常聪明，也极端危险。

奇普·巴伯也向他表示了问候，不过笑容有点僵硬。就在不久前，一家美国法院判处了海军情报局的乔纳森·波拉德很长的有期徒刑，因为他在为以色列刺探情报。而这项针对美国的间谍行动肯定是眼前这个笑容满面的科比·德洛尔操纵的。

十分钟之后他们转入了正题：伊拉克。

"让我告诉你，奇普，我认为你们采取的行动是完全正确的。"德洛尔说着，又递给客人一杯足以让人几天睡不着觉的咖啡。他在一只硕大的玻璃烟灰缸里掐灭了他的第三支香烟。

巴伯尽力屏住呼吸，但还是失败了。"如果我们必须进去，"他说，"如果他不撤出科威特而我们必须进去，我们将以空袭开始。"

"当然。"

"而且我们要去打击他的大规模杀伤性武器。对此，你们也是感兴趣的，科比。在这上面我们需要你们的合作。"

"奇普，几年来我们一直在观察着那些大规模杀伤性武器。你以为那些毒气、细菌和弹头都是对准谁的？我们。我们一而再，再而三地提出警告。但谁也不肯听。九年前我们炸毁了他在奥西拉克的原子能发电机，使他的核弹研究进度延后十年。但全世界都谴责我们。美国也同样。"

"那是装装样子的。我们大家心里都明白。"

"好吧，奇普，现在美国人的生命受到威胁了，那就不是装装样子了。真正的美国人可能会死掉。"

"科比，你的偏执狂又来了。"

"屁话。听着，你们去炸伊拉克的毒气工厂、疾病实验室和原子弹研究基地，都是符合我们利益的。我们很欢迎。但现在我们不能插手，因为山姆大叔有阿拉伯联盟。谁在抱怨呢？不是我们以色列。我们已经把我们所有关于伊拉克秘密武器项目的资料全都给了你们。所有的一切，毫无保留。"

"我们还需要更多，科比。好吧，也许过去几年我们对伊拉克有所忽视，因为我们有冷战需要应付。现在对付伊拉克，我们缺少产品。我们需要消息——不是小道消息，而是真正来自高层的消息。所以我就直接问你了：在伊拉克高层统治集团内，是否有人在为你们工作？我们有问题，我们需要答案。而且我们会付费，我们知道规则。"

双方沉默了一会儿。科比·德洛尔注视着自己手中的香烟。另两名高级官员看着他们面前的桌子。

"奇普，"德洛尔缓慢地说，"听我一言，假如在伊拉克当局内部真有我们操纵的间谍，我肯定告诉你们。我会交出来的。相信我，我没有。"

德洛尔将军以后会向他的总理——怒气冲冲的伊扎克·沙米尔——解释说，他向美国人说这话时并没有撒谎。但是他确实应该提到耶利哥。

第六章

沙漠游击队

　　麦克·马丁先看见了那个科威特小伙子，要不然小伙子那天就死定了。马丁正驾着那辆破破烂烂、锈迹斑驳的皮卡，车厢里装着他从贾赫拉郊外一个农场里买来的西瓜，这时候他看见路边卵石堆后面，有一个戴着白色亚麻布茶巾的小伙子在探头探脑。他也看见，那个小青年带的步枪枪尖晃了一下就消失在石堆之后。

　　这辆微型卡车正合马丁的要求。他想要的车就是这种破烂的，因为他猜测伊拉克士兵迟早——或许很早——会开始没收模样好看的轿车供他们自己使用。

　　他看一眼后视镜，踩一下刹车，转弯驶离了贾赫拉路。一辆军用卡车跟在他后面，满载伊拉克常规军战士。

　　那个科威特年轻人试图用步枪的准星瞄准疾驶而来的卡车，这时候一只强有力的手捂住了他的嘴，另一只手一把拿走了他手中的枪。

　　"我认为你今天不想死，对吧？"一个声音在他耳边说。卡车滚滚地驶了过去，射击的机会也随之失去了。那孩子刚才就已经为自己的行动害怕了，现在更是惊恐万状。

伊军卡车消失之后，按在他脸上和头上的手才松开。他挣脱身子，翻滚了一下，仰面躺在地上，发现蹲在他上方的是一个满脸胡茬、模样冷酷的高个子贝都因人。

"你是谁？"他嘟哝着问。

"你想杀死一名伊拉克士兵，而车上还有他二十多个同伙。我是比你聪明一点的人。你逃跑用的车在哪里？"

"在那边。"小伙子说，他看上去约二十岁，正努力想蓄起胡子。他指的车是一辆助动车，停放在二十码远处的几棵树旁。贝都因人叹了一口气。他放下步枪，那是一支老式的李恩菲尔德点303，显然是那孩子从古董商店里买来的。他跨过小伙子，走回他的皮卡。

他驾车返回石堆后面，捡起步枪把它放在西瓜下面。然后他开到助动车那里，把它举起来放在水果上面。有几只西瓜爆裂了。

"上车。"他说。

他们行驶到舒威克港附近一个安静的地方停下了。

"你想想你刚才在干什么。"贝都因人说。

小伙子透过布满蝇屎的挡风玻璃看着外面。他的眼睛含着泪水，嘴唇在颤抖。

"他们强奸了我姐姐。她是阿尔阿丹医院的护士。他们有四个人。她彻底毁了。"

贝都因人点点头。

"这种事情以后还会有很多，"他说，"所以你要杀伊拉克人？"

"是，杀几个算几个，在我死之前。"

"问题是你自己不能死。如果你愿意，我可以训练你，要不然你一天也活不成。"

小伙子哼了一声。

"贝都因人是不会打仗的。"

"听说过阿拉伯军团吗？"孩子不作声了。"在他们之前还有法赛尔王子和阿拉伯暴动，全是贝都因人。与你一样想法的人还有吗？"

小伙子实际上是一名法律系学生，入侵之前在科威特大学就读。

"我们一共有五个人，都想干同样的事。我选择第一个去尝试。"

"记住这个地址。"贝都因人说。他报出了雅尔穆克一条后街上的别墅的位置。小伙子说错了两次，最后说对了。马丁让他重复了二十遍。

"今晚七点钟。那时候天已经黑了，但宵禁要等十点钟才开始。你们要分别到达。汽车要停在至少二百码开外的地方，剩下的路步行走完。每个人之间要间隔两分钟进来。大门和内门是开着的。"

他注视着那男孩骑上助动车走了，叹了一口气。嫩是嫩了一点，他想，但这是目前为止所能得到的全部人才。

年轻人准时抵达了。马丁躺在街对面一座房子的平屋顶上观察着他们。他们显得既紧张又不安，回头看看身后，冲进大门，接着又出来了。当他们全都进屋后，他又等了十分钟。没有伊拉克安全部队的人出现。他从屋顶下来，穿过马路，从后门进了屋子。年轻人坐在客厅里，开着灯，未拉上窗帘。四个小伙子和一个姑娘。

他们看着客厅的门，这时候他从厨房走了进来。一秒钟前还不在，现在就出现了。年轻人还没来得及看清他，他就关去了电灯。

"拉上窗帘。"他静静地说。姑娘去拉上了。女人干的活。然后他重新开亮了电灯。

"千万不要坐在一个点着灯、敞着窗帘的房间里，"他说，"你们不想被人看见聚在一起。"

他已经把六处住宅分成了两组。四处供他居住，不固定时间经常更换。每次临走前他都要为自己留下细小的记号——在门缝里插进一片树叶或在台阶上放一只罐头。一旦它们消失了，他就会知道房子已有人进来过了。另两处住宅，他用来放置从沙漠里挖出、带来的装备。他选择用来见这些学生的地方，是几座住宅中最不重要的。而且以后他也不会再到这个地方过夜了。

他们全是学生，只有一个人在银行工作。他让他们作了自我介绍。

"现在你们需要新的名字。"他为他们每个人起了新名字。"这些名字你们谁都不能告诉——父母、兄弟、姐妹、亲朋，任何人都不能告诉。无论什么时候，一旦使用这些名字，那就意味着消息来自于我们中的某一个人。"

"那我们怎么称呼你？"姑娘问道。她刚刚被命名为拉娜。

"贝都，"他说，"这就行了。你们——我再问一遍，知道这里的地址吗？"

他手指着的那个青年想了想，然后掏出一张纸条。马丁从他手里接了过来。

"不准带纸条。任何事都用脑子记住。常规军也许很笨，但秘密警察就不是了。如果你遭到搜身，你怎么解释这张纸条？"

他让三个用书面记着地址的人把纸条烧掉了。

"你们对自己的城市了解多少？"

"了解得很多。"他们中间年纪最大的那个人——二十五岁的银行职员说。

"还不够。明天去买地图，城市街道地图。要像对待期末考试那样认真研究地图。要记住每一条街巷、每一个广场和公园、每一条大道和胡同、每一座主要公用大楼、每一座清真寺和院子。你们知道街道路牌正在被人摘下来吗？"

他们点点头。入侵后十五天内，从震惊中清醒过来后，科威特人开始形成了一种消极的抵抗。这是自发性的，没有经过协调的。其中一个举动就是摘去街道路牌。科威特是一个复杂的城市，去掉路牌后简直成了一个迷宫。

伊拉克巡逻兵经常迷路。对于秘密警察来说，要找到某个嫌疑犯的地址如同是一场噩梦。在一些主要的十字路口，指示街名的箭头在夜间被人转得朝上指，或被转了个方向。

那天晚上是第一次上课，马丁给他们讲了两个小时的基本安全知识。任何一次出行或碰面，一定要准备好一个站得住脚的借口。千万不能携带可能遭牵连的纸片。时刻对伊拉克士兵保持应有的尊重。不能相信任何人。

"从现在起你就成了两个人。一个是原来的你，是大家都知道的你，是学生，是职员。这个人是一个有礼貌、保守、遵纪守法、清清白白、无害的人。伊拉克人不会去纠缠他，因为他不会威胁到他们。他绝对不会去侮辱伊拉克人的国家、旗帜或领袖。他永远不会去引起秘密警察的注意。他可以自由地活着。只是在特殊情况下，在执行任务时，另一个人才出现了。他是一个训练有素的危险人物，但他仍然能活着。"

他教给他们安全知识。到一个约定地点去会面时，要提早到达，在远处停好车。走进阴影处，观察二十分钟。观看周围的房子，检查屋顶上有没有探动的脑袋，有没有伏兵。要警惕士兵的皮靴在砾石上走动的声音、香烟的亮光、金属与金属的碰击声。

趁还有时间在宵禁之前回家，他把他们打发走了。他们感到很失望。

"那侵略者呢？我们什么时候开始杀敌人？"

"在你们知道如何去杀他们以后。"

"那现在我们能做什么？"

"当伊拉克人从一个地方去另一个地方时，他们是怎么去的？他们是徒步行军走过去吗？"

"不是，他们乘坐卡车、面包车、吉普车和偷来的轿车。"法律系学生说。

"那么是汽车就有油箱盖，"马丁说，"只要轻轻一扭就可以打开。用糖块——每只油箱二十块。糖能溶于汽油，传输到汽化器里，在发动机热量的作用下结成硬块。它能毁坏发动机。当心不要被抓住。要两人一组天黑以后行动。一人望风，另一人去放糖。盖上油箱盖子。这个过程需要十秒钟时间。

"拿一块胶合板，四英寸乘四英寸大，穿上四颗尖头钢钉。从衣袍领口放进去，让它下滑到你的脚边，然后用脚尖把它推到停放着的车辆轮胎下面。

"科威特还有老鼠，那么市里有出售鼠药的商店。要买那种含有白色士的宁成分的鼠药。去面包房买来面团，把毒药混合进去，混合的时候要戴上橡胶手套，然后把手套毁掉。用电烤箱烤这些面包，但一定要在家里没人时干。"

学生们听得目瞪口呆。

"我们要把面包交给伊拉克人吗？"

"不用。你们只要把面包装进篮子放在助动车上，或者放进小汽车的行李箱里即可。他们会在路障处拦住你们，抢走面包。六天以后我们仍在这里碰面。"

四天后，伊拉克的卡车开始抛锚。有些车被拖走了，另有一些被抛弃了，六辆卡车和四辆吉普车。汽车技工查出了原因，但没能查出是什么时候干的，谁干的。轮胎开始漏气，胶合板小方块被交到了秘密警察局。愤怒的秘密警察在街上随便抓来几个科威特人打了一顿。

医院的病房开始挤满了患病的战士，症状都是肚子疼和呕吐。由于他们从自己的部队只领到极为有限的口粮，他们在路障旁和在街道旁自搭的石头小屋中过着勉强糊口的生活，因此，医生推测他们一直在饮用受污染的水。

然后在达斯曼区的阿米里医院，化验室里的一名科威特技术员分析了一名伊拉克士兵的呕吐物样品。他满腹疑云地去见他的部门领导。

"他吃了鼠药，教授。可他还说三天来一直在吃面包，还有一些水果。"

教授吃了一惊。

"伊拉克军队的面包？"

"不是。他们好久没领到军粮了。他是从一个过路的卖面包的科威特孩子那里拿来的。"

"你那些样本在哪里？"

"在化验室的长凳上。我想最好还是先来向你汇报。"

"对。你做得很对。把它们销毁。你什么也没见过，明白吗？"

教授摇摇头走回自己的办公室去了。老鼠药。谁能想得出来？

八月三十日，英国美杜莎委员会又碰头开会了，因为来自波顿唐的细菌学家报告说，他已经尽可能了解了伊拉克的细菌战计划，推测出武器是什么或者可能是什么。

"恐怕我们了解到的情况没有多大的意义，"布赖恩特博士汇报说，"主要原因是，细菌学的研究可以在任何病理学或兽医学实验室里进行，使用的是任何化验室都能见到的设备，这些设备都不在出口许可证的管理范围之内。

"绝大多数产品是治疗疾病、造福人类的，而不是传播疾病。所以一个发展中国家想研究血吸虫病、脚气病、黄热病、霍乱、伤寒或肝炎，是十分自然的事。这些都是常见疾病。还有一个领域，是兽医学院研究的动物疾病领域。"

"那么当今的伊拉克究竟有没有细菌炸弹实际上无法确定了？"中情局的辛克莱问道。

"实际上没有办法确定。"布赖恩特说，"有一份记录表明在一九七四年，当时萨达姆·侯赛因还没有坐上御座，也就是说……"

"他当时是副总统，是第二把手。"特里·马丁说。布赖恩特的脸涨红了。

"好吧。不管怎么说，当时伊拉克与巴黎的梅里克斯研究院签订了一份合同，让法国人为他们建一个微生物研究项目。这个项目的用意在于对动物的疾病作兽医学研究，后来看起来项目确实是这个意图。"

"那么对人类使用炭疽培养液的事该怎么解释？"美国人又问。

"噢，这是可能的。炭疽病是一种特别致命的疾病。它主要会感染牛和其他牲畜，但如果人接触或摄食了污染源，则也会感染人。你们也许还记得第二次世界大战期间，英国政府在赫布里底岛上试验过炭疽。它仍是一个禁区。"

"哦，有那么严重吗？他从哪里得到的呢？"

"就是这个问题，辛克莱先生。你不可能跑到一个声誉很好的欧洲或美国实验室，说'能给我一些高质量的炭疽培养液吗？因为我要把它用在人的身上'。不管怎样，他用不着这么说。第三世界国家到处都有病牛。有心人只要注意疾病的发作，买上两头病牛就可以了。但这种事情是不会见诸政府的公文里的。"

"这么说，他完全能够得到这种疾病培养液，供他放到炸弹或炮弹中使用，而我们却没法知道。是不是这样？"保罗·斯普鲁斯爵士问。他那支旋上了笔套的金笔停在笔记本上方。

"是这样的，"布赖恩特说，"但那是坏消息。好消息是，我怀疑这种东西对付前进中的军队根本不起作用。假设有一支部队朝你冲过来了，而你是一个极端残酷无情的人，你要设法把他们当场阻挡住。"

"是这么回事。"辛克莱说。

"嗯，炭疽病做不到这一点。如果把一系列炭疽病炸弹空投到军队的头顶上方或前方，它们能破坏土壤。这片土地上生长起来的植物——草、水果、蔬菜，将受到感染，吃过这种草的任何牲畜和野兽都会感染发病。人如果吃了这种动物的肉，喝了这种动物的奶，或处理过这种动物的皮，也会传染上。但沙漠并不是这种孢子培养液的良好载体。我们的战士应该是吃罐装食物，喝瓶装水的吧？"

"是的，现在是这样了。"辛克莱说。

"那样的话，炭疽病就没多大的作为了，除非战士们吸入孢子。这种疾病一定得进入人体的肺部或食管才会起作用。要当心气体的危害。我想战士们不管怎样总会佩戴防毒面具吧？"

"是的，我们有这个计划。"辛克莱回答。

"我们也一样。"保罗爵士补充说。

"那么，我认为使用炭疽病毒意义不大，"布赖恩特说，"它不能当场挡住士兵，而且真受到感染的人可以用强效抗生素治愈。你们知道，病毒是有潜伏期的。战士们会打赢战争，然后病倒。坦言之，与其说这是一种军事武器，倒不如说它是一种恐怖武器。如果你把一小瓶浓缩炭疽病液倒入一个城市赖以生存的供水系统中，也许能引起一场使医院病房人满为患的灾难性流行病。但如果想对沙漠中的战士喷洒某种物质，我宁愿选择一种神经毒气。无色又快速。"

"所以，如果萨达姆确实有细菌战实验室，它会在哪里？没有迹象吗？"保罗·斯普鲁斯爵士问。

"坦率地说，我要去核查西方所有的兽医学研究所和学院。查明在过去十年中是否有学者或代表团访问过伊拉克。再询问那些去过的人，那里是否有他们绝对不得进入的、而且四周围着卫生检疫设施的禁区。如果有的话，那么就是这种实验室了。"布赖恩特说。

辛克莱和巴克斯曼在奋笔疾书。又有一项核查任务了。

"这一块没线索的话，"布赖恩特总结说，"你们可去查问移民情报部门，有没有这个领域的伊拉克科学家离开祖国到西方定居。研究细菌学的专家有点与众不同，他们通常在一个小团体里活动——像一个村庄。我们在自己国家就是这样，在伊拉克那样的独裁国家应该也同样。如果萨达姆有这种设施，圈内的科学家也许会知道它在哪里。"

"好的，我相信我们都十分感谢布赖恩特博士。"当大家起身时，保罗爵士说，"我们两国的侦探机构有了更多的工作要做，对吧，辛克莱先生？我已经听说我们在波顿唐的另一位同事——莱因哈特博士将在两周之内给我们讲述他对毒气方面的推理演绎。我当然会通知你们的，先生们。谢谢你们的光临。"

那一组人静卧在沙漠里，注视着沙丘上空不知不觉出现的曙光。头天晚上他们去贝都家时，年轻人不知道会在外面过夜。他们还以为又要上一次课。

他们没带保暖的衣物，即使是八月底，沙漠的夜晚还是相当冷的。他们打着冷战，想着该如何向家中焦急万分的父母解释为何彻夜不归。违反宵禁被抓？那为什么不打电话？出了事……只能是出了事。

五个人之中有三个人已经在怀疑自己有没有选择错，但现在要缩回去已经太晚了。贝都只简单地告诉他们，该让他们见识一下实际行动了，就带他们离开房子，到两条街之外，上了一辆破旧的四轮驱动车。他们在宵禁前出城，驶离公路到了平整、坚硬的沙漠上。自进入沙漠之后，他们一个人也没见过。

他们已经朝南穿越沙漠行驶了二十英里，抵达了一条狭窄的支线公路，由这里可通向西边的麦那基什油田和东面的外环高速公路。他们知道，所有的油田现在全是伊拉克人驻守着，主要公路也全都布上了巡逻岗。在南边的一些地区，伊拉克共和国卫队和陆军的十六个师已经渗入进来，正面对着边境另一边的沙特阿拉伯，以及如潮水般涌进来的美国人。年轻人感到紧张了。

小组中三个人躺在贝都身旁的沙地里，注视着前方越来越亮的道路。这条路实在太窄了，面对面驶近的车辆必须让至路边的砾石上才能相互错车。

路中央已经埋好了一块带钉子的木板。木板是贝都用汽车带来并放在路上的，上面盖了一块麻布。他让他们在麻布上撒上沙子，现在那里看上去像是风从沙漠里吹过来的一小堆沙土。

另两名年轻人——那个银行职员和法律系学生正在望风。他们分别躺在公路两头一百码处的沙丘上，观察着驶过来的车辆。已经对他们讲好了，发现来车是满载士兵的大卡车，还是只乘坐几个人的轿车，根据情况要分别打不同的手势。

刚过六点，法律系学生挥手了。他的信号表示"太多了无法对付"。贝都开始收起他手中握着的钓鱼线。那块木板轻轻地滑离了路面。三十秒钟后，两辆满载伊军士兵的卡车平平安安地驶过去了。贝都跑到路上重新放置了木板、麻布片和沙土。

过了十分钟，银行职员挥手了。这次是适合行动的信号。从高速公路那头开来了一辆公务轿车，准备开向油田的方向。

轿车司机没想到转了方向盘还是没能避开那个小沙堆，钢钉扎进了一只前轮。这就足够了。轮胎泄气了，麻布片裹住了轮子，小汽车剧烈晃动起来。幸好司机及时把握住，使汽车慢慢减速停了下来。当轿车完全停稳时，一边的车身已经在路下面了。

司机从前门跳了出来；两名军官也从后门下来了，一名少校和一名少尉。他们朝司机喊着，但司机耸耸肩，愁眉苦脸地指向那只轮子。千斤顶放不进去——汽车停在一个尴尬的角度上。

贝都对几个呆若木鸡的学生说了声"留在这里"，自己站起身，踏着沙子朝公路走了过去。他的右肩上搭着一条贝都因人的驼毯，遮住了他的右臂。他笑容满面地向那个少校打招呼。

"早上好，少校先生。我看见你们出了问题。也许我可以帮你们。我的人在不远的地方。"

伊军少校想去拔手枪，接着放松了。他瞪了贝都因人一眼，点了点头。

"你好，贝都。这小子把我的汽车开到路下去了。"

"只能把它推上来，赛义德，我有许多弟兄。"

当贝都抬起手臂时，他离目标已经接近八英尺。他以特空团的方式开火，两颗连发，停顿，两颗连发，停顿……少校在八英尺的射距内被击中心脏。AK冲锋枪稍微右移一下，就射中了少尉的胸骨，让他倒在司机的身上。司机刚从泄了气的前轮旁站起身来。当他站直身体，正好挺直胸膛接受了第三轮射击的两颗子弹。

枪声似乎回荡在沙丘之间，但沙漠上和公路上杳无人烟。贝都把吓得面如土色的三个学生从他们的藏身处召了过来。

"把尸体搬回车里去，把司机放到方向盘后面，军官放到后座。"他吩咐两名男生。他交给拉娜姑娘一支短杆螺丝起子，起子的头部被事先磨尖了。

"去把油箱戳三下。"

他抬头去看两个望风的。没有情况。他告诉女孩取出她的手帕，包住一块石头，打上结并在汽油中浸一下。当三具尸体搬回车内放好后，他把浸油的手帕点上火，扔到从油箱里喷出来的那一摊汽油上。

"快跑。"

他们用不着他再次嘱咐了，纷纷跑过沙丘，跑向停着四轮驱动汽车的地方。只有贝都想到了把那块木板捡起带回来。当他跑到沙丘后时，油箱主体起火，烧成了一团火球，随之公务轿车消失在一团烈焰之中。

他们默默地驾车行驶在回科威特市区的路上。其中两个人与他一起坐在前排，另三人坐在后面。

"你们看见了吗？"马丁最后问，"你们观察了吗？"

"是的，贝都。"

"你们认为怎么样？"

"好……好快。"拉娜姑娘最后说。

"我倒认为这段时间很长。"银行员工说。

"这事很快，而且很残酷。"马丁说，"你们觉得我们在路上逗留了多长时间？"

"半小时吧？"

"六分钟。吓坏了吗？"

"是的，贝都。"

"没事，第一次不被吓坏的只有疯子。以前有一位美国将军，叫巴顿，听说过吗？"

"没有，贝都。"

"他说，他的工作不是让他部下的战士为国捐躯，他的工作是确保敌军战死。懂吗？"

乔治·巴顿的哲学思想没被很好地翻译成阿拉伯语，但学生们现在通过实践已经明白了。

"当你们要去参加战斗时，有一条界线。过了这条界线就要你们选择，是去还是不去。现在你们要作出选择，你们是要回到你们原先的学习生活中，还是要去参加战斗？"

他们想了几分钟。还是拉娜先说话了。

"我要去参加战斗，如果你能教我的话，贝都。"

这样一来，小伙子们只得同意。

"很好。但首先我要教你们如何自己先活下来，再去打击敌人。在我家，两天后黎明时，那时宵禁已结束。把学校的教科书带来，你们全部，包括你，银行家。如果你们被人拦住，要保持自然。你们只是去上学的学生。这话是真的，从某种意义上说，只是学的课程不同。

"你们必须在这里下车。搭上不同的车回城里去吧。"

他们已经重新驶上沥青路面，抵达了五环高速公路。马丁指向一个停车场，卡车司机一般会在那里停车，也愿意让人搭车。

当学生们走了以后，马丁返回沙漠，挖出之前埋在那里的无线电收发报机，又开到离掩埋地点三英里处，打开卫星天线，开始用加密的收发报机联系利雅得的那座房子。

伏击战结束后一小时，那辆焚毁的小车被一支巡逻队发现了。尸体被运到了最近的一家医院——阿尔阿丹医院。

在秘密警察局一名双眼怒视的上校监督下，法医病理学家作了尸体解剖。他看到了尸体上的枪眼——在烧成碳质的肉体上留下了小孔。他有家室，也有自己的女儿。他知道那个惨遭强奸的年轻女护士。

结束尸检后，他把白布盖在了第三具尸身上，开始摘下手套。

"恐怕他们撞车起火，死于窒息，"他说，"愿真主仁慈。"

秘密警察咕哝了一声离开了。

与志愿小组第三次会面时，贝都驾车把他们载到了沙漠里，这是科威特市以西、贾赫拉南边的一个僻静的地方。五位年轻人像参加野餐那样坐在沙地上，注视着他们的老师从一只帆布背包里把一些奇形怪状的东西放到一块驼毯上。他开始逐一介绍。

"塑胶炸药。操作简便，性能稳定。"

他把一块像黏土一样的物质挤到手中。其中有一个小伙子，他的父亲是开烟杂店的，已经按要求带来了一些空的香烟盒子。

"这是定时笔，"贝都说，"是由雷管和定时器组成的。当你们扭动上面这个蝶形螺母时，里面的酸液瓶被打破，酸液开始腐蚀铜板。这个过程需六十秒钟。此后，水银的反应将引爆炸药。看着。"

他已经把他们的注意力都吸引过来了。他拿起一块香烟盒大小的塑胶高爆炸药，放进烟盒里，又把雷管插入了炸药中间。

"现在，这样转动蝶形螺母后，你们要做的事情是盖上盒盖，在盒子外面扎上一条牛皮筋……这样……就把它封住了。要到最后时刻才做这一步。"

他把盒子放在他们围坐的圈子中央。

"然而，六十秒钟要比你们想象的长得多。你们有时间走近伊军卡车、掩体、装甲车，等等，放好盒子，然后走开。要走，不要跑。跑会立即引起他人警觉。你们有足够的时间转过街角。继续行走，不要奔跑，即使在你们听到爆炸声之后也不要跑。"

他瞟了一眼腕上的手表。三十秒。

"贝都。"银行职员说。

"什么事？"

"那不是真的，对吗？"

"什么？"

"你刚才制作的那颗炸弹。它是假的，对吗？"

四十五秒。贝都俯身把它捡了起来。

"噢，不。它是一个真家伙。我只是要让你们知道，六十秒钟时间到底有多长。干这种事情千万不能慌乱，慌乱会要了你们的命，要时刻保持镇定。"

他用手腕灵巧地一挥，烟盒旋转着飞过了沙丘，落在其中一个沙丘后面爆炸了。巨响震撼了坐在沙地上的每个人，风中弥漫着被爆炸掀起来的沙尘。

在海湾北部的高空，一架美国阿瓦克斯飞机上的热感应器检测到了这次爆炸。飞机上的操作员向机长报告了这一情况。机长看了一眼电子屏幕。热源的亮点正在消退。

"爆炸强度？"

"我想，相当于一颗坦克炮弹吧，先生。"

"好的。记录下来。不采取行动。"

"今天你们就能学会制作这种东西。雷管和定时笔你们可放在这里携带。"贝都说。

他取出一根装雪茄的铝管，把雷管用棉花胎包上后插进铝管，然后旋上了管套。

"塑胶炸药你们可这样携带。"

他拿出一片肥皂的包装纸，取了大约四盎司的炸药，捏成肥皂的形状，包起来，又用一英寸的胶带封了口。

"香烟盒子你们自己去解决，不要哈瓦那那种大烟盒，要小型的切鲁茨。随身一定要带两盒真的切鲁茨香烟，以防被拦住搜身。如果伊军士兵要拿走你们的雪茄管、烟盒或肥皂，就让他们拿。"

他让他们在太阳底下练习，直至他们能在三十秒钟内打开"肥皂"，倒空烟盒，准备炸弹，扎上橡皮筋。

"这些准备工作你们可以在轿车后座、咖啡馆的洗手间或门厅里进行，晚上可以在树后进行。"他告诉他们，"先要选中目标。确认旁边没有人能幸存下来。然后转动蝶形螺母，合上盖子，扣上牛皮筋，走上去，放好炸弹，再走开。从你们转动蝶形螺母时候起，慢慢地数到五十。如果在五十秒时仍未把炸弹脱手，那么就尽可能把它扔得远一些。在大多数情况下，你们将在黑夜里干这种事情，所以现在也练一练。"

他让小组成员逐一蒙上眼睛，然后观看学员们摸索着制作炸弹。快到傍晚时分，他们都可以只凭触摸制作了。天黑下来以前，贝都把背包里剩余的东西都给了他们，足够每位学员做成六块"肥皂"和六支定时笔。香烟店老板的儿子同意提供所有的烟盒和铝管。棉胎、肥皂包装纸和牛皮筋他们自己能收集。然后他驾车送他们回城。

整个九月份，总部设在希尔顿宾馆的秘密警察局收到了一连串的报告，表明袭击伊拉克军人和军事设备的事件正在不断升级。局长沙巴维因为接连受挫而怒气冲天。

事情似乎不应该是这样的。他听说科威特人是老实人，不会惹麻烦，他们都会按吩咐行事。但现在的情况表明不是那么回事。

实际上科威特存在着好几个抵抗运动组织，大多数是各自为战，没有统一协调。在鲁梅蒂亚的什叶派区，伊拉克士兵时而失踪。什叶派穆斯林仇视伊拉克人是有其特殊原因的，他们的教友——伊朗的几十万什叶派教徒在两伊战争中惨遭杀戮。游荡到鲁梅蒂亚区小巷子里的伊军士兵被割断喉咙，尸体被丢进下水道，永远地消失了。

在逊尼派地区，抵抗运动主要集中在伊拉克人极少光顾的清真寺里。传递情报、武器交流、制订计划，都是在那里进行的。

最有组织的抵抗由科威特的著名人士领导。这些人受过教育，又有财力。阿尔卡里法先生成了他们的资助人，他出资金提供食物使科威特人能吃饱肚子，还在食物的隐藏下从外面偷运其他货物。

该组织有六个目标，其中五个是消极抵抗的形式，各有自己的部门。一个是证件部，在内务部工作的成员为每一位成员伪造完美的证件。第二个部门是情报部，负责时刻了解伊军向联军方向调防的情报，尤其是伊军的兵力、武器、海岸要塞和导弹布置情报。第三个部门管行政后勤、水电供应、消防和医疗。后来，伊军被彻底击败时，伊拉克人打开了原油阀门，开始向海里排放石油。科威特的石油工程师准确无误地告诉美国的战斗轰炸机，应该打击哪些阀门切断油流。

在市区各处活动的社区委员会与蛰居在公寓里的西方人经常联系，保护他们躲过伊军拖网式的搜查。

他们还用装在吉普车上的假油箱从沙特偷运进来一套卫星电话

系统。这台不像马丁那台收发报机那样加了密，但通过经常移动的方式，也可避开伊拉克的检测，从而与利雅得保持必要的联系。一位年长的无线电爱好者在整个被占期间坚持工作，把七千条信息发送给位于美国科罗拉多的另一名无线电爱好者。这些信息又被转发给国务院。

再就是积极抵抗。主要领导者是一位科威特上校，他是在入侵第一天从国防部大楼里逃出来的。他有一个儿子叫福阿德，所以他的代号就成了阿布福阿德，即福阿德之父。

萨达姆·侯赛因最终放弃了在科威特组成一个傀儡政府，而是任命阿里·哈桑·马吉德为科威特省省长。

抵抗运动不是儿戏。地下游击队的行动规模虽小，但也很残酷。秘密警察的反应是设立了两个审讯中心，一个在卡塔哈马体育中心，另一个在喀迪西亚体育场。秘密警察头子奥马尔·卡蒂布在巴格达郊外阿布格雷布监狱使用的手段，被搬到这里来广泛地应用。在科威特解放之前，五百个科威特人在这里死去，其中二百五十人是被枪决的，许多人是在经历了长时间的刑讯折磨之后死的。

反间谍局局长哈桑·拉曼尼坐在希尔顿宾馆的书桌前，阅读着他手下现场人员发来的报告。他是九月十五日从巴格达过来作短期视察的。这些报告读起来使人很不愉快。

袭击伊军边远哨所、警卫室、卡车和路障的恶性事件在持续增加。这主要是秘密警察的问题——镇压当地的抵抗由他们负责。而且可以预见，根据拉曼尼的观点，毫无人性的卡蒂布肯定使用了高压手段。

拉曼尼不喜欢采用刑讯和拷打的方法，但他的对手——秘密警察局却津津乐道于此。他宁愿依靠耐心的侦察、推理，依靠智谋，虽然他不得不承认，这些年使总统稳坐宝座的诀窍无非是在伊拉克实施恐怖统治。他还不得不承认，根据他受的教育，那位出身于提克里特小镇的邪恶疯子已经让他觉得很恐怖了。

他尝试过去说服总统，让他去负责科威特的情报工作，但得到的答复是一声坚定的"不"。这是一个原则问题，外交部长塔里克·阿齐兹已经向他解释过了。他，拉曼尼负责保护国家免受外国间谍的破坏活动。而总统不会承认科威特是外国，它是伊拉克的第十九个省。所以维持科威特治安的工作应由奥马尔·卡蒂布负责。

那天上午拉曼尼在希尔顿宾馆翻阅那些报告时，他松了一口气，还好这不是他的任务。简直是噩梦，而且正如他所预见的，萨达姆·侯赛因一直在出错牌。

拿西方人质作为阻止进攻的盾牌是一场灾难，完全起到了相反的作用。萨达姆已经错过了挥师南下夺取沙特油田，从而把法赫德国王逼到谈判桌上的机会，而现在，美国人正在潮水般地涌进海湾。

所有同化科威特的企图正遭到失败，一个月之内，或许更短，北线国境上有了美国作后盾的沙特阿拉伯就会变得坚不可摧。

他相信，萨达姆·侯赛因既不能不失面子地撤出科威特，也不能在遭到进攻时不丢更大面子地坚守那里。然而总统周围的人仍充满信心，似乎确信会出现某种奇迹。那人到底在期盼什么呢？拉曼尼感到纳闷。难道真主本人会从天上降临帮他把敌人打退吗？

拉曼尼从书桌旁起身走到窗边。他喜欢在考虑问题时踱步，这能让他的脑细胞更加活跃。他低头去看窗外。下面曾经是波光粼粼的游艇港池，现在成了垃圾箱。

他办公桌上的报告中，有件事情使他有点不安。他转身重新翻了一遍报告。是的，有点离奇。袭击伊军事件，有些是用手枪和步枪干的；另有一些用的是工业TNT制成的炸弹。但还有其他。不少爆炸袭击清楚地表明使用了塑胶炸药。科威特从来不曾有过塑胶炸药，更不用说高爆塑胶炸药了。因此，是谁在使用？又是从哪里得到的？

还有无线电监听报告说，有一台加密的收发报机一直在沙漠中到处漫游，在不同的时间向空中播发，发出的是持续十至十五分钟的经过扰频处理的通话，然后就沉寂了。而且总是在不同的坐标方位出现。

然后还有一些报告，是关于一个奇怪的贝都因人，他似乎是在随意游荡，出没无常，在他的身后总会留下一连串的袭击、破坏事件。两名受重伤的士兵死前报告说看见了那个人，个子高高的，头上戴着一条红白格子的茶巾，下垂的一头拉过来遮住了脸。

两名在严刑逼供之下的科威特人，也吐露了这个来无影去无踪的贝都的传说，但他们声称并没有实际见过他。沙巴维手下的秘密警察正试图增加他们的痛苦，逼迫他们说见过那个人。傻瓜。当然，犯人为减轻皮肉痛苦会编造出一些新发现。

哈桑·拉曼尼越是想着这事，就越是确信，在他的地头上有了一个从国外渗透进来的特务，这件事肯定是在他的工作范围之内。他很难相信有贝都因人知道塑胶炸药和加密收发报机——假如他是一个真正的贝都因人的话。那个人也许受过一些如何放置炸弹的训练，似乎他还在亲自执行许多袭击行动。

要去抓捕在市区和沙漠里游荡着的每一个贝都因人，是不可能的，而且那是秘密警察的任务。他们会乱抓一气，到头来还是一场空。

对拉曼尼来说，这个问题有三个解决方案：第一，在那人实施袭击行动时当场抓住他——但那只能是碰巧，这种情况很可能永远不会发生；第二，抓住他的一个同谋，然后跟踪到他的老巢；或者第三，趁他在沙漠里发报时把他人赃俱获。

拉曼尼决定采用第三个方案。他将从伊拉克抽调他最佳的无线电监控小组，把他们布置在不同的地点，努力确定发报源头。他还需要一架军用直升机备用，以及一支可以立即开拔的特种部队小分队。他一回到巴格达就要抓这件事。

那一天在科威特，哈桑·拉曼尼并不是唯一对那位贝都感兴趣的人。在离希尔顿宾馆几英里的一座别墅里，一位留着大胡子的年轻英俊的科威特陆军上校正身着棉布袍子，坐在一把椅子上听一位朋友给他讲述一件有趣的事。

"我坐在汽车里停在十字路口等红绿灯，没有特别去观察什么，这时候我注意到十字路口对面有一辆伊军卡车。它停在那里，驾驶室旁边围着一队士兵在吃东西，抽烟。然后有一个年轻人，是我们的同胞，从一家咖啡馆里走出来，手里抓着一只小盒子似的东西。它真的很小，我也没去想。然后我看见他把那小盒子扔到卡车下面。接着他就转过街角消失了。绿灯亮了，我留在那里没动。

"五秒钟之内，那辆军车解体了。我的意思是卡车炸得四分五裂。周围的士兵都倒在地上，双腿都不见了。我还从来不曾见过哪种小盒子大的东西有那么大的破坏力。我调转车头，赶在秘密警察到来之前离开了那里。"

"塑胶炸弹。"陆军上校沉思着说，"肯定是贝都手下的人干的。那家伙到底是谁？我倒想见见他。"

"妙就妙在我认出了那个小伙子。"

"什么？"年轻的上校俯身向前，他的脸兴奋得放出光来。

"我到这里来可不是为了把你已经知道的事再重复一遍。我告诉你，我认出了放炸弹的那个人。阿布福阿德，几年来我一直在他父亲的店里买香烟。"

三天后在伦敦，当莱因哈特博士向美杜莎委员会报到时，他看上去一脸的倦容。他已经卸去了在波顿唐的常规工作，但第一次会议带回的资料，以及此后不断增加的补充材料，已经让他忙得焦头烂额了。

"调查研究工作可能还不完整，"他汇报说，"但已经发现了一些综合性的情况。

"首先，当然，我们知道萨达姆·侯赛因先生具有生产大量毒气的能力，我估计年产量可达一千吨以上。

"两伊战争期间，一些遭受毒气攻击的伊朗士兵在我们英国进行了治疗，我当时对他们作过伤势检查。那时候，我们已能辨明伊拉克人使用了光气和芥子毒气。

"更坏的消息是，我丝毫也不怀疑伊拉克现在大量拥有两种更为致命的毒气，即德国发明的两种神经毒气，沙林和塔本。如果这两种毒气在两伊战争也使用了的话——我认为是使用了，那么中毒的人就没有到英国接受治疗的问题了，他们会当场死亡。"

"这些……呃……毒剂有多厉害，莱因哈特博士？"保罗·斯普鲁斯爵士问道。

"保罗爵士，你有妻子吗？"

大都市官员吃了一惊。

"哦，是的，我结婚了。"

"那么，斯普鲁斯夫人是否用过带喷雾器的香水？"

"是的，我见过她喷洒香水。"

"你是否注意到从喷雾器喷出来的雾状香水有多精细？液体的微滴有多微小？"

"是的，确实是这样，考虑到香水的价格，对此我感到很高兴。"

这是一个很好的玩笑。不管怎样，保罗爵士喜欢这个玩笑。

"你的皮肤上沾上沙林或塔本的两颗微滴，你就死定了。"来自波顿唐的化学家说。

没人微笑了。

"伊拉克寻求神经毒气可追溯到一九七六年。那年他们接触了英国的ICI公司，说他们想建一座杀虫剂工厂，生产消除害虫的药品。但由于他们所要求的材料，ICI公司回绝了他们。伊拉克人出示的产品规格，都是防腐反应器容器、管道和泵浦等，这使ICI深信其真正的最终目标不是化学杀虫剂而是神经毒气。这笔生意被拒绝了。"

"感谢上帝。"保罗爵士说，并做了笔记。

"但不是人人都拒绝他们，"这位前维也纳的难民继续介绍，"他们的借口总是说伊拉克需要生产除草剂和杀虫剂，这些产品里当然含有毒气。"

"他们不是真的生产这些农药？"巴克斯曼问。

"不是。"莱因哈特说，"对一位专业化学师来说，问题的关键在于数量和类型。一九八一年，伊拉克人让一家德国公司为他们建了一个布局很特殊的、非同寻常的实验室。它的目的是生产五氯化磷，这是生产有机磷的基本化工原料，而有机磷是神经毒气的其中一种配料。正常的大学实验室不需要操作这种骇人听闻的物质。参加项目的化学工程师肯定知道这一点。

"对出口许可证的进一步查核发现还有硫二甘醇的订单。这种物质与盐酸混合后可生产出芥子毒气。硫二甘醇也是圆珠笔油墨的原料，只是用量极其微小。"

"他们买了多少？"辛克莱问。

"五百吨。"

"能做许多圆珠笔呢。"巴克斯曼咕哝着说。

"那是一九八三年初，"莱因哈特说，"到夏季时他们的萨马拉毒气工厂投产了，生产双氯乙基硫，即芥子气。十二月份他们开始用到伊朗人身上。

"在伊朗人的第一次进攻浪潮中，伊拉克人使用了黄雨、双氯乙基硫和塔本的混合剂。到一九八五年，他们改进了混合剂，由氰化物、芥子气、塔本和沙林组成，致使伊朗步兵的死亡率达到了百分之六十。"

"博士，我们是否把议题集中于神经毒气？"辛克莱提议，"看起来那是真正致命的物质。"

"好的。"莱因哈特博士说，"从一九八四年起，他们开始采购氯氧化磷，那是生产塔本毒气和两种沙林毒气——三甲基亚硝酸盐及氟化钾——的重要基础化工品。他们试图向一家荷兰公司订购这三种化学品，总共二百五十吨。如果是除草剂，那这个数量足以杀死中东地区每一棵树和每一株草。与ICI一样，荷兰人也拒绝了他们，但后来伊拉克人还是买到了两种不受限制的化学品：生产塔本的二甲胺和生产沙林的异丙醇。"

"如果这些原料在欧洲是不受限制的，你怎么知道他们买这些东西不是真的做杀虫剂？"保罗爵士问道。

"因为数量，"莱因哈特博士回答，"还有化学品的制造加工设备，以及工厂的布局。内行的化学工程师从这些就知道，购买这些东西只能是为了生产毒气。"

"博士，你知道在过去几年里主要供货商是谁吗？"保罗爵士问。

"哦，我知道。早年间，主要是苏联和东德，还有其他八个国家出口给他们，绝大多数为未受限制的小量化学品。但百分之八十的工厂、设计、机器、专用加工设备、化学品和技术来自于西德。"

"实际上，"辛克莱拖长声音说，"多年来我们一直在向波恩抗议。他们总是不加理会。博士，你能不能在我们给你的照片上指认这些毒气工厂？"

"当然能。有些毒气工厂在照片上直接就能看得出来。还有些要用放大镜去分辨。"

化学博士把五张航拍的大照片摊在了桌子上。

"我不懂这些阿拉伯名字，但这些编号可以指代照片上的物体，对不对？"

"是的。你只要指认那些建筑物就行了。"辛克莱说。

"这里，整个十七栋楼的建筑群……这里，这座单独的大工厂——你们看见这个空气洗涤装置了吗？还有这里，这个……和这个八座楼房的建筑群……以及这一个。"

辛克莱仔细对照着从公文箱里取出来的一份清单，严肃地点点头。

"如同我们所想。喀姆、法鲁贾赫、希拉赫、萨尔曼帕克和萨马拉。博士，非常感谢你。我们在美国的科学家与你的猜测完全相同。它们将成为我们空袭的第一批目标。"

散会后，辛克莱、西蒙·巴克斯曼和特里·马丁一起走向皮卡迪里广场，去理查克斯咖啡馆喝咖啡。

"我不知道你们英国人是怎么想的，"辛克莱一边搅拌着蒸馏咖啡一边说，"但从我们的角度来说，最可怕的是毒气威胁。施瓦茨科普夫上将对此确信无疑。他称之为噩梦方案：大面积毒气进攻，向我们的部队喷洒毒雨。开始地面战时，我们的战士要戴上防毒面具，穿上防护服，从头到脚保护起来。令人欣慰的是，毒气一旦暴露在空中后，其毒性不能长久维持。毒气触及沙漠后就失效了。特里，你好像不太相信。"

"这种毒气雨雾，"马丁说，"萨达姆如何发射？"

辛克莱耸耸肩。

"大炮发射吧，我想。他就是这么对付伊朗人的。"

"你们不去炸毁他的大炮吗？大炮只有三十公里的射程。肯定安放在沙漠里的某个地方。"

"当然了，"美国人说，"不管如何隐蔽，如何伪装，我们的技术能让我们找到那里的每一门大炮和每一辆坦克。"

"那么如果他的大炮都被炸毁了，萨达姆还有什么方法施放毒雨呢？"

"战斗轰炸机吧，我猜。"

"但你们开始地面战时也已经把它们摧毁了呀，"马丁指出，"萨达姆没剩下任何会飞的东西了。"

"好吧，那么飞毛腿导弹——不管是什么。他会去尝试一切可能，而我们将把它们一一消灭。对不起，朋友们，我要走了。"

"你有什么想法，特里？"中情局特工走了之后，巴克斯曼问道。特里·马丁叹了一口气。

"唉，我也不知道。这些事情只有萨达姆和他的作战计划员知道。他们不会低估美国的空中力量。西蒙，给我弄一份萨达姆过去六个月的演讲好吗？阿拉伯语，一定要阿拉伯语的。"

"好的，我想可以吧。切尔特南的政府通讯总局里应该有，或者，英国广播公司的阿拉伯语部也有。要录音带还是要文稿？"

"如果可能，还是要录音带吧。"

此后的三天里，特里·马丁一直在听来自巴格达的那个带喉音的声音高谈阔论。他把磁带倒过来，放过去，反复听了几遍，总是抹不去心里的担忧——为什么这位深陷麻烦的伊拉克暴君一直喋喋不休地发出错误的声音？要么是他不知道或没认识到他的麻烦有多严重，要么是他知道敌人所不知道的某些事情。

萨达姆·侯赛因于九月二十一日在革命指挥委员会作了一次新的演讲，或者说是一项声明，其中使用了一个特别词汇。在声明中，他宣称伊拉克从科威特撤军没有一丝一毫的可能性，任何企图驱逐伊拉克的尝试都会导致"一切战役之母"。

就是这么翻译的。媒体喜欢这个词，它成了引人注意的词语。

马丁博士研究了一番讲话录音，然后打电话给西蒙·巴克斯曼。

"我一直在研究底格里斯河上游地区的方言。"他说。

"噢，老天，你有这个兴致呀。"巴克斯曼回答。

"问题是，他用的那个词：'一切战役之母'。"

"是呀，这话怎么啦？"

"那个被翻译成'战役'的词，在他的家乡，它还有'伤亡'或'浴血'的意思。"

线路的另一头一阵沉默。

"别担心这个。"

尽管如此，特里·马丁还是很担心。

第七章

伊拉克内鬼

香烟店老板的儿子吓坏了，他的父亲也是如此。

"发发慈悲吧，把你所知道的事情告诉他们，我的儿子。"他对孩子哀求道。

科威特抵抗运动委员会的两名代表彬彬有礼，他们向烟杂店老板作了自我介绍，并坚持希望他的儿子能对他们坦率地说真话。

烟店业主虽然知道客人告诉他的是假名字，但他明白他正与同胞中的重要人物说话。更糟的是，原来他的儿子在参加积极抵抗，这使他大为吃惊。

最糟糕的是，他刚刚获悉他的儿子参加的不是正式的科威特抵抗运动，而是在一个他闻所未闻的怪异土匪的指使之下，被人家看见在伊军卡车底下安放炸弹。任何一个父亲听到这种事都会心脏病发作。

他们四人坐在位于凯番的烟杂店老板的舒适的客厅里。其中一位客人解释说，他们不会去为难那个贝都，只不过想与他联系上，以便能够合作。

于是，男孩把发生的事情从头说起。他的朋友如何准备向一辆路过的伊军卡车射击，又如何被人从石堆后面拖住。一切从那一刻开始。客人们静静地倾听着，只有那个提出要求的人偶尔插了几个小问题。而那个戴着墨镜、没有说话的人是阿布福阿德。

提问者对学生们与贝都会面的那座房子表示出特别的兴趣。小伙子给出了地址，然后补充说："我认为你们去那里找他是没什么意义的。他非常警觉。我们的一个人有一次去那里想与他谈话，但那地方上着锁。我们认为他不住在那里，可他知道我们去过了。他警告我们以后千万不能这样做。他说如果再这样的话，他就不与我们联系，我们就再也见不到他了。"

阿布福阿德坐在角落里，他点点头表示赞同。与其他人不一样，他是一位受过训练的军人，他知道，对方也是一个受过训练的高手。

"你们下次什么时候会面？"他静静地问道。

那孩子可以传递信息，这样就有机会邀请他会谈。

"现在他只与我们其中一人联络。被联络人再通知大家。这也许要过一段时间。"

两个科威特人离开了。他们现在知道了两辆汽车的大概样子：一辆破旧的皮卡，伪装成从乡下往城里运送水果的市场摊贩用车；以及一辆适合沙漠行驶的大马力四轮驱动吉普车。

阿布福阿德通过交通部的一位朋友，对汽车牌照进行了查核，但是追踪中断了。两个号码都是假的。唯一的线索只剩下身份证——那人必须携带身份证，才能通过伊拉克人到处设置的路障和检查点。

通过委员会，他联系上了内务部的一名公务员。他的运气来了。那人回忆起，他曾给一个来自贾赫拉的摊贩做过一份假身份证。那是六个星期前他应百万富翁艾哈迈德·阿尔卡里法的要求帮忙做的。

阿布福阿德欣喜若狂，并产生了兴趣。那富翁在抵抗运动中是一个有影响的、受人尊敬的人物。但大家认为他仅限于提供资金，而不是参加行动。他究竟为什么要充当那个神秘的、致命的贝都的恩人呢？

在科威特南方国境对面，美军如同潮水般地涌进来。当九月份的最后一个星期过去时，在沙特国防部大楼地下室办公的多国部队总司令诺曼·施瓦茨科普夫上将知道，他终于有了足够的兵力可以保卫沙特阿拉伯免受伊拉克的进攻。

在空中，多国部队空军司令查尔斯（昵称查克）·霍纳中将已经建立起一顶钢铁防护伞，配备了能够快速抢占制空权的大量战斗机中队、攻击地面目标的战斗轰炸机队、空中加油机队、重型轰炸机队，和对付坦克群的雷电攻击机队，并进行频繁的空中巡逻，足以从地面和空中摧毁来犯的伊拉克军队。

他的空中技术能通过雷达覆盖伊拉克境内的每一寸土地，能感应到每一台重型金属设备在道路上行驶、穿越沙漠或试图升空，能截听到通过电波传输的伊拉克人的每一次通话，并能确定任何热源。

在地面上，诺曼·施瓦茨科普夫确信已经有足够的机械化部队、轻重装甲部队、炮兵和步兵，可以迎战任何伊军进攻纵队，拖住他们，包围他们，歼灭他们。

在九月的最后一周，在绝对保密的条件下——对盟国也没有透露过——美国开始制订从防御转为进攻的作战计划。尽管联合国的命令仅限于保卫沙特阿拉伯和海湾国家的安全，仅限于此，但美国还是制订了攻入伊拉克的计划。

但施瓦茨科普夫也有问题。其中一个是，针对多国部队布置的伊军兵力、大炮和坦克，已经是他们六周前抵达利雅得时的两倍之多。另一个问题是，在解放科威特时，他需要的多国部队兵力比保卫沙特阿拉伯的兵力多一倍。

诺曼·施瓦茨科普夫是一个牢记乔治·巴顿格言的人：死一个美国人、英国人、法国人或任何其他联军战士都嫌太多。在他发动进攻之前，他有两个要求：一，把他目前的兵力增加一倍；二，实施空中打击，确保边境北面的伊军减少百分之五十。

这就意味着更多时间、更多装备、更多大炮、更多坦克、更多部队、更多飞机、更多燃油、更多粮食和更多的钱。他告诉国会山那些目瞪口呆的空想拿破仑们，如果他们想打赢战争，那么最好快把这些东西全都给他。

实际上，这些话是由更文雅的参谋长联席会议主席科林·鲍威尔转述的，他把话说得婉转了一些。政客们喜欢与军人玩游戏，但不喜欢直接听到军人的语言。

总而言之，九月底制订的计划绝对保密，后来结果也表明该计划正是时候。一直在抛出和平计划的联合国，要等十一月二十九日才授权多国部队可以使用一切必要手段发起进攻把伊拉克赶出科威特，除非伊拉克在一月十五日前撤出。假如拖到十一月底才开始制订计划的话，一切都来不及了。

艾哈迈德·阿尔卡里法感到很为难。他当然知道阿布福阿德，知道他是什么人，是干什么的。况且他也很理解阿布福阿德的要求。但他有过承诺，他解释说，他不能违背诺言。

即使是对科威特同胞和抵抗运动成员，阿尔卡里法也没有透露那个贝都其实是一名英国军官。但他还是同意在某个地方给贝都留下一张纸条。贝都迟早会发现条子。

第二天上午，在基督教墓地一等水手谢普顿的大理石墓碑下，他留了一封信，并附上了他的个人意见，请求贝都同意会见阿布福阿德。

伊军的巡逻小分队共有六名士兵，由一名中士带队，当贝都从街角上转出来时，他们与他一样大吃一惊。

麦克·马丁刚把那辆微型卡车停在车库里，锁好，正步行穿越城市向他选定过夜的别墅走去。他太累了，所以一反常态，警惕性迟钝了。他看见了那些伊拉克人，并且知道对方也看见了自己，忍不住咒骂了自己一声。他的工作中，只要一秒钟的松懈就可能送命。

时间早已进入了宵禁，尽管他已经相当习惯穿越空荡荡的、只有伊军巡逻兵巡视的街道，他还是会选择灯光暗淡的小道，越过黑暗的废弃场地，穿行在小巷子里，而伊军一般都守在主要公路的十字路口。这种方法使他和伊拉克人各自相安无事。

但自哈桑·拉曼尼返回巴格达以来，尤其是针对常规军的无能提交了一份充满尖刻批评的报告之后，情况变了。伊拉克特种部队——绿色贝雷帽士兵——开始在科威特市街头出现了。

虽然不能与精锐的共和国卫队相提并论，但绿色贝雷帽部队至少要比常规军那些乱糟糟的应征士兵更守纪律。现在静静地站在卡车旁边的就是六名绿色贝雷帽士兵，那里通常是没有伊拉克人的。

马丁正好有时间重重地倚在他随身带着的一根手杖上，扮起了一个老头的样子。这倒是一个好主意，因为在阿拉伯传统中，老人是受到尊敬的，或者至少是受到同情的。

"喂，你，"那中士喊道，"过来。"

四支步枪对准了戴着格子茶巾的孤独的身影。老人停顿了一下，然后一瘸一拐地走上前来。

"这么晚了你还在干什么，贝都？"

"只是一个老头子想赶在宵禁前回到自己家里去呀，赛义德。"那人呜咽着说。

"现在已经过了宵禁时间了，笨蛋！过了两个钟头了。"

老头迷惘地摇摇头。

"我不知道，赛义德，我没有手表。"

在中东，手表并不是必备的，而是一种供收藏的珍贵物品，也是财富的象征。进入科威特的伊军士兵很快都有了手表——白拿来的。

中士咕哝了一声，这个借口倒也站得住脚。

"证件。"他说。

老人用那只空着的手拍了拍他沾满尘土的袍子。

"我好像丢了证件。"他哀求着说。

"搜他。"中士命令道。一名战士走了上来。一颗手雷绑在马丁的左大腿内侧，像一只西瓜垂在那里。

"别碰我的蛋蛋。"老贝都尖利地说。那战士停住了。后面的一名士兵咯咯地笑了起来，中士尽力屏住不笑。

"怎么啦，上呀，朱海尔。搜他。"

年轻战士朱海尔犹豫了，脸涨得通红。他知道这个玩笑是针对着他的。

"只有我老婆才能碰我的蛋蛋。"贝都说。两名战士大声笑起来，并放下了他们手里的步枪。其他人也跟着放下了枪。朱海尔仍畏缩着不肯走上前去。

"跟你们说，这对她没有任何好处。我可是早就过了干那种事情的年纪。"老人说。

太过分了。巡逻队爆发出一阵狂笑。那位中士也忍不住张口笑了。

"好吧，老头，回家去吧。以后天黑后不要出门。"

贝都一瘸一拐地走向街角，一边用手在衣服下面抓痒。在街角上他转过身来。那颗手雷掠过鹅卵石街面停留在朱海尔的脚边。六个人都凑上去看，接着它就爆炸了。那是这六名士兵的最后一天，也是九月份的最后一天。

那天晚上，在遥远的以色列特拉维夫，摩萨德局长科比·德洛尔将军坐在哈德尔·达夫纳大厦的办公室里，正与一位老朋友和老同事施洛莫·格桑（大家都叫他沙米）一起喝酒。

沙米·格桑是摩萨德的战斗部主任。他的部门负责操纵外勤特工，是危险的锋口间谍行动。当局长向美国人奇普·巴伯说谎时，他是在场的两名属下之一。

"你认为我们不应该告诉他们吗？"格桑问，因为这个话题又冒了出来。

德洛尔抓起啤酒瓶，往嘴里猛灌了一口。"去他们的，"他咆哮着说，"让他们自己去招募宝贝内线吧。"

一九七六年春天，当四个阿拉伯国家准备与以色列一次性算总账时，德洛尔还是个不到二十岁的战士，在沙漠中蹲伏在巴顿坦克下等待战斗。他还记得，外界全是对以色列的一片责备声。

在一名二十岁小伙子的指挥下，他和其他坦克手在米塔拉山口轰开一个缺口，把埃及军队打回苏伊士运河去了。

他仍然记忆犹新，同是西方的媒体，在五月份时还对他的祖国的生死存亡表示深切忧虑，当以色列在六天之内打败四个国家的陆军和空军时，却反过来指责他们是靠恐吓和欺骗打胜的。

从那时起，科比·德洛尔的哲学观点就形成了：去他们的。他是一个土生土长的以色列人，没有大卫·本-古里安等人那样的高瞻远瞩，更没有他们的耐心。

在政治上他忠诚于极右翼的利库德党，与贝京和沙米尔同属一个党派。

有一次他坐在教室里听课，他手下的一名教官正在培训新招聘的特工学员。当他听到教员说出"友好情报机构"这个短语时，他起身接管了这堂课。

"世上没有以色列的朋友这种事，除了在国外散居的犹太人。"他告诉学生们，"这个世界分成两个部分：我们的敌人和中立国。我们的敌人，我们知道该如何对付。至于中立国，攫取一切，什么也不给他们。朝他们笑笑，拍拍他们的背，向他们敬敬酒，奉承他们几句，谢谢他们透露的消息，什么也不告诉他们。"

"嗯，科比，我们希望他们永远发觉不了。"格桑说。

"他们怎么可能发现？只有我们的八个人知道。而且都在局里。"

肯定是因为啤酒。他忘了还有一个人。

一九八八年春天，一个叫斯图尔特·哈里斯的英国商人在巴格达参加了一个工业展览会。他是诺丁汉一家筑路机械公司的一名销售董事。展览会是伊拉克运输部主办的。与绝大多数西方人一样，他也下榻雅法街上的拉希德宾馆。该宾馆系涉外宾馆，时刻处于监控之下。

展览会的第三天，哈里斯回到自己的房间时，发现从门缝下塞进了一只普通的信封。信封上没写名字，只有房间号码，而房间号码没搞错。

里面有一张纸和另一只普通的航空信封。纸片上以大写的英语字母写着："你回到伦敦后把这封信原封不动地交给以色列使馆的诺尔曼。"

就这些。斯图尔特·哈里斯吓得魂不附体。他知道伊拉克的名声，知道秘密警察的手段。不管这个平常的信封里装着什么，都会使他遭到逮捕、拷问，甚至丢命。

他努力保持冷静，坐下来，试着理清事情的头绪。首先，为什么找他呢？英国人在巴格达有几十个，为什么选中了斯图尔特·哈里斯？他们不可能知道他是犹太人，他们不可能知道他父亲是一九三五年从德国去英国的。难道他们知道？

他永远不会知道，这都是因为两天前伊拉克运输部的两位官员在一个公共食堂里无意间说过的几句话。其中一人向另一人讲起，他前一年秋天曾去诺丁汉的工厂参观访问，哈里斯在头两天一直陪着他，然后消失了一天，然后又回来了。他曾打听哈里斯是不是病了。一位同事笑着告诉他，说哈里斯是庆祝犹太教赎罪日去了。

两名伊拉克公务员后来再也没去想过这件事，但旁边桌子的一个人却记住了。他把这次对话向他的上司作了汇报。这位上司似乎并不在意，但后来考虑了一番后，去查了诺丁汉的斯图尔特·哈里斯先生，查到他在拉希德宾馆的房间号码。

哈里斯坐在房间里不知道该怎么办。他有理由认为，即使那个匿名的送信人已经发现他是一个犹太人，但有一件事他们不可能知道，绝不可能。很巧合的是，斯图尔特·哈里斯是一名沙燕。

根据本-古里安亲自下达的命令，一九五一年创建了以色列情报和特别行动研究所，外界称为摩萨德，在希伯来语中有"研究所"的意思。但内部从来不曾，也从来不会这么称呼，而是叫做"局里"。在世界上的主要情报机构中，它是最小的。按在册工资单人员统计，它非常精简。在弗吉尼亚州兰利的美国中央情报局总部大约有两万五千名职工，这还不包括所有驻外情报站人员。与中情局和摩萨德同样的负责国外情报搜集的苏联克格勃第一总局，高峰期时在全世界共有一万五千名外勤特工，在总部工作的约有三千人。

一直以来，摩萨德只有一千二百至一千五百名雇员，外勤特工（被称为卡查）不足四十人。

摩萨德能靠那么微薄的预算和那么少的人员开展行动，并确保行动成功，取决于两个因素。其中一个是，它有能力深入到以色列人民群众中去。以色列人民具有大都市居民的眼光，并具有令人惊奇的各种才能，比如语言能力和五洲四海的地理知识。

第二个因素是，他们有遍布世界各地的国际帮手，希伯来语称之为"沙燕"。主要是散居在国外的犹太人（他们必须父母双方都是犹太人），虽然他们也许忠诚于所定居的国家，但也会同情以色列国。

光是在伦敦就有两千名沙燕，在英国其他地区有五千人。在美国的人数是该数字的十倍。他们从不真正去参加行动，只是应要求提供帮助。而且他们按要求提供的帮助不会是针对他们的出生国或入籍国，决不会让他们去干背叛国家的事。这些帮手能使行动的成本下降不少。

例如，摩萨德特工队抵达伦敦，要开展一场对付巴勒斯坦隐蔽小组的行动。他们需要一辆小轿车。一个沙燕就会按要求把一辆合法的二手汽车留在某个地方，车钥匙放在汽车脚毯下面。行动结束后这辆小车就归还了。那位沙燕永远也不会知道汽车被拿去干了什么；行车记录本上只记载着曾为某位客户出车。

比如这个特工队需要一个"门面"，一位有房子的沙燕就会借给他们一间空店面，一位糖果商沙燕把糖果和巧克力放进那个商店。特工队需要一个联络站，一位房地产商沙燕就会提供一处登记在他名下的空办公室。

斯图尔特·哈里斯去过以色列的埃利特胜地度假，当时在红岩酒吧里，他与一位说一口漂亮英语的快乐的以色列青年聊上了。在后来一次交谈时，以色列青年带来了一个朋友，年纪比他大些。那人诱导哈里斯说出了对以色列的态度。在假期结束时，哈里斯已同意，如有任何事情用得上他的话，他愿意提供帮助。

返回英国后，哈里斯按建议过着正常的生活。两年来他一直在等待着请他帮忙的电话，但这种电话从没来过。然而有一个友好的人定期拜访他，保持着联络。联络名单上的沙燕也正是卡查日常工作的一部分。

现在，斯图尔特·哈里斯坐在巴格达那家宾馆的房间里，越想越感到害怕，不知道该怎么办。这封信很可能会惹是生非——夹带它出去时他会在机场被查获。偷偷地放进其他人的包里呢？他对于那种事情没有把握。而且到了伦敦他如何去取回呢？

最后他镇定下来了，制订了一个计划。这个计划是完全正确的。他把外层信封和那张纸在烟灰缸里烧了，捣碎余烬，倒进抽水马桶里放水冲掉。然后他把内层信封放到了衣柜上格的备用毛毯下面，事先把那里擦干净了。

如果他的房间遭到搜查，他可以发誓说他从来就不需要毛毯，从来就没动过柜子的最高一格，那封信肯定是前面一位客人留下的。

在一家文化用品商店里，他买了一只结实的牛皮纸信封、一只背面带胶的标签和封口胶带；在一个邮局里，他买了足够把一份杂志从巴格达寄到伦敦的邮票。他在展销会上选了一本赞美伊拉克成就的进步杂志，还在那只空白的信封上贴上了展览会的标志。

到了最后一天，就在跟两位同事一起赴机场之前，他回到自己的房间，把那封信夹在杂志里面装入了信封。他在信封上写上英国朗伊顿的一位叔叔的地址，并贴上了展览会标签和邮票。他知道宾馆大厅里有一只邮箱，下一次开邮箱的时间在四个小时之后。他合理地推测，即使到时信封被安全机关的侦探们用蒸汽开启，他也已经坐上英国航空公司的班机飞到阿尔卑斯山上空了。

有人说好运气青睐勇敢者或笨蛋，或两者相加。酒店大厅里有秘密警察监视着，时刻观察着是否有伊拉克人走近任何外国人，是否有人把什么东西塞给他们。哈里斯把那个信封放在衣服里面，夹在左腋下。角落里有一个拿着报纸的密探在注视着，但哈里斯把信投进邮箱时，正好一辆行李推车从他们之间通过。当那个观察者再次看到他时，哈里斯已经在服务台交钥匙了。

一星期之后邮件到了他叔叔家。哈里斯知道他的叔叔正在度假，他有钥匙便于帮叔叔照看房子，以防失火或失窃等意外。他进了叔叔家，取了这份邮件。然后他带着信，去了伦敦的以色列大使馆，要求面见他的联系人。他被引入一个房间等着。

一位中年人进来询问了他的名字，并问他为什么想见"诺尔曼"。哈里斯作了解释，从口袋里取出航空信封放在桌子上。那以色列外交官的脸变白了，又让他等着，自己走掉了。

位于格林广场2号的使馆大楼是一座漂亮的建筑物，但从它那古典的线条看不出它昂贵的防御工事，以及隐藏在地下室里的摩萨德伦敦情报站的安保技术。就在这个地下要塞里，一名年轻人被紧急召唤过来。哈里斯等了又等。

尽管他并不知道，但他坐在那里，身前的桌子上放着一个信封的形象，正有人通过单面镜子审视着。在特工人员核对记录，确认他是一名真正的沙燕而不是巴勒斯坦恐怖分子的同时，他也被拍了照片。直到档案中的诺丁汉沙燕——斯图尔特·哈里斯的照片，与坐在单面镜子后的人脸完全相符了，那位年轻的特工才进入了房间。

他微笑着自我介绍说他叫拉斐，并请哈里斯从头说起，从埃拉特度假时说起。于是哈里斯全都告诉了他。拉斐知道埃拉特的事（他刚刚看过了整卷档案），但他需要亲口核实。当讲到伊拉克时，他来了兴致。他先是提了几个小问题，让哈里斯慢慢说来。然后正式提问开始了，没完没了的问题，直至哈里斯把他在巴格达的所作所为重复了好几遍。拉斐没作记录；整个谈话都由录音机录下来了。最后，他用墙上的电话与隔壁的一位资深特工叽里咕噜地说了一通希伯来语。

他最后向斯图尔特·哈里斯再三表示感谢，称赞他的勇气和冷静，叮嘱他千万不要向任何人透露这件事，并祝愿他平安返家。然后哈里斯就被引出去了。

一个人戴着防爆头盔、穿着防弹衣、戴着手套把信取走。信件用X光机拍了照片。以色列使馆已经有一个人死于邮件炸弹，他们不想再发生这种事了。

最后，这封信被拆开了。里面有两张半透明的航空信笺，上面写满了阿拉伯文。拉斐不会讲阿拉伯语，更不用说阅读了。伦敦情报站也没有任何人懂阿拉伯语，至少不能阅读这种蜘蛛般的阿拉伯文字。拉斐发了一份高度加密的无线电报告给特拉维夫，然后用正式和标准的格式——摩萨德内部称为纳卡（NAKA）——写了一份更详尽的报告。原信和报告被装进了外交信使袋，信使搭上了埃尔阿尔航空公司从伦敦希斯罗机场飞往特拉维夫本-古里安机场的夜航班机。

骑着摩托车的收发员和一名武装警卫直接到飞机旁迎接信使，并接过了帆布邮袋，送往索尔国王大道。刚过早饭时间，邮袋就到了摩萨德总部大楼，交到伊拉克科科长——一位叫大卫·沙龙的年轻能干的特工——手里了。

沙龙能说、能读阿拉伯语，这两张薄纸上的内容，带给他的震撼不亚于当年他与伞兵们一起训练时，在内格夫沙漠上空第一次跳出飞机时的感觉。

他避开秘书和文字处理器，用自己的打字机打出了信件的希伯来语译文。然后他拿上原文和译文，加上拉斐写的那份报告，去见他的顶头上司——中东处处长。

信中所述的大意是，写信人是伊拉克政权高层集团的一名高级官员，他愿意为金钱而为以色列工作——只为金钱。

还有一些其他内容，并提供了巴格达一家大邮局的一个邮政信箱作为回信地址，但信件的主要意思就是这个。

那天晚上，科比·德洛尔在他私人办公室里召开了一次高层会议。出席会议的有战斗部主任沙米·格桑，还有中东处处长埃坦·哈达尔——大卫·沙龙的顶头上司，那天上午沙龙翻译的巴格达来信就是交给他的。沙龙本人也被叫来了。

从一开始格桑就持悲观态度。

"这是假的，"他说，"我还从来没见过这么拙劣、这么明显的陷阱呢。科比，我可不会派我手下任何人去那里查核。那等于让我们的人去送死。我连派奥特到巴格达去接触也不会考虑。"

奥特是指摩萨德使用的阿拉伯人，是一种较低级的中间人，一般任务是去接触阿拉伯同胞以建立初始的联系。牺牲一个奥特，比牺牲一名羽翼丰满的以色列外勤特工损失要小得多。

格桑的观点似乎占了上风。那封信是一个疯狂的举动，很明显目的是要诱骗一名高级的卡查到巴格达，对其实施逮捕、拷问、公开审判、公开处决。最后，德洛尔转过头去看大卫·沙龙。

"嗯，大卫，你也有发言权。你有什么想法？"

沙龙遗憾地点点头。

"我基本上同意沙米的意见。我们不可能派人过去接头。"

埃坦·哈达尔向他投去了警告性的一瞥。部门之间通常是对手。不能把胜利拱手让给格桑的战斗部。

"百分之九十九的可能是一个陷阱。"沙龙说。

"百分之九十九？"德洛尔讥讽地问，"那还有百分之一呢，年轻人？"

"哦，可能是一个并不高明的主意，"沙龙说，"我只是想起来，这百分之一也许是突然间我们又有了一个彭科夫斯基。"

房间里一片沉静。这个词语如同一个公开的挑战悬浮在空气之中。格桑长长地吐出了一口气。科比·德洛尔盯着他的伊拉克科科长。沙龙看着自己的指尖。

在情报界，招募渗入到目标国高层集团中的间谍只有四种方法。

第一种方法是最难的：派一个本国人——受过特别训练，还必须长相酷似目标国的国民——渗入到那个目标中心。这几乎是不可能的，除非渗入者是在目标国土生土长的，能重新融入进去，并对他出国受训那段时间有个很圆满的解释。即使如此，他也必须经多年等待——也许是十年卧底——才能爬到能接触到秘密文件的有用的位子上。

然而曾几何时，以色列是这项技术的大师。这是因为当以色列还年轻时，在世界各国长大的犹太人纷至沓来。有些犹太人长得酷似摩洛哥人、阿尔及利亚人、利比亚人、埃及人、叙利亚人、伊拉克人或也门人。这还不算来自俄罗斯、波兰、西欧和南北美洲的犹太人。

其中最成功的卧底要数在叙利亚出生长大的埃利·科亨。他在外边度过一段时间后返回叙利亚，进入大马士革，有了一个新的叙利亚名字，随后成了高级政客、公务员、将军们的知心朋友。慷慨大方的科亨经常举办各种豪宴和聚会，这些军政要员在聚会上对主人无所不谈。他们说出来的一切，包括叙军作战计划，全都在"六日战争"前夕及时反馈到了特拉维夫。科亨暴露了，经刑讯后在大马士革的革命广场被处以绞刑。这种渗入者是极危险的，也是极稀少的。

但是随着岁月的流逝，早先移民的以色列人老了；他们土生土长的犹太孩子不学阿拉伯语，也无法从事埃利·科亨曾经干过的事业。所以到一九九〇年时，摩萨德的阿拉伯学专家比人们想象的要少得多。

不使用阿拉伯语特工还有第二个原因。一般来说在欧洲和美国更容易窃取阿拉伯国家的秘密。比如一个阿拉伯国家在从美国购买战斗机，在美国更容易获得这笔交易的细节，风险也更小。如果一位阿拉伯高官看上去比较容易接近，那么为什么不在他访问欧洲时，到他寻欢作乐的场所去接近他呢？所以，一九九〇年前后，摩萨德大部分行动是在风险较小的欧洲和美国进行，而不是在风险较大的阿拉伯国家。

然而所有渗入者中的大师，当属曾经多年操纵东德情报网的马库斯·沃尔夫。他有一个很大的优势——东德人与西德人长得一模一样。

在他那个时期，马库斯·沃尔夫把几十名间谍渗透到了西德。其中一人当上了威利·勃兰特总理的私人秘书。沃尔夫专长于训练和派遣那些作风古板、模样不漂亮的老处女。她们的勤勉使雇主们——西德部长们——感到离开她们就无法工作了。这样，她们把经手的每一份文件都复印下来传回东柏林去了。

第二个渗入方法是使用第三国的公民。目标国知道来者是一个外国人，但认为他是一个来自友好国家的、富有同情心的外国人。

这方面，摩萨德有一个极漂亮的例子，泽埃夫·古尔·阿利赫。一九二一年，他在德国曼海姆出生时名叫沃尔夫冈·洛兹。沃尔夫冈身高六英尺，金发碧眼，未经割礼，但他是一个犹太人。他在孩提时来到以色列，在那里长大，并起了一个希伯来名字，参加过地下工作，后来成了以色列陆军的一名少校。然后，摩萨德把他弄到了手。

他被派回德国去待了两年，一边完善他在小时候学的德语，一边"发家"——用的是摩萨德的钱。然后他带着非犹太人的德国妻子移居开罗，并创办了一所骑术学校。

他的事业很成功。埃及的官员喜欢把骑马作为一种休闲活动。他们参加沃尔夫冈举办的香槟酒会，认为他是一位极右翼的、反犹的德国人，对他可以吐露一切。而且他们确实吐露了。他们说出来的一切都反馈给了特拉维夫。洛兹最后被抓住了，幸好没被处以绞刑，"六日战争"之后与埃及交换战俘时获救。

但更为成功的渗入者是早期的一个德国人。在第二次世界大战前夕，理查德·佐尔格就已经是驻东京的外国记者了。他能说一口流利的日语，与东条英机政府的高级幕僚关系密切。那届政府追随希特勒的政策，官员们都认为佐尔格是一名忠心耿耿的纳粹分子——他自己当然说是。

日本人实在想不到佐尔格竟会不是一个德国纳粹。实际上，他是为莫斯科工作的德国人。多年来他一直把东条英机政权的战争计划提供给莫斯科作研究。他最漂亮的一次行动也是他最后一次行动。一九四一年，希特勒军队兵临莫斯科城下。斯大林急需知道，日本会不会从中国东北入侵苏联？佐尔格为他提供了情报，答案是不会。斯大林据此把蒙古军团四万兵力从远东地区调往莫斯科。增援部队把陷入绝地的德国人又拖住了几个星期，直至冬天来临。莫斯科得救了。

但佐尔格本人就没有那么幸运了。他的面目被揭穿，并被处以绞刑。但他生前送出的情报也许改变了世界历史。

在目标国招募间谍的最常用方法是第三种：直接去招募一个已经"在位"的人。招募过程可能慢得枯燥，也可能快得出奇。有才干的观察员们游荡在外交人员社区，在对方的高级官员中间物色人选，他们要找的往往是那种清醒过来的、愤恨不平的、牢骚满腹的痛苦的人，或者不管怎么说是能被"策反"的人。

他们也在出国访问的团员中仔细研究，看看是否有人可以被拉到一旁，跟他们聊聊过去的时光，趁机策反。当观察员搭上一名"可能目标"之后，策反员就出动了。通常是从建立平常的友谊开始，后来发展得越来越深，越来越热络。直至"朋友"问此人，能否帮一个小小的忙——他需要一个无足轻重的消息，不会造成任何不良后果。

目标一旦落入陷阱就无法回头了。而且被招募者为之服务的政权越是冷酷无情，他就越不可能坦白自首。

这些人同意为另一个国家服务的动机是各种各样的。变节者也许负债累累，婚姻痛苦，错过了提升机会，遭到自己政权的冷落，或者单纯是受新生活和大量金钱的诱惑。这种情况下，他们也许因为自己的软弱，也许因为要掩盖不当的性关系或性取向，或者就因为听信甜言蜜语和奉承而被策反了。

有几个苏联人，像彭科夫斯基和戈尔季耶夫斯基，确实是因为改变立场而决定为自己的信念工作的，但大多数背叛祖国的间谍都是心灵空虚，自以为重要的人物。

但在所有招募方法中，第四种也是最古怪的一种，被称为"闯进来"。顾名思义，就是对方径直找上门来，事先未打过招呼，主动提出愿意提供服务。

被闯进的情报机构对这种人总是抱着极端怀疑的态度——这肯定是对方"安插"进来的。因此，一九六〇年，当一位高个子俄罗斯人走进莫斯科美国大使馆，声称自己是苏联军事情报局（军情局）的一名上校并愿意为西方当间谍时，他被拒绝了。

那人在迷惘中去找了英国人，英国人让他试一试。结果奥列格·彭科夫斯基成了有史以来最神奇的间谍之一。在他短短的三十个月间谍生涯中，他把五千五百份文件转给了操纵他的英美情报机构，每一份文件都是机密级或绝密级的。在古巴导弹危机期间，世人永远不会明白，肯尼迪总统怎么会知道尼基塔·赫鲁晓夫要打的整副牌，简直像扑克玩家在对手的背后安了一面镜子。那面镜子就是彭科夫斯基。

这位俄罗斯人冒了极大的风险，在还有机会离开苏联去西方时他拒绝离开。导弹危机之后他被苏联反间谍机构剥去伪装，受审后被枪决了。

那天晚上在特拉维夫，科比·德洛尔房间里的人对奥列格·彭科夫斯基的事都了如指掌。在情报界他是一个传奇。沙龙提到这个名字后，美梦浮上了他们的脑海。在巴格达有一个活生生的、货真价实的叛徒？这是真的吗？这有可能是真的吗？

科比·德洛尔严肃地盯了大卫·沙龙很长一段时间。

"你心里有什么主意，年轻人？"

"我只是在想，"沙龙故作缺乏自信地说，"一封信……对任何人都没有风险，只是去一封信……问几个问题，难度较大的问题，我们想知道的事，看看他能否答得上来。"

德洛尔扭头去看格桑。外勤行动的这位负责人耸了耸肩："我是负责派遣人员的。"这话的意思似乎在说："寄信我有什么可顾虑的？"

"好吧，大卫。我们给他写一封回信，问他一些问题。然后我们再看看下一步怎么走。埃坦，你与大卫一起办这件事。信发出去之前先让我过目。"

埃坦·哈达尔和大卫·沙龙一起离开了。

"我希望你知道自己究竟是在干什么。"中东处处长向他的门徒咕哝着说。

几名内勤专家极小心地起草了这封回信，先是希伯来语文本——翻译工作以后再进行。

在信一开始，大卫·沙龙仅仅介绍了自己的名字。他对来信人表示感谢，并让他放心，信件已经安全抵达来信人想要它抵达的目的地。

回信继续说，来信人不会不明白，他的信因其源头和寄送方法而引起了极大的震惊和怀疑。

大卫说，他知道来信人肯定不是傻瓜，因此应该知道"我们的人"需要建立某种诚意。

大卫继续向来信人保证说，如果他的诚意能够建立起来，那么支付报酬不成问题，但是产品应该与"我们的人"准备支付的报酬相符合。请问来信人是否愿意回答附件上所列的问题？

整封回信还要长一些、复杂一些，但要点是这些。沙龙最后给了来信人一个罗马的邮政地址，以便让他回复。

在特拉维夫的紧急要求之下，罗马情报站准备了一处已弃之不用的安全房作为联络站，将地址报了过来。从那时起，罗马情报站将时刻注意这个地址。如果有伊拉克特工去观察那里，情报站就会及时发现，行动也将会取消。

附件的二十个问题是专家们绞尽脑汁想出来、又精心筛选出来的。其中八个问题摩萨德已经知道了答案，只是试探对方。所以要想愚弄特拉维夫是不可能的。

另八个问题是关于正在发展中的事件，在事件有了结果时就可以鉴定答案的真实性。还有四个问题特拉维夫确实想知道答案，尤其是萨达姆·侯赛因本人的打算。

"让我们看看这个家伙的官位到底有多高。"在阅读那份问题清单时，科比·德洛尔说。

最后摩萨德从特拉维夫大学阿拉伯语系召来了一位教授，请他把信件内容写成阿拉伯文字。沙龙用阿拉伯语签上了他的名字——大卫。

信中还提到了一件事。大卫想给写信人起一个代号，如果在巴格达的来信人不反对的话，叫他"耶利哥"不知他是否介意？

那封信从唯一一个设有以色列使馆的阿拉伯国家的首都——开罗——寄出了。

信寄出后，大卫·沙龙一边继续忙于自己的工作，一边等待着。他越想越觉得这事不可思议。在伊拉克这样的国家——一个由哈桑·拉曼尼那样聪明的人管理着反间谍网——邮政信箱极为危险。"直接"书写绝密情报也同样危险，但显然耶利哥根本不懂密信书写。而且如果这种关系要发展下去的话，使用普通邮件也不是一个办法。然而他认为，这事不大可能继续发展下去。

但是，事情有了下文。四个星期以后，耶利哥的复信到了罗马，并被原封不动地装进防爆盒内带到了特拉维夫。开启信封前仍采取了极为小心的防范措施——信封也许含有炸弹或涂有毒药。科学家们最后宣称不存在安全问题后，信封被开启了。

使他们大吃一惊的是，耶利哥的复信大有苗头。摩萨德已知答案的八个问题答得完全正确。另八个问题——军队调防、官员提升、罢免、政府要员的出访——要等事情发生后作核对。最后四个问题，特拉维夫既无从知晓也无法核对，但都回答得相当靠谱。

大卫·沙龙很快写了一封回信，信文的内容即使遭拦截也不致造成安全问题："亲爱的叔叔，来信收到，非常感谢。很高兴获悉你现在很好，身体也很健康。你提出的几件事需花时间，但一切都很顺利，我还会写信给你的。爱你的侄子，大卫。"

在哈德尔·达夫纳大厦内，认为耶利哥是个真心实意的投诚者的观点开始占了上风。如果那样的话，就应该马上采取行动了。互相通信是一回事，操纵一名在残忍的独裁政权内的间谍是另一回事。再也不能以明明白白的书写、公开邮寄到邮政信箱的方法进行通讯了。那只能很快造成一场灾难。

摩萨德需要派一名外勤特工进入巴格达，住在那里，使用一切技巧来操纵耶利哥——密信书写、密码、死信箱，以及其他不会遭到截击的手段，把"产品"从巴格达弄到以色列。

"我没有那样的人，"格桑重复说，"我不会派遣一名以色列卡查长期在巴格达执行危险任务。这需要外交官身份掩护，要不然任何人不能去。"

"好吧，沙米，"德洛尔说，"要外交掩护。让我们看看谁合适。"

执行敌对任务的间谍可能会被抓住、拷打、绞死。而外交掩护的意义在于，正式委派的外交官，即使是去巴格达，也能避免这种不愉快的遭遇——外交人员如果从事间谍活动被抓住，只会被宣布为不受欢迎的人而遭驱逐。国际间这种事情一直是这样处理。

那年夏天，摩萨德的几个主要部门简直忙得发了狂，尤其是研究部。格桑早就告诉他们，他在巴格达的任何使馆里都没有安插过间谍。因为这事，他的工作计划全被打乱了。摩萨德开始去寻找合适的外交官。

驻巴格达的每一个外国使馆都被作了鉴定。以色列先从每一个国家的首都拿到他们驻巴格达的使馆人员名单。没人符合条件，没人曾为摩萨德工作过而且可以重新起用。这些名单中甚至连一个沙燕都没有。

最后，一名职员出了一个主意：联合国。这个世界性的组织在一九八八年时有一个机构驻在巴格达，即联合国西亚经济委员会。

摩萨德在纽约的联合国总部里很活跃，于是拿到了一份职务清单。其中一人较适合：阿尔方索·本茨·蒙卡达，一位年轻的犹太裔智利外交官。他不是受过训练的特工，但他是一名沙燕，因此可以推定他愿意提供帮助。

随着时间推移，耶利哥的答复一个一个地变成了事实。他说过要调防的部队果然调防了，他预先告知的官员提升和罢免果然发生了。

"要么萨达姆本人导演了这出闹剧，要么耶利哥彻底背叛了他的祖国。"科比·德洛尔这样评价说。

大卫·沙龙寄出了第三封信，也伪装得很好。在写第二封和第三封信时，已经不需要那位教授了。第三封信是写给巴格达的一位客户的，他订购了一些精细瓷和玻璃器皿。大卫在信中说，很明显，稍微多一点耐心是必要的，这样可安排好转运，并可保证货物不致遭受意外灾难。

驻扎在南美洲的一名能说西班牙语的卡查立即被派到了圣地亚哥，并说服了本茨先生的父母，同意立即召唤他们的儿子请事假回来，理由是母亲得了重病。父亲打电话给在巴格达的儿子。焦急万分的儿子申请了三个星期的事假，当即获准并飞回了智利。

他回家见到的不是患病的母亲，而是整整一组摩萨德培训官。他们恳请他同意他们的要求。他与父母亲商量之后同意了。虽然全家从来没有去过以色列，但对先辈的国土仍怀有强烈的感情。

在圣地亚哥的另一名沙燕，二话不说就借出了他在首都郊外海滨一座有围墙的花园别墅，训练组去那里开始了工作。

训练一个卡查，使他可以深入敌国操纵隐蔽的间谍，至少需要两年时间。但训练组只有三周时间。他们每天工作十六个小时。他们向这位三十岁的智利人传授如何用基本密码书写密信，如何使用微型照相机和微缩胶卷。他们带他到大街上，教他如何发现尾巴。他们警告他，千万别去甩掉尾巴，除非是在绝对紧急时——比如携带着机密情报。万一发现自己遭到跟踪，要取消约会或接收情报，改到以后再进行。

他们向他示范如何使用藏在假钢笔内的化学燃料，这样在洗手间里或在一个角落里几秒钟之内就能销毁证据。

他们把他带进小轿车内向他示范如何发现汽车尾巴。一人充当教员，其余的扮作"敌方"。他们不停地向他灌输，直至他头晕耳鸣，眼睛直冒金星，哀求要睡觉。

然后他们给他讲死信箱，或邮筒——可以留下信或收取信的秘密地点。他们向他示范如何在不同的地点建立邮筒——在墙上的一块松动的砖头后面，一块墓碑下面，一个树洞里，或一块地坪石下面。

三星期后，阿尔方索·本茨·蒙卡达告别含着眼泪的双亲，经伦敦飞回巴格达去了。在那栋别墅里，培训组长把身体往椅背一靠，筋疲力尽地用手摸着自己的额头，对同事们说："如果这个外行人能活着、不被抓住，我愿去麦加朝觐。"

训练组爆发出一阵哈哈大笑声；他们的头儿可是一名虔诚的正宗犹太教徒。在向蒙卡达传授间谍技能期间，他们没一个人知道这个智利人回到巴格达以后要干什么。这不是他们的工作，他们不需要知道。连智利人自己也不知道具体要他干些什么。

在伦敦停留时，蒙卡达被带到了希斯罗机场旁的五角宾馆。在那里沙米·格桑和大卫·沙龙将任务告诉了他。

"不要试图去查明对方的身份，"格桑警告蒙卡达，"这件工作留给我们去做。只要建立和使用邮筒就行了。我们会寄给你问题清单。你是看不懂的——全是阿拉伯语。我们猜测耶利哥的英语水平不是很好，可能一点英语都不懂。千万不要试着去翻译我们寄给你的材料。只要把它放进其中一个你对他的邮筒即可，不要忘记标上相应的粉笔记号，这样他就知道了该到哪个邮筒去取。当你看到他的粉笔记号时，你就去他对你的邮筒，把他的答复取回来。"

在一个单独的卧室里，阿尔方索·本茨·蒙卡达领到了他的新行李。里面有一架宾得照相机，看上去就像普通游客用的相机，但装着可曝光一百多次的胶卷。还有一只看不出什么名堂的铝合金支架，用这个架子可以把照相机架在纸片上方恰好合适的距离之上。照相机已经预先设定好了焦距。

他的洗漱用具盒内，放进了伪装成剃须液的化学燃料以及各种无色墨水。信纸袋里放置着各种经过处理的用于书信密写的纸张。

最后，他们告诉他与他们通讯的方法——他在智利受训期间他们设立了一个新途径。信件的伪装是讨论象棋——他原来就是一个棋迷，通信的对象是他的笔友——在纽约联合国总秘书处工作的乌干达人简斯汀·波可莫。他发出去的信一定要放进联合国外交邮袋，从巴格达带往纽约。回信也由波可莫从纽约发过来。

虽然本茨·蒙卡达不知道，但实际上在纽约确有一个叫波可莫的乌干达人。在邮件收发室里也有一名摩萨德的卡查截取邮件。

波可莫的来信在背面处理后，会显示出摩萨德的问题清单。他要在没有旁人在场的情况下把清单用照相机拍摄下来，并放到双方商议好的其中一个邮筒里去，让耶利哥去取。耶利哥的回复应该是用蜘蛛似的阿拉伯语写的。回信的每一页纸都要拍照十次，以防万一模糊不清，然后把胶卷寄送给波可莫。

回到巴格达后，这位紧张得心快要跳出来的年轻智利人建立了六个邮筒，大都在断墙残垣上，破败房子的松动的砖头后，小巷子里某块地坪石下面，还有一个在一家废弃店铺的石头窗台下面。

每一次，他都以为会被可怕的秘密警察团团围住，但巴格达市民表现得与往常一样彬彬有礼，他去巡游时根本没人注意过他。他显然是一个好奇的外国游客，穿行在老市区、亚美尼亚区的大街小巷，在卡士拉的农贸市场、在老墓地等地方，寻找着没人想看的败瓦颓墙和松动的石块。

他记住了这六个不同的地点，三个用于他给耶利哥的信件，另三个用于耶利哥给他的回信。他还要选定六个地点——在某处墙上、大门上、百叶窗上——用来做记号。其中三处他来画粉笔记号，提醒耶利哥有给他的信件；另三个由耶利哥发信号，表示某个邮筒里有他的答复等待收取。

每一种粉笔记号对应一个不同的邮筒。他把这些邮筒和粉笔记号的地点写得极其精确，耶利哥凭描述能准确地找到它们。

他一直在注意有没有尾巴，不管驾车的还是步行的。有一次似乎有人在监视他，但那是马马虎虎的例行跟踪——看来秘密警察会偶然选几天跟踪外交官。第二天就没有尾巴了，于是他重新工作。

六个邮筒和六个粉笔记号地点全都建立起来后，他用打字机把详情打印出来，并用心记住了所有细节。他销毁了打字机色带，对打印在纸上的内容拍了照片，销毁了纸片，把胶卷寄给了波可莫先生。经过纽约东河岸联合国总部大楼的收发室，这个小包裹到了特拉维夫的大卫·沙龙手里。

要把这些通讯细节情况告诉耶利哥需要冒很大的风险。这就意味着要给巴格达那个讨厌的邮政信箱发去最后一封信。沙龙写给他的"朋友"说，他需要的资料将准确地在十四天以后，即一九八八年八月十八日的中午寄达那个邮政信箱，而且必须在一小时内取走。

这份用阿拉伯语写成的确切的书面指示于八月十六日到了蒙卡达的手中。十八日中午十二点差五分，他进入邮局，问了一下方向，走到那个邮政信箱前把厚厚的包裹投进去了。没人来拦住或逮捕他。一小时后，耶利哥用钥匙打开信箱把包裹取走了。同样也没人拦住或逮捕他。

安全的通信渠道建立起来后，信息就开始流通了。耶利哥坚持要对特拉维夫要的每一批情报标价，钱存入账户，情报才会发出。他指定了维也纳一家相当隐蔽的银行——温克勒银行，位于法兰齐斯卡纳广场旁边的巴尔加塞——并报出了一个账号。

特拉维夫同意了，并立即对那家银行进行了调查。那里确实有一个与此吻合的账户，因为特拉维夫第一笔转进去的两万美元没被带着问号退回转账行。

摩萨德建议耶利哥最好能挑明自己的身份，这是"为了保护他自己，万一出了岔子他在西方的朋友可以照应"。耶利哥一口回绝了；而且他告诫他们，如果以任何方式试图去勘查那些邮筒或靠近他，或者不汇款，他将立即关闭渠道。

摩萨德同意了，但通过其他途径作了尝试。他们给他画了心理画像，研究了他的笔迹，将伊拉克的要人名单排出来仔细作了研究。内勤专家们能做出的全部猜测为，耶利哥是一个中年人，受过中等教育，也许能说一点结结巴巴的英语，有军人或类似军人的背景。

"这样的描述符合伊拉克高层集团的一半官员，复兴党的前五十名要员，还有张三的表弟李四。"科比·德洛尔不满地大声嚷嚷着说。

阿尔方索·本茨·蒙卡达把耶利哥操纵了两年，产品是纯金的。内容涉及政务、传统武器、军事进展、高级将领人事变动、兵器采购、火箭研究、毒气战、细菌战，以及两次企图针对萨达姆·侯赛因发动的政变。只是涉及到伊拉克的核研究项目时，耶利哥才显得吞吞吐吐。摩萨德当然问了他这个问题。但他报告说，核研究是在绝密状态下进行的，只有伊拉克物理学家贾法尔·阿尔贾法尔博士那样的人才知晓详情。如果施压太多会招致暴露的。

一九八九年秋天，耶利哥告诉特拉维夫说，格里·布尔已受到怀疑，并在布鲁塞尔被来自伊拉克安全部队的一个小分队盯上了。当时摩萨德也在利用布尔，作为了解伊拉克火箭项目进度的另一条渠道，所以摩萨德想尽办法去警告过布尔。但他们绝对不可能把他们知道的事当面说出来——那等于告诉他，他们在伊拉克高层有一份财产，这样的财产是任何情报机构都不想暴露的。

所以，在那年的秋天和冬天，在布鲁塞尔情报站的卡查转弯抹角地留下了一些信号：给录像带倒了带，把玻璃杯移了位，把窗户打开，甚至还在他的枕头上留下了一绺女人的长发。

那位火炮设计师开始担心了，但程度还不够。耶利哥关于要干掉布尔的情报到得太晚。暗杀已经执行了。

耶利哥的情报给摩萨德描绘了一幅近乎完整的一九九〇年伊拉克准备入侵科威特的军队集结图。他提供的关于萨达姆的大规模杀伤性武器的情报，让乔纳森·波拉德——当时已经被捕并被判终身监禁——已传递给他们的图示证据得到确认，并且更加细化了。

摩萨德注意到这些已知的情报，并推测美国人肯定也已经知道了，这样，他们等待着美国的反应。但是，随着伊拉克的化学项目、核项目和细菌项目陆续取得进展，西方仍是麻木不仁，于是特拉维夫保持着沉默。

到一九九〇年八月，摩萨德已经将总计两百万美元转到了维也纳的那个账户上。耶利哥是昂贵的，但也是出色的，特拉维夫认为这个钱花得值。随后伊拉克入侵了科威特，不可预见的事情也随之发生了。联合国在八月二日通过决议，敦促伊拉克立即撤军，随后认为不应该在巴格达保留任何联合国机构继续支持萨达姆。八月七日，西亚经济委员会突然关闭，其外交人员被召回。

本茨·蒙卡达在撤走之前办了最后一件事。他在一个邮筒里留下一封信，告诉耶利哥他要走了，联系就此中断。然而，他有可能回来，因此耶利哥应该继续去巡视那几个地点，看有无粉笔记号。然后他离开了。年轻的智利人在伦敦进行了全面的汇报，直到最后再也没有什么东西可以倒出来给大卫·沙龙为止。

这样，科比·德洛尔就能正视着奇普·巴伯的脸说谎了。美国人问他的时候，他并没操纵巴格达的财产。要向美国人承认他从来不曾弄清那个叛徒的名字，现在甚至失去了联系，这太难堪了。但是，诚如沙米·格桑的直言相告，万一美国人发觉……他要到后来才知道，也许他确实应该提到耶利哥。

第八章

游击队除奸

麦克·马丁于十月一日去察看了苏莱比克特墓地一等水手谢普顿的坟墓，发现了来自艾哈迈德·阿尔卡里法的请求。

他并不是特别惊奇。正如阿布福阿德已经听说过他，他也听说了正在持续扩展的科威特抵抗运动及其影子般的领导人。他们最终碰面也许是不可避免的。

在六周之内，伊拉克占领军已经发生了戏剧性的变化。在刚入侵时他们长驱直入，于是他们满怀信心地开始占领全境，确信在科威特驻留将会与征服一样轻松。

掠夺既轻而易举又有利可图；破坏是有趣的；享用女伴是愉悦的。自从巴比伦时期以来，征服者们一直如此。

毕竟科威特只是一只等着拔毛的丰满的鸽子。但在六周之内，这只鸽子开始啄人和搔人了。已有一百多名士兵和军官要么失踪要么被发现了尸体——失踪的不能完全被解释为开小差。占领军第一次感到恐惧了。

军官们再也不敢单独坐公务轿车出行了，非要派一卡车士兵护送不可。总部大楼不得不派岗哨日夜值守，有时候伊军军官得朝哨兵头顶上方鸣枪唤醒他们的瞌睡。

除非是大规模的部队调动，否则伊军晚上外出行动全部取消。夜幕降临后，守着路障的值勤小组蜷缩在他们的棚屋里。尽管如此，伊军踩上地雷，汽车被烧成一团火球或发动机被毁坏，棚屋被扔进手榴弹，士兵被割断喉管消失在下水道或垃圾箱里，这类事情仍时有发生。

不断升级的抵抗运动，已经迫使伊军最高司令部把常规军换成了特种部队。特种部队是一支精良的战斗部队，本应该布置在前线以防美国人进攻。十月初的科威特，借用前英国首相丘吉尔的一句话来说，不是结束的开始，而是开始的结束。

当马丁在墓地读到阿尔卡里法的纸条时，他没有办法答复，所以只能等第二天才能去放置他的回复。

他说，他同意见面，但要按他的条件。要利用天黑的优势但又要避开晚上十点的宵禁，见面时间定在七点半。他作出了准确指示：阿布福阿德应该在哪里停车，之后他们在哪片小树丛里碰面。他指明的地点在阿巴拉克凯坦区，靠近从市区到机场（机场早已毁坏不能使用了）的主要公路。

马丁知道，那个地段都是一些传统的平屋顶石头房子。他将提前两个钟头在其中一个屋顶上等着，以便观察那位科威特军官身后是否跟着人，如果跟着人，是什么人，是他的保镖还是伊拉克人。在敌对的环境里，这位特空团军官依然能够逍遥自在地战斗，是因为他从不冒险行事，一点也不冒险。

他不知道阿布福阿德的安全观念是什么样的，估计不会很强。他把碰面的日期定在十月七日，并把他的答复放进那块大理石墓碑之下。十月四日艾哈迈德·阿尔卡里法取到了这份回复。

乍一看上去，约翰·希普韦尔博士不像一位核物理学家，更不像是能在奥尔德马斯顿原子武器研究所工作的科学家。他从事钚弹头的设计工作——这种弹头不久即将装配到三叉戟导弹上去。

过路人会把他当作伦敦郊县的一个粗率的农夫。他的外表更像是把家里养肥的羔羊赶到集市上出售的小贩，让人完全想不到是他在监理致命的纯钚碟的包层。

伦敦美杜莎委员会再次召开会议时，尽管天气较温和，但希普韦尔博士仍像八月份那样穿戴：方格子衬衫、羊毛领带和花呢西服。未经邀请他就用他那双肤色红润的大手，把一撮烟丝塞进一只欧石楠根制成的烟斗之中，然后才开始他的报告。保罗·斯普鲁斯爵士厌恶地抽动着尖尖的鼻子，示意把空调再开得大一点。

"先生们，好消息是我们的朋友萨达姆·侯赛因先生没有可供他使用的原子弹。还没有，还相差很远。"希普韦尔博士说，他的脸已经消失在一片淡蓝色的烟雾之中了。

他停顿了一下，因为要料理烟斗里的火。也许，特里·马丁沉思着，如果你每天都要接受致命的钚光辐射的话，那么偶尔吸吸烟斗实在算不上什么。希普韦尔看了一眼手中的笔记。

"自七十年代中期萨达姆·侯赛因真正掌权时起，伊拉克一直在研制自己的核弹。看来萨达姆为之着迷。那些年伊拉克从法国购买了整套核反应堆系统——反应堆本身不受一九六八年核不扩散条约的约束。"

他满意地吸了一口烟斗，又摆弄了一下烟斗里面越烧越旺的火。飘散的烟雾笼罩在他的笔记本上方。

"对不起，"保罗爵士说，"这个反应堆是用于发电的吗？"

"说是这样的，"希普韦尔博士说，"当然，绝对是一派胡言，且法国人是知道的。伊拉克是世界上第三大的石油储存国。他们原本只要这个价格的零头就可建起燃油发电站。关键在于反应堆的燃料——低等级的铀，也称为黄饼或焦糖——这种东西他们可以说服其他人卖给他们，经反应堆使用以后，其最终产品是钚。"

　　桌子周围的代表们纷纷点头。大家都知道英国塞拉菲尔德的核电厂，为电网提供了强大的电力，并吐出供希普韦尔研制弹头的钚。

　　"所以以色列人行动了，"希普韦尔说，"他们的第一批突击队员赶在设备装船之前，在法国土伦把巨大的汽轮机炸毁了，使项目的进度后退了两年。然后在一九八一年，正当萨达姆珍贵的奥西拉克1号和2号工厂快要建起来时，以色列轰炸机飞过去把它们炸成了一片废墟。此后，萨达姆一直没买到新的反应堆。不久他就停止了努力。"

　　"他为什么停止努力了呢？"哈里·辛克莱从桌子另一头问道。

　　"因为他改变了方向。"希普韦尔笑容满面地说，好像在打破纪录的短时间内解答了一个填字字谜。"那之前，他一直在钚的道路上开发。倒也取得了一些成功，但还不够。可是……"

　　"我不明白，"保罗·斯普鲁斯爵士说，"以钚为基础的原子弹，与以铀为基础的原子弹有什么不同？"

　　"铀更简单。"物理学家说，"有好几种放射性物质都能用于链式反应，但要制作一颗简便、基本、有效的原子弹，铀是入门券。那就是自一九八二年之后萨达姆一直在研制的——一颗以铀为基础的原子弹。他还没研制出来，但他仍在努力，而且有一天他会研制出来的。"

　　说完希普韦尔满面笑容地向后靠在了椅背里，好像他解开了创世之谜。与在座的绝大多数人一样，斯普鲁斯还是满脸疑云。

"如果他能买来这种铀以替补已被摧毁的反应堆，为什么他不能用它制造原子弹？"他问道。

希普韦尔猛地扑向这个问题，如同一个农民在抢购便宜货。

"不同的铀，先生。铀是一种很有趣的物质，非常稀少。从一千吨铀矿只能得到雪茄盒那么大的一块，黄饼，也就是天然铀，其同位素编号是238。这种同位素可以用来来驱动工业反应堆，但不能用来制造原子弹——纯度还不够。造原子弹需用更轻的同位素，叫铀-235。"

"那么铀-235是从哪里得到的呢？"巴克斯曼问。

"它在黄饼里面。在这个雪茄盒一般大的方块里，铀-235的含量也就是刚够塞指甲缝那么多。关键是要把两者分离开，也就是同位素分离——难度很大，技术性很强，成本很高，速度很慢。"

"可你说伊拉克正在研制。"辛克莱指出。

"他是在研制，但他还没研制出来。"希普韦尔说，"净化和炼制黄饼，使其达到所需的百分之九十三的纯度，现在只有一种可行的方法。早年在曼哈顿项目时，你们美国人尝试了几种方法，但都是实验性质的。欧内斯特·劳伦斯试验了一种方法，罗伯特·奥本海姆试验了另一种。曼哈顿项目用两种方法互补，提炼了足够的铀-235，制造出了'小男孩'。

"第二次世界大战后，离心法才被发明并慢慢完善了。现在只有这个方法是通用的。过程基本上是这样的，把料放在一个叫离心器的机器里。离心器以极高速旋转——整个过程必须在真空里进行，不然的话轴承会熔化，成为果冻状——慢慢地，较重的同位素，也就是你不需要的那一部分，被甩到离心器的外围并被切去了。剩下的物质比开始时稍微纯净了一点点，只不过是一点点。这个过程必须一而再，再而三地进行下去，经过几千个小时，才得到一片邮票那么大的原子弹级薄片。"

"但他已经在这么做了？"保罗爵士强调说。

"是的，已经干了差不多一年。这些离心器……为节省时间要把它们组成一个系列，叫串联。但建立一个串联需要几千台离心器。"

"如果他们从一九八二年就开始走这条路了，那为什么这么长时间还没干成？"特里·马丁问。

"你总不能走进五金商店，从货架上买到一台铀气漫射离心器吧。"希普韦尔指出，"起先他们也努力过，但被回绝了——文件上这么说的。自一九八五年起他们一直在采购部件，再在国内组装。他们买到了大约五百吨基础铀黄饼，其中一半来自葡萄牙。他们从西德购得了离心器的大部分技术……"

"德国已经签署了限制核弹技术扩散的所有国际公约。"巴克斯曼表示不满。

"也许是吧，我不关心政治，"科学家说，"反正他们从世界各地买来了零零星星的配件。他们需要特殊超强钢、抗腐容器、专用阀门、高温炉，加上真空泵和鼓风机——我们现在所谈论的都是一些严肃的技术。好多设备与技术都来自德国。"

"我就有话直说了，"辛克莱说，"我问你，萨达姆是否拥有正在运行的同位素分离离心器？"

"是的，有一个串联，已经运行了有一年左右。另一个也快要投入运行了。"

"你知道这些东西都在什么地方吗？"

"离心器装配工厂在一个叫塔吉的地方——这里。"科学家把一张航拍大照片传给美国人，并在照片中的一组工业建筑那里圈了一下。

"正在工作的串联，似乎是在图韦塔附近某个地方的地下，靠近已被炸掉的法国产反应堆——他们称为奥西拉克——原来的地址。我们不知道你们的轰炸机能否找到，它肯定是在地下并有伪装。"

"那么那个新的串联呢？"

"没概念，"希普韦尔说，"任何地方都有可能。"

"也许在别处。"特里·马丁说，"他们曾把所有的蛋放进一只篮子，而以色列人把那只篮子炸飞了。那以后，伊拉克人一直在到处布置假目标。"

辛克莱哼了一声。

"你有多大的把握说萨达姆·侯赛因还没有原子弹？"保罗爵士问道。

"很大。"物理学家说，"这是一个时间问题。他们的时间还不够。造一颗基本的、可用的原子弹，需要有三十至三十五公斤纯铀-235。他们一年前才刚刚开始，假定那个运行的串联能一天工作二十四小时——实际上是不可能的——一道旋转工序至少需要一台离心器工作十二个小时。从纯度为零到所需的百分之九十三需一千道旋转工序。还有清理、服务、维修和分类作业。即使一个串联中有一千台离心器在作业，也需要五年时间。明年再投入一个串联，可能把所需时间缩短为三年。"

"这么说，最早他也要等到一九九三年才能获得三十五公斤铀-235？"辛克莱插话。

"是的，没错。"

"最后一个问题，他得到铀以后，还要多长时间才能拥有一颗原子弹？"

"不会很长，几个星期吧。你们知道，自行研制原子弹的国家同时也会研究核工程学。炸弹工程学就没那么复杂了，只要知道怎么干就行了。而贾法尔知道——他知道如何建造一颗原子弹、如何触发它。该死的，我们在哈韦尔培训了他。但关键是，从时间进度来说，萨达姆·侯赛因还没拥有足够的纯铀。顶多只有十公斤。他还差三年时间，至少。"

大家感谢了希普韦尔博士几个星期以来的分析研究工作，然后会议就解散了。

辛克莱要回大使馆去，把他记录下来的大量笔记整理成一份报告，加密后传往美国。在那里，辛克莱的报告将与美国专家们的分析作比较。这些美国专家是从桑迪亚、洛斯阿拉莫斯以及加利福尼亚的劳伦斯利弗莫实验室抽调来的物理学家。其中，劳伦斯利弗莫实验室有一个秘密部门，简称为Z部，多年来该部门受国务院和五角大楼委托，一直在监视着全球核技术的持续扩散。

虽然辛克莱不知道，但英国和美国专家组的分析是基本相同的。

特里·马丁和西蒙·巴克斯曼也一起离开会议室，在十月份和煦的阳光下漫步穿过白厅。

"松了一口气。"巴克斯曼说，"老希普韦尔相当肯定。显然美国人也完全同意。那家伙要拥有原子弹还早着呢。我们少了一个要担心的噩梦。"

他们在街角分手了，巴克斯曼越过泰晤士河去世纪大厦，马丁穿过特拉法尔加广场朝圣马丁街和戈华街走去。

确定伊拉克有什么、可能有什么是一回事，准确地找到它在什么地方又是一回事。空中拍照一直在继续。一刻不停地在空中遨游的KH-11和KH-12人造卫星，将它们身下的伊拉克国土全都拍了下来。

十月份，另一个设备进入了太空，这是一架新型的美国侦察机——绝对机密，连美国国会都不知道。它的代号是"曙光"。它飞行在内层空间边缘，速度达八马赫，差不多每小时五千英里，靠它自身的火球（冲压式喷气发动机），完全超越了伊拉克雷达和截击导弹的阻截能力。曙光替换了传奇的SR-71"黑鸟"，甚至连苏联的最新技术也发现不了它。

具有讽刺意义的是，那年秋天，一边是"黑鸟"在退役，一边是更加老式的"老信任"还在伊拉克上空漫游。差不多已经四十岁的U-2侦察机（外号"龙女"）也仍在拍照。早在一九六〇年，加利·鲍尔斯就是驾驶U-2飞机，在西伯利亚的斯维尔德洛夫斯克上空被击落：一九六二年夏天，也是U-2飞机发现了古巴的第一批苏联导弹——当时奥列格·彭科夫斯基确认了它们是进攻性而不是防御性武器，从而揭穿了赫鲁晓夫的假抗议，并播下了赫鲁晓夫最终毁灭的种子。

一九九〇年，U-2飞机已经重新配置成"倾听者"TR-1型侦察机，而不是"观察者"，虽然它仍在拍摄照片，但功能更全面了。

所有这些信息——来自教授和科学家的、分析家和译员的、追踪者和观察者的、被访者和研究者的——都构成了一张一九九〇年秋天伊拉克的图景，而且是一张可怕的图景。

来自上千个源泉的信息，最后汇集到沙特空军司令部大楼二层地下室中一个极为秘密的房间里。高级军官们就是聚在这个房间里，开会讨论未经联合国授权的进攻伊拉克计划。这个指挥中心简称为"黑洞"。

美军和英军的标靶员——从陆海空三军的列兵到将军的各级人士中抽调出来——标出了必须要炸毁的目标，最后将汇集成联军空军司令查克·霍纳中将的空战地图。图上最终将包含七百个目标。

六百个是军事目标——指挥中心、桥梁、机场、兵工厂、弹药库、导弹基地和部队集结地点。另一百个目标与大规模杀伤性武器相关——研究设施、装配工厂、化学实验室、储存仓库。

塔吉的气体离心器生产线被标在图上了；图韦拉建筑群某处地下的离心器串联的大致位置也列在其中。

但塔尔米亚的一家瓶装水灌装厂没列上，库拜也没列上。因为没人知道它们。

哈里·辛克莱在伦敦写具的详细报告，汇入了从美国各地和国外汇总过来的其他信息。最后，这些详细的分析报告汇编成一份合成报告，出现在国务院一个非常小、非常秘密的智囊机构那里。该机构名为政治情报及分析小组，只限于华盛顿极少数人知晓。政情组是外事分析的温室，他们提供的报告绝对不能对大众传播。实际上，这个组织只为国务卿一个人服务，当时的国务卿是詹姆斯·贝克。

两天以后，麦克·马丁躺在一个屋顶上，审视着阿巴拉克凯坦街区的景色。他与阿布福阿德的约会点就在那里。

几乎就在约定的时刻，他观察到一辆小汽车驶离国王公路，拐进了一条小街。汽车顺着街道慢慢地下行，离开从公路照射过来的明亮灯光，进入到黑暗之中。

他看到轿车停在他给阿尔卡里法的纸条所描述的地方。从车上下来两个人，一男一女。他们朝周围看了看，确信没有其他轿车从公路上跟过来，就开始朝着小树林遮掩着的一块空地走过来。

阿布福阿德已被告知，要等半个小时。如果贝都没能露面，他们就放弃约会回家去。他们实际上等了四十分钟，然后走回汽车。两个人都感到很沮丧。

"他肯定是有事耽搁了，"阿布福阿德对他的女伴说，"也许遇到伊拉克巡逻兵。谁知道呢？反正太糟糕了。我只得重新开始。"

"你真的相信他，说明你疯了。"那女人说，"你根本不知道他是谁。"

他们一边柔和地说着话，科威特抵抗运动领导人一边朝街道的两头看了看，以确保在他们离开期间没出现过伊拉克士兵。

"他很成功，也很聪明。他干得像一个职业人员。这都是我需要的。我想与他合作，如果他愿意的话。"

"对此我没有反对意见。"

那女人轻轻地尖叫了一声。阿布福阿德从座位上跳了起来。

"别转身。我们这样谈谈。"说话声是从后座传来的。科威特人从后视镜中看见了贝都因人戴着茶巾的暗淡轮廓，并闻到一股邋遢人身上散发的气味。他长长地透出了一口气。

"你真是无声无息呀，贝都。"

"没必要大声喧哗，阿布福阿德。会招来伊拉克人。我不喜欢那样，除非是我准备好了。"

"很好。现在我们互相见面了。让我们谈谈。顺便问一声，为什么要躲进汽车里？"

阿布福阿德的牙齿在黑胡子下泛着白光。

"如果这次会面是给我设置的一个陷阱，你们回到汽车里的第一句话就会不同了。"

"我们就暴露了……"

"当然。"

"然后呢？"

"然后你就死定了。"

"明白了。"

"你的伴侣是谁？我没说过要带别人。"

"你定下的约会，我也只得相信你呀。她是一位可信赖的同事，叫阿丝拉·喀班迪。"

"好吧。你好，喀班迪小姐。你们想谈什么？"

"武器，贝都。卡拉什尼科夫自动步枪、现代化手雷、高爆塑胶炸药，有了这些东西，我们的人能开展许多行动。"

"你们的人现在到处被抓，阿布福阿德。你们的十个人被整整一连伊军步兵包围在一座房子里，秘密警察带去的，全都被枪杀了。全都是年轻人。"

阿布福阿德沉默着。这是一场大灾难。

"九个，"他终于说，"第十个人装死，后来爬出去逃走了。他受伤了，我们现在正照料着他。是他告诉我们的。"

"他告诉你们什么？"

"他们被出卖了。如果这人也死了，我们永远无从知晓。"

"啊，出卖。任何抵抗运动总有这种危险。那么叛徒是谁？"

"当然，我们知道是谁。我们还以为他很可靠呢。"

"那么他是有罪的了？"

"好像是那样。"

"只是好像？"

阿布福阿德叹了一口气。

"幸存者发誓说，除了他们十个，只有一个人知道那次会面和地址。但也有可能在其他什么地方泄露了，或者其中一人被跟踪了。"

"那么要考验一下这个嫌疑犯。如果他是叛徒，就要惩罚。喀班迪小姐，请你离开一会儿好吗？"

年轻女子扭头去看阿布福阿德，后者点了点头。她下车走回到树丛中。贝都向阿布福阿德详细地口述了行动的计划。

最后贝都说："我一直要等到七点钟才离开那座房子，所以不论出现什么情况，你一定要到七点半才能打电话。明白吗？"

贝都滑下汽车，消失在房子之间的黑暗巷子之中。阿布福阿德驾车驶上前，把喀班迪小姐接上了车。他们一起驾车回家去了。

贝都再也没见过那个女人。在科威特解放前，阿丝拉·喀班迪被伊拉克秘密警察抓住，受到了严刑拷问、轮奸、枪决，最后被割下头颅。她死前一个字也没吐出来过。

特里·马丁在给西蒙·巴克斯曼打电话。这几天巴克斯曼忙得不可开交，只是因为喜欢这位研究阿拉伯学问的大惊小怪的教授，他才接听了这个电话。

"我知道我现在打搅你了，可你在政府通讯总局有熟人吗？"

"有，当然有。"巴克斯曼说，"主要是阿拉伯处。我认识他们的处长。"

"你能否去一个电话，问问他愿不愿意见我？"

"哦，好的，我想可以。你有什么事？"

"是这几天从巴格达传出来的一些事。当然，我已经研究了萨达姆的所有演讲，也从电视上观看了人质和人肉盾牌的宣言，以及他们那可怕的公关企图。但我想了解一下是否还截听到其他消息，宣传部没有公开的消息。"

"嗯，那是政府通讯总局的工作，"巴克斯曼承认说，"好的，我给他打个电话。"

那天下午，按约定，特里·马丁驱车西行到了格罗斯特郡，来到政府通讯总局——与MI6局和MI5局并列的英国第三个情报机构。

政府通讯总局阿拉伯处的处长是西恩·普鲁默。他的部下阿尔科利先生，曾于十一个星期之前在切尔西的一家餐厅测试了麦克·马丁的阿拉伯语水平，当然特里·马丁和普鲁默都不知道这件事。

处长同意在一天中的最忙时间会见马丁，因为他自己也是阿拉伯语专家，他听说过伦敦大学亚非学院这位年轻的学者，并很欣赏他对阿巴西德当政期的第一手研究。

"怎么样，有什么事情找我？"他们都坐下来捧上一杯薄荷茶，处长问道。马丁解释说，他感觉最近截听到的伊拉克的消息越来越少了。普鲁默的眼睛亮了起来。

"你说得对，当然。你知道，我们的阿拉伯朋友在公用线路上原本像喜鹊一样叽叽喳喳地说个不停。最近两年截听到的通话量减少了。现在，要么是整个国民改变了性格，要么是……"

"地下电缆。"马丁说。

"对。萨达姆统治下的伊拉克人铺设了四万五千多英里的光纤通讯电缆。他们在用光缆通话。对我来说，工作难度加大了。我怎么能把巴格达天气预报、伊拉克人的洗衣清单这些东西当情报交给伦敦的密探呢？"

这是他的讲话风格，马丁明白。普鲁默的工作远不止此。

"当然，他们仍在交谈——部长们、公务员们、将军们，我们还听到过坦克指挥官在沙特边境的闲谈。但严肃的、绝密的交谈已经从空中消失了。以前从来不是这样。你要看些什么？"

接下来的四个小时，特里·马丁翻阅了一系列截听材料。他在寻找某种不经意的电话、一次失口、一个错误。最后他合上了卷宗。

"你能否，"他问道，"注意一下有没有奇怪的内容，有没有什么讲不通的事？"

麦克·马丁想，也许某一天他应该写一本科威特市屋顶旅游指南。他花了相当多的时间躺在平屋顶上，审视着他身下的街区。从另一方面来说，这些屋顶确实是躺着观察的好地方。

他已经在这个屋顶上躺了两天，审视着旁边的房子——他告诉阿布福阿德地址的就是这座。这是艾哈迈德·阿尔卡里法借给他的六座房子中的一座，不过他明白以后没法再用了。

尽管自两天前他把地址告诉阿布福阿德起，直至今天晚上——十月九日，似乎什么事也没发生，但他仍然夜以继日地观察着，靠一点点面包和水果维持着生命。

如果伊拉克士兵在九日晚上七点半之前到达，他就会知道是谁出卖了他——阿布福阿德。他看了一眼手表，七点半。按计划，那位科威特上校现在应该打电话了。

在城市的另一边，阿布福阿德确实提起了话筒。他拨了一个号码，第三次振铃时有人来接听了。

"沙拉赫吗？"

"我就是。你是谁？"

"我们从未谋面，但我听说过你做的许多好事——你是忠诚勇敢的，是我们的一员。人们叫我阿布福阿德。"

电话的另一头传来了一声喘息。

"我需要你的帮助，沙拉赫。我们抵抗运动能否指望你？"

"哦，是的，阿布福阿德。请告诉我有什么事？"

"不是我本人，是一位朋友。他受了伤又得了病。我知道你是一位药剂师。请你立即给他送去药品——绷带、消炎药、止痛药。你听说过贝都这个人吗？"

"是的，当然听说过。你的意思是说你认识他？"

"这没关系。几个星期以来我们一直在一起工作。他对我们极为重要。"

"我现在马上去楼下的药店，拿上他需要的东西给他送过去。我到哪里去找他呢？"

"他蛰居在舒韦克的一座房子里，动弹不得。你准备好笔和纸。"

阿布福阿德把地址报了出去。在电话的另一头，地址被记下来了。

"我马上开车过去，阿布福阿德，你可以信任我。"药剂师沙拉赫说。

"你是个好人。你会得到报偿的。"

阿布福阿德挂上了电话。贝都说过，如果没事发生，他会在黎明时来电话，届时那个药剂师的面目就会清楚了。

就在八点半不到一点点，麦克·马丁看见了第一辆卡车。它靠自身的惯性滑行着，发动机已关掉了以免发出声音。卡车过了十字路口后又往前滑行了几码距离才停下来。马丁点了点头。

几分钟后，第二辆卡车也以同样的方式到了。从两辆车上静静地跳下二十名士兵——绿色贝雷帽。士兵们以一路纵队向前行进，领头的一名军官手里抓着一个平民。那人的白色衣袍在黑暗中闪着微光。由于所有的街道路牌都被摘掉了，伊军需要平民为他们引路。可门牌号码仍保留着。

那平民在一座房子前停下来，审视了一下门牌号，表示确定。带队的上尉匆匆与他手下的一名中士耳语了几句。中士带领十五名战士穿过一条小巷朝后面包抄过去了。

剩余的士兵跟在上尉身后。他试着推了一下小花园的铁门。门开了，那些人鱼贯而入。

在花园里，上尉能清楚地看到楼上的一个房间里亮着一盏昏暗的灯。底楼的大部分是一个车库，里面是空的。上尉试了试门把手，发觉上着锁，于是向他身后的一名士兵挥了一下手。那士兵用自动步枪朝嵌入木头的门锁发射了一排子弹，房门洞开了。

在上尉的率领下，绿色贝雷帽战士冲了进去。有些士兵进入底楼黑暗的房间；上尉和其余的士兵直接上楼扑向主卧室。

到了楼上，上尉借着灯光能看到卧室的内部，背对着房门有一把小沙发，上面露出了那条格子布茶巾。他没有开枪。秘密警察局的沙巴维上校作过明确指示：要这个人的活口。这个年轻的军官冲向前去，没有感觉到小腿碰上了一条尼龙钓鱼线。

他听到另一支人马已经从屋后闯了进来，其他人也纷纷踏上了楼梯。他看到瘫在沙发里的身体，是用一件沾满尘土的白袍包着的海绵沙发垫，而用茶巾裹着的是一只大西瓜。他的脸愤怒得变了形。他刚好还来得及向站在房门边瑟瑟发抖的药剂师发出一声怒骂。

五磅塑胶高爆炸药看上去不是很大，爆炸声也不是很响。周围的房子幸好都是用石块和混凝土建成的，只受到轻度的损坏。但士兵们站着的那座房子整个消失了。屋顶上的瓦片飞到了几百码远处。

贝都没有等在附近观看自己的杰作。他已经走过了两条街，边走边在心里盘算着自己的事情。随后他听到了那声闷响，似乎是一扇门"砰"的一声关上了，之后是一秒钟的静寂，然后是砖瓦的破碎声。

第二天发生了三件事，全都在天黑以后。在科威特，贝都与阿布福阿德再次碰面了。这一次，科威特人单身赴会。他们会面的地点在离喜来登酒店只有两百码的一个深深的门洞里。

"你听说了吧，阿布福阿德？"

"当然了。整个城市都在传。伊军损失了二十个人，其余的受了伤，"他叹了一口气，"接下来可能会有随机的报复事件。"

"你想现在停手吗？"

"不，我们不能停。我们还要忍受多久？"

"美国人和英国人会来的。快了。"

"愿真主保佑快一点。那个沙拉赫当时也在吗？"

"他带他们去的。只有一个平民。你没告诉其他人吧？"

"没有，只有他。那肯定是他了。他已经欠下了九条年轻的人命。他不会见到天堂的。"

"那么，你对我还有什么要求？"

"我不会问你是谁，从哪里来。作为一名受过训练的军官，我知道你不可能仅仅是一位来自沙漠的贝都骆驼贩子。你有炸药、枪、弹药和手雷。我们的人有这些东西也可以干出许多事情来。"

"那你的想法是？"

"带着你的装备加入我们。或者你仍然单枪匹马地干，但让我们分享你的装备。我不是威胁你，只是请求。如果你愿意帮助我们的抵抗组织，这就是帮助的方法。"

麦克·马丁想了一会儿。经过了八个星期，他只剩下一半装备了，有些仍埋在沙漠里，有些放在他不去居住只储存东西的两栋别墅里。另外四座房子中，一座已毁，还有一座他与学生们在那会过面，也已经放弃了。他可以把他的储藏交出去，再要求利雅得夜间用飞机空投。肯定有风险，但可行，只要他发往利雅得的请求没被截取——但这一点他就无从知晓了。还有种可能是他骑上骆驼再次穿越国境，带回两驮袋新的武器。但这样风险更大——现在边境地区已布置了伊军的十六个师，比他进来时增加了两倍。

该是再次联络利雅得询问指示的时候了。同时，他会把他所有的装备几乎全都交给阿布福阿德。国境的南边还有更多装备，他得设法再去弄点过来。

"你想在哪里接收？"他问。

"我们在舒韦克港有一座仓库，相当安全。里面储存着水产品。业主是我们的人。"

"六天之内。"马丁说。

他们商定了时间和地点。阿布福阿德手下一名可靠的助手将迎候贝都，并指引他到仓库。马丁描述了他要驾驶的车辆和他要打扮的模样。

同一天晚上，但因为时差的关系在两个小时之前，特里·马丁坐在他家不远处一个安静的餐馆里，用手捻动着一杯葡萄酒。几分钟后，他等待的客人进来了。这是一位年长的男士，头发花白，戴着眼镜和领结。客人进来后向周围巡视着。

"摩西，这边。"

以色列人挤到马丁那边去，同时热情地打着招呼。

"特里，我亲爱的小伙子，你好吗？"

"见到你我就更好了，摩西。你来伦敦我们至少要一起吃顿饭，聊聊天。"

论年纪那以色列人可以当马丁的父亲，但他们的友谊基于共同的兴趣。两人都是学术家，热衷于研究中东阿拉伯文明、文化、艺术和语言。

摩西·哈德利教授的遗憾在于，作为以色列人，中东的许多地方对他来说都是禁区，即使是学术访问也不行。但在他的学术领域里，他仍是最佳的学者之一。这个领域非常之小，所以两位学者在学术研讨会上经常碰面。他们这样交往已经有十年了。

晚餐很好，两人的话题是关于十个世纪前中东各王国的生活方式的最新研究和点滴体会。

特里·马丁明白他必须遵守保密法，所以最近受世纪大厦指派参加的活动是不能讨论的。但在喝咖啡时，他们的话题自然而然地转到了海湾危机，谈到了那里的战争阴云。

"特里，你认为萨达姆会撤出科威特吗？"教授问道。

马丁摇摇头："不，他不会，除非满足他的要求他才会撤。一旦战争打响，他会失败的。"

哈德利叹了一口气。

"那么多的浪费，"他说，"我的一生，见到太多的浪费。所有那些钱财，足够把中东地区建成人间天堂；所有那些才智，所有那些年轻的生命……都为了什么呢？特里，如果战争打响，英国人是否会和美国人并肩战斗？"

"当然会了。我们已经派出了第七装甲旅，我相信第四装甲旅也会随之出征。那可以组成一个师呢。还有战斗机和军舰。别担心。在这场战争中以色列不但可能按兵不动，而且恐怕必须这样做。"

"是的，我知道，"以色列人阴郁地说，"但许多年轻人将会死去。"

马丁向前靠过去，拍拍他朋友的手臂。

"我说，摩西，这个人必须被阻挡住，或迟或早。以色列比所有其他国家更急需了解他的大规模杀伤性武器到底是什么情况。这样，我们就可以称出他的分量了。"

"但我们已经在提供协助了。我们也许是他的主要目标呢。"

"是的。"马丁说，"在选取攻击目标时，我们的主要问题是缺少可靠的现场情报。我们现在在巴格达没有最高级情报来源。英国人没有，美国人没有，甚至连你们也没有。"

二十分钟后晚餐结束了，特里·马丁送哈德利教授坐上出租车，目送他回宾馆去了。

同一天晚上半夜时分，根据哈桑·拉曼尼在巴格达发出的命令，伊拉克反间谍局在科威特建立了三座三角探查站。

这些探测站的无线电碟盘能追踪无线电波发射的源头，并能确定其罗盘方位。三台中的一台是固定探查站，安装在科威特市南郊阿尔迪亚区的一座高楼屋顶上，碟形天线朝向沙漠。

另两台是流动站，用的是大客车，碟形天线安装在车顶，用内置发电机提供电力。车内是黑暗的，这样操作员坐在控制台前比较方便看到要寻找的那台发报机。他们获悉，该发报机极有可能在市区与沙漠之间的某个地方发报。

其中一台探测站安置在贾赫拉外面，在阿尔迪亚那台的西边，第三台在海边的阿尔阿丹医院里，在入侵的开始几天法律系学生的姐姐就是在那里遭强奸的。阿尔阿丹的追踪者可以把北边操作员报告的情况制成一个全方位交叉图，从而把发报地点精确到方圆几百码的范围之内。

在卡利德·阿尔卡里法驾驶天鹰战斗机起飞的艾哈马迪机场，一架苏制米-24"雄鹿"武装直升机二十四小时待命。雄鹿的机组人员来自特种部队——拉曼尼说服特种部队司令员抽调他们过来。无线电追踪人员来自拉曼尼自己的反间谍机构，是从巴格达派过来的，也是他最精干的人员。

哈德利教授一夜没睡着觉。特里告诉他的某件事使他辗转难眠。他自认是一个地地道道的、忠诚的以色列人，他父母在世纪之交时与本-耶胡达和本-古里安一起，从伊比利亚半岛移民到以色列。他自己出生在雅法，当时那是巴勒斯坦阿拉伯人的一个繁忙港口，他在孩提时就学会了阿拉伯语。

他养育了两个儿子，看见其中一个死在黎巴嫩南方的一次悲惨的伏击战中。他现在是有五个孙儿孙女的爷爷。谁会说他不爱自己的国家？

但有件事不对头。如果战争来临，许多年轻人会死去，不管他们是英国人、美国人，还是法国人，他们都会像他的儿子泽埃夫那样死去。难道科比·德洛尔要执迷于他的小国沙文主义，要报复英美人吗？

他早早就起床了，收拾好行李，结完账，预约了一辆去机场的出租车。在离开旅馆前，他在大厅的一排电话亭旁边徘徊了一阵子，然后他改变了主意。

在赴机场的半路上，他让司机离开M4号公路去找一个电话亭。尽管司机抱怨这很麻烦，还要多花时间，但还是照办了，最后在切斯威克的一个角落里找到了一个电话亭。哈德利运气较好。特里的室友希拉里在贝斯沃特接听了电话。

"等一等，"他说，"特里刚刚走到门口。"

特里·马丁回来接了电话。

"我是摩西。特里，我时间不多，告诉你们的人，摩萨德在巴格达内部有一个高级情报源头。让他们去问问耶利哥现在怎样了。再见，朋友。"

"请等一下，摩西。你肯定吗？你是怎么知道的？"

"这不要紧。你从来没听我说过。再见。"

电话挂断了。在切斯威克，年长的以色列学者又上了出租车继续赶往希斯罗机场。他对自己干下的无法无天的行为而战栗不止。当然他肯定不会告诉特里·马丁，是他——特拉维夫大学阿拉伯语系教授，起草了给巴格达的耶利哥的第一封回信。

刚过十点，特里·马丁打电话过去时，西蒙·巴克斯曼正坐在世纪大厦的办公桌前。

"中饭？对不起，我不行。今天太忙了，也许明天吧？"

"太晚了。事情很急，西蒙。"

巴克斯曼叹了一口气。毫无疑问，这位温顺的学术家肯定是从伊拉克的广播中听到了某条短语的新译解，而这个发现可能会改变生活的意义。

"可是中饭肯定不行。局里有个重要的会议。我说，去喝一杯吧，到'墙洞'去。那是滑铁卢桥下面的一个酒馆，离这里很近。十二点钟？我可以挤出半个小时，特里。"

"绰绰有余了。再见。"马丁说。

刚过正午，他们已经坐在墙洞里喝啤酒了。酒馆的上方，南区的火车隆隆响着驶往肯特、苏塞克斯和汉普郡。马丁把上午听到的消息说出来了，但没说出消息的来源。

"不得了。"巴克斯曼耳语着说——旁边桌子有人。"谁告诉你的？"

"我不能说。"

"唉，你一定得说。"

"你要考虑他的处境。我已经答应他了。反正他是一名资深学者。就这些。"

巴克斯曼沉思着。一个学者，而且与特里·马丁熟悉。肯定也是一名阿拉伯学专家，有可能曾经替摩萨德干过什么任务。不管怎么说，这条消息要马上去向世纪大厦汇报，不能耽搁。他向马丁道了谢，离开酒馆，匆匆返回世纪大厦去了。

由于要参加中午的会议，史蒂夫·莱恩没有离开大楼。巴克斯曼把他拉到一边，告诉了他。莱恩带着这条消息直接去找局长了。

英国秘密情报局局长柯林爵士听了汇报后说，科比·德洛尔将军是个很难对付的家伙。他中饭也不想吃了，叫人给他送了点食物上来，就回到了顶楼办公室。在那里，他用绝密线路给美国中央情报局局长威廉·韦伯斯特法官打了一个电话。

这时候华盛顿才八点半，但法官每天黎明时就起床了，他在办公室里接到了这个电话。他就消息的来源问了英国同行几个问题，没能得到答案，很不满地咕哝了一声，但他同意这件事不能耽搁。

韦伯斯特把这个消息告诉了中情局主管行动的副局长比尔·斯图尔特。副局长一听就光火了，然后他与中东处处长奇普·巴伯一起开会研究了半个小时。巴伯更是怒火万丈，因为当初就是他本人坐在赫兹利亚郊外山丘上的房间里面对着德洛尔将军，显然，对方向他说谎了。

他们两人研究出下一步的方案，然后去找局长。

下午，威廉·韦伯斯特局长与国家安全委员会主席布伦特·斯考克罗夫特一起开了一个会，后者带着这件事去见布什总统。韦伯斯特提出的意见被批准了。

国务卿詹姆斯·贝克立即提供了合作。那天晚上，国务院的一份特急请求传到了特拉维夫，第二天上午就出现在收件人以色列副外长的办公桌上了，由于时差关系，只相隔三个小时。

当时的以色列副外长是本杰明·内塔尼亚胡，一位英俊、优雅、满头银发的外交家。他是第三代土生土长的以色列犹太人，曾在美国接受过部分教育。由于他流利的英语、出众的口才和强烈的爱国主义，他成为伊扎克·沙米尔的利库德政府的一名阁员；他也是以色列政府发言人，常常出席西方媒体参加的记者招待会，以能言善辩著称。

两天后，十月十四日，他抵达了华盛顿杜勒斯机场。他对美国国务院紧急邀请他飞到华盛顿商讨要事颇感迷惘。

他先会见了助理国务卿劳伦斯·伊格尔博格，讨论的无非是八月二日以后中东总体形势。他感到更加迷惘了。到会议结束时，他已经彻底沮丧了，接下来就是坐半夜起飞的红眼航班返回以色列。

就在他要离开国务院时，一名助手把一张贵重的精制卡片交给了他。卡片上印有一枚个人标记，写字人用优雅的笔迹邀请他在离开华盛顿之前一定要到他家作短暂的访问，以商讨"关系到我们两国和两国人民"的紧急事宜。

他认得这个签名，知道这人是谁，也清楚写字的那只手里掌握着多大的财富和权力。写字人的豪华轿车就停在门口。以色列外交部副部长作出了决定。他请秘书返回使馆收拾好两人的行李，两个小时后到乔治城的一座房子与他会合，从那里他们将一起赶赴杜勒斯机场。然后他上了那辆豪华轿车。

他以前从没去过那座房子，但他可以想象它肯定很漂亮——离乔治城大学校园不到三百码，位于M街上。他被引入一间细工嵌板装饰的书房，里面藏着不少珍本图书。几分钟后，主人进来了，一边踏着喀山地毯，一边伸出手表示欢迎。

"我亲爱的比比，你能花时间过来真是太好了。"

索尔·内桑森既是银行家也是金融家，这两种职业使他成为巨富，但是他的真正财富大都隐藏着没有显露出来。他本人的文化修养很高，挂在墙上的范戴克斯和布罗格尔斯的名画不是赝品。此外他对慈善业的捐献——包括对以色列的捐献是传奇性的。

他比以色列副外长年纪稍长，也是举止优雅、满头银发，但与外交官不同的是，他身穿由伦敦萨维尔罗定做的西服，而他的真丝衬衣来自苏尔卡。

他把客人引到壁炉旁的真皮沙发前，一名英国男管家用银盘子端着一瓶葡萄酒和两只玻璃杯走进来。

"我们谈话时你也许喜欢喝点东西吧，朋友。"

男管家把红葡萄酒倒进两只玻璃杯，以色列人啜了一口。内桑森扬起眉毛表示询问。

"味道好极了。"内塔尼亚胡说。六一年份莫顿堡葡萄酒是难得的珍品，不应该大口喝。男管家把酒瓶放在他们伸手能拿到的地方后就离开了。

索尔·内桑森是一个聪明得令人难以捉摸的人，他不会把话直接说出来。会话开始前先来点小插曲，然后说到中东。

"要打仗了，你知道的。"他忧郁地说。

"对此我没有疑问。"内塔尼亚胡表示同意。

"在战争结束之前，许多美国年轻人很可能会死去。很优秀的年轻小伙子，他们不应该死。我们必须尽可能降低伤亡数量。怎么样，再来点葡萄酒吗？"

"不要了。"

这个人到底想说什么？以色列副外长真的糊涂了。

"萨达姆，"内桑森凝视着壁炉炉火说，"是一个狂人。他必须被制止。也许他对以色列比对任何邻国都更危险。"

"这话多年来我们一直在说。但我们炸掉他的核反应堆后，美国谴责了我们。"

内桑森挥了一下手，表示不屑一顾。

"那当然是一派胡言，都是为了支撑门面装样子的。我们双方都知道，而且我们相互有默契。我的一个儿子已经开赴海湾了。"

"哦，我不知道。愿他平安归来。"

内桑森很受感动。

"谢谢你，比比，谢谢你。我也每天在这样祈祷。这是我的长子，也是我的独子。我只是感觉到……在这个时刻……我们之间必须真诚合作。"

"完全同意。"以色列人的心中涌上了坏消息即将来临的不祥预感。

"要把伤亡人数降下来，你明白。这就是我要请你帮忙的原因，比比，尽量降低伤亡人数。我们是站在一起的，难道不是吗？我是美国人和犹太人。"

他使用词语的优先顺序似乎意味深长。

"我是以色列人和犹太人。"内塔尼亚胡喃喃地说。他也有自己的优先顺序。金融家没有感到一丝一毫的不安。

"对极了。但由于你在这里受过教育，你应该明白……嗯，这话我应该怎么说呢？……美国人有时候是很容易动感情的。我能不能直说？"

终于松了一口气，以色列人想道。

"如果你们能做某件事，使伤亡人数下降一些，哪怕只下降一点点，我和我的同胞将永远感激作出贡献的人。"

另一半意思留着没说出来，但内塔尼亚胡是一个有丰富经验的外交家，他不会不理解。如果当为而不为或不当为而为之，致使伤亡人数增加，那么美国是很记仇的，美国的报复也是令人很不愉快的。

"你要我干什么？"他问道。

索尔·内桑森品了一口葡萄酒，眼睛盯着壁炉里闪动的火焰。

"看起来，在巴格达有一个人，他的代号叫耶利哥……"

他讲完这事，心事重重的副外长就匆匆奔赴杜勒斯机场去赶回家的航班了。

第九章

伦敦会议

把麦克·马丁拦住的那个路障，位于默罕默得·卡赛姆街与四环路的交角处。在远处看见它时，他盘算着想调头从原路返回去。

但通向检查点的道路两旁都站着伊拉克士兵，显然就是为了防止这个目的，而且以调头时的缓慢车速想逃过他们的步枪射击是不可能的。他别无选择，只得硬着头皮朝前行驶，加入到一长溜等待检查的车后面。

在驾车穿越科威特市区时，他与往常一样设法避开很有可能设置路障的主要道路，但要穿过六环路必须经过一个主要路口。

他也曾指望，他是半晌午开车出来的，可能混进繁忙的车流中，或者伊拉克人会躲在阴凉处。但十月中旬天气已经凉爽了，而且绿色贝雷帽特种部队比无能的常规军要精干得多。于是他只能坐在白色面包车方向盘后面等待着。

他是趁天还很黑，夜还很深时，驾着越野车去南方沙漠里挖掘剩余的炸药、枪支、弹药和设备的——他之前答应要给阿布福阿德这些装备。当他在费尔多斯一条后街的车库里把吉普车上的物品换装到面包车上时，天还没有破晓。

货物换装后，太阳尚未升高，气温也没上来，他估计伊军士兵还没去寻找阴凉之处，于是他还在车库里的面包车上睡了两个小时。然后他把面包车驶出车库，又把吉普车开进去——他明白这种好车不久即会遭没收。

最后他还洗脸洗手换衣服，把那件污渍斑斑，沾满尘土的贝都部落人的袍子脱下来，换上科威特医生穿的干净、洁白的衣袍。

他前面的汽车一寸一寸地爬行着，前方是伊拉克步兵设置的、由混凝土圆块堆砌起来的路障。有时候，士兵们只查看一下司机的身份证就挥手让他通过；有时候他们会让司机把车开到路边仔细检查。通常，按命令到路边停下的，都是那些载着货物的车辆。

马丁对身后车厢上的两只大木箱深感不安，里面的东西足使他立即遭到逮捕，押送到秘密警察那里受刑讯。

最后他前面的那辆轿车通过了，他在路障检查口停下来。负责的中士没向他要身份证，看到沃尔沃面包车上的大箱子时，中士直接挥手让汽车停到路边去，并对等在那里的战士们吆喝了一声。

一名穿橄榄绿军服的士兵出现在驾驶座的车窗旁，马丁把车窗摇了下来。士兵弯下腰，车窗开口处出现了那人满是胡茬的脸。

"出来。"那战士说。马丁下车伸直了身体，彬彬有礼地微笑着。一个脸色冷漠、脸上布满麻子的中士走上前来。战士走到后面去窥视车内的箱子。

"证件。"中士说。他审视着马丁递上来的身份证，目光从塑料膜下面的那张模糊的面孔，到他面前的脸之间来回闪动着。他看着对面的英国军官，又看看身份证上阿尔卡里法贸易公司仓库保管员的照片，他可能看出了其间的差异，但他没有说什么。

身份证是一年前签发的，而一年之内一个男人可以决定剃去他的胡须。

"你是医生？"

"是的，中士。我在医院工作。"

"哪家？"

"在贾赫拉路上的那家。"

"你要去哪里？"

"阿米里医院，在达斯曼。"

中士显然没受过多少教育，在他心目中，医生应该是那种学识丰富、身材高大的人。他咕哝着走到后面去了。

"打开。"他说。

马丁用钥匙打开了后备厢，后备厢门弹起来转到了他们的头顶上方。中士凝视着那两只箱子。

"里面是什么东西？"

"样本，中士。阿米里医院实验室用的。"

"打开。"

箱子上各挂着两把黄铜锁。马丁从口袋里取出几把小巧的黄铜钥匙。

"你知道吗，这些箱子是冷藏的？"马丁一边说，一边晃着钥匙。

"冷藏？"中士被这个词搞糊涂了。

"是的，中士。内部是冷的。这样可以让那些培养液保持低温，保证它们处于惰性状态。恐怕我打开以后冷气会逸出来，它们就会变得活跃了。最好往后站。"

听到"往后站"这个短语，中士脸一沉，摘下肩上背着的卡宾枪把枪口对准了马丁，他怀疑箱子里肯定是放着某种武器。

"你这是什么意思？"他大喝一声。马丁遗憾地耸耸肩。

"对不起，可我阻止不了。细菌会逸出到我们周围的空气之中。"

"细菌？什么细菌？"中士既糊涂又愤怒。

"我没说过我在哪里工作吗？"马丁温和地问。

"说过，在那家医院里。"

"对。那是家隔离医院。这些箱子里装满了供分析的天花和霍乱疫苗样本。"

这时候中士确实跳到后面去了，往后跳了两英尺。他脸上的麻子不是意外事故造成的——小时候他差一点死于天花。

"快带着那种东西离开这里，该死的！"

马丁再次表示抱歉，关上后备厢，坐到方向盘后面驱车离开了。一小时之后，他被引到了舒韦克港的水产仓库，在那里把货物交给了阿布福阿德。

备忘录

致：美国国务院　詹姆斯·贝克国务卿
由：政治情报及分析组
日期：一九九〇年十月十六日
事由：摧毁伊拉克战争机器
密级：仅供阅读

自伊拉克侵入科威特酋长国后，十个星期以来，我们与英国同事就萨达姆·侯赛因现在可使用的战争机器的准确规模、性质和准备状态，进行了最为细致的调查。

毫无疑问，批评家们又会放马后炮，说这种分析早应该在今日之前完成。随他们说去吧。现在我们面前的各种分析结果表明，形势十分严峻。

　　光是伊拉克的传统武装力量：一百二十五万常规陆军，以及大炮、坦克、火箭发射架，加上现代化的空军，就使伊拉克成为中东地区遥遥领先的军事强国。

　　两年前我们估计，如果两伊战争的效果在于削弱伊朗的战争机器，使其不致对邻国构成实际威胁，那么伊朗对于伊拉克战争机器所造成的破坏程度也是类似的。

　　现在的情况清楚地表明，就伊朗来说，由于我们和英国的同事刻意对伊朗实施严厉的武器禁运，形势基本上没有改变。然而伊拉克的情况就不同了，两年的间歇期使伊拉克重新获得了惊人的武装。

　　你也许会记得，国务卿先生，西方对海湾地区，乃至对整个中东地区的政策，长时期以来一直是基于平衡这个概念上的——只要在该地区没有任何一个国家可以制服其所有邻国，并因此称雄，就可以维持现状，保持稳定。

　　光从常规战争的意义来说，显然伊拉克已获得了此种军事力量，现在正想称雄。

　　但本报告着重于阐述伊拉克的另一方面战备：可怕的大规模杀伤性武器，加上其持续的扩展计划，及其国际、洲际供应系统。

　　简言之，我们必须彻底摧毁这些武器，以及发展中的项目，及其供应系统，否则马上就会面临灾难性的前景。

　　根据美杜莎委员会的研究，英国人已表示完全同意，伊拉克将在三年之内拥有其自己的原子弹，并有能力向巴格达周边两千公里半径范围内的任何地方发射。

这个灾难性的前景还应该加上潜在毒气和细菌战武器，包括炭疽病，以及可能的淋巴腺和肺炎鼠疫等致命病毒。

即使伊拉克的政权是宽厚的、合理的，这些武器的前景就已经使人担心了。现实是，伊拉克现状处于萨达姆·侯赛因的独裁统治下，此人已被证实患有两种心理疾病：权迷心窍的自大狂和妄想狂。

三年之内，如不加以阻止的话，伊拉克只要通过威吓就可以支配从土耳其的北海岸到亚丁湾，从海法的外海到坎大哈山区的所有国家。

我们现在揭露这些前景的用意在于彻底改变西方的政策。摧毁伊拉克的战争机器，尤其是大规模杀伤性武器，现在必须成为西方海湾政策的首要目标。解放科威特现在变得无关紧要了，只是一个正当的理由。

我们的目标只有伊拉克单方面从科威特撤军才会遭到挫败，因此要尽一切努力确保不致发生这种事情。

美国的政策，考虑到与我们的英国同盟相联合，应包括如下四个目标：

一、只要可能，暗地里触怒萨达姆·侯赛因，目的在于使他拒绝撤出科威特。

二、拒绝他为撤离科威特可能会提出来的任何条件，这样使我们的进攻有正当的理由。

三、敦促联合国立即通过已长期搁置的安理会第678号决议，授权多国部队一旦作好准备即可开始空中打击。

四、表面上装作欢迎，但实际上去挫败任何可能使伊拉克逃脱惩罚的和平计划。这方面，显然联合国秘书长、法国和苏联是主要的障碍，他们很可能随时会提出一些幼稚的计划，从而阻止本应该要做的事情。至于对公众，当然应继续灌输争取和平的假象。

专此呈送，并致敬意。

"伊扎克，这件事我们真的应该同意他们。"以色列副外长本杰明·内塔尼亚胡建议说。

与副外长相比，以色列总理在转椅里面显得更为矮小了。两人正在耶路撒冷那间堡垒般的总理私人办公室里。隔着厚重的钢木门，两名站在门外的空降兵战士对里面的谈话一无所知。

伊扎克·沙米尔总理从办公桌后面瞪着眼，他那双短腿在地毯上方晃来晃去，尽管只要他需要，旁边就有一只特制的搁脚凳。在满头灰白头发下，他那张线条分明的、好斗的脸，使他看上去像那种喜好恶作剧但态度友善的侏儒。

副外长在各方面都与总理不同，他长得高大，而总理矮小；他衣着笔挺合身，而沙米尔穿着皱巴巴的衣服；他长相温文尔雅，而总理性情暴躁。然而他们相处融洽，持有相同的观点——他们的国家决不与巴勒斯坦人妥协。就是这点，让这位俄罗斯出生的总理毫不犹豫地选了这位大都市的外交家。

副外长本杰明·内塔尼亚胡把事情的利害关系说清楚了。以色列需要美国，需要美国对以色列的友好态度，这方面曾因为美国强大的犹太院外活动人士而得到保证，但现在却在国会山和美国媒体中遭到围攻；以色列也需要美国的援助、美国的武器和美国在安理会的否决权。如果因为特拉维夫那边的科比·德洛尔操纵的一个伊拉克间谍，使这种关系处于危险境地的话，那真是太不值得了。

"这个耶利哥，不管是什么人，把他交给美国人吧。"内塔尼亚胡催促说，"如果他能帮助他们摧垮萨达姆·侯赛因，对我们岂不更好？"

总理嘟哝了一声，点点头，伸手去按内部通讯器。

"给德洛尔将军打电话，告诉他我要见他，就在我的办公室。"他对他的机要秘书说，"不，不要等他有空，让他现在就来。"

四个小时以后，摩萨德局长科比·德洛尔离开了总理办公室。他简直快气炸了。当他的轿车从耶路撒冷出来，转下山丘，进入返回特拉维夫的宽阔公路时，他觉得他想不起以前什么时候这样愤怒过。

被自己的总理批评已经是够丢脸的了，被训斥是一个笨蛋更使他无地自容。

通常他会欣赏路边的松林，当初耶路撒冷遭围攻时，今天的公路还是一条布满泥坑的土路，他父亲和其他先辈把巴勒斯坦人的防线轰开一个缺口，从而拯救了这个城市。但今天他根本无心欣赏。

回到自己的办公室后，他召来沙米·格桑并把消息告诉了他。

"美国人到底是怎么知道的？"他大声喊道，"是谁泄露的？"

"局里人没人泄露出去，"格桑胸有成竹地说，"会不会是那个教授？我获悉他刚刚从伦敦回来。"

"该死的叛徒，"德洛尔咆哮起来，"我饶不了他。"

"英国佬很可能把他灌醉了，"格桑说，"酒后吹牛说大话。算了吧，科比，损失已经造成了。我们要做什么呢？"

"把耶利哥的所有情况都告诉他们。"德洛尔厉声说，"我才不去。派沙龙，让他去办。会议定在伦敦，消息泄露的地方。"

格桑思考了一番，露齿笑了。

"什么事情那么有趣？"德洛尔问道。

"就这样，我们无法再次接触耶利哥，就让他们去尝试吧。我们仍未弄清那家伙到底是什么人，让他们去查明吧。碰上好运气他们或许能挖到宝贝。"

德洛尔思考了一番，最后一丝狡黠的笑容浮上了他的脸："今天晚上派沙龙去。然后我们开始另一项行动。这个主意我在心里已经盘算了好长时间了。我们把它称为'约书亚[1]'行动。"

"为什么？"格桑问，他被搞糊涂了。

"你忘了约书亚曾对耶利哥干过什么吗？"

伦敦会议对美国中情局主管行动的副局长比尔·斯图尔特来说相当重要，于是他跨越大西洋亲自飞过来了，陪同他一起前来的是中东处处长奇普·巴伯。他们在公司的一座安全房——离格罗斯文纳广场的美国使馆不远的一套公寓里安顿下来，并与英国秘密情报局副局长以及史蒂夫·莱恩一起吃了一顿晚饭。由于斯图尔特的级别，秘情局副局长出面是出于礼仪，他不参加正式会议，而由伊拉克科科长西蒙·巴克斯曼参加。大卫·沙龙用假名从特拉维夫飞到伦敦来了，在格林广场的以色列使馆派出一名卡查到机场去迎接他。

大卫·沙龙的汇报会从第二天上午开始，整整开了一天，再加上半个晚上。秘密情报局选择了他们自己的一座安全房，位于南肯辛顿的一座公寓，保护得很好，又有效地"布过线"。

这地方很宽敞，屋内的餐厅用作了会议室。其中一个卧室里安放了一排录音机，由两名技术人员专门负责录音。一个年轻漂亮的女士被世纪大厦派过来，负责后勤工作，为餐桌边上的六个男人提

1　《圣经》记载，约书亚攻破耶利哥城并屠杀耶利哥人。

供咖啡和三明治。

两个身材高大的男人整整一天一直待在楼下门厅里，装作在修理那部功能完全正常的电梯，实际上是在确保除了住户没有其他闲人上楼。

坐在餐桌周围的是，大卫·沙龙和来自以色列驻伦敦使馆的那名卡查；来自兰利的两个美国人斯图尔特和巴伯；秘情局的两人莱恩和巴克斯曼。

按照美国人的要求，沙龙从事情的开始说起，并按其发展原原本本地讲了一遍。

"一个雇佣兵？一个闯进来的雇佣兵？"斯图尔特插嘴问道，"你不是在故意刺激我们吧？"

"我接到的指示是要绝对坦率。"沙龙说，"这就是事情的经过。"

美国人并不反对雇佣兵。实际上这样反而更好。在背叛自己国家的所有动机中，对招募机构来说，金钱是最简单，也是最容易的。雇佣兵就是为了钱。这样不用担心有撕心裂肺的悔恨，或自我厌恶；不用去安抚动摇的军心，不用去做思想工作。情报界中的雇佣兵就像是妓女。根本不用费心地安排烛光晚餐，说什么甜言蜜语，一叠美金往桌子上一放就解决问题了。

沙龙描述了他们如何疯狂地寻找有外交官身份掩护的、能较长时间居留在巴格达的人，而最后他们唯一的选择是阿尔方索·本茨·蒙卡达。他也讲了在圣地亚哥对蒙卡达进行强化培训，之后蒙卡达重新渗入巴格达，把耶利哥操纵了两年。

"等一下，"斯图尔特说，"这个业余特工把耶利哥操纵了两年？从信筒里取来了七十份情报而没被抓住？"

"是的。"沙龙说。

"你的意见呢，史蒂夫？"

莱恩耸耸肩："初学者的运气。不能到东柏林和莫斯科去尝试。"

"对。"斯图尔特说，"他去邮筒从来没被盯梢过？从来没遭遇过危险？"

"没有。"沙龙说，"有几次他被盯梢了，但都是随机的、马马虎虎的。有几次是从他的住处到西亚经济委员会大楼的路上，或者回程；还有一次是在他去邮筒的路上。但他发现了尾巴并放弃了行动。"

"我们可以假设，"莱恩说，"他确实被一个盯梢组尾随着到了一个邮筒，拉曼尼手下的反间人员守候在邮筒旁并剥去了耶利哥的伪装。经说服后，耶利哥只能合作……"

"那样的话，他的产品质量就会大幅度降低，"沙龙说，"但是耶利哥确实对他的国家造成了巨大的损害。拉曼尼是决不会允许那种事情继续发展下去的。我们就会看到对耶利哥的公审和绞刑，而蒙卡达也会遭驱逐，如果他运气好的话。

"看起来跟踪者是秘密警察局的人，但外国人本应该属于拉曼尼的管辖范围。不管怎么说，他们与往常一样马马虎虎地进行了跟踪。蒙卡达毫不费力地发现了他们。你们知道，伊拉克秘密警察一直在试图插入反间局的工作范围。"

倾听者频频点头。部门之间的争斗一点也不新鲜——在他们的国家里也在发生。

当沙龙说到蒙卡达如何突然从伊拉克撤走时，比尔·斯图尔特发出一声惊叹。

"你的意思是他关上门，失去联系了？也就是说耶利哥现在逍遥自在，没人在操纵他？"

"是这么回事。"沙龙耐心地说。他转向奇普·巴伯："当时德洛尔将军对您说，他没在操纵巴格达的间谍，这话是对的。摩萨德的观点是，作为一项行动，耶利哥已经是死翘翘了。"

巴伯朝这位年轻的卡查看了一眼，意思是说："别说得那么死，小伙子。还有希望呢。"

"我们想重新建立联系，"莱恩平静地说，"该怎么办？"

沙龙把全部六个死信箱的地点都展示出来了。在两年时间里，蒙卡达改变了两个地点，其中一个是因为该地方被推土机推平要重新开发了；另一个是因为废弃的商店重新开张了。但现在的六个起作用的邮筒和六处做粉笔记号的地方，是他遣返后最后一次汇报时说的。

这些邮筒和做粉笔记号的地点精确到了以英寸来测算。

"也许我们可搞到一个友好国家的外交官去接触他，告诉他又要开展行动了，且报酬更为丰厚。"巴伯提议说，"说服他抛去砖头底下和地坪石下面那些鬼地方。"

"不，"沙龙说，"只有邮筒，不然你无法联系他。"

"为什么？"斯图尔特问。

"你们会感到这事难以置信，可我发誓这是真的：我们从来没有查明过他是谁。"

四名西方特工盯着沙龙看了好长一段时间。

"你们从没确认他的身份？"斯图尔特一字一句地问道。

"没有确认。我们试过。我们请他亮明身份以保护他自己。他拒绝了，威胁说我们再坚持下去的话他就关门了。我们进行了笔迹分析，绘制了心理画像。我们核对了他提供的产品以及他无法获得的情报。最后我们列出了一份包括三十个，也许四十个人的清单，全都是萨达姆·侯赛因周围的人，全都是革命指挥委员会的成员，军中的高级将领或者是复兴党的党务大员。

"范围再也没法缩小了。有两次，我们把一条技术术语用英语写着插进了我们的要求之中。但每次回复时他都打上了一个问号。由此看来，他要么不会说，要么只会说一点点英语。但也有可能他装作不懂英语。假如他能说一口流利的英语，而且我们知道这一情况，那么范围就可缩小到两至三人。所以他一直书写阿拉伯语。"

斯图尔特嘟哝了一声，相信了这些话。"听起来像是一个'深喉'[1]。"

"但伍德沃德和伯恩斯坦后来证实了'深喉'的身份。"巴克斯曼提醒说。

"那是他们自称的，可我表示怀疑。"斯图尔特说，"我估计那家伙依然躲在阴影深处，就像耶利哥一样。"

当他们四人最后终于让大卫·沙龙返回使馆时，天早已黑下来了。史蒂夫·莱恩确信这次摩萨德把情况和盘托出了。比尔·斯图尔特告诉了他华盛顿向以色列人施压的事。

两名英国和两名美国情报官厌倦了三明治和咖啡，于是结伴去了半英里以外的一家餐馆。由于精神压力的缘故，而且吃了一整天的三明治，再加上胃不好，比尔·斯图尔特没有什么食欲，拨弄着盘中的烟熏三文鱼。

"这是一个狡猾的家伙，史蒂夫。这是一个真正有四只眼的狡猾的家伙。与摩萨德一样，我们也得去找一名受过特工训练的委派

1　"深喉"是美国历史上1972年"水门事件"中，向《华盛顿邮报》透露幕后信息的秘密线人的代号。其真实身份一直是个谜，直至2005年美国联邦调查局前副局长马克·费尔特承认他就是"深喉"。当时《华盛顿邮报》记者鲍勃·伍德沃德和卡尔·伯恩斯坦接到一个线人透露的信息，一起撰写系列文章报道了这一事件。这个绰号来自当时正在上映的一部情色电影《深喉》。

外交官，让他为我们工作。如果需要，我们可付钱给他。兰利准备为这件事花很多钱。一旦开战，耶利哥的情报可以挽救我们许多人的生命。"

"我们手头上还有什么人呢？"巴伯说，"巴格达的使馆已经有半数关门了。其余的肯定是处在严密监视之下。去找爱尔兰人、瑞士人、瑞典人和芬兰人吗？"

"中立国不肯干的，"莱恩说，"而且我怀疑他们派驻巴格达的外交人员中不一定有受过训练的间谍。第三世界国家的使馆也指望不了——那意味着得从头开始招募和培训。"

"我们的时间很紧，史蒂夫。这事很急。我们不能再走以色列人走过的路。三个星期培训是不可思议的。这在当时也许能行得通，但现在巴格达已经处在战争的边缘了。那边的形势肯定很紧张。从头开始的话，我们最少需要三个月时间才能让一名外交官学会间谍技巧。"

斯图尔特点头同意。

"如果外交人员这条路行不通，能不能试试其他途径？有些商人仍在那里进进出出，尤其是德国人，我们也许能说服一个德国人，或者一个日本人。"

"问题在于，他们都是短期逗留的。理想一点的话，最好能找一个可把这个耶利哥操纵……四个月的人。找一名记者如何？"莱恩提议。

巴克斯曼摇摇头："他们撤出来时我都与他们谈过了。作为记者，他们被全方位监视着。外国记者到小街小巷去探头探脑根本行不通。此外，请别忘记这是一项非法行动，除非有外交人员保护。谁能想象得出一名间谍落到秘密警察局局长奥马尔·卡蒂布手里后会发生什么事情呢？"

坐在桌子周围的四个人都听说过卡蒂布的残忍名声，他的外号叫"穆阿齐"，即折磨者。

"风险总是要担一点的。"巴伯说。

"我考虑的是，什么样的人更切实可行。"巴克斯曼指出，"如果他们知道被抓住是什么下场，商人或者记者还会同意吗？比起秘密警察，我宁愿落到克格勃手中。"

比尔·斯图尔特沮丧地放下手里的叉子，又要了一杯牛奶。

"嗯，这确实是一个问题，很难找到一个长相酷似伊拉克人的有经验的特工。"

巴克斯曼朝史蒂夫·莱恩瞟了一眼。莱恩想了一会儿，然后缓慢地点点头。

"我们有一个这样的人。"巴克斯曼说。

"一个温顺的阿拉伯人吗？这样的人摩萨德有，我们也有，"斯图尔特说，"但没能达到这种水平。只不过是捎捎信和跑跑腿之类的事。可这是高风险、高难度的行动。"

"不，是一个英国人，是特空团的一名少校。"

斯图尔特停顿了，他那杯送到嘴边去的牛奶杯在半途上停住了。巴伯放下了刀叉。

"能说阿拉伯语是一回事，能在伊拉克混同于一个伊拉克人是完全不同的一场游戏。"斯图尔特说。

"他长着黑皮肤、黑头发、棕色眼睛，但百分之一百是个英国人。他在巴格达出生并长大，他能够混同于伊拉克人。"

"而且他受过执行秘密行动的全面训练？"巴伯问道，"见鬼，他到底在哪里？"

"实际上，他目前在科威特。"莱恩说。

"是吗？你的意思是说他坚守在那里，蛰居在那里？"

"不。他似乎是自由自在地到处活跃着。"

"那么，如果他能够出来的话。他到底在干什么？"

"确切地说，是在杀伊拉克人。"

斯图尔特思考了一会儿，慢慢地点点头。

"够大胆的。"他喃喃地说，"你能让他从那里出来吗？我们想借用他。"

"我想可以吧，等下次他用无线电联络时。我们可以联合操纵他，并将分享他的产品。"

斯图尔特又点点头。

"行。你们为我们带来了耶利哥。就这么办。我把这件事向法官（中情局局长）汇报清楚。"

巴克斯曼站起身用餐巾擦了擦嘴。

"我最好去告诉利雅得情报站。"他说。

麦克·马丁是一个习惯于掌握自己命运的人，但十月的那一天他完全靠意外的运气才幸免于难。

十月十九日夜晚，他原打算发一份无线电报给利雅得郊外秘情局的那栋别墅，那是中情局和世纪大厦的四名高级情报官在伦敦南肯辛顿一起吃晚饭的同一个夜晚。

假如他那么做了，那么由于时差的关系，西蒙·巴克斯曼还没有回到世纪大厦去通知利雅得要他回来。

更糟糕的是，他的收发报会持续五至十分钟，因为要与利雅得讨论再向他提供一批武器和炸药的事。

但实际上，午夜之前他待在车库里，因为他发现吉普车的一只轮胎没气了。

他咒骂着花了一个小时把吉普车用千斤顶支起来，用力卸下轮子的螺帽。由于黄油和尘土的混合物把这些螺帽咬住了，他花了很大一番劲才把它们一个一个地卸了下来。凌晨一点差一刻，他驾车上路了，才走了不到半英里，他注意到这只备胎也在慢性漏气。

没有其他办法，只得回车库，放弃与利雅得的无线电联络。

把两只轮胎补好花了两天时间，直至二十一日夜晚，他才到了远离南郊的沙漠深处，把他的碟形卫星天线对准几百英里之外的沙特首都方向，按下发送按钮发射出一系列短促的噼啪声，表明他在呼叫而且他要向空中拍发电报。

他的无线电收发报机有十个固定的频道，每月每天轮流有一个指定的频道。今天是二十一日，因此他在使用一频道。报出自己的身份以后，他按下接收按钮并等待着。过了几秒钟，一个低沉的声音开始回答。

"这里是洛基山，黑熊，请转五频道读取信息。"

马丁转到五频道，按下发送按钮，说了几句话。

在科威特市北郊，一名年轻的伊拉克技术员注意到他控制板上有一个脉冲亮光在闪。当时他在一栋住宅楼顶层的一套公寓里值班。扫描员捕捉到了这次无线电波发射，并把它锁定了。

"上尉。"他急忙叫起来。哈桑·拉曼尼部下的反间信号处的一名情报官大步走到控制台旁边。那个亮光仍在闪烁，技术员在用罗盘确认方位。

"有人刚刚向空中发报了。"

"在哪里？"

"在沙漠里，先生。"

技术员在用耳机倾听，他的方向定位仪定下了发报的源头。

"是电子扰频发射，先生。"

"那肯定是他。老板说得对。方位多少？"

情报官去打电话，准备提醒另两个监测小组，即那两个装在拖车后的移动探测站，分别停放在贾赫拉和靠近海边的阿尔阿丹医院里。

　　"罗盘方位202度。"

　　202度亦即正南偏西22度，那个方向什么也没有，只有荒凉的科威特沙漠，绵延到边境与沙特的沙漠会合起来。

　　"频率多少？"当贾赫拉拖车上的监控小组在电话上应答时，那情报官厉声问道。

　　追踪技术员告诉了他——是低频区一个稀有的频道。

　　"中尉，"他扭头喊道，"快与艾哈马迪空军基地联系，告诉他们让直升机升空。我们找到地点了！"

　　在遥远的沙漠里，马丁说完了他要说的话，把开关拨到接收档上，收听利雅得方面的回答。回答不是他所期望的。

　　"这里是洛基山，黑熊，返回洞穴。再说一遍，返回洞穴，十万火急，通话结束。"

　　伊拉克上尉把频率告诉了另两个监测站。在贾赫拉和阿尔阿丹医院，其他技术人员把追踪仪转到了标明的频率上，在他们的头顶上方，直径四英尺的碟形天线在疯狂地转动着。海岸边的那一台，其范围可覆盖从科威特与伊拉克交界的北线直至沙特阿拉伯的国境。贾赫拉那台在东西向扫描着，即从东部的海岸至西部的沙漠。

　　通过这三台机器的扫描，他们可用三边法把范围确定在一百码以内，并把方位和距离报告给雌鹿直升机以及机上的十名武装士兵。

　　"还在那里吗？"上尉问道。

　　那技术员扫视着他面前的圆形荧屏，用罗盘的扫描点测量了一下荧屏的边缘，圆盘的中心是他坐着的地方。几秒钟之前，屏幕上有一条发亮的线条穿过中心朝向202度。现在屏幕上一片空白。只有当那个人再次发报时才会重新闪亮。

"不在了，先生，他已经从空中消失了。也许在收听回电。"

"他会回来的。"上尉说。

但他错了。黑熊已经皱着眉头收到了来自利雅得的紧急指示，关去电源，收起天线，合上了发报机盖子。

整个下半夜伊拉克人一直在监听那个频率。直至东方发白，艾哈马迪机场的雌鹿直升机才关去螺旋桨，战士们疲惫地拖着僵硬的身体爬出了机舱。

在伦敦，当电话铃声响起时，西蒙·巴克斯曼睡在他自己办公室的一张行军床上。电话是设在地下室里的通讯室译报员打来的。

"我马上下来。"巴克斯曼说。电文的内容很短，是刚从利雅得加密拍发过来的。麦克·马丁已经来联系过了，并已得到了给他的指示。

巴克斯曼给住在格罗斯文纳广场附近中情局公寓里的奇普·巴伯打了一个电话。

"他要回来了。"巴克斯曼说，"我们不知道他什么时间能越过边境。史蒂夫让我到那边去。你去不去？"

"好的。"巴伯说，"我们的副局长坐上午的航班回兰利。我可以跟你一起去。这个人我一定要见一见。"

十月二十二日，美国大使馆和英国外交部分别接洽了沙特驻伦敦使馆，都是要求为一名低级外交官签发入境签证。这不成问题，两本既没有巴伯名字也没有巴克斯曼名字的护照当即签证完毕。那两个人搭上了夜晚八点四十五分从希斯罗机场起飞的航班，并于黎明前到达利雅得阿卜杜拉齐兹国王国际机场。

美国使馆的一辆轿车把奇普·巴伯接到了中情局的活动基地，

一辆没有标志的小轿车把巴克斯曼接到了英国秘情局的那座别墅。巴克斯曼得到的第一条消息是，显然麦克·马丁尚未越过国境前来报到。

以马丁的观点来看，利雅得要他返回基地的命令是说起来容易做起来难。十月二十二日黎明之前他就从沙漠回来了，然后他用白天的时间作撤离前的善后工作。

他在基督教徒墓地一等水手谢普顿的墓碑下留下了一张纸条，向阿尔卡里法先生解释说，他不得不遗憾地离开科威特。他也给阿布福阿德留了一张条子，说明如何到他原先的两座别墅中去拿剩余的武器和炸药。

到下午他完成了这些工作，于是他驾着那辆破旧的皮卡出城去苏莱比亚外面的骆驼农场。那里正是科威特市区结束，沙漠开始出现的地方。

他的两头骆驼仍在那里，而且状态很好。小骆驼已经断了奶，正在成长为一头壮骆驼，于是他把小骆驼抵付给农场主作为照料的工钱。

黄昏前他骑上母骆驼朝西南偏南方向出发了，这样到夜幕降临、沙漠的寒夜包围他时，他就可以远离最后的人烟。

到达他掩埋无线电收发报机的地方花了四个小时，而不是通常的一个小时，掩埋地的标记是一辆小汽车的躯壳，很久以前抛锚后被人遗弃在那里，后来又被人掏空了内脏，只剩下一架锈迹斑斑的残骸。

他把收发报机藏进了驮袋的枣子下面。这样，骆驼身上的负重要比九个星期前驮着炸药和武器进入科威特时轻得多了。

如果说母骆驼为此感激他的话，它也没表露什么。对于把它从农场舒服的蓄栏里赶出来，它厌恶得又是咆哮又是吐沫。然而夜幕下，它从来没有放慢它那摇摇摆摆的行进速度。

与八月中旬相比，这段旅程完全不同了。在向南方行走途中，马丁看到越来越多的伊军驻扎在了城市的南部，一直往西延伸到了伊拉克边境。

通常他应该可以看见沙漠里一口口油井的火光，但他知道伊拉克人很可能会去占领这些油井，于是他远远地避开了它们。

有几次他闻到了伊拉克人的炊烟，并及时绕开了伊军的营地。有一次他差一点迷路进入一个坦克营的阵地。坦克隐藏在马蹄形沙墙后面，只露出炮口，朝向国境对面的美国人和沙特人。他刚好及时听见了金属相碰撞的叮当声，急忙把缰绳猛地向右一扯绕到沙丘后面去了。

当初他进入科威特的时候，南方只有共和国卫队的两个师，而且是在靠近东部的科威特市正南方。现在，伊军的哈姆拉比师已经与这两个师会合，还有另外十一个师（主要是常规军）已经按萨达姆·侯赛因的命令布置在了科威特南方，以与国境对面集结的美军和联军相匹敌。

即使分散在沙漠里，十四个师也有许多人。幸好他们似乎没有安排岗哨，都躺在军车下面睡觉，但伊军的绝对人数迫使马丁一直往西绕行。

要取道沙特的哈马提亚村到科威特骆驼农场那条五十公里的捷径已经不可能了；他被逼到了西部靠近伊拉克边境的地方，这一带标志性的地形是巴丁旱谷那种深深的峡谷，也是他不想穿越的地方。

黎明时他已经走到了远离麦那基什油田的西边，穆夫拉德边防站的北边，那是边境线上的应急通行点之一。

他脚下的沙漠已经变成了山地，他发现了一个可供他度过白天的岩石丛。他系住骆驼的缰绳，把一块驼毯往身上一裹就躺下睡着了。

刚过中午，他被附近坦克行驶发出的铿锵声惊醒了，并明白他的位置太靠近那条主公路了。该公路从科威特的贾赫拉往西南，经沙尔米海关检查站进入沙特阿拉伯。太阳下山后他一直等待着，直至差不多半夜时分他才重新上路。他知道距南边的国境不会超过十二英里路程。

他捱到这么晚动身，为了能在大约凌晨三点伊军最后一次巡逻间隙穿插过去。那是人类精神最疲乏、哨兵最容易瞌睡的时候。

月光下，他看见克马苏巴边防站已经落到身后，再往前走了两英里后他知道他已经越过了国境。虽然到了安全地带，但他依然向前行进，直至走到横贯哈马提亚与阿尔鲁齐的那条东西走向的路。在那里他停下来开始装配无线电收发报机。

北边的伊军部队和南边的沙漠盾牌部队都布置在国境线后方几英里的地区，马丁现在处在无人地带。将来的一天，这片无人区将成为一块沸腾的土地，届时沙特军队和美国军队将从这里蜂拥冲入科威特，但在十月二十四日黎明前的黑暗中，这片土地上只有他一个人。

西蒙·巴克斯曼被别墅里的世纪大厦的一个特工唤醒了。

"黑熊在发报了，西蒙。他已经越过了国境。"

巴克斯曼跳下床，穿着睡衣跑进了无线电室。一名无线电报务员坐在一把转椅里，面对着整整一堵墙的控制台，因为今天是二十四日，所以密码改变了。

"克里斯蒂呼叫兰吉尔，你在哪里？重复一遍，请报告你的位置。"

从控制台的扬声器中传出来的回答声很小，但很清楚。

"在克马苏巴南边，哈马提亚到阿尔鲁齐的那条路上。"

234

报务员转身看着巴克斯曼。秘情局特工按下了发送按钮说："兰吉尔，留在原地。会有一辆出租车来接你。请确认。"

"明白了，"那声音说，"我会等待出租车。"

实际上那不是一辆出租车。两个小时以后，顺着那条路巡航过来的是一架美国黑鹰直升机。机上一名火控员坐在飞行员旁边，身上绑着安全带，正通过洞开的舱门用望远镜扫视着下面所谓的大道，其实只是尘土飞扬的小径。从两百英尺的低空，火控员发现一只骆驼旁边站着一个人。直升机正要飞过去时，那人挥手了。

黑鹰开始减速盘旋，一边仔细打量那个贝都。让飞行员感到很不舒服的是，这里距边境太近了。但中队情报官告诉他的位置就是这里，而且视线范围内没有其他人。

奇普·巴伯与驻扎在利雅得军用机场里的美国陆军借用了这架黑鹰，去接科威特越境过来的英国人。黑鹰正好能飞这段航程，但没有人告诉过这位飞行员，他要接的是一个带着一匹骆驼的贝都因部族人。

当美国陆军航空兵在两百英尺上空俯视时，下面的那个人在地上摆放了一系列石块。摆完后他后退了几步。火控员把望远镜对准那堆石头。它们显示的是：喂，这里。

火控员说："一定是这个家伙了，让我们把他接上来。"

驾驶员点点头。黑鹰划了一道弧线，盘旋着降下来，直至降到距离那人二十码处，距地面一英尺高度。

马丁已经把驮袋和鞍子从骆驼身上卸下来放在了路边。无线电收发报机和他的随身武器——特空团官兵爱用的9毫米13发勃朗宁自动手枪，则放进马桶包里背在肩上。

直升机下降时，骆驼受惊慢慢跑开了。马丁目送着它离去。尽管脾气倔了一点，但它为他服务得很好。它孤身在沙漠里不会受到伤害。实际上对它来说，那里就是它的家。它将自由自在地漫游在沙漠里，找到食物和水，直至某一个贝都发现它，看到它身上没有印记，就欣喜地把它占为己有。

马丁低头弯腰走到直升机转动着的桨叶下方，跑向敞开的舱门。在转子转动的呜呜声中，火控员喊道："请问你叫什么名字？"

"马丁少校。"

机上伸出一只手，把马丁拉进了机舱。

"欢迎你登机，少校。"

发动机的噪声淹没了他们后面的谈话，火控员递给马丁一副护耳，以减轻耳朵里的轰鸣声，然后他们往椅背上一靠，开始了返回利雅得的航程。

接近利雅得市时，飞行员驶向郊外的一幢别墅。旁边有一块废弃场地，有人已在那里用鲜橙色的坐垫摆成了一个字母H的形状。当黑鹰盘旋着降下来时，穿着阿拉伯袍子的人从机舱跳到地面上，转身朝机组人员挥手表示感谢，接着大步走向那座房子。直升机升空后飞走了。两名仆人开始收拾坐垫。

马丁穿过别墅的拱形门洞，发觉自己到了一个铺着地坪石的院子里。从房门里走出两个人来。其中一人他两个月前在伦敦西部的特空团总部见过。

"我是西蒙·巴克斯曼。"这位较年轻的人说着伸出手来，"你回来真是太好了。这是奇普·巴伯，是来自兰利的一位表兄。"

巴伯与马丁握了手并打量着眼前这个人：一件污渍斑斑、已经不成白色的袍子从下巴拖到地上，一块有条纹的毯子搭在一边的肩上，一条红白格子茶巾戴在头上，一张瘦瘦的、坚强的、长着黑眼睛留着黑胡茬的脸。

"很高兴认识你，少校。我已经听说了关于你的许多事。"他的鼻子皱了起来，"恐怕你想洗个热水澡吧？"

"哦，是的，我马上让人去准备。"巴克斯曼说。

马丁点点头说声"谢谢"，走进了凉爽的别墅里面。巴克斯曼和巴伯也跟着进来了，巴伯心中暗暗高兴。

"行，"他想道，"我敢打赌这个人肯定能行。"

马丁在别墅的大理石浴缸里连续洗了三遍才把身上积聚了几个星期的污垢擦洗干净。他用一条浴巾往腰上一围，让一名外面请来的理发师为他理发，然后他用西蒙·巴克斯曼的剃须用具剃去胡子。

他的茶巾、驼毯、袍子和凉鞋已被拿到花园里去了。一名沙特仆人点上一把火把它们一烧了之。两个小时以后，马丁穿着巴克斯曼的短袖衬衣和薄布裤子坐在餐桌前，打量着有五道菜的一顿中饭。

"能不能告诉我，"马丁问道，"为什么要让我撤出来？"

回答提问的是奇普·巴伯。

"问得好，少校。问得太好了。应该有一个很好的回答，对不对？事实是，我们要派你去巴格达，下星期。怎么样，去还是不去？"

第十章

潜入巴格达

中央情报局和秘密情报局都忙坏了。虽然当时和以后都没人知道这些事，但到十月下旬时，中情局在利雅得的阵容已经相当强大了。

没过多久，中情局就与一英里之外沙特国防部大楼地下室里的军队将领们发生了摩擦。空军将领们的观点是，有那么多的高新技术产品供他们熟练地使用，他们确信可以知道伊拉克防务和备战的全部情况。

高新技术产品确实有许多。除了从太空中不间断地提供伊拉克国土照片的人造卫星，以及做着同样工作但拍摄距离更近的"曙光"和U-2侦察机之外，还有其他从空中搜集情报的机器。

另一种地球同步卫星在中东上空遨游着，承担着监听伊拉克人说话的任务，这些人造卫星能捕捉到架空线路上说的每一个词语。但它们不能窃听到通过四万五千英里的地下光缆召开的电话会议。

美军的侦察机主要是空中预警机，简称"阿瓦克斯"

（AWACS）。这是一种波音707客机，机后装着一个雷达大圆盘。阿瓦克斯每天二十四小时轮流在海湾北部上空缓慢地兜圈子，它们能在几秒钟之内把伊拉克空中的任何飞机活动通知利雅得。这样，伊拉克飞机一起飞，利雅得就马上知道对方飞机的数量、航向、航速和高度。

支持阿瓦克斯的是另一种波音707改装机——E8-A电子侦察机，简称联合星，这种飞机是侦察地面动静的，而阿瓦克斯侦察空中动静。联合星上巨大的诺顿雷达是朝下面和侧面扫描的，这样，它们不用进入伊拉克领空就能覆盖其国土。联合星差不多可分辨出每一件移动的金属。

美军将领们深信，华盛顿花费了几百亿美元研制出来的高新技术设备能够听到关于伊军装备的所有对话，能够确定它们的位置，能够看到它们的移动，并且一定能够摧毁它们。而且这些高新技术设施不论雨雾风雪，不管白天黑夜，全天候工作。敌人再也不能躲在树丛下逃过侦察员的眼睛了。空中的侦察员能看到一切。

来自兰利的情报官很聪明，他们把想法说了出来。主要疑点在民用设施。对此军方很不高兴。军方的任务很艰巨，他们要去努力完成，他们不喜欢别人泼冷水。

英国方面的情况就不同了。秘情局在海湾的行动与中情局完全不一样。但以世纪大厦的标准，仍是一项大规模行动；而且按世纪大厦的要求，是低调的、秘密的行动。

英国已经任命了海湾英军总司令，作为施瓦茨科普夫上将的副手。这是一位背景独特的不同寻常的军人。

诺曼·施瓦茨科普夫高大、坦率，有英勇战绩，是十足的军人。他有两个外号："雷霆诺曼"和"熊"。从亲切和蔼到勃然大怒，他的脾气说变就变，但都很短暂。他的部下是这么评价的。他的英国对手与他截然不同。

英国爵士彼得·德拉比利埃尔中将接受了统帅海湾英军的命令，于十月初抵达。他长得瘦瘦的，生性仔细，言语不多。性格外向的大个子美国人与性格内向的瘦瘦的英国人形成了对比鲜明的一对，但他们相处得很好，因为他们互相了解对方外表后面的内在。

在部队里被称为PB的彼得爵士，是英军中得到军功章最多的军人，但这种事在任何情况下他都不肯说出来。他还曾当过特空团的指挥官，这种背景使他具备了关于海湾、阿拉伯和秘密行动的有用知识。

由于这位英国指挥官曾与秘情局一起工作过，因此世纪大厦的特工组发觉他比较愿意倾听他们的意见。这样，英国特工组的处境要比美国特工组好。

特空团在海湾也已经有了相当的阵容，他们的秘密军营位于利雅得郊外一个庞大的军事基地的角落里。PB作为特空团官兵的前指挥官，认为他们的特长不应该浪费在步兵和伞兵也能执行的普通任务中。这些官兵专长于渗入敌后、营救人质等特种行动。

十月份最后一个星期，中情局和秘情局特工组要采取的行动，在很大程度上属于特空团的范围。所以这项行动也通知了驻当地的特空团指挥官，由他去制订计划。

麦克·马丁抵达那座别墅后的第一个下午，全部在听英美特工向他解释情况。他们说，英美同盟发现在巴格达有一个代号为耶利哥的叛徒。他们告诉他，他仍有权回绝，随时可以回到特空团去。晚上马丁细细考虑了一番。然后他告诉中情局和秘情局情报官："我可以去巴格达。但我有几个条件，这些条件必须得到满足。"

主要的问题他们全都明白，那就是他的身份掩护。这不是一项速进速出的快速行动，可以用速度和勇敢去战胜对方的反间谍网。

他也无法指望在科威特遇到过的秘密支持和协助。他不能作为一名贝都因部落的跑腿人，游荡在巴格达郊外的沙漠里，即使在地图上的荒野地带也有伊军的巡逻队。在巴格达市内到处布满了军队和秘密警察的检查组，宪兵们在寻找开小差的逃兵，而秘密警察在随意抓捕疑犯。

别墅里在座的各位都对秘密警察的残忍相当清楚。商人、记者以及美英外交人员撤出之前的报告，都证明秘密警察无处不在，他们使伊拉克公民每天提心吊胆地生活在恐惧之中。

如果马丁进入巴格达，他就必须在那里潜伏下来。操作一名像耶利哥那样的间谍对他来说并不容易。首先，必须用死信箱去追踪到那个人，并通知他又要开始行动了。那些死信箱也许已经暴露了，并受到了监视。耶利哥也许已被抓住并全盘招供了。

况且马丁必须建立一个住处，一个他能够收发电报的基地。他必须在市内到处漫游，照看那些邮筒，前提是耶利哥的内部情报供应渠道得以恢复，虽然主人换成新的了。

最后，最糟糕的是，没有外交掩护的盾牌可使他免除真相暴露之后的恐怖后果。这样被抓住后，等待他的只能是秘密警察局设在阿布格雷布的地下刑讯室。

"你……呃……有什么确切的想法？"巴克斯曼问道。

"如果我不能成为一名外交官，我也要依附于一个外交官的家庭。"

"这不太容易，朋友。使馆是受到监视的。"

"我没说使馆。我说外交官的家庭。"

"像一个司机之类的？"巴伯问。

"不。太明显了。司机得坐在方向盘后面。他要把外交官送来送去，也与外交官一样受到监视。"

"那么是什么角色呢？"

"除非情况已经有了很大的改观，要不然许多高级外交官都不住在使馆大楼里，如果级别够高的话，他们应该有一栋带有私家花园的别墅。早先这种房子往往有一名花匠。"

"一个花匠？"巴伯询问，"看在上帝的份上，那是体力劳动者。你会被抽去当兵的。"

"不。花匠助手是干室外杂活的。他料理花园，骑自行车外出购物，去鱼市场买鱼，还有水果、蔬菜、面包和食油。一般这种人住在花园里的小木屋中。"

"那么，这是什么意思，麦克？"巴克斯曼问。

"意思是，他不招人注意。他是个普通人，没人会注意到他。如果他在外面被拦住了，他出示的身份证是完美的，而且他还随身携带着使馆公用笺的信件，是用阿拉伯语写的，能解释他在为外交官工作，因而可以免除兵役，并请有关当局给以通行的便利。除非他做错了事，要不然任何找他麻烦的警察都是在正式向使馆挑衅。"

情报官们想了一会儿。

"这也许行，"巴伯承认说，"普普通通，不引人注意。你认为怎么样，西蒙？"

"这样的话，"巴克斯曼说，"那个外交官也要卷进去了。"

"只是部分地。"马丁说，"他只要接到他的政府下达的命令，让他接收一个找上门来的人，然后即可转身去忙他自己的工作。如果他起疑心，那是他自己的事。如果他想保住自己的工作就必须闭口不言。但这个命令必须是来自相当高的级别。"

"英国使馆肯定不行，"巴克斯曼说，"伊拉克人肯定会出格触犯我们的外交官。"

"我们的美国使馆也同样。"巴伯说，"你自己想的是哪一国使馆，麦克？"

马丁告诉他们后，他们不相信地凝视着他。

"你是在开玩笑吧？"美国人问。

"绝对不是。"马丁平静地说。

"见鬼，麦克，这种要求必须上报给，嗯，首相那里。"

"还有我们的总统。"巴伯说。

"嗯，说起来我们同那个国家现在应该是伙伴关系啊，为什么不能？我的意思是，如果耶利哥的情报能减少多国部队的伤亡，那么打一个电话问问难道太麻烦了吗？"

奇普·巴伯看了一眼手表。华盛顿与海湾相比仍在七个小时以前。兰利应该是刚吃完中饭。伦敦只比这里早两个小时，但高级官员也许还在办公室里。

巴伯急忙赶回美国使馆，给主管行动的副局长比尔·斯图尔特去了一份特急加密电报。斯图尔特看了电报后，带着它去找局长威廉·韦伯斯特。局长挂了一个电话给白宫，要求面见总统。

西蒙·巴克斯曼运气较好。史蒂夫·莱恩在世纪大厦的办公室里接到了他从利雅得打过来的扰频电话。听取汇报之后，这位中东处处长给局长家里打了一个电话。

秘密情报局局长柯林爵士思考了一番后，给"不管大臣"罗宾·布特勒爵士拨了一个电话。

在情况紧急时，秘情局局长要求会见首相是允许的。玛格丽特·撒切尔首相总是愿意会见情报机构和特种部队的负责人。她同意在第二天上午八点钟在唐宁街10号她的私人办公室里会见秘情局局长。

她与往常一样，在黎明前就开始伏案工作了，当局长被引进来时，她差不多已经处理完了办公桌上的文件。她颇感惊奇地皱着眉头倾听了这个奇异的请求，想了一想，然后以她惯常的方式很快作出了决定。

"布什总统一起床我就与他联络，我们可以商讨一下我们能做些什么。这个人……嗯，他真的想那么做吗？"

"那是他的想法，首相。"

"他是你手下的一名特工吗，柯林爵士？"

"不，他是特空团的一名少校。"

她兴奋起来了。

"一个了不起的家伙。"

"我也这么认为，夫人。"

"这件事结束以后，我倒想见见他。"

"我会安排的，首相。"

局长离开后，唐宁街工作人员挂了一个电话给白宫，把热线电话的联络时间定为华盛顿时间上午八点，伦敦时间下午一点。首相的中饭时间调整了三十分钟。

与前任罗纳德·里根一样，乔治·布什总统对于英国首相提出来的要求总是感到难以拒绝。

"好吧，玛格丽特，"五分钟之后布什总统说，"我会打这个电话的。"

"他不会同意的，"撒切尔夫人指出，"但他不应该回绝。毕竟我们为他做了许多事情。"

"是的，我们确实做了许多。"美国总统说。

一小时以后，两位首脑分别打了电话。电话另一头的人一头雾水，但还是给了他们肯定的答复。他愿意私下会见两国的代表，他们一抵达即可会见。

那天晚上，比尔·斯图尔特从华盛顿出发，史蒂夫·莱恩也搭上了当天离开伦敦希斯罗机场的最后一个航班。

麦克·马丁也许知道他的要求会引起的一系列匆忙的活动，但他什么也没有表露出来。十月二十六日和二十七日两天，他除了吃饭就是休息和睡觉。但他停止剃须，重新养起了黑色的胡茬。然而，他提出的要求正在不同的地点得到执行。

秘密情报局驻特拉维夫情报站站长带着最后的请求，去拜访了科比·德洛尔将军。摩萨德局长惊异地盯着眼前的英国人。

"你们真的想去开展这项行动吗？"他问道。

"我只按指示来请求你，科比。"

"见鬼，没有外交掩护去执行间谍行动？他会被抓住的，你知道吗？"

"这件事你们能不能办，科比？"

"我们当然能办。"

"二十四小时能完成吗？"

"为你服务吧，老朋友。但你这个提议太出格了。"德洛尔说。

他站起身，从书桌后面绕过来，一条手臂搂住英国人的肩。

"你知道，我们打破了我们的一半规矩，而且我们很幸运。通常我们决不会派我们自己的人去察看死信箱。有可能是陷阱。对我们来说，死信箱是单向的，只从卡查到间谍。对耶利哥，我们打破了常规。蒙卡达用那种方法去收取情报，是因为没有其他方法。而且他是幸运的——两年来他一直很幸运。但他有外交身份掩护。现在你们要……这个？"

他举起了一张小照片。照片里是一个黑头发、黑胡茬、看上去模样忧郁的阿拉伯人。那是英国人刚刚从利雅得收到的，是由英军统帅德拉比利埃尔将军的座驾——HS-125双发动机喷气通勤飞机送来的，因为两个都城之间没有商业邮路。现在125飞机停在斯迪多夫军用机场里，已从各个角度被以色列人拍了照片。

德洛尔耸耸肩。

"好吧。明天上午给你。我保证。"

毫无疑问，摩萨德有一些世界上最好的技术部门。除了储存着差不多两百万个名字及其相关资料的中央计算机，除了地球上最佳的撬锁高手，在摩萨德总部的地下室里，还有几个严格地控制着温度的房间。

这些房间里存放着纸张。不是随便的纸，而是非常特殊的纸。这里有世界上每一种护照的原件，还有堆成金字塔一样的其他身份证、驾驶执照、社会保险卡，诸如此类。

此外还有空白证件，伪造人可以用原件作样本，在空白身份证上随意编写，从而伪造出高质量的身份证。

伪造身份证不是这里唯一的功用。在这里还能印出可以乱真的假钞，并大量印制出来，其用意要么是搞垮敌国的货币体系，要么是为摩萨德的黑色行动提供资金，这是总理不知道的，也是他不想知道的。

在经过一番搜肠刮肚的思考之后，中情局和秘情局同意去找摩萨德帮忙，因为他们无法为一名四十五岁的伊拉克劳动者制作一张身份证，即使制作出来也不敢保证能经得起伊拉克国内的检查。没人想到过搞一份原件来复制。

幸运的是，两年前以色列的一个秘密侦察小组，曾潜入伊拉克把阿拉伯的一名奥特安插进去，以便联络那里的一些低级线人。在伊拉克期间，特工们袭击了田野里劳动的两个农民，把他们绑缚起来后抢走了他们的身份证。

德洛尔手下的证件伪造人通宵工作，到黎明时制作出一份伊拉克身份证。那是一张脏兮兮的身份证，似乎已经用了很长时间。持有人名叫马哈默得·阿尔科利，四十五岁，来自于巴格达北方的一个山村，现在首都打工。

伪造人不知道，马丁为自己起的名字阿尔科利，来自于八月初在伦敦切尔西的一家餐馆里测试过他的阿拉伯语的那个人；他们也不会知道，他选择的那个村庄其实是他父亲的花匠的故乡。很久以前，那位老花匠坐在巴格达的一棵大树下，向英国小男孩讲述他出生的地方，那里的清真寺、咖啡馆，以及村子周围的紫花苜蓿田和西瓜田。还有一件事也是伪造人所不知道的。

上午，科比·德洛尔把伪造好的身份证交给了驻扎在特拉维夫的秘情局代表。

"这张身份证不会使他翻船。可我告诉你，这个人……你们这个驯服的阿拉伯人，不出一个星期就会背叛你们或者被抓住。"

秘情局特工只能耸耸肩。他也不知道照片上的那个人其实根本不是阿拉伯人。他没有必要知道，所以也就没有告诉他。他只是按吩咐行事——把身份证装上HS-125飞机，运回了利雅得。

衣物也准备停当了，伊拉克劳动者所穿的袍子，一条单调的棕色茶巾和一双耐磨的绳底帆布鞋子。

一名编制篮子的篾匠按要求编成了一只设计独特的柳条篮，虽然他根本不知道他做的东西是什么或有什么用途。他是沙特阿拉伯一个贫苦的手工艺人，既然奇怪的异教徒准备付给他丰厚的工钱，他也就高兴地承揽下来了。

在利雅得郊外的一个秘密军事基地里，两辆特殊的汽车正在准备。它们是用英国皇家空军"大力神"运输机从阿拉伯湾阿曼的特空团基地运来的，正在卸下装备，并在为长途行驶重新配置。

这两辆长行程吉普车主要改装的不是装甲和火器，而是速度和距离。每辆车将载运四名特空团战士，其中一辆还要搭载一名旅客。另一辆吉普车将载运一辆大轮子的越野摩托车，摩托车上装了适合超长旅程的大油箱。

美国陆军又按请求出借了设备，这次是两架重型双桨"奇努克"工作马直升机。飞行员刚刚接到了准备出发的命令。

在莫斯科新广场苏共中央委员会大楼内，与往常一样，苏共总书记、苏联总统米哈依尔·谢尔盖耶维奇·戈尔巴乔夫坐在顶楼七楼的办公室里，两名男秘书与他在一起。这时候内部通讯器响了，宣告来自伦敦和华盛顿的特使抵达了。

二十四小时以来，他已经对美国总统和英国首相分别提出的接待一名私人特使的请求产生了兴趣。来者不是政治家，不是外交官——只是一名信使。他感到迷茫，当今世界有什么信件不能用正常的外交途径传送呢？他们之间有绝对保密的热线电话，虽然译员和技术员会知道。

他产生了极大的好奇心，而且由于他生性好奇，他渴望着能够解开这个谜团。

十分钟后，两位客人被引进了戈尔巴乔夫的私人办公室。这是一个长长窄窄的房间，只有一边的墙上有一排窗户，朝向新广场。总统的身后没有窗户。现在他就是背对着墙坐在长条会议桌的尽头。

与他的两位喜欢深重式样的前任——安德罗波夫和契尔年科形成强烈对比的是，年轻的戈尔巴乔夫偏爱轻松、活泼的装饰。书桌和会议桌是用白桦木做成的，两边排列着直背的、但坐上去很舒服的椅子。窗户拉着网格帘子。

当那两个人进来时，他示意秘书退出去。他从书桌后面起身走上前来。

"你们好，先生们，"他用俄语说，"你们哪一位会讲俄语？"

　　其中一人，他判断是英国人，用结结巴巴的俄语回答说："最好能有一名翻译，总统先生。"

　　"维塔里，"戈尔巴乔夫叫住了正要离去的秘书，"让叶甫根尼来这里。"

　　在无法用语言交流的情况下，他微笑着做手势请客人们坐下。过了一会儿，译员进来了，坐到总统办公桌的一边。

　　"阁下，我的名字叫威廉·斯图尔特。我是美国中央情报局主管行动的副局长。"那位美国人说。

　　戈尔巴乔夫的嘴唇抿紧了，他的眉头皱起来了。

　　"而我，阁下，是史蒂夫·莱恩，英国秘密情报局中东处处长。"

　　戈尔巴乔夫更加迷茫了。是特务，契卡——这到底是怎么回事呢？

　　"我们的机构，"斯图尔特说，"都分别通过各自的政府请求您接待我们。现在的形势是，阁下，中东正在走向战争。对此我们都很清楚。如果要避免战争，我们需要知道伊拉克政权的内幕。他们在公开场合说的那一套，与他们内部秘密讨论的情况，我们相信是有很大差别的。"

　　"这一点也不新鲜。"戈尔巴乔夫干巴巴地评论说。

　　"是不新鲜，阁下。但这是一个极不稳定的政权。对我们都很危险。假如我们能够知道现在萨达姆·侯赛因总统内阁的真正打算，我们也许能够更好地制订能够避免战争的战略计划。"

　　"这肯定是外交家正在努力的方向。"戈尔巴乔夫指出。

　　"通常是这样的，总统先生。可有时候外交渠道太公开了，无法表达深层思想。您还记得理查德·佐尔格案例吗？"

戈尔巴乔夫点点头。每一位苏联人都知道佐尔格。他的头像已经印在了邮票上。他死后被追认为苏联英雄。

"当时，"莱恩接着说，"佐尔格关于日本不会进攻苏联的情报，对你们的国家是至关重要的。但这份情报不可能经由大使馆传给你们。

"事实是，总统先生，我们有理由相信在巴格达存在着一个情报源，地位相当高，他愿意向我们透露萨达姆·侯赛因的最内层消息。这种消息可能意味着战争与自愿撤出科威特之间的区别。"

米哈依尔·戈尔巴乔夫点点头。他也不是萨达姆·侯赛因的朋友。伊拉克已经变得越来越独立了，而且近年来其反复无常的领导人一直在无缘无故地触犯苏联。

况且，这位苏联领导人明白，如果他想执行改革政策，他需要财政和工业援助。那意味着西方的善意。冷战已经结束了，这是现实。那就是为什么他让苏联站到了安理会的一边，谴责伊拉克入侵科威特。

"那么，先生们，你们去接触这个源头吧，"戈尔巴乔夫回答，"为我们提供信息，使我们能得以理清形势，我们将会十分感激。苏联也不希望看到中东发生战争。"

"我们是想去接触的，阁下，"斯图尔特说，"可我们不能。那源头拒绝亮明身份，这是可以理解的。对他来说，风险肯定是很大的。要去接触的话，我们只得避开外交渠道。他已经明确表示他只能与我们秘密通讯。"

"那你们要我做什么呢？"

两名西方人深深地吸了一口气。

"我们想派一个人潜入巴格达，作为那个情报源和我们自己之间的中介。"巴伯说。

"一名特工？"

"是的，总统先生。一名特工，伪装成伊拉克人。"

戈尔巴乔夫死死盯住他们。

"你们有这样的人？"

"是的，总统先生。但是他必须有一个住处，一个安静的、隐蔽的处所，在他收集情报和递交我们的询问期间蛰居在那里。我们请求您，能让这个人作为苏联大使馆高级外交官雇佣的一名伊拉克职员插入进去。"

戈尔巴乔夫用指尖搔了一下下巴。他对秘密行动太熟悉了。克格勃曾经执行过许多行动。现在克格勃的老对手请他协助去开展一项行动，而且要出借苏联使馆作为他们特工的保护伞。这太蛮横了，他几乎笑出声来。

"如果你们的这个人被抓住了，我们的使馆会遭到牵连。"

"不会的，阁下。你们的使馆顶多会受到某些西方敌人的冷嘲热讽。萨达姆将相信你们绝没有牵扯其中。"莱恩说。

戈尔巴乔夫思考了一番。他回想起美国总统和英国首相就这件事所作的个人恳求。他们显然认为此事相当重要，而他也没有其他选择，只能认为他们对他的善意也同样重要。最后他点点头。

"好吧。我会指示弗拉基米尔·克留奇科夫将军为你们提供全力合作。"

克留奇科夫是当时的克格勃主席。十个月以后，当戈尔巴乔夫在黑海度假时，克留奇科夫伙同国防部长德米特里·亚佐夫及其他人，发动了针对他们自己总统的军事政变。

两名西方人不安地蠕动着。

"尊敬的总统先生，"莱恩请求说，"我们能否请您下指示给您所信任的外交部长，而且仅限于他一个人？"

爱德华·谢瓦尔德纳泽是当时的外交部长，也是米哈依尔·戈尔巴乔夫信赖的朋友。

"谢瓦尔德纳泽，而且仅限于他一个人？"总统问道。

"是的，先生。"

"好的。只通过外交部去安排。"

当西方情报官走后，米哈依尔·戈尔巴乔夫坐在办公室里陷入了沉思。他们只希望他和爱德华知道这件事，而不是克留奇科夫。难道他们知道苏联总统不知道的某些事？他感到迷惑。

以色列情报机关摩萨德派遣的"约书亚"特工队，共有十一个人——两个五人小组和一名队长。队长是科比·德洛尔局长亲自选定，并从赫兹利亚郊外间谍培训学校的枯燥授课中抽调出来的。

其中一个小组来自于"耶里德"分部，该部门分管摩萨德的行动安全和监视。另一个小组来自于"内维奥特"，其专长是窃听、破门入室——简言之是对付无生命目标或机械电子产品。

十名队员中有八名能说过得去的德语，而队长说得相当流利。另两人是技术人员。约书亚行动的这支特工队潜入奥地利首都维也纳已有三天了，他们从欧洲各个城市分别进去，每人都持有完美的护照和身份掩护。

如同他搞耶利哥行动一样，科比·德洛尔又打破了几个规矩，但他的下级没人与他争论。约书亚已被定为是一项不许失败的行动，而且由于是局长亲自发起的，意味着具有最高优先权。

耶里德和内维奥特小组通常各有七至九名特工，但由于目标应该是平民，没有敌意，未经训练，未起疑心，所以这次队员的数量减少了。

摩萨德驻维也纳情报站站长已经安排了三座安全房，还有三名"波特"负责房子的清洁和采购食品。

波特通常是以色列青年，往往是学生。摩萨德对他的家庭背景彻底审查后，让他干跑腿的活。波特的工作是外出购物和其他日常事务，但不能提问题。作为回报，他可以免费居住在摩萨德的安全房里，这对于在外国城市求学的拮据的学生来说，是一大实惠。当执行临时任务的特工队进驻时，该波特必须搬出去，但还是让他做一些打扫卫生、洗衣服和买东西的零活。

虽然维也纳似乎算不上一个大都市，但对于谍报界来说，她一直是非常重要的。其原因可追溯到一九四五年，当时，维也纳作为第三帝国的第二首都，曾被盟国占领，并被划分为四个区域——法占区、英占区、美占区和苏占区。

与柏林不同，维也纳获得了自由，最后连苏联也同意撤出，但条件是维也纳和整个奥地利必须完全中立。一九四八年柏林封锁期间，随着冷战的开始，维也纳很快便成了谍报活动的温床。由于她恪守中立，几乎没有自己的反间网，靠近匈牙利和捷克边境，对西方开放但也与东欧相容等原因，维也纳是各国情报机构一个完美的活动基地。

摩萨德一九五一年成立后不久就看到了维也纳的优势，于是向那里派遣了情报人员，阵容极其强大，使情报站站长的级别实际上超过了大使的级别。

后来，这个优雅的前奥匈帝国的首都成为超级隐蔽的银行业中心和联合国三个独立机构的所在地，并为巴勒斯坦人和其他恐怖分子所看好，成为他们进入欧洲的门户。所以摩萨德当初的这个决定是完全正确的。

奥地利虽然也有反间谍机构和国家安全机关，但由于她信守中立，所以反间力量薄弱，能轻易躲开，摩萨德特工们叫奥地利的反间人员是"饭桶"。

科比·德洛尔挑选的特工队长是一名坚强的卡查，曾在柏林、巴黎和布鲁塞尔执行过任务，有多年的欧洲活动经验。

吉迪恩（昵称吉迪）·巴齐莱队长现在化名爱华尔德·施特劳斯，是德国法兰克福一家淋浴房制造厂商的一名代表。他不但有完整的证件，而且如果翻一下他的手提箱还能发现相应的产品介绍册、订货单和印有通讯地址的公司信笺。

即使打电话到他在法兰克福的公司总部查询，也会证实他的身份，因为信纸上的电话号码是摩萨德在法兰克福一个办公室的号码。

巴齐莱队长以及十名队员的这些身份掩护文件，是摩萨德另一个综合服务部门的杰作。在特拉维夫，与证件伪造部门同一层地下室里还有一系列房间，专门储存数量多得惊人的各个公司（不管真的还是虚构的）的资料。公司记录、审计报告、工商登记、印有公司名称的文稿纸、信封和其他文具，应有尽有，执行国外任务的卡查可以随时配备上某个的公司证明资料，而不会露出破绽。

在自己的公寓里安顿下来后，队长巴齐莱与驻地的情报站长开了一个会，并开始了这次相对来说比较简单的任务：尽他们所能，了解法兰齐斯卡纳广场旁一家隐蔽的、极为传统的私有银行的一切情况。这个银行叫温克勒银行。

同一个周末，两架美国奇努克直升机从利雅得郊外一个军事基地升空，朝北方飞去，到了从卡夫吉沿着沙特与伊拉克国境至约旦的泰普林路上空。

每一架奇努克机舱里都挤着一辆路虎越野车，车上已经卸去了不必要的装备，但配置了超大油箱。此外每架飞机上还有四名英国特空团官兵，挤在机组人员的后面。

最终目的地超出了直升机的航距，所以在泰普林路有两辆重型油罐车在等待着，是从海湾边的达曼赶过来的。

当饥渴的奇努克在路上停下来时，油罐车工作人员开始加油作业，直至直升机的油箱又满了起来。再次起飞后它们顺着道路朝约旦方向飞去，保持低空飞行以避开设在国境线对面的伊拉克雷达。

刚过沙特的巴达纳镇，接近沙特阿拉伯、伊拉克和约旦的三国交界处时，奇努克又降了下来。又有两辆油罐车等待着为它们加油，但就在这个地点，它们卸下了机舱里的货物和旅客。

美国机组人员即使知道那些沉默的英国人要去哪里，他们也没有表露出来；不过即使他们不知道，他们也绝对不问。机上的装载员们把披着沙漠伪装的越野车顺着斜坡跳板卸到了路上，跟英国人握握手，说了声"嗨，祝你们好运。"然后他们加满油顺着原路返航了。油罐车随后也离去了。

八名特空团官兵目送着他们离开，然后朝着约旦方向进发。到了巴达纳西北五十英里处，他们停下来等待。

指挥那两辆越野车的上尉检查了一下方位。早先，大卫·斯特林上校在利比亚西部沙漠战斗时，是依赖天上的太阳、月亮和星星测定方位的。但一九九〇年的技术使这项工作更简单更精确了。

上尉的手里握着像一本软皮书那么大的一件设备。这是全球定位系统，缩写简称为GPS。别看它尺寸不大，不管操作者处于地球表面的任何地点，GPS都能把其方位确定在一个十码乘十码的方块之中。

上尉的那只手提式GPS可在Q档和P档之间转换。使用P档可精确到十码乘十码，但需要有四颗纳芙星（美国人造卫星）同时处于地平线上方才能做到。Q档只需两颗纳芙星在地平线上就可以，但它的精度只有一百乘一百码。

　　那天，上空只有两颗人造卫星，但已经足够了。这里远离巴达纳至约旦边境，全是荒凉的沙土和页岩，没人会看不到一百码开外的人。上尉确认了他们已经到达碰头位置后，关掉GPS，钻到战士们搭在两辆汽车之间的伪装网下面，躲避太阳去了。温度表上的指针指向一百三十华氏度。

　　一小时以后，一架英国小羚羊直升机从南方飞过来了。此前麦克·马丁少校已经搭乘皇家空军的一架大力神运输机从利雅得起飞，抵达了靠边境最近的有机场的沙特城镇焦夫。这架大力神还运来了桨叶折叠起来的小羚羊，它的飞行员、地勤人员，以及小羚羊从焦夫到会面地点及其回程所需的辅助油箱。

　　虽然是在荒凉地区，但为防伊拉克的雷达扫视，小羚羊贴着沙漠地表飞行。飞行员很快看到空中升起一颗维利式信号弹，那是特空团上尉听见由远而近的发动机声音后发射的。

　　小羚羊降落在距路虎车五十码的道路上，马丁爬出了机舱。他肩上挂着一只包，左手提着一只柳条篮。篮子里的东西让小羚羊的飞行员很疑惑：他到底加入的是皇家陆军航空兵，还是某一个农民协会。篮子里装的是两只活母鸡。

　　除此之外，马丁的装束与正在等着他的八名特空团军人一样：沙漠靴、用坚实帆布制成的宽松裤、衬衣、毛衣和沙漠伪装战斗服。他的脖子上围着一条格子布茶巾，可以拉上来遮住脸不受沙尘的侵袭，头上戴了一只针织羊毛头盔，上面架着一副重型风镜。

　　飞行员在纳闷，那人这么穿着打扮为什么没有热死，不过飞行员还从来没经历过沙漠的寒冷夜晚。

　　特空团士兵从小羚羊的后部拖出几个塑料油桶，为油箱加满了油。最后，飞行员挥挥手驾机起飞了，朝南飞赴焦夫，搭载运输机返回利雅得，远离这些沙漠中的疯子，回归清洁的生活。

他离开之后，特空团官兵才感到轻松自在了。虽然路虎上的八个人属于D中队（轻型车辆专家），而马丁是A中队的自由跳伞兵，但除了两人，其余他都认识。于是他们互致问候，然后做了只要有时间英国军人都要做的事：他们沏了一壶浓茶。

上尉选定的进入伊拉克的越境地点是在荒凉地区，这有两个原因。他们要穿越的乡间越是荒凉，遇上伊军巡逻队的机会就越小。他的任务不是在开阔地上比伊拉克人跑得快，而是要完全避开他们的察觉。

第二个原因是，他必须把荷载尽可能卸在最靠近那条伊拉克公路的地方。该公路从巴格达西行穿过沙漠大平原，经鲁韦希德抵达约旦边境。

在沙特阿拉伯的这个西北边缘角落，从边境到通向巴格达的那条公路距离最短。上尉知道，在东边，从巴格达到沙特的地形应该是平坦的沙漠，大部分地区光滑得如同台球桌，可以从国境线快速到达去巴格达的最近一条公路。但那个地区也很有可能有伊军的巡逻兵。而伊拉克西部是山地，雨季时洪水顺着山谷冲刷下来，形成很多深谷，即使干旱季节也要小心行驶。但这里不会有伊拉克巡逻队。

选定的越境地点离他们站立的地方有五十公里，跨过没有标记的国境后，到巴格达—鲁韦希德公路只有一百公里。但上尉估计需要整整两夜一天，夜晚行军，白天拉上伪装网钻到下面睡觉，第二天夜晚再继续，这样才能把荷载卸到能步行到那条公路的地点。

下午四点钟他们出发了。太阳仍像一团火球挂在西边的天际，行车如同驶过热风炉。六点钟，黄昏降临了，气温开始急剧下降。到七点钟，天已完全黑了。身上的汗水干涸了，幸好他们带着小羚羊飞行员嘲笑过的厚毛衣。

在领头的那辆汽车里，一名导航员坐在司机旁边，不时地核对着他们的位置和行驶方向。当初在基地，他与上尉一起伏在一系列大比例、高倍照片上研究了好几个小时。那些照片是由在塔伊夫基地的美国U-2飞机提供的。

他们是熄灯驾驶的，但导航员使用一支笔灯以保持行驶的方向，每当因为遇上溪谷或峡谷而不得不转向绕行时，他都在行驶路线图上随时更正。

每隔一个小时，他们停下来用GPS核对方位。导航员已经在照片上标上了经纬度，所以他们可以根据GPS显示的方位读数确定他们在照片上的位置。

行程很慢，因为每到一道山梁，其中一名战士就会下车跑到前方去瞭望一番，以确认山梁的那一边没有敌人。

黎明前一小时，他们发现了一个陡壁旱谷，就把汽车开进去，盖上沙漠伪装网。一名战士退出来，跑上附近的一个小高地去俯视他们这个营地。他下命令作了一些调整，直至他认为除非侦察机一头栽进这个旱谷，否则没人能看见他们。

白天他们吃、喝、睡觉，并一直有两名哨兵放哨，以防有徘徊的牧羊人或孤独的旅行者走近。好几次他们听到伊拉克喷气飞机从头顶上飞过的声音，还有一次听到附近山丘上有山羊的咩咩叫声。但那些山羊似乎没有牧羊人相伴，它们朝另一个方向游荡过去了。太阳下山后，他们又出发了。

那条公路上有一个伊拉克小镇，名叫鲁特巴。凌晨四点以前，他们远远地看见了小镇昏暗的灯光。GPS确认他们是在计划好的地点：镇子南边，离那条公路五英里。

四名战士到附近去侦察，一名战士找到了一处旱谷，底部是柔软的沙子。在那里他们开始静静地挖洞，用绑在路虎汽车侧面的挖沟工具把浮沙挖出来。他们把配有加强轮胎的越野摩托车和备用油桶埋了进去。两样东西都套上了强化聚乙烯塑料袋，防止沙子和水的侵蚀——以后会有雨天的。

为防止贮藏物被水冲走，他们垒起了一堆岩石阻挡雨水的冲刷。

导航员爬上旱谷上方的山丘，记下了该地点相对于鲁特巴上空的无线电发射塔的方位。无线电塔上的红色警告灯从远处就可看到。

当战士们埋头工作时，麦克·马丁脱光了全身衣物，从背袋里取出伊拉克劳动者、花匠助手马哈默得·阿尔科里的全套行头——袍子、头巾和凉鞋。一只布制的马桶包里盛放着当早饭的面包、黄油、奶酪和橄榄，一只破烂的布包里放着身份证和马哈默得的年迈双亲的照片，一只旧锡罐盒子里放着一些钱和一把折叠小刀。他整装待发了。路虎越野车需要一小时远离这里，找到一个隐蔽地点度过白天。

"祝你好运。"上尉说。

"大展身手。"导航员说。

"至少你还有机会吃上一顿像样的早餐。"另一个战士说。战士们发出了一阵低沉的笑声。麦克·马丁挥挥手，开始了他穿越沙漠的徒步跋涉。几分钟后，路虎越野车也开走了，旱谷又变得空荡荡了。

摩萨德驻维也纳情报站站长在通讯录里找到一名银行界的沙燕，是奥地利国内一家主要清算行的一位执行董事。站长要求他尽最大可能写具一份关于温克勒银行的详细报告。他只告诉这位沙燕，有几家以色列企业想与温克勒银行建立业务关系，希望能了解其可靠性、发展经历及其金融业务。他还遗憾地说，当今银行界欺诈事件太多了。

那位沙燕接受了查询的理由，尽他最大的努力详细了解了这家银行，结果情况相当好，因为首先他发现，温克勒一直按照几近绝对保密的严格标准操作业务。

该银行现在只有唯一一个所有人，也就是现任总裁温克勒。其父亲老温克勒在差不多一百年前创办了这所银行。一九九〇年，总裁温克勒先生已有九十一岁，在维也纳银行界被称呼为"老头子"。虽然已是高龄，但他仍不肯让出总裁职务或唯一控制权。因为孤身无孩，没有自然的家庭继承人，因此控制权的最终处置必须等他的遗嘱公开才知道。

然而，银行的日常经营管理工作由三名副总裁负责。老头子温克勒大约每个月在私家别墅里召开一次会议，在会上他所关心的主要事项似乎就是确保他自己定下的严格标准能继续维持下去。

经营业务决策由三位副总裁——凯斯勒、格穆利希和布莱伊共同决定。当然，这不是一家清算银行，没有往来账户户头，也不签发支票本。其业务是为客户投资基金，主要在欧洲市场。他们的客户能得到磐石般稳定的储存和安全的投资。

虽然客户在这里的投资回报从来不曾进入同行业的前十位，但这不要紧。温克勒银行的客户并不追求快速增长，或者高利息收益，他们追求的是资金的安全和绝对匿名。而温克勒向他们保证，他的银行可以提供这两者。

老头子温克勒誓死维护的标准包括，对编号账户的户主身份绝对保密，以及完全避免各种——用老头子话来说就是——"稀奇古怪的新花样"。

在这种排斥现代化设备的指导思想下，该银行禁止用计算机储存敏感账户信息，禁止使用传真机，而且尽可能也不使用电话。当然他们接电话，从电话中接受指示，用电话得到信息，但决不会用电话向外泄露这些情况。温克勒银行喜欢以珍贵讲究的专用信纸和信封，使用老式的通信方法；或者客户只能来银行面谈。

维也纳市内的信件和报表，会用蜡封的信封，让该银行的信使亲自递交；只有国内或国际信件，银行才会使用公用邮政系统寄送。

至于外国客户的编号账户——那位沙燕已按要求去尽量了解这些情况——没人知道到底有多少，但据传闻透露，银行里存着几亿美元。如果此言当真，那么这些账户是如何操作的？对此，温克勒银行绝对不肯吐露一个字：反正我处理得很好，谢谢你的关心。

吉迪·巴齐莱一边读这个报告，一边长久地大声咒骂着。老头子温克勒也许对最新的电话窃听和计算机侵入技术一无所知，但他的直觉是完全正确的。

在伊拉克到处收集毒气制造技术期间，从德国购买技术和设备的每一笔款项，都是通过三家瑞士银行的一家清算的。中情局已经侵入到了这三家银行的计算机中——本来是为追查毒品洗钱，结果偶然发现了伊拉克的交易细节。有了这个内部信息，华盛顿就毒气技术和设备的出口向德国政府连续几次提出了抗议。后来抗议被驳回，但情报是完全准确的。

吉迪·巴齐莱本打算侵入到温克勒银行的中央计算机，但是他错了。那里没有计算机。那就剩下房间窃听、电话窃听和邮件截取。问题是，这些手段都不能解决他的问题。

许多银行在操作账户、提取存款和转账时都需要一个密码，但户主通常可以通过电话、传真或信件报出密码，从而确定自己的身份。但温克勒银行对于耶利哥那样的有巨额存款的外国客户，似乎操作程序要复杂得多。户主要么带着大量的证明文件正式登门；要么以准确的格式准备一份书面指令，再加上准确的密码和标记，出现在预先同意的准确地方。

看起来，任何人在任何时间、任何地点划入款项，温克勒银行都会接受。摩萨德知道这一点，因为它一直在向耶利哥支付他的血汗钱，每次支付都要以温克勒银行确认有效的一组号码，转入其内部的一个账户。但说服温克勒银行把钱转出来，完全是两码事。

老头子温克勒的内心，似乎猜准了非法截取信息技术会胜过正常的信息转移技术。这个该死的瘟老头子。

那位沙燕唯一能核准的另一件事是，这些巨额编号账户肯定由三名副总裁中的一名亲自操作处理，不会是其他职员。老头子选对了部下：这三名副手全都以极其认真负责著称，薪酬也很高。总而言之是无法攻破的。那沙燕补充说，以色列用不着担心温克勒银行。当然，他没有说到点子上。十一月的第一周，吉迪·巴齐莱已经对温克勒银行的情况厌烦透了。

黎明后一个小时，一辆长途大客车开过来了。这里离鲁特巴不到三英里，大客车司机看见路边岩石上一名单身旅客站起来招手，就慢慢地停了下来。那人上车交出两张皱巴巴的第纳尔纸币，在后面找到一个座位坐下，把鸡篮子在膝盖上放平后就睡着了。

镇里有一个警察检查站，大客车轰鸣着停在了检查站里，一些旅客下车去工作或去赶集，另有一些旅客要上车。警察在查验上车旅客的身份证时，透过布满尘土的车窗玻璃打量了一下留在车上的三五名旅客，根本没注意坐在车后带着鸡的那个农夫。他们是在搜寻颠覆分子和可疑分子。

又过了一个小时，长途汽车隆隆响着驶向东方，一路上摇摇晃晃，有时候驶到旁边的硬路肩上，让一队军车驶过。军车后面的车厢里坐着满脸胡茬的应征士兵，他们阴郁地盯着车后飞扬的沙尘。

麦克·马丁闭着眼睛倾听着周围人聊天，尽力理解不熟悉的词语，重新熟悉他已经忘记了的口音。伊拉克这个地区的阿拉伯语与科威特有较大的差别。在巴格达，如果他想要装扮成一个没受过什么教育的老实巴交的下等人，那么这些边远地区的乡村口音和短语会很有用。乡下人最能使城里的警察放松警惕性。

关在他膝盖上篮子里的母鸡，正经受着颠簸。马丁已经从口袋里摸出一把玉米撒在了篮中，又把水瓶里的水让它们分享了，但汽车每倾斜一下它们总要咯咯咯地提一番抗议，或者蹲下身子拉粪便。

要察觉出篮子的外部比内部多四英寸，需要有一双敏锐的眼睛。母鸡脚下那层厚厚的粪土遮盖了尺寸的差异。其实粪土只有一英寸厚。在二十乘二十英寸的篮子下部，四英寸夹层里藏着一些设备，肯定会使鲁特巴警察感到惊异和产生兴致。

其中一件物品是折叠式卫星天线，收起来如同一把短短的折叠伞。另一件是收发报机，其功率大于马丁在科威特时用过的那一台。在伊拉克，再也不会有边在沙漠里游荡边发报的那种便利条件了。长时间发报会暴露自己，这就是为什么除了镉银电池之外，夹层里还有最后一件物品，一台磁带录音机，而且是一台特殊的录音机。

新技术产品刚刚开发出来时，似乎都体积庞大、使用麻烦，然后随着技术的进步，内部机件越来越复杂，但体积却越来越小，而操作越来越简便。

第二次世界大战期间，特工们偷运进法国交给英国特种行动队使用的无线电台，用现代标准来衡量简直是一场噩梦。那种发报机，一台就会占据整个手提箱，所需的天线有几码长，电子管的尺寸有电灯泡那么大，还只能发射摩尔斯电码。报务员要花很长时间敲击电码，其间德国的反间特工队就能测出发报源头，从而可以包抄进去。

马丁的磁带录音机操作起来很简便，但功能非常全面。发报时，先对着话筒，将长达十分钟的信息慢慢地、清楚地读出来，用一块硅晶片把这段话加密成一段乱七八糟的音频，即使伊拉克人截取了也无法破译，之后再把这段已经加密的音频录到录音带上。

之后，把磁带倒带，再让它重新录音，但这次以二百倍的速度，把这段信息压缩成无法追踪的三秒钟的噼啪声。

连接上卫星天线、电池和录音机后，发报机要发射出去的就是这种噼啪声。在利雅得，这段信息会被接收到，降慢，解密，重新清楚地播放出来。

当长途客车在拉马迪停下后，马丁下车转上了另一辆长途大巴。第二辆汽车经过哈巴尼亚湖和老旧的皇家空军基地（现已改造成一个现代化的伊拉克战斗机机场），最后停在了巴格达郊外，所有旅客都接受了身份证检查。

马丁低声下气地排在队伍里，手里提着装鸡的篮子。旅客们依次向警察中士坐着的桌子走过去。轮到马丁时，他把柳条篮往地上一放，出示了他的身份证。中士看了看身份证。中士已经工作了长长的一整天，又热又渴。他指了指身份证上出生地一栏。

"这个地方在哪里？"

"是在巴吉北边的一个小村子。那里的西瓜很有名，贝依。"

中士的嘴巴颤动了一下。贝依是早在土耳其帝国时代的一种尊称，现在很少听到，只有来自边远贫困地区的人才这么说。他挥手示意让马丁离开。马丁提起鸡篮重新上了客车。

七点不到，大客车慢慢停了下来，马丁下车进入了卡迪米亚区的巴格达长途汽车总站。

第十一章

温克勒银行

夜幕下，从巴格达北部的长途汽车站，到曼苏尔区的苏联使馆一等秘书住宅，还要走很长一段路，但马丁喜欢走这段路。

其一，他已经坐了两次长途汽车，从鲁特巴到首都的行程有二百四十英里，而且不是豪华大客车；其二，步行可以让他再次感受这个城市的气息，自从他十三岁登上赴伦敦的客机，他已经二十四年没见过这个城市了。

巴格达已经发生了翻天覆地的变化。他记忆中的这个城市具有浓郁的阿拉伯风貌，市区范围要比现在小得多，房屋主要聚集在里萨法的底格里斯河西北岸，沙克奥马区和沙顿区，以及卡奇的河流两岸的阿拉姆区。这里的市区曾经是最热闹的地方。市区的大街小巷、农贸市场、清真寺和清真寺尖塔，无不使人们想起他们对真主的崇敬。

二十年来，石油收益给巴格达带来了纵横交错的公路网，过去的开阔地上建起了一座座上下行立交桥和高速公路立交桥。小汽车的数量大量增加了，摩天大楼拔地而起，直插夜空。

当他走过长长的拉比亚街，到达曼苏尔时，他差一点没认出来。他回忆起曼苏尔俱乐部周围的大片空地，以前，他父亲会带全家去俱乐部过周末。曼苏尔仍然是上流社会聚居的郊区，但空地上已经建满了住宅，供达官贵人居住。

他经过了哈特利先生的老预科学校，他曾经在那里上过学，下课时曾与他的小朋友哈桑·拉曼尼和阿卜德尔卡里姆·巴德里一起玩耍，但在黑暗中他没能认出那条街道。

他知道哈桑现在从事什么工作，但巴德里医生的两个儿子，他差不多已有二十五年没听到音讯了。那个小弟弟奥斯曼喜欢数学，不知是否当上了工程师？他不得而知。还有阿卜德尔卡里姆，曾经获得过英语诗歌朗诵大奖，他是否成了诗人或作家？

如果马丁以特空团的方式行军，即用脚跟和脚尖行走，大幅摇摆肩膀协助双腿的运动，那他只要用一半的时间就可走完这段路程了。但他提醒自己，像科威特的两名工程师那样，"你们也许可以穿得像阿拉伯人，但你们走路仍像英国人"。

而且他脚上的鞋子不是行军靴，只不过是绳底的帆布凉鞋，是贫穷的伊拉克下等人穿的鞋子，所以他弓着背，低着头，拖着脚步向前行走。

在利雅得，他看过了最新的巴格达市区地图，以及许多从高空拍摄的照片。这些照片放大了许多倍，用放大镜观察的话，还能看到围墙后面的花园，分辨出有财有势的人的泳池和豪车。

所有这一切他都已经记在脑子里。他向左转弯进入了约旦街，经过雅穆克就朝右拐，进入了苏联外交官住所外的林荫道。

六十年代时，在卡赛姆及其部下将军们的统治下，苏联在巴格达占据了有利的地盘，一边假装拥护阿拉伯的国家主义（因为它看上去是反西方的），一边努力想把阿拉伯世界转变为社会主义。在那些年月里，苏联使馆在大院外面购买了好几处住宅区，因为使馆大院已经容不下日益膨胀的工作人员了。伊拉克许诺，这些住宅及其地皮也被视作苏联领土对待。这个特权甚至连萨达姆·侯赛因也从来没废除，到八十年代中期，对苏联的优待更甚，因为萨达姆的主要武器都来自莫斯科，而且六千名苏联军事顾问培训了他的空军和装甲兵，并为他们配置了苏联装备。

马丁找到了那座别墅，门边的一块小铜匾表明，这确实是苏联使馆的一处住宅。他拉了一下大门旁的一条铁链，然后等着。

过了几分钟，大门打开了，出现了一个穿着白色服务员制服、理着平头、身材粗壮的苏联人。

"谁？"他说。

马丁用阿拉伯语答话，他说话带着呜咽声，明显是下等人对上等人说话时候的哀求语气。俄罗斯人皱了皱眉头，他拿上那张身份证，用阿拉伯语说了声"等着"就关上了大门。

五分钟后他回来了，招呼这个满身尘土的伊拉克人穿过大门进入前厅。他领着马丁走向通往别墅主门的台阶。走到台阶底下时，门口出来一个人。

"行了。我来处理这事。"他用俄语说。那个男管家怒目盯了阿拉伯人最后一眼，走回屋里去了。

苏联大使馆一等秘书尤里·库利科夫是一位地地道道的职业外交官，他对来自莫斯科的命令大为光火，但也不得不服从。显然刚才他正在吃晚饭，此刻他手里抓着一块餐巾，边下台阶边擦嘴。

"这么说，现在你来了。"他用俄语说，"你听着，如果我们必须玩这个游戏的话，那么就玩吧。可我本人与这个毫无关系。明白吗？"

马丁不会讲俄语，他无助地耸耸肩用阿拉伯语说："请您用阿拉伯语说好吗？"

库利科夫听到语言的转换，似乎态度一变。马丁突然明白了：这位苏联外交官真的以为这个不受欢迎的新职员是一位俄罗斯同胞，是莫斯科的卢比扬卡硬塞给他的一名克格勃特务，真是太讽刺了。

"噢，好吧，你想用阿拉伯语谈话也行。"外交官试探性地说。他也学过阿拉伯语，但说起来带着浓重的俄语口音。如果有什么把柄被这个克格勃特务抓住，那他真的是倒了大霉。

于是他用阿拉伯语继续说下去。

"身份证还给你。这是我奉命为你准备的一封证明信。好了，你住到花园尽头的那座棚屋里去，保持干净，按厨师的吩咐去购物。除此之外，我什么也不想知道。如果你被抓住，我什么也不知道，只不过是发善心收留了你。现在，去忙你的事情吧，把那些讨厌的母鸡处理掉。我可不想让鸡鸭弄脏我的花园。"

有点风险，当外交官转身去继续吃中断了的晚餐时，他痛苦地想道。万一这个笨蛋因为搞鬼而被抓住，那么秘密警察很快就会知道这个特务是苏联人，到时候说这人是偶然成为一等秘书的私人职员的，与在底格里斯河上举办溜冰晚会一样站不住脚。尤里·库利科夫私下里对莫斯科很有意见。

麦克·马丁发现他的居所紧挨着花园后墙，花园有四分之一英亩大，花匠房子是一间平房，里面有一张小床，一张桌子，两把椅子，在一边的墙上有一排钩子，房间一角有一只嵌在架子里的洗脸盆。

再观察一番后，发现屋子附近有一个便池，花园墙上有一只冷水龙头。显然，只有最基本的卫生设施，想必伙食是由别墅后部的厨房提供。他叹了一口气。利雅得郊外的那座房子现在显得如此遥远。

他找到了一些蜡烛和几盒火柴。在昏黄的烛光下，他把毯子挂在了窗户上，就开始用折叠小刀在粗糙的地砖上工作。他在水泥缝里扒了一个小时，揭起了四块地砖，又用在附近工具棚里找来的一把泥刀挖掘了一个小时，在地上挖出了一个洞穴。然后他把无线电收发报机、电池、录音机和卫星天线放进去，埋好，用唾沫混合了一些泥土，填入地砖之间的隙缝，将挖掘的痕迹都消除干净。

午夜前，他用小刀割去鸡篮的假篮底，让粪土沉到真正的篮底，这样那四英寸的夹层就彻底消失了。当他工作时，母鸡在地上到处扒食，希望能找到并不存在的谷粒，结果只找到几只臭虫，吃掉了。

马丁吃完了最后的一点橄榄和奶酪，把剩余的面包碎片让他的旅伴分享了，还从外面的水龙头里为它们端来了一碗水。

母鸡们回到笼子里，它们即便能发觉它们的家比原先深了四英寸，也没有提出任何异议。这一整天够累的了，它们很快就睡着了。

最后，在黑暗中，马丁朝库利科夫的玫瑰花丛撒了一泡尿，吹灭蜡烛，把毯子往身上一裹，也像他的旅伴一样睡着了。

他的生物钟使他在凌晨四点钟醒了。他从塑料袋里取出发报设备，给利雅得录制了一条简单的信息，用二百倍速度快录下来，把录音机接到发报机上，并架起了卫星天线。天线竖起后差不多占据了整个房间，方向对着敞开的房门。

利雅得上空仍是漆黑一片，这时候架在秘情局驻地屋顶上一个类似的卫星天线，接收到了这个一秒钟的信号，并把它反馈给了通讯室。约定发报的时限是凌晨四点半至五点，因此值班人员没有睡觉。

两盘旋转的磁带录下了来自巴格达的这个噼啪声，一只指示灯开始闪烁，提醒值班的电信工程师。他们把信息放慢了两百倍，耳机里传来了清晰的说话声。一名技术人员用速写把信息记录下来，再用打字机打出来后起身离开了房间。

　　五点十五分，情报站站长朱利安·格雷被推醒了。

　　"是黑熊，先生。他已经进去了。"

　　格雷激动地读着电报，然后就去唤醒西蒙·巴克斯曼。这位伊拉克科科长延长了在利雅得的逗留期，他在伦敦的工作已由他的部下接管了。他从床上坐起来看电报，睡意早已被抛到九霄云外去了。

　　"好的，到现在为止一切顺利。"

　　"当他试图去唤醒耶利哥时，"格雷说，"可能会有问题。"

　　这是一种清醒的认识。摩萨德在巴格达的间谍渠道已经关闭了整整三个月。他也许已经暴露了或被抓住了，或干脆已经改变了主意。他有可能被调到外地去了，尤其假如他是一名将军，现在很可能在科威特统领部队。任何情况都有可能发生。巴克斯曼站起身来。

　　"最好告诉伦敦。能来点咖啡吗？"

　　"我让服务员去准备。"格雷说。

　　早上五点半，麦克·马丁正在给花床浇水，这时候房子里开始有了动静。这里的厨师——一个胸部丰满的俄罗斯妇女从窗口看见了他，趁着锅里的水还很热，她把他叫到了厨房窗户前。

　　"卡克-马齐瓦埃茨？"她问道。接着想了一会儿，用阿拉伯语问："你叫什么名字？"

　　"马哈默得。"马丁说。

　　"好，喝杯咖啡吧，马哈默得。"

　　马丁点了好几次头欣喜地接受了，口中喃喃说着"谢谢"，用双手接过了滚烫的杯子。他并不是假客气。这确是一杯真正可口的咖啡，也是自他在国境线沙特那边喝茶以后的第一杯热饮料。

七点钟开早饭，有一碗小扁豆，还有面包。他狼吞虎咽地吃了下去。看起来这个厨师和昨天晚上的那位管家是一对夫妇，这两人照顾着一等秘书库利科夫的生活。而库利科夫好像是单身一人。到上午八点，马丁看见了司机。司机是一个伊拉克人，能说一点俄语，这样能把简单的话翻译给俄罗斯人。

马丁决定不去与司机套近乎。那人也许是秘密警察或者甚至是拉曼尼的反间局安插进来的。结果这不成问题。间谍也好，不是间谍也好，反正司机是一个势利鬼，对新来的花匠根本不屑一顾。但司机还是同意去对厨师解释说马丁要离开一会儿，因为雇主命令他去把鸡扔掉。

到了街上后，马丁朝汽车站方向走去，在半路上的一块废弃地上，他把鸡放掉了。

如同许多阿拉伯城市一样，巴格达的长途汽车站不单单是一个旅客上车去外地的地方，也是一个普通老百姓汇集的人声鼎沸的场所，很多人聚集在那里买卖商品。沿着南墙是一个跳蚤市场。在那里，马丁经过讨价还价买了一辆摇摇晃晃的自行车。车子骑上去会发出吱吱的叫声，但加了油以后好多了。

他知道他不能用小汽车，即使是一辆摩托车，对一个谦卑的花匠来说也是太奢侈了。他回想起，父亲的管家蹬着自行车从一个市场赶往另一个市场，买来食物和日常生活用品。根据他的见闻，劳动人民使用自行车是绝对正常的。

马丁用折叠小刀稍微鼓捣了一下，把鸡笼的上部锯掉，改成一只开顶方筐，接着他用市场上买来的汽车风扇三角皮带撕成的橡胶条，把篮筐紧紧绑在自行车后面的货架上。

他骑上车又去了市中心，在舒尔贾街上的一家文具商店里买来了四种不同颜色的粉笔。这条街位于迦勒底，正对圣约瑟夫天主教堂，当地基督徒们礼拜天常去做礼拜。

他回忆起童年时代的这个纳萨拉区，即基督徒区，以及舒尔贾街和班克街，有许多违章停放的车辆，外国人在出售草药和香料的商店里进进出出。

当他还是个小男孩的时候，底格里斯河上只有三座桥：北边的铁路桥、中间的新桥和南边的费萨尔国王桥。现在有了九座桥。空袭开始后的四天之内，这些桥梁全都会消失，因为利雅得的"黑洞"已经把它们定为要打击、炸毁的目标。但在十一月的第一周，车流和人流正在络绎不绝地通过这些桥梁。

他注意到的另一件事是，市内到处都有秘密警察。他们从街角上和停放的轿车里向外观察着。有两次他看到外国人被拦住，被要求出示证件，还有两次伊拉克人也受到了同样的检查。对此，外国人的表现是克制怒火，而伊拉克人则面露惊恐。

表面上，城市的生活仍在有条不紊地继续着，巴格达市民与他记忆中一样活泼幽默，但他头脑中的警戒天线告诉他，在风平浪静的表面之下，由暴君制造出来的恐怖之河正暗流汹涌。

那天上午只有一次，他觉察到伊拉克人对他们日常生活的感受。当时他在河对岸卡士拉的水果蔬菜市场，与一个老年摊贩就一些新鲜水果在讨价还价。如果苏联人只给他吃扁豆和面包，那么他至少还可以添加一些水果来对抗过于单调的食谱。

附近，四名秘密警察对一个青年进行了粗暴的搜身，然后才放他走。卖水果的老头清了清嗓子，朝尘土里吐了一口痰，差一点吐到他自己的一根茄子上。

"总有一天'贝尼纳吉'会来收拾这些邪恶行径。"他咕哝着说。

"当心点，老头，这种话不能随便乱说。"马丁轻声说道，一边用手去试探桃子的成熟程度。老头盯着他。

"你从哪里来，兄弟？"

"很远。比巴吉还要远的北方一个村子。"

"回到那里去吧，听老头子一言。我见得多了。'贝尼纳吉'会从天上来的，还有'贝尼卡尔布'。"

他又吐了一口痰，这次他的茄子就没那么幸运了。马丁买了桃子和柠檬后就骑车离开了。中午时分他回到了苏联一等秘书的家。库利科夫早就去使馆上班了，他的司机当然也随他去了那里。这样，马丁虽然遭到了厨师的训斥，一大串俄语，但他耸耸肩去花园里干活了。

他对卖水果老头的话产生了兴趣。看起来有些人已经预见自己的国家会遭到入侵，而且不持反对态度。"收拾这些邪恶行径"这话肯定可以适用于秘密警察，由此推断还可能适用于萨达姆·侯赛因。

在巴格达坊间，英国人被称为"贝尼纳吉"。纳吉到底是谁，由于时代的久远已经说不清楚了，但大家相信他是一位聪明的圣人。帝国时代，驻守边疆地区的年轻英国军官们常去看望他，坐在他的脚边听他讲充满智慧的故事。他把他们当儿子般地对待，虽然他们是基督徒，即异教徒。于是人们称英国人为"贝尼纳吉"，即纳吉的儿子。

美国人被称为"贝尼卡尔布"。卡尔布在阿拉伯语中是狗，而狗在阿拉伯文化中并不是一种特别讨人喜欢的动物。

银行界的沙燕提供的那份关于温克勒银行的报告，至少让约书亚特工队队长吉迪·巴齐莱得到一丝安慰：报告向他指明了必须采取行动的方向。

第一件要办的事是查明，凯斯勒、格穆利希和布莱伊这三名副总裁，是谁在操办伊拉克叛徒耶利哥的账户。

最快捷的途径是打一个电话去问，但根据那份报告判断，巴齐莱确信在公用线路上他们谁也不会吐露任何情况。

他从维也纳使馆摩萨德情报站的地下室里发出了一份加密电报请求。特拉维夫总部的专家们以最快的速度寄来了他要的东西。

这是一封信，信纸上的抬头是英国最古老、最负盛名的银行之一——伦敦的科茨银行。信件的内容是伪造的。

信封上和信上都没写收信人名字，只简单地以"亲爱的先生"开始。信末的签名则完美临摹了科茨银行海外部一名高级职员的亲笔签名。

信件的内容简单扼要。科茨的一位重要客户，不久将要把一大笔款项转到温克勒银行一位客户的编号账户上，账号为某某。科茨的客户现在已经通知他们说，由于不可避免的技术原因，把账款转过来会耽搁几天时间。万一温克勒的这位客户询问为什么还没转过来，如果温克勒能向他解释说账款已经汇出了，决不会无故拖延一分钟，科茨将会十分感激。最后，对于这份公函，科茨希望能收到一封回函。

巴齐莱算计，银行都愿意吸收进来的款项，而且只有极少数像温克勒那样老成持重的银行，才会用信件答复科茨银行。他算计对了。

来自特拉维夫的科茨银行信封与里面的信纸相对应，而且盖着英国的邮戳，怎么看都是两天前从伦敦的特拉法尔加广场邮局投寄的。信封上的收信人名称只写着"温克勒银行国外客户部主任"。

当然，温克勒银行里是没有这个职务的，因为该项工作由三名副总裁分担。

半夜，那封信投出去了，偷偷地塞进了维也纳温克勒银行的邮件投递孔内。

耶里德监视组已经对那家银行观察了一个星期，拍摄了其日常情况，开门关门时间，邮件到达时间，信使出去送信的情况，一楼门厅内女接待员坐的位置，以及她对面的保安员的位置。

温克勒银行的办公楼不是一座新楼。巴尔加塞，实际上整个法兰齐斯卡纳广场的街区都是老市区。银行的楼房以前肯定属于维也纳的一户富商，房子结实坚固，厚实笨重的木门上钉着一块铜匾。耶里德小组已经装作是住在那里的租户，对广场上同类布局的房子进行了踏勘，该楼房只有五层，每层约有六间办公室。

在观察中，耶里德组已经注意到每天下午下班之前，送出去的邮件都投进广场上的一只邮筒。投信是门卫——也就是保安的日常工作，每天送完信后，他回到楼内打开门，让下班的职员走出去。最后他让值夜班的人进来，自己才下班回家。值夜人则把自己关在里面，在那扇门后面乒乒乓乓地插上好多木杠。

在把伦敦科茨银行的信投入温克勒银行之前，内维奥特技术组组长去检查过了法兰齐斯卡纳广场上的那个邮筒，并轻蔑地哼了一声。这根本算不得是一项挑战。特工组里有一人是撬锁专家，他只用了三分钟时间就把邮筒开启又关上。根据他第一次开关邮筒所观察到的情况，他能够制成一把钥匙，而且他马上制作出来了。经过两次微小的修整，这把钥匙与邮递员手中的钥匙一样能轻松地打开邮箱。

进一步的观察显示出，银行向外投递的邮件，总是赶在下午六点邮车到那个邮筒收邮件之前的二十至三十分钟内投寄。

科茨信件投进温克勒银行邮件孔的那天，耶里德特工组与撬锁专家一起工作。那天傍晚，银行保安把信件投进邮筒走回银行后，撬锁高手已经把邮筒门打开了。温克勒银行寄出去的二十二封信在最上面。只用了三十秒钟，特工们就把写给伦敦科茨银行的信抽出，把其他信件放回，并关上邮筒。

　　耶里德小组的所有五名特工都布置在广场里望风，以免万一有人来干涉"邮递员"的工作。那"邮递员"的制服是匆匆忙忙从一家旧衣商店买来的，与维也纳邮局工作人员的正式制服极为相似。

　　善良的维也纳市民绝对想不到会有中东特工撬开神圣的邮筒这种事。当时广场上只有两个人，他们根本没注意，看似是邮局的工作人员在忙于自己的本分工作。二十分钟后，真正的邮递员来取信了，但那时候原先的过路人已经走了，新路过的人一样毫不在意。

　　巴齐莱拆开温克勒给科茨的复信，发现这是一份简单、客气的确认函，是用语句还算通顺的英语写的，信末是沃尔夫冈·格穆利希的签名。摩萨德特工队长现在确切知道了是谁在操办耶利哥的账户。剩余的工作无非是从他身上找到突破口或者渗透他。巴齐莱所不知道的是，他的一系列麻烦才刚刚开始。

　　当麦克·马丁离开曼苏尔的花园别墅时，天早已黑下来了。他不想走前面的主门打扰苏联人；后墙上有一扇小小的边门，他已经有了门锁的钥匙。他推着自行车走到外面的巷子里，返身锁上门，骑上了自行车。

　　他知道他要工作一个长夜。智利外交官蒙卡达撤出来后向摩萨德特工汇报时，曾十分准确地描述过他给耶利哥信息的三只死信箱具体在什么位置，以及在什么地方打粉笔记号以提醒隐身的耶利哥有信息等着他。马丁觉得他没有其他选择，只能同时使用全部三只邮筒，里面均放上一份相同的信息。

他把信息用阿拉伯语写在半透明的航空信纸上，把每张纸折成小方块后包在玻璃纸里面，再把玻璃纸袋用胶带贴在大腿内侧。粉笔则放在衣袍侧面的口袋里。

第一个邮筒在河对岸里萨法的阿尔瓦齐亚公墓地。根据童年时代的记忆，以及在利雅得时对照片的长时间研究，他已经记住了这个地点。但在黑暗中要找到那块松动的砖头是另一码事。

他花了十分钟时间，用指尖在黑暗的墓地墙壁上摸索，最终找到了那块砖头。它确实在蒙卡达描述的那个位置。他把砖头抽出来，放进一包玻璃纸，又把砖头插进原处。

第二个邮筒在一处破败的旧墙上，靠近阿达米亚那座已经毁坏了的城堡，那地方有一个水池，是古代护城河的唯一遗留部分。离城堡不远处是阿拉达姆伊玛目圣地。两者中间是一道墙，与城堡本身一样古老，已经风化了。马丁找到了那道墙壁，以及靠墙生长的那棵孤零零的树。他走到树后，从墙顶往下数十块砖。第十块砖头像颗不牢的牙齿一样能用手摇动。他把第二个小信封放了进去，砖头回归原处。马丁扫视了一下周围，检查一下是否有人，但四周静悄悄的；没人会在天黑后到这个荒凉的地方来。

第三个也是最后的一个邮筒位于另一个墓地。但这一次是一个英国人墓地，已是长久荒弃，在瓦齐拉亚，靠近土耳其使馆。与科威特的那个联络点一样，它也是一处墓穴，但不是大理石墓碑下面的洞穴；而是在一片废弃场地尽头的一个石罐里面，石罐用水泥固定在原本的墓石处。

"不要紧。"马丁喃喃地向埋在下面的早已死去的不知哪一位帝国勇士说，"继续干下去。你干得很好。"

蒙卡达工作的联合国办公楼就在马塔沙丹机场道路沿线几英

里处，他很聪明地把粉笔标记处选在宽敞的曼苏尔区的道路旁，这样，驾车经过时即可看到它们。规则是不管是谁——蒙卡达或耶利哥——看见粉笔记号后，要注意它指的是哪一个邮筒，然后用湿布把它擦去。做记号者在第二天或此后经过时，会看到记号已经不见了，由此知道他的信息对方已经收到了。

用这种方式，两名间谍互相通信长达两年之久而从未碰过面。

与蒙卡达不同，马丁没有汽车，所以整段路程他都是骑车走完的。他的第一个记号，写成X形的圣安德鲁十字架，用蓝粉笔写在一处废弃楼房大门石柱上。

第二个记号用的是白粉笔，做在雅尔穆克一栋房子后面一扇锈迹斑驳的铁门上，是一个洛林十字架。第三个用红粉笔，记号是一个伊斯兰教的月牙，中间加了一笔水平的横杠，画在穆塔纳比区边缘阿拉伯记者联合会大楼的院墙上。伊拉克记者并不到处调查采访，因此他们墙上的一个粉笔记号恐怕不会成为头条新闻。

尽管蒙卡达说过有可能要回来，但马丁不知道耶利哥是否仍在市里巡视，是否会透过车窗审视墙上有没有粉笔记号。马丁现在能做的所有事情是每天检查和等待。

十一月七日那天，他注意到白粉笔记号不见了。难道车库门的主人决定擦去铁门上的锈迹？

马丁继续骑车行进。那座楼房门柱上的蓝色记号消失了，记者联合会墙上的红记号也同样。

那天晚上他去察看了耶利哥给管理员的三只特定死信箱。

在沙顿街旁卡士拉蔬菜市场后墙上一块松动的砖头后面，马丁找到了折成小方块的一张薄纸。在舒哈达桥附近河北岸有一个破败的街区，那里的一条巷子里有一座废弃的房子，这座房子松动的石头窗台下是第二个邮筒，里面也放着一张同样的纸条。第三个也就是最后的一个邮筒，位于阿布纳华斯街旁边一个废弃院子里的一块松动的地坪石下，那里也有一张折成方块的纸。

马丁用胶带把这些纸条贴在左大腿上，骑车回到了曼苏尔的家。

在摇曳的烛光下，他读完了这些纸条。内容是相同的：耶利哥仍活着，而且活得好好的。他愿意再次为西方工作，而且他明白现在他的主人是英国人和美国人了。但是现在风险大大增加了，因此他的报酬也要相应增加。他等待对方确认这一点，以及要提供什么情报的指示。

马丁烧掉了所有三张纸条，把余烬捣成粉末。这两个问题他都知道如何答复。兰利准备慷慨解囊，真的很慷慨，如果产品质量上乘的话。至于需要的情报，马丁已经记住了一长串问题，内容包括萨达姆的情绪，他的战略方针，主要指挥中心的位置以及大规模杀伤性武器的生产基地等。

黎明之前他发电报通知利雅得，耶利哥回到游戏中来了。

十一月十日特里·马丁博士才回到了亚非学院他那间小小的、凌乱的办公室。他发现他的秘书在写字板上方方正正地放着一张纸条："一位名叫普鲁默的先生来过电话，说你有他的电话号码，还说他有你想要了解的情况。"

由于秋季学期已全面开学，且又有那么多新生的事务要处理，特里·马丁差不多已经忘记了他对政府通讯总局阿拉伯处处长提出的请求。

当马丁去电话时，普鲁默出去吃中饭了。下午马丁一直上课上到四点钟。五点钟他回家之前才联系上在格罗斯特上班的普鲁默先生。

"哦，是的，"普鲁默说，"你记不记得你曾经要求我们注意有没有奇怪的、讲不通的事？昨天我们在塞浦路斯的监听站录下了一段奇怪的对话。如果感兴趣你可以听一听。"

"在伦敦吗？"马丁问。

"哦，不，恐怕不行。对话当然录在磁带上了，但恐怕要用大录音机来听，小录音机听不清楚。我们这里有放大设备。声音好像很压抑，很低沉，所以连我们的阿拉伯职员也没能破译出来。"

周末之前两个人都没有空。马丁同意星期天驾车去格罗斯特，普鲁默提出要在离办公室不远的一家小巧优雅的酒馆里请他吃中饭。

两人都穿着穿花呢西服，坐在明亮的饭店里，并没有引起别人的好奇。他们各自点了当天的特色菜，星期日烤鱼、牛肉和约克郡布丁。

"我们不知道是谁跟谁谈话，"普鲁默说，"但显然都是高级官员。由于某种原因，发话人是在使用公用电话线，而且应该是访问了科威特前线指挥部后刚刚回来。也许他用的是车载电话。我们知道他们没用军用线路，所以很可能受话人不是军人。或许是一名文官。"

牛肉端上来了，他们停止了交谈。女服务员离开他们的角落卡座后，普鲁默继续往下说。

"发话人似乎是在评价伊拉克空军的报告。报告提到美英的战斗机越来越频繁地在伊拉克的国境线上巡逻，然后，在最后的时刻话题突然改变了。"

马丁点点头。他听说过这种战术，其用意在于通过侵犯伊拉克的领空以监视其防空武器的反应，迫使它们打开雷达屏幕和萨姆导弹的瞄准器，从而暴露出它们的确切位置。

"发话人谈到了贝尼卡尔布，即'狗的儿子'，意指美国人，而受话人哈哈大笑起来，说伊拉克不应该对这种战术作出反应，因为这是诱使他们暴露防空火器方位。

"然后发话人说了些我们无法破解的话。此处有些干扰，像是静电干扰之类。我们可以增强通话信号排除干扰，但在这里发话人压低了声音。

"无论如何，受话人恼怒了，让他闭嘴并结束通话，愤怒地扔下了话筒。我们相信这个受话人是在巴格达，我要让你听的是最后的两句话。"

中饭后，普鲁默驱车把马丁带到了监听楼。政府通讯总局每周七天运转，周末像平时一样有人在上班。在一间像是录音棚一样的隔音房间里，普鲁默让一位技术人员播放那盘神秘的录音带。当来自伊拉克的那个喉音浓重的声音充满房间时，他们静静地听着。

谈话的开始与普鲁默所描述的一致。最后，伊拉克的发话人似乎激动起来，音调升高了。

"不会太长，拉菲克。不久我们将……"

然后乱七八糟的声音出现了，通话受到了干扰。但巴格达那个人对此的反应是触电般的。他插话了。

"别说了，伊本-阿尔-加哈巴。"

然后他就"砰"的一声扔下了电话，好像突然间惊恐地明白那条线路并不安全。

技术员把录音带以稍微不同的速度播放了三遍。

"你认为怎么样？"普鲁默问。

"嗯，他们都是党员。"马丁说，"只有党内才相互称呼拉菲克，即同志。"

"对，那么这是两名党的高级干部，在谈美军的集结和美国空军对边境的挑衅。"

"然后发话人变得很激动，好像发怒了，并伴有一丝狂喜。他用了'不会太长'这个短语。"

"暗示着某些即将发生的变化？"普鲁默问道。

"听上去像。"马丁说。

"然后是一阵干扰。但是再听受话人的反应，特里。他不但扔下了话筒，还骂了一句'婊子养的'，这话很粗暴，对不对？"

"相当粗暴。这两个人中肯定是级别高的人才能这么说。"马丁说，"到底是什么事刺激到他了？"

"肯定是那个受干扰的词语。再听一遍。"

技术员把那条重放了一次。

"安拉的什么东西？"普鲁默提议说，"不久我们将与安拉在一起？在安拉的手中？"

"我听起来这话像是'不久我们将拥有……安拉……某某……某某'。"

"好吧，特里。我顺着这条思路来推测。也许是'安拉的帮助'？"

"那样的话，另一个人为什么会勃然大怒？"马丁问道，"把自己的事业归功于上帝的善意并不新鲜呀，也不特别触犯什么。我不明白。你可以复制一盘让我带回家去吗？"

"当然可以。"

"这事你问过我们的美国表兄吗？"

"问过了。米德堡通过一颗人造卫星截听到了同样的会话。他们也没能破解出来。实际上他们没有高度重视。他们没把它当成一回事。"

特里·马丁带着那盒录音带，驾车回了家。使室友希拉里烦恼的是，他用他们床头柜上的那只录音机，反反复复地一直播放那段对话。当希拉里提意见时，特里指出有时候希拉里也为《时代》杂志上拼字游戏少一个答案而再三担忧。这样一对比，更使希拉里火上加油。

"至少我在第二天早上就得到了答案。"他抢白说，然后转过身子睡觉了。

特里·马丁没能在第二天早上得到答案，第三天也没有。他在课间和其他能挤出来的时间也播放这盒磁带，一边听一边草草地记下可能的替换词。但他总是无法理解其意义。为什么交谈中的另一个人，会对善意地提及安拉爆发出如此大的火气？

直到五天之后，那条遭干扰短语中所包含的两个咝咝作响的词语才显示出意义。

理解了意思之后，他试图找到世纪大厦的西蒙·巴克斯曼，但得知对方不在。他又让接线员把电话转给史蒂夫·莱恩，可是那位中东处处长也不在。

马丁并不知道，巴克斯曼还留在秘情局利雅得情报站，而莱恩也在同一个城市，正与中情局的奇普·巴伯商讨重大事项。

代号"私家侦探"的那个人，从特拉维夫经伦敦和法兰克福飞到了维也纳。没人来接他。他在机场坐上一辆出租车去了希尔顿宾馆，他已经在那里订了房间。

私家侦探是一位脸色红润、喜气洋洋的人，自称是在纽约工作的一名美国律师，他随身携带的文件可以证明他的身份。他说一口完美的美国口音的英语——这并不奇怪，因为他在美国住了好多年，他的德语说得也还可以。

到维也纳后才几个小时，他就已经起草了一封礼貌的信件，让希尔顿宾馆商务中心为他打印好了。信纸上印有他工作的律师行的名称和通讯地址，收信人是温克勒银行一位叫沃尔夫冈·格穆利希的副总裁。

信纸和信封都是完美的、真实的，打电话去核实的话，会发现签名人确实是纽约那家享有盛名的律师行的一位高级合伙人，不过此人现正在外地度假（这件事摩萨德已经在纽约打听清楚了），而且绝对与访问维也纳的客人不是同一个人。

信写得充满歉意，又极其诱人。写信人代表着一个非常富有的客户，现在该客户希望把他的巨额财富转到欧洲来储存。

客户本人坚持要这样做，显然是有朋友指点，说这种事情就要找温克勒银行，尤其要找格穆利希先生这位好人。

写信人说，原本应该预约一下，但他的客户和律师行极为重视此事的保密性，讨论业务时一直避开公用电话线路和传真，于是写信人借到欧洲出差的机会亲自绕道到了维也纳。

根据他的日程，他只能在维也纳停留三天，但如果格穆利希先生肯仁慈地挤出时间会见他的话，那么他——美国律师——将十分高兴地前往温克勒银行拜访。

信件由美国人在夜里亲自投进了银行的邮件孔。第二天中午，银行的信使把回信送到了希尔顿宾馆。格穆利希先生将很高兴地在次日上午会见美国律师。

自私家侦探被引进银行内起，他的眼睛就没错过一件东西。他当然不能做笔记，但是任何细节都逃不过他的观察，也逃不过他的记忆。接待员查看了他的介绍信，还打了一个电话到楼上，确认有人在等他，然后保安领他上楼，一直陪着他走到那扇庄重的木门前，并在门上敲了敲。保安一直没让私家侦探离开过视线。

听到"进来"的命令，保安打开门，把美国客人引进去，自己退出来返身关上门，回到大厅里。

沃尔夫冈·格穆利希先生从书桌后站起身，握手后示意客人坐到他对面的一把椅子上，他自己回到了书桌后面的座位里。

格穆利希这个词在德语中是"舒服"的意思，还有亲切、和蔼的含义。可这个人最不适合姓舒。这位格穆利希有六十开外，瘦得皮包骨头，穿着灰西服，戴着灰领带，配上稀疏的头发和清瘦的脸庞，使他的全身透出一股灰暗的色彩。那双灰眼睛没有一丝一毫的幽默感，从薄嘴唇上绽开的笑容一闪即逝。

办公室与它的主人一样庄严肃穆，深色壁板，挂画的地方挂着一份银行资质证书，一张庞大的书桌，桌上没有一丝凌乱的痕迹。

沃尔夫冈·格穆利希是一位一丝不苟的银行家。显然，他不赞同任何形式的娱乐。银行业务是一项严肃的工作，而生活本身则更应如此。如果说有一件事使格穆利希先生浑身不自在的话，那么这件事就是花钱。钱是用来积存的，最好是存到温克勒银行里。取钱会使他头疼，把大笔钱款从温克勒转到其他地方会使他整整一个星期没有心思办公。

私家侦探知道自己到这里是来观察的，回去后要作汇报。他的主要任务，是为等在街上的耶里德小组确认格穆利希这个人，现在已经完成了。他也在寻找可能放着耶利哥账户操作程序的保险箱，还要观察防盗锁、门闩、警报系统——简言之，他是为最终的入室偷盗来踩点的。

私家侦探避而不谈客户希望转到欧洲的款项的具体数额，而是反复询问温克勒银行的安全水平和隐蔽性。格穆利希先生高兴地解释说，温克勒的编号账户是无法攻破的，是绝对隐蔽的。

他们的会话只有一次被打断了。一扇边门打开了，进来一位瘦小的女人，手里拿着三封信。格穆利希皱起了眉头。

"你说过这些信很重要，格穆利希先生。要不然……"那女人说。再看之下，其实她没有她的外表那样老，也许四十岁吧。但她那往后拢成一团的发髻、花呢西装、深色长筒袜和平跟鞋，让她比实际年龄见老。

"哦，对，对。"格穆利希说着伸手去接那些信件，"对不起……"他请客人谅解。

他与私家侦探一直在用德语交谈，因为他的英语很差。而私家侦探则站起来向新来者微微鞠了一躬。

"你好，小姐。"他说。她看上去脸红了。格穆利希的客人一般是不会为一个秘书站起身的。然而这一举动却迫使格穆利希清了清嗓子咕哝着说："哦，呃……这是我的私人秘书，哈登堡小姐。"

私家侦探也记下了这一情况，然后坐下了。

他得到格穆利希的保证，他纽约的客户会得到温克勒银行的最佳账户服务。当他被引出去时，程序与他进来时一样。那位保安被从大厅召了上来，出现在办公室门口。私家侦探道别后就跟着保安走出了房间。

他们一起走进那部小小的、装着移动式格栅门的电梯。电梯载着他们铿锵响着往下降。私家侦探询问能否在离银行之前去一下洗手间。保安皱起了眉头，似乎这种人体的生理要求不是温克勒银行所期待的，但他还是把电梯停在了夹层。他靠着电梯门为私家侦探指了指一扇没有标志的木门。私家侦探进去了。

显然这是银行男职员使用的洗手间。只有一只小便池，一只抽水马桶，一只洗手盆和纸巾卷筒，还有一个杂物间。私家侦探打开水龙头制造出噪声，然后迅速检查了一遍房间。窗户用铁条封着，装着报警系统——破窗而入是可能的，但不容易。有一只自动风扇让室内通风。杂物间里有扫帚、拖把、洁厕液和一只吸尘器。这么说银行里还有清洁工。但他们什么时间打扫卫生？夜间还是周末？如果他的经验没错的话，即使清洁工也得在监视之下进入办公室擦洗。保安或者值夜员很容易搞掉，但问题不在这里。科比·德洛尔局长的命令非常特殊：不得在身后留下任何痕迹。

他从男士洗手间走出来时，保安仍等在外面。看见走廊前面有一段宽敞的大理石楼梯通到半层楼之下的大厅，私家侦探微笑了，指了一下楼梯，信步沿着廊道走向前去，而不愿为这么短的距离搭乘电梯。

保安跟在他后面，陪同他走到下面的门厅，又把他引到了门外。私家侦探听到自动上锁的硕大的铜舌在他身后"咔嚓"一声锁上了。他不禁想，如果保安在楼上，那门厅里的接待小姐会不会不让客户或者信使进门？

他把他观察到的银行内部情况，向特工队长吉迪·巴齐莱作了两个小时的汇报。看来情况不是很明朗。坐在旁边的内维奥特组组长直摇头。

私家侦探说，他们可以破门进去，这没有问题。找到警报器，把它弄失灵。但要不留痕迹，那只有魔鬼才做得到。银行里有一个值夜人，他很可能间隔性进行巡查。特工队要找的是什么东西？一只保险箱吗？在哪里？什么型号？哪一年制造？用钥匙还是组合密码？或两者兼而有之？这就要花上几个小时。而且他们必须封住值夜人的口。那就会留下痕迹，可是德洛尔局长不允许留下痕迹。

那天下午，私家侦探从一大堆照片中指认了沃尔夫冈·格穆利希，为供他们参考，他还指出了哈登堡小姐。第二天，私家侦探坐飞机离开维也纳回特拉维夫去了。他走后，巴齐莱和内维奥特组组长又聚在一起继续研究。

"吉迪，坦率地说我需要更多的内部情况。现在未知数还是太多了。你要的文件——他肯定把文件存放在一只保险箱里。但保险箱在哪里？在装饰后面？在地板下面？在秘书办公室里？在地下室的拱顶里？这方面我们需要内部消息。"

巴齐莱哼了一声。很久以前在他接受培训时，一名教官曾向学员们讲授说：世上不存在没有弱点的人。找到那个弱点，施加压力，他就会乖乖地听你的话，与你合作。第二天上午，耶里德和内维奥特两个特工组开始对沃尔夫冈·格穆利希全面跟踪监视。

但这位维也纳人将会证明以色列特工学校的教官讲错了。

史蒂夫·莱恩和奇普·巴伯遇到了一个大问题。

到十一月中旬，耶利哥已经对第一批问题作出了答复。他的要价很高，但美国政府已经二话不说把酬金转入了维也纳的那个账户。

如果耶利哥的情报是准确的——没有理由怀疑他的情报不准——那么这些情报大有用处。他并没有回答所有问题，但他回答了一些，并确认了另一些已经回答了一半的问题。

原则上，他已经相当详细地指明了与大规模杀伤性武器生产有关的十七处地点。其中八处地点已经为多国部队所怀疑了，他更正了其中两处。其他九处是新情报，其中主要的是隐藏在地下的气体分离离心器串联装置的确切位置，这些装置是在为炸弹级的铀-235作准备。

问题在于，如何去告诉军方这些信息，同时不能透露美英情报机关在巴格达高层有一个背叛主子的高级间谍？

倒不是说间谍头子们不相信军方。绝不是这个原因，这些人都是高级将领。但在情报工作中有一条久经考验的老规矩，叫做"不需要知道"。一个不了解情况的人无论怎么粗心也不会说漏嘴。如果这些穿便衣的人员突然间拿出一份没有出处的新目标清单，有多少高级军官能搞清楚情报来自何处？

十一月的第三周，巴伯和莱恩在沙特国防部大楼的地下室里，与巴斯特·格洛森准将举行了一次秘密会谈。格洛森准将是海湾战场联军空军司令查克·霍纳中将的副手。

格洛森准将的本名应该另有其名，但别人都叫他"巴斯特"。对伊拉克的整体空袭计划就是他制订的，而众所周知，在任何地面战之前肯定要先进行空袭。

伦敦和华盛顿早就协商同意，不管科威特情况如何，萨达姆·侯赛因的战争机器必须被摧毁，包括其毒气武器、细菌武器和原子弹制造能力。

沙漠盾牌最终破坏了伊拉克可能攻入沙特阿拉伯的机会，但在此之前，空袭计划早就制订出来了，其秘密代号为迅雷。空袭的真正设计师就是巴斯特·格洛森。

到十一月十六日，联合国和许多外交家仍在隔靴搔痒地抛出"和平计划"，想不开一枪一炮，不扔一颗炸弹，不发一枚火箭就结束这场危机。那天坐在地下室里的三个人都明白，这种美好的愿望是不会实现的。

巴伯说话简单扼要："你知道，巴斯特，我们和英国人在这几个月以来，一直在努力获取有关萨达姆·侯赛因的大规模杀伤性武器设施的准确情报。"空军将军谨慎地点点头。在他的走廊里挂着一幅地图，上面布满了大头针，每个大头针都表示一个轰炸目标。

"我们是从出口许可证入手的，追查到出口国，然后是这些国家的承包公司。还追查了进行内部设计的科学家，但许多科学家是坐没有车窗的大客车去现场的，并住在基地里，他们并不知道自己到底去过什么地方。

"最后，巴斯特，我们与建筑商核对过了，就是实际为萨达姆建造毒气工厂的那些人。有些人说得有板有眼。确实有苗头。"

巴伯把新的目标清单递给桌子对面的将军。格洛森兴致勃勃地研究着这些目标。它们尚未被标上轰炸作战计划员需要的地图坐标，但其位置描述相当具体，足以在航空照片上标出坐标。

格洛森咕哝了一声。他知道清单上有些目标已经由军方确定了，有一部分带问号的目标现在也被确认了，但还有一些是新目标。他抬起眼睛。

"这些是真的吗？"

"绝对是真的。"英国人说，"我们确信建筑商是很好的情报源头，也许是最好的，因为在那些地方搞基建时他们知道是在建造什么，而且他们直言坦陈，比官僚们更为直爽。"

格洛森站起身来。

"很好。你们以后还有新情报给我吗？"

"我们将继续在欧洲挖掘，巴斯特。"巴伯说，"我们得到准确目标后会传过来的。他们有许多东西是掩藏起来的，你知道，在沙漠深处的地下。我们谈的是大工程项目。"

"你们只要把那些东西的位置告诉我们就行了，我们会把它们炸成废墟。"将军说。

后来，格洛森带着那份清单去找查克·霍纳。这位美国空军司令比格洛森矮，有一张皱巴巴的、红润的脸，总是表情严肃。他尊重他的飞行人员和地勤人员，他们反过来也很尊敬他。

大家都知道，对于空军装备及其他事项，如果霍纳将军认为有必要，他就会代表空军将士去与承包商或官僚争吵，并会一直吵到白宫的政客那里，而且从来不用哪怕是稍微婉转一点的语言。

他巡视部下驻扎的巴林、阿布扎比和迪拜等海湾城市时，没有入住豪华的希尔顿宾馆，而是与飞行员同甘共苦，住在基地营房的行军床上。

军人们都是直来直去，不会遮遮掩掩，他们喜欢什么厌恶什么都会流露出来。美国空军飞行员愿为查克·霍纳驾驶老式的双翼飞机去与伊拉克作战。

霍纳审视了一下情报官们提供的目标清单，他咕哝了一声。有两个地点从地图上看是一片荒凉的沙漠。

"这份情报他们是从哪里弄来的？"他问格洛森。

"他们去跟建造这些设施的建筑公司谈过，他们是这么说的。"格洛森回答。

"大话连篇。"霍纳中将说，"那些密探在巴格达有一个人。巴斯特，这事我们什么也不说，对谁也不说。只接受他的好意，把他们提供的目标列上我们的打击目标之中。"他停下来想了一想，然后补充说："不知道那浑蛋到底是谁。"

史蒂夫·莱恩于十八日回到了伦敦，此时伦敦的保守党政府正经历一场紧张、混乱的危机，因为议会中一位没什么名气的议员正谋求以党章推翻玛格丽特·撒切尔。

尽管很累，但莱恩看到办公桌上特里·马丁的留言后，还是给他学校打了一个电话。马丁在电话里显得很激动，莱恩同意下班后一起喝一杯见见面，这样可以尽量少耽搁，早点回到郊区的家。

他们在伦敦西区一个安静的酒吧里就座后，马丁从公文箱里取出一台录音机和一盒磁带。他让莱恩看了这些东西，并解释说几个星期前他对西恩·普鲁默提出过一个要求，上周末他们见过面了。

"要不要我放给你听？"他问道。

"嗯，如果政府通讯总局的专家都无法理解，我肯定是不行的。"莱恩说，"你知道，西恩·普鲁默还有他部下阿尔科里，阿拉伯语都很好。如果连他们都无法破解……"

但出于礼貌他还是听了。

"听见了吗？"马丁激动地问，"'拥有'后面的那个音节？那人不是为伊拉克的事业祈求安拉的帮助。他在使用一个代号。所以另一个人勃然大怒。显然，任何人都不准公开使用那个代号。它肯定仅仅局限于一个小圈子之内。"

"但他到底说了什么？"莱恩完全被搞糊涂了。

马丁茫然地盯着他。难道莱恩没明白吗？

"他说美军的大量集结并不可怕，因为'不久我们将拥有安拉-乌特-库布'。"

莱恩还是摸不着头脑。

"一种武器。"马丁提示说，"这肯定是在说某种武器。他们即将拥有，而且可以挡住美国人的武器。"

"对不起，我的阿拉伯语很差。"莱恩说，"可是'安拉-乌特-库布'是什么？"

"哦，"马丁说，"它的意思是'上帝的拳头'。"

第十二章

盟军集结

在位十一年并赢得了三次大选之后，英国首相于十一月二十日遭到了失败，尽管她两天后才宣告了辞职决定。

她的倒台源于保守党宪章中一条含糊的规定。该规定要求，作为党的领袖，应该定期进行名义上的重选。这一期重选发生在十一月份。她重新当选应该只是个手续问题，但一名已经退位的前大臣选择与她作对。她不知道危险正在迫近，几乎没有认真地对待挑战，只马马虎虎地应付了一下。在投票的当天，她正在巴黎参加一个会议。

在她的身后，一群心怀怨恨的老对手，遭过侮辱的自我主义者，和唯恐她会在以后的全国大选中败北的神经过敏者，组成了一个联盟来反对她，在第一轮投票中阻止她重新当选党的领袖。

假如她真的重新当选，也就不会有第二轮投票了，挑战就会消失了。在十一月二十日的投票中，她需要三分之二的多数，结果她少了四票，这样就必须进行决定性的第二轮投票。

几个小时之内，开始时山上掉下的几块石头演变成了大面积的山体滑坡。她与内阁协商，内阁告诉她，她会失败的。然后她辞职了。为阻止其他党派的挑战者，财政大臣约翰·梅杰出来竞选并获得了胜利。

这消息让海湾的美英军人大吃一惊。在阿曼，与附近基地里特空团官兵认识的美军飞行员们询问英国人到底发生了什么事，对方只是耸耸肩膀作为回答。

麦克·马丁是在那个伊拉克司机得意洋洋地走过来告诉他之后才知道这个消息的。马丁思考着这个消息，一脸迷茫地问道："她是谁？"

"傻瓜。"司机说，"她是贝尼纳吉的领导人。这下我们要胜利了。"

司机回到汽车里继续收听巴格达电台的广播。几分钟之后，一等秘书库利科夫匆匆从屋里出来，坐上车直接去了苏联使馆。

那天夜晚，马丁发了一份长长的电报给利雅得，内容有耶利哥提供的最近一批答复，并要求上级进一步给他指示。他蹲伏在小屋的门口，防止其他人闯入，因为卫星天线就放在朝南的门边。马丁等待着回电。凌晨一点半，小型收发报机的显示板上出现了一抹暗淡的脉冲灯光，告诉他回电收到了。

他拆下卫星天线，把它与电池和收发报机一起藏到了地砖下面，将收到的电文减速，然后用录音机播放。

电报中有要求耶利哥提供新情报的问题清单，并同意他对酬金的要求，而且确认酬金已经转入了他的账户。在不到一个月的时间内，伊拉克革命指挥委员会的这个叛徒已经挣了一百多万美元。

在清单后面还有给马丁的两条指示。第一，要给耶利哥发去一份信息，不是提问，而是希望他能够将一种想法尽力渗入巴格达的作战参谋人员思维中。要让他们认为，伦敦刚发生的情况很可能意味着收复科威特的联合行动会取消。

这份假情报到底是否抵达了巴格达的最高当局，将永远不得而知，但一星期之内萨达姆·侯赛因宣称：撒切尔被推翻是由于她反对伊拉克，引起了英国人民的急剧反对。

那天夜晚录在麦克·马丁的磁带上的最后一条指示是，问问耶利哥，他是否听说过代号为"上帝的拳头"的一种武器或者武器系统。

下半夜的大部分时间，马丁全在就着烛光用阿拉伯语把这些问题写到两张薄型航空信纸上。在二十个小时内，这两张信纸被秘密地带到了阿达米亚区，放到了靠近阿拉达姆伊玛目圣地那道墙上一块松动的砖头后面。

答案在一星期之后才反馈回来。马丁看了一遍耶利哥手写的阿拉伯语答复，并把所有内容都译成了英语。以一个军人的观点来看，这些内容很有意思。

伊拉克共和国卫队有三个师驻防在国境线上，面对着美英军队，即原先的塔瓦库尔那师和麦地那师，加上现在的哈穆拉比师。他们配备的是T-54/55、T-62和T-72主战坦克，全是苏联产的。

耶利哥报告说，在最近的一次视察时，伊拉克装甲兵司令阿卜杜拉·卡迪里上将惊恐地发现，许多士兵已经把坦克上的电瓶拆下来，用作电风扇、电饭煲、收音机和录音机的电源。这一来，战斗一旦打响这些坦克能否发动起来都成问题。有几名士兵被当场处决，还有两名军官被撤。

萨达姆委派的科威特省省长阿里·哈桑·马吉德说，对科威特的占领正在变成一场噩梦，针对伊军的袭击仍时有发生，开小差的士兵正在增加。尽管当地的秘密警察局局长沙巴维上校采取了严刑逼供的手段，还处决了一些人，他的顶头上司奥马尔·卡蒂布还亲自作过两次视察，抵抗运动仍没有减少的迹象。

更糟的是，抵抗组织现在已经获得了一些塑胶炸药，其爆炸威力要比工业炸药强大得多。

耶利哥还指明了另两个主要指挥中心的位置，都建在地下洞穴里，从空中无法发现。

萨达姆·侯赛因内层圈子坚持认为，玛格丽特·撒切尔的倒台要归功于萨达姆的影响，他已经两次重申绝对不予考虑撤出科威特。

耶利哥最后说，从来没有听说过代号为上帝的拳头的项目，但他会注意这个词。以他个人的观点来看，他认为伊拉克不存在多国部队不知道的武器或者武器系统。

马丁把全部情报读到磁带上，快速录制后发了出去。在利雅得，这份电报立即被收到了，无线电技术人员记下了电报抵达的时间：一九九〇年十一月三十日二十三点三十五分。

莱拉·阿尔希拉慢慢地从浴室出来，在门口停下了。灯光照在她的身后，她抬起双臂，靠在两边的门框上，摆了一会儿姿势。

浴室的灯光穿透她的睡衣，完全映射出她那成熟、性感的剪影。这套睡衣是黑色透明网织品制成的，花了她一大笔钱，是在贝鲁特高档商店里买来的正宗巴黎产品。

床上的那个男人贪婪地盯着她，用舌头舔了一下厚厚的下唇，露齿微笑了。

莱拉喜欢性事之前在浴室里磨蹭一下。身上要冲洗，某些部位要涂抹，眼睛周围要画上睫毛油，嘴唇要涂成红色，还要喷洒香水——不同部位要喷上不同的香味。

经过三十个春秋后，她的身体还是很迷人，是客户喜欢的那一类身段：不胖，但曲线丰满，臀部和乳房丰满诱人，曲线下面肌肉结实。

她放下手臂走向灯光昏暗的床，一边摇动着她的臀部，高跟鞋使她的身高增加了四英寸，也加剧了臀部的摇摆。

但床上的那个男人已经闭上了眼睛。他赤身裸体仰卧在床上，从下巴到脚踝浑身长满了像熊一般的黑毛。

现在不要睡着呀，你这个傻瓜，她心里这么想着，不要睡着，今晚我需要你。莱拉坐到床边，用涂得红红的指甲尖摩挲着那个男人从腹部到胸部的黑毛，重重地捏了一下两个乳头，然后她的手往下一滑，滑过小肚抵达了腹股沟。

她附身向前吻着那人的双唇，她的舌头顶开了对方的嘴。但那个男人的嘴唇只是迷迷糊糊地作了反应，她闻到了一股强烈的酒味。

又喝醉了，她想道——为什么这个傻瓜离不开酒精呢？但是酒也有它的益处，每天晚上能喝上一瓶也是不错的。哎哟，要工作了。

莱拉·阿尔希拉是一名优秀的高级妓女，中东地区最好的，有些人这么说，当然也是开价极高的。

多年前当她还是一个孩子时，她曾经在黎巴嫩的一所私立学校里受过训练。在那里，年长的姑娘们表演各种性交的技巧和诡计，孩子们站在旁边观摩和学习。

自己当了十五年的职业妓女之后，她明白一名好妓女的百分之九十的技巧，都与对付贪得无厌的性欲没有关系。那些只是为了拍摄淫秽画报和电影。

她的才能在于奉承、谄媚、赞美和纵容，但主要是使那些经历了无休止的性事之后已经无能为力的男人获得真正的勃起。

完事之后，她用手抚摸他的脸颊。"可怜的黑熊呀，"她喃喃地说，"你是不是太累了？你工作得太辛苦了，我可爱的情人。他们把你逼得太苦了。今天又是什么事？委员会里又有问题了吗？怎么老是要你去解决问题呢？嗯？告诉莱拉，告诉小莱拉。"

于是在他睡着之前，他告诉了她。

稍后，因为酒和性生活的效果，卡迪里将军发出鼾声睡着了。莱拉回到浴室，插上门，坐到抽水马桶上，膝盖上垫着一只托盘。她以清秀的阿拉伯文字把一切全都记录下来了。

这些透明的薄纸卷起来后，放进了抽去棉花的阴道棉塞里以躲避安全检查，随后，也就是第二天上午，她将把这几张纸交给付钱给她的那个人。

这样做很危险，她也知道，但报酬丰厚，同一项工作有双重收入。她打算将来某一天有钱后，她要永久地离开伊拉克，办一所她自己的学校，也许办在丹吉尔。她可以和一群好姑娘一起睡觉，再用上几个摩洛哥小伙子，在她感到需要时可以用鞭子抽打他们。

温克勒银行的保安程序已经让吉迪·巴齐莱感觉非常挫败了，对沃尔夫冈·格穆利希两个星期的跟踪正在使他发狂。那人简直无法攻破。

在私家侦探指认之后，格穆利希就被跟踪了，找到了他在普拉特公园外的住宅。第二天他去上班以后，耶里德特工组监视着那座房子，看到格穆利希夫人离家外出购物。小组里的那名女特工当即跟在了她的身后，并用手机与她的同事们保持着联系，这样当那位夫人回家时她可以及时发出警告。事实上，那银行家的妻子外出了两个小时——时间足足有余。

内维奥特特工组专家闯进屋子根本不成问题，他们很快就在客厅、卧室和电话上安放好了窃听器，借着对屋里进行了快速、熟练、不留痕迹的搜查，但结果一无所获。室内只有一些通常的证件：房产证、护照、出生证明、结婚证书，甚至还有一些银行账单。每一份证件都被拍了照片。他们查看了个人银行存款账单，没能发现从温克勒银行贪污的迹象。所有的一切似乎都可以证明那人是完全诚实的。

大衣柜和卧室的抽屉也没什么东西能显示奇怪的个人嗜好——在受人尊敬的中产阶级中，这些往往会成为敲诈勒索的把柄。说实话，已经看着格穆利希夫人离家的内维奥特组组长对此并不感到惊奇。

如果说那人的女秘书是一个乏味的小东西，那么他的老婆好比是一张被扔掉的废纸。这个以色列人认为他很少见过如此萎靡不振的老女人。

当女特工用手机警告他们银行家的妻子已经踏上回家的路时，内维奥特的专家们已经完成任务撤出了。在同事们走出屋子穿过花园之后，那位穿着电话公司制服的人重新锁上了前门。

此后，内维奥特组躲在停在街上的面包车里，守着录音机听着那座房子里的动静。

两个星期以后，绝望的组长向巴齐莱汇报说，他们还没录满一盒磁带。第一天晚上他们录到了约二十个词。女的说："晚餐好了，沃尔夫冈。"——没有回答。她要求更换新窗帘——遭拒绝了。男的说："明天要起早，我去睡了。"

"他每天晚上都要说这句话，好像他已经这么说了三十年。"内维奥特组特工人员抱怨说。

"有没有性生活？"巴齐莱问。

"你一定是在开玩笑吧，吉迪。他们连话都懒得说，还谈得上做爱？"

想找出沃尔夫冈·格穆利希人格上缺陷的一切努力都白费了。那人不赌博，不搞同性恋，没有社交，没有情人，不上夜总会，不去红灯区。只有一个晚上他出了家门，跟踪组的士气立即振作起来了。天黑后，吃过晚饭，格穆利希穿着深色大衣，戴着深色帽子步行穿越黑暗的郊区，走到五个街区之外的一栋私宅。

他敲门后等着。门打开了，他走了进去，门又关上了。一会儿，底楼的一盏电灯亮了，但隔着厚厚的帘子。在房门关上之前，其中一名以色列盯梢队员看见了一个穿着白色尼龙束腰外衣的长相严肃的女人。

也许是艺术洗浴？抑或是异性陪浴，与两名高个子妓女一起洗桑拿，让她们操持桦木枝条？第二天上午核查后，特工们发现那个穿束腰外衣的女人是一位年长的手足病专科医生，在自己家里开着一家小小的诊所。沃尔夫冈·格穆利希是去治疗脚上的鸡眼的。

十二月一日，吉迪·巴齐莱接到科比·德洛尔局长从特拉维夫打来的狂怒的电话。这可不是一次没有期限的行动，他警告说。联合国已经确定了最后期限，伊拉克必须在一月十六日前撤出科威特。到时候情况就不一样了，任何事情都有可能发生。快点行动起来！

"吉迪，我们这样跟着这个家伙到死也不会有个结果。"两名组长对他们的队长说，"他生活中根本没有任何破绽，我们无法理解这个家伙。没有空子——我们没有他的空子可钻。"

巴齐莱举棋不定。他们可以绑架他老婆，迫使丈夫提供合作，或者……麻烦在于那家伙可能宁愿牺牲老婆也不愿去偷一张午餐券。更糟的是，他会报警。

他们可以绑架格穆利希，让他乖乖地听话。但这种办法麻烦在于他必须回银行去办理转账手续，把耶利哥的账户关闭。一旦进入银行，他会高喊救命。科比·德洛尔说了，不准失败，不留痕迹。

"让我们把目标转移到他的秘书。"巴齐莱说，"机要秘书通常知道老板的所有事情。"

于是两个特工小组把注意力转向同样难看乏味的爱迪丝·哈登堡小姐。

对她的了解更省时间，仅仅十天。他们跟踪她到了她家。那是在格林辛西北郊，即第十九区特劳滕瑙街旁一座破败的旧房子里的一套小公寓。

她独身居住。没有情人，没有男友，甚至也没有宠物。搜查她的个人证件后，发现她的银行存款不多。她母亲退休后住在萨尔茨堡。这套公寓原本是她母亲租赁的，租房卡上这样记载着，但七年前母亲回到家乡萨尔茨堡时女儿搬进来住了。

爱迪丝开一辆小型西亚特轿车，停放在公寓外边的街上，但她基本上是坐公共交通工具上班，毫无疑问这是因为市中心车泊位紧张。

她的工资单存根显示出她薪水微薄。"该死的剥削阶级。"当内维奥特搜查员见到她的存款额时，不由得为她鸣不平。她的出生证明显示她今年三十九岁。"看上去有五十岁。"他又这么评论说。

公寓里没有男人的照片，只有一张她母亲的照片，一张母女俩一起在某个湖畔度假时的合影，还有一张相片里显然是她已经过世的父亲，身着海关制服。

如果说在她的生活中有任何男人的话，那也许就是莫扎特。

"她是一位歌剧迷，仅此而已。"把公寓里的物品恢复原样之后，内维奥特组长返回来向巴齐莱汇报，"房间里收藏着大量的密纹唱片，她没有CD唱盘。这些唱片全是歌剧。她肯定为它们花了许多钱。她收集歌剧书籍、作曲家书籍、歌唱家书籍、指挥家书籍，维也纳歌剧院的冬季演出海报——尽管她还买不起歌剧票。"

"她的生活中没有男人吗？"巴齐莱沉思着问。

"她也许会爱上帕瓦洛蒂，如果你能把他搞定的话。除此之外，忘掉算了。"

但巴齐莱没有忘掉，他回忆起多年前在伦敦的一个案子。在英国国防部有一个女公务员，真正的老处女类型；然后苏联人创作出这个令人惊奇的年轻的南斯拉夫人……在她受审时，甚至连法官也表示出对她的同情。

那天晚上，巴齐莱给特拉维夫发去了一份长长的加密电报。

到十二月中旬，多国部队在科威特国境线南边的集结，已经汇成了一股由人员和钢铁组成的巨大的、不可抗拒的潮流。

从海岸向西绵延一百多英里的沙特沙漠上，驻守着由三十个国家派出的三十万男女军人。

在朱拜勒、达曼、巴林、多哈、阿布扎比和迪拜港口，一艘艘货船走马灯似的从海上驶入，卸下无穷无尽的大炮、坦克、燃料储备、仪器和卧具、弹药和备品。

从码头上卸下的装备沿着泰普林路，源源不断地向西边运送过去，运到后勤基地，为以后解放科威特和攻入伊拉克做好后勤供给保障。

驻扎在塔布克的一位狂风战斗机飞行员，在沿伊拉克国境线南下飞行回来后告诉中队的战友们说，他从一列车队的头顶飞过，一直飞到车队的尾巴。他以五百英里的时速整整飞行了六分钟，才飞到五十英里长的车队末尾，而每一辆卡车都是紧紧咬着前一辆行驶的。

在阿尔珐后勤基地里，有一个院子堆满了三层高的油桶，这些油桶都堆放在六乘六英尺的托盘上，中间留出一条供叉车行驶的窄路。该院子的面积是四十公里乘四十公里。

这些还仅仅是燃油。阿尔珐基地的其他院子里存放着炮弹、火箭、机枪子弹箱、反坦克穿甲弹头以及手雷。另有一些院子储存着粮食、水、机械、备件、坦克电瓶和流动式车间。

那时候多国部队的布置，被施瓦茨科普夫上将局限在科威特正南方那部分沙漠里。巴格达不知道的是，在美国将军发出进攻命令之前，他将派遣更多部队越过巴丁旱谷，再向西行进一百英里抵达沙漠深处，准备去攻打伊拉克本土；之后部队会向北、然后向东推进，从两个侧面包抄并击溃伊拉克共和国卫队。

十二月十三日，美国空军战术空军司令部的第336火箭战斗机中队离开在阿曼的图姆莱特基地，转移到了沙特阿拉伯的阿尔卡兹。转场的决定是十二月一日作出的。

阿尔卡兹是一个光秃秃的机场，只建造了跑道和滑行道，此外没有任何建筑物。没有控制塔，没有机库，没有维修车间，没有居住房屋——只在一片平坦的沙漠上建着混凝土跑道和滑行道。

但它确实是一个机场。有远见的沙特政府已经建造了足以容纳比沙特皇家空军多五倍的航空装备。

十二月一日以后，美国的建筑队开进来了，在仅仅三十天之内，就建起了一座能容纳五千名军人和五个战斗机中队的帐篷城市。

其中主要的建筑队是重型工程兵部队"红马"，空军还专门向他们支援了四十台巨型发电机。有些设备是由平板车通过公路运进来的，但更多的是通过空运。他们建起了蚌壳形机库、车间、油库、军械库、办公室、会议室、调度室、控制塔、备件帐篷和车库。

为机组人员和地勤人员，他们建起了一排排的帐篷屋，配备了厕所、洗浴房、厨房、餐厅和一座水塔，由水车到最近的水源去拉水。

　　阿尔卡兹位于利雅得东南五十英里处，正好处在伊拉克飞毛腿导弹的最大射程——三英里之外。美国空军的五个战斗机中队将在那里安家三个月。这五个中队是两个F-15E战鹰中队——第336火箭战斗轰炸机中队和刚刚从西摩·约翰逊基地转场过来的第335中队；一个F-15C纯战斗机战鹰中队；以及两个F-16猎隼战斗机中队。

　　在那里还有一条特殊的街道，专供空军联队中二百五十名女军人居住。这些女兵担任着律师、地勤人员、卡车司机、文书、护士和中队情报官。

　　机组人员是自己从图姆莱特飞过来的，地勤人员和其他人员则坐货机过来。整个搬家过程花了两天时间，当他们到达时，建筑队还在施工，而且要一直到圣诞节才能结束。

　　第336战斗轰炸机中队飞行员唐·沃克，喜欢他在图姆莱特度过的那段时光。那里的生活条件很优越，很现代化，而且在气氛宽松的阿曼，基地内是允许饮酒的。

　　在那里，他第一次遇见了英国特空团官兵，他们在图姆莱特有一个永久性的培训基地。他还见到了在阿曼苏丹国军队中服役的其他"合同军官"。在那里，他们一起举行过几次令人难忘的晚会，还可以与异性约会，而且驾驶战鹰执行在伊拉克边境上空的佯攻飞行任务是令人愉快的。

　　对于特空团，在一次与他们一起乘坐轻型侦察车去沙漠回来后，沃克向新来的中队长史蒂夫·特纳中校这么评价他们："这些人与众不同。"

　　阿尔卡兹与图姆莱特完全不同。由于沙特阿拉伯有两个圣地：

麦加和麦地那，沙特政府实施严厉的绝对禁酒政策，而且妇女不得露出下巴以下的身体部位，手和脚除外。

施瓦茨科普夫上将在他发布的一号命令中，禁止他所统领的整个多国部队饮酒。所有美国军人都遵守那条命令，该命令也适用于阿尔卡兹。

然而在达曼港，美国的装卸工对于运送给英国皇家空军的香波的数量感到很迷惑。一箱接一箱的香波被从货船上卸下来，装上卡车或C-130大力神运输机，转运给皇家空军的各个中队。在一个水比油贵的地方，英国飞行员们会花费那么多时间去洗头发？他们仍然感到迷茫。这个谜一直到战争结束后他们才明白过来。

在阿拉伯半岛另一边的沙漠里，在英国的狂风战斗机与美国的猎隼战斗机合用的塔布克基地，美国空军的飞行员们更惊奇地看到，日落时分，英国人坐在他们的遮篷下，把一小瓶香波倒进一只玻璃杯中，然后用矿泉水加满杯子。

在阿尔卡兹没发生这个问题——那里没有香波。况且那里的居住条件要比在图姆莱特差。除了联队指挥官可以单独住一个帐篷外，其余从上校以下的官兵，根据军衔均需两人、四人、六人、八人或者十二人合住一个帐篷。

更糟糕的是，女军人住在他们的界限之外；更使人气馁的是美国女兵们按照她们的传统文化，在沙特宗教警察无法看见她们的情况下，在帐篷周围自搭的栅栏后面，脱去衣服穿上比基尼开始日光浴。

这导致飞行员们纷纷借用基地里的豪华卡车，那是一种车厢很高的卡车。站在车厢上踮着脚尖，让卡车在女兵帐篷街上绕来绕去地行驶，车上的飞行员们才能一睹女兵们的窈窕身材。

此外，还有另一个原因引起了一种新的心情。联合国已经向萨达姆·侯赛因下达了一月十五日撤军的最后通牒。来自巴格达的声明仍然是对抗性的。士兵们第一次清楚地感受到他们就要参战了。训练加强了。

由于某种原因，十二月十五日那天维也纳的天气相当暖和。阳光普照大地，气温升高了。中饭时分，哈登堡小姐与往常一样离开银行去吃简单的午餐，但她突然有了个主意，想买一份三明治，到与巴尔加塞只隔几个街区的城市公园去吃。

夏季和秋季她习惯于以三明治当中饭，她总是自己带上一份。但十二月十五日那天她没带。

看到法兰齐斯卡纳广场上方蔚蓝色的晴空，再加上自己身着洁净的花呢大衣，她决定，如果大自然提供给维也纳人哪怕只是一天的小阳春天气，那么她也要充分地享受，到公园里去吃午餐。

她如此喜爱环城路对面这个小小的公园，还有一个特殊的原因。公园的一头是胡伯纳·库萨隆——一家像天文台似的围着玻璃墙的饭店。在那里，中饭时常有一支小乐队演奏维也纳作曲家施特劳斯的乐曲。

吃不起里面的午饭的人，可以坐在饭店外面的围栏内免费欣赏音乐。况且在公园中央还站着伟大的约翰·施特劳斯本人的雕像。

爱迪丝·哈登堡在当地的一个快餐吧里买了一份三明治，在公园找了一把阳光照耀下的椅子，边听华尔兹舞曲边咬三明治。

"对不起。"

她猛地跳了一下，她的遐想被那声低沉的道歉声打断了。

如果说有一件事情是哈登堡小姐所不喜欢的，那就是陌生人与她搭话。她朝旁边一看。

他很年轻，长着黑头发，有着温柔的棕色眼睛，说话带有外国口音。她正想转移目光时，注意到那年轻人手里拿着一本小画册，正用手指指着文字说明里的一个词。因此，尽管不情愿，她还是去看了。那本小册子是图文并茂的《魔笛》演出节目单。

"请问这个词——它不是德语，对不对？"

他的食指指向partitura这个词。

当然，她应该在这时候离开，只要起身走开就行了。她开始包上她的三明治。

"对，"她简短地说，"它是意大利语。"

"哦，"那人谦逊地说，"我正在学习德语，可我不懂意大利语。请问这个词是不是故事的意思？"

"不，"她说，"它的意思是音符、音乐。"

"谢谢你，"他真诚地说，"要弄懂你们维也纳歌剧太难了，但我真的非常喜欢。"她那正在包装剩余三明治的手指动作减慢了。

"这个歌剧故事以埃及为背景。"年轻人解释说。废话，她知道《魔笛》的每一句台词和歌词。"确实是的。"应该到此结束了，她告诫自己。不管他是谁，他是一个谦虚的人。唉，他们之间差不多已经在对话了。而且兴趣相同。

"《阿依达》也同样。"他评论说。他又转回到手里的节目单："我喜欢威尔第，但我更喜爱莫扎特。"

她的三明治已经重新包上了，她已经准备离开。她只要站起身就可以走开。她转过头去看他，他利用这个机会仰起脸露出了微笑。

那是一种非常害羞的微笑，几乎是在恳求。棕色的眼睛上面覆盖着那种模特们梦寐以求的长睫毛。

"这无法比较。"她说，"莫扎特是他们中间的大师。"

他笑得更灿烂了，露出了洁白、整齐的牙齿。

"他曾经在这里生活过。也许他在这里坐过，就坐在这把凳子上，创作他的音乐。"

"我敢肯定他没有做过这种事情。"她说，"那时候这把凳子还不在这里呢。"

她站起来转过身子。年轻人也站起身并像维也纳人那样微微鞠了一躬。

"很抱歉打扰你，小姐。谢谢你的帮助。"

她走出公园，走回办公室去继续吃完她的中饭，自己在生自己的气。在公园里与年轻男人说话——下一步会怎么样呢？但反过来说，他只不过是一个在学习维也纳歌剧的外国学生。这样做肯定不会有害处，但到此为止。她一路走过去，看到墙上贴着一张海报，维也纳歌剧院将在三天之后上演《魔笛》。也许歌剧是那个年轻人的学习科目之一。

尽管很喜欢，但爱迪丝·哈登堡从来没有在国家剧院内观赏过歌剧。当然，她曾经在剧院门口徘徊过，但是音乐会票价不是她能承受得起的。

这种演出的票简直是天价。歌剧的季票是一代代传下去的。预定套票是供富人们享受的。其他票可以依靠影响力获得，而她没有影响力。即使最普通的票，也不是她能消费得起的。她叹了一口气，继续埋头办公。

那天的好天气已经结束了。冷空气夹着灰色云团卷土重来。她恢复了去她惯常去的咖啡馆和惯常坐的餐桌吃中饭。她是一位非常爱清洁的女子，生性洁净。

公园午餐之后的第三天，她在通常的时间准时到达了她的餐桌。她注意到旁边的桌子似乎已经被占用了，桌上放着两本学生的教科书——她没去看书名，还有一只玻璃杯，水喝了一半。她刚刚点完饭菜，邻桌的那个人就从洗手间回来了。一直到坐下来后他才认出她，并发出了一声惊叹。

"噢，你好，又见面了。"他说。她的嘴唇抿紧了。女服务员端来她的饭菜，放到了她的桌上。她中圈套了。但那个年轻人压制不住话头。

"我看完了那本节目单。我想，我现在已经全部弄懂了。"

她点点头开始优雅地吃了起来。

"好的。你在这里学习吗？"

怎么搞的，她为什么要问这个？她的哪一根神经不对了？但餐厅里她周围的人都在说话，你有什么可担忧的，爱迪丝？一次文明的会话，即使是与一个外国学生，肯定不会有害处。她不知道格穆利希先生会怎么想。他一定不会赞同这种事情的。

那个黝黑的年轻人欢快地微笑了。

"是的，我在学习工程学，在理工大学。当我获得学位后，我要回去为祖国的建设贡献力量。哦，我叫卡里姆。"

"哈登堡小姐。"她一本正经地说，"那么你是哪里人呀，卡里姆先生？"

"我是约旦人。"

哦，老天爷呀，原来是一个阿拉伯人。嗯，她想象在卡尔特纳环城路对面的理工大学里有许多这样的人。她所见过的大多数阿拉伯人在街上摆地摊，死皮赖脸地在咖啡馆门前的人行道上出售地毯和报纸，赶也赶不走。她旁边的小伙子外表看上去令人尊敬。也许他的家庭门第较好，但毕竟……一个阿拉伯人。她吃完做了一下结账的手势。该离开这个年轻人了，即使他表现得彬彬有礼。

"可是，"他遗憾地说，"我还是认为我不能去。"

她的账单来了。她用手摸索着奥地利先令纸币。

"去哪里？"

"去歌剧院，看《魔笛》。我独自一人不能去，没这个胆量。里面有那么多人。而且我不知道该怎么欣赏，该在什么时候鼓掌。"

"哦，我认为你不会去的，年轻人，因为你搞不到票。"

他看上去一脸迷茫。

"噢，不，不是这么回事。"

他把手伸进衣服口袋，取出两张纸放到了桌子上——她的桌子——放在她的账单旁边。音乐会第二排座位，离歌手只有咫尺之遥，中间走廊旁边。

"我在联合国有一位朋友。他们有赠票，你知道。但他不想看，所以他把票送给我了。"

送。不是卖，是送。这种天价的票，他就这么送掉了。

年轻人恳请地说："请问你能带我去吗？"

措辞用得很好，好像她会带他去似的。

她想象着坐在那个有壮丽拱顶的、金碧辉煌的洛可可风格的天堂里，她的兴致随着乐曲的低音、中音、次高音和女高音而上升，升到绘有彩图的屋顶……

"当然不能。"她说。

"哦，对不起，小姐。恕我冒昧。"

他伸手拿起票子，两只手一手捏住一半，准备撕掉。

"不。"刚撕了不到半英寸，她的手就按在了他的手上，"你不能那样。"

她的脸涨红了。

"可它们对我没有用处。"

"嗯，我想……"

他的脸亮了起来。

"那么你会陪我去歌剧院了，对吗？"

陪他去歌剧院，这当然是不同的。不是约会，不是那种两个人相互接受之后的约会。更像是导游，真的。出于维也纳人的礼貌，陪一个来自外国的学生去欣赏奥地利首都的其中一个景点，这样做没有害处……

他们定下来七点十五分在歌剧院门前的台阶上见面。她从格林辛驾车过来，顺利地停好车。他们汇入到洋溢着喜悦的人群之中。

如果说在度过了二十个没有爱情的春秋后，爱迪丝·哈登堡会感受到天堂般的快乐，那就是在一九九〇年的那个晚上，她坐在离舞台只有几英尺的地方，沉浸在旋律的海洋之中。如果她想感觉陶醉的滋味，那么那天晚上，她让自己彻底沉浸在高低起伏的洪流般的歌声之中。

上半场，当帕帕吉诺在她前面歌唱和跳跃时，她感觉到一只干干的、年轻的手放在了她的手上。出于本能，她迅速地抽回了自己的手。下半场当这事又发生时，她没有动，反而随着音乐感觉到另一个人的暖流涌到了她的身上。

全场结束时，她仍然陶醉在剧情之中。不然的话，她决不会允许他陪伴她穿过广场到弗洛伊德常去的地方——兰德曼咖啡馆，现已恢复了它在一八九〇年时的繁华。在那里，最好的领班服务员亲自把他们引到了一张桌子，于是他们一起吃了一顿真正的晚餐。

饭后，他与她一起走向她的汽车。她已经镇静下来了。她的自控力已经恢复了。

"我真的很喜欢你陪我看看真正的维也纳。"卡里姆平静地说，"你们的维也纳，拥有漂亮的博物馆和音乐会的维也纳。要不然，我永远也不会明白奥地利的文化。"

"你说什么呀，卡里姆？"

他们站在她的轿车旁。不，她肯定不会让他搭车去他的公寓，不管他住在何处。而且如果他提出来要与她一起去她家，那就会暴露出他确实是流氓那一类的人。

"我想再次见到你。"

"为什么？"

如果他告诉我，我很漂亮，我就会揍他。她这么想道。

"因为你很善良。"他说。

黑暗中她的脸涨得通红。他二话不说俯身在她的脸颊上吻了一下。然后他就走了，迈步穿过广场。她独自驾车回家。

那天夜晚，爱迪丝·哈登堡的睡梦被打乱了。她梦见了很久以前的事情。她梦见霍斯特，那是一九七〇年那个漫长而又炎热的夏天，他是那么爱她。那一年她十九岁，是一个处女。霍斯特使她变得纯洁高雅了，也使她爱上了他。霍斯特在冬天突然离开了，没有留下一张纸条，没有作出一次解释，也没有说一声道别。

起先，她认为他一定是出了意外，于是她打电话到所有的医院去问。然后，她认为由于他是推销员，肯定是公司要他出差去了，他肯定会来电话的。

后来，她获悉他与加拉茨的一个姑娘结了婚。当他与她在一起时，他也一直爱着那个姑娘。

她一直哭到春天，然后她把他从记忆中彻底抹去，销毁他留下的所有痕迹，并把它们烧了。她烧掉了他送的礼物，以及他们散步时和在卢森堡施洛斯公园湖上泛舟时拍的照片，尤其是那棵树的照片。就是在那棵树下，当初他爱上了她，真正爱着她，并使她与他融为了一体。

此后，她的生活中再也没有出现过第二个男人。他们只会背叛你和抛弃你，她的母亲曾经这么说过，而母亲是对的。今后不会有其他男人了，再也不会有了，她发誓。

那天夜晚，即圣诞节前一个星期的夜晚，她的梦一直到黎明前才渐渐消退。在她的睡眠中，她一直把《魔笛》的节目单抱在她那瘦小的胸部上。在她的睡眠中，她眼角和嘴边的一些皱纹似乎消失了。而且在她的睡眠中，她笑了。那样肯定不会有害处。

第十三章

战争前夕

一辆宽大、灰色的梅赛德斯-奔驰轿车遇上了交通堵塞。司机拼命地按着喇叭，左冲右突地穿行在库拉法街和拉希德街之间，轿车、面包车、市场摊位和手推车所组成的滚滚洪流之中。

这是巴格达的老市区，在这里，各种贩卖布匹、黄金和香料的商贩已经做了十个世纪的生意。

轿车转向班克街，街道的两边停满了小汽车，最后轿车终于驶进了舒尔贾街。前方卖香料的马路市场无法通行。司机偏过头来。

"只能开到这里了。"

莱拉·阿尔希拉点点头并等待着为她开车门。司机旁边坐着的是克马尔，卡迪里将军的私人保镖，原先是装甲兵部队里的一名中士，为卡迪里当保镖已有好多年了。莱拉不喜欢他。

停顿了一下之后，中士推开了他那边的车门，在人行道上伸直他那高大的身躯，去拉开了后座车门。他知道她又一次侮辱了他，这可以从她的眼睛里看出来。她下了车，连看都不看他一眼，也不说声谢谢。

她痛恨这名保镖的一个原因是，他到处跟着她。当然，这是他的工作，是卡迪里布置给他的，但这并没有使她减轻对他的憎恨。当卡迪里清醒时，他是一位职业军人；在性生活中，他的醋性很重。所以他的原则是，她在市内不准单独活动。

她厌恶这个保镖的另一个原因是，他明显流露出对她的贪欲。作为一名风尘女子，她完全能够理解任何男人很可能会渴望她的肉体。如果价格合适，她会纵容这种贪求，不管其欲望如何奇异。但克马尔完全没有这个资格：作为一名中士，他很穷。他怎么敢有这种奢望呢？然而他显然有着这种奢求——那是一种既蔑视她又疯狂地想占有她的混合愿望。当他知道卡迪里将军没在注意她时，他就流露出这种愿望。

以他自己的地位，他知道她的反感，可他喜欢用目光去侮辱她，言语上保持着正常的态度。

她曾就他无言的傲慢向卡迪里抱怨过，但他仅仅一笑了之。他可以怀疑任何对她垂涎三尺的其他人，但赋予克马尔许多自由，因为在法奥的沼泽地里与伊朗人作战时，克马尔救过他的命；克马尔会为他而死。

保镖"砰"的一声关上了车门，接着与她并排沿着舒尔贾街步行向前行进。

这个区域被称为基督教区。除了河对岸由英国人为新教信仰而建造的圣乔治教堂之外，在伊拉克有三个基督徒宗派，约占总人口的百分之七。

最大的是亚述派，其大教堂耸立在舒尔贾街外边的基督教区内。一英里之外是亚美尼亚教堂，靠近又一个如蛛网般分布着小街小巷的地段，该地段被称为亚美尼亚老区，其历史可追溯到许多世纪以前。

紧挨着亚述大教堂的是圣约瑟夫教堂，那是最小的宗派——迦勒底基督教堂。亚述人的礼拜仪式与希腊正教相像，而迦勒底人的仪式则是天主教的一个分支。

伊拉克人中最著名的迦勒底基督徒，是当时的外交部长塔里克·阿齐兹，尽管他对萨达姆·侯赛因及其屠杀政策有着狗一般的忠诚，也许意味着阿齐兹先生已经在某种程度上偏离了耶稣的教义。莱拉·阿尔希拉也出生于迦勒底人家庭，现在这种联系正在发挥作用。

这对不相称的男女走到了迦勒底教堂拱门前面，通向石块铺地的院子的铸铁大门口。克马尔停下了。作为穆斯林，他不能再往前迈步了。她朝他点点头就走进了大门。克马尔注视着她在教堂门边的一个摊位上买了一支小蜡烛，撩起她那厚重的、镶着花边的披巾，围在了她的头上，然后进入了黑沉沉的、香烟缭绕的教堂内部。

保镖耸耸肩，踱到几码远处买了一听可乐，并找到了一个可以坐下来监视门口的地方。他不明白为什么他的主子会允许这种荒唐事。那女人是一个妓女；将军总有一天会对她感到厌烦，而且将军已经答应，在甩掉她之前，他克马尔可以尽情享乐一番。想到这里他微笑了，一股可乐沿着他的下巴淌了下来。

在教堂内，莱拉停下来，用门边燃烧的蜡烛引燃了她手中的那支，然后她低着头走向教堂中殿远处的忏悔室。一名身着黑袍的牧师走过去，但没去注意她。

总是同一个忏悔室。她在准确的时间走了进去，避开另一个也在寻找神父聆听忏悔的黑衣服妇女。

莱拉在身后关上门，转过身来坐在了忏悔者的座位上。在她的右边是一块磨损了的铁格栅。她听到格栅后面发出了一阵咔咔声。

他会在那里的；在约定的时刻他总是在那里。

他到底是谁？她感到迷惑。为什么他要为她收集的情报支付如此丰厚的报酬？他不是外国人——他的阿拉伯语说得太好了，不可能是外国人，那是在巴格达土生土长的人所说的阿拉伯语。而且他出手大方，非常大方。

"莱拉？"那声音如同喃喃细语，低沉而又平静。她每次都要比他晚到，比他早走。他已经警告过她，不要抱着想见他的希望而在外面闲荡，可她怎么可能做那种事呢？因为克马尔就潜伏在门口。那傻瓜会看见，并回去向他的主子汇报。这可是比她的生命更为重要的事情。

"请亮明你自己。"

"神父，我犯下了肉体上的罪过，不值得你的赦免。"

是他拟定了这句话，因为没有人会这么说。

"你给我搞到了什么？"

她把手伸进双腿中间，拨开内裤裤裆，拉出他在几个星期之前交给她的那支假卫生棉条。她从空管中抽出卷成铅笔粗细的一卷薄纸。她把这卷纸从铁格栅的空隙处递过去。

"等着。"

她听到葱皮薄纸展开来时发出的一阵沙沙声。那人在用熟练的眼光看阅她做的笔记——内容是前一天萨达姆·侯赛因亲自主持的、阿卜杜拉·卡迪里将军参加的军事计划会议的决议报告。

"好，莱拉。很好。"

今天给的钱是瑞士法郎，高面值纸币，从铁格栅缝中递给了她。她把钱全都放进她藏情报的那个地方，那地方大多数穆斯林会认为在某些时间里是不干净的。只有医生或者令人恐怖的秘密警察才会检查那里。

"这事还要持续多久？"她问铁格栅里面。

"现在不会很久了，马上就要打仗了。到战争结束时，热依斯会倒台。其他人会掌权，我将是其中之一。到时候你会得到真正的奖励，莱拉，保持平静，做好你的本职工作，要有耐心。"

她微笑了。真正的奖励，钱，很多钱，够她去遥远的地方让她下半辈子过上富裕的生活。

"现在走吧。"

她起身离开了忏悔室。那个穿黑衣的老妇人已经另找了一个忏悔室去倾诉了。莱拉重新穿过中殿，走出教堂来到了阳光下。傻瓜克马尔待在铸铁大门之外，粗大的拳头里捏着一只可乐罐，已经热得流汗了。好，让他流汗吧。他会满头大汗的，假如他知道了……

她看也不看他就转上了舒尔贾街，穿过熙熙攘攘的市场，走向停在前方的那辆汽车。克马尔虽然很生气，但也无能为力，只得脚步沉重地跟在她后面。她根本没去注意一个推着自行车的贫穷的下等人，那人也同样根本没去注意她。那人只是按照厨师的吩咐，到市场上来采购干皮、芫荽和藏红花。

那个穿着迦勒底神父黑袍的人在忏悔室里又独自待了一会儿，以确信他的下线间谍已经离开了那条街。她认出他的概率极小，但在这种游戏中，即使是万分之一的概率也嫌太大。

他对她说的是真话。战争即将来临。美国人已经下定了决心，决不会轻易改变主意。

只要坐在塔穆兹桥河边总统府里的那傻瓜不要把事情全盘弄糟，不要单方面从科威特撤军就行了。幸好，萨达姆的所作所为似乎是在导向他自己的毁灭。美国人将会赢得战争，然后他们会来到巴格达完成这项工作。他们肯定不会把科威特的解放视作战争的结束吧？一个那么强大的国家是不至于那么愚蠢的。

当他们到来时，他们会需要一个新的政权。作为美国人，他们会重视那些能说流利英语的人，那些懂得他们的风俗、思维习惯，能听懂他们说话的人；那些知道如何去取悦他们的人，就会成为他们的选择。

现在给他带来负面影响的那种教育和那种大都市市民的见闻，将会成为他的优势。目前他被排斥在最高委员会和热依斯的内层决策层之外，因为他不是来自愚蠢的提克里特部族，不是复兴党的终身铁杆党员，不是一名上将，也不是萨达姆的亲属。

但卡迪里是提克里特人，因而受到信任。他只不过是一个平庸的坦克兵上将，模样像是一头发情的骆驼，但他曾经在提克里特的沙尘巷子里与萨达姆及其族人一起玩耍过，那就足够了。卡迪里参加了每一次决策会议，知道全部秘密。忏悔室里的那个人需要知道这些事情，以便为自己做好准备。

当他认为外面已经安全了时，便起身离开了。他没穿越中殿，而是通过一道边门进入了教堂的法衣室，朝一名正在穿戴衣袍去准备主持一个仪式的真正的神父点点头，然后从后门出了教堂。

那个推自行车的人只相距二十码距离。当穿黑袍的神父走到阳光下时，那人正巧抬头去看，然后急忙转过头去。穿黑袍的人也看了他一眼，注意到了他，但对这个俯身调整自行车链条的下等人没有在意，他迅速穿过巷子，走向前方一辆没有标志的轿车。

那个采购香料的人惊出了一身冷汗，他的心在狂跳着。太接近了，实在太接近了。他一直在避开设在曼苏尔区的安全机关总部附近地段，以免碰见那张脸。那人装扮成神父在基督教区里干什么？

上帝呀，这已经是多年以前的事了，那时候他们曾一起在哈特利先生的塔西西亚预科学校草坪上一起玩耍；那时候为保护他的弟弟他曾在那个男孩的下巴上揍了一拳；那时候他们曾在班上朗诵诗歌，而他俩每次都被阿卜德尔卡里姆·巴德里超过。自从他最后一次见到他的老朋友哈桑·拉曼尼，已经过去了许多年，而现在拉曼尼身居伊拉克共和国反间谍局局长的职位。

圣诞节临近了，在沙特阿拉伯北方的沙漠里，准备在穆斯林国土上度过这个节日的三十万美国人和欧洲人开始思念家乡。尽管耶稣生日的庆祝在临近，但自诺曼底之后最大的部队集结仍在继续进行。

多国部队分布的地带仍在科威特的正南方。没有迹象表明最后这些部队中的一半将会迅速插向西部的纵深地区。

在沿海港口，新的作战师还在不断地涌进来。英国的第四装甲旅已经与"沙漠老鼠"——七旅会师了，从而组成了第一装甲师。法国人正在把他们的兵力增加到一万人，包括外籍军团。

美国人已经派来了，或者说即将派来第一骑兵师，第二和第三装甲骑兵团，第一机械化步兵师，第一和第三装甲师，还有两个师的海军陆战队，以及第82和第101空降师。

边境线上驻守的，是志愿沙特特遣部队和特种部队，做他们后盾的是埃及和叙利亚的几个作战师，以及一些海湾小国家派来的其他小部队。

阿拉伯湾北部海域几乎布满了多国部队海军的战舰。在海湾以及沙特阿拉伯另一边的红海，美国已经布置了五个航母战斗群，由"艾森豪威尔"号、"独立"号、"约翰·肯尼迪"号、"中途岛"号和"萨拉托加"号为旗舰。以后，"美利坚"号、"突击者"号和"西奥多·罗斯福"号还要加入进来。

仅仅是这些航母上的战机就有雄猫、大黄蜂、入侵者、徘徊者、复仇者和鹰眼，阵容相当壮观。

在海湾，美国战列舰"威斯康星"号已经在位了，到一月份，"密苏里"号也会加入进来。

在所有的海湾国家以及沙特阿拉伯全境，每一个能派上用处的机场均停满了战斗机、轰炸机、加油机、运输机以及预警机。所有这些飞机已经在日夜飞行了——暂时没有侵入伊拉克领空，但伊拉克人无法发觉的高空侦察机除外。

美国空军还与英国皇家空军合用着几个机场。由于两国的军人说同一种语言，双方的交流就比较容易、自由和友好。但有时候也会发生误会。一个著名的误解是，英国人好像有一个秘密地点，被简称为MMFD。

在早先执行飞行任务时，空中交通控制员问一架英国的狂风战斗机，是否到达了某一个转向点。飞行员回答说他还没有，他还在MMFD上空。

随着时间的推移，许多美国飞行员听到了这个地点，于是他们试图在地图上找到它。有两个原因使它成了一个谜，英国人显然在这个地方上空花费很多时间；而美国人的航图没有这个地点。有一种解释是，这也许是KKMC的误听，KKMC是卡利德国王军城，沙特的一个大基地。这种观点使人难以信服，于是美国人继续寻找。最后，美国人放弃了。不管这个MMFD在什么地方，利雅得的作战计划参谋并没把它标在美国空军各中队使用的航空图上。

最终还是狂风战斗机的飞行员们道破了MMFD的秘密。它的意思是"没完没了的讨厌的沙漠"（Miles and Miles of Fucking Deserts）。

在地面上，士兵们生活在MMFD的中心。许多人睡在他们的坦克、炮车和装甲车底下，生活很艰苦，而且更糟糕的是，也很单调。

大兵们也有消遣娱乐活动，其中一个就是走访友邻部队。美国兵的睡床特别好，英国人对此很是羡慕。碰巧，美国人发的口粮是罐装食品，很可能是国防部的某一个文官设计出来的，如果让他本人一日三顿吃这种罐头食品，他很可能宁死不吃。这些食物被称为MRE，意思是"即食食品"（Meals Ready to Eat）。美国军人认为这种解释不对，MRE的意思应该是"穷人也不吃的食品"（Meals Rejected by Ethiopians）。相比之下，英国兵吃得很好。根据资本主义的商品交换原则，他们很快就达成了用美国人的床铺换取英国人口粮的轻松快乐的交易。

另一个来自英国人阵地的消息，使美国人百思不得其解。这就是，英国国防部下令为海湾的英军士兵发放五十万只避孕套。在荒凉的阿拉伯沙漠里，这样做意味着英国人知道美国大兵们不知道的某些事。

这个谜团直到地面战开始前一天才解开。一百天以来，美国人一直在一遍又一遍地擦洗他们的步枪，清除掉不断地吹入枪管的尘土和沙砾。临战前一天，英国人轻松地剥去套在枪口上的避孕套，露出上了枪油的亮晶晶的枪管。

圣诞节前夕发生的另一件大事，是法国人重新参加了盟军作战计划的制订。

前一阶段，法国国防部长——名叫让-皮埃尔·雪凡纳芒——显露出对伊拉克的相当同情，并命令法军司令把多国部队的计划和决定传到巴黎。当法国人把这个要求向多国部队总司令施瓦茨科普夫上将提出来时，他和彼得·德拉比利埃尔爵士不禁哈哈大笑起来。这位雪凡纳芒先生当时还兼任着法国—伊拉克友好协会的负责人。虽然法国部队由一位很棒的军人——米歇尔·罗克乔夫勒将军统帅，但法国只能被排斥在所有的作战计划会议之外。

年底时，皮埃尔·乔克斯被任命为法国国防部长，他立即撤销了那条命令。此后，法军司令罗克乔夫勒将军可以与美英一起参加绝密计划的制订了。

圣诞节前两天，麦克·马丁收到了耶利哥对一星期之前提出的问题的答复。耶利哥的态度很明朗，前几天召开了一次内阁会议，参加会议的只有萨达姆·侯赛因内阁的核心成员，革命指挥委员会委员和高级将领。

会上，伊拉克自动撤出科威特的问题又被提了出来。显然，这不是与会者作为一个建议提出来的——没人会那么傻。大家都清楚地记得那个先例，当时还是两伊战争时期，伊朗方面提出了和平建议，这个建议在会议上被提出来讨论。萨达姆征求大家的意见。

卫生部长建议说这一招也许是明智的——当然是作为一项纯属临时性的举措。萨达姆把这位部长请到旁边的房间，拔出随身武器，一枪打死了他，然后回来继续主持会议。

这次，撤出科威特的话题是以斥责联合国竟敢作出如此大胆决议的形式提出来的。与会者都等待着萨达姆开头。但他没有说话，与往常一样，他坐在会议桌上首，活像一条注视着动静的眼镜蛇，他的眼睛——审视着在座的每个人，试图要嗅出一丝不忠的迹象。

热依斯不发话，讨论就自然而然地停下来了。然后萨达姆开始平静地讲话，这时候是他最危险的时候。

任何人，他说，如果在心头想到过，会允许伊拉克当着美国人的面遭受如此奇耻大辱，那么这个人就是准备在余生去当美国佬的马屁精。这样的人是不配坐在这间会议室里的。

总统已经表了态。在座的每一个人都挺直腰板解释说，他们中的任何人在任何情况下永远不会产生这种念头。

然后伊拉克的独裁者又补充说了些其他事情。只有在伊拉克能够打胜和即将打胜时，才有可能从伊拉克的第十九个省撤出，他说。

桌子周围的每一个人都审慎地点点头，虽然谁也没能明白他到底在说些什么。

这是一份很长的报告。当天夜晚麦克·马丁就把这报告发送到了利雅得郊外的那座别墅。

奇普·巴伯和西蒙·巴克斯曼对着这份情报研究了好几个钟头。两人都已决定暂时离开沙特阿拉伯飞回本国过几天，从利雅得管理麦克·马丁和耶利哥的任务暂时交给英国秘密情报局的情报站长朱利安·格雷，以及美国中央情报局驻当地情报站站长。现在离联合国的最后期限到期、查克·霍纳将军开始对伊拉克实施空中打击只剩二十四天了。两人都想回家作短期休假，耶利哥的报告给了他们回国的机会。于是他们带上了那份报告。

"你认为他的话是什么意思，'打胜和即将打胜'？"巴伯问。

"说不上来。"巴克斯曼说，"我们要请一些分析专家帮忙。他们对情报的分析能力比我们强。"

"我们也一样。我想，圣诞节期间除了商店营业员其他人很难找到。我就把报告原封不动地交给比尔·斯图尔特，他很可能会去找几个聪明的脑袋对此写上厚厚的一叠分析材料，再报给局长和国务院。"

"我认识一个聪明脑袋，我想让他看一看这份报告。"巴克斯曼说。抱着这种想法他们去了机场，分别搭上了各自回家的航班。

圣诞节前夜，特里·马丁与西蒙·巴克斯曼一起坐在伦敦西区一家安静的酒吧里。马丁已经看过了耶利哥报告的全文，巴克斯曼让他努力分析一下，萨达姆·侯赛因说的以战胜美国作为撤离科威特的筹码这话到底有什么意思。

"顺便说一下，"他问巴克斯曼，"我知道这样问打破了'不

324

需要知道'的规矩，可我确实很担心。我帮你做这些事情，你就当给我一个回报吧。我的哥哥在科威特怎么样？他仍然平安吗？"

巴克斯曼的目光在这位阿拉伯学博士的脸上凝视了好几秒钟。

"我只能告诉你，他现在已经不在科威特了。"他说。

特里·马丁松了一口气。

"这是我所能得到的最好的圣诞礼物。谢谢你，西蒙。"他抬起头，竖起了一根淘气的手指，"还有一件事——不要打算派他去巴格达。"

巴克斯曼已经搞了十五年的情报工作。他的脸保持着无动于衷，他的语调仍然轻松活泼。这位学者显然只是在开玩笑。

"真的吗？为什么呢？"

马丁正在喝杯中的最后一口葡萄酒，没有注意到情报官眼中掠过的一丝警觉。

"我亲爱的西蒙，巴格达是这个世界上他唯一不能去的城市。你还记得西恩·普鲁默让我听的伊拉克无线电广播的录音吗？有些话音已经鉴定出来了。我分辨出其中一人的名字。完全是碰巧，但我知道我没搞错。"

"是吗？"巴克斯曼平静地说，"给我详细说说。"

"当然这已经有很长时间了，可我知道那是同一个人。你猜是谁？他现在是巴格达的反间局头子，萨达姆的头号间谍猎手。"

"哈桑·拉曼尼。"巴克斯曼喃喃地说。特里·马丁不应该喝那么多酒，即使是圣诞节前夕也不行。他承受不了，他的舌头已经不听指挥了。

"就是他。他们曾在一个学校读书，你知道。我们当初都在一起，在老好人哈特利先生的预科学校。麦克和哈桑是最要好的同学。明白吗？所以他决不能在巴格达现身。"

巴克斯曼离开酒吧，凝视着那位阿拉伯学专家在街上渐渐走远了的模糊的身影。

"噢，糟糕！"他说，"噢，糟糕，太糟糕了！"

有人刚刚破坏了他的过节心情，而他也要去破坏史蒂夫·莱恩的过节心情。

爱迪丝·哈登堡去了萨尔茨堡与她母亲一起过节，这种家庭传统已经延续了好多年。

卡里姆，这位年轻的约旦留学生得以去拜访住在安全公寓里的吉迪·巴齐莱。约书亚行动特工队队长巴齐莱正在向他手下没在值班的特工队员们分发饮料。只有一名倒霉的队员留在萨尔茨堡，监视着哈登堡小姐，以免她突然提前返回首都。

卡里姆的真名叫阿维·赫尔佐格，二十九岁，几年前从504部队调到摩萨德。该部队是陆军情报局的一支分遣队，专门从事跨越边境的袭击任务，所以他的阿拉伯语说得很流利。因为他长相俊美，看上去相当害羞、缺乏自信，如果他愿意的话，他可以用这种假象去迷惑他人。摩萨德曾经两次使用他去设置甜蜜陷阱。

"那么，爱情进展如何，情弟弟？"吉迪边把饮料分发出去，边问道。

"很缓慢。"阿维回答。

"不要拖得太久。老头子要一个结果，记住。"

"这是一位很正直的女士，"阿维说，"只对心灵的交流感兴趣，目前为止。"

在约旦留学生身份掩护下，他与另一名阿拉伯学生合租了一套小公寓。实际上他的室友是内维奥特组的一名特工，专长于电话窃听，也会说阿拉伯语。这是以防万一爱迪丝·哈登堡或任何其他人，突然想打电话核查一下他住在哪里，住得怎么样以及与谁住在一起。

那套合租的公寓能经得起任何检查，房间里扔满了工程学的教科书以及约旦的报纸和杂志。两个人全都登记了理工大学的学籍，以防万一也有人去学校查询。现在说话的是赫尔佐格的室友。

"心灵交流？去它的。"

"是的，"阿维说，"我做不到。"

当笑声平静下来时，他补充了一句："顺便说一下，我要求追加危险附加费。"

"为什么？"吉迪问，"难道你脱下牛仔裤时，她会一口咬掉那个东西？"

"不是。是那些美术馆、画廊、音乐会、歌剧、诗歌朗诵。我简直厌烦死了。"

"按照你知道的路子继续进行下去，小伙子。你来这里是因为局里认为你具有我们所没有的东西。"

"是的。"耶里德跟踪小组那名女特工说，"大约九英寸。"

"好了，到此为止，雅埃尔小姐。你可以回到哈雅空街值交通班了，随便什么时候都可以。"

大家继续喝饮料，房间里洋溢着笑声和希伯来语的玩笑声。那天晚上晚些时候，雅埃尔小姐发现她的判断是对的。摩萨德特工队在维也纳度过了一个愉快的圣诞节。

"特里，你认为怎么样？"

史蒂夫·莱恩和西蒙·巴克斯曼把特里·马丁请到了"企业"在肯辛顿的一座公寓里。他们需要比饭店更隐蔽的地方。这是元旦前两天。

"有意思，"马丁说，"非常有意思。这是真的吗？萨达姆真的说过这些话？"

"你为什么这样问？"

"好，恕我直言，这是一次奇怪的电话窃听。说话者似乎是在向另一个人汇报他参加的会议……电话里的另一个人似乎一句话也没说。"

企业不会轻易地告诉特里·马丁，这实际上是根据那份报告搞出来的。

"另一个人的答话是马马虎虎的。"莱恩不动声色地说，"都是哼哼哈哈地应答和表示兴趣的词语，没有必要包括进来。"

"可这是萨达姆所使用的语言？"

"据我们理解，是的。"

"有意思。这是我第一次见到他私下讲话。"

马丁手里拿着的不是耶利哥的书面报告。该报告由他哥哥麦克·马丁逐字逐句地读入录音机之后就销毁了。特里·马丁现在拿着的是圣诞节前情报发到利雅得后用打字机打印出来的阿拉伯语文本。他还得到了企业自己搞出来的英文译文。

"最后的那条短语，"巴克斯曼说，他当天晚上就要赴利雅得，"他说到'打胜和即将打胜'——这话你看有什么意思？"

"当然有意思了。可你又是按照欧洲人和北美人的理解来用打胜这个词了。我倒喜欢使用英语里的成功一词。"

"好吧，特里，面对美国和多国部队，萨达姆如何能够获得成功呢？"莱恩问道。

"用羞辱。我以前告诉过你们，他必须让美国看上去像一个大傻瓜。"

"但他在以后二十天内不会撤出科威特吗？我们确实需要知

道，特里。"

"你瞧，萨达姆攻入那里，是因为他的要求没有得到满足。"马丁说，"他有四个要求：接管瓦尔巴岛和布比延岛以取得出海通路，补偿科威特从他声称是'共享'的油田里超额开采的石油，结束科威特的超量生产，以及一笔勾销一百五十亿美元的战争债务。如果他能达到这些目的，他就可以以胜利者的姿态撤出，让美国目瞪口呆地留在那里。这就是胜利。"

"有没有迹象表明，他觉得他能够达到这些目的？"

马丁耸耸肩。

"萨达姆认为联合国的和平贩子们只会把事情弄糟。他在赌时间，认为如果他能硬撑下去，联合国的决议就会失败。他也许是对的。"

"他这么做没用。"莱恩反驳说，"他已经有了最后期限，一月十五日，离现在不到二十天了。他会被打得落花流水的。"

"除非，"巴克斯曼提议说，"安理会的一个常任理事国在最后一分钟抛出一个和平计划，从而拖住最后期限。"

莱恩看上去表情严肃。

"巴黎或莫斯科，或者两者一起。"他预测说。

"如果战争打响，他是否仍然认为他能打胜，对不起，'成功'？"巴克斯曼问。

"是的。"特里·马丁说，"但那又回到了我以前告诉过你们的那件事——美国人的伤亡。不要忘记，萨达姆是街上的带枪歹徒。他的赞助人不是来自开罗和利雅得的外交通道，而是来自充斥着仇恨美国，把美国视作以色列后台老板的巴勒斯坦和其他阿拉伯小街巷。任何人，只要能使美国人流血，那么不管他自己的国家遭受何种损失，他就会成为英雄。"

"可他不能那样。"莱恩坚持说。

"他认为他能做到。"马丁反击说，"你们看，他已经聪明地料到，以美国人的观点来看，美国不能输，不应该输。很简单，美国不能接受。看看越战，老兵们回到家乡，却被人往身上扔垃圾。对美国来说，在一个它看不起的敌人手里遭受惨重伤亡是一种失败。不可接受的失败。萨达姆可以损失五千名军人，在任何时间、任何地点都可以，他不会介意。但山姆大叔会介意。如果美国遭受那种失败，它的基础就会动摇。议员们会摇头，行政官员的前程会变得惨淡，政府会倒台，自责和反省会延续整整一代人。"

"他不能那样。"莱恩又说。

"他认为他能做到。"马丁重复。

"那是毒气武器。"巴克斯曼咕哝着说。

"也许是吧。顺便说一下，你们是否搞明白了电话中截听到的那个短语的意思？"

莱恩的眼睛瞟向了巴克斯曼。又是耶利哥。决不能提到耶利哥。

"没有。我们问过的人都没听说过这个短语。没人能猜得透。"

"这可能很重要，史蒂夫。可能是其他武器，不是毒气。"

"特里，"莱恩耐心地说，"在不到二十天时间之内，美国人，加上我们，法国人，意大利人，沙特人和其他人，将要对萨达姆发起史无前例的最大空袭。二十天后要倾泻的炸弹将会超过整个第二次世界大战扔下的炸弹的总吨位。在利雅得的将军们正忙得焦头烂额。我们真的不能去对他们说：'且慢，先生们。我们在电话截听中还有一个短语没搞明白。'让我们正视此事，那只不过是一个容易激动的人在电话里提议说上帝站在他们一边。"

"这并不奇怪，特里。"巴克斯曼说，"自开天辟地以来，奔赴战场的军人都声称他们有上帝的支持。就么回事。"

"另一个人告诉说话人闭嘴，并搁下了电话。"马丁提醒他们。

"那意味着他很忙也很恼火。"

"他称对方是妓女的儿子。"

"那意味着他不太喜欢对方。"

"也许是吧。"

"特里，请你不要再去想它了。它只不过是一条短语。毒气武器才是他指望的。你所有的其他分析我们全都同意。"

马丁先离开了，二十分钟后两名情报官也离开了。他们缩着肩膀，翻起衣领，走在人行道上，要找一辆出租车。

"你知道，"莱恩说，"他人很聪明，我也很喜欢他。但他太大惊小怪了。你听说过他私生活的事情吗？"

一辆出租车开过去了，是空车，但熄着灯。是茶歇时间。莱恩朝汽车咒骂了一声。

"当然听说过。'信箱'做过一次审查。"

信箱，或500号信箱，是安全局（军情五局）的外号。多年前，军情五局的地址真的是伦敦500号邮政信箱。

"嗯，没错。"莱恩说。

"史蒂夫，我真的认为，这是没有关系的。"

莱恩停住脚步转向他的部下。

"西蒙，相信我。他已经想入非非了，而且他只是在浪费我们的时间。听我一句忠告，别理会这个教授。"

"是毒气武器，总统先生。"

元旦那天，美国白宫的大多数部门都没有休息。新年后第三天，节日的气氛早就消逝了。在白宫西厢房，布什政府的行政中心，人们已经与平常一样忙碌了。

在安静的椭圆形办公室里，乔治·布什坐在宽大的办公桌后面，身后是几扇高高的、窄窄的窗户，配着淡绿色、厚厚的防弹玻璃，再上面是美国的国徽。

坐在他对面的是国家安全顾问布伦特·斯考克罗夫特中将。

总统低头看着刚刚交给他的那份分析摘要。

"大家都同意吗？"他问。

"是的，阁下。刚从伦敦过来的材料表明英国人完全同意我们的观点。萨达姆·侯赛因不会撤出科威特，除非给他一个台阶，保住他的面子，而我们不给他那个台阶。除此之外，他还指望地面战之前或在地面战期间，向盟军的地面部队大规模发射毒气。"

乔治·布什是自约翰·肯尼迪之后，第一位在位时卷入战争的美国总统。他见到过阵亡的美军士兵尸体。但想到因为毒气的侵袭，年轻战士们肺部组织被撕裂、中枢神经系统被摧毁，在沙地上痛苦地剧烈翻滚扭动，他感到一阵恶心。

"那么他如何发射这种毒气？"他问。

"我们认为有四种方法，总统先生。最简单的方法是由战斗机和战斗轰炸机发射散弹。参谋长联席会议主席科林·鲍威尔刚刚与在利雅得的查克·霍纳通过电话。霍纳将军说他需要三十五天的不间断空中打击。二十天之后，没有一架伊拉克飞机可以飞到边境。到第三十天，没有一架伊拉克飞机可以起飞一分钟以上。他说他能保证做到这一点，阁下。您可以相信他。"

"那么其他方法呢？"

"萨达姆有一些MLRS发射架，那可能会是第二种手段。"

伊拉克的MLRS，即多管火箭发射系统，是苏联制造的，是根据苏军在二次大战时有效地使用过的老式喀秋莎原理设计的。经多次改进后，现在这种火箭可从卡车的后部，或从固定位置上的一个矩形管壳里连续快速地发射出来，其射程为一百公里。

"自然地，总统先生，由于其射程的限制，火箭不得不从科威特境内或从伊拉克的西部沙漠里发射出来。我们相信联合星可以通过雷达发现它们，伊拉克人会把它们披上伪装，但其金属部分会显露出来。这样它们就会暴露。

"至于其余方法，伊拉克储存着供坦克和大炮使用的毒气弹头炮弹。其射程为三十七公里以下，即十九英里。我们知道这些储存的炮弹已经放在现场了，但由于射程的原因，这些毒气炮弹都存放在沙漠里，没有掩护。空军方面说他们有把握找到它们，并摧毁它们。最后还有飞毛腿导弹，我们也能找到并摧毁。"

"那么防范措施呢？"

"全都备妥了，总统先生。为防止万一发生炭疽进攻，每一名军人都在接受接种。英国人也完成了接种。现在，我们每个小时都在加快预防炭疽病的疫苗生产。每一名军人都配备了防毒面具和全套防毒衣裤。如果萨达姆尝试……"

总统站起来，转身抬头去看墙上的国徽。国徽里那只抓着箭的秃鹰在对视着他。

二十年前，那些可怕的拉链尸袋从越南运回来了，而且他知道，目前在沙特的阳光下也有一批尸袋隐藏在没有标志的集装箱里。即使采取了所有预防措施，但总归会有一小部分肌肤暴露在外面，防毒面具也不可能老是戴着。

明年是大选年份，但问题不在这里。不管大选胜负如何，他不想作为造成了成千上万名军人牺牲的美国总统而载入史册，而且这个伤亡数字还不是像越南那样是在长达九年的时间内，而是在几周之内或者甚至是在几天之内。

"布伦特……"

"总统先生。"

"詹姆斯·贝克很快就要去会见伊拉克外长塔里克·阿齐兹了。"

"六天后，在日内瓦。"

"请叫他来见我。"

一月份第一周，爱迪丝·哈登堡开始享受自己了，多年来第一次真正享受自己。她充满喜悦地向她的渴望求知的年轻朋友讲解她这座城市的文化奇迹。

温克勒银行给职员们放了四天假，包括元旦；假期后，他们还利用晚上时间外出参加各种文化娱乐活动，去剧院、音乐会和诗歌朗诵会，周末去参观博物馆和美术馆。

哈登堡和卡里姆在于根斯蒂尔花了半天时间欣赏新派艺术，在塞泽青也逗留了半天，那里长年展出克里姆特的作品。

年轻的约旦人兴高采烈，不停地问这问那。爱迪丝·哈登堡注意到了他的热情，她的眼睛兴奋得闪闪发光，她解释说在艺术之家美术馆还有一个精彩的展览，下个周末一定要去参观。

看完了克里姆特画作之后，卡里姆带她去罗蒂塞里·西尔克餐馆就餐。她认为这家饭店太贵了，但她的新朋友解释说他的父亲是阿曼一位富有的外科医生，给他的津贴相当丰厚。

令人惊奇的是，她竟然允许他为她倒了一杯葡萄酒，也没注意到不知什么时候他又在她的杯子里加了一次。她的谈话更加生动活泼了，她的双颊浮上了两朵红云。

喝咖啡时，卡里姆俯身向前把手放在了她的手上。她窘迫极了，急切地朝四周打量一番，看看是否有人注意到了，但没人会去管这种闲事。她把手抽了回来，但速度相当慢。

到周末时，他们已经一起参观了她心目中的四处文化宝库。当他们在晚上欣赏完维莱恩音乐会，一起穿越寒冷、黑暗的街道朝她的汽车走去时，他拉住了她戴着手套的小手。她没有抽回去，反而感觉到一股暖流透过棉布手套渗入到了她的身上。

"你真好，为我做了这么多事。"他认真地说，"我相信这对你来说一定是很枯燥的。"

"啊，不，一点也不。"她真诚地说，"我非常欣赏能见到和听到这些美好的东西。我很高兴你也喜欢。很快你就可以成为一名欧洲文化艺术方面的专家了。"

当他们走到她的轿车旁时，他低头向她微笑着，用他那没戴手套、但出奇温暖的双手捧住了她的被寒风吹得冷冰冰的脸，接着在她的嘴唇上轻轻地吻了一下。

"谢谢，爱迪丝。"

然后他就走开了。她与往常一样独自驾车回家，但她的双手在颤抖，她差点撞上了一辆有轨电车。

美国国务卿詹姆斯·贝克与伊拉克外交部长塔里克·阿齐兹于一月九日在日内瓦会面。会面时间不长，气氛也不友好。本来就没有这种企求。只有一名英语—阿拉伯语译员在场，虽然塔里克·阿齐兹的英语水平能够完全听懂美国人缓慢的、清晰的讲话。美国人的话相当简单。

"在我们两国可能发生任何敌意行动的期间，如果贵国政府选择动用国际上禁止的毒气武器，那么我奉命通知您和侯赛因总统，我国将使用核设备。简言之，我们将用核武器打击巴格达。"

那位沉默的、灰头发的伊拉克人听懂了这段话的意思，但一下子还不能相信。

其一，就他所知，没人敢把这种赤裸裸的恫吓转达给热依斯。萨达姆有一个习惯，像古代的巴比伦君主那样，会把气出在信使身上。

其二，起先他不知道这位美国人的讲话是否当真。一颗原子弹爆炸产生的放射性尘埃和间接破坏将不仅仅局限于巴格达，不是吗？它将会摧毁中东的一半地区，难道不是吗？

当塔里克·阿齐兹心事重重地踏上返回巴格达的路途时，他有三件事情不知道。

第一件事是那些现代科技的所谓"战场"原子弹，与一九四五年投到广岛的那颗原子弹大不相同。这种新型的、有限破坏的"清洁"原子弹之所以叫作清洁弹，是因为尽管其热爆破坏与以往一样可怕，但留下的放射性污染是极为短暂的。

第二件事是，布置在海湾的、现已有"密苏里"号与之做伴的"威斯康星"号战列舰的船舱里，有三只非常特殊的钢筋混凝土弹药箱，其强度可使其在军舰沉没后一万年，也能保持完整。在弹药箱内是三枚美国希望永远不会使用的战斧巡航导弹。

第三件事是，美国国务卿根本不是在开玩笑。

海湾战区英军总司令彼得·德拉比利埃尔中将独自一人在夜幕下黑暗的沙漠里行走着，与他相伴的只有脚下吱嘎作响的沙子和他纷乱的思绪。

作为一名一生从戎的军人和战斗经验丰富的老兵，他生活之单一如同他的身材之瘦小。他无法消受城市提供的奢华的乐趣，在军营里，在帐篷里和战士们在一起时，他感到有一种在家的轻松感觉。他喜欢阿拉伯沙漠，喜欢它那广袤的地平线，火一般的炽热，令人麻木的寒冷，以及使人敬畏的静谧。

那天晚上，在视察前线时（这是他尽可能多地招待自己的一种方法），他从圣帕特里克军营走开，把蹲伏在伪装网之下的挑战者坦克和帐篷旁准备晚餐的士兵们留在了身后。

这位英国将军已成为施瓦茨科普夫上将的密友，和最高军事委员会所有作战计划参谋的知己，他知道战争即将来临。离联合国的最后期限已经不到一星期了，可萨达姆·侯赛因仍然没有打算撤离科威特的任何迹象。

那天晚上，在沙特阿拉伯沙漠的星空下，使他忧虑的是他不明白巴格达的那个暴君到底有何打算。作为一名军人，英国将军喜欢了解敌人，猜透敌人的意图、动机、战术，乃至整个战略。

就个人来说，他对巴格达的那个人除了轻蔑没有其他感情。萨达姆不是一个军人，从来不曾是，他在军中的唯一才能是大量否决将军们的提议，或者把最好的将军处决。

那倒不是问题，问题在于萨达姆·侯赛因明显地掌握了全面权力——政治上的和军事上的，而且他的所作所为完全讲不通。

他在错误的时间以错误的理由侵入了科威特。那样一来，说服阿拉伯同胞们以外交方式在阿拉伯国家内部通过谈判解决问题的机会就吹掉了。假如他选择了那条道路，那么他很可能可以指望石油源源不断流入，而且由于旷日持久的阿拉伯内部会议，西方可能会渐渐失去兴趣。

是那个独裁者自己的愚蠢把西方人拖了进来。更糟糕的是，伊拉克占领科威特所采取的残暴手段，以及把西方人作为人肉盾牌，使萨达姆陷入了彻底的孤立。

早先，萨达姆·侯赛因可以对沙特阿拉伯东北部丰饶的油田任意摆布，他却畏缩不前。他的陆军和空军的精兵强将甚至可以打到利雅得，实施独裁统治。但他已经失败了，当他在巴格达策划一个又一个公关灾难时，"沙漠盾牌"已经布置到位了。

他也许是小事上聪明，但在所有其他事情上他是一个战略大傻瓜。而且，英国的将军想道，怎么会有那么愚蠢的人呢？

即使面临针对他的空中力量，萨达姆·侯赛因还是在政治上和军事上步步走错。难道他不知道即将发动的对巴格达空袭有多大威力吗？难道他真的不明白，西方的空中火力在五天之内会使他的军事装备倒退十年吗？

将军停下来，凝视着前面北方的沙漠。那天晚上没有月亮，但沙漠上空的星星很亮，因此借助星光可以看见周围昏暗的轮廓。土地很平坦，前方是组成伊军防线的谜一般的沙墙、战壕、雷区和带刺的铁丝网，美军工程兵将从那里炸出一条路来，让挑战者坦克长驱直入。

然而巴格达暴君手里捏着一张将军知道的、也使将军害怕的王牌：他可以简单地撤出科威特。

时间不在多国部队一边；它属于伊拉克。三月十五日穆斯林的斋月节就要开始了。届时，整整一个月穆斯林教徒白天将不吃食物不喝水，晚上才可吃喝。那意味着斋月期间穆斯林部队几乎不能参战。

四月十五日以后，沙漠将成为一座地狱，气温将升至130华氏度。让士兵们外出打仗会在国内形成很大的压力；到了夏天，国内的压力和沙漠的恶劣会变得不可抗拒。盟军将不得不撤出，一旦撤出之后，就永远不能再像这样回来了。多国部队的集结是一次性的。

所以三月十五日是一个期限。照此倒推计算，地面战也许会延续二十天。所以地面战必须在二月二十三日打响，如果有必要打的话。但多国部队空军司令查克·霍纳中将需要三十五天时间的空袭，以摧毁伊拉克的武器、部队和防御。一月十七日，就是最晚的开战日子。

假定萨达姆撤兵呢？他会把五十万多国部队傻乎乎地留在沙漠里，没有地方可去，只得打道回府。然而萨达姆态度很坚决——他不会撤兵。

那个疯子到底想干什么？将军又一次问自己。萨达姆是否在等待什么，等待某种可以摧垮敌人、使他获胜的神谕？

从将军身后的坦克兵营传来一声叫喊。他转过身去。皇家爱尔兰轻骑兵的指挥官阿瑟·德纳罗在叫他吃晚饭。不久后，这位身材粗壮、活泼快乐的阿瑟·德纳罗，将驾着第一辆坦克开往前线。

将军微笑着开始往回走去。他喜欢与战士们一起蹲在沙地上吃食堂供应的伙食，在篝火的映照下倾听各种不同口音，平缓而带有鼻音的兰开夏口音，滚动着粗喉音的汉普郡口音，以及带着柔软土音的爱尔兰口音；对战士们的玩笑——用粗鲁、直率的英语词汇准确表达出来各种幽默——开怀大笑。

愿老天爷惩罚在北方的那个人。他到底在等待什么？

第十四章

秘密武器

英国将军的谜底，正躺在那家工厂日光灯下一辆衬着垫木的小车上。工厂建在伊拉克沙漠底下八十英尺深处。

当房间的门打开时，一名工程师快步后退站好了立正的姿势。只有五个人走进来，然后总统卫队的两名武装警卫关上了房门。

其中四人对中间的一个人表示出极大的尊敬。与往常一样，那人穿着闪闪发亮的黑色牛皮靴，身着一套崭新的军服，随身武器挂在腰上，军装领口与喉咙之间围着一条绿色棉巾。他就是萨达姆·侯赛因。

其他四人中有一人是他的贴身保镖，在对每一个人实施了五次搜查之后，保镖仍没有离开他的身旁。在萨达姆·侯赛因和保镖之间，站着他的女婿侯赛因·卡米尔——工业与军工部部长。

站在总统另一边的是本项目的设计人贾法尔·阿尔贾法尔博士，伊拉克的核物理学天才。在他旁边，但稍微靠后一点的是萨拉·西迪基博士。贾法尔是物理学家，而西迪基是工程学家。

在白色的灯光照耀下，他们那件宝贝的钢体泛着暗淡的颜色。它有十四英尺长，直径三英尺多一点点。

钢体的四英尺后部是一个精心制作的减震装置，弹射体一经发射，该装置即会脱落。剩余的十英尺长弹体实际上也是一只软壳，是由八段相同材料制成的衬套所组成。微小的可爆螺栓在弹射体弹出去时，会使这些衬套炸裂，留下更细长的、直径只有两英尺的核心部分独自飞射出去。

衬套只是包在二十四英寸的弹射体外围，使其达到发射器口径所需的三十九英寸，并保护和包住四条刚性的尾鳍。

伊拉克没有从地面操纵移动尾翼所必需的遥感技术，但固定尾鳍可以稳定飞行中的弹射体，还能防止它摇摆或翻滚。

弹射体前部的锥形鼻首，用的是超强合金钢，并做成了针尖状。最后，这个锥体也要分离。

进入内层空间飞行的火箭在重新回到地球的大气层时，越往下空气越稠密，由此产生的摩擦热量足以熔化锥形鼻首。同样的道理，宇航员在重新进入大气层时需要一块阻热板，就是防止航天器遭焚毁的。

那天晚上这五个伊拉克人视察的这件设备是类似的。钢制的锥体将把弹射体带上高空，但经不起重新进入大气层的热摩擦。假如它保留下来，那么熔化的金属会弯曲、翘起，导致下降的飞行物产生摇晃，突然转向，宽面朝下迎向扑面而来的空气，并且烧毁。这个钢锥体被设计成在飞到最高点时即炸为碎片脱落，露出安装在下面的一只更短，更钝，用碳纤维制成的重返大气层锥体。

在杰拉尔德·布尔还活着的时候，他曾经试图代表巴格达收购北爱尔兰一家叫李尔范的英国公司。那是一家破产的飞机制造公司，曾经试制过许多部件用碳纤维制造的公务喷气飞机。布尔博士和巴格达感兴趣的不是公务飞机，而是李尔范的碳纤维细丝盘绕机器。

碳纤维特别耐热，但也很难加工。碳先是被分解成一种毛状物，由此纺出一股细线或细丝。细线在一只模具内交叉叠放许多层，然后黏合进一只壳体，塑出所需的形状；因为碳纤维在火箭技术中至关重要，而火箭技术是分级的，所以对此种机器的出口监控非常严格。当英国的情报人员获悉李尔范的设备要运往何处时，他们与华盛顿进行了协商，交易被否决了。那时候西方的专家们认定伊拉克将无法获得碳纤维丝技术。

但是专家们猜错了。伊拉克改变方向，结果奏效了。美国的一家空调和绝缘器材供应商，同意向伊拉克的一家公司出售石棉纺纱机。在伊拉克，工程技术人员把它改装成了纺制碳纤维的机器。

在后部的减震器与锥形鼻首之间，安放着西迪基博士的作品——一颗小小的、普普通通但作用完备的原子弹，可以用炮筒发射，用锂和铈催化剂催生引发链式反应所必需的中子风暴。

西迪基博士的作品里面，真正的胜利成果是一个圆球和一只管形的塞子，里边装的是贾法尔博士领导下生产出来的重达三十五公斤的纯浓缩铀-235。

一丝满意的笑容展现在那道浓密的黑色小胡子之下。总统走上前去用一根食指指向那个擦得发亮的钢体。

"它能用吗？真的能用吗？"他耳语着问。

"是的，赛义德热依斯。"物理学家说。

戴着黑色贝雷帽的那颗脑袋缓慢地点了好几次。

"要向你们表示祝贺，弟兄们。"

在那个弹射体之下的一只木架上，有一块简单的牌子，上面写着：安拉-乌特-库布。

伊拉克外交部长塔里克·阿齐兹一直在长时间地、艰难地盘算着，如何把美国人在日内瓦对他表达的赤裸裸的恫吓转达给他的总统。

他和总统已经相识有二十年了。二十年以来，这位外交部长对他的主人表现出狗一般的忠诚。在早年复兴党内部的争权夺利斗争中，他总是站在总统一边，总是相信总统的判断，相信来自提克里特的这个残酷无情的人会取得胜利，而且这种判断总是正确的。

他们一起爬上了独裁统治的贪婪的权力舞台，部长一直躲在总统的影子里。这位灰头发、身材粗壮的阿齐兹先生，已经以他绝对的盲从努力克服了他受过高等教育和掌握两门欧洲语言的先期优势。

在一次又一次的清洗中，他与所有萨达姆·侯赛因内阁的人一样，把实际的暴力留给他人实施，目睹并默许了一队队军官和曾经受信任的党员蒙受耻辱，被拉出去处决，而且在死刑之前这些人往往已经在阿布格雷布的折磨者那里遭受过严刑拷打。

他看到过英勇善战的将军们因为站出来为部下讲了几句话，而被革职和枪决，他还知道阴谋反对这个暴君的人，死时的惨状是他不敢想象的。

他见到过曾经在军中不可一世，无人敢惹的阿尔朱布里部族是如何失宠和遭黜的，余下的人是如何变得服服帖帖的。他对萨达姆的亲属，时任内务部长的阿里·哈桑·马吉德滥杀无辜缄口不语。是马吉德策划了对库尔德人的大屠杀，不单单是哈拉布贾，还有另五十个村镇，马吉德用炸弹、炮弹和毒气把它们夷为平地。

与跟随热依斯的所有其他随从一样，塔里克·阿齐兹知道他没有其他路可走。如果他的主人有个三长两短，那么他也会永远沉沦。

但与御座周围的某些人不同，他太聪明了，不会相信这是一个

343

受欢迎的政权。使他真正害怕的倒不是外国人，而是有朝一日萨达姆的保护面纱被揭开，伊拉克人民的可怕复仇。

一月十一日那天，当他从欧洲返回，等待总统召见时，他的问题是如何选择措辞转达美国人的恫吓，而不会引火烧身。他知道总统有可能轻易地怀疑他——外交部长，向美国人建议恫吓。偏执狂是不讲逻辑的。许多无辜的人死了，他们的家人与他们一同死去，其缘由就是热依斯的某些毫无理由的怀疑。

两个小时之后，当他回到自己的轿车里时，他宽慰了，含着笑容，但感到迷茫。

使他宽慰的理由很简单。当时总统相当放松，态度和蔼，赞许地听取了塔里克·阿齐兹对日内瓦之行的汇报，包括与人们交谈时所感受到的对伊拉克处境的广泛同情，以及西方出现的越来越强烈的反美情绪。

总统理解地点点头。塔里克愤怒地谴责了美国的战争贩子，他发完怒火，最后才说出詹姆斯·贝克确切对他说过的话。他原以为热依斯会暴怒，这种情况却并没有发生。

桌子周围的其他人怒火冲天，萨达姆·侯赛因却仍在点头微笑。

外交部长离开时面带笑容，因为最后，热依斯还就他的欧洲之行向他表示了祝贺。实际上按照任何正常的外交标准来衡量，这次欧洲之行应该是一场灾难——各方面均遭到拒绝，受到主人的冷遇，没能动摇已经针对伊拉克布置就绪的多国部队的决心——但这些事实似乎并没有什么关系。

使他迷茫的是热依斯最后说的那番话。这是总统把他送到了门边时，对他一个人说的悄悄话。

"拉菲克，亲爱的同志，别担心。不久我就会让美国人大吃一惊。现在还不会。但如果贝尼卡尔布胆敢越过国境，我不会用毒气去对付，而是用上帝的拳头。"

塔里克·阿齐兹赞同地点点头，虽然他根本不知道热依斯在说些什么。与其他人一样，他也是在二十四小时之后才找到谜底的。

一月十二日上午，在巴格达七月十四日街与金迪街交会处的总统府里，召开了伊拉克革命指挥委员会的最后一次全会。一星期以后，总统府被炸成了废墟，但里面的鸟儿早就飞走了。

与往常一样，会议通知是最后一分钟才发出的。热依斯每一天特定时刻的行踪，除了其家庭成员，最亲密知己和贴身保镖这一小部分人知道之外，其他官员无论职位多高，无论如何受宠，都不知道总统的下落。

在经历过针对他的七次暗杀阴谋之后，他之所以还活着，是因为他对个人安全措施的着迷般的重视。

这种保安措施没有托付给反间局，也没有托付给奥马尔·卡蒂布领导下的秘密警察局，当然更没有托付给军队，甚至也没有托付给共和国卫队。这项任务交给了青年近卫队。队员们的年纪是轻了些，大多数才二十岁刚刚出头，但他们的忠诚是狂热的，绝对的。他们的队长是热依斯自己的儿子库赛。

没有一个阴谋家会知道热依斯要行走的路线、时间表，或者他要乘坐的车辆。他对军事基地和工业基地的视察和走访总是搞突然袭击，不但搞得被访问单位措手不及，而且他周围的人也大吃一惊。即使在巴格达市内，他也会凭一时的突发奇想而从一个地方转移到另外一个地方，有时候在总统府住上几天，有时候回到拉希德宾馆下面的地下掩蔽室去。

每一份放到他面前的饭菜，必须先由人试尝，试尝者是厨师的长子。他喝的每一杯饮料必须是从封口完整的瓶中新倒出来的。

那天上午在总统府召开的会议，是由特别信使在会议开始前一小时通知革命指挥委员会各位委员的。这样就没有时间去准备暗杀行动了。

豪华轿车一辆接一辆转弯驶进总统府大门，让车上的要员下车后，停到了一个专门的车库里面。每一名委员都通过一道金属检测门；绝不允许携带随身武器。

委员们都聚集到一个放着T形桌子的大会议室，一共有三十三个人。八人坐在T字的上首，分列于中间空着的御座的两旁。其他人面对面地坐到了T字竖条的两边。与会者中有七个人与热依斯有血缘关系，另三个人与之有姻亲关系。再加上八个人来自提克里特或其附近地区。他们全都是复兴党久经考验的党政军要员。

三十三人中有十人是内阁部长，九人是陆军和空军的高级将领。前共和国卫队司令萨蒂·图马·阿巴斯就在那天上午晋升为国防部部长，正春风满面地坐在桌子的上首。

陆军将领中有步兵司令穆斯塔法·拉迪、炮兵司令法罗克·里达哈、工程兵司令阿里·穆苏里和装甲兵司令阿卜杜拉·卡迪里。

在桌子最远处的，是三位来自情报部门的人：国外情报局局长乌贝蒂博士、反间谍局局长哈桑·拉曼尼和秘密警察局局长奥马尔·卡蒂布。

当热依斯进来时，在座的人全体起立，热烈鼓掌。他微笑着，坐进自己的椅子，吩咐大家坐下，并开始了他的讲话。他们来到这里并不是为了讨论什么事情，他们是来听报告的。

当热依斯的演讲接近尾声时，只有他的女婿侯赛因·卡米尔没表示出惊奇。当长达四十分钟的，鼓吹他一系列胜利的讲话终于结束时，他向他们透露了消息。在座者的反应是一片茫然的沉寂。

他们知道伊拉克多年来一直在试制那件东西。仅仅是这一技术领域的成就，就似乎能让整个世界产生刺激性的恐惧，连强大的美国也会感到敬畏。现在，这项成就已经取得了，就在现在，在战争爆发的前夜，这好像令人难以置信。这是神的帮助。但神并不在天上，他就坐在这里，与他们在一起，在静静地微笑着。

侯赛因·卡米尔预先得到过关照，这时候站起来领头热烈鼓掌。其他人迫不及待地纷纷仿照，唯恐起身太慢，掌声太轻。然后谁也不想首先停止鼓掌。

当哈桑·拉曼尼在两个小时之后回到办公室时，这位反间局局长清理掉书桌上的一切文件，命令部下不得打扰，然后倒了一杯黑咖啡坐进了椅子里。他需要思考一番，深深地思考一番。

与那间会议室里的每一个人一样，他对那个消息感到非常震惊。突然间，中东的军事力量平衡发生了变化，虽然现在还没有其他人知道。在热依斯抬起双手谦虚地示意停止鼓掌并且重新主持会议之后，房间里的每一个人都宣誓要对此事保持沉默。

这拉曼尼可以理解。尽管在散会时大家都沉浸在无比兴奋之中，包括他本人也是无限激动，但他可以预见到一些大问题。

这种设备，在你的朋友，更重要的是你的敌人知道你拥有之前，根本没有威慑作用。只有他们知道了，潜在的敌人才会匍匐在你面前声称要做朋友。

已经研制出这种武器的一些国家会直截了当地宣称这一事实，并附之以一次试验，让其他国家去猜想后果。另一些国家，如以色列和南非，只简单地暗示他们拥有的东西，但不去证实，让其他国家，尤其是他们的邻国去猜想。有时候后一种做法效果更好，想象是无边无际的。

但那件东西，拉曼尼深信，将不会为伊拉克效劳。即使他获知的情况属实——对此他还不能确定是不是一场假戏，伊拉克之外没人会相信。

只有伊拉克去证明，才能使人们相信。但热依斯显然拒绝这么做。当然，要去证明也不是那么容易。

在本国的领土上试验是疯狂的举动。派一艘船驶入南太平洋，扔下它，让试验在那里发生，这在以前也许是可行的，但现在不行。所有港口都被封锁了。但伊拉克可以邀请设在维也纳的联合国国际原子能署的专家组前来观摩，让他们见证这并不是一个谎言。毕竟十年来国际原子能署的官员差不多每年都在巡访，也常常被一些伪装得尽善尽美的假象所愚弄过。这次让他们亲眼看看，他们将不得不相信自己的眼睛，并确认真相。

然而他，拉曼尼，刚刚听说这条路已经放弃了。为什么？因为这是一个彻头彻尾的谎言吗？因为热依斯心里另有秘密吗？而且更重要的是，对他拉曼尼又怎么样呢？

几个月来，他曾预计，萨达姆·侯赛因会蛮横地叫嚣着，把伊拉克拖入一场无法打胜的战争；现在他已经做到了这一点。拉曼尼也曾指望，在美国导向下热依斯最终倒台，他本人在美国扶植的继任政权中得到提升，局势达到他期望中的高潮。现在事情已经发生了变化。他明白，他需要时间来思考，来算计如何最佳地打出令人吃惊的新牌。

那天晚上，黑暗降临以后，在巴格达市内基督徒区迦勒底人的圣约瑟夫教堂后墙上，出现了一个粉笔记号。它像一个横着写的数字"8"。

那天夜晚，巴格达市民发抖了。尽管伊拉克广播喋喋不休地作着宣传，而且还有许多人盲目地信任这些宣传全都是真实的，但仍有其他人在收听英国BBC的阿拉伯语广播，并且知道贝尼纳吉说的才是真话。战争就要来临了。

市民们以为，美国人会对巴格达开始地毯式的轰炸，战争开始后将有大量平民伤亡。这种说法一直传到了总统府。

当局听到了这种说法，但没放在心上。官吏们的想法是，平民在家里遭受大屠杀所产生的国际影响，会导致全球性的反美情绪，迫使美国放下屠刀并滚回老家。所以当局仍允许，而且实际上鼓励大量外国记者住在巴格达的拉希德宾馆。向导们随时待命，一发生杀戮就能迅速把外国电视摄像组带往现场。

然而这种传闻确实也吓坏了巴格达的一些居民。许多人早已逃离了，外国人奔向约旦边境，已经持续了五个月的科威特外逃的难民潮又加大了。本国人则寻求到乡下去避难。

美国和欧洲亿万名电视观众，没人会怀疑在利雅得的海湾战区空军司令查克·霍纳手中所掌握的生杀大权。当时没人知道，实际上绝大多数目标，是从人造卫星照相机拍摄的图片中挑选出来的，并将由激光制导炸弹去把它们摧毁。这种炸弹会落到非瞄准目标的情况极为罕见。

随着BBC广播，局势的真相传到了农贸市场和大街小巷，巴格达市民知道从一月十二日半夜起再过四天，撤离科威特的最后期限将会结束，美国的飞机将会来临。因此整个城市静静地期待着。

麦克·马丁蹬着自行车慢慢地驶出舒尔贾街，转到教堂的后面。骑车经过时他看见了那个粉笔记号，但他继续前行。到了巷子的尽头他停住了，跳下自行车，花了一些时间去调整链条，同时扭头朝他过来的方向观察，看身后是否有动静。

没有动静。没有秘密警察匆匆行走的脚步声，没人在屋顶上探头探脑。他骑回来，拿出湿布擦去那个记号，又骑车离开了。

这个数字"8"表示，在阿布纳华斯街旁边废弃院子里的地坪石下面，有一份情报在等着他。那地方在半英里远的河边。

孩提时他曾经在那里玩耍，与哈桑·拉曼尼和阿卜德尔卡里姆·巴德里一起沿着码头奔跑。那时，那里的商贩们摆出各种可口的风味小吃，还向路人出售从底格里斯河捕获的大鲤鱼。

现在商店都关上了门，茶馆也拉上了百叶窗；只有三五个人在码头上闲荡。宁静正合他意。在阿布纳华斯街头，他看见一组秘密警察的便衣卫兵，但他们没去注意这个骑着自行车跑腿的打工仔。见到他们，他反而感到振奋，秘密警察们并不笨，如果他们是守候一只死信箱，那么他们不会派一组那么明显的便衣站在街头。他们出来巡视估计是故作老练，可惜用错了地方。

情报在那里。砖头很快就复位了，折叠着的纸条被放进他的内裤裤裆里。几分钟之后，他踏上横跨底格里斯河的哈拉尔大桥，从里萨法回到卡奇，又继续前行，返回了在曼苏尔的苏联外交官住宅。

他已经在那座花园洋房里住了九个星期。那位俄罗斯炊事员和她的丈夫对待他很公正，他也学会了几句洋泾浜俄语。他每天外出采购新鲜农副产品，这给了他去巡视各个死信箱的极好机会。他已经发了十四份信息给那位没见过面的耶利哥，并从耶利哥那里收到了十五份情报。

他被秘密警察拦住过八次，但因为他卑贱的举止、他那辆破自行车和装着蔬菜、水果、咖啡、香料的篮子，加上他出示的外交官家庭的证明信和他那明显的穷困潦倒相，他每次都能当场脱身。

他不可能知道利雅得在制订什么样的作战计划，但他必须把通过磁带传来的所有提问，用阿拉伯语写出来并交给耶利哥，再阅读耶利哥的回复，翻译后用压缩电报发回给西蒙·巴克斯曼。

作为一名军人他能估量出，耶利哥的情报从政治和军事的角度，对于准备进攻伊拉克的指挥官肯定是无价之宝。

他的棚屋里有了一只燃油取暖器和一盏煤油灯。从市场购物带回来的麻袋现在用作了窗帘，门外砾石路上传来的吱嘎作响的脚步声可以提醒他有人走近了门口。

那天夜晚，他回到了自己温暖的家，插上门，确信帘子已经把窗户遮掩得严严实实了，然后点上油灯开始阅读耶利哥的最新信息。它比往常的要短，但这丝毫没有影响到其重要性。马丁看了两遍，确认自己没有突然忘记阿拉伯语，咕哝了一声"耶稣基督啊"，然后揭开那几块松动的地砖，露出那只磁带录音机。

唯恐引起误解，他把那份情报用阿拉伯语和英语缓慢地、仔细地读入录音机，接着把开关拨至快录档，把信息压缩至最短。

午夜零点二十分，他把电报发了出去。

因为知道那天夜晚十二点十五至三十分之间有一个收报时限，所以西蒙·巴克斯曼没有上床睡觉。当电报收进来时，他正与其中一名无线电报员打扑克。第二名报务员从通讯室来报告消息。

"西蒙，你最好现在来听听这个。"他说。

尽管秘情局在利雅得从事情报活动的不止四个人，但对耶利哥的操纵管理是绝对机密，知情人只有巴克斯曼、情报站长朱利安·格雷和两名报务员。他们的三个房间已经与别墅里的其他房间隔离开来了。

在那间卧室改成的录音棚里，西蒙·巴克斯曼用一台大录音机放了那段声音。麦克·马丁先是说了两遍阿拉伯语，是按耶利哥的手写稿子逐字逐句念出来的，继之又读了两遍他自己的英语译文。

听着听着，巴克斯曼感到头顶被浇了一桶冷水。糟了，糟得很。他听到的事情简直是不可能的。另两个人静静地站在他旁边。

"是他吗？"录音带刚播放完，巴克斯曼就急切地问。他的第一个念头是马丁已经被捕，那段话是一个骗子说的。

人的话音有各种不同的音调、节奏、高低和韵律，用音频分析仪可以把声音以一系列的线条反映到屏幕上，就像心电图机那样。无论模仿得如何逼真，每个人的话音都有细微的差别。在赴巴格达之前，麦克·马丁的话音被录入了这种机器。此后从巴格达发过来的电文话音会跟这段话音作比较，确认为同一人的声音。这样做为的是防止在压缩，解压，录音机录制，或人造卫星传输过程中万一声音失真。

那天夜晚，来自巴格达的话音与已录制的声音作了核实。是马丁的说话声，不可能是其他人。

巴克斯曼的第二个担心是马丁已遭逮捕、拷打，已经变节，他现在是在枪口下读出别人为他起草的假情报。但他否决了这个想法，认为可能性极小。

他们预先已经约定，万一马丁被捕，不能以自由间谍身份发报时，那么电报中会出现商定好的词语、停顿、犹豫或一声咳嗽。再者，他上次发报才过去三天时间。

伊拉克的秘密警察也许是残忍的，但他们的行动没有那么快。再说马丁非常坚强。一个人如果那么快就屈服变节，说明他的精神已经崩溃，经过严刑逼供已经成为行尸走肉，况且这种精神状况肯定会在他说话中显露出来。

现在的迹象表明马丁一切正常，他读过来的信息完全是他那天晚上从耶利哥那里收取来的。这就更加难以估量了。耶利哥是对，是错？还是在说谎？

"叫朱利安过来。"巴克斯曼对其中一名报务员说。

报务员去楼上卧室通知英国情报站站长，巴克斯曼打了一个电话给他的美国搭档奇普·巴伯。

"奇普，你最好来一下，快点。"他说。

中情局情报官马上就清醒了。英国人肯定不是在寻他的开心。

"有问题了吗，老朋友？"

"这里好像是有问题了。"巴克斯曼承认说。

巴伯从城市的另一头赶过来。三十分钟后他到了秘情局的驻地，他只在睡衣外面套了一件毛衣和一条长裤。这时候是凌晨一点钟。

到这个时候，巴克斯曼手头上已经具备了英语和阿拉伯语的录音带，再加上这两种文字的稿件。两名报务员已在中东工作多年，因此能说流利的阿拉伯语。他们证实马丁的译文相当准确。

"他一定是在开玩笑吧？"巴伯听完磁带后喘着粗气说。

巴克斯曼又放了一遍他已经试过了的鉴定马丁话音的录音。

"瞧，西蒙，"巴伯说，"这只不过是耶利哥在报告他声称在今天上午——对不起，是昨天上午——从萨达姆那里听说的消息。萨达姆很有可能在撒谎。让我们正视这一点，他说谎如同呼吸一般正常。"

不论说谎与否，这可不是利雅得可以处理的情报。秘情局和中情局的当地情报站会把耶利哥提供的战术和战略军事情报提供给将军们，但政治情报只能送交伦敦和华盛顿。巴伯看了一眼手表：华盛顿是晚上七点钟。

"现在是他们喝鸡尾酒的时间了。"他说，"但愿他们多加点烈性酒，伙计们。我立即把这一情况向兰利报告。"

"伦敦应该是喝可可和吃饼干的时候。"巴克斯曼说，"我向世纪大厦汇报，让他们去把情况理清楚。"

巴伯离开了，把那份电报层层加密后发给中情局副局长比尔·斯图尔特，并标之以"特急"。那意味着不管收件人在哪里，译码员必须找到他并让他马上接收。

巴克斯曼也用同样的方法去找史蒂夫·莱恩。在郊外家中睡觉的莱恩会被唤醒,离开温暖的被窝,踏进寒夜的街道赶回伦敦。

最后巴克斯曼还做了一件事。马丁还有一个仅供收报的时限,在凌晨四点。巴克斯曼等到那个时候,向巴格达发去了一份很短,但很明确的信息。电文指示马丁在接到进一步的通知之前,不要试图去接近六个死信箱的任何一个。以防万一。

约旦留学生卡里姆向爱迪丝·哈登堡小姐的求爱进展很慢但很稳健。当他们噼噼啪啪地踩着人行道上的冰雪,一起穿行在维也纳老城区的大街小巷时,她已经允许他拉着她的手同行。她甚至私下里承认牵着手感觉很愉悦。

一月的第二周,她在市立剧院买到了戏票——是卡里姆出的钱。演出的节目是格里尔帕泽的《基古斯和他的戒指》。

在他们进场前她激动地解释说,这出戏讲的是一位年老的国王和七个儿子,得到国王遗赠戒指的儿子将会继承王位。卡里姆坐在剧院里,在整个演出期间被剧情所吸引,并就剧情问了几个问题。

在幕间,爱迪丝高兴地解答了他的提问。后来,阿维·赫尔佐格向巴齐莱汇报说,看这种演出如同看着油漆干燥过程一样无聊。

"你这个人真是低级趣味,"摩萨德特工队长说,"一点艺术细胞也没有。"

"可我来这里不是为了艺术。"阿维说。

"那就好好培养一下,小伙子。"

星期天上午,作为一名虔诚的天主教徒,爱迪丝要去伏梯夫基尔克教堂做弥撒。卡里姆解释说,他是穆斯林,不能陪她一起去,但会在广场对面的一家咖啡馆里等她。

后来当他们一起喝咖啡时,他趁她不注意在她的咖啡杯里加了一口烈酒，这使她的脸颊红了起来。他边喝咖啡边向她解释基督教和伊斯兰教的异同——共同崇尚一位真正的上帝，创始人和先知的家系，圣书和道德准则。爱迪丝既害怕又听得入迷。她不知道，听这些是否会加害于她不朽的灵魂，但她惊异地明白，她原先的穆斯林崇拜偶像的观点是错了。

"一起吃顿晚饭吧。"三天之后卡里姆说。

"哦，好的，可你为我花费太多了。"爱迪丝说。她发觉她现在能够快乐地直视他年轻的脸和他温柔的棕色眼睛了，当然她也不断地提醒自己，他们之间有十岁的年龄差距，如果想超越柏拉图式的友情是相当滑稽可笑的。

"不去饭店吃。"

"那么在哪里呀？"

"你能不能为我烧一顿呢，爱迪丝？你会不会烧菜，正宗的维也纳菜肴？"

想到这事，她脸红了。每天晚上，除非她独自一人去听音乐会，不然的话，她为自己做一份简单的快餐，并在她公寓里作为餐区的一个小凹室里用餐。然而是的，她会烧菜，已经很久了。

此外，她尽力说服自己，他已经带她去高档饭馆吃了好几顿昂贵的正餐……而且他又是一位教养良好、彬彬有礼的年轻人。这样做肯定不会有损害。

如果说耶利哥十一月十二日至十三日夜晚的报告，在伦敦和华盛顿的秘密情报界里引起了惊愕，这话是说得轻了一些。应该说是引起了慌乱。

首先，知道耶利哥存在的那一小部分人遇到了问题。"不需要知道"这个原则也许听起来有点挑剔或者过分，但这样做有一个理由。所有情报机构，都对在高度危险的环境中为他们效劳的"财产"负有责任，这份财产无论其地位如何低下，毕竟是人。耶利哥显然是一个雇佣兵，而且没有崇高的理想，这一事实算不得是一个问题。他愤世嫉俗地背叛了自己的国家和政府，这一事实也没有关系。伊拉克政府是在倒行逆施，所以这是一个流氓在背弃另一伙。

问题在于，基于他的情报能在战场上挽救盟军的许多生命这个事实，耶利哥是一份高价财产，操纵他的两家情报机构都把知情人严格控制在当初的极小的圈子之内。政府的大臣、部长、政治家、公务员和军人都不知道耶利哥的存在。因此，他的产品也被伪装成是通过各种途径获得的。情报部门为这条滚滚而来的情报源泉专门设计了一整套掩盖性的说法。

根据这套说法，军事部署的情报来源于一些从科威特逃出来的伊拉克军人，比如在中东的一个秘密情报基地里，曾对一名并不存在的伊军少校进行详细讯问。

大规模杀伤性武器的科技情报，则是来自于一名伊拉克的科学家，这位虚构出来的科学家毕业于伦敦的帝国学院并爱上了一位英国姑娘，于是向英国人作了披露；此外，有关部门还深入访问了一九八五年至一九九〇年间在伊拉克工作过的欧洲工程技术人员。

政治情报归功于各种不同的来源，有的来自从伊拉克逃出来的难民，有的来自被占科威特的秘密无线电信息，还有的来自信号情报、电子情报、监听和航空侦察。

但这次，如果不承认在巴格达高层统治集团内有一名间谍，这份伊拉克总统府召开的秘密会议上萨达姆讲话的报告该如何解释呢？

这样承认的危险性是很大的。首先，这样做会泄露秘密。泄密的事件一直在发生。内阁文件，公务备忘录，以及部门间的消息，都时常泄露出去。

就情报界来说，政治家是最糟糕的。令谍报头子们感到头疼的是，政治家会把秘密吐露给老婆、情人、理发师、司机和酒吧招待员。他们甚至在服务员上菜时谈论机密事项。

其次，在伦敦和华盛顿有许多老练的新闻记者，他们无孔不入地刺探消息，连苏格兰场和联邦调查局似乎都比他们慢一拍。面对他们，光解释耶利哥的产品而不承认有耶利哥这么个人，肯定成问题。

最后，在伦敦还有几百名伊拉克学生，有些肯定是乌贝蒂博士领导下的国外情报局间谍，随时准备汇报他们的所见所闻。

问题并不在于耶利哥会被指名道姓地暴露出来，这是不可能的。但只要暗示一下该情报来自于巴格达，那拉曼尼的反间谍网就会夜以继日地进行排查，以查清其来源。这样的话，最好的结果是耶利哥关闭渠道，从此缄口不语以保护他自己，最坏的结果是他被捕。

随着空袭进入了倒计时，美英两国的情报机关就核物理学的事项，重新联系了先前接触过的所有专家，要求他们对已给信息进行快速的重新评估。伊拉克到底是否拥有比原先认为的更大、更快的同位素分离设施？

在美国，桑迪亚、劳伦斯利弗莫和洛斯阿拉莫斯的专家们又一次参加了协商；在英国，哈韦尔和奥尔德马斯顿的专家们也同样举行了再次讨论。劳伦斯利弗莫的Z部门的专家们，由于经常监视着第三世界核扩散情况，意见尤为重要。

专家们经过调研之后再次确认了他们的意见。他们解释说，即使从最坏的情况来看，假设有两个而不是一个气体分离离心串联，运作了两年而不是一年，那么伊拉克所获得的铀-235，离装配一颗原子弹需要的量起码还相差一半。

这样，留给了情报机构几个选项。

第一，萨达姆搞错了，因为有人向他撒谎。结论：不太可能。说谎的人会因触怒热依斯而丢掉性命。

第二，萨达姆说过这话，但他在说谎。结论：很有可能，为了鼓舞动摇不定或忧心忡忡的支持者的士气。但如果这样，为什么要把消息局限在内层狂热分子之中呢？这些人并不是动摇不定，也不是忧心忡忡。鼓舞士气的宣传应该面向人民大众和外国。无法解释。

第三，萨达姆没说过这话。结论：整个报告是一个彻头彻尾的谎言；第二结论：耶利哥说谎是因为他贪钱，并认为随着战争的来临他的时间很快就会结束。他已经为这份情报要价一百万美元。

或者，耶利哥说谎是因为他已经暴露，并已经全盘招供。结论：也是可能的，而且这个可能会给巴格达的联系人带来极大的人身危险。

中央情报局迅速行动起来了。作为付费人，兰利完全有权这样做。

"我告诉你我们的意见，史蒂夫。"一月十四日晚上，比尔·斯图尔特通过中情局与世纪大厦的安全线路对史蒂夫·莱恩说，"萨达姆搞错了，或者他在说谎；耶利哥搞错了，或者他在说谎。不管怎样，山姆大叔是不会为这种垃圾情报付一百万美元的。"

"比尔，那个未考虑进去的选项难道一点可能性也没有吗？"

"哪一个选项？"

"萨达姆确实说了，而且他是对的。"

"不可能。这是一种三张牌的骗局，我们不会上钩的。瞧，耶利哥九个星期以来干得很棒，但恐怕我们现在不得不去重新核实他提供的情报。一半已经得到了证实，情报确实很不错。但他这份最后的报告是自己砸了自己的脚。我们认为这条线到此结束。我们不知道为什么，但纵观全局这是明智的。"

"这给我们带来了问题，比尔。"

"我知道，朋友，所以与局长讨论后，我马上就打电话给你了。要么耶利哥已经被抓住并向密探全盘招认了，要么他已经洗手不干逃跑了。但他一旦知道我们不付他那一百万元时，我猜想他会非常恼火。不管哪一种情况，对你们在那里的人来说都是坏消息。他是一个好人，对吗？"

"最好的，意志坚强。"

"那就把他从那里弄出来吧，史蒂夫。要快。"

"我想这是我们必须要做的，比尔。谢谢你们的内部消息。很遗憾，这曾经是一项很好的行动。"

"是最好的，在开展期间。"

斯图尔特挂上了电话。莱恩上楼去找局长柯林爵士，一小时之内，他们就作出了决定。

一月十五日上午早饭时分，在沙特阿拉伯，每一名空军官兵，美国的、英国的、法国的、意大利的、沙特的和科威特的，都知道他们要去打仗了。他们知道政治家们和外交家们没能阻止战争。当天，所有的空军部队全都进入了预战状态。

空袭的指挥系统分布在利雅得的三个地点。

在利雅得郊外空军基地外围有一大丛装着空调的帐篷，因为帆布通体呈绿色，所以这些帐篷被称为谷仓。在这里，几个星期以来汇入的航拍情报照片进行第一道筛选过滤。以后还会有更多的照片流入。

谷仓的产品——侦察机交来的最重要的航拍照片合成的图片情报——被送往前方一英里处的沙特皇家空军司令部，在那里，一块很大的办公场所交给了空军总部使用。

沙特皇家空军司令部，是混凝土和玻璃为主要材料，长达一百五十米的巨大楼房，地下室与上面楼层一样长。空军总部就是在这座大楼的第一层地下室里。

尽管地下室很宽敞，但还是不够用，于是停车场里也搭起了一排排绿色的帐篷和活动房。图片的进一步译解工作就是在那里进行的。

在地下室里，最重要的部门是联合图像制作中心，那是一个个互相连接的小房间，也就是"黑洞"。在整个海湾战争期间，来自美英陆海空三军各种军衔的二百五十名军事分析员在那里工作。

多国部队的空军司令是查尔斯·霍纳将军，但因为他经常要到一英里之外的沙特国防部，所以日常工作由他的副手巴斯特·格洛森将军负责。

黑洞里的空袭计划员们参考、查阅每天甚至是每小时送来的基本目标图表，这份图表里列着伊拉克境内所有要受到打击的目标。由此他们制订出海湾战区的每一支空军部队、每一位中队情报官、作战计划参谋和机组人员的每天行动方案，也就是空袭任务命令。

每一天的空袭任务命令书是一份十分详尽的文件，打印出来有一百多页。执行这些命令需要三天时间作准备。

首先是按比例分配，即确定一天之内在伊拉克可打击的目标类型占的百分比，并确定适合这种打击任务的可用飞机。

第二天是分派，即把伊拉克目标的百分比转换成具体数量和地点。

第三天是分配任务，即决定"谁去执行什么任务"。举例来说，这项任务交给英国的狂风；这项交给美国的战鹰；这项交给海军的雄猫；这项交给幻影；这项交给B-52同温层堡垒。

到这时候，每个中队和联队才能得到第二天任务的清单。余下的工作由他们自己去完成——找到目标，制订航线，建立与空中加油机的联络，计划打击方位，计算第二目标（如果第一目标没找到）以及制订返航航线。

许多中队在一天之内有很多指定的目标。中队指挥官要挑选其手下的飞行人员，还要选择长机和僚机。负责武器的军官（唐·沃克就是其中一员）要挑选军械："铁炸弹"或"哑炸弹"——这些都是非制导炸弹，或激光制导炸弹，激光制导火箭等等。

离老机场路一英里处是第三个指挥地点——沙特国防部。国防部占地面积很大，五座互相连接的、闪着水泥白光的主楼有七层高，刻有凹槽的圆柱一直通到四楼。

在四楼，诺曼·施瓦茨科普夫上将有一个漂亮的套房，但他几乎还没去过，因为他一直睡在第二层地下室的一张行军床上。那里紧靠着他的办公室。

国防部大楼全长四百米，高一百英尺。那么大的楼房在海湾战争期间可谓派上了用场——利雅得可以用它来接纳众多突然来到的外国客人。

地下两层与上面的楼层一样长。在四百米长的地下室里，多国部队总司令部占了二百米。在整个战争期间，上将就是在这里举行各种秘密会议，在这里审视着巨大的地图，由作战参谋们向他报告做了什么，漏了什么，出现了什么，还有什么变动了，以及伊拉克的反应和布置是什么。

一月的那一天，在隔离了热烘烘太阳的室内，英国皇家空军的一位少校站在墙上那幅作战地图前，图上标着伊拉克境内七百个目标（其中第一批二百四十个，其余为第二批），说："嗯，就这些。"

但是并不仅仅是这些。多国部队的计划参谋们不知道，由人工巧妙地制作出来的伪装工事，欺骗了所有的人造卫星和技术装备。

在伊拉克和科威特境内的几百个掩体内，蹲伏在伪装网下的伊军坦克因为它们的金属壳体被空中的雷达分辨出来，从而已被多国部队选定为打击目标。但这些坦克大都是用假钢板、胶合板和马口铁皮做成的，里面的废油桶会对金属感应器作出反应。几十辆老旧的卡车挂车现在已被装上了伪造的飞毛腿导弹发射管。这些流动的"发射车"全都会被多国部队炸得四分五裂。

但是更为严重的是，涉及大规模杀伤性武器的七十个大目标没被发现，因为它们全都深埋在地下，并被别出心裁地伪装成其他东西。只是在后来，盟军的作战参谋发现伊拉克以难以置信的速度，重新编组了几个已被摧毁的作战师，才觉得事情不对头；只是在后来，联合国的检查组才发现一座又一座工厂和一批又一批装备逃过了空袭，并由此认为在地下还掩藏着更多东西。

但在一九九〇年的那一天，没人知道这些事。从西边的塔布克到东边的巴林，并进一步到南方极为秘密的哈米斯—穆沙伊特执行飞行任务的多国部队官兵，只知道在四十小时之内他们即将投入战斗，而他们中的有些人将不会返回。

在布置任务之前的最后一天，他们大多数人开始给家里写信。有些人咬着笔头不知道说些什么才好。另有些人想起了妻子和孩子，边写信边哭了起来。这些操纵几十吨致命金属的手，在努力地书写着他们的感受。情人们试图表达本来应该在耳鬓厮磨时说出来的悄悄话；父亲关照儿子万一发生不幸要照顾好母亲。

在阿尔卡兹，唐·沃克上尉与美国空军第336战术战斗机中队的所有其他飞行员和机组人员一起，听取了联队长简单扼要的讲话。这时候是上午九点差几分，沙漠上空的太阳已经火辣辣了。

当官兵们鱼贯走出大帐篷时，他们之间没有了往日的玩笑，大家都各自陷入了沉思之中。其实，他们的沉思基本上是类同的：避免战争的最后努力已经作出了，也已经失败了；政治家们和外交家们穿梭在一个接一个的会议之间，他们表态过，声明过，敦促过，吓唬过，恳求过，威胁过，哄骗过，为的是想避免战争，但已经失败了。

沃克注视着中队长史蒂夫·特纳步履沉重地走向自己的帐篷，去给北卡罗来纳州家乡的贝蒂写他认为也许是他最后的一封信。

这位年轻的美国俄克拉荷马州人抬头看了看淡蓝色的苍穹，自他还是特尔萨的一个小男孩时，他就一直向往能够翱翔蓝天，但现在他三十岁这一年，也许会在那里死去。他走向基地的边沿，与其他人一样，此刻他也想独自待一会儿。

阿尔卡兹的这个基地没有篱笆，只有黄褐色的沙子、页岩和沙砾一直延伸到地平线。沃克经过了排列在混凝土上的一个个贝壳形机库。机械师们正在那里摆弄战机的军械，地勤组长在机长中间走来走去，与他们协商和检查，以确保当他们的每一架战机最终投入战斗时，它们能与操纵者配合默契。

沃克在机群中发现了他自己的那架战鹰，与每次从远处打量这架F-15E一样，他对它那静静的威胁气氛感到敬畏。在一群穿着连体工作服的、在它那硕大的机身上爬来爬去的男人和女人中间，它静悄悄地蹲伏着，没有表露出任何爱恨或喜怒的情绪，在耐心地等待着最后承担多年前在制图板上为它设计的任务——把火焰和死亡抛向目标。沃克妒嫉他的战鹰，尽管它结构复杂，但它没有感情，它永远不会感到害怕。

他转身离开这些用帐篷搭成的机库，踏着平坦的页岩向远处走去，由于带着棒球帽和飞行目镜，他几乎感觉不到阳光的厉害。

他已经为自己的国家飞了八年，他喜爱驾机飞行。但他还从来没有想到过他也许会死在战场上。一方面，每一名作战飞行员都想去与敌人真刀真枪地较量，检验自己的技术、胆量、战机的性能；但他们同时又觉得这种事情永远不会发生，永远不会真的去杀死别人的儿子，或者被他们杀死。

那天上午，与所有其他人一样，他最终明白这一天真的就要来到了：这么多年的学习和训练，最终都导向这个日子和这个地方；四小时之后，他将驾驶他的战鹰再次飞向空中，而这一次他也许不能回来了。

与其他人一样，他也想到了家。作为家里的独子和一名单身汉，他想起了父亲和母亲。他追忆起童年时在特尔萨度过的时光，他和双亲一起在屋后的院子里做过的事，还有他第一次得到棒球手套的那天，他逼着父亲向他击球直至太阳下山。

他的思绪飘回到他离家上大学前，他与父母一起度过的假期，以及后来他在空军部队里过的时光。他记得最清楚的是，他十二岁那年夏天，父亲带他去阿拉斯加钓鱼。

那时候雷·沃克差不多要比现在年轻二十岁，身体更精干，更结实，比儿子强劲得多。他们与其他度假者一起租了一条小舟，带上导游就出发了。他们驶过了冰川湾冰冷刺骨的水面，看到黑熊在山坡上采集浆果，海豹在八月份的最后一批浮冰上晒太阳，还有太阳从朱诺后面的门登霍尔冰川上升起。他们一起把两条重达七十五磅的大鱼拖出了哈利布特洞，还从西特卡航道边上捕获了深海大马哈鱼。

现在，他行走在离家乡万里之遥的被太阳烤得发烫的沙漠之中，止不住泪水唰唰地流了下来，他没有去擦，任凭它们在太阳下干燥。如果他死了，那么他就永远无法结婚生孩子了。有两次他差不多就要求婚了：一次是大学里的一位姑娘，但那时候他很年轻也很糊涂；第二次是他在麦考内尔基地附近遇到的一位更为成熟的姑娘，但她解释说她决不会嫁给一名喷气机飞行员。

现在他非常想有自己的孩子，他想在下班回家时有妻子等着他；他想有一个女儿，他可以坐在床边给她讲故事，让她进入甜美的梦乡；有一个儿子，他可以讲授如何去接住旋转着飞过来的橄榄球，如何打棒球和垒球以及如何去远足和钓鱼，就像他父亲曾经教过他那样。此外，他还想回到特尔萨去再次拥抱他的母亲。她曾经没完没了地为他担心过，还故意装作不再操心……

这位年轻的飞行员最后回到了基地，走进合住的一顶帐篷里，坐在一张折叠桌旁，开始搜索枯肠想给家里写封信。他平常就写不好信，想不出什么词句。他通常是描写最近中队里发生的事，写他的战友们以及天气状况。但这次不同了。

他给双亲写了两张纸，想解释心中的想法，但又觉得难以表达。

他告诉他们这天上午宣布的消息，以及这条消息意味着什么，他请他们不要为他担忧。他曾经接受过世界上最好的训练，他在世界上最强大的空军里飞过最先进的战机。

他在信中说，自己一直是父母的烦恼，他为此感到内疚，他感谢他们这么多年来为他做的一切，从他们把他生下来为他换尿布起，到他们参加将军为他授勋的仪式。

再过四十个小时，他就要再次驾驶战鹰从跑道上起飞，但这次任务不同了。这一次，也是第一次，他将去杀人，而对手也将试图杀死他。

他见不到敌人的面，也感受不到他们的恐惧，就像他们也不知道他。因为现代化战争就是这样的。但如果敌人胜了而他失败了，那么他想让双亲知道，他是多么爱他们。他希望自己是一个好儿子。

写完信后，他封上了信封。在沙特阿拉伯广阔的国土上，许多其他信件也在那天封上了。然后军邮部门将把它们带走，投寄到特伦顿、特尔萨、伦敦、鲁昂、罗马，以及其他许多城市和乡村。

那天夜晚，麦克·马丁收到了管理员从利雅得发来的压缩电报。当他在录音机中播放时，他听出来是西蒙·巴克斯曼在说话。信息的内容不多，但很清楚，说到了点子上——在上次情报中，耶利哥搞错了，完全彻底错了。每项科学核查都证明他不可能是对的。

耶利哥要么是故意说谎，要么是不经意搞错的。在前一种情况下，他肯定已经变质了，受到了金钱的诱惑，或者已经叛变了。如果是后一种情况，他肯定会愤愤不平，因为中情局已经拒绝再付任何酬金给他。

那样的话，就没有其他选择了，只能相信在耶利哥的配合下，整个行动已经暴露给伊拉克的反间局了，现在已经落入"你的朋友哈桑·拉曼尼"手里了；或者不久就要落到这一地步——耶利哥为报复可以给拉曼尼写一封匿名信。

所有六只死信箱现在应该假定已经暴露了，在任何情况下都不得去接近。马丁应该准备一有机会就逃离伊拉克，也许可以趁二十四小时内会出现的混乱逃走。

下半夜马丁一直在思考着这事。对于西方不相信耶利哥，他并不感到惊奇。酬金断了对那个雇佣兵是一个打击。那人只是把萨达姆在一次会议上讲话的内容报告过来了。所以是萨达姆说谎——这也并不新奇。耶利哥能做什么呢？不理会它吗？难道因为那人厚着脸皮想挣一百万美元，所以写了那份报告？

此外，巴克斯曼的逻辑是无懈可击的。四天，也许五天之内，耶利哥会去查询账户并会发现账款没有增加。他会发怒，会怀恨在心。如果他自己没有暴露，没有落到折磨者奥马尔·卡蒂布的手里，他也许会写匿名信告发。

然而如果耶利哥真的这么做的话，那他也太蠢了。如果马丁被抓并且招供——他不知道自己落到卡蒂布及其手下的刑讯员手中后能忍耐多大的痛苦——那么他会指向耶利哥，不管这个耶利哥是什么人。

但人们还是经常干蠢事。巴克斯曼是对的，那些邮筒也许已处在监控之下。

至于逃离巴格达，那种事情是说起来容易做起来难。据市场上传闻，出城的路上布满了秘密警察和宪兵的巡逻队，正在抓逃兵或逃避兵役的人。他那封苏联外交官库利科夫签发的信件，只能保护他在巴格达当一名花匠，很难向巡逻队检查点解释得通他去西边的沙漠（那里掩埋着他的摩托车）干什么。

权衡之后，他决定在苏联人的院子里再待上一段时间。那儿很可能是巴格达市内最安全的地方。

第十五章

空袭巴格达

伊拉克撤出科威特的最后期限于一月十五日半夜届满了。在沙特阿拉伯，红海和阿拉伯湾的成千上万个房间里，棚屋里，帐篷里和舱室里，人们注视着手表，然后互相注视着。这时候没有什么话可说。

沙特国防部大楼的第二层地下室，在那些银行金库一样结实的钢门后面，有一种突然变得平淡无奇的感觉。做了那么多工作，订了那么多计划之后，两个小时以内已经没有什么事可做了。现在该是那些年轻人大显身手的时候了。他们已经领到了任务，就要掠过将军们的头顶到黑暗的夜空中去执行这些任务。

凌晨两点十五分，施瓦茨科普夫上将走进了作战室。大家都站在那里。他向部队大声念出一份电文，像是牧师在做祷告，然后总司令说："好吧，开始行动。"

在远方的沙漠里，人们已经开始行动了。第一批越过边境的不是固定翼作战飞机，而是隶属于美国陆军第101空降师的八架阿帕奇直升机。它们的任务是有限的，但也是至关重要的。

在边境的北边，但还不到巴格达，有两个大型的伊拉克雷达基地，其天线覆盖着从东边海湾到西边沙漠的整个天空。

之所以选择直升机，有两个原因。尽管与超音速喷气战斗机相比，它们航速较慢，但它们可以贴着沙漠飞行，从而避开雷达的探测，无人察觉地接近那两个基地；司令员要求用肉眼确认基地确实已被炸毁，而且要从近距离确认。只有直升机可以执行这项任务。如果那些雷达留下来运转，许多人将因此而送命。

阿帕奇们完美地执行了任务。当它们开火时，它们尚未被发觉。所有的机组人员都佩戴着夜视头盔，看上去好像他们的脸部突出来一副粗短的望远镜。这些头盔使飞行员有足够的夜视能力，在裸眼所看不清的漆黑之中，他们能够看清一切物体，好像在明亮的月光照耀之下。

它们首先摧毁了为雷达供应电源的发电机，接着击中了可向内陆深处的导弹基地报告信息的通讯设施，最后，它们炸飞了雷达天线。

在不到两分钟时间内，它们发射了二十七枚地狱火激光导弹、一百枚70毫米火箭和四千发重型机炮炮弹。两个雷达基地顿时成了火海。

这次奇袭在伊拉克的防空系统中打开了一个巨大的缺口，那天夜晚的其他空袭都是穿过这个缺口去进行的。

见过查尔斯·霍纳将军空战计划的人，后来夸赞说这很可能是制订得最完美的计划。它有外科手术般的循序渐进的准确性，并留有充分的机动性，以应付需作调整的任何紧急事态。

第一阶段的目标非常清楚，并由此导入其他三个阶段。第一阶段的任务是摧毁伊拉克防空系统，并把盟军开始的空中优势转化为制空权。为在三十五天空袭期限内使其他三个阶段获得成功，盟军的战机必须不受阻碍地取得伊拉克领空的绝对控制权。

在伊拉克防空系统中，关键是雷达。现代化战争中，雷达是一种非常重要和非常有用的工具。

雷达能测到来犯的敌机，能引导战斗机去拦截，能引导防空导弹，还能使各种火炮瞄准对方的目标。

摧毁雷达使敌人成了瞎子，如同拳击场上没有眼睛的重量级拳击手。他也许仍然个子高大、力大无比，他也许还可以击出重拳，但他的对手在周围跳来跳去，向这个倒霉的巨人频频发动袭击，最终把他打倒在地。

现在伊拉克前方的雷达覆盖区出现了一个巨大的缺口，于是狂风、战鹰、F-111土豚和F-4G野鼬鼠纷纷飞进豁口，飞向内陆深处的雷达站，飞往由这些雷达制导的导弹发射基地，瞄准伊拉克将军们坐镇指挥的军事指挥中心，炸毁伊军将领们与前线部队通话的通信中心。

停泊在阿拉伯湾的"威斯康星"号和"密苏里"号战列舰，以及"圣雅辛托"号巡洋舰，在那天夜晚发射了五十二枚战斧巡航导弹。这些战斧巡航导弹用计算机记忆库和电视摄像头组合进行自身导航，进入空中之后，按预定的航线转向它们要去的地方。到了目的地上空时，它们会"看见"目标，并与自己的记忆相比较，辨认出要打击的建筑物，然后钻进去。

野鼬鼠是幻影的一种翻版，但专长于摧毁雷达。它能够携带哈姆（HARM），即高速反辐射导弹。当一只雷达天线打开或"发亮"时，会发射出包括远红外波在内的各种电磁波，这是不可避免的。哈姆的任务是用感应器去找到那些电波，并直接打向雷达的心脏，把它炸掉。

那天夜晚溜进北方天空中的最怪异的战机，也许要算鬼怪战斗机F-117A了。这种飞机全身黑色，机身上有许多棱角，可以反射大部分雷达波，并把其余的吸入自身。鬼怪战斗机不把敌方的雷达波返回给接收器，所以敌人不知道它的存在。

在那天夜晚，美国的这种F-117A隐形战斗机未经察觉地穿过伊拉克的雷达屏幕，把两千磅激光制导炸弹准确无误地投向了伊拉克全国防空系统的三十四个目标。这些目标中有十三个分布在巴格达市内和郊区。

当炸弹砸下来时，伊拉克人盲目地向空中开火，但因为看不见目标，所以没有打中。

这些F-117A鬼怪战斗机是从沙特阿拉伯南方哈米斯—穆沙伊特的秘密基地起飞的，在此之前，它们从同样秘密的内华达州托诺帕基地飞过来。哈米斯—穆沙伊特基地建在荒无人烟的野外。不够幸运的其他美国空军部队不得不住在帐篷里，而鬼怪战斗机飞行员有配着空调的居住区。基地还有一些山洞停放飞机，这就是为什么把造价昂贵的鬼怪藏在那里的原因。

鬼怪能飞得很远，所以它们的任务都是最长距离的奔袭。从起飞到降落，它们可以全速飞行六小时。它们可以不经察觉地穿越世界上某些防空系统最严密的地区（包括巴格达）。在那天夜晚以及整个海湾战争期间，没有一架鬼怪被对方击中。

完成空袭任务后，它们就溜走了，像鳗鱼巡游在平静的海里一样，回到了哈米斯—穆沙伊特。

那天夜晚最危险的工作交给了英国的狂风战斗机。那天以及接下来的一星期，它们要用自身携带的重型JP-233反跑道集束炸弹去破坏机场，直到全部破坏完毕。

它们面临的问题有两重。伊拉克人把他们的机场造得非常巨大。塔里尔机场是伦敦希斯罗机场的四倍，有十六条跑道和滑行道，全都可以用于飞机的起飞和降落。要把它们全部炸毁简直是不可能的。

第二个问题是高度和速度问题。JP-233炸弹只能在狂风稳定直飞与平飞状态下方可投掷。投弹之后，狂风也没有其他选择，只能从目标上空飞过。尽管对方的雷达已被炸瘫，但高炮还没有；狂风接近时，伊军的A三角防空高射炮会向它们发射一浪又一浪的炮火，因此飞行员把这种任务称为"穿越熔化钢管的飞行"。

美国人已经放弃了对JP-233炸弹的试验，认为它们是飞行员的杀手。他们是对的。但是英国皇家空军仍坚持着，结果一直在损失飞机和机组人员，直至后来取消该命令去执行其他任务。

那天夜晚升空的不仅仅是战斗轰炸机，在它们背后还有一系列特殊的后备力量。

制空战斗机飞行在轰炸机上空为它们作掩护。那天夜晚有几架伊拉克战斗机起飞了，但伊军地面控制员向飞行员下达的指令，被美国空军的掠夺者和海军同类型的徘徊者所干扰。已升空的伊拉克飞行员没能得到口头指示和雷达引导，大多数还算比较聪明地返回了基地。

在边境南方上空盘旋着六十架加油机：美国的KC-135和KC-10，美国海军的KA-6D，以及英国的胜利者和VC-10。它们的工作是接待从沙特阿拉伯飞过来的作战飞机，为它们添加执行任务所需的燃油，然后在它们回程时再为它们加油。这听起来也许像是例行事务，但在漆黑的夜空中实际进行这种操作还是很有难度，一名飞行员描述是在"努力把面条从背后塞进一只野猫的嘴里"。

已在海湾驻扎了五个月的美国海军E-2鹰眼和美国空军的E-3哨兵阿瓦克斯，也在海湾上空一圈又一圈地盘旋着，它们的机载雷达时刻保持着密切的注视，分辨出天空中每一架友机和敌机，及时地发出各种预报，并做出引导。

至黎明时，伊拉克的雷达大多数已经被炸得粉身碎骨，导弹基地已经成了瞎子，主要指挥中心已经成了废墟。要彻底完成这项任务还需要四天四夜，但空中优势已经显露出来了。以后还将攻击发电厂、通信塔、电话交换局、中继站、飞机掩蔽所、控制塔，以及所有已知的大规模杀伤性武器的生产和储存设施。

再往后，还要把布置在科威特南方和西南方的伊拉克陆军的战斗力，削减到其现有能力的百分之五十以下，这是盟军总司令施瓦茨科普夫上将坚持的，在发动地面战之前必须保证的一个条件。

两个当时尚不知道的因素后来将改变战争的进程。其中一个是，伊拉克决定接二连三地向以色列发射飞毛腿导弹；另一个因素则完全是第336战术战斗机中队的唐·沃克上尉受到挫折而触发的。

巴格达经历了一夜惊天动地的爆炸后，迎来了一月十七日的黎明。

普通老百姓自凌晨三点钟起就没有合过眼，天色破晓后，有些市民大着胆子好奇地去察看市内二十处被炸成废墟的地点。头天晚上幸免于难似乎是一个很大的奇迹，因为他们是平头百姓，所以不可能知道，这二十处冒烟的废墟早已被仔细地选中，并受到准确的打击，老百姓是没有挨炸的危险的。

但真正感到恐惧的是统治集团。萨达姆·侯赛因已经离开总统府躲到位于拉希德宾馆后面那个特别的多层钢筋水泥地堡中去了。拉希德宾馆仍住满了西方人，主要是新闻媒体。

这个地下堡垒是好几年前用推土机建在一个巨大的坑洞之内的，主要采用瑞典技术。它的安全措施非常复杂，实际上是一个箱子中的箱子，在内箱的底下和四周是强力弹簧，可以保护居住者免受原子弹的袭击；威力强大、横扫地面建筑的冲击波经过这层强力弹簧后，就减低为地下的轻微震动了。

堡垒的主体建在拉希德宾馆的下面，出入时须通过宾馆后面一块空地里的一个液压操纵斜坡。这样安排是故意的，因为拉希德宾馆是西方人在巴格达的一个特定的下榻地点，不管敌人是谁，如果想用钻地炸弹打击地堡的话，非得先把拉希德炸塌不可。

热依斯周围的马屁精们也许已经努力过了，但是感到很难对夜间的灾难进行润色。慢慢地，大祸临头的感觉涌上了他们的心头。

他们原先都指望，多国部队会对城市进行地毯式轰炸，那就会导致住宅区被炸平，成千上万的无辜平民被炸死。这种大屠杀场面会被记者看到，会被新闻媒体拍下，放给屠夫国内的人民大众观看。由此会掀起一股全球性的反对布什总统和美国的浪潮，迫使联合国安理会召开紧急会议，届时苏联会对进一步的大屠杀进行否决。

到中午时，伊拉克人已很清楚那些来自大西洋彼岸的狗的儿子一点也不客气。伊拉克将军们能看出来，炸弹大致上都落到了被瞄准的地方。由于巴格达市内的主要军事设施都建在人口稠密的住宅区里，要避免平民大量伤亡应该是不可能的。然而对市内二十处被炸成废墟的指挥中心、导弹发射场，雷达基地和通信中心视察时发现，那些未被列为目标的楼房都幸存下来了，只不过玻璃窗被震碎了。

但伊拉克当局的需要必须得到某种满足，也就是，要捏造平民伤亡的统计数字和击落美国飞机的报告。因为受宣传机构的多年愚弄，大多数伊拉克人在短时间内相信了这些第一批报道。

负责防空的伊军将领们更清楚真相。到中午时他们已经明白，他们的雷达警告能力几乎丧失殆尽，他们的萨姆地对空导弹成了瞎子，与前线部队的通讯全部被切断了。更有甚者，幸免于难的雷达操作员一口咬定前来搞破坏的轰炸机根本没在他们的荧屏上出现过。说谎者当场遭到了逮捕。

确实也有一些平民伤亡。至少有两枚战斧巡航导弹在尾翼遭到A三角炮火（不是萨姆）损坏后偏离了目标。其中一枚击毁了两座房子，炸飞了一座清真寺的屋顶。那天下午记者们被领去察看了这个令人发指的暴行现场。

另一枚落到了一块废弃地上，砸出了一个大坑。黄昏前在坑底发现了一具女尸，死于身上所遭受的强烈打击。

整个白天轰炸一直在进行着，所以救护人员只能匆忙地把那具女尸用毯子一裹送往附近医院的停尸所，把它留在了那里。那家医院正好靠近已被炸毁的一个主要的空军指挥中心，医院的病房里住满了在空袭中负伤的军人。几十具尸体被送进了同一间停尸所，都是被炸弹炸死的。那具女尸只不过是其中之一。

那位法医忙得焦头烂额，一边工作一边咒骂着。他工作的重点是验明身份和确定死因，根本没有时间进行细致的检查。市内炸弹爆炸声此起彼伏，防空炮火的爆裂声一刻也没停止过。他毫不怀疑晚上和夜间还会给他送来更多的尸体。

使这位病理学家感到奇怪的是，除了那个女人，其他送过来的尸体全是军人。她看上去三十岁左右，曾经长得很秀丽。混在她脸上血迹里的水泥碎屑与她被发现的现场相吻合，由此推导出，当她想跑开时导弹落到空地上爆炸导致她死亡，除此之外不可能有其他解释。尸体被这样标上了死因，然后被包起来准备埋葬。

在尸体旁边还发现了她的手袋，里面盛放着化妆粉盒、口红和她的身份证。忙得满头大汗的病理学大夫确认，这个名叫莱拉·阿尔希拉的女人肯定是被炸死的，之后就把她带出去匆匆掩埋了。

一月十七日那天，假如法医有时间进行一次仔细的尸体解剖，他就会发现，那个妇女在被殴打致死前曾遭受过多次野蛮的强奸，几个小时后才被扔进弹坑里。

伊军装甲兵司令阿卜杜拉·卡迪里将军已经在两天前搬出了国防部大楼豪华的办公室。留在那里会被美国炸弹炸成肉泥，而且他确信国防部会在空袭的开始几天内被炸毁。他是对的。

他已经在他的别墅里安顿下来了。虽然这栋别墅相当富丽堂皇，但很隐蔽，不可能列入美国人要打击的目标。这一点他也是对的。

别墅里早就已经布置了一间通信室，通信参谋和技术人员现在正从部里赶过来。他与驻扎在巴格达周围的各装甲部队指挥部之间的通信，全部通过埋设在地下的光缆进行，这也是轰炸机所无能为力的。

只有布置在远方的部队和在科威特的部队才必须用无线电进行联络，这就有遭到截听的危险。

那天晚上当夜幕降临之后，他的问题不是如何与他的装甲部队联系或者向他们下达什么命令。装甲部队不会参加空战，他们现阶段的任务是尽可能把他们的坦克分散到一排排的假坦克中，或者埋进地下掩体里，并且等待着。

他的问题，确切地说，是他的个人安全，而且他害怕的不是美国人。

两天之前的半夜里，他因尿急而起床，睡眼惺忪，磕磕绊绊地走向洗手间。找到门后，他把身体倚上去猛地一推。他那二百磅的体重一下子把门里面插着的插销与螺丝分离开来，门"轰"的一声推开了。

尽管他睡眼惺忪，但如果没有狐狸般的狡诈，阿卜杜拉·卡迪里不可能由提克里特小街小巷里的一个小人物当上伊拉克装甲兵司令，不可能爬上复兴党高位，也不可能在革命指挥委员会内备受信任。

　　他静静地凝视着他的情人。她披着一件睡袍坐在抽水马桶上，信纸垫在一只餐巾纸盒上，她的嘴因为惊恐而张成了一个圆圆的O形，铅笔仍举在半空中。然后他把她拖起来，一拳打在了她的下颚上。

　　当她脸上被浇了一桶冷水苏醒过来时，他已经看完了她在准备的那份报告，并把克马尔从院子对面的住所里召来了。克马尔把这个妓女带到了地下室里。

　　卡迪里把她那份差不多快要写完的报告读了又读。假如报告的内容是涉及他的个人习惯和爱好，作为以后要敲诈的把柄，那他就会把报告撕掉，把她杀掉就完事了。这种敲诈无法得逞。他知道热依斯的某些随从个人品质比他更为卑鄙，他也知道热依斯对此并不介意。

　　但现在的情况比那糟糕多了。显然他谈起过政府和军队内部发生的事情。很明显，她在当间谍。他需要知道她已经干了多久，已经传出了什么情报，但最重要的是，她在为谁工作。

　　获得主人允许之后，克马尔先是满足了自己渴望已久的乐趣。当他结束审讯后，没有一个男人还会对那个女人露出淫欲的目光。审讯进行了七个小时。然后卡迪里知道克马尔已经获得了一切——至少是那个高级妓女知道的一切。

　　此后，克马尔继续享受着自己的娱乐，直至她死去。

　　卡迪里确信，她不知道招聘她，操纵她，从他口中套取情报的幕后人物的真实身份，但根据推测只能是哈桑·拉曼尼。

根据描述，那人在圣约瑟夫教堂忏悔室里用金钱换情报，表明那人是个职业人员，而拉曼尼正是精于此道的。

卡迪里对自己受到监视并没有感到忧虑。热依斯周围的人都在受到监视；确实，他们是在互相监视。热依斯的规则很简单也很清楚。每一位高级官员都被三名同等级的人监视和汇报。任何人一旦被告发有谋反企图，这人马上就毁了。因此，阴谋很少能形成气候。渗入到阴谋分子中的一个人告密，阴谋就会传到热依斯的耳朵里。

使情况更为复杂的是，热依斯的随从有时候会受到考验，看看他的反应如何。比如一个同事会按吩咐把他的朋友拉到一边鼓动谋反。

如果那朋友同意，那么他就完了。如果他没去告发鼓动者，那么他也完蛋了。所以，这种建议有可能是一个考验，如果信以为真就会大祸临头。这样，每个人都要报告其他人的动态。

但这件事不同。拉曼尼是反间局头子，是他自己主动这么搞吗？如是的话，为什么呢？是热依斯本人同意搞这项行动吗？如是的话，为什么呢？

他说过什么话呢？考虑欠周的话当然说过，但有没有叛逆性的话？

尸体留在了地下室里，后来炸弹扔下来，克马尔在一块废弃地上发现了一个弹坑，于是就把尸体扔了进去。将军坚持要把那只手袋也一并放在旁边，让拉曼尼那个狗杂种知道他手下的鼻涕虫发生了什么。

半夜过后，阿卜杜拉·卡迪里将军独自一人，大汗淋漓。他在自己的第十杯酒中加了几滴水。如果这是拉曼尼一个人搞的鬼，他会去结果了那个狗杂种。但他怎么知道自己是否已经受到热依斯的怀疑？以后他必须小心，比以往任何时候都更加小心。不能再继续深夜进城了。不管怎么说，随着空袭的开始，那些事情是该结束了。

西蒙·巴克斯曼飞回了伦敦。留在利雅得已经没有意义了。耶利哥已被美国人一脚踢开，尽管巴格达的这个未曾谋面的叛徒现在还不知情。麦克·马丁蜗居在住宅里，等待时机逃往沙漠，找安全路线越过国境。

以后，巴克斯曼会把手贴在胸口上发誓说，十八日晚上与特里·马丁的相遇纯属碰巧。他知道马丁博士住在贝斯沃特，与他一样，但那是一个很大的区域，有许多商店。

由于妻子去服侍卧病在床的母亲了，且他回来也没事先通知，因此当他回家时，发现家里是铁将军把门，而且冰箱里空空如也，于是他去了位于西伯格罗夫一家开得很晚的超市购物。

当他转过摆放着意大利通心面和宠物食品的角落时，特里·马丁的购物小推车差一点撞上他的小车。两个人都吃了一惊。

"我可否认识一下你？"马丁带着一种窘迫的微笑问道。

这时候廊道里没有其他人。

"当然可以。"巴克斯曼说，"我只不过是一个小小的公务员，在为晚餐采购食物。"

他们一起买完食品，并商定去隔壁的一家印度餐馆就餐，而不是自己一个人回家烧菜。马丁的室友希拉里好像也不在家。

巴克斯曼当然不应该这么做。就算特里·马丁的哥哥正处于极度危险之中，而正是他们把他派了进去，他也不应该为这个于心有愧；他不应该为这位学者真诚地相信他的兄长正平安地留在沙特阿拉伯而感到于心不安。搞情报工作是不能担忧这种事情的，但是他担忧了。

还有另一个忧虑。史蒂夫·莱恩是世纪大厦他的上司，但莱恩从来没有去过伊拉克——他的中东背景是在埃及和约旦。但巴克斯曼熟悉伊拉克，精通阿拉伯语。他的水平与马丁当然不同，马丁是非常突出的。巴克斯曼当上伊拉克科科长之前访问过伊拉克，伊拉克科学家和工程师的素质和才能，使他产生了真诚的尊敬。大多数英国科技院校也公开宣称，伊拉克毕业生是阿拉伯世界中的佼佼者。

自从上司告诉他耶利哥最后的报告是一派胡言之后，他一直心神不定，因为尽管难以置信，他担心伊拉克也许确实已经走在了西方科学家所了解的进度的前面。

他一直等到两份印度菜肴端上桌子，才作出了决定。

"特里，"他说，"我想做一件事，但如果这事泄露出去，那我在情报局的生涯就完蛋了。"

马丁吃了一惊。

"听起来很吓人。怎么回事？"

"因为我得到过警告，要离你远一点。"

学术家正要把芒果调味品舀入自己的盘子，他停下来。

"是不是我这个人今后靠不住了？是史蒂夫·莱恩把我拖进这件事情的。"

"倒不是那个原因。上面的观点是——你担心太多了。"

巴克斯曼不想使用莱恩的词语——大惊小怪。

"也许我是这样，因为我受过训练。搞学术的人不喜欢没有答案的谜团，我们会一直挂在心头，直至难题有了头绪，出现了意义。是不是截听到的那条短语？"

"是的，还有其他事情。"

巴克斯曼点的是鸡肉。马丁喜欢辣一点的菜，因为他习惯东方菜肴，喝的是热红茶，而不是冰镇啤酒，那会使他肚子不舒服。他朝巴克斯曼眨了眨眼睛。

"好吧，那么这次是什么大事呢？"

"你能否保证这话不会传出去？"

"当然了。"

"又截听到了一段话。"

巴克斯曼不想透露耶利哥的存在。知道伊拉克内鬼的，仍然是屈指可数的那几个人，而且以后也不想扩大。

"我能不能听听磁带？"

"不行，已经封存起来了。不要去找西恩·普鲁默，他肯定会否认的，而且那样一来会暴露你的消息来源。"

马丁又喝了几口茶以冲淡火辣辣的咖喱。

"那么，截听到的内容是什么？"

巴克斯曼告诉了他。马丁放下叉子并抹了一下脸。在姜黄色头发的衬托下，他的脸呈现出明亮的淡红色。

"在任何情况下，这会不会是真的？"巴克斯曼问。

"我不知道。我不是物理学家。高官们已经否定了？"

"彻底否定了。核科学家们都认为这不可能是真的。所以萨达姆在说谎。"

私下里，马丁认为这是一次奇怪的无线电截听，听起来更像是来自核心会议的情报。

"萨达姆一直在说谎，"马丁说，"但通常是在公开场合。这次是对他自己的核心内层的亲信？我弄不明白。难道是临战时为他们打气？"

"当局就是那么认为的。"巴克斯曼说。

"有没有通知多国部队将领们？"

"没有。原因是，他们现在忙得不可开交，没必要以纯属垃圾的情报去打扰他们。"

"那么你想要我做什么呢，西蒙？"

"萨达姆到底想干什么，现在没人能猜得出来。在西方人看来，他做的事根本没有意义。他是不是已经疯了，还是像狐狸一样狡猾？"

"在他的世界中，是后者。在他的世界中，他的所作所为是有道理的。针对我们的恐怖行动，在他看来没有任何不道德，反而是有意义的。只有当他在巴格达以那些可怕的公关手法试图进入我们的世界时，他才像一个十足的傻瓜。在他自己的世界中他不是傻瓜。他能活到今天，仍在掌权，还能使伊拉克团结一致。他的敌人失败了，腐烂了。"

"特里，我们坐在这里，可他的国家正被碾得粉碎。"

"这没有关系，西蒙。"

"可他为什么要说那几句话。"

"当局是怎么认为的？"

"认为他说谎了。"

"不！"马丁说，"他在公众场合说谎。但对于他的核心内层，他用不着说谎。不管怎么说，他们都是他的人呀。要么这情报是捏造出来，萨达姆从来没说过这话；要么他说过，因为他相信这是真的。"

"那就是别人对他说谎了？"

"有可能。但当他明白真相之后，撒谎会付出沉重的代价。可是还有一种可能，即截听到的情报是假的，是一份精心编制的假情报，故意让人截听。"

巴克斯曼不能把自己知道的底细说出来，他不能告诉马丁实际上这消息不是截听到的，它来自于耶利哥。耶利哥已为以色列工作了两年，又为英美工作了三个月，从来不曾搞错过。

"你心中有疑问，对不对？"马丁说。

"我想是的。"巴克斯曼承认道。

马丁叹了一口气。

"风中稻草，西蒙。截听到的那条短语；电话里那个人叫另一个人闭嘴，还骂他是婊子的儿子；萨达姆说的成功和即将成功那段话，现在又是这个。我们需要一条绳子。"

"绳子？"

"这些稻草只有被绳子扎起来以后才能成为一捆。他心中的想法应该还有其他的。不然的话，当局就是对的，他会使用已经拥有的毒气武器。"

"好的，我会去找绳子的。"

"那么我——"马丁说，"今天晚上没有见过你，我们也没有说过话。"

"谢谢你。"巴克斯曼说。

哈桑·拉曼尼是在事件发生后两天，即一月十九日才听说他的间谍莱拉死了。她没能在预定的时间露面，把卡迪里将军的情报递交过来。他担心发生最坏的结果，于是他去查阅了停尸所的记录。

曼苏尔的那家医院提供了证明，而且该尸体已与军事设施炸毁后的许多其他尸体一起，埋进了一个巨大的墓穴之中。

哈桑·拉曼尼不相信他的间谍是在那天半夜穿过一片空地时被一颗偏离目标的炸弹击中，如同他不相信鬼怪一样。巴格达上空唯一的鬼怪是他在西方军事期刊上读到过的美国隐形轰炸机，况且它们实际上不是鬼，而是合乎逻辑的设计创造出来的产物。莱拉·阿尔希拉之死亦是如此。

他的唯一合乎逻辑的结论是，卡迪里发觉了她不符合身份的活动，制止了她。那意味着她死去之前肯定已经吐露了什么。

那意味着，对他来说，卡迪里已经成为一个强大而又危险的敌人。更坏的是，他深入到统治集团核心的渠道已经关闭了。

假如他知道卡迪里正与他自己一样忧心忡忡，拉曼尼就会高兴了。可是他并不知道。他只知道以后他必须极为小心。

空袭的第二天，伊拉克向以色列发射了第一批导弹。媒体立即宣称，是苏制飞毛腿B型导弹，这种说法在整个战争期间一直延续着。其实它们根本不是飞毛腿。

进攻的出发点并不傻。伊拉克清楚地知道，以色列绝对不接受公民大量伤亡。当第一批火箭载运的弹头落到特拉维夫的郊外时，以色列马上作出了反应，准备参战。这正是伊拉克所企盼的。

在五十个反伊盟国中有十七个是阿拉伯国家，如果说除了信仰伊斯兰教之外他们还有一个共同点，这个共同点就是与以色列为敌。伊拉克算计，如果能以打击以色列从而将她拖入战争，盟国中的阿拉伯国家会因此而退出。即使沙特阿拉伯君主，两个圣地的管理人卡利德国王，也会处于尴尬的境地。

起初火箭落到以色列后，人们担心弹头里也许装有毒气或细菌培养液。假如真的那样，以色列肯定按捺不住。但很快就证明，弹头里面是常规炸药。即便如此，轰炸在以色列国内造成的心理影响仍然是巨大的。

美国立即向耶路撒冷施加了大量压力，让以色列不要反击。以色列总理伊扎克·沙米尔被告知说，盟国会处理这件事的。以色列实际上出动了一批F-15战斗轰炸机，但飞机还没飞出以色列领空即被召回。

真正的飞毛腿是一种笨拙的、老式过时的苏制导弹，伊拉克多年前曾买过九百枚。它的射程在三百公里以内，能携带一颗将近一千磅的弹头。它没有制导系统，而且以原先的形式，在全射程时，它会落入目标半英里范围内的任何地点。

对伊拉克来说，实际上买了它没有用处。在两伊战争中它打不到德黑兰，也打不到以色列，即使是从伊拉克最西部的边境上发射也不行。

在德国技术的帮助下，伊拉克人完成了奇妙的改装。他们把飞毛腿拆解开来，把三枚导弹装配成两枚新火箭。说句不太好听的话，这种新的胡赛恩火箭是一种七拼八凑的产品。

添加额外的燃料箱后，伊拉克人把这种火箭的射程增加到了三百二十公里，这样就能（而且确实）打到德黑兰和以色列。但有效载荷降到了一百六十磅。原先就差劲的制导能力，现在更糟糕了。其中两枚打向以色列的火箭，不但没有击中特拉维夫，而且错过整个以色列国，落入了邻国约旦。

但是作为一种恐怖武器，它差不多奏效了。尽管落到以色列国土上的所有胡赛恩火箭的有效载荷加起来，还不及美国打到伊拉克国土的一颗两千磅炸弹大，但它们把以色列国民搞得心惊肉跳。

美国以三种方式作出了响应。起飞整整一千架次的战机，击落来犯的火箭，以及打击更隐蔽的移动式火箭发射架。

几小时之内，一批美国爱国者导弹被运进了以色列，可以用来防御火箭，但主要是说服以色列不要卷入战争。

英国的特空团，以及后来的美国绿色贝雷帽部队进入伊拉克西部沙漠，以期找到那些移动式火箭发射架，然后要么用他们自己携带的米兰导弹摧毁它们，要么用无线电指挥空袭。

爱国者有"导弹克星"的美誉，但只获得了有限的成功，不过这不是它的过错。制造厂商为爱国者设计的任务是拦截飞机，而不是火箭，而且它们是被匆忙地改装上这个新功能的。爱国者很少击中来犯弹头的原因从来未曾披露过。

事实上，伊拉克人改装飞毛腿成为胡赛恩的过程中，除了增加射程，还同时增加了飞行高度。新的火箭以抛物线飞行，先是进入内层空间，但在回落时开始发红发热，这是飞毛腿在设计时从来没有考虑到的。重返大气层后它就分裂了。所以落到以色列的不是整枚的火箭，而是一只下落的垃圾箱。

爱国者升上天空去拦截时，发现迎面而来的不是一块金属，而有十几块。于是微电脑告诉它按设定的程序去做——迎向最大的那一块。这通常是那只用完了的燃料箱，失去控制后正翻滚着跌落下来。尺码更小的弹头在分裂时脱离开，成了自由落体。许多弹头根本没有爆炸，以色列楼房所遭受的大多数损坏是撞击损坏。

如果说所谓的飞毛腿是心理恐怖的话，那么爱国者就是心理救星。但保持以色列不卷入战争这方面，这种心理疗法奏效了。

美国另一方面的反应是答应时机成熟时在以色列部署大规模改进的箭式火箭——后来在一九九四年安装了。

第三个反应是由以色列选择另外一百个目标，由多国部队去摧毁它们。以色列人的选择出来了——主要是那些伊拉克西部会影响到以色列的目标：公路、桥梁、机场以及其他朝西对准以色列的目标。全都与解放阿拉伯半岛另一边的科威特无关。

美国空军和英国空军去猎击飞毛腿导弹发射架的战斗轰炸机，声称获得了难以计数的战绩。但中情局马上对此表示怀疑，这使得查克·霍纳中将和施瓦茨科普夫上将大为光火。

战争结束两年之后，华盛顿公开承认，没有一台移动式飞毛腿发射架是被空袭摧毁的。这种说法至今仍让参加过空袭的飞行员很恼怒。事实是，飞行员们大都又一次被军事伪装工事所蒙骗了。

伊拉克的南部沙漠是台球桌一样的平原，而西部和西北部沙漠则多岩，多山，被成百上千条旱谷和溪谷撕裂。那就是麦克·马丁渗入到巴格达时坐车经过的地形。在发射反击火箭之前，伊拉克制造了几千个假的飞毛腿移动式发射架，跟真的发射架混在一起，藏在多山的地形之中。

迷惑对方的方法是，夜间把一条废钢管装上一辆破旧的平板卡车，在黎明时把钢管里的一桶油和废布片点上火。高空中，阿瓦克斯飞机的感应器检测到了这个热源，把它标为一台导弹发射架。战斗机飞到那里，投下炸弹，声称成功摧毁了目标。

英国特空团的小分队是不会被这种手法所愚弄的。尽管人数不多，但他们乘坐越野车和摩托车深入到伊拉克的西部沙漠，冒着白天炽热的阳光和黑夜刺骨的寒冷展开侦察。在二百米距离内，他们能看清哪些是真的移动式发射架，哪些是假的。

当真正的火箭发射器从掩体下移出来时，这些隐蔽在岩石堆里的安静的战士们用望远镜观察着。如果附近伊拉克人太多，他们就用无线电静静地召唤空袭。如果他们自己能对付，就发射随身携带的米兰反坦克火箭，这种弹头击中真正的胡赛恩火箭燃料箱时会发出响亮的爆炸声。

军人们不久就明白，伊拉克沙漠里有看不见的南北方向分界线。分界线以西，伊拉克的火箭能打到以色列；分界线以东，火箭达不到那个射程。他们工作的目的在于吓唬伊拉克导弹部队不敢冒险跑到线条以西，而是在东边发射出去，然后向他们的上司谎报军情。这种情况持续了八天，此后向以色列发射火箭的行动停止了。他们再也没有重新开始过。

后来，巴格达—约旦公路成了一条分界线。路北是飞毛腿北方区，属于美国特种部队的地盘，他们是坐长航距直升机进去的。路南是飞毛腿南方区，是英国特别空勤团的活动范围。四名特空团战士战死在那里的沙漠上，但他们完成了上级交代的任务。也是在那里，价值几十亿美元的技术设备被伪装工事欺骗了。

空袭的第四天，即一月二十日，驻扎在阿尔卡兹郊外的第336中队暂时还没有转移到西部沙漠去。

那天中队接到的任务目标是巴格达西北部的一个大型萨姆导弹基地。那些萨姆导弹由两台硕大的雷达控制。

霍纳将军的空袭计划正在向北进展。巴格达南部地平线上差不多所有导弹基地和雷达站均遭摧毁之后，现在该清理巴格达东部、西部和北部天空了。

二十四架战鹰组成的战斗机中队在一月二十日要去执行多重任务。中队长史蒂夫·特纳中校把导弹基地的任务分配给一个有十二架战鹰的分遣队。这样规模的机队被称为大猩猩。

这个大猩猩有两名上尉中的一名领队。十二架飞机中的四架携带着哈姆，即反雷达导弹，专门杀向发出远红外信号的雷达天线。其余八架飞机每架都携带两枚长长的、闪闪发光的激光制导炸弹。在伊军雷达被炸毁、导弹成了瞎子后，它们将跟随哈姆去轰炸火箭发射架。

完全没有预兆还会出什么差错。十二架战鹰以四架为一组分成三组起飞，编成一个松散的梯队升上了两万五千英尺上空。天空一片湛蓝，下面黄褐色的沙漠清晰可辨。

气象报告说目标区上空的风力比沙特阿拉伯上空强，但没有提到沙尘暴，沙漠风暴的快速移动可以在数秒钟内淹没目标。

在边境以南，十二架战鹰遇见了它们的加油机，两架KC-10。于是，它们加满了执行任务所需的燃油，然后转向北方朝伊拉克飞去。在海湾上空的一架阿瓦克斯告诉它们前方没有敌机活动。假如空中有伊拉克战斗机,那么除了炸弹之外,战鹰们还携带着两种空对空导弹——空中拦截导弹7和AIM-9,外号分别为麻雀和响尾蛇。

导弹基地就在那里,没错。但它的雷达没有开机。战鹰们到来时,雷达天线应该立即开启,引导萨姆导弹搜索来犯的入侵者。雷达一开机,携带哈姆导弹的四架战鹰就能把它们分辨出来,然后按美国空军的说法,让它们彻底完蛋。

到底是伊军指挥官害怕挨打还是聪明过人,这些美国人将永远不得而知。但伊军雷达就是不开机。在组长的领导下,第一组四架战鹰一而再,再而三地降低飞行高度,为的是挑起雷达开机。但它们没有开机。

在敌军雷达完整无损的情况下,让战斗轰炸机飞进去是愚蠢之举——它们将会不予警告立即开机,然后萨姆导弹将会把战鹰击落。

在目标上空逗留了二十分钟后,空袭取消了。大猩猩的各小组去攻击它们的第二目标。

唐·沃克向坐在他后面的火控员蒂姆·内桑森吩咐了一声。那天的第二目标是萨马拉南方的一个固定式飞毛腿基地。其他战斗轰炸机也在频频地对萨马拉发起空袭,因为那里有一家已知的毒气工厂。

一架阿瓦克斯预警机确认,萨马拉东部和巴拉德东南部的两个伊拉克主要空军基地没有飞机起飞。唐·沃克召来了他的僚机,两架战机飞向那个飞毛腿导弹基地。

美军飞机之间的所有通讯都由快速系统加了密,这意味着其他人在没有同样系统的情况下,即使能截听到,也不过是一阵扰乱了的噪声。密码每天变换,但对所有多国部队飞机都是通用的。

沃克看了看周围,天空万里无云;半英里之外,僚机飞行员兰迪·罗伯茨驾机飞行在他的后上方,后面坐着火控员吉姆·亨利。

飞临伊军的固定式飞毛腿导弹发射场上空时，沃克降下高度以辨明目标。使他恼怒的是发射场被一阵翻卷着的沙尘遮住了。那是被强风吹起来的沙漠风尘。

他的激光制导炸弹是不会错过目标的，只要它们跟着照向目标的光束。但要发射制导光束，他必须先看见目标。

油料快要耗完了，他带着一肚子火驾机离开了。一个上午遭到两次挫折太过分了，他不愿意带着全部载弹着陆。但是没有目标可以打击，回家的路就在南方。

三分钟后，他见到下面有一个巨大的工业区。

"那是什么？"他问蒂姆。火控员查阅了一下地图。

"它叫塔尔米亚。"

"天哪，真大呀！"

"是啊。

虽然他们两人都不知道，但塔尔米亚工业区里有三百八十一座楼房，占地面积为方圆十英里。

"被列上目标了吗？"

"没有。

"不管怎么说，下去看看。兰迪，掩护我的后翼。"

"知道了。"他的僚机飞行员的声音传了过来。

沃克把他的战鹰飞行高度降到了一万英尺。工业城非常庞大，中央的一座大楼房有体育馆那么大。

"扔下去算了。"

"唐，这不是目标。"

高度降到八千英尺后，沃克激活他的激光制导系统，对准了他前面下方的那座巨大的工厂。他的飞行头盔显示出距离越来越近了，接着向他显示了发射前的最后几秒钟读数。当读数跳出零时，他扔下了炸弹，并保持他的机首静止地对准正在接近的目标。

这两枚炸弹头上的激光嗅探器装的是"铺路系统"。在他的机身下面是制导舱，称为蓝盾。蓝盾把一束隐形的远红外光线投向目标，又弹回来形成了一个漏斗状的电子笊篱，朝他折过来。

铺路系统的鼻头锥体感应到了这个笊篱，钻进去，顺着漏斗落下去，直至它们准确地击中光束瞄准的部位。

两颗炸弹都完成了工作。它们钻进那座工厂的屋顶下面爆炸了。看到炸弹爆炸后，唐·沃克马上返航，他拉起战鹰的机首，回升到了两万五千英尺高空。经再次空中加油之后，他和他的僚机又飞行一个小时，回到了阿尔卡兹。

在拉起机头之前，沃克看见了两颗炸弹爆炸的炫目的火光以及腾空升起的烟柱，他还看见了随着爆炸产生的灰沙。

他没有看见，那两颗炸弹把工厂一端的屋顶掀翻了，使一大片屋顶竖了起来，活像在海上航行的一艘船舶的风帆。

他也没有观察到，那天上午强烈的沙尘风暴（就是遮住飞毛腿发射场的那次沙暴）做了善后工作。风暴把工厂的那片炸得竖起来的屋顶撕裂了，屋顶铁皮破碎后像弹片似的飞向四面八方。

回到基地后，唐·沃克与基地每一位飞行员一样，全面、详细地作了执行任务情况的汇报。这对于已经十分困乏的飞行员们来说是一个累人的过程，但这个过程必须完成。记录汇报的负责人是中队的女情报官贝丝·克罗格少校。

谁也没谎报大猩猩取得了成功，但每一位飞行员都袭击了第二目标，只有一人除外。他们那位飞黄腾达的主管武器的军官唐·沃克没能完成第二目标，结果随便选了一个第三目标。

"你到底为什么要那么干？"克罗格问道。

"因为它很大而且看上去很重要。"沃克回答。

"但空袭任务命令中没有它呀？"她抱怨说。她记下了他选中的那个目标，其确切位置和情况描述，以及炸弹破坏效果的汇报，汇总后要上交给空中战术管制中心，该机构与空军总部一起在沙特空军司令部大楼的地下室里办公。

"如果这是一家纯净水灌装厂或婴儿食品加工厂，看他们怎么收拾你。"她警告沃克。

"嗨，贝丝，你发火时看上去很美。"他逗她。

贝丝·克罗格在军旅生涯中混得不错。如果有男人奉承她的话，那对方的军衔必须是中校以上。但由于基地里三名校官都已经结了婚，所以阿尔卡兹对她来说是一个伤心的地方。

"你出格了，上尉。"她对他说，然后离开去写她的汇总报告去了。

沃克叹了一口气，回他的行军床去休息了。尽管如此，她是对的。假如他把世界上最大的孤儿院给毁了，那么霍纳中将会亲自把他的上尉肩章摘下来。后来，他们永远也没有告诉唐·沃克，他那天上午击中的是什么。但它不是一座孤儿院。

第十六章

塔尔米亚

同一天晚上，在遥远的奥地利首都维也纳，卡里姆到了爱迪丝·哈登堡小姐在格林辛的那套公寓，来与她一起吃晚饭。他坐公共交通工具找到了出城去郊区的路，而且他还带来了两件礼物：一对有香味的蜡烛，插在凹室的那张小餐桌上；还有两瓶上等的葡萄酒。

爱迪丝让他进来，与往常一样因为害羞脸涨得通红，然后她就转身去她的小厨房里，继续照料正在烹调的维也纳菜肴。自从她上次为男人烧菜已经过去了二十年；她有一种痛苦的感觉，但使她惊讶的是，她同时也有一种激动的感觉。

卡里姆在门口的时候，就在她脸颊上轻轻地、快速地一吻，这使她的脸更红了，然后他在她的唱片收藏柜里找到威尔第的《纳布科》，放到了唱机上。

不久，蜡烛的芳香和《奴隶合唱曲》柔和的节拍开始荡漾在公寓里。

这套公寓，诚如几星期前闯进去过的内维奥特特工组所告诉他的：非常干净，极端整洁，是那种过分讲究的女人独自居住的寓所。

菜做好了后，爱迪丝连声道歉地端了出来。卡里姆品尝了一下，宣称这是他吃过的最好吃的一道菜。她更加窘迫了，但同时欣喜万分。

他们边吃边谈话，谈论文化，谈论去游览舍恩布隆宫，去观摩霍夫莱斯勒传说中的利比泽纳马和去参观在瑟夫斯广场霍夫堡里面的西班牙骑术学校的计划。

爱迪丝的吃饭方法与她做任何其他事情一样——准确，像鸟一般地一小口一小口啄着吃。她把头发像往常一样拢在后面，在脑后编成一个古板的发髻。

卡里姆已经关去了餐桌上方那盏明亮的电灯，烛光下，现在他显得黝黑英俊，彬彬有礼。他一直在给她的杯子添加葡萄酒，于是她喝下去的酒比她允许自己偶尔喝一杯的量大大超过了。

晚餐、葡萄酒、蜡烛、音乐和她的年轻朋友的陪伴，慢慢地瓦解了她的心理防线。

盘子吃空后，卡里姆俯身向前靠了靠，凝视着她的眼睛。

"爱迪丝？"

"嗯？"

"我可以问你一句话吗？"

"你想问就问吧。"

"你为什么要那样把头发拢到后面呢？"

这是一个鲁莽的提问，涉及个人的习惯。她的脸羞得更红了。

"我……一直把头发弄成这个样子。"不，这话不对。曾经有过一段时间，她回忆起来，与霍斯特在一起时，她的头发披在肩上，浓密的棕色长发，那是一九七○年的夏天；曾经有过一段时间，她的头发迎风飘拂过，在卢森堡施洛斯公园的一个湖上。

卡里姆一言不发地起身走到她背后。她的心中涌上一阵惊慌。太荒谬了。熟练的手指把龟壳形木梳从她的发髻里取了下来。必须加以制止。她感觉到发夹销被抽了出来，她的头发散开来，披到了背后。她身子僵硬地坐在那里。那些手指又拿起她的头发拉到前面来，放到她脸庞的两边。

卡里姆站到了她旁边，她抬头看他。他伸出双手微笑了。

"这样就好了，你看上去年轻了十岁，也更漂亮了。让我们坐到沙发上，你挑一张最喜欢的唱片放到唱机上，我去煮咖啡，好吗？"

没等人家同意，他就抓住她的一双小手把她从座位上拉起来。放下一只手后，他领着她走出凹室进入了客厅。然后他转身走向厨房，放开了她的另一只手。

感谢上帝他没有乱来。她全身都在战栗。他们之间的关系似乎应该是柏拉图式的友谊。他还没有触摸她，还没有真正触摸她。当然，她决不会允许那种事情。

她从墙上的镜子里看见了自己：脸色绯红，长发披肩，遮住了她的耳朵，为她的脸庞饰上了边框。她认为她模模糊糊地看到了二十年前认识的一个姑娘的倩影。

她在自己身上拧了一下，选了一张唱片。她所敬爱的施特劳斯，她熟知他的华尔兹舞曲的每一个音符，《南方的玫瑰》《维也纳森林的故事》《滑冰者》《蓝色的多瑙河》……谢天谢地，卡里姆在厨房里，没看到在她把唱片放到唱盘上去时差一点把唱片掉下来。他似乎在厨房里干得正欢，很容易地找到了咖啡、水、滤器和砂糖。

当他走过来与她坐到一起时，她让到了沙发的最远处，双膝并拢，手端着咖啡杯，搁在膝头上。她想谈谈下星期音乐节上的音乐会，可是话到嘴边没能说出来。于是她改喝咖啡。

"爱迪丝，请不要怕我。"他喃喃地说，"我是你的朋友，不是吗？"

"别傻了，我当然不害怕。"

"好，因为我永远不会伤害你，这你是知道的。"

朋友？是的，他们是朋友，是基于对音乐、艺术、歌剧和文化的共同爱好的友谊，肯定不会有其他感情。朋友与男朋友只有一步之差。她知道银行里其他女职员有丈夫或男朋友，看到过她们赴约会前那种激动的模样和第二天上午在银行大厅里的欢笑，并对她孤身独处深为惋惜。

"那是《南方的玫瑰》，是吗？"

"是的，当然是的。"

"我想，这是所有的华尔兹中我最喜爱的。"

"我也同样。"这就好了，话题回到了音乐上。

他从她的膝上拿起她的咖啡杯，放在一张小桌子上，与他的那只杯子放在一起。然后他站起身，抓住她的双手把她拉了起来。

"干什么……"

她发现她的右手已被握在了他的手中，一条强有力的手臂搭在了她的腰上。他们在家具之间那一小块松木地板上开始轻柔地旋转起来，跳起了一支华尔兹舞。

吉迪·巴齐莱肯定会说：快上呀，小伙子，别再浪费时间了。可是他知道什么？他知道个屁。首先是信任，然后才会是爱慕。卡里姆把他的右手恰如其分地搭在她的腰肢上。

相互间保持几英寸的距离，他们随着乐曲翩翩旋转。卡里姆把他们那两只握紧的手拉近了他的肩膀，并用右臂把爱迪丝揽近了他的身体。这种动作是微妙的，渐进的，难以察觉的。爱迪丝发觉自己的脸靠上了他的胸膛，于是只得把脸转向侧面。她那小小的胸脯抵住了他的身体，她再次感觉到了男人的气息。

她朝后退了一点。他放松了她的腰肢，又放开了她的右手，用自己的左手抬起她的下巴，然后他吻了她，边跳舞边接吻。

这不是一种深吻。他抿着自己的嘴，也没去顶开她的双唇。她的心绪在翻滚着各种情感：一架飞机失控了，旋转着跌落下来，抗议的浪潮升上来又落下去。银行，格穆利希，她的名声，他的年轻，他的外国人身份，他们的年龄，那温暖，那葡萄酒，那气息，那力量，那嘴唇……音乐戛然而止。

假如他还做出了其他事，她肯定会把他赶出去。他让自己的嘴离开了她的双唇，把她的头轻轻地转过来靠在了他的胸膛上。就这样，他们在静谧的公寓里一动不动地站了好几秒钟。

是她先脱开了身子。她走回沙发，坐下来，眼睛凝视着前方。她发现他跪倒在她的面前，把她的双手抓在了他的手中。

"你生我的气吗，爱迪丝？"

"你不应该那样。"她说。

"我不是故意的，我发誓。我只是情不自禁。"

"我想你应该离开了。"

"爱迪丝，如果你生气了想惩罚我，那么你只有一个方法。那就是不让我再次见到你。"

"嗯，我也不知道。"

"请说你还想再次见到我。"

"我想是吧。"

"如果你说不，我会中断学业回家去。如果你不肯见我，我就无法在维也纳生活下去了。"

"别傻了，你必须读书。"

"那么你会再次见我了？"

"好吧。"

五分钟之后，他走了。她熄灭电灯，换上她那条整整齐齐的睡裙，洗脸刷牙后就上床了。

黑暗中她躺在床上，缩起身体，双膝抵在胸部。两个小时后，她做出了已有多年没做的事情：她在黑暗中微笑了。她的脑海里一遍又一遍地出现一个强烈的反对意见，但她并不介意。我有了一个男朋友，他年轻十岁，是一个学生。一个外国人，一个阿拉伯人，一个穆斯林，而我并不介意。

那天夜晚，在利雅得老机场路下面深深的地下室里，美国空军迪克·贝蒂上校在值夜班。

黑洞一刻也没停止过工作，一刻也没放松过工作，在空袭的初始几天里，它比以往更加努力、更加高效地工作着。

查尔斯·霍纳将军的空袭总体计划现在有点混乱，原因是安排去轰炸原定目标的几百架作战飞机，改为去打击飞毛腿导弹了。

每一位作战将军都会承认，尽管计划可以制订得极其精确，每一只螺丝和螺帽都考虑到了，但实际执行时是很不相同的。伊拉克火箭攻击以色列引起的危机，正在成为一个严重问题。特拉维夫在向华盛顿大喊大叫，而华盛顿在向利雅得大喊大叫。所有战机转而去追猎难以捉摸的移动式导弹发射架，是华盛顿为了以色列不致卷入战争而必须付出的代价，而且华盛顿的命令是不容争辩的。大家都能明白，如果以色列按捺不住从而参战的话，那对于现在脆弱的反伊多国同盟肯定是一场灾难。但问题还是相当令人头疼。

原定第三天要去空袭的目标，因为缺少飞机而推迟了，产生的影响如同多米诺骨牌。由此出现的另一个问题是，这样一来也许不能开展"轰炸效果评估"。但这种评估很重要，必须做。

"轰炸效果评估"工作之所以重要，是因为黑洞必须了解当天空袭的战果，即成功率是多少。如果在空袭任务命令上有一个大型的伊军指挥中心、雷达站或导弹发射架，那么必须及时打击。但这些目标是否已被摧毁？如是，那么程度如何？百分之十，百分之五十，还是成了一堆冒烟的废墟？如果简单地假定伊拉克基地已被消灭，第二天，深信不疑的盟军飞机会飞到那个基地上空去执行另一项任务。而假如敌军基地仍在运转，飞行员就会因此而送命。

因此，在每一天的空袭任务结束后，疲惫不堪的飞行员要确切地描述他们做了什么事，打中了什么，或者他们认为打中了什么。第二天，其他飞机要飞往那些目标的上空拍照。

这样，每天当空袭任务命令开始为期三天的准备时，任务清单必须包括对指定目标的第二次访问，如果只完成了一部分，那就要继续完成。

一月二十日是空袭的第四天，多国部队的空军还没有正式去攻击那些已被标示为大规模杀伤性武器的制造工厂。他们仍在集中打击敌方的防空系统。

那天夜晚，贝蒂上校正在编制第二天的侦察拍照任务清单。这项工作的依据，是飞行员们向中队情报官汇报的战果。到午夜时，他差不多就可以完成了，早先制定的命令已经传给各中队了，他们在黎明时会去执行侦察拍照任务。

"还有这个，先生。"

说话的是美国海军的一位军士长，正站在他的身边。上校看了一眼那个目标。

"塔尔米亚？什么意思？"

"可是报告上是这么说的，先生。"

"那么塔尔米亚到底在什么地方呢？"

"在这里，先生。"

上校去看航拍地图。那个地点他完全没见过也没听说过。

"是雷达站？导弹发射场？空军基地？指挥中心？"

"不是，先生。是工业设施。"

上校已经累了。这是一个漫长的夜晚，还要继续工作到天亮。

"看在上帝的份上，我们还没开始攻击工业目标呀。但你还是把清单给我吧。"

他从头至尾看了一遍清单。这上面包括了盟军已知的专门生产大规模杀伤性武器的每一座工业设施，包括已知的生产炮弹、炸药、军车、大炮部件和坦克备件的兵工厂。

列在清单上第一类的有喀姆、沙喀特、图韦塔、法鲁贾赫、希拉赫、阿迪尔和富拉特。这位上校不会知道清单上漏掉了拉沙迪亚，伊拉克人在那里安装了进一步加工已炼制铀的第二套气体离心器串联。这个问题还骗过了英国美杜莎委员会的专家们。这座工厂后来被联合国的核检查组发现了，它并没有建在地下，而是伪装成一家纯净水灌装企业。

贝蒂上校也不会知道富拉特，埋在地下的第一个铀串联的地点，也就是德国人斯戴姆勒访问过的地方，"靠近图韦塔的某个地方"，其确切位置是由耶利哥透露出来的。

"我找不到塔尔米亚。"上校咕哝着说。

"不，先生，这里没有。"军士长说。

"给我坐标方格图。"

不能指望军事分析员记住成百上千个令人迷惑的阿拉伯地名，因此，所有的目标都用全球定位仪标上了坐标方格，并用十二位数字来表示，每个目标的方位都准确到五十码乘五十码的方块之中。

唐·沃克轰炸塔尔米亚的那座巨型工厂时，他记下了它的坐标方格，因此也被记入了汇报材料里。"这里也没有。"上校不满地抱怨，"该死，这里不是目标。是谁去炸的？"

"驻扎在阿尔卡兹的336中队的某一个飞行员。他错过了前面两个预定的目标，不是他自己的过错。我猜想，他大概不想让飞机挂满炸弹回家着陆。"

"自作聪明的笨蛋。"上校咕哝了一声，"好吧，对那个地方进行'轰炸效果评估'。但不作为重点。别为它浪费胶卷。"

海军少校达伦·克利里坐在F-14雄猫战斗机的驾驶舱里，心情非常沮丧。

在他的身下，庞大的美国"突击者"号航空母舰迎着微风，正以27节的航速犁过水面。黎明前，海湾北部的海面显得十分宁静，天空很快就会变亮、变蓝。即将驾驶世界上最先进的战斗机飞上蓝天，这对年轻的海军飞行员来说，应该是快乐的一天。

外号为"舰队卫士"的双尾翼双座雄猫，因电影《壮志凌云》而拉近了与老百姓之间的距离。雄猫的驾驶舱很可能是美军作战飞机中最受欢迎的，肯定是海军战机中最佳的。能在这样一个阳光明媚的日子，坐在这种飞机的驾驶舱里，应该使达伦·克利里非常开心。使他不高兴的原因是他没有被分配去执行战斗任务，而是去执行"轰炸效果评估"，即拍摄照片。头天晚上他已经向中队的作战参谋提出了，要求去追猎伊拉克的米格战斗机，但没有成功。

"这工作总得有人去做。"这是他得到的答复。与海湾战争中多国部队的所有制空战斗机飞行员一样，克利里担心，要不了几天伊拉克的喷气式飞机就会离开天空，这样他就没有机会与之进行空中格斗了。

所以，他委屈地去执行"轰炸效果评估"任务。

在他和飞行同伴身后，两台通用电气公司生产的喷气发动机发出隆隆的响声，在斜角式飞行甲板上，操作员把飞机挂上了蒸汽弹射器，机首稍微偏离"突击者"号的中心线。克利里等待着，左手握着油门杆，右手中的控制仪处于空挡，地勤人员在作最后的检查。终于，所有准备就绪，飞行员点点头，将油门杆推向前面，发动机发出了震耳欲聋的嚎叫声。巨大的爆发力进入了加力燃烧室，加上对他的弹射力，重达六万八千磅的战机在三秒钟之内速度从零达到了150节。

"突击者"号的灰色钢铁舰体在他后面消失了，身下是黑沉沉的海洋。雄猫感觉到了迎面扑来的空气，以优雅的弧度迎向正在放亮的天空。

这是一次历时四小时的任务，中途要加两次油。他有十二个目标需拍照，而且他也不是单枪匹马。在他前方的空中，已经有了一架携带着激光制导炸弹的A-6复仇者，万一他们遇上防空高射炮火，复仇者将教训伊拉克高射炮手，让他们闭嘴。一架用哈姆导弹武装起来的EA-6B徘徊者也与他们同行，万一碰上由雷达制导的萨姆导弹发射场地，徘徊者将用哈姆炸飞雷达，而复仇者将会把炸弹射向伊拉克的导弹。

为对付万一出现的伊拉克空军战斗机，另两架雄猫将担任空中护航。它们飞行在拍照者的左右两侧上方，它们携带的大功率AWG-9空中雷达，能分辨出伊军飞行员的一切动作。

所有这些装备和技术都是为了保护挂在达伦·克利里脚底下的那件设备——"战术空中侦察吊舱系统"。它挂在雄猫中心线稍稍偏右，看上去活像一具十七英尺长的流线型棺材。当然，它的结构要比旅游者使用的照相机复杂得多。

在它的鼻子上有一架强大的框架照相机，可设置两个位置：向前向下，或直接向下。在它的后面是一架全方位相机，镜头可朝向前面、侧面和下面。再后面是远红外线侦察仪，有记录热像和热源的功能。飞行员坐在驾驶舱内，可以通过头盔上的显示器观察他在拍摄的物体。

达伦·克利里爬上一万五千英尺高空，遇上了他的护航机队，然后一起向伊拉克边境南边KC-135加油机飞去。

他们没碰到伊拉克的抵抗，克利里拍摄了分配给他的十一个主要目标，然后他转向塔尔米亚方向去拍摄第十二个目标。

飞临塔尔米亚上空时，他看了一眼显示器，咕哝了一声："这到底是什么呀？"这时候主相机的七百五十幅胶卷快要用完了。

经过第二次空中加油之后，整个机队安全返航，降落到"突击者"号航母上。甲板水手们卸下照相机，带到暗室中去冲洗底片。

克利里汇报了这次没有险情的任务，接着与情报官一起，走向一张灯光明亮的桌子。在投影仪的白色灯光下，克利里解释了每一幅底片是什么，是怎么来的。情报官在他的报告上做了笔记，以后，他的报告要附在克利里的报告后，还有那些照片。

当他们看到最后的二十幅时，情报官问道："这些是什么？"

"别问我。"克利里说，"这些是塔尔米亚的那个目标。还记得吗？利雅得在最后的一分钟追加的那一个？"

"记得。工厂里面是些什么东西？"

"看上去像是巨人玩的飞碟。"克利里没有把握，于是这么试探着说。

情报官把这条短语照搬照抄写进了他的报告之中，并附上一个备注，承认他对这些东西根本没有任何概念。当报告和附件准备停当后，一架洛克希德公司生产的S-3北欧海盗飞机从"突击者"号甲板起飞，带着包裹飞往利雅得去了。达伦·克利里恢复了执行空战任务，但从来没能与躲躲闪闪的伊军米格战斗机进行过空中搏斗。一九九一年四月下旬，他随美国"突击者"号航母离开了海湾。

那天上午，沃尔夫冈·格穆利希对他私人秘书的状况越来越担心了。

她仍与以往一样彬彬有礼，一丝不苟，对他布置的工作仍能认真高效地完成。格穆利希不是一个过分敏感的人，起初他没有发现有什么不正常，但当她第三次进入他的办公室来拿一封信时，他观察到她身上有某种不同寻常的情况。

当然了，不是开心的样子，肯定也不是轻浮——他决不会容忍轻浮。但是她带着一种神情。在她第三次进来，低头俯身记录他的口述命令时，他更仔细地观察了她。

没错，仍穿着那套上班的服装，裙边在膝盖之下。头发仍挽向后面，在脑后做成一个发髻……在她第四次进来时，他才惊恐地明白爱迪丝·哈登堡在脸上敷了一层淡妆。不是很多，只是一点点。他很快地观察了一下她的嘴上是不是抹过口红，没发现什么痕迹时他才松了一口气。

也许他是在自欺欺人，他这么想道。现在是一月，外面的寒风也许会使她的皮肤粗糙；毫无疑问，粉黛能使她免受皮肤干裂的疼痛。但还有其他情况。

那双眼睛，不是睫毛油——但愿不会是睫毛油。他又看了一遍，没有那种东西。他在自欺欺人。在吃中饭时，当他把餐巾铺到写字板上开始吃格穆利希夫人恭顺地为他准备的三明治时，他才得到了答案。

404

它们在闪光，哈登堡小姐的眼睛在闪光。那不可能是冬季气候的原因——到这时候她已经在室内待了四小时。银行家放下吃了一半的三明治，明白他看到的是星期五下午下班前某些年轻女职员共有的那种神情。

那是幸福。爱迪丝·哈登堡浑身透着一种幸福。这种幸福处处流露，他现在明白了，她走路的样子，她说话的样子，她脸上的神情，整个上午她一直是那样，还有那层薄薄的粉妆。这足以使沃尔夫冈·格穆利希感到深为不安了。他希望她没在大手大脚地花钱。

海军少校达伦·克利里拍摄的那些快照在当天下午到了利雅得。那是每天如同潮水般地涌进空军总部的新照片的一部分。

有些图片是由高空中的KH-11和KH-12人造卫星拍摄的，是整个伊拉克的大范围、广角度照片。如果与头一天相比较没什么变化，它们就被搁到旁边。

其他照片是飞得较低的TR-1飞机常规侦察飞行时拍摄的。有些显示了伊拉克人的活动，军事的或者工业的。如部队调动，战机在新地方滑行，导弹发射架出现在新的场所。这些照片被拿到目标分析员那里。

"突击者"号航母舰载战斗机雄猫拍摄的照片，都是对轰炸效果的评估。它们先由谷仓进行筛选过滤，做上标记之后，被送进黑洞，交给轰炸效果评估部门。

贝蒂上校于那天晚上七点钟来上班了。他伏在办公桌上看了两个小时的照片，其中有一个导弹发射场（部分摧毁，两台发射架显然没受损坏），一个通讯中心（已成为废墟）和一排藏着伊拉克米格、幻影和苏霍伊战斗机的掩体（已被炸塌）。

当看到十几张塔尔米亚工厂的照片时，他皱起眉头，站起身走向一名英国皇家空军上士。

"查利，这些照片是什么地方？"

"塔尔米亚，长官。你还记得昨天一架战鹰袭击的那座工厂吗？就是清单上没有的那座工厂。"

"哦，对，那座根本没被列为目标的工厂？"

"就是它。今天上午刚过十点，'突击者'号航母起飞的一架雄猫拍了这些照片。"

贝蒂上校拍了拍手中的照片。

"那么这到底是一家什么工厂？"

"我也不知道，长官，所以我把这些照片放到你的桌子上了。谁也搞不清它是干什么的。"

"嗯，那战鹰肯定是捅了马蜂窝了。他们在这里忙得不亦乐乎呢。"美军上校和英军上士凝视着雄猫从塔尔米亚拍回来的照片。这些照片非常清楚。有些是安装在"战术空中侦察吊舱系统"鼻头上的向前向下的相机拍的，显示出雄猫在一万五千英尺上空接近时那座遭破坏的工厂面貌；还有些是由该系统中部的鸟瞰照相机摄制的。谷仓里的工作人员把拍得最好、最清楚的十几张照片选出来了。

"这座工厂有多大？"上校问道。

"大概有一百米乘六十米，长官。"

巨大的屋顶已被掀翻，只剩下一些碎片遮盖着这座伊拉克工厂的四分之一屋顶。

在已经暴露出来的四分之三中，通过鸟瞰图能观察到整个工厂的布局。厂房被分隔成一个个小块，每个小块里面都有一只占据了大部分面积的黑色大碟盘。

"这些东西是金属吗？"

"是的，先生，根据远红外探测仪测定，是某种钢材。"

更有趣的是伊拉克人对美军飞行员唐·沃克的空袭作出的反应，这引起了评估人员极大的注意。有五台而不是一台巨型起重机，竖立在这座失去了屋顶的工厂的周围，悬臂伸进了工厂里，像是鹤在啄食。在伊拉克全国各地普遍遭受空袭破坏的情况下，那么多的起重机集中在一个地方是十分罕见的。

在工厂的里里外外，可以看见一大群工人在忙着把那些碟盘挂上起重机的吊钩进行搬迁。

"你点过这些人数了吗，查利？"

"有两百多人呢，先生。"

"那么这些碟盘？"贝蒂上校参看了一下由"突击者"号情报官送来的报告，"这些'巨人玩的飞碟'？"

"说不上来，长官。从来没有见过这种东西。"

"嗯，它们对萨达姆·侯赛因先生肯定是至关重要的。塔尔米亚真的是非目标区吗？"

"哦，根据清单是这样的，上校。但你看看这个好吗？"

上士从卷宗里拿出另一张照片推了过去。上校看了看上士指的地方。

"周围有栅栏。"

"双道栅栏。还有这里。"

贝蒂上校拿起放大镜重新观察。

"雷区……高射炮组……警卫塔。你从哪里找到这些东西的，查利？"

"这里。看这张大照片。"

贝蒂上校盯着放在他面前的那张新照片，那是从高空拍摄的整个塔尔米亚及其周围地区。然后他长长地吐出了一口气。

"耶稣基督啊！我们必须重新评估整个塔尔米亚地区。我们怎么会把它给漏了呢？"

事情是这样的。塔尔米亚的全部三百八十一座楼房组成的工业建筑群，被第一批分析员作为非军事用途而排除了，排除的理由后来在黑洞工作人员中成了口口相传的故事。

分析员都是美国人和英国人，是北约成员国人员。他们受的训练是评估苏联式的目标，探寻的是苏式的行事方法，寻找的线索都有标准格式。如果该建筑物或建筑群是军用的，重要的，那么就是禁区，就应该有防止闲人闯入和阻止进攻的保卫系统。

那里有卫兵楼、栅栏、高炮组、导弹、雷区、兵营吗？有重型卡车进出的迹象吗？有高压电缆或者专用电站吗？如果有这些迹象，表明该地区是目标。塔尔米亚没有这些迹象——显然没有。

皇家空军那位上士伏在桌子上重新检查了覆盖整个地区的高角度照片。他看到了这些迹象——栅栏、高炮组、兵营、坚固的大门、导弹、铁丝网、雷区。但在远处。

伊拉克人圈出一百平方公里那么大的一块地皮，并用栅栏全部围了起来。这种抢占地盘的方法在西欧或者东欧是不可能的。

这个工业建筑群（其三百八十一座楼房中有七十座后来被查明是专门生产军火的）坐落在那个地盘的中央，布置得很分散以避免空袭损坏，但在一万英亩面积中只有五百英亩处在保护区之内。

"电缆线呢？"上校说，"这里的电力顶多只能驱动电动牙刷。"

"在这里，长官，西边四十五公里处。电力线在相反方向。那些电线是假的。真正的电缆埋在地下，从发电站到塔尔米亚中心。那是一座一百五十兆瓦的发电站，长官。"

"狗娘养的！"上校喘着粗气。然后他站直身体，拿起了这叠照片。

"干得好，查利。我把这些照片拿给巴斯特·格洛森。同时，这个没了屋顶的工厂，我们没必要观望了。如果它对伊拉克人重要，我们立即把它炸毁。"

"是，长官。我把它列入清单。"

"不要等到三天以后。明天。谁有空？"

空军上士在电脑里查询了一番。

"都没空，长官。都排满了，每一支部队。"

"能不能抽出一个中队来？"

"恐怕不能。因为要去猎击飞毛腿，我们的进度已经落后了。哦，等等，在迪戈那边的4300部队，他们有那种能力。"

"好，把这项任务交给'大胖丑八怪'。"

"恕我冒昧，"英军上士说，他用这种客气的说法表达他的不同意见，"可是大胖丑八怪并不是投弹十分精确的轰炸机。"

"听着，查利，在二十四小时之内伊拉克人就会把那地方全部清理完毕。我们没有其他选择。把任务交给大胖丑八怪。"

"是，长官。"

麦克·马丁在苏联人的院子里再也蛰居不下去了。那位俄罗斯管家和他的妻子快发疯了，每天晚上，炸弹和火箭落下时刺耳的怪叫声，夹杂着巴格达不间断的但大都没有奏效的防空炮火的怒吼声，搅得他们根本睡不成觉。

他们趴在窗口上破口大骂美英飞行员，而且他们的食物也快消耗完了，俄罗斯人的肚子在提意见了。解决问题的方法就是派花匠马哈默得再去为他们采购。

马丁已经骑着自行车在市井上兜了三天，这时候他看见了那个粉笔标记。它标在卡拉迪—马利亚姆的一座卡亚特式房子的后墙上，那意味着耶利哥在相应的死信箱里放上了一件包裹。

尽管轰炸在持续，但为维持生计，普通老百姓已经开始安定下来了。虽然大家嘴上不说——当然家里说说没有关系，因为家人不会去向秘密警察告发，但平民们已经开始理解，那些狗的儿子和纳吉的儿子，似乎只打击那些他们要打击的地方而不触及其余地方。

经过五天的空袭，总统府已经成了一堆废墟。国防部已经不存在了，电话交换局和主要的电厂也同样。让市民感到不便的是，所有九座大桥现在全成了底格里斯河底的装饰物，但一些小业主已经建立了过河渡运业务，有些是汽车渡轮，有些是能载运旅客和自行车的方头平底木船，还有些仅仅是划艇。

市内的大多数楼房仍安然无恙。拉希德宾馆仍住满了外国记者，甚至连热依斯也高枕无忧地待在宾馆底下的钢筋水泥掩体里。更为糟糕的是，坐落在里萨法，有多幢房子互相连接，门面老式但内部现代化的秘密警察局总部仍完整无损。其中两幢房子下面，就是人们只敢低声提及的那座体育馆，人称"折磨者"的局长就是在那里刑讯逼供，得到罪犯的供词。

在河对岸的曼苏尔，那栋国外情报局和反间谍局合用的办公大楼，是没有标志的。

在骑自行车回苏联别墅时，麦克·马丁思考着那个粉笔标记的问题。他明白，他已经接到正式指示——不要去接近。假如他是那位本茨·蒙卡达，智利外交官，那么他就会服从指令，这当然是对的。但蒙卡达没有受过躺着不动的训练。如果必要，马丁能在一个单一的观察点躺好几天，注视周围的动静，直至鸟儿在帽子上垒窝。

那天晚上当空袭开始时，马丁步行重新过河进入里萨法区，朝卡士拉的蔬菜市场走去。人行道上到处有人在急急忙忙地朝隐蔽处跑去，好像他们那些残破的居所能挡住战斧巡航导弹的打击。现在马丁就是这些老百姓中的一员。更重要的是，他对秘密警察巡逻队的估算也是对的：他们也不想在头顶上方游荡着美国人时跑到大街上去。

他在一座水果仓库屋顶上找到了一个观察位置，从屋顶的边缘他能够看到那条街道，菜市场的墙壁，以及标志着那个邮筒的砖头和地坪石。从晚上八点到凌晨四点，他躺在那里整整观察了八个小时。

假如那个邮筒受到了监视，那么秘密警察至少会派出二十个人。在这段时间里，那里会传来皮靴踩响石块的声音，咳嗽声，人活动麻木的身体，火柴的刮擦声，香烟的亮光，还有要求掐灭香烟的低沉的命令——那里肯定会有某种情况。他不相信卡蒂布或拉曼尼手下的人能八个小时保持不动和静默。

快到凌晨四点时轰炸停止了。下面的市场里没有灯火。他又检查了一遍高处的窗户上是否架着照相机，但附近没有高处窗户。四点过十分，他从屋顶上溜下来，穿过巷子。穿着深灰色衣袍的黑影穿行在黑暗之中，找到那块砖头，取出信件，然后就离开了。

黎明前，他翻墙进入一等秘书库利科夫的院子，在其他人还没有起床时回到了自己的小屋。

来自耶利哥的信息非常简单：他已经九天没有听到消息了。他一直没有看见粉笔记号。自从最后一次信息之后一直没有联系。他的银行账户没有收到账款。然而他的信息已被取走了，他知道，因为他已经检查过。什么地方出错了？

马丁没把这份信息发往利雅得。他知道他不应该违抗命令，但他相信在现场的是他，而不是巴克斯曼，他有权为自己作出某些决定。那天晚上他仔细计算了他的风险；在这场特工游戏中，他的对手比他能力差。假如巷子里有一丝一毫受监视的迹象，他可以像来的时候那样走掉，没人会看见他。

有可能巴克斯曼是对的，耶利哥已经靠不住了。但也有可能耶利哥只是在传达他从萨达姆·侯赛因那里听来的话。问题的焦点在于中情局拒绝支付那一百万美元。马丁自己起草了回复。

他说，由于空袭开始，产生了一些问题，没有出错，但等待的时间恐怕还要长一些。他告诉耶利哥，最后的那份信息已经取到，并已经发送出去了，但是耶利哥应该明白，一百万美元是一笔巨款，情报必须进行核对，这就需要花一点时间。耶利哥应该在这段动乱时期保持冷静，等待下次粉笔记号提醒他收取新的信息。

白天，在阿达米亚城堡护城河旁边，马丁把这份信息放进了墙上的那块砖头后面，黄昏时，他把粉笔记号做在了雅尔穆克那扇锈迹斑斑的车库大门上。

二十四小时之后，粉笔记号被擦去了。每天夜晚马丁都把卫星天线对准利雅得方向，但没有电报发过来。他明白给他的命令是逃离巴格达，而且他的管理员们很可能正在等待他越过边境。他决定再等上一段时间。

迪戈加西亚并不是什么旅游胜地。它实际是一个小岛，只比珊瑚礁稍微大一点点，位于南印度洋查戈斯群岛的边缘。它曾经一度是英国的一块领土，现已租给美国多年。

尽管地理位置偏僻，但在海湾战争期间，它成了美国空军第4300轰炸机联队的基地。这个联队是匆忙编制起来的，配置了B-52同温层堡垒。

有人说，已经服役了三十多年的B-52是海湾战争中最老式的飞机。过去，它们一直是总部设在内布拉斯加州奥马哈的美国战略空军司令部的支柱，这些庞然大物在苏联边境日夜盘旋探测核弹头。

B-52也许是很老了，但仍是一种令人敬畏的轰炸机，在海湾战争期间，经改进的G型机，在摧毁伊军所谓精锐的共和国卫队时发挥了很好的作用。在多国部队的地面战期间，伊拉克陆军精英部队垂头丧气，举着双手从掩体里走出来，部分原因是B-52飞机的二十四小时轮番轰炸使得他们魂飞魄散，无心恋战。

这种飞机只有八十架参加了战争，但它们的载运能力和载弹能力非常巨大，共投下了两万六千吨军械，占战争中投下的总吨位的百分之四十。

它们是如此之庞大，停在地上时它们那承载八台普拉特和惠特尼J-57发动机（分布在四个吊舱里，每个吊舱两台）的机翼垂向地面。在满载起飞时，机翼首先腾空，似乎升到了庞大的机身上方，就像海鸥展翅飞翔。只是在飞行过程中机翼才平展地伸在机身两旁。

一月二十二日黎明时，三架大胖丑八怪从迪戈加西亚起飞，向着沙特阿拉伯飞去。每一架都满载负荷，准备将五十一枚七百五十磅重的哑弹从三万五千英尺高度扔向目标。其中二十七枚哑弹装在机舱里面，其余的挂在两边机翼的吊架下面。

这三架轰炸机组成了大胖丑八怪执行任务的基层单元，它们的机组人员原指望能在热带藏身处的礁石丛中玩上一天，痛痛快快地钓鱼、游泳。但命令必须服从。他们制订了航线，去往一座遥远的工厂，这座工厂他们从来没有见过，也不想去见识。

B-52同温层堡垒得到大胖丑八怪这个外号，并不是因为被涂成了黄褐色或棕褐色，也不由编号的前面两个音节的转变而来。它只是英语Big Ugly Fat Fucker的缩写。

这三只大胖丑八怪隆隆响着飞赴北方，找到塔尔米亚，辨明那座特定工厂的模样，把炸弹全部投了下去。然后它们就回到了查戈斯群岛。

二十三日上午，大概就在伦敦和华盛顿吵吵嚷嚷地要求更多关于神秘碟盘的照片时，进一步的"轰炸效果评估"任务已经下达了，但这次拍照任务由驻扎在巴林的亚拉巴马全国空中警卫队的一架幻影侦察机去执行。

这次大胖丑八怪们创造了纪录，准确地击中了目标。那座飞碟工厂的所在地已经成了一个巨大的窟窿。获得了达伦·克利里少校提供的那十几张照片之后，华盛顿和伦敦还须得到进一步的满足。

黑洞里最好的分析员们已经看过了这些照片，他们无法理解地耸耸肩，把它们送往两个首都的上司那里去了。

这些照片经复制后立即送到了英国图片译解中心和华盛顿的全国图片译解中心。

在华盛顿闹市区一个肮脏破败的街角上，有一座单调的、用方砖砌起来的楼房。经过这座楼房的人，不太可能猜得到里面在进行什么样的活动。全国图片译解中心的唯一蛛丝马迹，是大楼的中央空调排气管路。这些空调保证安装在楼里的一组全美国最先进的计算机处于温控状态之下。

除此之外，那沾满灰尘、雨水斑驳的窗户，那没有特色的门面，以及外面街上随地乱扔的垃圾，很可能会使人们认为这是一座生意不太景气的仓库。

但人造卫星拍摄的照片就是送到了这里；在这里工作的分析员们把那些昂贵的"鸟儿"所见到的一切，准确地告诉全国侦察办、五角大楼和中情局。这些分析员都是优秀的，他们年轻、聪明，对技术精益求精，一丝不苟。但他们从来没有见过塔尔米亚那些飞碟般的盘子。于是他们把照片存档后如实汇报了。

华盛顿五角大楼和伦敦国防部的专家们，他们了解自从弓箭以来的每一种传统武器，看了这些照片后都摇摇头，交回去了。

因为可能与大规模杀伤性武器有关，这些照片被送往美国的桑迪亚、洛斯阿拉莫斯和劳伦斯利弗莫，以及英国的波顿唐、哈韦尔和奥尔德马斯顿供科学家们参阅。但结果相同。

最好的解释是，这些碟盘是伊拉克一座新的发电厂里专用的大型变压器的一部分。利雅得提出要求更多的照片，得到答复说塔尔米亚的那座工厂已经不复存在了，这种解释成了唯一答案。

这是一种很好的解释，但它没能阐明一个问题：伊拉克当局为什么要如此匆忙地掩护或拯救它们？

直到二十四日晚上巴克斯曼才从一个公用电话亭里给特里·马丁的公寓打了一个电话。

"再来一顿印度菜怎么样？"他问道。

"今晚不行。"马丁说，"我在收拾行李。"

他没有提及希拉里已经回来，他想与朋友一起度过晚上。

"你要去哪里？"巴克斯曼问。

"美国。"马丁说，"他们邀请我去讲'阿拔斯王朝'的讲座。真是不胜荣幸。他们好像对我'第三当政期间的法律体系'的研究颇感兴趣。那就对不起了。"

"只是，从南方来了件东西，又是一个没人能解开的谜。但不是阿拉伯语的语义差别，是技术性的。还是……"

"是什么东西？"

"一张照片。我已经复制了一张。"

马丁犹豫了。

"又是一根风中稻草吗？"他问道，"好吧，同一家饭店。八点钟。"

"很可能就是这么回事，"巴克斯曼说，"只不过是另一根风中稻草。"

他所不知道的是，在寒风刺骨的电话亭里，捏在他手中的是一根非常大的稻草。

第十七章

深山问贤

第二天下午刚过三点，特里·马丁降落在旧金山国际机场，来迎接他的是保罗·马斯洛夫斯基教授。这位美国人亲切、热情，穿着学术家们常穿的钉着皮块的花呢西服。马丁当即感受到自己被美国式的热情好客所包围了。

"我和贝蒂认为安排旅馆的话，太没有人情味了，因此打算让你和我们住在一起，不知你意下如何？"马斯洛夫斯基一边说，一边驾着他那辆小型轿车驶出机场上了公路。

"谢谢你，这样很好。"马丁说，他说的是心里话。

"学生们正盼望着你的讲座呢，特里。当然，我们的人数不是很多——我们的阿拉伯语系肯定比不上你们的亚非学院，但他们全都热情很高。"

"棒极了。我期待着与他们见面。"

他们两人聊着共同感兴趣的话题以及中世纪的美索不达米亚，直至他们抵达了马斯洛夫斯基的家，门罗公园附近郊区的一座框架式房子。

在那里他见到了保罗的妻子贝蒂，并被引到了一间温暖舒适的客房。他看了一眼手表：五点差一刻。

"我可以用一下电话吗？"他走下楼梯时问道。

"当然可以。"马斯洛夫斯基说，"你要给家里打电话吗？"

"不，本地电话。你有电话号码簿吗？"

教授把电话号码本交给他后就离开了。

电话打到了利弗莫，阿拉梅达县的劳伦斯利弗莫国家实验室。他正好赶在对方下班之前。

"请麻烦给我接Z部门好吗？"当接线员应答时马丁说。

"找谁？"那姑娘问道。

"Z部门，主任办公室。"

"请稍等。"

线路上传来了另一个女性的声音。

"这里是主任办公室。你有什么事？"

英国口音也许起到了帮助作用。马丁解释说，他是马丁博士，是来自英国的一名学者，现在美国作短暂访问，想与主任说几句话。电话里传来了一个男人的声音。

"马丁博士吗？"

"是我。"

"我是吉姆·雅各布斯副主任。你有什么事情？"

"是这样的，我知道时间紧了一点。我在这里作短暂的访问，要在伯克利为近东学系举办一个讲座。然后我就要飞回英国去了。说实话，我能否到利弗莫来见一见你们？"

对方迷惑的声音通过电话线路传了过来。

"你能不能说明一下有什么事情，马丁博士？"

"嗯，这还不大好说呢。我是英国美杜莎委员会的一名成员。这样行了吗？"

"当然行。这事我们差不多要告一个段落了。明天对你合适吗？"

"太合适了。下午我有课，上午可以吗？"

"那就十点钟吧？"雅各布斯博士说。

约见就这么定下来了。马丁故意没有说明他不是一名核物理学家，而是一名阿拉伯学家。没必要把事情搞得复杂化。

那天晚上在大洋彼岸的维也纳，卡里姆把爱迪丝·哈登堡弄上了床。他的诱奸既不是急急忙忙，也不是毛手毛脚，而是跟在一场晚上的音乐会和一顿晚餐之后，似乎完全是顺理成章的。在她载着他驱车从市中心返回格林辛的公寓时，爱迪丝还在努力使自己深信，这只不过是一起喝一杯咖啡和一次吻别，尽管在内心深处她知道她是装出来的。

当他抱住她温柔地、长时间地亲吻时，她默默地同意了——她原先打算好的抗议好像已经融化了，她无法阻止。在内心深处，她也不想阻止。

他抱起她走向那间小卧室，她把脸转向他的肩膀，听其自然。她几乎没有感觉到连衣裙是如何滑到地板上的。他有霍斯特没有的灵巧手指——不是急急忙忙地拉扯纽扣和拉链。

他上床与她一起钻进那条宽大的维也纳毛毯下面，她仍穿着内衣。在寒冷的冬夜里，从他那坚硬的、年轻的身体上散发出来的热量，好像给人以极大的安慰。

她不知道该怎么办，于是她紧紧地闭上双眼让事情发生。在他的嘴唇和轻柔的手指的探索下，一种奇异的、可怕的、负罪的感觉开始涌上她的心头。霍斯特以前从来不是这样的。

他的双唇亲吻着她的嘴和乳房，开始游离到其他地方去，她开始感到惊恐，坏了，那是禁区，是她母亲说过的"下面那个地方"。

她试图推开他，知道下身开始激荡起来的那阵波浪是不适当的，也是不光彩的；但他是如此饥渴，就像馋猫闻到了荤腥那样。

他没去理会她反复说的"不，卡里姆，这不行"，现在那阵波浪已经发展成了汹涌的浪潮，而她成了在波涛万顷的汪洋中一叶迷失了方向的小舟，直至最后一个巨浪劈头砸向她，把她淹没在三十九年来她从未体验过的一种情感漩涡之中……

然后她用双臂抱住他的头，把他的脸贴在了她那小小的乳房上，并静静地摇晃着他。

那天夜晚，他又与她做了两次爱，一次是在刚过午夜，另一次是在黎明前的黑暗中。每一次他都是如此轻柔，如此强壮，以致她那多年郁积的情爱以她所不敢想象的形式去迎合他的爱的潮流。只是在第二次做爱之后，当他睡着了，她才敢用双手抱住他的身体，对他皮肤的光泽以及她对他的无限爱恋感到不甚明白。

尽管马斯洛夫斯基教授对他的客人除了专长于阿拉伯学研究领域之外还有什么兴趣一无所知，但他还是坚持要在上午驾车送特里·马丁去利弗莫，不让他乘坐昂贵的出租车。

"我认为家里来了一位比我原先想象的更重要的客人。"这是他提出要开车把客人送过去的理由。虽然马丁解释不是如此，但这位加利福尼亚教授知道，劳伦斯利弗莫实验室并不是每一个人随便打一个电话就能够进得去的。不过马斯洛夫斯基相当谨慎，他没有进一步打听。

在大门口，穿制服的警卫核查了一张清单，检查了马丁的护照，打了一个电话，向他们指点了停车场的方向。

"我等在这里。"马斯洛夫斯基说。

从工作性质来考虑，这座位于瓦斯科路上的实验室，是由一些怪模怪样的楼房组合起来的，有些房子是现代化的，但多数房子都可追溯到以前老军事基地的模样。已经差不多变成了永久性的"临时性"房子，也点缀在原先的兵营之间，使这个风格杂乱的建筑群更增添花样。马丁被引到了建筑群东大道旁边的一长溜办公区里。

从表面上看不出什么名堂，但就是在这些房子里，一群科学家在监视着第三世界国家的核技术扩散。

吉姆·雅各布斯实际上只比特里·马丁稍微老一点点，四十岁还不到，是一位物理学博士和核物理学家。他把马丁迎进了他那间堆满了资料的办公室。

"上午真冷。你们肯定以为加利福尼亚很暖和。大家都这么认为。可这里很冷。要咖啡吗？"

"好的，来一些吧。"

"要加糖加奶吗？"

"不要，请来杯黑咖啡。"

雅各布斯博士按下了一个内部通讯器按钮。

"桑蒂，给我们来两杯咖啡好吗？我那一杯你是知道的。另一杯是黑咖啡。"

他朝办公桌对面的来访者露出了笑容。他没有点破，实际上他已经向华盛顿核实过这位英国客人的姓名，弄清他确实是美杜莎委员会的成员。在美国相应部门里的一个熟人，已经查过了名单并确认无误。雅各布斯产生了兴趣。这位访客也许看上去很年轻，但在英国一定是德高望重的。

雅各布斯对英国的美杜莎委员会相当了解，因为几个星期以来他和他的同事一直在与之协商伊拉克事宜，互相交流双方了解到的情况，以及西方对伊拉克的误解和忽视。由于这种忽视，萨达姆·侯赛因差点就获得了核武器。

"那么，你找我有什么事情？"他问道。

"我知道这事说来话长。"马丁说，他的手伸进公文箱，"可我估计你已经见过了这个。"

他把塔尔米亚工厂的一张复制照片放在了桌面上，巴克斯曼不大情愿地给了他。雅各布斯看了看照片并点点头。

"是的，一共有十几张，是三四天前从华盛顿传过来的。要我说什么呢？我们看不明白。能对你说的无非是我向华盛顿汇报过的。从来没有见过这种东西。"

桑蒂端着咖啡盘进来了，这是一位靓丽的加利福尼亚金发女郎，浑身充满了自信。

"嗨，你好。"她向马丁打招呼。

"哦，哦，哈啰！主任见过这些照片吗？"

雅各布斯皱起了眉头。这话的意思好像他本人的级别还不够高似的。"主任正在科罗拉多滑雪。可我让这里最好的专家都看了，相信我，他们都是很好、很优秀的专家。"

"噢，那当然了。"马丁说。他碰壁了。

桑蒂把咖啡杯放到了桌上。她的目光落到了那张照片上。

"哦，又是那些东西呀。"她说。

"是啊，又是它们。"雅各布斯说，有点讥讽似的笑了起来，"这位马丁博士认为也许应该让某个……资深一些的人看一看。"

"嗯，"她说，"让洛马克斯老爸看看吧。"

说完后她就走了。

"洛马克斯老爸是谁？"马丁问。

"唉，别理会。他曾在这里工作过，现已退休，孤身住在山上。有时候来这里聊聊旧日的时光。姑娘们喜欢他，他常给她们带来山花。一个很有趣的老头。"

他们喝了一会儿咖啡，但已经没有什么可谈的了。雅各布斯有自己的工作要做。他再次为无法帮助马丁而表示歉意。他把客人送走，回到办公室，关上了门。

马丁在走廊里停留了一会儿，然后他把头探进了门内。

"我在哪里可以找到洛马克斯老爸？"他问桑蒂。

"我也不知道。他住在山里。没人去过那里。"

"他有电话吗？"

"没有，电话线没通到那里。可我想他有一部手机。是保险公司坚持为他配的。我的意思是，他真的很老了。"

她的脸因为真诚的关心而皱了起来，那是加州年轻人对六十岁以上的老人才显露的关切表情。她在一只文件袋里翻了一下，拿着一张纸条走了过来。马丁记下那个号码，谢过她后离开了。

在十个时区之外的巴格达，时间已经是晚上了。麦克·马丁骑在自行车上，正向北边的塞得港街行驶而去。他刚刚经过了老英国俱乐部，那地方过去叫做南门，因为勾起了他对童年时代的回忆，他回过头去盯着看。

由于他注意力不集中，差点出了交通事故。他已经到了纳夫拉广场的边缘，仍在不假思索地往前蹬车。他的左边驶来了一辆宽大的轿车，尽管按交通规则汽车不应该这么穿插过来，但两名摩托车护卫根本不想停下来。

其中一辆摩托车急转方向，以避开这个骑着自行车，货架上绑着菜篮子的笨拙下等人。摩托车的前轮撞上了自行车，把它撞翻在沥青路面上。

麦克·马丁随着自行车一起倒下，趴倒在地上，篮子里的蔬菜滚向了四周。轿车刹住了，停顿了一下，从他身边绕过，然后加速开走了。

马丁跪起来，抬头看驶过去的轿车。后座乘客的那张脸从车窗看出来，盯向这个胆敢耽搁了他几秒钟的笨蛋。

这是一张身着准将军服的冷漠的脸，瘦瘦尖尖的，鼻子的两侧分布着一条条皱纹，构成了一张严厉的嘴巴。在这短暂的半秒钟时间里，马丁注意到的是那双眼睛。那不是冷漠的或者愤怒的眼睛，也不是充血的或者狡黠的甚或是残酷的眼睛。那是一双茫然的眼睛，绝对、彻底的茫然，是死了很长时间的那种眼睛。然后车窗后面的那张脸闪过去了。

当两名打工仔把他扶起来并帮他收拾起蔬菜时，他没在意他们嘀嘀咕咕的抱怨声。他以前曾见过那张脸，好几个星期之前，在利雅得一张桌子上的一张照片里。照片是在检阅仪式上拍摄的，脸显得暗淡和模糊不清。他刚刚看见的是除热依斯之外伊拉克最可怕的人物，也许包括热依斯在内。他就是人们称为"折磨者"的秘密警察头子奥马尔·卡蒂布。

午饭时分，特里·马丁试拨了一下他记下的那个电话号码。没人应答，只有一个甜美的声音提醒他："您所拨的用户现在不在服务区，暂时无法接通。请稍后再拨。"

保罗·马斯洛夫斯基带马丁到校园里与系里的同事一起吃中饭。谈话很活跃，都是学术上的。席间，马丁再次感谢主人们的热情邀请，一再对大家慷慨捐款使他能来美国讲学的义举表示钦佩。午饭后，近东系主任卡思林·凯勒陪同他去巴罗斯厅的路上，他又试了一次那个号码，但还是没人应答。

　　讲座进行得很成功。共有二十七位研究生来听课，他们都在攻读博士学位。马丁所讲的课题，是中部美索不达米亚地区的哈里发当政期，也就是欧洲人称之为中世纪的时期。他对美国学生们对他的课题的理解水平和深度，留下了深刻的印象。

　　当一名学生站起来，对他不远万里来为他们讲学表示感谢时，其他学生纷纷鼓掌以示谢意。特里·马丁脸红了，忙不迭地也向他们表示感谢。后来，他发现大厅的墙上有一部付费电话，于是又拨了一次那个号码。这次有人应答了，是一个粗哑的声音。

　　"喂？"

　　"对不起，是洛马克斯博士吗？"

　　"只有一个，朋友，那就是我。"

　　"我知道这事有点唐突，可我是从英国来的。我想见你。我的名字叫特里·马丁。"

　　"英国，哦？好远哦。你有什么事情要找像我这样的老头子呀，马丁先生？"

　　"想回忆一下遥远的过去。给你看一件东西。利弗莫那边的人说，你比大多数人工作的时间更长，差不多见过所有东西。我要给你看一件东西。电话里说不清楚。我能不能来见你？"

　　"不是一份税单吧？"

　　"不是。"

　　"那么是《花花公子》杂志的美女照片吧？"

　　"恐怕也不是。"

　　"你让我感到好奇了。你知道怎么过来吗？"

　　"不知道。我准备了纸和笔。你能给我讲一下吗？"

　　洛马克斯老爸描述了一番如何到达他居住的地方。这花了一点时间。马丁把路线全都记下来了。"明天上午吧,"洛马克斯说,"今天太晚了,黑暗中你会迷路的。而且你需要一辆四轮驱动车。"

一月二十七日那天上午,海湾上空的一架联合星捕捉到了一个信号。

一月上旬,当联合星侦察机接到命令,匆匆忙忙地从佛罗里达州格鲁曼墨尔本工厂起飞,奔赴半个地球之外的阿拉伯时,它们仍在进行试验性飞行,机上大都是非军方的工程技术人员。

那天上午,从利雅得军事基地起飞的两架联合星中的一架,正飞行在伊拉克国境线上空,但仍属于沙特领空,用它下向和侧向诺顿雷达窥视着一百英里之外的伊拉克西部沙漠。

捕捉到的叮叮当当的声响很微弱,但能肯定是金属,在缓慢地移动着。这应该是在伊拉克的内陆,两辆以上,也许是三辆汽车组成的一个车队。于是机上的任务组长把这支伊拉克小车队的确切位置,传达给红海北端上空盘旋着的一架阿瓦克斯飞机。

在那架阿瓦克斯的机舱里,机长记下了确切的地点,然后四处寻找附近已升空的飞机,看哪架也许可以去打击那支车队。在这段时期西部沙漠的作战行动,除了打击代号为H2和H3的两座大型伊拉克空军基地之外,仍集中打击飞毛腿导弹基地。那架联合星找到的也许是一座流动式飞毛腿发射架,虽然在大白天这不太可能。

阿瓦克斯飞机联络上了从飞毛腿北方区出来,现正在南下的两架F-15E战鹰。

在完成喀姆郊区的一项任务后,唐·沃克正驾机在两万五千英尺上空南下飞行。刚刚在喀姆,他和他的僚机飞行员兰迪·罗伯茨击毁了保护着一家毒气工厂的一个固定式导弹基地。毒气工厂将被作为以后的攻击目标。

沃克接听到了要求，他看了一下油量表，剩油不多。更糟的是，激光炸弹用完了，机翼下的吊钩只有两枚响尾蛇和两枚麻雀。但它们是空对空导弹，以备万一战鹰遇上伊拉克喷气战斗机。在国境以南的某处，他的加油机正在耐心地等待着，为飞回阿尔卡兹基地他需要每一滴燃油。但那支车队只有五十英里远，只偏离他的返程航线十五度。虽然他用完了攻击地面目标的军械，但去看一看也没有什么害处。

　　他的僚机驾驶员已经听到了他们的对话，于是在清澈的碧空中，沃克在座舱罩里向半英里之外的僚机做了一下手势。两架战鹰便倾斜着向他们的右边俯冲下去了。

　　在八千英尺高度，他能够看见联合星捕捉到的叮当响的源头。不是一台飞毛腿发射架，而是两辆卡车和两辆苏制轻型轮式装甲车。

　　从沃克所处的位置，他能比联合星看得更清楚。身下一个深深的旱谷里有一辆越野吉普车。在五千英尺空中，他能够看见吉普车周围有四名英国特空团军人，像是沙漠上的小蚂蚁那么大。但英国人看不见，四辆伊拉克军车正形成一个马蹄形朝他们包围过去，他们也看不见伊军士兵纷纷从军车的车厢尾板上跳下，朝旱谷包抄过来。

　　唐·沃克在阿曼见过特空团官兵。他知道他们在西部沙漠里对付飞毛腿发射架。他的中队里有好几个飞行员，曾接到过这些英国人从地面发过来的无线电联络，那是特空团官兵标定了一个他们自己无法对付的目标，要求战鹰前去打击。

　　在三千英尺高度，他能看见四个英国人好奇地抬头仰望天空。那么，在半英里之外的是伊拉克军人。沃克按下了发送按钮。

　　"到后边去，对付卡车。"

　　"明白了。"

　　虽然他现在既没有炸弹又没有火箭，但在多孔吸气口外边的右机翼根部，有一门M-61-A1火神20毫米机炮，由六支旋转炮管组成，可在极短暂的时间内射出整个弹匣内的四百五十发炮弹。这种20毫米机炮的炮弹有小香蕉那么大，弹着即爆炸，用于打击卡车或开阔地上的运行目标，效果很好。

沃克打开瞄准和射击的开关，他的头盔显示屏随即显示出那两辆装甲车就在他的正前方，还有一个瞄准十字架，这种装置已经考虑到了偏航角和瞄准误差。

第一辆装甲车中了一百多发炮弹，被炸得四分五裂。沃克轻轻地一拉机头，把瞄准十字架对准了第二辆装甲车的后部。他看见装甲车的油箱起火了。然后他就拉起来从它的上方掠过，飞机爬升上去又翻转直至棕色的沙漠出现在他的头顶上方。

保持飞机翻转，沃克又让战鹰朝下飞回来了。蓝色和棕色构成的地平线回到了通常的位置，即棕色的沙漠在下面，蓝色的天空在上面。两辆装甲车都在起火燃烧，一辆卡车侧翻在地，另一辆已经粉身碎骨。微小的人影疯狂地逃往岩石后面去躲藏。

在旱谷里的四名英国特空团军人得到了警告。他们已经上车，正摇摇摆摆地驶下干涸的溪道离开伏击地。是谁发现他们（也许是在沙漠里漫游的牧羊人）并把他们的位置透露出去的，他们将永远不得而知，但他们知道是谁救了他们的命。

战鹰们升起来飞走了，摇摆着翅膀飞向边境，去寻找等待着它们的加油机。

特空团行动小组的组长是一位中士，名叫彼得·斯蒂芬森。他向正在离开的美军战斗机举起一只手说："不知道你们是谁，朋友，可我欠你们一份情。"

马斯洛夫斯基的夫人贝蒂恰巧有一辆五十铃吉普车供平时外

出用，尽管她从来没有以四轮驱动的方式行驶过，她坚持要马丁借用这辆车。马丁回伦敦的航班是那天下午五点起飞，他一大早就出发了，因为不知道要外出多长时间。他告诉贝蒂最迟他打算两点钟回来。

马斯洛夫斯基要去上班，但他给了马丁一张地图，以免他迷路。

莫查河河谷的那条路，使他又经过了利弗莫，在那里他找到了特斯拉旁边的梅恩斯路。渐渐地，利弗莫郊区的最后一批房子消失了，地面开始隆起。幸好天气很好。这个地区的冬季从来不是很冷，但由于靠近海洋，容易产生浓厚的云层和突发的浓雾。一月二十七日这一天，天空湛蓝清澈，空气清新寒冷。

透过挡风玻璃，他能够看到远处雪松山冰雪封盖的山顶。行驶十英里之后，他离开梅恩斯路转入了一条紧挨着悬崖峭壁的土路。

在远处的山谷下，莫查河在山岩间翻滚着流淌下来，在阳光照射下发出粼粼的水光。两岸的草地已为北美艾灌丛和橡树所替代；碧空中高高挂着一对风筝，道路一直通向前方，沿着雪松山山脊的边缘进入到荒山野岭。

他经过了一座孤零零的农房，但洛马克斯已经告诉过他要走到这条路的尽头。再往前行驶三英里后，他发现了那座小屋，是用未经加工的圆木堆叠建起来的，屋顶上还有一支用毛块石砌成的烟囱，一缕青烟正冉冉飘向空中。

他在院子里停住车走了下来。谷仓里一头孤独的泽西母牛正在用它那天鹅绒般的眼睛打量着他。小屋的另一边传来了有节奏的响声，于是他绕到前面去，发现洛马克斯老爸在悬崖旁，悬崖俯瞰着远处的山谷和河流。

他肯定有七十五岁了，但看上去好像还能上山打熊。这位老科学家身高有六英尺一英寸，穿着格子衬衣和沾着泥土的牛仔裤，正在用一把单刃斧头劈木头。

雪白的头发披落在他的肩上，下巴上有一长溜象牙色的络腮胡子。从他敞开的衬衣领子里，前胸冒出一片白色的卷毛，而且他好像没感觉到冷，虽然特里·马丁庆幸自己穿上了派克棉大衣。

"还是找到了？听到了你进来的声音。"洛马克斯说，他用力一下子劈开了最后一块木头，然后放下斧子走向他的客人。他们握了手。洛马克斯朝旁边的一只木墩示意了一下，他自己坐到了另一只木墩上。

"马丁博士，是不是？"

"嗯，是的。"

"从英国来？"

"是的。

洛马克斯把手伸进衬衣的口袋，取出一包烟丝和几张烟纸，卷了一支香烟。

"你，不是政治家吧？"洛马克斯问道。

"不，我不是。"

洛马克斯哼了一声，表示出明显的赞许。

"曾有一位政治学博士，老是叫嚷着要我戒烟。"

马丁注意到他使用的是过去时态。

"那么你与他分手了？"

"不，是他与我分手了。上星期死了。五十六岁。你到山上来有什么事？"

马丁在手提包里翻了一会儿。

"我先向你道歉。这很可能是在浪费你我的时间。我不知道你是否愿意看看这个。"

洛马克斯接过马丁递上来的照片看了起来。

"你真的是从英国来的吗？"

"是的。"

"不远万里来给我看这个东西？"

"你认出来了吗？"

"应该能认出。我在那里工作、生活了五年呢。"

马丁吃惊地张大了嘴巴。

"你真的去过那里？"

"在那里住了五年。"

"在塔尔米亚？"

"塔尔米亚是什么地方？这是橡树岭。"

马丁咽了几口唾沫。

"洛马克斯博士，这张照片是六天前，美国海军的一架战斗机在伊拉克一座被炸毁的工厂上空拍摄的。"

洛马克斯抬起头来，蓬松的白眉毛下面是一双明亮的蓝眼睛，接着又低头去看那张照片。

"狗娘养的。"他最后这么说，"我警告过那些狗杂种。三年以前，我写了一份报告，警告说这种技术第三世界国家会采用。"

"后来怎么样了？"

"噢，他们把报告扔进了废纸篓里，我猜想。"

"谁？"

"你知道的，那些尖头脑袋呀。"

"那些盘子，工厂里的那些飞碟，你知道它们是什么东西吗？"

"当然知道。加路特隆，这是老橡树岭设施的一个复制品。"

"加路……什么？"

洛马克斯又抬起头来。

"你不是物理学博士吧？不是物理学家？"

"不是。我的专业是阿拉伯学。"

洛马克斯又哼了一声，好像不是一名物理学家会加重一个人的生活负担似的。

"加路特隆。加利福尼亚回旋加速器，简称加路特隆。"

"它们是干什么用的？

"EMIS，即电磁同位素分离。用通俗语言来说，它们对粗制的铀-238进行精炼，提纯成炸弹级的铀-235。你说这个地方在伊拉克？"

"是的。一星期前遭到了误炸。这张照片是第二天拍来的。大家似乎都不知道它是什么东西。"

洛马克斯凝视着山谷对面，吸了一口香烟，吐出一股烟雾。

"狗娘养的。"他又这么说，"先生，我住在这里的山上是因为我愿意，想离开所有那些尘嚣——多年前我已经受够了。现在没有电视，但我有一架收音机。这是萨达姆·侯赛因搞的，对不对？"

"是的，没错。你给我讲讲加路特隆好吗？"

洛马克斯掐灭香烟，又向前凝视着，但他看到的不是对面的山谷，而是多年前的往事。

"一九四三年，很久以前了，对吧？差不多五十年了。你还没有出生，现在的大多数人都还没有出生。那时候我们有一群人，想干出一件不可能的事情。当时我们年轻，有抱负，有才华，我们不知道这是不可能的。于是我们干了。

"有来自意大利的费尔米、波特考福，来自德国的富克斯，来自丹麦的尼尔斯·波哈尔，来自英国的努恩·梅和其他人，还有我们美国人：乌雷、欧比和欧内斯特。我当时很年轻，才二十七岁。

"大多数时间，我们都在摸索，做着前人从来没有尝试过的事，做着别人说不可能做成的实验。我们的预算按现在的标准来衡量少得可怜，于是我们没日没夜地干，很少休息。不得不那样，因为最后期限与经费都很紧。我们设法干成了，在三年之内。我们打破所有框框做成了两颗炸弹：小男孩和胖子。

　　"然后空军把它们扔在了日本的广岛和长崎。世界舆论大哗，说我们毕竟不应该来那么一手。问题在于，假如我们不来那么一手，其他人也会的。纳粹德国……"

　　"加路特隆……"马丁提醒说。

　　"是的。你听说过曼哈顿项目吗？"

　　"当然。"

　　"嗯，曼哈顿项目中有许多天才，其中两人尤为突出。罗伯特·奥本海默和欧内斯特·劳伦斯。听说过他们吗？"

　　"听说过。"

　　"还以为他们是同事，是伙伴，对吗？"

　　"我想是吧。"

　　"错了。他们是对手。明白吗，我们都知道关键是铀，世界上最重的元素。在一九四一年时我们就知道，只有更轻的同位素235才能产生我们需要的链式反应。问题在于要把隐藏在铀-238里的百分之零点七的235分离出来。

　　"当美国加入第二次世界大战时，我们取得了一项重大突破。多年的忽视之后，官老爷们终于意识到需要往日的成果。老掉牙的故事。于是我们想方设法进行那些同位素的分离。

　　"奥本海默的路子是搞气体扩散——把铀还原成液体，然后是气体，六氟化铀，既有毒性又有腐蚀性，很难操作。离心器是后来才有的，是由苏联抓获的一个奥地利人发明的，在苏库米投入了使用。在使用离心器之前，气体扩散法既缓慢又困难。

"劳伦斯走了另一条路——用粒子加速进行电磁分离。知道那是什么意思吗？"

"我恐怕不知道。"

"原理是，把原子加速到一定的速度，然后用强磁力把它们抛入一个曲面。好比两辆高速行驶的赛车进入了曲面，一辆重车，一辆轻车。哪一辆车到了外边？"

"重车。"马丁说。

"对。就是这个原理。加路特隆用直径二十英尺左右的巨大磁盘。这些……"他用手拍着照片中的飞碟，"就是磁盘。这个布局是我们在田纳西州橡树岭工厂的一个复制品。"

"如果它们能用，那为什么不用了呢？"马丁问道。

"速度问题。"洛马克斯说，"奥本海默先胜。他的方法快捷。加路特隆极为缓慢，极为昂贵。一九四五年以后，那个奥地利人获释后来到这里展示他的发明，加路特隆技术就被淘汰了。解密了。你可以从国会图书馆里获得所有详尽资料和计划。很可能伊拉克人就是这么做成的。"

两个人静静地坐了有好几分钟时间。

"你刚才说的是，"马丁说，"伊拉克决定采用老式T型福特汽车技术，而且因为大家都以为他们会去追求先进的赛车，没人注意到这个情况。"

"你说得对，孩子。人们忘记了——老式的T型福特车也许很老，但它能行驶。它能把你载到目的地，能把你从甲地载到乙地。而且还不容易抛锚。"

"洛马克斯博士，我们两国接受咨询的科学家认为，伊拉克已经有了一个气体扩散离心器串联在运用，去年一直在运作。另有一个也快要投产了，但很可能还没运作。据此，他们计算出伊拉克不可能炼制出足够的纯铀，我们说三十五公斤吧，用以制造一颗炸弹。"

"没错，"洛马克斯点点头，"一个串联需五年时间，也许更长。两个串联起码需三年时间。"

"但假定他们一直在连续地使用加路特隆。如果你是伊拉克炸弹项目的负责人，你会怎么干？"

"不是那样。"洛马克斯一边说，一边开始卷另一支香烟，"在伦敦时，他们是否告诉过你，当你开始加工零纯度的黄饼时，你必须先把它炼制成百分之九十三纯度以达到炸弹级品质？"

马丁想起了希普韦尔博士，他抽着烟斗在白厅下面一个房间里说过那番话。"是的，他们告诉过我。"

"但他们没说过，这个过程中从零到二十的净化占了大多数时间吧？他们没说原料越是纯净加工过程越快速吧？"

"没有。"

"嗯，事情就是这样。假如我有加路特隆和离心器，我可不想连续使用。我会依次序使用它们。我会用加路特隆把原料从零加工至百分之二十，也许是二十五的纯度；然后把这个纯度的原料给新串联去加工。"

"为什么？"

"那会使你在串联中的炼制时间减少一成。"

洛马克斯老爸在喷云吐雾时，马丁想了一会儿。

"那么你认为伊拉克什么时候可以获得那三十五公斤的纯铀？"

"取决于他们什么时候开始加路特隆的加工。"

马丁陷入了沉思。自从以色列的轰炸机摧毁了奥西拉克的伊拉克反应堆之后，巴格达采取了两条方针：第一是分散和复制，把实验室分布在全国各地，这样它们不可能再次全部被炸毁；第二是采用各种伪装开展采购和实验。奥西拉克是在一九八一年挨炸的。

"这么说，他们是一九八二年开始在公开市场上购买各种部件，一九八三年左右把它们装配起来的。"

洛马克斯捡起脚边的一根手杖，开始在尘土上涂涂写写起来。

"他们在黄饼，即基本原料的供应上有没有问题？"他问道。

"没有，原料有许多。"

"假定那样的话……"洛马克斯说。

过了一会儿他用手杖拍了拍照片。

"这张照片上大约有二十台加路特隆。是他们全部的吗？"

"也许还要多。我们不知道。我们就假设那是他们在操作的全部吧。"

"从一九八三年开始，对吗？"

"基本上可以这么假设。"

洛马克斯继续在尘土上写写画画。

"伊拉克缺不缺电力？"

马丁想起了在塔尔米亚沙漠对面的那座一百五十兆瓦发电站，以及黑洞关于地下电缆铺设到塔尔米亚的说法。

"不，不缺电力。"

"我们曾经缺少电力。"洛马克斯说，"加路特隆运转时耗电量惊人。我们在橡树岭建起了最大的燃煤发电厂，即使那样我们还得从公用电网中补充电力。每当我们开机时，整个田纳西州的灯光会暗淡下来——我们用电太厉害了。"

他仍在用手杖写写画画，计算着，然后涂掉，又在同一块地方上开始另一项计算。

"他们缺少铜线吗？"

"不会，这种东西可以在公开市场上买到。"

"这些巨型磁盘必须用成千上万英里的铜线把它们包扎起来，"洛马克斯说，"但在战争期间我们一点也弄不到。都被用作了战争物资生产，一盎司都不剩。知道老劳伦斯是怎么干的吗？"

"不知道。"

"从诺克斯堡[1]借来了全部银锭，把它们熔成了线缆。同样顶用。战后，我们不得不把它们全部归还给诺克斯堡。"他吃吃地笑了起来，"他是一个知名人物。"

最后他挺直了身体。

"如果他们在一九八三年安装了二十台加路特隆，并用它们加工黄饼直至一九八九年……然后取得百分之三十纯度的铀，喂进离心器串联运行一年，他们就可以在……十一月获得三十五公斤纯度百分之九十三的炸弹级铀。"

"今年十一月？"马丁说。

洛马克斯站起来，伸展了一下身体，又弯腰把他的客人拉了起来。

"不，孩子，是去年十一月。"

特里·马丁驾车下山，他看了一眼手表，现在是中午，伦敦时间晚上八点。巴克斯曼应该离开办公室回家了。马丁没有他家的电话号码。

他可以在旧金山等上十二个小时再打电话，或者飞回英国。他

---

1 诺克斯堡，位于美国肯塔基州路易斯维尔市郊外，是美国陆军装甲兵司令部和美联储金库的所在地。

决定先飞回去。一月二十八日上午十一点，他降落在伦敦希斯罗机场，并于十二点三十分与巴克斯曼碰面。下午两点，史蒂夫·莱恩与格罗斯凡纳美国使馆的哈里·辛克莱紧急通话。一小时之后，中情局伦敦站站长辛克莱用安全直线向主管行动的副局长比尔·斯图尔特报告。

直到一月三十日上午，比尔·斯图尔特才把一份详细报告交给了中情局局长威廉·韦伯斯特。

"已经核实了。"副局长比尔·斯图尔特向这位前堪萨斯法官汇报说，"我派人去过了雪松山边的那座小屋，洛马克斯老头都确认了。我们追查到了他原先的那份报告——已经存档了。来自橡树岭的记录确认这些碟盘是加路特隆。"

"这到底是怎么回事？"局长威廉·韦伯斯特问道，"我们怎么会一点也没注意到？"

"嗯，这个主意很可能来自于贾法尔·阿尔贾法尔——伊拉克这个项目的负责人。除了在英国的哈韦尔，他还在日内瓦旁边的瑟思受过培训。那儿有一个巨大的粒子加速器。"

"是吗？"

"加路特隆就是一种粒子加速器。不管怎么说，加路特隆技术已于一九四九年解密，谁想得到就可以得到。"

"那么这些加路特隆是在哪里买到的？"

"零星购买，主要来自奥地利和法国。买这些东西不会引起别人的猜疑，因为该技术已过时。工厂是由南斯拉夫人承建的。承包人说需要图纸和计划，于是伊拉克人就给了他们橡树岭的计划——所以塔尔米亚是一座复制品。"

"这都发生在什么时候？"局长问。

"一九八二年。"

"那么这个间谍，他叫什么名字？"

"耶利哥。"比尔·斯图尔特说。

"他说的不是谎言？"

"耶利哥只是把他在一次秘密会议上听到的萨达姆·侯赛因的讲话报了过来。恐怕现在我们再也不能排除那是真话的结论了。"

"而且我们已经一脚把耶利哥踢出了游戏？"

"他为自己的情报要价一百万美元。我们没付那笔款子，而且在那个时候……"

"看在上帝的份上，比尔，这个价格便宜呀。"局长起身走到了窗户边。那些白桦树现在已经光秃秃地只剩下了树枝，不像八月份时那样枝繁叶茂了。在山谷里，波托马克河蜿蜒流向大海。

"比尔，派奇普·巴伯回到利雅得去。看看有什么办法与这个耶利哥重新建立联系。"

"有一条渠道，先生。在巴格达有一名英国间谍。他长得酷似阿拉伯人。可是我们已经向世纪大厦建议让他撤出那里。"

"但愿还没撤出，比尔。我们需要耶利哥回来。费用没有关系，我会签批的。不管这个设备秘密隐藏在何处，我们必须找到它并及时地炸毁。"

"是。呃……谁去告诉将军们呢？"

局长叹了一口气，说："我两小时后会去见科林·鲍威尔和布伦特·斯考克罗夫特。"

最好是你而不是我。比尔·斯图尔特一边这么想一边离开了。

第十八章

库拜废车场

世纪大厦的两个情报官比华盛顿的奇普·巴伯早一步抵达利雅得。史蒂夫·莱恩和西蒙·巴克斯曼于黎明前降落了，他们是坐夜班客机从伦敦希斯罗机场出发的。

驻利雅得情报站站长朱利安·格雷，驾着他那辆没有标志的轿车把他们接到了别墅里。五个月以来，他一直住在这栋别墅里，只是偶尔回家去探望一下妻子。对于巴克斯曼突然从伦敦返回来，他感到纳闷，更不用说级别更高的史蒂夫·莱恩前来视察实际上已经停止的行动了。

在别墅里，待房门紧紧关上之后，莱恩告诉了格雷为什么必须去找到耶利哥并把他重新带入到游戏之中，而且不得耽搁。

"耶稣啊！那狗杂种原来是当真的？"

"我们只能那样假设，尽管我们还没有证据。"莱恩说，"马丁的接听时限在什么时间？"

"今天夜晚十一点十五分至十一点四十五分之间。"格雷说，

"为安全起见，我们已有五天没给他发报了。我们一直在期待着他随时越过边境呢。"

"但愿他还在那里。否则就糟了，我们将不得不把他重新渗入进去，这不知道要花多长时间。伊拉克沙漠里现在到处都是巡逻队。"

"这件事有多少人知道？"格雷问。

"知情人要尽可能保持少一些。"莱恩回答。

伦敦与华盛顿之间已经商定尽量缩小知情人范围，但专家认为还是太多了。在华盛顿的知情人物有总统和四名内阁部长，加上国家安全顾问和参谋长联席会议主席。再加上在兰利的那四个人，其中一人，即奇普·巴伯正赶赴利雅得。在加利福尼亚，那位不幸的洛马克斯老爸的小屋里，住上了一位不受欢迎的客人，其目的是确保洛马克斯不与外界联系。

在伦敦，消息已经报给了新任首相约翰·梅杰，内阁秘书长和内阁的两名大臣。在世纪大厦有三个人知道。

在利雅得，现在有三个人在秘情局的别墅里，巴伯正在赶过来。在军方，这条情报仅限于四位将军——三位美国将军和一位英国将军知道。

特里·马丁正舒适地居住在秘情局位于乡村的一座安全房子里，由一位慈母般的女管家和另三位不太慈善的看管人照料着他。

此后，有关搜寻和摧毁代号为"安拉-乌特-库布"，或"上帝的拳头"的所有行动，将以消灭萨达姆·侯赛因本人或者其他重大理由为幌子去进行。

实际上，这种消灭萨达姆的图谋已经有过两次。盟军认出了他也许会居住的，或者至少暂时居住的两个地点。但没人确切地知道到底什么时候他会在哪个地点，因为热依斯如果不在巴格达的地下城堡里，那么他会像狡兔一样从一个隐藏地搬到另一个隐藏地。

对那两个地点的空中侦察一直在持续。其中一个是距巴格达四十英里的一座乡间别墅，另一个是一辆改装的房车，用作战时移动计划中心。

有一次，空中的侦察员看见移动式导弹发射架和轻型装甲车开进了那座别墅周围的空地。一个战鹰小队进去把别墅炸毁了。但这是一个假警报——鸟儿已经飞走了。

另一次，一月底前两天，侦察员发现那辆大型房车转移到了一个新地点。于是又一次进去实施了攻击，但目标又一次不在那里。

在这两次袭击中，飞行员们冒了极大的风险，因为伊拉克的高炮一刻不停地狂射着。消灭伊拉克独裁者的两次失败，使盟军陷入了窘境。他们根本不知道萨达姆·侯赛因的准确行踪。事实是，没人知道其行踪，除了他儿子库赛统领的警卫团的一个保镖小组之外。

实际上他一直在四处奔波。虽然英美推测在整个空袭期间，萨达姆一直待在他的深层地下城堡里，但实际上他只在那里住了不到一半的时间。他的安全问题，由一系列的精心伪装和假行踪而得到了保证。有好几次，一支接受检阅部队"看见"了他——愤世嫉俗者们说，这支部队之所以欢呼喝彩是因为他们没被派往前线，没被大胖丑八怪们炸得屁滚尿流。在这种场合里伊拉克部队看到的那个人，其实是一个长得酷似萨达姆的替身，只有最近的亲信才能分辨出真假。

另有几次，十几辆窗帘拉得严严实实的豪华轿车组成的车队，在巴格达市内招摇而过，致使老百姓相信他们的热依斯在其中一辆车内。实际上不是，这些车队都是伪装的。当他换地方时，有时候他就坐在一辆单独的没有标志的轿车里。

即使在他的内层圈子里，安全措施也是压倒一切的。接到通知要与他一起开会的内阁部长们，只有五分钟准备时间，离开他们的住处，跳上他们的轿车，并跟在一辆先导摩托车后面。即使这时候，目的地也不是开会地点。

他们被带到一辆窗户封死的大客车上，在那里所有其他部长们都在黑暗中坐着。部长们与司机之间隔着一道屏障。连司机也要跟着警卫队的一名摩托车手行驶到最终的目的地。

在司机的背后，那些部长们、将军们和顾问们，像小学生去进行一次神秘的旅游那样坐在黑暗之中，根本不知道他们要去什么地方，事后也根本不知道去过了什么地方。

在大多数情况下，这种会议是在一栋宽大、隐蔽的别墅里召开的。该别墅被强占一天，夜幕降临前即撤空了。警卫队里的一个特别小组不干其他工作，专门在热依斯要开会时去找到一座这样的别墅，把别墅的主人软禁起来，待热依斯远走高飞之后再放他们回家。怪不得多国部队无法找到他。但他们尝试过了——直至二月的第一周。此后，所有的暗杀企图都取消了，而且军方从来没能弄明白是什么原因。

奇普·巴伯于一月最后一天刚过中午，到达了利雅得的那座英国别墅。互相招呼之后，四个人坐下来等待能够联络马丁的时刻，假如他还在那里的话。

"我想这件事也有一个最后期限吧？"莱恩问。巴伯点点头。

"二月二十日。'雷霆'诺曼要在二月二十日在那里发动地面战。"

巴克斯曼吹起了口哨。"二十天，见鬼。山姆大叔愿为这个承担费用吗？"

"是呀。局长已经签了给耶利哥的一百万美元，今天付进了他的账户。至于该设备的地点，假定只有一个地点，我们将付给那个狗杂种五百万。"

"五百万美元吗？"莱恩说，"上帝呀，从来没人为情报付过那么多钱。"

巴伯耸耸肩："这个耶利哥，不管他是谁，是一名雇佣兵。他要钱，不要其他。那就让他去挣钱，这是值得的。阿拉伯人喜欢讨价还价。我们不这样。从他获得那份信息起五天以后，我们每天扔给他五十万，直至他为我们提供确切的地点。他必须去了解清楚。"

三名英国人冥思着这笔比他们三人的毕生工资总和还要多的金额。

"嗯，"莱恩评价说，"这对他来说应该不是很难。"

给耶利哥的信息在下午和晚上起草出来了。首先，与马丁之间的联系要建立起来，马丁必须确认预定的代码，从而表明耶利哥还在那里且仍是一个自由人。然后利雅得将详细地告诉给耶利哥的待遇，并向他施加压力，说明事情十万火急。

他们由于心事重重，吃晚饭时胃口不好，拨弄着盘中的食物。房间里有一种紧张的气氛。十点三十分，西蒙·巴克斯曼与其他人一起走进录音室，把信息读入了录音机。这段话被压缩了两百倍，只延续两秒钟时间。

十一点十五分十秒，那位资深的无线电工程师发出了一个简短信息："你在那里吗？"三分钟以后，传来了像静电声一般的一声微弱的噼啪声响。卫星天线捕捉到了，这个声音被放慢以后，五个听众听到了麦克·马丁的声音："黑熊呼叫洛基山，收到信息。请讲。"

利雅得的别墅里爆发出一阵轻松的欢呼声。四位特工人员如同球迷般互相拍着对方的背部，好像他们所支持的球队捧得了"超级杯"。

那些从没去过那里的人，很难想象获悉战斗在敌后的"我们的人"仍逍遥自在活着时的那种感情。

"他在那里待了整整十四天呢，"巴伯说，"那家伙接到指示后为什么不撤出来呢？"

"因为他是一个笨蛋，"莱恩咕哝着说，"这样反而更好。"

那位冷静的无线电报员正在发出另一份简单的询问。即使话音振荡器告诉他那个声音与马丁匹配，他还是想要几个字以确认那位特空团少校并不是在胁迫之下说话。十四天时间足以使一个人的精神崩溃。

他发给巴格达的信息非常简短："纳尔逊和诺斯，重复一遍，纳尔逊和诺斯。请回答。"

又是三分钟时间过去了。在巴格达，麦克·马丁蹲伏在那座苏联人花园里棚屋的地面上，捕捉到这个简单的噼啪声，说出自己的答复，按下压缩按钮，把这个十分之一秒的电报发向沙特的首都。

倾听者们听到他说"歌唱灿烂的日子"。无线电报务员微笑了。

"是他，先生。自由自在地活着。"

"那是一首诗吧？"巴伯问。

"诗歌真正的第二句，"莱恩说，"应该是'歌唱光荣的日子'。如果有一支手枪对着他的太阳穴，他就会那样说。在那种情况下……"他耸了耸肩。

无线电报务员发出最后的信息，真正的信息，然后就关机了。巴伯把手伸进了手提箱。

"我知道这也许不太符合当地的风俗习惯，但特工生活应该有一些特权。"

"哦，唐培里侬香槟王，兰利付得起吗？"格雷说。

"兰利，"巴伯说，"刚刚把五百万绿钞票押到了赌桌上。我猜想一瓶香槟它还是请得起的。"

"太好了。"巴克斯曼说。

仅仅一个星期的时间，爱迪丝·哈登堡的形象就发生了彻底的改变。这是爱情的力量。在卡里姆的亲切鼓励下，她已经去了格林辛的一家美发厅。理发师把她的头发披下来，进行了修剪和定型，做成了齐下巴长，这样头发从双颊边垂下来，填补了她那窄脸庞的缺陷，并使她增添了一分成熟女性的魅力。

经她羞答答地同意之后，她的情人已经为她选购了一系列化妆用品，不是鲜艳夺目、花里胡哨的那一类，而只是一些基础的眼线笔、粉底霜、扑粉和口红。

在银行里，沃尔夫冈·格穆利希私下里大吃一惊，他不动声色地注视着她走进办公室，因为鞋跟的关系她的身材比原先高了一英寸。使他感到气馁的不是鞋跟或头发或化妆，尽管假如格穆利希夫人哪怕是稍微提一下这种念头他就会彻底否决。使他感到不安的是她的气质，是她进来递给他要签字的信件或听他口述时的那种自信。

当然，他知道发生了什么事。肯定是楼下办公室里的一个傻姑娘说服了她去花钱消费。那就是所有这些事的关键——花钱。根据他的经验，花钱会导致毁灭，他害怕会有最糟糕的事情。

她天生的害羞还没有完全消失，而且在银行里她仍与以往一样不合群，即使举止自信多了，但话仍然很少。但与卡里姆在一起时，当他们独自相处时，她经常为自己的大胆而感到惊奇。她似乎开始告别二十年来令她厌恶的呆板、压抑的生活，现在的她如同一位游客在经历一次缓慢的探秘旅程，怀着半是羞愧半是害怕、半是好奇半是激动的心情。他们的恋爱开始时完全是单向的，现在已是互相探索了。当她第一次触摸他的"下面那个地方"时，她还以为她会休克和羞死呢，但使她感到惊异的是她仍然活着。

二月三日晚上，他到了她的公寓，带来了一只礼品纸包装的、用丝带扎着的盒子。

"卡里姆，你不要这样嘛。你花钱太多了。"

他把她抱进怀里，用手理着她的头发。她已经学会了喜欢他这样做。

"瞧，小猫咪，我父亲很富裕。他提供给我丰厚的津贴。你难道要我把钱花在夜总会里吗？"

她也喜欢他对她开玩笑。当然，卡里姆决不会去那种可怕的场所。于是她接受了这些她曾经——也就是仅仅两个星期之前，决不会去触及的香水和化妆品。

"我能不能打开？"她问道。

"买了就是让你打开的。"

起初她并不明白它们是什么东西。盒子里面的东西像是一种丝绸、花边和各种色彩组成的泡沫。当她明白了时——因为她在杂志广告上见过，她的脸涨得通红。

"卡里姆，我不能，我真的不能。"

"能，你真的能，"他微笑着说，"来吧，小猫咪。到卧室里去试一下。关上门——我不会看的。"

她把里面的东西都一一放到床上，凝视着它们。她，爱迪丝·哈登堡，从来不曾拥有过这种物品，长筒袜和紧身裤、内裤和胸罩、吊袜带和睡衣，有黑色的、粉红的、紫红的、米色的和乳白色的。有的饰着透明的花边，有的是光边的，那丝绸般光滑的面料摸上去犹如摸到冰块一般。

她独自一人在房间里待了有足足一个小时，然后才穿着浴袍打开房门。卡里姆放下咖啡杯，站起身，迎了上去。他带着和善的微笑俯身打量着她，并开始解开那条系住浴袍的腰带。她又脸红了，不敢去看他的眼睛。她转脸看旁边。他让浴袍敞开了。

"噢，小猫咪，"他柔和地说，"你真可爱。"

她不知道该说些什么，于是她用双臂搂住他的脖子，当她的大腿触及他的牛仔裤里面那件硬邦邦的东西时，她再也不感到害怕了。

他们做爱之后，她起身去了卫生间。她回到卧室后，站在床边俯视着他。他身上没有一处是她不爱的。她在床沿坐下来，用手指抚摩他下巴旁边那道淡淡的疤痕；他说过那是小时候，他在安曼郊外他父亲的果园，从玻璃暖房上掉下来留下的伤疤。

他睁开眼睛微笑，伸手去摸她的脸。她抓住他的手，摩挲着他的手指，抚摩着戴在他的小手指上的那枚印章戒指，那是他母亲给他的，镶着淡粉红蛋白石。

"我们今晚干什么？"她问。

"我们到外面去，"他说，"去布里斯托尔的西尔克餐馆。"

"你太爱吃牛排了。"

他把手伸到她后面，抱住了她那穿着透明薄织物的小小的屁股。

"这才是我喜爱的牛排呢。"他微笑着说。

"别说了，你这个人真坏，卡里姆！"她说，"我要穿衣服。"

她挣脱身子，在镜子里看见了自己。她的变化怎么会那么大呢？她想道。她怎么会让自己穿上这种内衣裤呢？然后她明白了。为卡里姆，她的卡里姆，她深爱着的卡里姆，她愿为他做任何事情。在她的生活中，爱情也许来得晚了一些，但现在它已经像山洪暴发般地来到了。

华盛顿特区20520

美国国务院

一九九一年二月五日

备忘录

致：美国国务院 詹姆斯·贝克国务卿

由：政治情报及分析组

事由：暗杀萨达姆·侯赛因

日期：一九九一年二月五日

密级：仅供阅读

您肯定已经注意到了，自从多国部队与伊拉克产生敌对以来，为使伊拉克总统萨达姆·侯赛因让位，至少已有过两次暗杀企图。

这些暗杀都是以空袭方式由美国空军专门去执行的。因此本小组认为眼下急需阐明，暗杀侯赛因的企图一旦成功可能会出现的后果。

理想的结果，当然是由获胜的多国部队扶植起一个接任的政权，以取代现在的复兴党独裁体制，形成一个人道的和民主的政府。

我们相信这种希望只是一种幻想。

首先，伊拉克不是，而且从来不曾是一个团结的国家。仅仅是一代人之前，这个国家还充满部落间战争。它包含着几乎势均力敌的两个相互有敌意的伊斯兰教派，即逊尼派和什叶派，再加上三个基督教少数派。除此之外，北方的库尔德人一直在寻求独立。

其次，从土耳其人到哈希米特到复兴党的统治中，伊拉克从来没有过一丝一毫的民主经历，从来没有受益于我们西方人所理解的民主。

因此，现在的独裁统治如果因独裁者遭暗杀而突然结束，那么只会有两种现实的方案。

第一方案是按外界的意图，结合各派别的意见组成一个联合政府。

本小组的意见认为，这种政府掌权时间极为有限。传统势力和顽固不化的宿敌用不了多久就会使它分裂。

库尔德人肯定会利用这个机会脱离伊拉克，并在北方建立他们自己的共和国。由各党派团体在巴格达组成的一个软弱的中央政府，将无力阻止此类事件的发生。

可以预见，土耳其人的反应会是狂暴的，因为居住在边境地区的土耳其自己的库尔德少数民族，会立即加入边境对面的同胞，从而对土耳其的统治开展强有力的对抗。

在东南方，巴士拉和阿拉伯河周围的什叶多数派，肯定会找到正当的理由向德黑兰作出表示。为在最近的两伊战争中被屠杀的伊朗年轻人报仇雪恨，伊朗肯定会去迎合这种表示，希望能当着无能为力的巴格达的面，去吞并伊拉克东南部。

那些亲西方的海湾国家和沙特阿拉伯，一想到伊朗延伸到了科威特边境，肯定会陷入坐立不安的境地。

再往北，在伊朗的阿拉伯斯坦，阿拉伯人与伊拉克境内的阿拉伯同胞有着共同的事业，这一举措肯定会遭到德黑兰阿亚图拉分子的坚决镇压。

在残留的伊拉克内，我们几乎可以肯定会爆发内战，以报宿仇并谋求在残余的伊拉克内部称雄。

我们都已经痛心疾首地目击过在前南斯拉夫，塞尔维亚人与克罗地亚人之间的内战。到目前为止，战火还没有蔓延到波斯尼亚－黑塞哥维那，在那里，第三支力量——波黑穆斯林正翘首盼望着。当战火烧到波黑时——有一天会烧到的，相互屠杀将会更可怕而且更难以消除。

然而本小组相信，与现在伊拉克将面临的四分五裂的方案相比较，南斯拉夫的悲剧算不了什么。在这种情况下，在残留的伊拉克内陆会有一场大规模内战，四周边境战争以及海湾地区会极不稳定。光是难民就会达到数以百万计。

另外唯一的可行方案，是萨达姆·侯赛因被另一名将军或复兴党内另一名党务大员所替代。但是由于现在统治集团内部所有成员都与其领导人一样犯有血腥罪行，所以把一个恶魔换成另一个恶魔看不出有什么好处。

因此理想的——尽管不是完美的，解决方法是保持伊拉克的现状，但是所有的大规模杀伤性武器必须被摧毁，传统的武器和军事力量，必须被降至至少在十年之内不会对邻国构成威胁的地步。

有争论说，现在的伊拉克政权如果幸存下来，它继续侵犯人权的状况将极为悲惨。这是毫无疑问的。然而世界上许多国家和地区都存在着人权问题。美国不可能在全世界施加影响，除非准备进入永久性的全球战争。

因此，眼下海湾战争和最终入侵伊拉克的最好结果，是让萨达姆·侯赛因作为统一的伊拉克的唯一领导人继续存在，当然多国部队的入侵将使其军力大为削弱。

综上所述，本小组要求停止暗杀萨达姆·侯赛因，以及进军巴格达和占领伊拉克的所有努力。

专此呈送，并致敬意。

政情组

麦克·马丁于二月七日发现了粉笔记号，并在当天晚上从死信箱里取到了那份薄薄的信件。刚过午夜，他架起卫星天线，朝向棚屋的门口，把只有一页的阿拉伯语手稿直接读入了录音机。读完阿拉伯语后，他加上自己的英语翻译，于凌晨零点十六分时，即发报时限的最后一分钟把信息发送出去了。

当那个噼啪声音传过来，利雅得的卫星天线捕捉到之后，值班的无线电报务员喊了起来："是他来电。黑熊来电啦！"

隔壁房间的四个人睡眼惺忪地跑了进来。靠墙的那台大录音机放慢速度把信息译解出来了。当无线电技术人员按下播放按钮后，房间里充满了马丁说阿拉伯语的声音。阿拉伯语水平最好的巴克斯曼才听了一半就轻声指了出来："他找到它了。耶利哥说他找到它了。"

"安静，西蒙。"

阿拉伯语声音停止，英语译文开始了。最终结束时，巴伯激动得捏紧一只拳头砸进了自己另一只手掌里。

"朋友们，他完成了这项任务。能给我一份录音稿吗，现在？"

技术人员把磁带倒回去，戴上耳机，转向文字处理器，开始打字。

巴伯去客厅里打电话，打给设在地下室里的空军总部。他只需要与那里的一个人讲话就可以了。

查尔斯·霍纳将军显然只需要很少的睡眠。这段时间，在沙特国防部大楼地下室的盟军指挥机关，在老机场路沙特空军大楼底下的空军总部，大家都睡得很少，但霍纳将军似乎比大多数人睡得更少。

也许由于他所钟爱的空军官兵频频升空，飞行在敌人的领空上时他难以入睡。现在每天二十四小时都在飞行，他的睡眠时间就更少了。

他习惯于半夜里去巡视空军总部各办公室，从黑洞的作战分析员那里信步走到战术空军控制中心。如果碰巧电话响起来而旁边没人的话，他就去接听。有几位不明就里的空军军官从沙漠里来过电话，想澄清一个问题或提出一个问题，希望得到答复，结果发现他们是在与将军本人通话。

这是一种讲究民主的习惯，但有时候也会带来令人诧异的事。有一次一位中队长，他的名字就不提了，来电抱怨说他手下的飞行员们在夜间去奔袭目标时遭到了A三角火力网的交叉射击，难道不能派遣重型轰炸机大胖丑八怪，去把伊拉克的高炮炸哑吗？

霍纳将军告诉这位中校中队长这是不可能的，因为大胖丑八怪们任务都排满了。沙漠里的这位中队长提出了抗议，但得到的答复仍维持不变。嗯，中队长说，那样的话，除非你来舔我的屁股。

很少有军官能对一位将军说这种话而逃脱惩罚的。但传闻说查克·霍纳喜欢他部下的空军官兵这样直来直去，两星期以后那位中队长由中校晋升为上校。

那天夜晚快一点钟时，奇普·巴伯就是在战术空军指挥中心找到霍纳将军的。四十分钟之后，他们在地下室的将军办公室里会面了。

将军阴郁地阅读着来自利雅得的那份英文报告。巴伯已经用文字处理器修改了一部分内容，使它看上去不像是无线电报的文体。

"这是你们会见了欧洲商人后的又一个推理吗？"他讥讽地问道。

"我们相信这份情报是准确的，将军。"

霍纳咕哝了一声。与大多数军人一样，他对谍报人员，也就是人们称之为密探的那些人知之不多。其理由相当简单，军界奉行追求乐观主义——也许是谨慎的乐观，但毕竟是乐观，要不然没人会参军了。而情报界奉行悲观主义。这两种理念大相径庭。而且在战争的这个阶段，中情局再三提醒说实际摧毁的目标要比声称的少，美国空军感到越来越恼火。

"那么这个假定的目标与我想的那个项目有关？"将军问。

"我们只是相信它是非常重要的，先生。"

"好吧，巴伯先生，首先我们要去好好看它一看。"

这一次，由塔伊夫起飞的一架TR-1侦察机去执行这项光荣的任务。作为老式U-2侦察机的改进型，这架TR-1一般用于多重任务的情报收集，它能够无声无息地飞临伊拉克上空，带着雷达和监听设备深入对方防区。但它也带着照相机，不是拍摄大范围的照片，而是执行单项的特定任务。这次要拍照的是一个叫库拜的地点。

使用TR-1侦察机还有第二个理由：它能够及时传送图片。用不着等待任务结束回来，卸下战术空中侦察吊舱系统，冲洗胶卷，心急火燎地送往利雅得。当这架TR-1侦察机巡航在巴格达西边，穆哈马迪空军基地南边那块沙漠上空时，它能把所看到的图像直接传送到沙特空军司令部地下室里的电视屏幕上。

地下室的那个房间里有五个人，包括在控制台前操作的一位技术员。只要其他四个人说一声，他就会指令电脑截图并打印一份以供仔细研究。

奇普·巴伯和史蒂夫·莱恩坐在那里，穿着与军队气氛不合的便装；另两个人是美国空军的贝蒂上校和英国皇家空军的乔·佩克少校，两人都是目标分析的专家。

使用库拜这个名字，是因为最靠近目标的那个村庄就叫库拜。由于这个居民点太小了，地图上没有标示出来，因此分析员们得同时使用附带的格子坐标图和文字说明。

TR-1侦察机在由耶利哥报告的方位的几英里处找到了它，应该说这个描述是正确的，不会有问题，而且这个地区的其他地点都与描述不相吻合。

那四个人看到目标闪现在屏幕之上，在达到最佳图像时静止不动了。操作员通过网络打印出一张图片以供研究。

"是在那里，"贝蒂上校说，"方圆几英里之内没有像它那样的东西了。"

"狡猾的家伙。"佩克说。

库拜实际上是贾法尔·阿尔贾法尔博士负责的整个伊拉克核项目的核工程工厂。一名英国核工程师曾经这么评价说，他的技艺是"百分之十的天才和百分之九十的管道工程"。其实还远不止于此。这座工厂是技术人员把物理学家的产品，数学家和计算机的计算，化学家的分析化验结果拿来，进行最后安装的地方。在这里，核工程师们最终使所有设备成为可交付使用的炸弹。

伊拉克把库拜工厂完全建在沙漠底下八十英尺深处，而且那只是工厂屋顶的深度。在屋顶下面，再往下还有三层车间。佩克少校说的"狡猾的家伙"这种评语，主要是指其伪装的技术。

把整座工厂建在地下并不是十分困难，难点在于如何对它进行伪装。地下工厂一旦建成后，把沙土回填到钢筋混凝土墙壁和屋顶上，直至厂房被掩埋起来。最底下的污水可以用排水系统加以解决。

但那座工厂需要有空气，吸入新鲜空气和排出污秽空气——这两种管道都会突出在沙漠地平线上。它还需要强大的电力，那意味着功率强大的柴油发电机，也会需要进气口和排气口——又是两种管道。

还需要有供人员进出和货物交付的斜坡或升降机，这些又要暴露在地面上。载运物资的卡车不能在软沙土上行驶，它们需要硬路面，所以要有一条支线公路连接到最近的干线公路。

工厂还会发出热量，白天难以察觉，因为外面的空气很热，但在寒冷的夜晚就不同了。

因此，一条莫名其妙的沥青公路通向一片沙漠上的处女地，四条大管道，一架升降机，卡车进进出出，持续的热量发射，这些现象该如何进行伪装才能骗过空中侦察呢？

奥斯曼·巴德里上校，这位伊拉克陆军工程兵的年轻天才解决了这个问题；他的作品愚弄了多国部队及其所有的侦察机。

从空中俯瞰，库拜是一个占地四十五英亩的报废汽车堆场。利雅得的观察者即使用最好的放大镜也看不见，那四堆生了锈的轿车残骸是焊接起来的框架，在框架下面，透过轿车和面包车残留躯壳，架设了新鲜空气吸入管和污浊空气排放管。

那座主要的工棚，也就是氧气钢瓶和乙炔气钢瓶故意放在外面的那个切割车间，隐藏着升降机竖井的出入口。而在这个场所进行的废车切割、焊接作业自然而然会释放出热量。

那条断头的沥青路，理由也很明显——载着废旧轿车的卡车需要开进来，然后又需要载着废钢铁离开。

这整个系统实际上阿瓦克斯飞机早就见到过，但只认为它是沙漠中一个巨大的废金属堆场。是一个坦克师？一座军火库？早先的飞机侦察已把它定为仅仅是一座废车场，于是对它失去兴趣了。

在利雅得的那四个人还没有看见，另四座由废旧小汽车堆成的小山也是用电焊焊接起来的框架，内部是拱形的，下面有液压千斤顶。其中两个框架内隐藏着火力威猛的高射炮组，是苏制的ZSU-23-4多管高射炮；另两个框架内布置着萨姆导弹，是6型、8型和9型，不是用雷达制导，而是更小的寻热型导弹——雷达天线会把真相暴露出来。

"那么它就在那里的地下喽？"贝蒂喘着气说。

就在他们观察期间，一辆载着废旧轿车的长车身卡车进入了画面。它看起来像是在一跳一跳地向前行驶，因为飞行在库拜上空八千英尺高度的TR-1在以每秒钟几幅的速度拍摄静止画面。很有意思。两名情报官一直看着那辆卡车转弯进入了焊接和切割工棚。

"我敢打赌，食品、水和供应品肯定是藏在轿车的车身下面。"贝蒂说。他向后倚在椅背上："问题在于，我们无法去摧毁这座该死的工厂。即使大胖丑八怪也没法炸得那么深。"

"我们可以把他们全都封在下面。"佩克说，"炸毁升降井，封死他们。然后如果他们想采取救援打破封锁，我们再把他们打得稀巴烂。"

"听起来不错。"贝蒂表示同意，"距地面战还有几天？"

"十二天。"巴伯说。

"我们能执行这任务。"贝蒂说，"高空，激光制导，一群飞机，一个大猩猩。"

莱恩用眼神朝巴伯示意了一下。

"我们想更隐蔽一点。"巴伯说，"两架飞机的奇袭，低空，用肉眼确认目标摧毁。"

房间里沉寂下来了。

"你们是不是有什么话要告诉我们？"贝蒂问，"比如，不让巴格达知道我们对此感兴趣？"

"你们能不能做到？"莱恩催促说，"那里似乎没有任何防卫。关键是伪装。"

贝蒂叹了一口气。该死的密探，他这么想着。他们在竭力保护着某一个人。好吧，这不关我的事。

"你们的意见呢，乔？"他问英国少校。

"狂风们能干这事。"乔·佩克说，"由海盗们为它们标示目标，通过那个工棚的门扔进去六颗一千磅的炸弹。我敢肯定那个铁皮棚屋里面是钢筋混凝土建造的。炸弹下去应该能把它炸毁。"

贝蒂点点头："好，就按你们的要求去办。我会去向霍纳将军澄清的。乔，你准备派谁去执行？"

"608中队，驻扎在马哈拉克。我认识菲利普·柯曾中队长。要我把他叫过来吗？"

菲利普·柯曾中校统领着驻扎在巴林一个岛屿上的皇家空军第608中队的十二架狂风战机，它们是两个月之前从德国的拉尔布鲁克基地转场过来的。二月八日那天刚过中午，他接到了一份不容违抗的命令：立即向利雅得的空军总部报到。这道命令非常紧急，当他刚刚看完电文，副官就进来报告说，一架海滩王飞机刚刚降落，现正在滑行，准备来接他。当他匆匆穿上军装戴上军帽登上海滩王时，他发现这架双引擎公务飞机是霍纳将军的座驾。

"到底怎么回事？"中校自己问自己。

在利雅得军事基地，一辆美国空军的公务轿车正等待着，准备沿着老机场路把他载到一英里之外的黑洞去。

那天上午十点钟时开会讨论TR-1发来图像的那四个人仍在，只是那名技术人员离开了。他们不需要更多的图片了。已经得到的照片摊满了桌子，佩克少校为他们作了介绍。

史蒂夫·莱恩解释了要求，柯曾察看着照片。

菲利普·柯曾不是傻瓜，要不然他就不会统帅女王陛下的昂贵的战斗轰炸机中队了。在早先携带JP-233炸弹低空轰炸伊拉克机场的行动中，他已经损失了两架飞机和四名优秀的机组人员；他知道其中两人已经死了，另两人刚被游了街，都被打得鼻青脸肿，一脸茫然——这是伊拉克电视台播放出来的，是萨达姆的又一项公关杰作。

"为什么不把这个目标作为空袭任务命令，与所有其他任务一样？"他静静地问道，"为什么那么急？"

"我对你实话实说吧，"莱恩说，"我们现在相信这个目标里隐藏着萨达姆主要的，也许是唯一的特别危险的毒气炮弹储备。有证据表明第一批储备品快要运到前线去了。所以事情很急。"

贝蒂和佩克活跃起来了。这是他们第一次听到解释，说明密探们为何对那座废车场底下的工厂感兴趣。

"但是两架进攻飞机？"柯曾坚持自己的意见，"只派两架？这种进攻没有空中优势。我该怎么去向我手下的机组人员说呢？先生们，我不能去向他们说谎。请把这任务说清楚。"

"没有必要，我自己也不能容忍透露情况。"莱恩说，"只告诉他们事实，就说空中侦察显示出该地方有卡车进出。分析员们认为它们是军车，他们得出结论说这个废品场地隐藏着军火——主要储藏在中央大棚里。因此它是目标。至于为什么要进行低空轰炸，你看那里没有导弹，也没有A三角。"

"这是事实吗？"中校问道。

"我发誓。"

"那么，先生们，你们为什么要千方百计地保证，万一飞机被击落，我的飞行员们遭到审问时，巴格达不能知道这个情报的真正来源？你们也并不比我更相信这个军车的故事。"

贝蒂上校和佩克少校向后靠在椅背上。这个人正在挤牙膏似的追问密探们。好样的。

"奇普，你告诉他。"莱恩只得屈从。

"好吧，中校，我对你开诚布公。但这话只说给你一个人听。下面的话绝对是真实的。我们有一个投诚者，在美国，是在战争之前过来的一个学生。现在他爱上了一个美国姑娘并想留下来。他在与移民局官员会谈时谈出了一些情况。一名聪明的官员把他交给了我们。"

"中情局吗？"柯曾问。

"对，是中情局。我们与那家伙达成了交易。他可以拿到绿卡，但他得帮助我们。以前他在伊拉克时，在陆军工程兵部队参加过几个秘密项目。现在他全都吐出来了。所以现在你知道了。但这是绝密的，这也没有改变这项任务。"

"最后一个问题，"柯曾说，"如果那个人在美国很安全，为什么还要去愚弄巴格达呢？"

"他还在向我们吐露其他目标。这需要时间，我们也许可从他口中得到二十个新的目标。如果我们提醒巴格达说，他已经和盘托出了，那么萨达姆会趁夜色把那些东西搬到别处去。"

菲利普·柯曾站起身，收起照片。每一张照片都在一边上了精确的地图坐标方位。

"好吧。明天黎明，这座工棚将不复存在。"

然后他就离开了。在回去的航程中，他思考着这项任务。他内心的一个声音说，这事味道不对。但解释是完美的，似乎是有理的，而且他必须执行命令。他不会说谎，但他也不能把情况全部说出去。好在该目标只有伪装，没有防卫。他部下的人员应该能够安全地进去并且安全地出来。他已经打算好了让谁去领导这次袭击。

在傍晚的阳光下，洛夫蒂·威廉森少校快乐地蜷缩在一把椅子里，这时候电话铃声响了。他正在阅读最新一期的《世界空军力量杂志》，这是作战飞机驾驶员必读的刊物。他有点恼火地放下才读了一半的一篇权威文章，正是关于他有可能遭遇的伊拉克战机的。

菲利普·柯曾中校在他自己的办公室里，面前的写字台上摊着照片。他用了一个小时的时间向他的高级飞行编队队长威廉森少校交代了任务。

"你们会有两架海盗为你们标定目标，这样你们就能扔下炸弹并且赶快离开那里，赶在他们还没弄明白时逃离出来。"

威廉森找到了他的领航员，也就是美国人称为火控员的布莱尔上尉，现在他的工作除了领航以外还负责电子仪器和武器系统。锡德·布莱尔上尉享有很高的声誉；人们说，即便你要炸的是沙漠里的一只罐头，他也能找到它。

在作战参谋的协助下，他们一起在地图上制订出行动计划。那座废车场的准确位置已经根据坐标方格找到了，标在了他们的航图上。

威廉森解释说，他想在太阳刚刚升起时从东方发起攻击，这样伊拉克的高射炮手正对着太阳，而他——威廉森则可以清清楚楚地看见目标。

领航员布莱尔坚持要有一个参照物，在进攻的航线上某种不会搞错的陆上标记，由此他可以对航向作最后的调整。他们在目标东方十二英里处找到了一个——距进攻航线恰好一英里处有一座无线电发射塔。

黎明时实施进攻，使他们能保证关键的目标时刻准确。目标时刻必须分秒不差，因为时间的准确与否能决定成败。如果第一架飞机慢了哪怕是一秒钟，那么后续的飞机可能正好落入他战友投下的炸弹的爆炸范围，更糟糕的是，前面的飞行员身后将有一架视线不会很好的狂风，以每分钟差不多十英里的速度跟着。而如果前面的飞行员太快了，而后面的飞行员太慢了，那么敌方高炮手就会清醒过来，进入阵地，向他们瞄准。所以第二架飞机应该在第一架飞机投下的炸弹弹片散落下来时进去。

威廉森带来了他的僚机飞行员及其领航员。这是两名年轻的上尉，彼得·约翰斯和尼基·泰恩。他们一起计算出目标东部小山丘上的准确日出时刻为七点零八分，并一致同意在这个时刻向正西方二百七十度的目标实施打击。

与他们一起驻扎在马哈拉克的第12中队两架海盗飞机也接受了任务。威廉森将在上午与海盗的飞行员联络。军械管理员已接到指示，为每一架狂风配置三枚一千磅重，弹头上有铺路系统的激光制导炸弹。那天晚上八点钟，四名机组人员吃完饭就上床了，起床时间定为凌晨三点钟。

当一名空军士兵驾着一辆卡车来到第608中队的宿营区，把四名机组人员带往飞行准备室去时，天空仍然漆黑一片。

驻扎在阿尔卡兹的美国空军正在帆布帐篷里过着艰苦的生活，而在巴林的这些英国空军官兵在享受着舒适文明的生活。有些人两人一间住在喜来登宾馆里，还有些人住在空军基地附近的砖砌的单身营房里。他们吃得很好，也有饮料。单调沉闷的军旅生活，因为有了附近海湾航空公司培训学校的三百名女乘务学员而显得富有生气。

"海盗"们是一星期之前才来到海湾的，原先说不需要它们。后来，它们证明了自身的价值。作为反潜飞机的海盗过去经常在北海贴着水面飞行，寻找苏联的潜艇，但它们也适合在沙漠上空飞行。

它们的特长是低空飞行，而且虽然它们已是三十年军龄的老兵，但在加州米拉马尔的海军战斗机培训学校里，在与美国空军展开军事对抗演习时，它们显示了它们能靠"吃沙尘"而逃脱速度比它们快得多的美国战斗机。"吃沙尘"是指它们可以飞得极低，其他飞机不可能穿过沙漠之间的小山包跟上它们。

在两国空军的对抗演习中，美国人不喜欢低空飞行，在五百英尺以下的超低空飞行时，他们老是想把起落架放下来；而英国皇家空军喜欢低空，在一百英尺以上飞行时反而抱怨要晕机。实际上双方都能高飞和低飞，只不过亚音速的，但操纵性能相当好的海盗们，能比其他飞机飞得更低。

海盗们在海湾露面，是因为狂风们在超低空执行任务时遭受了损失。单独执行任务时，狂风们不得不在投下炸弹之后一路跟着它们到目标，从而正好进入A三角的中心。但在海盗的配合下，狂风就可携带激光寻热铺路系统弹头的炸弹，而海盗则携带铺钉系统激光发射器。海盗在狂风的后上方飞行，标定目标，让狂风投下炸弹后迅速逃离。

况且，海盗的铺钉系统安装在飞机肚子里一只陀螺回转稳定器的万向接头上，因此能够进行万向旋转，保持激光光束始终照在目标上，直至炸弹落下去击中目标。

在飞行准备室里，威廉森与海盗的飞行员们同意把开始投弹的起始点定在目标工棚以东十二英里处。然后他们去换上飞行服。他们是穿着便装到达的，他们在巴林的策略是尽可能不穿军服，以免引起当地人的不安。

当他们全都换好衣服后，作为编队负责人的威廉森向他们作了任务交代。离起飞时间还有两个小时，可以喝一杯咖啡然后作准备工作。每一个人都佩上了自己的手枪，一把小型的瓦尔特PPK。他们还带上了一千英镑，分成五英镑硬币带在身上，以及一份"声明书"。这种别具一格的文件，美国人在海湾战争期间才引进，而英国人因为自一九二〇年起就已经在这些地区进行作战飞行了，所以很熟悉。"声明书"是用阿拉伯语和六种贝都因人的方言写成的一封信，大意是："亲爱的贝都先生，本书信的递交人是一名英国军官。如能把他带到最近的英国巡逻队，你就可以得到价值五千英镑的黄金。"有时候这一招还挺灵的。

如果飞行员落到了沙漠上，飞行服的肩章上涂有反射物质，可以被盟军的搜索飞机探测到；但在左胸袋上方没有空军徽章，只是钉了一块米字形的英国国旗。

喝完咖啡之后是卫生检查，实际上没有听起来那么可怕。所有的戒指、香烟、打火机、信件和家庭照片都掏出来拿走，任何会向审问者透露俘虏人格的物品都不得随身携带。搜身检查由一位叫帕梅拉·史密斯的极漂亮的空军女队员执行。机组人员认为这是任务中最精彩的部分。年轻的飞行员们故意把贵重物品藏在身上最敏感的部位，以测试帕梅拉到底是否能找到。幸好帕梅拉以前当过护士，能够不动声色地、带着幽默感地对待这种胡闹。

离起飞还有一个小时。有的人在吃东西，有的人吃不下，有的人在打瞌睡，有的人在喝咖啡，心里希望不会在执行任务的中途小便，还有的人在呕吐。

一辆客车把这八个人载到了已经挂上了装备和军械的飞机旁。每一位飞行员走向自己的飞机，绕着走了一圈，做起飞前的检查工作。最后，他们登上了飞机。

第一件事是建立快速的无线电联络系统，这样他们可以互相交谈。然后是APU，即供所有仪器工作的辅助动力装置。

在飞机后面，惰性导航平台激活了，于是锡德·布莱尔把他的计划航线和转向点输了进去。威廉森发动了右舷引擎，等它发出柔和的嚎叫声后又发动了左舷的引擎。

飞机关上座舱罩，滑行到一号，即控制点。获得控制塔的允许后，滑行到起飞点。威廉森瞄了一眼右侧。彼得·约翰斯的那架狂风就在他的旁边，但稍微偏后一点，再往外是那两架海盗。他举起了一只手。三只戴着白手套的手也举了起来作为回答。

威廉森踩住脚闸，把动力加到了最大。狂风在柔和地颤抖着。动力通过油门杆闸阀进入了加力燃烧室，现在机体是因为制动而战栗。最后，飞行员跷起了一只大拇指，得到了同僚们三下点头确认。脚闸松开了，轮子滑了一下，随即急速滚动起来，沥青跑道越来越快地闪向后方，然后他们就腾空了，四架飞机编成了一个队形，倾斜着从漆黑的海面上空掠过，麦纳麦的万家灯火落到了后面，把航向定到了在沙特与伊拉克边境线上空的某个会合点。在那里，他们的加油机正在等待着他们。

威廉森关去加力燃烧，以300节的航速爬向两万英尺上空。通过雷达，他们在黑暗中找到了加油机，飞到它的后面，让战机的油嘴咬住飘忽不定的输油管。加满燃油后，所有四架飞机转身离开，飞向沙漠深处。

威廉森率领他的分遣队飞行在二百英尺低空，并把最大巡航速度定在480节，就这样他们闯进了伊拉克。他在使用TIALD，即热像及激光指示物系统。这个系统的功能相当于蓝盾系统。在漆黑的沙漠低空中，飞行员们能够看清他们前面的一切：岩石、峭壁、地面的岩层、山丘等，好像它们能够发光似的。

太阳升起之前，他们从起始点转入了投弹航程。领航员锡德·布莱尔看见了那座无线电塔，并告诉飞行员把航向调整一度。

威廉森把投弹的方式转为手动，并看了一眼头盔显示器。再往前飞行几英里，或者说再过几秒钟就是炸弹释放点。他已经降到了一百英尺低空，紧贴着平整的沙地，保持平稳飞行。在他后面的某处，他的僚机也与他一样飞着。目标时间非常准时。他现在推动油门杆，打开了加力燃烧以保持540节的进攻速度。

　　太阳从山丘上蹦了出来，把第一线阳光洒向了平原。前方的目标只剩下六英里距离了。他能够看到金属在闪光，一堆堆的废旧汽车，中间的那座巨大的灰色工棚，两扇大门正对着他。

　　海盗们在他上方一百英尺，跟在一英里之后。从起始点开始，他的耳朵里一直传来海盗与他联络的声音。六英里，更近了，五英里，目标区有些动静，四英里。

　　"我标上了。"第一架海盗的领航员说。海盗发射出来的激光光束正好照在工棚的大门上。距离三英里时，威廉森开始上升，他拉起机头，倾斜着机身，目标从他的视线里消失了。没有关系，余下的工作由技术设备去做。在三百英尺上空，他的头盔显示器告诉他释放炸弹。他按下投弹按钮，三枚一千磅重的炸弹同时飞离了机肚。因为他正在爬升，所以炸弹也跟着稍微爬升了一下，然后由于重力，它们开始以一个优雅的抛物线轨迹飞向那座工棚。这时飞机减轻了一吨半的重量，快速地升上了一千英尺空中，然后以一百三十五度倾斜飞行，一直拉着操纵杆。狂风现在开始俯冲和转弯，回到了低空，回到了进来时的航路上。跟着他的海盗从他的头顶上方掠过，然后开始转向。

　　因为飞机的肚子下装有电视摄像机，所以海盗的领航员能看到炸弹击中了工棚的大门。工棚前面的整块地方熔成了一片火焰和浓烟，原来的工棚腾起一股尘柱。当沙尘开始回落时，彼得·约翰斯驾着第二架狂风进来了，跟在他的领导后面，相差三十秒钟。

那架海盗上的领航员看得更清楚。他刚才看见的动静现在有了端倪。有架高射炮露了出来。

"他们有A三角！"他喊道。第二架狂风在爬升。第二架海盗都看见了，被前面三颗炸弹炸成了碎片的那座工棚露出了内部结构，但同时从废车堆中吐出了防空高射炮炮火。

"炸弹投下了！"约翰斯叫道，并紧急拉动他的狂风进行最大的转弯。他的那架海盗也在迅速离开目标，但机身下的铺钉系统仍把光束照在工棚的废墟上。

"弹着！"海盗领航员尖声叫道。

废车堆中出现了火光的闪烁。两枚肩扛式萨姆导弹呼啸着追向第二架狂风。

威廉森已经从俯冲转弯拉平了机身，回到了沙漠上方一百英尺的低空，但朝着另一个方向，朝着初升的太阳。他听到彼得·约翰斯的叫声："我们中弹了！"

在他的身后，领航员锡德·布莱尔沉默着。威廉森愤怒地再次把狂风转过身来，心里想着也许还有机会用他的机炮去压住伊拉克的高射炮手。但是已经太晚了。

他听到了其中一架海盗说："他们下边有导弹。"接着他看见了约翰斯的那架狂风吃力地爬升着，起火的发动机后面拖着一股浓烟，他还听见了这位二十五岁的飞行员清楚地说着："栽下去了……弹射跳伞。"

对此，他们谁也无能为力。在以前执行任务时，海盗总是伴随狂风双双回家。可是今天，海盗只能自己返回了。两架海盗采取了最佳的措施：它们把机身紧贴着沙漠，迎着早晨的太阳一路飞回了家里。

洛夫蒂·威廉森怒火万丈，深信自己上当受骗了——有人向他说谎了。但是没人说谎；没人知道库拜隐藏着A三角和导弹。

在高空中，一架TR-1侦察机把目标遭毁的实时图片传回了利雅得。一架E-3哨兵已经听到了空中的全部通话，并向利雅得报告说他们损失了一架狂风的机组人员。

洛夫蒂·威廉森孤独地回到了家里，准备汇报任务执行情况，并把他的气出在利雅得的目标选择者身上。

在老机场路上的空军总部，史蒂夫·莱恩和奇普·巴伯获悉上帝的拳头已被埋葬在它所诞生的子宫里的喜悦心情，被两名年轻机组人员的损失全部冲淡了。

第十九章

追查叛徒

在巴格达曼苏尔区的安全机关大楼，反间谍局局长哈桑·拉曼尼准将坐在自己的办公室里，几近绝望地反思着最近二十四小时内发生的事件。

伊拉克的主要军事和军工生产中心，正在系统性地被炸弹和火箭所摧毁，但这并没有使他担忧。如同他几个星期前所预料的，这些进展只能加快美军入侵，促使来自提克里特的那个人尽早倒台。

这是他在计划的，渴望的和私下里期待的，在一九九一年二月的这天中午，他还不知道事情不会这样发展。拉曼尼是一个非常聪明的人，但他没有水晶球。

那天上午他关心的是他自己的生存问题，他能否活着看到萨达姆·侯赛因倒台的那一天。

头天黎明库拜这座精心伪装、无人知道底细的核工程工厂遭到轰炸，把巴格达的权贵精英们震惊得张大了嘴巴。

两架英国战斗轰炸机离开后几分钟之内，幸存下来的高炮手就向巴格达报告了袭击事件。听到出事后，贾法尔·阿尔贾法尔博士跳上汽车亲自赶赴现场，去察看在地下工厂里的工作人员。他气得火冒三丈，到中午时就悲愤地向侯赛因·卡米尔报告了。整个核项目都是由卡米尔领导下的工业与军工部主管的。

这位小个子科学家边向萨达姆的女婿报告边尖叫，在十年内总共五百亿美元的军费中，光是这个项目就已经花去了八十亿美元，而且在项目就要成功的关头被摧毁了。难道国家不能向他的工作人员提供保护吗？

这位伊拉克物理学家身高只有五英尺多一点点，长得像一只蚊子，但论及影响，他还是相当有威信的。

受到了责备的侯赛因·卡米尔去向他的岳父报告了。岳父大人也爆发了狂怒。这件事惊动了巴格达的高层统治集团。

在沙漠底下的科技人员幸免于难，而且逃了出来，因为那座工厂还建有一条狭窄的地道，通到半英里之外的沙漠底下，出口处是一个装着螺旋形扶梯的圆形竖井。工作人员就是由这条通道逃出来的，但那些沉重的机器设备是无法通过地道和竖井搬运出来的。

主升降机和货物升降机构从地面到二十英尺深处已经变形报废了。修复将需要几个星期——哈桑·拉曼尼怀疑伊拉克已经没有几个星期了。

假如这就是事情的结束，那么他倒能松一口气了，因为自从空袭前在总统府的那次会议上萨达姆宣布"他的"那件设备存在起，他一直忧心忡忡。

现在拉曼尼担忧的是他的国家领导人的愤怒。前一天刚过中午，副总统伊扎特·易卜拉欣就把拉曼尼叫过去了，反间局头头从来没见过萨达姆的这位亲信处于这么狂怒的状态。易卜拉欣告诉他说，热依斯也一样愤怒，而且在这种情况下，通常要有人付出流血的代价，只有这样才能使独裁者息怒。副总统解释说，他们期待着他——拉曼尼会得出结果，而且要快。"你说的结果，确切说是指什么？"他问易卜拉欣。"去找出来，"易卜拉欣向拉曼尼喊道，"他们是怎么知道的！"

拉曼尼与陆军中的朋友们联络过了。他们也刚刚与高炮手们谈过了。交上来的报告认为，英国人的袭击是两架飞机干的。上空另有两架，但他们认为那是在空中掩护的战斗机，肯定没有投下任何炸弹。

除了陆军，拉曼尼还与空军的作战参谋谈过了，其中有几个接受过西方培训。他们的意见是，对于具有重要军事意义的目标，英美决不会只派两架飞机来袭击。不可能。

这样的话，拉曼尼思考着，如果英国人认为废车场不是废旧金属堆场，那么他们认为它是什么呢？答案也许就在那两个被击落的机组人员那里。从他个人来说，他愿意亲自参加审问，深信只要用上一定剂量的致幻剂，他就可以使他们在几个小时内开口说话，而且说出来的是真话。

陆军已经证实，他们在空袭后三小时之内在沙漠里捕获了英军的飞行员和领航员，其中一人因为摔破了脚踝走起路来一瘸一拐。不幸的是，秘密警察已以极快的速度出现，并带走了那两名机组人员。谁也没去与秘密警察争论。所以那两个英国人现在落入了奥马尔·卡蒂布的手里，愿安拉对他们仁慈。

失去了从飞行员那里摸到情报的机会之后，拉曼尼明白他不得不从其他途径去挖掘。问题在于，是什么情报？唯一能满足热依斯的情报是他所需要的情报。那么他需要什么情报呢？嗯，应该是一个阴谋。他要查明那个阴谋。关键应该是那台发报机。

他拿起电话，拨了一个号码给莫森·泽伊德少校。他的这位部下是信号情报科的头头，肩负着截取无线电台发报的任务。该是他们再次谈一谈的时候了。

在巴格达以西二十英里处有一座小镇，名叫阿布格雷布。这是一个非常特殊的地方，虽然很少提到，但伊拉克全国上下都知道这个名字。因为在阿布格雷布有一座大监狱，在里面审问和关押的差不多全是政治犯。正因为如此，管理人员不属于全国监狱系统，而是秘密警察。

大约就在哈桑·拉曼尼打电话给他的信号情报专家之时，一辆长车身的黑色梅赛德斯–奔驰轿车开到了这座监狱的双道木门前面。两名警卫认出车内的乘客之后，赶紧跑过去把大门打开。还算及时，不然的话，车里的人也许会对他们使出什么残忍的手段来。

汽车驶进去，大门关上了。轿车后座的那个人对于警卫的努力，既没有点头也没有以手势作出什么表示。

在主办公楼的台阶前，轿车停下了，另一名警卫跑过来拉开了后车门。奥马尔·卡蒂布准将下了车，由于穿着裁剪得体的军服而显得很精干，他信步走上了台阶。一路上都有人为他匆忙地打开门。一名低级军官，他的副官，提着他的公文箱。

卡蒂布的办公室在五楼也就是顶楼。他乘电梯上去了。当办公室里只剩下他一个人时，他要了土耳其咖啡并开始阅读报告。这是今天刚刚送来的，是从关在地下室里的俘虏那里发掘出来的情报。

在表象之下，奥马尔·卡蒂布的内心与巴格达城里的同事拉曼尼一样焦虑。他极端厌恶拉曼尼，当然，对方对他也怀有同样的感觉。

拉曼尼受过部分英语教育，因而掌握了这门语言，且具有大都市人的风度，这就天生要受到猜疑。与拉曼尼相反，卡蒂布出身于提克里特——这是他能够得到信任的基本优势。只要他能把热依斯布置给他的任务完成好，只要源源不断地用阴谋者的供词去安慰那位永不满足的偏执狂，他就是安全的。

但刚刚过去的二十四小时是一个狂乱的时段。头一天他也接到了一个电话，热依斯的女婿侯赛因·卡米尔打来的。如同易卜拉欣对拉曼尼那样，卡米尔向他阐明了热依斯对库拜遭受轰炸的万丈怒火，并要求得到调查结果。

与拉曼尼不同，卡蒂布手里握有英国的飞行员。一方面，这是一个优势，另一方面，这也是一个陷阱。热依斯需要很快弄清楚，那些飞行员在开始执行任务前都知道什么，多国部队对库拜了解多少，以及他们是如何获得情报的。

现在要由他——卡蒂布，把这个情报搞出来。自头天晚上七点英国飞行员们被押解到阿布格雷布时起，他手下的人已经对他们审讯了十五个小时。

从他的窗户传进来下面院子里的一阵咝咝声，一记棍棒重击声和一次鞭子抽打声，卡蒂布迷惑地皱起了眉头，接着他想起来了，于是眉头又舒展开。

在他窗下的内院里，一个伊拉克人被吊在一个十字木架上，他的手腕被绑在木架上，脚尖离地四英寸。旁边有一只大水罐，里面盛满了盐水，原先是清澈的，现在已是深红色了。

经过院子的每一名卫兵和战士必须按照命令停下来，从水罐里提起两根藤条中的一根，向吊着的那个人后背抽上一鞭。附近遮篷下面有一名下士在计数。

那个愚蠢的家伙是市场里的一个摊贩，他因为说总统是婊子养的而被告发了。他现正在接受学习——虽然稍微晚了一些——学习公民们应该在任何时候都对热依斯表示尊敬。

有意思的是他仍活着。这显示了某些劳动者的耐力。那小贩已经经受了五百多下鞭打，这个记录已经很不错了。在一千下之前他会死去的，没人能够承受一千下，但能够坚持到现在也是够棒的了。另一件有意思的事是，那人还受到了他的十岁儿子的谴责。奥马尔·卡蒂布喝了一口咖啡，旋开自来水金笔的笔套，开始伏案工作。

半个小时以后，他的门上响起了轻轻的敲门声。

"进来！"他叫道，并抬起头来，露出了期待的目光。他需要好消息，而且只有一个人可以未经门外副官的请示而直接敲门。

进来的那个人身材粗壮，即使他自己的母亲也很难说他英俊，那张脸上布满了小时候出天花而留下来的深深的小坑。他关上门停住了脚步，等待着指示。

虽然他仅仅是一名中士，他那件脏兮兮的连裤工作服没有佩带中士的军衔，但他是卡蒂布准将作为同伴对待的极少数人中的一员。在这座监狱的所有工作人员中，唯有阿里军士可以应邀坐在卡蒂布面前。

卡蒂布朝一把椅子做了一下手势，并给了他一支烟。阿里中士点上烟，感激涕零地吐出一口烟雾；他的工作既艰巨又疲劳，这支香烟是令人欣慰的休息。卡蒂布能对一名这么低级的军人称兄道弟，因为他打心底里欣赏阿里。卡蒂布享有工作效率高的盛名，而他所信任的这位中士从来不曾使他失望过。阿里是一名真正的专家，工作时镇静，讲究方式方法，在家里是一位好丈夫，好父亲。

"怎么样？"他问道。

"英国领航员已经差不多了，只差一点点了，先生。飞行员……"阿里耸耸肩，"一个小时或者再多一些。"

"我提醒你，他们两人都必须精神崩溃。阿里，必须和盘托出。而且他们的供词都得互相一致。热依斯在指望着我们呢。"

"也许你应该来看看，长官。我认为再过十分钟你就可以得到答案了。先是领航员，然后当飞行员知道后，他也会跟着吐露的。"

"很好。"

卡蒂布站起身来，中士赶紧为他打开门。他们一起下楼，经过底楼后到了第一层地下室，电梯到了那里停住了。旁边有一条通道通往去第二层地下室的楼梯。沿着通道是一扇扇铁门，在铁门后面，蹲在肮脏的地上的是七名美国飞行员，四名英国的，一名意大利的，还有一名科威特的天鹰飞行员。

再往下一层还有更多的牢房，其中两个关着人。卡蒂布通过第一间牢房门上的窥视孔观察里面的动静。

一只没有罩子的电灯泡照亮了牢房，四周的墙上沾着已经变硬了的粪便痕迹和陈旧的血迹。在房间中央的一把塑料办公椅上坐着一个男人。那人几乎衣不蔽体，在他的胸膛上有好几处呕吐物、鲜血和唾液的污垢。他的双手被反铐在身后，脸上蒙着一块没有孔的黑布。

两名穿着与阿里中士类似工作服的秘密警察站在那人的两旁，他们都在用手抚弄着一条一码长、涂上了沥青的塑料管，这样能增加重量但不会减少灵活性。他们靠边站着，在休息。显然，在此之前他们在集中精力折磨俘虏的小腿和膝盖，现在那里已经皮开肉绽变成青黄色了。

卡蒂布点点头走到了隔壁的牢门前。通过窥视孔他能够看到第二个囚徒没被蒙上脸。一只眼睛已经完全闭上了，从眉头到脸颊一片血肉模糊。当他张开嘴巴时，露出了两颗牙齿被打落的窟窿，一股冒着泡沫的鲜血从破了的嘴唇流了出来。

"泰恩，"领航员轻声说，"尼基·泰恩。上尉。5010968。"

"是那个领航员。"军士对卡蒂布耳语着说。

卡蒂布回过头来也耳语着说:"我们的人谁会讲英语？"

阿里指点了一下左边的那个人。

"把他带出来。"

阿里进入囚室,把其中一个审讯员带了出来。卡蒂布对那人说了一番阿拉伯语。那人点点头,再次进入牢房,把领航员的脸蒙住。这时,卡蒂布才允许两扇牢门都打开。

那个会讲英语的人俯身凑向尼基·泰恩的头部,开始隔着蒙脸布说话。他的英语带有浓重的口音,但能让人听得懂。

"好吧,上尉,就这样吧。对你来说,现在结束了。再也不会有惩罚了。"

年轻的领航员听到了这些话,他的身体似乎宽慰地松弛了下来。

"但是你的朋友,他就不那么幸运了。他现在快要死了。我们可以送他去医院治疗,让医生、护士为他服务,给他需要的一切;或者我们也可以结束这项工作。全由你作出选择。你告诉我们,我们就停下来并把他送进医院。"

卡蒂布对着廊道下边的阿里中士点点头。阿里进入了另一间囚室。从敞开着的房门传来塑料管子抽打在赤裸胸膛上的噼啪声。接着飞行员尖声叫了起来。

"好吧,是炮弹！"领航员尼基·泰恩隔着头罩喊了出来,"快住手,你们这帮坏蛋！那是一座弹药库,储存着毒气炮弹……"

殴打停止了。阿里喘着粗气,从飞行员的牢房出来了。

"您真是一位天才,准将先生。"

卡蒂布谦虚地耸耸肩。

"千万不要低估英国人和美国人的多愁善感。"他告诉他的学生,"现在去叫译员来。把所有细节都记录下来,一点一滴都要。

记录稿出来后送到我的办公室去。”

回到自己的房间后，卡蒂布准将亲自给侯赛因·卡米尔打了一个电话。一小时之后，卡米尔给他回电了。他的岳父高兴了，要召集一次会议，很可能就在晚上。奥马尔·卡蒂布应该随时等候会议通知。

那天晚上卡里姆又在逗爱迪丝玩了，柔和地，善意地，这次问的是关于她的工作。

“亲爱的，难道你对银行里的工作不感到厌倦吗？”

“不，这是一项有趣的工作。你为什么要这样问？”

“哦，我也不知道。我只是不明白你怎么会认为银行工作有趣。对我来说，这是世界上最令人厌倦的工作。”

“嗯，不是那样的。确实有趣。”

“好吧。哪方面有趣呢？”

“你知道，操作账户，进行投资，这一类事情是重要的工作。”

“胡说。无非是对着许多人说‘早上好；是的，先生；不，先生；当然了，先生’这一类话，并为兑付一张十五先令的支票而忙里忙外。太无聊了。”

他仰卧在她的床上。她走过来与他躺在一起，并拉起他的一条手臂搭在她的肩上，这样他们可以抱在一起了。她喜欢拥抱。

“卡里姆，你有时候真是疯狂。可我爱你的疯狂。温克勒银行不是签发银行，而是一家商业银行。”

“这有什么区别？”

“我们没有支票账户，没有带着支票簿的客户进进出出。我们的银行不是那样运作的。”

“那么你们没有钱，没有客户？”

"我们当然有钱，但都是储蓄账户。"

"我可是从来没有那种账户，"卡里姆承认说，"只是一个小小的现金账户。我喜欢使用现金。"

"当金额达到上百万时就不能使用现金了。会失窃的。因此要把钱放进一个银行并用它进行投资。"

"你的意思是说格穆利希老头在操作千百万元？全是他人的金钱？"

"是的，几百万，几千万，几亿。"

"是奥地利先令还是美元？"

"美元，英镑。几百万，几千万。"

"嗯，我的钱可不能托付给他。"

她吃惊地坐起身来。

"格穆利希先生是绝对诚实可靠的。他做梦也不会有非分之想。"

"他也许不会，可其他人就说不准了。这样，我举个例子，我认识一个人，他在温克勒银行里有一个账户。他的名字叫施密特。一天，我走进银行说：早上好，格穆利希先生，我的名字叫施密特，我在这里有一个账户。他查看了账本后说：是的，你是有一个账户。于是我说：我想把钱全都提取出来。然后真正的施密特来到了，但账户已经空了。所以说现金对我来说更为安全。"

对他的天真无知，她哈哈大笑起来，把他按倒在床上并咬着他的耳朵说："这是行不通的。格穆利希先生很可能原先就认识你说的那位施密特。不管怎么说，施密特先生必须亮明自己的身份。"

"连护照都能伪造。那些讨厌的巴勒斯坦人一直在从事那样的行当。"

"而且他还需要一份签名，这个签名银行原先留有一个样本。"

"那么，我可以练习仿冒施密特的签名。"

"卡里姆，我想你有一天会成为一名罪犯的。你真坏。"

想到这一点，他们都咯咯笑了起来。

"不管怎么说，如果你是一个外国人，住在国外，你很可能需要一个编号账户。这种账户是绝对攻不破的。"

他支起一条胳膊肘俯视着她，他的眉头皱了起来。

"那是什么呀？"

"编号账户吗？"

"嗯。"

她解释了编号账户的运作。

"那真是疯了。"当她作完解释后，他马上发表意见，"任何人都可以进来，声称拥有这个账户。如果格穆利希从来没有见过那位户主的话……"

"还有证明程序，白痴。非常复杂的代码，写信的方法，落款签名的某种方式等等，以此来证明那个人确实是账户的户主。除非这一切都与信中的要求相符，要不然格穆利希先生是不会提供合作的。所以，假冒是根本行不通的。"

"他肯定有惊人的记忆力。"

"噢，你这个人真是愚不可及。这全都是写下来的。你准备带我出去吃晚饭吗？"

"是吗？"

"我想是的。"

"哦，好吧。可我想先来一道正餐前的开胃小菜。"

她有点惊奇："行，点一份吧。"

"我点的是你。"

他伸出手去抓住她那狭窄的内裤的裤腰，勾着手指把她拉回到了床上。她兴奋地咯咯笑着。他翻起来压到她身上开始亲吻起来。突然，他停下来。她看上去吃了一惊。

"我知道该怎么办了，"他喘着气说，"我要去雇一个撬保险箱的人，撬开格穆利希老头的保险箱，看一看那些代码。然后我就可以冒领他人的钱财并且逃之夭夭了。"

还好他没有改变做爱的主意，她轻松地笑了起来。

"不行的。嗯……刚才那个……再来一下。"

"能行的。"

"啊……不行的。"

"能行。一直听说有保险箱被人撬开。报纸上天天都有报道。"

她把手探索到他两腿之间，眼睛睁大了。

"哦，这都是给我的吗？你真可爱，这么大，这么强壮，卡里姆，我爱你。可是格穆利希老头，你这么称呼他，要比你聪明一点点……"

一分钟之后，她再也不去介意格穆利希到底有多聪明了。

当摩萨德特工在维也纳做爱时，在巴格达，当时间临近午夜，二月十一日接近十二日时，麦克·马丁架起了他的卫星天线。

这时候，距预定的二月二十日地面战只有八天时间了。在伊拉克边境南部，沙特阿拉伯的北部沙漠史无前例地集结了难以计数的大量人员、部队、大炮、坦克和备品。

残酷无情的空袭仍在继续着，霍纳将军原先那份清单上的大部分目标已经受到了打击，有的受到了两次或者多次打击。虽然因为短命的飞毛腿袭击以色列而插入了一些新的目标，但空袭的总体计划回到了原先的轨道。每一座已知的生产大规模杀伤性武器的工厂已被砸得粉碎，因耶利哥的情报而新增的十二个目标也被摧毁了。

作为一支有生力量，伊拉克的空军实际上已经不存在了。如果伊军的截击战斗机胆敢升空与多国部队的战鹰、大黄蜂、雄猫、猎隼、幻影和美洲虎展开空中搏斗，那么它们极少能够返回基地，而且到了二月中旬它们甚至根本不想作这种尝试了。一些精英的战斗机和战斗轰炸机已经故意飞到了伊朗，在那里它们立即遭到了扣押。其他作战飞机仍在它们的混凝土掩体内遭到摧毁，或者在露天被撕裂。

在盟军的最高指挥部里，司令员们不明白为什么萨达姆·侯赛因要把他的精华作战飞机送给他的宿敌伊朗。原因在于，萨达姆坚信过一段时间该地区的每一个国家别无选择只得在他面前俯首称臣，他早晚将会取回他的作战机队。

到现在这个时候，伊拉克全国各地几乎没有一座桥梁仍完整无损，没有一座电厂仍能发出电力。

到二月中旬，多国部队日益加强的空袭，正在打击驻扎在科威特南方以及科伊边境线上的伊拉克陆军部队。

从东西走向的沙特方边境，至巴格达—巴士拉公路，大胖丑八怪们正对伊军的炮兵、坦克兵、步兵以及火箭发射架阵地实施狂轰滥炸。美军的A-10雷电——就是因为其在空中的尊容而获得"飞翔的疣猪"诨名的攻击机，也随心所欲地在空中徘徊着，施展着它们的特长——摧毁坦克。战鹰和狂风也在执行打击坦克的任务。

在利雅得的盟军将军们所不知道的是，伊拉克的四十处专门用于大规模杀伤性武器的主要设施仍隐藏在沙漠或深山底下，还有西克斯科空军基地仍然完整无损。

自从库拜的那家工厂被埋葬之后，了解内情的四名将军，与驻扎在利雅得的中情局和秘情局情报官，心情都稍轻松了些。

这种心情也反映到了那天夜晚麦克·马丁收到的那份简短的

电报之中。在利雅得的管理员们首先向他通报了狂风的成功奇袭，虽然损失了一架飞机。电文继之表扬他在可以离开之后仍留在巴格达，使整个任务得以圆满完成。最后，这个行动应该没有其他事了，要给耶利哥发去最后一个信息，其大意是盟军向他表示感激，且他的酬金已经付给他了，相互间的联系待战后重新建立。然后，又告诉马丁说，他确实应该在还有机会时逃到沙特阿拉伯的安全地区去。

马丁关闭发报机，收起来后放进地洞里，然后躺到床上。有意思，他想道。盟军不会到巴格达来了。那萨达姆怎么办？难道消灭萨达姆不是最后的目标吗？看来事情发生了变化。

假如麦克·马丁知道在不到半英里的安全机关总部里此刻正在商谈的事，那么他恐怕会睡不着觉了。

一般衡量一个技能有四个等级——合格、良好、优秀和天才。最后一个等级其实已经超越技能本身，升华到对技术知识天生的感觉，一种本能或第六感，对某个专业或机器的书本上学不到的直觉。

在无线电专业中，莫森·泽伊德少校是一位天才。年轻的他配上一副猫头鹰般的眼镜之后，更平添了一份学者的气质。泽伊德靠无线电技术吃饭、生活和呼吸。他的居室里堆满了西方最新出版的专业杂志，当他得知一件能提高工作效率的新设备时，他就会提出申请。因为反间谍局局长哈桑·拉曼尼知道这个人的价值，于是想方设法为他搞来这种新设备。

刚过午夜，这两个人坐在拉曼尼的办公室里面。

"有什么进展吗？"拉曼尼问。

"我想是有的。"泽伊德回答，"他出现了，是的，毫无疑问。麻烦在于，他使用的是几乎无法捕获的噼啪声传送。发报速度非常之快，几乎不可截取，但也不尽然。只要用上技术和耐心，有时候也能发现一两次，即使那种噼啪声只延续几秒钟长度。"

"你已经接近到了什么地步？"拉曼尼问。

"嗯，我已经追踪到发射频道处于超高频中一个相当窄的波段，这样以后的进一步工作就容易得多了。几天前，我碰到了好运气。当时我们在机会极小的一个窄波段里进行监听，而他发报了。你听。"

泽伊德取出一台磁带录音机，按下了"播放"按钮。办公室里充满了一种杂乱的声音。拉曼尼被搞糊涂了。

"就这个？"

"当然，这是经过扰频处理的。"

"那当然，"拉曼尼说，"你能把它破译出来吗？"

"几乎肯定不能。这是通过一片单一的硅晶片进行扰频的，里面含有复杂的微电路技术。"

"无法解码吗？"拉曼尼感到很失望。泽伊德生活在他自己的世界里，说他自己的语言。他已经在尽他最大的努力试图用浅显的语言向他的指挥官解释了。

"这不是一个密码。要把这种杂乱的声音转换成原先的说话声，需要一片类似的硅晶片。其排列组合可以多达几亿个。"

"那还有什么意思？"

"有意思的是，先生，我已经测定了它的一个方位。"

哈桑·拉曼尼激动地向前靠了过去。

"一个方位？"

"我测到的第二个了。你猜怎么着？那份信息是在午夜时拍发的，就在库拜被炸之前三十个小时。我的猜测是，那座核工厂的详细情况都在电文里面。还有……"

"说下去。"

"他就在这里。"

"这里？巴格达？"

泽伊德少校笑着摇了摇头。他在卖关子。他想得到表扬。

"不，先生，他就在这里的曼苏尔区。我能把他定位在一块两公里乘两公里的面积之中。"拉曼尼飞快地思考着。已经接近了，非常接近了。这时电话铃响了起来。他听了一会儿，然后搁下电话站起身。

"我要去开会。最后一件事情，再截听多少次你才能够确定它的精确方位？譬如精确到一个街区，或者甚至是一座房子？"

"运气好的话，再一次就够了。第一次我也许截听不到他，但我认为只要截听到一次我就能够找到他。但愿他会发一份长信息，向空中发送几秒钟。这样我就可以给你一块一百米乘一百米的面积。"

当拉曼尼下楼走向等待着他的轿车时，激动地喘着粗气。

他们分坐两辆窗户封黑的大客车去参加由热依斯召集的会议。七名部长坐一辆车，六名将军和三名情报局头子坐另一辆车。没人看见他们去哪里，坐在挡风玻璃后面的司机也只是跟着一辆摩托车行驶。

最后汽车在四周有围墙的一个院子里停住，第二辆客车上的那九个人才可以下车。过去了四十分钟，一直是直线行驶的。拉曼尼估算他们处在离巴格达约三十英里的乡下。这里没有交通的噪声，借着天上的星光隐约能看见一幢大别墅，窗户一片漆黑。

到了主客厅里面，七名部长已经等在那里了。将军们静静地在指定的位子上坐了下来。国外情报局局长乌贝蒂博士、反间谍局局长哈桑·拉曼尼和秘密警察局局长奥马尔·卡蒂布，由卫兵们引导着，坐到了热依斯对面的三个座位里。

几分钟之后，会议召集人进来了。他们全体起立，然后是让他们坐下的手势。对一些人来说，自上次见到总统之后已经过去了三个多星期。他看上去苍老了，眼袋和脸上的赘肉加重了。

萨达姆·侯赛因开门见山，直奔这次会议的主题。已经发生了一次空袭轰炸——他们全都知道了这件事，即使有些人在空袭前不知道有库拜这个地方，现在也知道了。

这个地方是绝对机密，伊拉克举国上下仅十几个人知道其确切位置。但它遭到了轰炸。除了那些蒙着眼睛或者乘坐密不透光的交通工具进去过的人，全国只有最高层人士，以及少数几名项目专业技术人员去参观过该地方。但它遭到了轰炸。

房间里一片沉寂，那是恐惧的沉寂。将军们——步兵的拉迪，装甲兵的卡迪里，炮兵的利达，工程兵的穆苏里，以及共和国卫队司令和总参谋长——全都凝视着他们身前的地毯。

"我们的同志，奥马尔·卡蒂布，已经审讯了那两个英国飞行员。"热依斯拖长声音说，"现在由他来解释一下发生的事情。"

没人敢去盯视热依斯，但现在所有的眼睛齐刷刷地投向了奥马尔·卡蒂布那骨瘦如柴的身体。"折磨者"的目光保持在房间对面的国家领导人的身体中段。

"那两个飞行员已经吐露了，"他平静地说，"他们已经全部说出来了。他们的中队长告诉他们说，多国部队飞机见到过卡车和军车在某个废汽车堆场进进出出。由此，狗的儿子认为那个堆场是一个伪装起来的军火库，专门储存毒气炮弹。它没被当作主要目标，没想到那里会有防空武器。所以只派出两架飞机来执行空袭任务，另两架在它们上空标定目标。没有派护航飞机来压制A三角，因为没想到那里会有高射炮。他们——那个飞行员和领航员只知道这些。"

热依斯朝法罗克·利达将军点点头。

"是真是假，法罗克？"

"这种说法合乎逻辑，赛义德热依斯。"这位高炮和萨姆导弹基地的统帅说，"他们会先派出导弹战斗机攻击防空设施，然后由轰炸机实施对目标的轰炸。他们一直是那样做的。对于一个重要目标，只派两架飞机而不提供掩护，是从来没有发生过的。"

萨达姆思索着这个回答，他那双黑眼睛丝毫也没有显露他内心的想法。这是他能够镇住这些人的其中一个法宝；他们根本不知道他会作出何种反应。

"有没有这种可能，卡蒂布，那些人对你隐瞒了一些事情，他们还有话没有说出来？"

"不，热依斯。他们已经被迫……提供全面合作。"

"那么，这件事就这样结束了？"热依斯静静地问道，"这只不过是一次不幸的巧合？"房间里的人频频点头。

当他的尖叫响起来时，他们全都吓坏了。

"错了！你们全都错了！"

在一秒钟之内那声音即回落到一种平静的耳语声，但恐惧感仍滞留着。他们全都知道，那轻柔的声音往往是最可怕的发泄和最野蛮的惩罚的前奏曲。

"那里没有卡车，没有军车。这只是告诉飞行员的一个借口，以免万一他们被抓住。应该还有其他原因，难道没有吗？"

尽管开着空调，但他们大多数人却在冒汗。有史以来，这种事情总是这样，当部落的暴君召来一名巫师，整个部落的人群围坐在那里，大家的心里在发毛，唯恐自己被那条巫术棒点到。

"有一个阴谋，"热依斯耳语着说，"有一个叛徒，他在对我搞阴谋。"他沉默了好几分钟，让他们颤抖。当他再次说话时，他是向着房间另一头他对面的三个人说的。

　　"找到他。找到他并把他带到我这里来。他应该为这种罪行受到惩罚。他和他的全家。"然后他匆匆走出房间，后面紧紧跟着他的贴身保镖。剩下来的十六个人甚至都不敢互相观望，不敢对视。会有人头落地。没人知道到底是谁。每个人都在为自己担惊受怕。

　　其中十五个人保持着与最后那个人的距离，那就是巫师，也就是他们称为折磨者的那个人——奥马尔·卡蒂布，他将去实施人头落地。

　　哈桑·拉曼尼也保持着沉默。现在还不到汇报无线电截听的时候。他的行动是准确的、敏锐的，是根据真正的情报侦察。只是到了最后，他才会需要秘密警察去根据他的调查结果实施抓捕行动。

　　部长们和将军们怀着恐惧的心情离开别墅，回到夜色之中，回到他们各自的工作岗位去了。

　　"格穆利希没有把文件放在办公室的保险箱里。"第二天上午吃早饭时，阿维·赫尔佐格，化名卡里姆，向特工队长吉迪·巴齐莱汇报说。

　　这次会面是安全的，是在巴齐莱自己的公寓里。一直等到爱迪丝·哈登堡去银行上班之后，赫尔佐格才从一个公用电话亭里打电话，安排汇报的时间和地点。刚打完电话没多久，耶里德特工组就来到了，护送着他们的同事去会面地点，并确保他没有受到跟踪。假如他的身后有一条尾巴，那么他们就会发现。这是他们的特长。

　　吉迪·巴齐莱从放满食物的桌子上方俯身向前靠了过去，他的眼睛发亮了。

"干得好，小伙子。那么现在我知道了他没把账户代码放在保险箱，那么，放在哪里？"

"他的办公桌里。"

"办公桌？你疯啦？办公桌谁都可以撬开。"

"你见过吗？"

"格穆利希的办公桌？没见过。"

"显然这张办公桌很大，很华丽，很古老，是一件真正的古董家具。它里面有一个暗盒，是由原先的家具工人制作出来的。暗盒设置得很隐蔽，很难找到，因此格穆利希认为它比任何保险箱都更保险。他相信盗贼也许会奔向保险箱，但决不会想到办公桌。即使盗贼去翻弄办公桌，也决不会发现那个暗盒。"

"她不知道暗盒设置在哪里吗？"

"不知道。她从来没见过暗盒打开。格穆利希要存取文件时总是先把办公室的门锁上。"

巴齐莱想了一会儿。

"狡猾的老狐狸。我自己的钱决不会这么托付给他。但他也许是对的。"

"我现在能从这件风流韵事中撤出来了吗？"

"不，阿维，还不能撤。如果你没搞错，那么你干得很漂亮。但还是要继续下去，继续扮演情人的角色。如果你现在消失，她会想起你最后说过的话，把两者联系起来后，她会起疑心的。与她保持接触，继续谈情说爱，但再也不要谈及银行的事情。"

巴齐莱认真思考着下一步行动。维也纳的特工队员中没人见过那只办公桌，但另外有一个人见过。

巴齐莱给特拉维夫的科比·德洛尔局长发去了一封加密电报。那位私家侦探被叫来了，还有一位画家。

私家侦探并不是万能博士，但他有一项惊人的技能：照相机般的记忆力。整整五个多小时，他坐在那里，闭着眼睛，让他的思绪返回到他扮演纽约律师与格穆利希先生会面时的情景。当时他的主要任务是寻找门窗上的警报器，墙上的保险箱，绷紧的警报线……总而言之，能保证办公室安全的一切装置。这些东西他已经注意到了，也已经汇报了。那张办公桌并没有引起他太多的注意。时隔几个星期，坐在索尔国王大道地下室的一个房间里，他可以闭上眼睛重现当时的情景。

　　他把那张办公桌的样子一根线条接一根线条地说给画家听。时不时地，私家侦探看一眼图画，做一些修正后继续描述下去。画家用细钢笔画出了这张写字台，又用水彩颜料着了色。经过五个小时，在一张精美的图画纸上，画家把沃尔夫冈·格穆利希在温克勒银行办公室里的那张写字桌准确地描绘出来了。

　　这张图画装进外交邮袋后，从特拉维夫寄到了以色列驻奥地利大使馆。两天之内，吉迪·巴齐莱取到了图画。

　　在此之前，通过核查整个欧洲的沙燕名单，摩萨德获悉在巴黎拉斯帕伊尔大道上有一位古董商沙燕，名为米歇尔·勒维先生，是欧洲大陆著名的古典家具专家。

　　直到二月十四日夜晚，也就是巴齐莱在维也纳收到那幅水彩画的同一天，萨达姆·侯赛因才又召开了一次部长们、将军们和情报局长们参加的会议。

　　会议又是在秘密警察局局长奥马尔·卡蒂布的要求下召开的，此前他已经把他成功获得的消息通过总统女婿侯赛因·卡米尔传了过去；会议又是在半夜里，在一座别墅里举行。

　　热依斯一进入房间即做手势让卡蒂布汇报他的发现。

"我能说什么呢，赛义德热依斯？"秘密警察局头子举起双手然后又放下来，以此表示出他的无能为力。这是否定自己、抬高领导的一项上乘表演。

"热依斯，您与以往任何时候一样是正确的，我们大家都错了。轰炸库拜事件确实不是偶然的。确实有一个叛徒。已经找到了。"

房间里响起了一阵奉承拍马的惊讶的嗡嗡声。坐在直背软垫椅子里背对着墙壁的热依斯微笑了，他伸出双手示意这阵没必要的掌声可以停下了。掌声是停下来了，但不是很快。

我不正确过吗？那笑容在这么说。难道我不是永远正确吗？

"你是怎么发现的，卡蒂布？"热依斯问道。

"这是好运气加上侦察工作。"卡蒂布谦虚地承认道，"至于好运气，正如我们所知，是安拉的礼物，安拉在向我们的热依斯微笑。"

房间里响起了一片赞同声。

"在贝尼纳吉的轰炸机进攻的前两天，我们在一条路边建立了一个交通检查点，是我手下的人员例行的现场检查，查找开小差的逃兵，违禁物品的动向等……车辆的牌照号码也都记录下来了。

"两天前我翻阅了记录，发现大多数车辆是本地的面包车和卡车。但其中有一辆昂贵的轿车，挂的是巴格达的牌照。车主被追查到了，是一个可以参观库拜的人。但经电话查核，确认他没去参观过该设施。那么，我感到纳闷，他为什么要在那个地区呢？"

哈桑·拉曼尼点点头。如果他没说谎，这倒是认真的侦察工作。而且不是卡蒂布通常依赖的暴力手段。

"那么他为什么要在那里？"热依斯问。

卡蒂布停顿了一下，好让他说过的话印入与会者的脑海里。

"要标记废车场在地面上的精确位置，要确定其与最近的地面标志的距离，以及准确的罗盘方位，也就是空军能找到它所需的一切资料。"

房间里大家不约而同地透出了一口气。

"但这些是后来知道的，赛义德热依斯。首先我请那人到秘密警察局来坦率地谈一谈。"

卡蒂布的思绪游离到了秘密警察局总部地下室——也就是被称为体育馆的地下室里，那番坦率的谈话。

习惯上，奥马尔·卡蒂布总是让他的部下去进行审讯，他自己宣布刑罚并监督其结果。但因为这件事相当敏感，于是他亲自完成了审讯任务，禁止所有其他人员进入隔音门。

从囚室的天花板突出来两只铁钩，相距一码，从钩上垂下来两条短链，拴在一条木头上。他抓来的嫌疑犯两只手腕被绑到木条的两端，这样吊在木条下，双臂相隔一码。因为手臂不垂直，所以张力增加了许多。

犯人的双脚离地四英寸，两个脚踝被缚在另一根一码长的杆子上。这样，囚徒呈X形吊挂着，身上的所有部位都充分暴露出来，而且他被吊在房间的中央，从各个方向都可以向他发动攻击。

奥马尔·卡蒂布把粘着血块的藤杖放在旁边的一张桌子上，走到了那人前面。犯人受到前五十下杖击而发出的狂叫声已经停止了，正喃喃地哀求着，看样子快要死去了。卡蒂布盯着他的脸。

"你是一个笨蛋，朋友。你可以轻松地结束这种刑罚。你已经背叛了热依斯，但他却很仁慈。我所需要的就是你的供词。"

"不，我发誓……看在安拉的份上，我没有背叛任何人。"

然后那人像孩子般地哭了起来，痛苦的泪水从他的脸颊上流了下来。他是软弱的，卡蒂布注意到了；不需要很长时间。

"不，你已经背叛了。安拉-乌特-库布——你知道它的意思吗？"

"当然了。"那人抽噎着说。

"那么你知道它存放在什么地方吗？"

"知道。"

卡蒂布抬起膝盖，猛顶对方暴露在外的睾丸。那人想缩起身子，但没法收缩。他呕吐了，呕吐物沿着赤裸的身体下滑，从阴茎头滴淌下来。

"知道……什么？"

"知道，赛义德。"

"好吧。那么，我们的敌人不知道上帝的拳头藏在哪里喽？"

"不知道，赛义德，这是一个秘密。"

卡蒂布扬手在吊着的那个人脸上扇了一记耳光。

"马尼乌克，肮脏的马尼乌克，那为什么今天上午黎明时敌机对它进行了轰炸，把我们的武器摧毁了？"

那人睁大了眼睛，惊诧取代了侮辱和羞耻。马尼乌克在阿拉伯语中是同性恋中扮演女性角色的男人。

"那是不可能的。只有极少数人知道库拜……"

"但敌人知道了……他们已经把它摧毁了。"

"赛义德，我发誓，这是不可能的。他们决不会找到它。把它建起来的人——巴德里上校，把它伪装得太巧妙了……"

审讯又继续了半个小时，直至得出了不可避免的结果。

卡蒂布的思绪被热依斯本人打断了。

"那么他是谁，这个叛徒？"

"工程师萨拉·西迪基博士，热依斯。"

房间里的人都倒抽一口气。总统缓慢地点点头，好像他一直在怀疑那个人似的。

"能否问一声，"哈桑·拉曼尼说，"那个叛徒在为谁工作？"

卡蒂布恶狠狠地盯了拉曼尼一眼。

"这个他没有说，热依斯。"

"但他会说的，他会说的。"总统说。

"热依斯，"卡蒂布轻声说，"恐怕我应该报告一下，在供认到这一点时，那叛徒死了。"

拉曼尼不顾礼节地站了起来。

"总统先生，我要抗议。这是重大的工作失职。那叛徒必定有与敌人的联系渠道，把他的情报送出去。现在我们永远不得而知了。"

卡蒂布怒目盯了他一眼，这使拉曼尼回想起小时候在哈特利先生的学校里读过的吉卜林的小说，里面描写的那条金环蛇咝咝响着发出"当心，近我者死"的警告。

"你有什么要说的？"热依斯问道。

卡蒂布急了："热依斯，我能说什么呢？我的部下爱您如同亲生父亲，不，甚于亲生父亲。他们愿为您而死。当他们听到了这种肮脏的叛逆行为……他们的审讯过火了一点。"

屁话连篇，拉曼尼想到。但热依斯在缓慢地点头。这是他爱听的话。

"这是可以理解的，"热依斯说，"这些事情是会发生的。而你，拉曼尼准将，你批评了同事，那么你自己取得了什么成就？"

拉曼尼没有被称作拉菲克，即同志。他不得不倍加小心。

"我们找到了一台发报机，热依斯，在巴格达。"

他把泽伊德少校告诉他的情况作了汇报。他想加上最后一句，

"再有一次发报,如果我们能再截取一次,我想我们就能抓住间谍了",但他决定这句话可以留待以后再说。

"既然叛徒已经死了,"热依斯说,"我现在可以把两天前我还不能说的事情透露给你们。上帝的拳头没有被摧毁,没有被埋葬。在空袭前二十四小时,我下令把它转移到了一个安全的地方。"

花了好几秒钟时间鼓掌声才平息下来,内层委员会成员们对领导人的英明表示了无限的崇敬。

热依斯告诉他们,那件设备已经运去了要塞,也就是喀拉,其具体地点与他们无关。在美军士兵踏上神圣的伊拉克国土的那一天,它将从喀拉发射出来,从而改变历史。

第二十章

秘密电台

英国的狂风在库拜没有击中真正目标的消息，使代号耶利哥的人大吃一惊。他只得随同所有其他人一起站起来，向热依斯热烈鼓掌以示崇敬。

在与其他将军一起搭乘黑窗户客车返回巴格达市中心的路上，他静静地坐在车后，陷入了沉思。

这件设备现在藏到了别处，在一个叫喀拉的地方，也叫要塞，这是他从来没有听说过的，他也不知道其具体地点。至于这件设备一旦使用也许会造成许多人死亡，他并不关心。

他关心的是他自己的处境。三年来他冒着暴露、毁灭和惨死的风险，背叛了自己国家的统治集团。他的动机不光是在国外积聚一大笔财富；他在国内通过巧取豪夺也能收敛大笔钱财，尽管也同样要冒风险。

他的动机在于想去国外定居，由他的外国付费人为他办妥一个新的身份，并保证他的安全，避开复仇暗杀小组，开始新生活。他

494

曾经看到有些人偷了钱后远走高飞，但却一直提心吊胆，直至有一天伊拉克的复仇者找上门来。

他——耶利哥，既需要财富也需要安全，这就是为什么他愿意让他的操纵人从以色列人换成美国人。美国人会照顾他的，会按约定给他搞一套新的身份，允许他成为另一个国家的另一个人，为他在墨西哥的海滨买一座别墅，让他在那里过上一种舒适、安逸的生活。

现在事情发生了变化。如果他保持沉默，而那件设备使用了，那么美国人会认为他对库拜的事说了谎。实际上他没说谎，但在盛怒之下，他们决不会相信他。不管是真是假，美国人会冻结他的账户，整个事情会变得竹篮打水一场空。他不得不报告他们出了差错。再冒一点点风险，事情就会全部结束了——伊拉克会被打败，热依斯会下台，而他——耶利哥，也就会离开那里远走高飞了。

回到私人办公室后，他把情报写了下来，与往常一样，也是写在折叠起来体积很小的薄纸上。他解释了那天晚上的会议；他发出上次信息的时候，那件设备仍在库拜，如同他说的，但四十八小时之后当狂风袭击时，它已被转移了。那不是他的过错。

他继续说出他知道的一切：有一个叫要塞的秘密地点，那件设备就在那里，而且当第一批美军跨过边境进入伊拉克时，它会从喀拉发射出来。

刚过午夜不久，他驾着一辆没有标记的小汽车进入了巴格达的小街小巷。没人来查问他，也没人敢查问他。他把情报塞进了阿布纳华斯街旁一个老院子的一块地坪石下面，然后在基督教区的圣约瑟夫教堂后面做上了一个粉笔记号。这次的粉笔记号有点不同。他希望那个未曾谋面的人速来取情报，不要浪费时间。

麦克·马丁在二月十五日上午一大早就离开了苏联人的别墅。

俄罗斯厨师交给了他一张写得满满的购物清单，要完成采购任务相当困难。食品已经发生短缺。原因不是农民，而是运输问题。大多数桥梁已被炸塌。伊拉克中部平原贯穿着河流，为巴格达郊区的农田提供灌溉。但由于现在过河需付渡费，农民们待在家里不肯进城来了。

碰巧的是，马丁是从舒尔贾的香料市场开始采购的，然后骑车绕到圣约瑟夫教堂后面的巷子。当他看见那个粉笔记号时，他的心抽紧了。

在这道墙上的标记总是一个横着写的8字，并在两个圆圈的连接处加上短短的一横。但他原先已经提醒过耶利哥，万一有紧急情况，这短短的一横应该换成两个小十字，分别写在8的两个圆圈内。今天的记号显示有两个小十字。

马丁奋力蹬车来到阿布纳华斯街旁边的那个院子里，等到四周没有人时，他与往常一样蹲下来系鞋带，一只手悄悄地伸进隐藏处，找到了那张小纸条。中午时分他回到别墅里，向已经等得不耐烦的厨师解释说他已经尽了最大的努力进行采购，但今天食物进城比以往晚。他下午还会出去购买的。

当读到耶利哥的信息时，他马上就明白为什么那人会处于慌乱之中。马丁自己起草了一份电文，向利雅得解释说他现在觉得只能自己接手，做出自己的决定。已经没有时间等待利雅得召开会议并进一步交流信息了。对他来说最糟糕的消息是，耶利哥告诉他，伊拉克的反间谍机构已经知道了有一台非法发报机在拍发嘬啪响的电报。他不可能知道他们已经追查到了哪一步，但他只得假定不能再与利雅得交换冗长的电报了。因此他必须自己作出决定。

马丁对着录音机先用阿拉伯语读出耶利哥的信息，接着是他自己的翻译。他加上自己的汇报，准备拍发。

他的发报时限在深夜。之所以定为深夜，是因为届时库利科夫全家都进入了梦乡。但与耶利哥一样，他也有一个应急程序。

在这种情况下，他会先发一次尖厉的口哨声，在通常的甚高频波段以外，一个完全不同的频率上。

他查核了一下，获悉那名伊拉克司机与一等秘书库利科夫一起在市中心的使馆里，俄罗斯管家正与妻子一起在吃中饭。这样，冒着被发现的风险，他在敞开的门旁架起卫星天线，把那声口哨声发了出去。

在利雅得的秘情局别墅里，在由卧室改成的录音室里，一只指示灯亮了起来。这时候是下午一点半。承担着别墅与伦敦世纪大厦正常通信联络的值班无线电报员扔下手头的工作，朝着房门口大喊一声，并把收发报机转到接收马丁当天频率的波段上。

第二名报务员把头探进了房门。

"什么事？"

"快去叫史蒂夫和西蒙。黑熊来电了，而且是急电。"

那人走开了。马丁等了十五分钟，然后发出了电报的主要内容。

利雅得并不是唯一接收到这次噼啪声的地方。在巴格达郊外，另一架不间断地扫射着甚高频波段的卫星天线也接收到了一部分信号。这次信息太长了，即使压缩以后也有四秒钟时间。伊拉克监听人员捕捉到了最后两秒并把它锁定了。

一发完电报，马丁就把设备收起来放进了地砖下面的洞穴里。刚收拾好，他就听到门口的砾石上传来了脚步声。是俄罗斯管家，穿过院子慷慨地递给他一支巴尔干香烟。马丁感激涕零地接过香烟，边鞠躬边连声说"谢谢"。

俄罗斯人完成施舍后走回去了。"可怜的家伙，"他想道，"生活得真艰苦。"

只剩下一个人时，这个可怜的家伙从钱包里取出一张航空信纸，用阿拉伯语书写起来。这时候，伊拉克无线电天才泽伊德少校正俯身在一张大比例的巴格达城市地图上，注视着曼苏尔区。当他完成计算后，他复核了一遍，然后打电话给安全机关总部的哈桑·拉曼尼准将。会见时间安排在四点钟。

在利雅得，奇普·巴伯正在那座别墅的主客厅里踱来踱去，手里拿着一张打印纸，口里说着自从三十年前从海军陆战队退伍后再没说过的骂人话。

"他到底认为他是在干什么？"他大声质问房间里那两名英国情报官。

"冷静点，奇普。"莱恩说，"他已经潜伏良久，心理压力很大。坏蛋们正在包围他。根据我们的情报经验，应该把他从那里弄出来——现在。"

"是啊，我知道，他是一个了不起的人物。但他没有权力这么干。付费人是我们，还记得吗？"

"我们当然记得，"巴克斯曼说，"但他是我们的人，他战斗在敌人心脏。如果他选择留下来，那是为了完成工作，为了你们也为了我们。"

巴伯镇静下来了。

"三百万美元。我怎么去告诉兰利，他已经答应另给耶利哥三百万绿钞票换取这次准确情报？那伊拉克笨蛋第一次就应该把情报搞准。对我们来说，他也许是故意在吊我们的胃口，想骗更多钱。"

"奇普，"莱恩说，"我们在这里讨论的是核打击问题。"

"也许是吧，"巴伯的说话声又大了起来，"也许我们是在讨论核打击。也许萨达姆及时获得了足够的铀，也许他及时把它拼凑起来了。我们手里所掌握的全部也只不过是一些科学家的计算和萨达姆自己的吹嘘——如果他确实这么吹嘘过的话。该死的，耶利哥是一个雇佣兵，他有可能在说谎。科学家有可能出错。萨达姆说谎也习以为常。这么多钱我们到底是花在什么地方？"

"那你想冒险吗？"莱恩问道。

巴伯坐进了一把椅子里。

"不，"他最后说，"不，我不想。好吧，我会向华盛顿报告的。然后我们得告诉将军们。他们必须知道这件事。可我告诉你们一点，有一天我要会会这个耶利哥。如果他在愚弄我们，我要拧下他的胳膊当棍子打死他。"

那天下午四点钟，泽伊德少校带着地图和计算结果，走进了哈桑·拉曼尼局长的办公室。他小心地解释说，他那天已经确定了第三个三角形，并把该地方在地图上缩成曼苏尔区的一块菱形区域。拉曼尼半信半疑地盯着那个区域。

"这有一百码乘一百码。"他说，"我还以为现代技术能把发报的源头确定在一平方码之内呢。"

"如果我能捕捉到一次长时间的发报，那么我就可以做到。"泽伊德少校耐心地解释说，"我可以从截听接收机那里得到不超过一码宽的光束，把它与另一个不同地点的截听相交，就能得到你要求的一平方码了。但现在这种发报时间极为短暂，只在空中停留了两秒钟。经我的努力所得到的是一个很窄的锥形，其尖头在发报机上，朝四周发射出去，宽度逐渐加大。在罗盘上也许只有二分之一度。但两英里以外，宽度成了一百码。看，它就在这个小区域里。"

拉曼尼凝视着地图。在做上标记的菱形区域里有四栋建筑物。

"我们去那里勘察一下。"他提议。

两个人带上地图到了曼苏尔，进入那个小区域。那是一个富人住宅区。四座住宅都是独门独院的，四周有围墙，建在自有的地皮上。当他们结束勘察时，天正在黑下来。

"明天上午来搜查，"拉曼尼说，"我派部队悄悄地把这个地段封起来。你知道你要找的是什么东西。带上专家，进去把四座房子搜它个底朝天。你去找到那件设备，我去抓住那个间谍。"

"有一个问题，"少校说，"看见那块铜牌了吗？那是苏联大使馆的住宅。"

拉曼尼想了一会儿。如果他去触发一次国际性事件，那么没人会来表扬他的。

"先对付其他三座房子。"他命令道，"如果没查到，我会与外交部长商量对付苏联的房子。"

当他们在说话时，那座苏联别墅里的一名职员正在三英里之外。花匠马哈默得·阿尔科里，即麦克·马丁，正在那个破败的英国人墓地，把一只薄信封放进了一块旧墓碑旁边的一只石罐里。之后，他在记者联合会大楼的院墙上做了一个粉笔记号。晚上他又去了那个区域徘徊，快到午夜时他注意到那个粉笔记号已被擦去了。

那天晚上在利雅得召开了一次会议，是一个非常秘密的会议，在沙特国防部大楼底下第二层地下室的一个房间里召开。出席会议的有四位将军，其中一位坐在桌子的上首；还有两位平民，即巴伯和莱恩。当两位平民讲完之后，四位军人沉着脸静静地坐着。

"这事是真的吗？"其中一名美国将军问道。

"要说百分之百的证据，我们是没有的，"巴伯说，"但我们认为这个情报的准确性相当高。"

"你为什么把握这么大？"那位美国空军将军问。

"在座的各位先生也许已经猜到了，在过去的几个月里，在巴格达统治集团的高层中有一个人在为我们工作。"

房间里响起了表示同意的哼哼声。

"我们没指望那些目标的情报来自兰利的水晶球。"空军将军说，他仍对中情局怀疑飞行员战绩一事心存芥蒂。

"情况是这样的，"莱恩说，"到目前为止，我们从来不曾发现他的情报有弄虚作假之处。如果他现在说谎，那就是一场窃取钱财的高明骗术了。这是其一。其二，我们能冒这个风险吗？"房间里沉寂了好几分钟。

"有一件事你们忽视了，"美国空军将军又说，"投掷。"

"投掷？"巴伯问道。

"我告诉你们，拥有一件武器是一回事，把它投掷到敌人头上去是另一回事。瞧，没人会相信萨达姆有技术可以把那东西缩小。这是高科技。所以如果他已经拥有了那件东西，那么他也无法从一门坦克的炮筒里把它发射出来。大炮也不行，因为口径问题。喀秋莎发射架或者火箭都不行。"

"火箭为什么不行，将军？"

"载荷问题，"空军将军讯讽地说，"讨厌的载荷。如果是一件粗制设备，那它得有半吨重。就算它是三千磅吧。我们现在知道，当初我们在萨德16基地把那些设施摧毁时，阿贝德和塔穆兹仍处于开发阶段。阿巴斯和巴德尔也同样。无法运作——要么被毁，要么载荷太小。"

"飞毛腿怎么样？"莱恩问。

"也一样。"将军说，"所谓长射程的胡赛恩在重返大气层时四分五裂了，而且其载荷是一百六十公斤。即使苏联提供的飞毛腿，最大载荷也只有六百公斤。都太小了。"

"那还有飞机投掷的炸弹呀！"巴伯指出。

空军将军瞪起了眼睛："先生们，我现在就可以向你们作出保证，从现在起，没有一架伊拉克作战飞机可以飞到国境线。绝大多数甚至不能从跑道上起飞。就算能起飞，飞向南方的飞机会在半路上被击落。我有足够的阿瓦克斯预警机，足够的战斗机，我可以保证这一点。"

"那么那处要塞呢？"莱恩问，"那个发射架呢？"

"可能他们有一座绝密的机库，很可能在地下，有一条单一的跑道通到机库门口。机库里藏着一架幻影，一架米格，一架苏霍伊——装备停当，可以出发。但在抵达国境之前我们就能把它打下来。"

最终的决定要由坐在桌子上首的那位美国将军作出。

"你们打算去找到这件设备的贮藏处，那个所谓的要塞吗？"他平静地问。

"是的，长官，"巴伯说，"我们现在已经在努力了。我们估计还需要几天时间。"

"那就去找到它，然后我们去摧毁它。"

"地面战是四天之内开始吗，长官？"莱恩问。

"我会告诉你们的。"

那天晚上盟军宣告对科威特和伊拉克的地面战推迟，调整到二月二十四日开始。

后来，历史学家们对这次推迟作出了两种解释。一是美国海军陆战队要把他们的进攻主轴线改为再往西几英里，这样一来需要调动部队，转运物资和作进一步的准备工作。这是真的。

后来新闻媒体透露出来的另一个理由是，两名英国的电脑黑客侵入到国防部的计算机里，把进攻地区的天气报告搞得完全错位，使得从气象角度无法选择最佳的进攻日期。

事实上，从二十日至二十四日海湾天气一直晴好，恰恰在进攻开始之后天气才变坏。

海湾战区多国部队总司令诺曼·施瓦茨科普夫上将是一位高大强壮的人，在体力上、精神上和道德上都这样。但如果最后几天的形势不那么紧张的话，他也许会稍微好过一点。六个月以来，他一直每天工作长达二十个小时，没有休息过。他不但监督了有史以来最大、最快的部队集结——光这项任务就足以摧垮不太坚强的人，此外他还处理了多国部队与沙特社会敏感、复杂的关系，制止了十几次可能使多国同盟瓦解的世代怨仇导致的内讧，挡住了来自国会的没完没了的说起来似乎有道理，实际上毫无用处的干涉。

然而在那最后的几天里，打搅了他宝贵睡眠的不全是这些事，而是要对众多年轻的生命负责而带来的那个噩梦。

噩梦中有一个三角形。总是那个三角形。这是一片侧躺着的直角三角形地带。从卡夫吉往下，经朱拜勒到那三个连成一串的城市——达曼、霍巴和达兰——的海岸线构成三角形的底边。

三角形的垂直侧边是从海岸往西的边境，先是沙特阿拉伯与科威特的边境，然后进入沙漠，是沙特与伊拉克的边境。

斜边是连接着沙漠西端至达兰的海岸的斜线。

在这个三角形里面，差不多有五十万年轻的男女军人坐在那里等待着他的命令。其中百分之八十是美国人。在东边是沙特人、其他阿拉伯国家的分遣队和美国海军陆战队。中间是庞大的美国装甲兵和机械化步兵部队，其中包括英国的第一装甲师。侧翼最远的是法国人。

曾经有一次，噩梦里出现过几十万年轻战士们冲进去后遭到毒气的喷淋，惨死在沙墙与铁丝网之间的情景。现在，实际情况还要糟糕。

仅仅一个星期以前，在研究作战地图上的那个三角形时，一名陆军情报官说了一句："也许萨达姆想在那里扔上一颗核弹头呢。"那人认为自己只不过是开了个玩笑。

那天夜晚，这位总司令努力想睡着，结果还是失败了。总是那个三角形。人员太多了，地方太小了……

在秘情局的那座别墅里，莱恩、巴克斯曼与两名无线电技术员在分享从英国大使馆悄悄带过来的一箱啤酒。他们也在研究地图，也看到了那个三角形，他们也感受到了那种精神压力。

"在那里扔下一颗炸弹，一颗小型的、粗制的、亚于广岛等级的炸弹，在空中爆炸或在地面爆炸……"莱恩说。

他们不是科学家也知道，爆炸初始时的冲击波和光辐射会杀死十多万名年轻的战士。在几个小时之内，被吸入空中的几十亿吨带有放射性污染的沙尘云雾会开始飘移，一路上给所覆盖的地区带来一片死亡。

海上的船只还有时间躲开，但地面部队和沙特城市里的居民就难逃厄运。毒雾将向东飘移，边前进边扩散，横扫巴林和盟军的机场，污染海洋，越过海湾飘到伊朗海岸，在那里把萨达姆·侯赛因曾经宣称算不得人类的"波斯人、犹太人和苍蝇"杀尽灭绝。

"他不可能发射，"巴克斯曼说，"他没有能运载弹头的火箭或飞机。"

在遥远的北方，一门炮筒为一百八十米长，射程为一千公里的巨炮藏在杰巴尔哈姆利山区里。此刻，"上帝的拳头"正静静地、一动不动地躺在巨炮的炮膛里，以备一声令下就发射出去。

在巴格达的卡迪西亚区，那座房子还没有完全苏醒过来，因此对于黎明时来造访的不速之客根本没有做好准备。房屋是主人多年前盖起来的，处于果园之中。这座房子，与反间谍局的泽伊德少校想去实施监视的曼苏尔区的那四座房子相距三英里。巴格达西南郊的扩展已经把这座老房子围在了里面，新建的卡迪西亚高速公路穿过曾经栽种桃子和杏子的田野。

但它仍是一座漂亮的房子，主人早年发家致富，现早已退休。房屋的四周砌着围墙，花园里还栽着几棵果树。

在一名少校的率领下，两卡车的秘密警察局士兵来到了这座房子，他们相当蛮横无礼。门锁被敲掉了，大门被踢开了，士兵们蜂拥而入，开始敲砸前门，殴打试图阻挡他们的老仆人。

他们冲进屋子，翻箱倒柜地折腾起来，被吓得半死的房主老头努力保护着他的妻子。士兵们在屋内到处翻了一遍，但没找到任何东西。老头子哀求他们说清楚需要什么，或在寻找什么。少校粗暴地说，他自己完全明白，然后继续搜查。

搜了房内之后，士兵们去搜花园。在墙边的园地上，他们发现了一片新鲜翻动过的土。两名士兵拖住老人，其他士兵开始挖掘。老人抗议说他不知道这片土为什么新近被翻动了，他没有掩埋什么东西。但他们还是找到了它。

那东西装在一只麻布袋里，他们把它倒出来时，大家都看见了，那是一台无线电收发报机。

少校不懂无线电，他也不想去学，假如他懂得的话，他会知道麻布袋里的这台老掉牙的摩尔斯型收发报机，与仍然藏在一等秘书库利科夫花园棚屋地下面，麦克·马丁使用的那台超现代化卫星收发报机有着天壤之别。对于秘密警察局的这位少校来说，发报机是间谍使用的设备，这就足以说明问题了。

老人开始哀诉说他以前从来没有见过它，肯定是有人在夜里翻进围墙把它埋在那里的。但士兵们用枪托把他打倒在地上，在他老婆发出尖叫时，也打了她。

少校检查了一下战利品，即使他也能看出麻布袋上的文字显然是希伯来语。

他们不需要屋里的仆人和那个老太婆——只要这个老头。他已经七十多岁了，四名战士提着他的手和脚，把他肚子朝下背朝天抬出去，像扔一袋土豆一样把他扔在了卡车的后车厢里。

少校很开心。这次行动是收到匿名举报后采取的，他现在已经完成了任务。他的上司一定会很高兴。这个案子不适用阿布格雷布监狱。他把犯人带到了秘密警察局总部的体育馆，那里是适合以色列间谍的唯一地方。

同一天，也就是二月十六日，在巴黎，摩萨德特工队长吉迪·巴齐莱正把办公桌的图画展示给米歇尔·勒维看。这位老古董商沙燕很乐意提供帮助。以前他只提供过一次帮助，出借一些家具给一名卡查，因为那位卡查想扮作一名古董商人试图进入某幢房子。

对米歇尔·勒维来说，摩萨德求助是一件令他激动的事，说明他这个老头子还能发挥作用。能为摩萨德提供咨询，为他们提供帮助，确实使他开心。

"布尔（Boulle）。"他说。

"对不起，你说什么？"巴齐莱说。

"布尔，"老人重复了一遍，"也可以拼作Buhl，法国伟大的家具工匠。是他的风格，你看准了。可我告诉你，这张不是他制作的。时期不对，这个应该是比较晚近的。"

　　"那么它是谁制作的？"

　　勒维先生已经八十多岁了，一头稀疏的白发，额头布满皱纹，但他有一张苹果般的粉红色的脸庞和一双明亮的眼睛。他要讲的故事，已经多次向他的同代人讲过。

　　"嗯，布尔在临死前把车间传给了他的门徒，就是德国人奥本。奥本后来又把这份传统工艺留给了另一个德国人里森纳。我认为这是里森纳时期的。估计是一名徒弟制作的，也有可能是师傅本人制作的。你们要买吗？"

　　当然，他是在开玩笑。他知道摩萨德特工是不会购买艺术品的。他的眼睛闪烁着愉快的神色。

　　"我只是很感兴趣。"巴齐莱说。

　　勒维很高兴，摩萨德又要去搞一次淘气的行动了。到底是什么行动他永远不会知道，但不管怎样，一定是很有趣。

　　"这些写字台……"

　　"书桌，"勒维说，"这是书桌。"

　　"好吧，这些书桌里面有没有秘密部位？"

　　"啊，你的意思是一个暗盒？当然。年轻人，你知道的，以前的男人会为了名誉去跟别人决斗，被杀死，所以要搞风流韵事的女士不得不十分小心。那时候没有电话，没有传真，没有录像。她的情人所有淘气的想法只能写在纸上。那么她该把这些情书藏在什么地方才能让她的丈夫不至于发觉呢？

　　"不能放在保险箱里——那时候还没有保险箱呢。也不能放在一只铁皮箱里——她丈夫会向她索取钥匙的。因此，那时候的上流社会人士开发出设置暗盒的家具。不是每件家具都有，但有些家具里确实有。设计、制作工艺非常高明，要不然就太明显了。"

"那么，去买家具时怎么知道里面有这样的一个暗盒呢？"

哦，太有意思了。这位摩萨德特工不是想去买一件里森纳的书桌，而是想去这种书桌里偷东西。勒维想。

"你要不要去看一下？"勒维问道。

他打了几个电话，最后他们离开店铺坐上一辆出租车，到了另一个古董家具商那里。勒维悄悄地说了几句话，那人点点头离开了他们。勒维刚才说的是，他带来一位顾客，如能做成一笔交易，他只拿少量的介绍费，不会多要。那个商人表示同意。这是古董行业中的通常做法。

他们查看的那张写字台与维也纳的那一张极为相似。

"我告诉你，"勒维对巴齐莱说，"暗盒不会做得很大，不然别人会察觉外部与内部尺寸不一致。因此它很窄小，横卧的或者竖立的都有。深度很可能不超过两厘米，暗藏在一个看上去是实心的板条里，这块板条有三厘米厚，但实际上是两块薄木板，中间夹着那个暗盒。线索在那个开启钮上。"

他拉出上部的一只抽屉。

"摸摸里面。"他说。

巴齐莱把手伸进去，直至指尖碰到了后部。

"没东西。"这位摩萨德特工队长说。

"那是因为里面确实没有东西。"勒维说，"这个抽屉里没有。但另一只抽屉里也许会有一个旋钮、一条拉闩或者一只按钮。如是一只光滑的按钮，你就按一下；如是一个旋钮，你就旋转一下；如是一条拉闩，你就把它往旁边拨拉一下，看看会发生什么情况。"

"会发生什么情况？"

"一声低沉的咔嚓声，一块小巧的细工嵌板弹出来，是装着弹簧的。后面就是一个暗盒。"

即使十八世纪家具木匠的独创设计也有其局限性。不出一个小时，勒维先生就已经教会了巴齐莱如何在十处基本的部位找到暗藏的机关，从而打开暗盒。

"千万不能用蛮力去寻找。"勒维再三叮嘱，"用蛮力是找不到的，而且还会在木器上留下痕迹。"

他用胳膊肘捅了一下巴齐莱，会意地笑了笑。巴齐莱在库坡尔饭店款待了老人一顿中饭，然后搭出租车到达机场返回维也纳去了。

二月十六日上午一早，泽伊德少校和他的技术小组就来到了要搜查的三座别墅中的第一座。另两座也已被封起来了，所有的出入口都有人把守着，住户的全家被关在了里面，觉得莫名其妙。少校显得彬彬有礼，但他奉命要进行搜查是不容抗拒的。与三英里外的卡迪西亚的秘密警察搜查队不同，泽伊德的部下全是专业人员，他们很少毁坏家什，但效率却很高。

他们从底楼开始，搜查地砖下面是否有隐藏处，在屋里一个房间一个房间，一个柜子一个柜子，一只箱子一只箱子地进行搜寻。

花园也搜查遍了，但没有发现一丝痕迹。到中午时，少校向住户表示歉意后离开了。他开始去搜查第二栋房子。

在沙顿的秘密警察局总部地下室里，那位老人仰躺着，他的手腕和腰被用带子拴在一张结实的木桌上，周围是四名要让他招供的"专家"。此外，在场的还有一名医生。在一个角落里，奥马尔·卡蒂布准将和阿里中士在商量着什么。

秘密警察局局长决定了要采取的折磨措施。阿里中士扬起了一条眉毛，他明白他今天肯定是需要一件连裤工作衣了。奥马尔·卡蒂布简短地点点头后就离开，去楼上办公室里处理公务去了。

那位老人继续恳求说他根本不知道什么发报机，由于天气不好他已经好几天没去过花园了……审讯者对此不感兴趣。他们把他的两个脚踝绑在一根扫帚的柄上。其中两人提起他的双脚，让他脚底朝上，阿里和另一名同事分别从墙上摘下了加粗的软皮电线。

他们开始抽打老人的脚底，老人尖叫起来，与其他受此刑罚的人一样。后来尖叫声时断时续，最后他昏迷过去了。从外面提来的一桶冷水又使他苏醒过来。

整个上午这些人也休息了几次，放松一下他们因艰苦工作很劳累了的手臂肌肉。当他们休息时，用一杯杯盐水泼向那双血肉模糊的脚。体力恢复之后，他们继续工作。

昏迷几次以后，老人仍然抗辩说他根本不会操作无线电收发报机，这事肯定是搞错了。到上半晌时，两只脚底上的皮肉都已被电线抽去了，露出了渗着鲜血的白生生的骨头。阿里中士叹了一口气并且点点头，意思是这个过程应该停止了。他点上一支烟开始喷云吐雾，他的助手用一根短铁棒把老人的腿骨从脚踝到膝盖全敲裂了。

老人哀求那位医生，但秘密警察局的那个医生只是抬头盯着天花板。给他的命令就是尽量让囚犯活着并保持清醒。

在城市的另一头，泽伊德少校于下午四点钟光景完成了对第二座别墅的搜查，而此时在巴黎，吉迪·巴齐莱和米歇尔·勒维在一家餐馆里吃完饭刚刚从餐桌旁边站起身。泽伊德又没有找到任何东西。他向家里被翻得乱七八糟的房主夫妇道了歉，然后与他的随从转到第三座，也是最后一座别墅。

在沙顿，老人的昏迷加快了，医生向审讯者提议说，犯人需要时间恢复。他准备好一支针剂，扎进囚徒的血管。药物好像马上就产生了效果，把老人从近乎昏迷的麻木状态带回到苏醒状态，让他的神经再次感受到疼痛。

几根钢针在火盆里烤得发红了，之后他们用针慢慢地穿过犯人已经枯萎了的阴囊和干缩了的睾丸。

刚过六点钟，老人又一次昏死过去了，这一次医生慢了一步。他手忙脚乱地开始工作起来，豆大的汗珠从脸上滴落下来，但所有扎入心脏的强心针都没有作用了。

阿里中士离开房间，并于五分钟后与奥马尔·卡蒂布一起回来。准将看了看尸体，多年的经验使他无需具有医学学位就明白是怎么回事。他转过身来，举起巴掌结结实实地打在正畏缩着身子的医生的脸上。

巴掌扇过去的爆发力和打人者的权威，使医生摔倒在地，他的针剂和药水瓶就摆在地上。

"白痴，"卡蒂布吼叫着，"滚出去。"

医生收拾起他的医疗器械和药品，放进包里后手脚并用地离开了。折磨者看着阿里的杰作。空气中弥漫着一股甜味，他们两人都熟悉这种味道，是汗味、恐惧、尿味、粪便、血、呕吐物以及肉被烤焦后的淡淡的香味混合而成。

"他一直抗辩到最后。"阿里说，"我发誓，如果他知道什么事，我们肯定能从他口中掏出来。"

"把他装进口袋，"奥马尔·卡蒂布厉声说，"交给他老婆去埋葬。"

这是一只用强力白帆布制成的袋子，有六英尺长，二英尺宽。那天晚上十点钟，帆布口袋被抛在了卡迪西亚的那座房子的门口。

511

户主的遗孀和仆人都已经上了年纪，他们吃力地抬起那个袋子，搬进屋内，放到了餐桌上。老妇人开始悲痛地哀号起来。

迷茫的老佣人塔拉去打电话，但电话线已被扯断，打不出去。于是他带上女主人的电话本——因为他不识字，到隔壁的药剂师家，请这位邻居帮忙联系少爷——两个少爷随便哪一个都行。

这时候，正当药剂师邻居试图拨打差不多已经瘫痪的伊拉克国内电话的时候，吉迪·巴齐莱回到了维也纳并起草了一封给科比·德洛尔局长的新电报，而泽伊德少校正向哈桑·拉曼尼局长汇报他当天一无所获的搜查结果。

"电台不在那里，"他告诉反间局头头，"假如在的话，我们肯定能找到。所以它必定在第四座别墅里，也就是那个外交官的家里。"

"你能肯定没有搞错吧？"拉曼尼问道，"不会在另一座房子里吗？"

"不会，长官。最靠近的一座房子在光束交叉点之外。那些嘣啪声电报的源头，肯定是在地图上的菱形范围以内。我发誓没有搞错。"

拉曼尼犹豫不决了。外交官不是好惹的，动不动就会跑到外交部长那里去告状。要闯进苏联库利科夫同志的住宅，他需要走上层路线。

少校走了以后，拉曼尼打了一个电话给外交部长。他的运气较好，几个月来一直在国外奔波的外交部长现在正在巴格达。而且仍在办公室伏案工作。拉曼尼的会见被确定在第二天上午十点钟。

那药剂师是一位好心人，整个夜晚他都在试拨电话。他没能打通邻居家大儿子的电话，但通过陆军中的一位熟人，他把信息转达给了邻居的小儿子。

消息于黎明时到了远离巴格达一个军事基地的小儿子那里。一听到噩耗，军官马上驾车动身了。通常路上不会超过两个小时。但那一天，即二月十七日，他在路上走了六个小时。一路上有不少巡逻队和路卡。但由于他的军衔，他可以驾车抢到等候检查车队的最前面，晃一下通行证就可以通过。

但这一招碰到断桥就行不通了。每到一座被炸断的桥梁前，他不得不等候轮渡。当他抵达父母亲在卡迪西亚的那座住宅时，已是中午时分了。

他母亲跑上来抱住了他，把头靠在他的肩上号啕大哭起来。他想听她说说究竟发生了什么事；但母亲已经上了年纪，正歇斯底里地大哭。

最后，他把她扶进了卧室。在浴室地上，被士兵们翻得杂乱不堪的药品堆里，他找到了父亲冬季犯关节炎时服用的一瓶安眠药。他给母亲服下两片，很快她就睡着了。

在厨房里，他吩咐老佣人塔拉烧两杯咖啡，然后他们一起坐在桌子旁，老佣人讲了昨天黎明起发生的事情。讲完后，他陪着小少爷去花园里察看了那个洞穴，士兵们就是在那儿发现装着无线电发报机的袋子的。小儿子爬上花园的围墙，发现有人翻墙进来的刮擦痕迹，应该是头天晚上进来埋那东西的时候留下的。然后他回到了屋内。

哈桑·拉曼尼等着会见外长，心里很不快，最后快到十一点钟时，他终于见到了外交部长塔里克·阿齐兹。

"恐怕我不太明白你的意思。"灰白头发的外长说。透过眼镜，他像猫头鹰般地盯着拉曼尼："使馆是可以通过无线电与本国首都通讯的，而且那种电报通讯总是加密的。"

"是的，部长，但那种电报是从使馆大楼拍发的，那才是正常的外交通讯联系。但这次情况不同。我说的是一部秘密电台，是间谍用的收发报机，在拍发嘁啪声电报，而且我们可以肯定接收地不是莫斯科，要比莫斯科近得多。"

"嘁啪声电报？"阿齐兹问道。

拉曼尼解释了这种电报的原理。

"我还是没有明白你的意思。为什么克格勃的特工——假定这是克格勃的一项行动——要从一等秘书的住宅里拍发嘁啪声电报呢？他们完全可以在使馆里用功率更加强大的发报机发送电文。"

"这个，我就不知道了。"

"那么你最好给我解释清楚，准将。你知不知道在你的办公室之外，现在是什么形势？昨天下午我刚从莫斯科返回，在那里我与戈尔巴乔夫和他的代表叶甫金尼·普里马科夫广泛地交换了意见，而普里马科夫上星期刚来过这里。你知道吗，我带回了一个和平计划，如果热依斯接受这个计划——我在两个小时之内就要把计划呈送给他——苏联就会召集安理会阻止美国人进攻我们？

"在这种形势下，在这个节骨眼上，你还指望我同意你对他们的一等秘书的别墅进行搜查？这不是侮辱苏联吗？坦率地说，准将，你一定是疯了吧？"

谈话就这样结束了。拉曼尼离开了外交部，很不高兴，但也无可奈何。然而，有一件事是塔里克·阿齐兹外长没有禁止的。也许他们无法进入库利科夫的院子，也许他们无法触及他的汽车，但街道和马路并不属于库利科夫。

"包围那座房子。"拉曼尼回到自己的办公室后，向他手下最优秀的监视小组下达了命令："要悄悄地，不动声色，但要对那座房子实施全面监视。进出的所有客人——肯定会有客人——要进行跟踪。"

中午时分，各监视小组已经到位了。他们坐在树底下停着的轿车里，分布在库利科夫住宅的四边围墙旁，并监视着唯一通过该别墅的那条街道。其他反间谍特工把守在较远的地方，可以用无线电联络，随时报告有人进出别墅的情况，并可以对出来的人实施盯梢。

那位小儿子坐在他父母家的餐厅里，盯着那只盛放着父亲尸体的长长的帆布袋。眼泪从脸颊上滚落下来，沾湿了他的军装。他回想起很久以前他们度过的好时光。父亲是一位富有的医生，开业开得很大，经朋友奈杰尔·马丁介绍之后还成了英国社区一些居民的家庭医生。

他回忆起和哥哥一同去马丁家的花园里，与麦克和特里一起玩耍的时光。他不知道马丁家的两兄弟现在怎么样了。

一小时后，他注意到帆布袋上的污渍好像扩大了。他起身走到门边。

"塔拉。"

"什么事，少爷？"

"把剪刀和菜刀拿来。"

奥斯曼·巴德里上校独自一人在房间里，把那只帆布袋割开，先剪袋口，然后沿着侧面割下去，最后把袋底也切开了。他把袋子从顶部掀起来卷到后面去。他父亲的遗体差不多仍然裸露着。

按传统，擦洗尸身应该是妇女干的活儿，但他的母亲肯定承受不了。他要来水和纱布，擦洗尸身上的肮脏处，缚住断脚，拉直已经粉碎性骨折的双腿，放平，盖住已经一片焦黑的阴部。他一边料理一边哭泣起来；在哭泣时，他改变了信念。

黄昏时他联系了里萨法区阿尔瓦齐亚公墓地的那位伊玛目[1]，安排好第二天上午的安葬事宜。

　　二月十七日星期天上午，麦克·马丁骑着自行车去了市区，买到蔬菜果品，在三处墙上检查一遍有无粉笔记号后就往回返，并于中午之前回到了别墅里。下午他一直忙于照料花园。库利科夫先生既不是基督徒也不是穆斯林，因此既不会在星期五庆祝穆斯林的圣日，也不会参加星期天的基督教安息日活动。他因为感冒而留在家里，正在抱怨他的玫瑰花长势不好。

　　当马丁在花园里忙碌时，反间局的监视小组静静地守候在围墙外的监视位置上。马丁认为耶利哥不太可能在不到两天时间内打听到新消息，所以他决定在第二天晚上再去巡视一遍粉笔记号。

　　巴德里医生在上午刚过九点钟埋葬了。这段时间，巴格达各个墓地都很忙碌，那位伊玛目有许多事情要做。就在几天前，美国人的炸弹落到了一处公共防空洞里，炸死了三百多人。老百姓群情激愤。在旁边参加另一个葬礼的几名哀悼者询问一言不发的奥斯曼·巴德里上校，他的亲属是否死于美国人的空袭。他简短地回答说是自然死亡。

　　按穆斯林风俗，葬礼很简单，死后至埋葬前用不着长时间守候遗体。他们也不用基督徒的那种棺材，尸体只用棉布一包就可以了。那位药剂师邻居也来参加葬礼，帮着搀扶巴德里夫人。当简单的仪式结束后，他们随着一群人离开了。走到墓地的大门旁边时，巴德里上校听到有人在叫他的名字。相隔几码远处停着一辆长轿车，车窗封得严严实实。车后的一扇窗开了一半。那声音又叫了他

1　伊斯兰教教职称谓。

一次。

巴德里上校让药剂师先陪着他母亲回家去，他一会儿回来。当他们离开后，他走到了汽车旁。

那声音说："请进来，上校。我们谈一谈。"

巴德里上校拉开车门朝里边张望。车上唯一的乘客让到座位另一边腾出地方。巴德里觉得他认识这张脸，但有点模模糊糊。这个穿着黑西服的人按下一只按钮，车窗玻璃升上来隔绝了外面的嘈杂声音。

"你刚才安葬了你的父亲。"

"是的。"巴德里说，同时在想着，这个人是谁？为什么记不起这张脸了？

"太卑鄙了，对你父亲的所作所为。假如我早点知道的话，我也许可以阻止这种暴行。可我知道得太晚了。"

奥斯曼·巴德里感觉像是肚子上挨了一拳。他明白了他正在与谁说话——两年前在部队的一次招待会上，有人把这个人指给他看过。

"我要对你说几句话，上校，如果你把我的这些话报告上去，那我会比你父亲死得更惨。"

这只有一种事情，巴德里想到，那就是背叛。

"曾经，"那人轻声说，"我爱戴过热依斯。"

"我也曾经这样。"巴德里说。

"但事情有了变化。他已经疯了。在他的疯狂之中，他变得越来越残忍了。他必须被制止。你是知道喀拉的。"

巴德里又吃了一惊，这次是因为突然改变了话题。

"那当然，是我建造的。"

"没错。你知道现在那里放进了什么东西吗？"

"不知道。"

那个高级军官告诉了他。

"他这话不是认真的。"巴德里说。

"热依斯绝对是认真的。他想对美国人使用这件东西。那也许不是我们所关心的。但你知道美国人会采取什么报复行动吗？他们会以牙还牙。这里的一草一木都会遭到毁灭。只有热依斯一人会存活下来。你想成为受害人吗？"

巴德里上校想起了躺在墓地里的父亲的尸体，杀人凶手们仍在继续胡作非为。

"你想怎么样？"他问道。

"给我讲讲喀拉。"

"为什么？"

"美国人会去摧毁它的。"

"你能把这个消息传递给他们？"

"相信我，总有办法的。喀拉……"

于是奥斯曼·巴德里上校，这位年轻的工程师——他曾经梦想像先辈们那样，设计出能延续几个世纪的优秀建筑——将喀拉的详情告诉了这个代号耶利哥的人。

"坐标方位。"

巴德里也告诉了他。

"回到你的工作岗位上去吧，上校。你会安全的。"

巴德里上校下车走开了。他的胃在绞痛，一直在搅动。走了不到一百码，他开始一遍又一遍问自己：我做了什么？突然间，他明白他应该找哥哥商议。他的兄长总是头脑冷静，有许多点子。

摩萨德特工队称之为私家侦探的那个人，在星期一回到了维也纳，他是从特拉维夫赶过来的。他又一次成为来自纽约的著名律师，有全套必须的资料足以证明他的身份。虽然那位真正的律师早已结束休假了，但平生不喜欢打电话和发传真的格穆利希，打电话到纽约去核实的可能性是非常小的。摩萨德准备冒冒险。

私家侦探又住进了喜来登宾馆，并写了一封私人信件给格穆利希先生。他再次为事先未打招呼而造访奥地利首都表示道歉，但他解释说这次，律师行的一名会计师与他一同前来，他们两人此次希望能代表他们的客户把第一笔大额存款打进来。

信件在下午晚些时候由私家侦探亲手递交进去。第二天上午，格穆利希的回信就送达了宾馆，把会面时间定在上午十点。

私家侦探确实有人陪同着。与他一起的那个人被特工队称为窃贼，因为那是他的专长。

摩萨德在特拉维夫总部有各种无可匹敌的假公司、假护照、假信纸信封，以及用于骗术的所有其他用具，但他们最骄傲的是偷盗保险箱的窃贼和锁匠。摩萨德破门而入的能力在国际情报界里享有盛名。长期以来他们的偷窃技术是情报界公认最佳的。假如当初的美国水门是内维奥特特工组去负责，那就不会爆出丑闻了。

从特拉维夫来的这个撬锁专家不是以色列国内最好的，而是排位第二。但派他来自有原因，他有那位最佳撬锁专家所不具备的其他技能。

头天晚上他整整听了六小时课。先是特工队长吉迪·巴齐莱向他讲述德—法家具工匠里森纳的十八世纪家具作品，接着是私家侦探向他描述温克勒银行内部布局，最后是耶里德跟踪组根据观察到的情况，向他讲解银行夜间保安的值班安排、巡视路线，以及电灯的分部情况，何时开、何时关的程序等等。

同一个星期一，麦克·马丁一直等到下午五点钟，才推着他那辆破旧的自行车穿过铺着砾石的院子，从库利科夫花园的后门出去，走到街上。

　　他跨上自行车，朝着最近的过河渡口方向骑去。原来那里有座桥，朱姆胡利亚桥，后来被英国的狂风飞机光顾过了。

　　他转过街角，离开那座别墅的视线，这时候他看见了停在路边的第一辆轿车。再往前走是第二辆。从第二辆汽车下来的两个人在路中央站住，他的心开始抽紧了。他冒着风险朝后面瞟了一眼，从另一辆汽车下来两个人堵住了他的退路。他知道这下子全完了，但他别无选择，只得蹬车前行。他前面的其中一个人朝路边指了指。

　　"喂，你，"他喊道，"过来。"

　　马丁在路边的树下停住。又出现了三个人，是士兵。他们的枪口直接对准了他。慢慢地，他举起了双手。

第二十一章

空中格斗

　　那天下午在利雅得，英美两国的大使举行了会晤。这显然是一次非正式会面，他们按英国人的习惯一起喝茶吃糕点。

　　在英国使馆的草坪上参加会晤的还有奇普·巴伯，表面身份是美国使馆的工作人员；以及史蒂夫·莱恩——如果有人好奇地打听，他会说自己在使馆文化部门工作。第三位客人是难得从地下室里抽空出来的，他就是诺曼·施瓦茨科普夫上将。

　　他们五个人一起坐在草坪的一隅，每人手里捧着一杯茶。大家互相知道各自的真实身份会使讨论变得容易一些。

　　客人们的唯一话题是正在逼近的战争，但这五个人有其他人所不知道的情报。其一是那天伊拉克外长塔里克·阿齐兹呈交给萨达姆·侯赛因的和平计划的详情。该计划是伊拉克外长与苏联总统米哈依尔·戈尔巴乔夫洽谈之后，从莫斯科带回来的。这使在座的五个人感到担忧，但理由各不相同。

　　施瓦茨科普夫上将在那天挡住了华盛顿让他提前发动地面战的

建议。而苏联的和平计划是宣布停火，然后伊拉克在第二天从科威特撤出。

华盛顿不是从巴格达，而是从莫斯科获悉和平计划内容的。白宫当即做出评价，该计划有优点但没有触及关键问题。计划没有论及伊拉克应该永久放弃对科威特的领土要求；也没有提到伊拉克对科威特所造成的不可想象的破坏——五百口油井被引燃，几百万吨原油排入海湾污染水域，二百名科威特人遭到处决，以及伊拉克对科威特市的洗劫。

"科林·鲍威尔告诉我，"上将说，"国务院正在推行更为强硬的路线。他们要求伊拉克无条件投降。"

"是的，他们是在这么做。"美国使节喃喃地说。

"于是我告诉他们，"上将说，"我说，你们需要一名阿拉伯学专家来考虑这个问题。"

"确实，"英国大使说，"为什么要那样呢？"

两位大使都是经验丰富的外交家，都在中东地区工作多年，都是阿拉伯问题专家。

"嗯，"总司令说，"最后通牒这种手段对阿拉伯人不适用。他们宁愿先死。"

其他人沉默了。两位大使察看着将军那张坦率的脸，希望能找到一丝讥讽的迹象。

两名情报官仍保持沉默，但他们心里有共同的想法：你说到点子上了，亲爱的将军。

"你是从苏联人的房子里出来的。"

这是一句陈述，不是提问。这名反间局特工穿着便衣，但显然是一个军官。

"是的，贝伊。"

"证件。"

马丁在衣袍口袋里翻找了一遍，掏出他的身份证，还有一等秘书库利科夫签发给他的那份已经脏兮兮、皱巴巴的介绍信。军官审视着身份证，又抬头看看马丁的脸以作比较，然后开始看那封介绍信。

以色列伪造者的工作完成得很出色，这张证件上，马哈默得·阿尔科里那张憨厚、长满胡茬的脸正透过污秽的塑料膜向外凝视着。

"搜他。"军官说。

另一名便衣用双手在他身上摸了一遍，然后摇摇头。没有武器。

"口袋。"

从衣服口袋里搜出一些第纳尔纸币、几枚硬币、一把小刀、几支彩色粉笔和一只塑料袋。军官举起了最后一件物品。

"这是什么？"

"是那异教徒扔的，我捡回来当烟荷包。"

"里面没有烟丝。"

"是没有，贝伊，我已经抽完了。我正想到市场里去买一些。"

"别再叫我贝伊了。那是过去土耳其人统治的年代。那么你是哪里人？"

马丁描述了在遥远北方的那个小村子。"那里的西瓜很出名的。"他满怀希望地补充说。

"别再提你已经说了三遍的讨厌的西瓜了。"军官厉声说，他感觉到他手下的战士们正强忍着不笑出来。

一辆宽大的豪华轿车驶到前方的街头停了下来，离他们大概二百码。

那名低级军官用手肘碰了碰他的上司并且点点头。级别较高的军官转身看了看，对马丁说："在这里等着。"

　　他走到豪华轿车旁，弯着腰通过后车窗向车里的人汇报。

　　"你们抓的是谁？"哈桑·拉曼尼坐在轿车里问。

　　"花匠助手，长官。在那里打工。料理玫瑰花，打扫院子，还为厨师跑腿购物。"

　　"聪明吗？"

　　"不，长官，头脑简单。一个乡下人，来自山区，来自北方的某个西瓜产区。"

　　拉曼尼思考了一番。如果他拘留那个傻瓜，苏联人肯定会对手下人没有归来感到迷茫。那会引起他们的警觉。他希望一旦苏联的和平计划失败，他就要争取获准袭击那座房子。但如果他现在放那个花匠走，让他继续去跑腿然后返回，那么花匠可能会提醒苏联人。根据拉曼尼的经验，每一个伊拉克穷人都认识并且相信一样东西。他拿出钱包，从中抽出一张一百第纳尔的纸币。

　　"把这钱给他。告诉他继续去采购物品然后回去。回去后让他注意是否有人在摆弄一把银色的大雨伞。如果他不把我们的事情说出去，而且明天把他见到的情况向我们报告，那么他会得到很多奖赏。如果他向苏联人报告了，我就把他交给秘密警察。"

　　"是，准将。"

　　军官接过钱，走回去，把上司的要求对花匠说了。那人一脸迷茫。

　　"一把雨伞？"

　　"是的，一把银色的大雨伞，或者也许是黑色的，对着天空。你见过那种伞吗？"

　　"没有，"那人悲哀地说，"下雨时他们都钻到里面去了。"

"看在安拉的份上，"军官说，"不是下雨时用的，笨蛋。是发电报用的。"

"发电报用的雨伞，"花匠缓慢地重复了一遍，"我会注意的，赛义德。"

"走你的路吧，"军官绝望地说，"今天在这里看见的事不要讲出去。"

马丁顺着街道骑车过去，经过了那辆豪华轿车。当他接近时，拉曼尼在轿车后座里低下了头。没有必要让这个乡下人看见伊拉克共和国反间谍局的头头。

马丁在七点钟发现了粉笔记号，并于九点钟取到了情报。他借助一家咖啡店的灯光——是汽油灯，不是电灯，看了一遍情报。看完后他吹了一声低沉的口哨，把纸折叠成小方块后塞进了内裤里面。

不能回到别墅去了。那台发报机已经暴露了，再发一次电报会立即带来灾难。他盘算着能不能去长途汽车站，但军队和秘密警察在到处巡逻，寻找开小差的逃兵。

于是他去了卡士拉的水果市场，找到了要往西行的一名卡车司机。那人只去哈巴尼亚以西几英里的地方。给他二十第纳尔，他就同意让马丁搭车。许多卡车司机喜欢在夜间行驶，以为飞机里的狗的儿子们在黑暗中看不到他们。其实他们不知道，不管白天还是黑夜，破破烂烂的水果卡车决不会是查克·霍纳将军的打击目标。

于是他们趁着夜色出发了，到黎明时马丁在哈巴尼亚湖西边的公路上下了车，司机要从那里转弯去幼发拉底河上游河谷几个富裕的农场。

一路上他们曾被巡逻队拦住了两次，每一次马丁都出示自己的身份证以及苏联人的介绍信，解释说他是一名花匠，在为异教徒打工，但现在外国人要回家去，于是把他解雇了。他哀诉他们对他的剥削和虐待，直到那些听得不耐烦的士兵们让他闭嘴并且立即滚蛋。

那天夜晚，伊拉克陆军工程兵上校奥斯曼·巴德里与麦克·马丁相距不远，他行驶在相同的方向，但在马丁的前面。他的目的地是一个战斗机基地，他哥哥阿卜德尔卡里姆在那里担任中队长。

二十世纪八十年代，一家名为西克斯科的比利时公司为伊拉克建造了八个超级空军基地，伊拉克最精华的战斗机就存放在这些基地。

这些空军基地的过人之处在于，几乎所有设施都建在地下——兵营、飞机库、油料库、弹药库、机修车间、办公室、机组人员住所，以及为基地提供动力的大功率柴油发电机组。

唯一暴露在地面上的是跑道，有三千米长。但这些跑道周遭看上去并没有建筑物或者机库，多国部队还以为它们只不过是光秃秃的机场而已，就像美国人搬去之前，沙特阿拉伯的阿尔卡兹一样。

从地面上近距离观察就能看到，在跑道的尽头，通往地下斜坡处安装着一米厚的混凝土防爆门。每一个基地的面积为五公里乘五公里，周边用铁丝网相隔。但与塔尔米亚一样，西克斯科的那些基地看上去毫无动静，因此未引起注意。

这些空军基地的操作方法是，飞行员们在地下室里接受任务，爬进飞机驾驶舱，发动飞机引擎。发动机正常运转后，防爆墙把废气引上去与外面的沙漠热空气混合，斜坡上的门才会打开。这些防爆墙能保护基地其他部位免受发动机废气侵袭。

战斗机开足马力顺着斜坡从地下钻出来，打开加力燃烧，沿着跑道狂奔，在几秒钟之内即可升空。即使高空中的阿瓦克斯看见了它们，由于它们是突然间不知从哪里冒出来的，也只能假定是从其他地方飞过来执行低空任务的飞机。

阿卜德尔卡里姆·巴德里上校驻扎在西克斯科的其中一个基地里。该基地简称为KM160，因为它位于巴格达—鲁特巴公路一百六十公里处。他的弟弟于太阳刚刚下山时来到了铁丝网边上的警卫室。

由于来访者军衔相当高，警卫立即打电话到了中队长的宿舍。不久，一辆吉普车不知从哪里冒出来，在空旷的沙漠上开过来了。

一名年轻的空军中尉陪同客人进入基地，吉普车摇摇摆摆地驶下另一个暗藏的小斜坡进入了地下宫殿。吉普车停下后，中尉领路穿过长长的混凝土廊道，经过了几个大洞穴，机械师正在米格29战机旁忙碌着。地下的空气经过过滤，比较清洁，但发电机的嗡嗡声随处可以听见。

最后他们走进了高级军官区域，中尉在一扇门上敲了敲。听到从里面的回答后，就把奥斯曼·巴德里引进了指挥官的寓所。

阿卜德尔卡里姆站起身，兄弟俩紧紧地拥抱在一起。兄长今年三十七岁，也是一名上校，长得黝黑英俊，留着短短的小胡子。他仍然单身，但从来没有缺少过女性的关注。他的相貌，幽默感，笔挺的军服，以及他的飞行员标志足以证明他的魅力。他并不是一只绣花枕头；空军将领们承认他是全国最棒的战斗机飞行员。他曾经接受过苏联最先进的米格29超音速战斗机的飞行驾驶培训，俄罗斯教官也赞同他是最棒的。

"嗯，兄弟，是什么风把你吹到这里来的？"阿卜德尔卡里姆问道。

奥斯曼坐下来，接过一杯刚烧出来的咖啡，才开始仔细地打量他的哥哥。嘴边已经有了以前没有的纹路，眼睛里透出疲惫的神色。

阿卜德尔卡里姆既不是傻瓜也不是懦夫。他已经八次驾机迎战美英战机。每次他都返回了基地。他曾目睹他最好的同事被麻雀和响尾蛇导弹击落和炸裂。他自己躲开了四次。

在第一次试图去拦截美国的战斗轰炸机之后，他明白这是不可能的。在他这一边，既得不到情报也得不到引导，他根本不清楚敌机在哪里，有多少，什么机型、高度、航向。伊拉克的雷达系统成了睁眼瞎，控制和指挥中心成了废墟，飞行员们全凭自己独立作战。

更糟糕的是，美国的作战飞机有他们的阿瓦克斯预警机作支援。阿瓦克斯能侦察到刚刚升到一千英尺低空的伊拉克战机，从而通知自己的飞行员该往哪里去，该做什么，以保证最佳的攻击位置。阿卜德尔卡里姆知道，对伊拉克人来说，每一次空战都是自杀。

这些事，他对弟弟只字未提，只是勉强挤出一丝笑容询问弟弟有什么消息。那消息抹去了他的笑容。

奥斯曼叙述了过去的六十小时里发生的事。黎明时秘密警察部队闯入父母的房子，搜查，在花园里发现栽赃的东西，殴打父母亲和老佣人塔拉，并逮捕了他们的父亲。他继续讲，在邻居药剂师找人把消息告诉他之后，他立即驾车回家，父亲的尸体已经放在家里的桌子上了。

当奥斯曼讲到他剪开尸袋时的情况，以及那天上午他们的父亲被埋葬时，阿卜德尔卡里姆的嘴巴抿成了一条线。

奥斯曼也讲了他离开墓地时如何被人拦住，以及他和那人的谈话，他哥哥猛地俯身向前。

"你把那些事全都告诉他了？"弟弟说完，他问道。

"是的。"

"这都是真的吗？真的是你建造了这座要塞，这个喀拉？"

"是的。"

"你把这个地方告诉了他，这样他去告诉美国人？"

"是的。我做错了吗？"

阿卜德尔卡里姆想了一会儿。

"有几个人，我是说伊拉克全国上下，知道这件事，弟弟？"

"六个人。"奥斯曼说。

"他们是谁？"

"热依斯本人，负责资金和劳动力的侯赛因·卡米尔，负责技术的阿莫·萨蒂，配备防空兵的利达将军，推荐我承担这项工作的工程兵司令穆苏里将军。还有我，我建起了它。"

"带参观客人进去的直升机驾驶员呢？"

"他们知道方位，因为要飞行，但他们不清楚里面放的是什么。而且他们被禁闭在一个基地里，我不知道究竟在哪里。"

"参观的客人里，有多少人知道？"

"没人知道。每次起飞前他们全被蒙上眼睛，到达后才揭开。"

"如果美国人摧毁了这个安拉-乌特-库布，你认为秘密警察会怀疑谁？热依斯，部长们，将军们，还是你？"

奥斯曼用双手捧住了头。

"我做了什么呀？"他痛苦地呻吟着。

"弟弟，恐怕你已经毁了我们全家。"

兄弟俩都知道规矩。对于背叛，热依斯不会只杀背叛者一个人，而是要株连几代人，满门抄斩、斩草除根，免得留下后患将来复仇。奥斯曼·巴德里开始轻声哭泣起来。

阿卜德尔卡里姆站起身，把奥斯曼拉起来，抱住了他。

"你做得对，兄弟。你做得很对。现在我们考虑一下如何离开这里。"

他看了一眼手表，八点钟。

"从这里到巴格达没有公用电话线路，"他说，"只有地下电话线，通到各处地堡里的将军们。但这个信息不能通过他们传达。

你驾车到母亲家要花多少时间？"

"三个，也许四个小时。"奥斯曼说。

"给你八个小时，走一个来回。告诉母亲收拾起值钱的细软，装进父亲的小汽车。她会开车——开得不是很好，但还算可以。让她马上带上塔拉到塔拉的家乡去，躲在那边的部落里，等我们去找她。听明白了吗？"

"明白。我能在黎明时赶回来。但为什么？"

"你要在黎明前回来。明天我将率领一小队米格飞到伊朗去。其他飞机已经飞过去了。这是热依斯的一个疯狂的举措，为的是保住他的精华战斗机。当然是他的胡说八道了，但这样也许可以挽救我们的生命。你跟我一起走。"

"可米格29是单座飞机吧？"

"我有一架双座的教练机，是UB型。到时候你换上空军军官的制服。运气好的话，我们能够逃脱惩罚。现在动身吧，早去早回。"

那天晚上，麦克·马丁正沿着鲁特巴公路向西行走，这时候奥斯曼·巴德里驾驶着轿车从他身边一闪而过，向着巴格达疾驶而去。他们两人谁也没注意到对方。马丁的目的地是前方十五英里的过河处。在那里，由于桥梁塌了，卡车必须等候渡轮，他就有不错的机会买通司机把他带到更西边的地区。

下半夜一两点钟时，他找到了一辆卡车，但只能把他带到刚过穆哈马迪稍远的一个地点。在那里他又开始了等待。凌晨三点钟，巴德里上校的汽车飞驶着回来了。他没有伸手去拦这辆车，它也没有停下来。驾车人显得很匆忙。天快亮时，又一辆卡车开过来，是从一条支线公路转上这条干线公路的，停下来让他搭上了车。马丁再次拿折成小方块的第纳尔纸币支付给司机，同时心中感激在曼苏尔区那个不知名的人给他这一卷钞票。他猜测到黎明时，库利科夫家会抱怨他们的花匠不见了。

搜查他的棚屋时，他们会在草席底下发现书写用具——对于文盲这有点奇怪；然后进一步的搜查会在地砖下发现收发报机。到中午时就会发起对他的追捕，从巴格达开始，继之扩展到全国范围。所以夜幕降临前，他必须抵达沙漠深处，向着边境进发。

当他乘坐的卡车经过KM160后，一个小队的米格29战机起飞了。

平生不喜欢坐飞机的奥斯曼·巴德里吓坏了。在地下基地的大洞穴里，他站在飞机旁边，听他的哥哥向飞行小队其他四名年轻的飞行员交代任务。阿卜德尔卡里姆的大多数同龄人已经战死了；这些飞行员都很年轻，比他要年轻十几岁，刚从航校毕业出来。他们认真听着中队长讲话，并且点头同意。

坐进米格飞机后，在封闭的空间里，当两台苏制RD33涡轮发动机开足马力时，即使已经盖上了座舱罩，奥斯曼仍觉得他从来没有听见过这么刺耳的嚎叫声。奥斯曼坐在哥哥身后的座椅里，看到巨大的防爆门在液压机构操纵下打开了，洞穴尽头露出了一方淡蓝色的天空。当飞行员加大油门打开加力燃烧时，噪声更大了，在制动状态下，双尾翼的苏制截击战斗机在颤抖着。制动松开时，奥斯曼还以为背部被一头骡子顶了一下。米格猛地冲向前去，混凝土墙急速后退，喷气飞机爬上斜坡出现在天光之中。

奥斯曼闭上眼睛开始祈祷。轮子的滚动声停止了，他好像在飘飞，于是他睁开了眼睛。他们已经升空了，领头的那架米格29正在KM160上空盘旋，其他四架喷气飞机从下面的地道里尖叫着蹿出来。然后地道门关上了，这个空军基地也就消失了。

因为UB型是教练机，在奥斯曼的周围布满了仪表、仪器、按钮、开关、屏幕、旋钮和推拉杆。在他的双腿之间有一根副操纵杆。他的哥哥已经告诉过他不要去碰任何东西，对此他很乐意听从。

在一千英尺低空，这个由五架米格29组成的飞行小队，编成了大致是一条直线的队形，四名年轻人跟在中队长后面。阿卜德尔卡里姆把航向定在正东稍稍偏南一点点，希望能掠过巴格达南郊，让米格在机声隆隆的工厂丛中穿行，从而躲开美国预警机及其他雷达设施的侦察扫描。

想避开海湾上空的阿瓦克斯预警机的雷达，是一次高风险的赌博，但他别无选择。他接到的命令是正式的，而现在他有了额外的理由希望抵达伊朗。

那天早晨他的运气较好，简直是战争期间难得发生一次的偶然状况。在海湾上空经过长时间的值勤之后，阿瓦克斯必须返回基地，由另一架阿瓦克斯来接班。这称为交接班。在交接班期间，有一段雷达停止扫描的短暂时限。米格战机小队低空穿越巴格达南郊和萨尔曼帕克，碰巧发生在这个时限里。

这位伊拉克空军的上校飞行员在保持一千英尺低空飞行，希望能不为美国的任何飞行小队察觉，因为美军战机通常是在两万英尺以上的高空飞行。他想绕到库特镇的南边，然后从最近的地点直接插入伊朗边境抵达安全之处。

那天上午的同一时刻，在阿尔卡兹的第336战术战斗机中队，唐·沃克上尉正率领四架战鹰组成的一个空军小队朝北飞向库特。他的任务是去轰炸底格里斯河上的一座大桥，因为一架联合星侦察机刚刚捕捉到河对岸伊拉克共和国卫队的坦克群正朝南驶往科威特。

第336中队大多执行夜间作战任务，但库特北部的那座桥是一项速战速决的行动，要尽快切断伊拉克坦克的南下运动路线。那天上午的空袭轰炸代号为耶利米指令。查克·霍纳将军要求完成这项任务，而且是现在马上就去。

战鹰们携带着两千磅的激光制导炸弹和空对空导弹。因为战鹰机翼下炸弹吊架的位置，荷载是不对称的，即挂炸弹的一边比挂麻雀导弹的另一边重。这叫做混配荷载。自动平衡装置可以补偿这种不对称，但大多数飞行员在空中混战时可不愿挂着这么一个装置。

现在伊拉克米格29小队在五百英尺的低空掠过地面从西边接近，而美国战鹰们正从南方飞过来，相距八十英里。

使阿卜德尔卡里姆得知对方存在的初次提示，是他耳机中发出的低沉的鸣叫声。坐在他后面的弟弟不知道那是什么，但战斗机飞行员们知道。现在米格教练机在前方领路，其余四架排列在它后面，编成一个松散的V字队形。他们全都听到了那个声音。

鸣叫声来自他们的RWR雷达预警接收器，意味着空中某处有其他雷达在扫描着天空。

四架战鹰的雷达处于搜索的模式，光束扫向前方去探视情况。伊拉克飞机的苏联雷达预警接收器捕捉到了这些光束，并通知了飞行员。

米格29别无选择，只得继续前行。在五百英尺的低空，它们的高度要比战鹰们低许多，正在穿越战鹰们的既定航线。

相距六十英里时，伊拉克飞行员们听到耳机里的鸣叫声变尖厉了。雷达预警接收器在告诉他们，对方已经关掉搜索模式而且已经锁定了他们。

坐在唐·沃克身后的火控员蒂姆注意到雷达模式改变了。美国人的雷达已经从缓慢的钟摆扫描改为锁定模式，其光束变窄了，集中到它们发现的目标上。

"我们发现五架不明身份的飞机，在左前方低空。"火控员说着随即发出了IFF信号。

小队里的其他三名火控员也照做了。

IFF即确定敌友，是所有作战飞机都普遍应用的一种脉冲询问机。它在某一频道发射出一个脉冲，而频道是每天变换的。同属一方的战机会收到这个脉冲并回答："我是友机。"敌机做不到这一点。出现在雷达屏幕上的五个亮点在前方几十英里低空中飞行，意欲穿越战鹰们的航线，也许是完成任务后返航的五架友机。这很有可能，因为空中的盟军飞机大大多于伊拉克飞机。

蒂姆用三种模式向这些不明身份的飞机发出了询问。没有答复。

"是敌机。"他报告说。唐·沃克把导弹的开关连到雷达上，对其他三名飞行员说了声"准备战斗"，然后按下机头开始朝下俯冲。

阿卜德尔卡里姆处于劣势，他知道这一点。从美国人锁定他时就知道了。他用不着IFF就知道那几架飞机不可能是伊拉克的。他知道他已经被敌机发现了，他也知道年轻的同事们不是他们的对手。

他的劣势体现在他驾驶的这架米格29飞机上。因为它是教练机，是唯一的双座机型，不是用于作战的。巴德里上校的雷达只能在机首前方六十度内扫描。他无法看见是谁锁定了他。

"你能看到什么？"他厉声询问他的僚机。回答的人呼吸急促，显然已经吓坏了。

"四架敌机，在右方高空，正俯冲下来。"

其实至此赌博已经失败了。美国人正从南方的高空急冲下来，想把他们全都击落。

"散开，快冲，打开加力燃烧，朝向伊朗。"他大声喊道。

这些年轻的飞行员们用不着他第二次吩咐。四根油门杆推至"开"时，每架米格29的喷气管朝后喷射出一长溜火焰，推动战机超越音障，使速度差不多翻了一番。

尽管油耗大量增加了，但这些单座机可以一直打开加力燃烧飞行，躲开美国人，抵达伊朗。美国人即使同样以加力燃烧飞行也无法追上它们。

阿卜德尔卡里姆·巴德里没法采取这种方法。在设计制造这种教练机时，苏联的航空工程师们不但配置了简单的雷达，而且为了承载学员的重量，加大驾驶舱，他们减小了机内的油箱容积。

这位上校飞行员在他的机翼下挂着长航程副油箱，但还是不够用。现在他有四个选择，他必须在两秒钟之内作出决定。

他可以打开加力燃烧，逃过美国人，然后回到伊拉克基地，在那里遭到逮捕，他们迟早会被移交给秘密警察，然后受刑，死去。

他可以打开加力燃烧，躲开美国人，继续飞赴伊朗，但在越过边境不久即会耗尽燃油。即使他和弟弟跳伞后安全降落，他们会落入波斯的部落人手中。而在两伊战争期间伊拉克飞行员投掷的炸弹曾让这些部落人吃尽了苦头。

他可以打开加力燃烧，躲过战鹰，然后飞向南方，跳伞后降落在沙特阿拉伯成为战俘。但他认为他决不会得到人道的待遇。

他的脑海里涌现出很久以前的一些句子，童年时代他在巴格达哈特利先生的学校里学到的诗句。丁尼生？华兹华斯？不，是麦考雷，没错，是麦考雷的，写的是一个人临死前的感想，他曾经在班上朗诵过。

　　芸芸众生，
　　谁人无死？
　　为了先辈的遗骸，
　　为了神灵的殿堂，
　　何惧危险，

迎向死神。

巴德里推动油门杆打开加力燃烧，米格29支点飞机开始加速爬升转弯，迎向扑面而来的美国人。

他一转过机身，四架战鹰就出现在他的雷达扫描屏上。两架已经分开，正在追击逃跑的单座米格战斗机，四架战鹰全都打开了加力燃烧，全都超越了音障。

但是领头的美国人正从上空朝他直接扑下来。当支点飞机进入超音速飞行时，巴德里感受到了猛烈震动，他稍稍调整了一下控制杆，迎向朝他俯冲下来的那架战鹰。

"耶稣基督啊，他朝我们直飞过来了！"战鹰后座的蒂姆说。沃克用不着别人告诉就知道，他的雷达屏幕显示出，逃往伊朗的伊拉克飞机那四个亮点正渐渐消失；还有一个单独的亮点，敌方那架战斗机朝他爬升上来迎战了。距离仪在疯狂地转动着，就像失控的闹钟。他们相隔三十英里，在以将近每小时两千二百英里的速度互相接近。沃克的肉眼还看不见那架米格29支点，但很快就能看见。

在米格飞机里，奥斯曼·巴德里上校完全被蒙在鼓里，他根本不知道发生了什么事。突然启动加力燃烧又使他的背部遭到一次猛烈的撞击，飞机转弯让他眩晕了好几秒钟。

"怎么回事？"他在头盔里面大喊，但他不知道音量已被关掉了，他的哥哥听不见他说话。

唐·沃克的大拇指扣在他的导弹发射控制按钮上。他有两个选择：长射程的AIM-7麻雀，这种导弹需要战鹰本身的雷达为它制导；或者AIM-9响尾蛇，那是一种寻热导弹。

相隔十五英里时，他能够看见对方了，一个小小的黑点，正朝着他仰飞上来。双尾翼表明它是一架米格29，是当今世界上最佳的截击战斗机之一。沃克并不知道他正面对着一架没有武装的教练机。他只知道，它也许携带着苏制AA-10导弹，其射程与他的麻雀一样长。所以他选择了麻雀。

在相距十二英里时，他朝正前方发射了两枚麻雀。导弹呼啸着飞了出去，接收到从米格反射过来的雷达信号，顺从地向它飞射过去。

阿卜德尔卡里姆·巴德里看见了麻雀飞离战鹰时的闪烁，明白他的生命只剩下了几秒钟，除非他能迫使那个美国人调头离开。他的手伸到左下方，拉动了一根操纵杆。

唐·沃克一直在怀疑那到底是什么东西，现在他明白了。从米格的机翼下出现了回礼的闪光。它好像是一只冰冷的手捏住了他的内脏，他因为恐惧而感到浑身寒冷。对方向他回敬了两枚导弹。他现在死定了。

在射出麻雀后两秒钟，沃克后悔了，他希望刚才选择的是响尾蛇。道理很简单，响尾蛇发射后就可以不管了，它们自己会去找到目标，不管战鹰在哪里。而麻雀需要战鹰为它们制导。如果他现在调头离开，那么射出的导弹会因为失去了制导而漫无目的地飘游，直至无害地落到地上。

就在他想马上调头离开时，沃克看到从米格射出的导弹翻滚着朝地面落了下去。这时候他才明白它们根本就不是导弹；那伊拉克人只是释放机翼下的副油箱以愚弄他。铝合金油箱在早晨的阳光照耀下，如同发射出来的已经点火燃烧的导弹那样闪闪发光。这是一个诡计，而他，唐·沃克，差一点中了这个诡计。

在米格飞机里，阿卜德尔卡里姆·巴德里看到那个美国人不准备调头离开了。他考验了对手的神经，但是他失败了。在后座里，奥斯曼找到了音量发送按钮。越过兄长的肩膀他能够看到他们正在爬升，已经升上地面好几英里了。

"我们去哪里？"他尖叫着说。他最后听到哥哥阿卜德尔卡里姆的声音，相当平静。

"安静点，兄弟。我们去见父亲。啊，仁慈的安拉！"

这时候，沃克看到两枚麻雀爆炸了，像是在三英里之外绽开了两朵巨大的牡丹，接着苏制战斗机的碎片翻滚着跌向了地面。他感觉到脊背上的冷汗如同小河般流淌下来。

他的僚机飞行员兰迪·罗伯茨刚才一直在他的后上方位置，这时候飞到了他的右翼，戴着白手套的手跷起了一只大拇指。他也跷起大拇指作为回答，另两架战鹰已经放弃追击其他四架伊拉克战机，从下面爬升上来重新编成一个队形，继续朝着库特的那座桥梁飞去。

这就是战斗机空中格斗的速度。整个行动，从雷达初次锁定，至米格29支点战机被击毁，只过去了仅仅三十八秒时间。

那天上午时钟敲响十点时，私家侦探由他的"会计师"陪同，一起来到了温克勒银行。会计师提着一只很大的公文箱，里面装的是十万美元的现金。

这些钱是通过银行界的一位沙燕安排的一笔临时贷款。听说这些钱只不过是在温克勒银行暂存几天，事后会取出来退还给他，那位沙燕才松了一口气。

看到这些钱时，格穆利希先生高兴了。假如他注意到这些美元只占这只公文箱的一半厚度，那他的热情就不会这么高了；假如他看到假箱底下面的东西，他会吓得魂不附体的。

为隐蔽起见，那位会计师被请到了隔壁哈登堡小姐的办公室，律师留下来和银行家一起为这个新账户安排绝密操作代码。安排妥当后，会计师被召进来领取这笔款项的收据。到十一点时，事情办完了。格穆利希先生召来保安，陪客人走到门厅并且送到门口。

下楼时，会计师对着美国律师的耳朵轻轻说了一句话，律师把这句话翻译给保安听。保安点了点头，装着格栅门的古旧电梯在夹层停下了。三个人走出电梯。律师向他的同事指了一下男洗手间，会计师进去了。律师和保安留在电梯门外等着。

这时候，他们听到门厅里响起一阵吵闹声，显然声音真的很响，因为这里到门厅要顺着廊道走二十步，还要走下十五级大理石台阶。

保安轻声说了句对不起，就大步流星地沿着廊道走了过去，到了能看清下面大厅的台阶上方，看到情况后，马上快步跑下去解决事端了。

太令人愤慨了。三个无赖，显然喝醉了酒，竟然进入银行门厅骚扰那位接待员，跟她要钱再去买酒。女接待员后来解释说，他们谎称是邮递员骗她打开了前门。

保安怒不可遏，努力要把这些歹徒轰出去。没人注意到其中一名无赖进入门厅后即把一只空烟盒塞进了门缝底下，所以，这道自动关闭的大门失灵了。在互相推搡之际，也没人注意到第四个人手脚并用爬进了银行大厅。爬进来的人直起腰来，立即与跟在保安后面下楼走到门厅的纽约律师站在了一起。

他们静静地站在旁边，看着保安把三名无赖推回了街上。当保安转回身来时，发现律师和会计师已经自己从夹层下来了。他为这意外的混乱事件连声道歉，并把他们引出了银行。到了外面的人行道上，会计师长长地出了一口气。

"但愿以后我再也不用干这种事情了。"他说。

"别担心，"律师安慰他，"你干得很好。"

他们在说希伯来语，因为除此之外会计师不会说其他语言。实际上他是来自贝尔席瓦的一名银行出纳员。他来到维也纳执行平生第一次也是最后一次特工行动的唯一原因是，他碰巧是那名撬锁专家的双胞胎兄弟。现在，撬锁专家正一动不动地站在黑暗的夹层清洁室里。他将在那里静静地等待十二个小时。

麦克·马丁下午时抵达了鲁特巴镇。平常坐小车不会超过六个小时的这段路程，现在花了二十个小时。

在鲁特巴南郊，他发现了一个赶着一群山羊的牧羊人。他用剩余的第纳尔纸币以差不多高于市场价格两倍的高价，从牧羊人那里买下了四头羊。这使牧羊人感到既奇怪又高兴。

虽然现在被绳子拴着，山羊们被领到沙漠里还显得挺高兴。它们不可能知道，它们之所以在沙漠里，只不过是麦克·马丁可以据此解释为什么他在午后的太阳下游荡在公路南方沙漠里。

马丁的问题是他没有指南针——指南针与其他装备一起留在了巴格达曼苏尔区一间小屋的地砖下面。现在他用太阳和他那只廉价的手表，尽可能准确地测定从镇里的无线电塔到他埋藏摩托车的那个旱谷的方位。

这段路有五英里，因为赶着羊路上走不快。但它们也起到了作用，有两次他看见路上的士兵盯着他，直至从视线中消失，但那些士兵没采取任何行动。

太阳下山前他找到了那个旱谷，认出了做在附近岩石上的记号，他等到天色完全黑下来才开始挖掘。那几只快乐的山羊慢慢地游荡走了。

那件东西还在，包着塑料袋，是一辆长长的125CC雅马哈越野摩托车，黑色车身，挂着驮袋，里面装着副油箱。掩埋的指南针也在那里，还有手枪和弹药。

他把自动手枪连同枪套挂在右边的屁股上。从此以后，再也没有任何借口了，伊拉克农民决不会在那个地区骑着那种摩托车。如果遭到拦截，他只能开枪射击并逃走。

他骑着摩托车彻夜行驶，比进来时的吉普车跑得更快。这辆越野摩托车不但能在平地上快速行进，还能在旱谷边的崎岖小路上骑行。

半夜时，他给摩托车加了油，自己也从驮袋里取出水喝了几口。然后他骑车向正南方的沙特边境进发。

他根本不知道什么时候能越过国境。这个地区都是没有特征的布满岩石和沙砾的荒地，而且有时候他不得不走之字形路线，因此他很难估计到底走了多少英里。

他指望着，一旦到了泰普林路，他就能确认已经处在沙特阿拉伯境内了。泰普林是那个地区唯一的一条公路。前方的土地平展了一些，他正以每小时二十英里的速度行驶着，这时候他看见了一辆汽车。假如他没有这么疲劳，他本应该快速作出反应，但他现在已是混混沌沌，提不起精神了，他的反应迟钝了。

摩托车的前轮碰上了绊网，他跌落下来，翻滚了一圈又一圈，最后他仰躺在地上。当他睁开眼睛朝上看时，看见他的上方站着一个人影，还有星光在金属上发出的闪烁。

"不许动。"

不是阿拉伯语。他开动他那已经劳累不堪的脑筋。这种语言很久以前听说过。对了，在海利伯里，某个老师曾千方百计地教过他复杂难学的法语。

"别开枪，"他缓慢地用法语说，"我是英国人。"

法国外籍军团这支巡逻队中只有三名英国军士，其中一个叫麦库林。

"是吗？"麦库林用英语说，"好吧，你最好坐到那辆指挥车上去。这把枪就交给我了，如果你不介意的话。"

法国外籍军团巡逻队在远离他们驻地的西部，正在泰普林路上巡视，察看有没有伊拉克逃兵。有麦库林军士作为翻译，马丁向法国中尉解释说，他刚刚在伊拉克那边执行一项任务。

外籍军团对此相当理解，战斗在敌后也是他们的专长。好消息是法国人有一部电台。

在黑咕隆咚的清洁用具室内，撬锁盗贼耐心地从星期二的白天等到了夜晚。他听见各位男职员走进男洗手间来做他们进来要做的事，然后离开。隔着一道墙，他能够听到电梯偶然呜呜响着上上下下。他坐在自己的公文箱上，背靠着墙壁，偶尔看一眼夜光手表，以了解过去了几个钟头。

在五点半至六点钟之间，他听到职员们下楼穿过门厅回家去了。他知道，六点半时一位夜间值班员将会到达。保安会放他进来，届时保安应该已经对照着当天的上班职员名单，核实了每一位经过他的台子走出银行的职工。

六点钟一过，保安下班离开以后，夜间值班员就会锁上前门，合上报警器。然后他会取出那只每天晚上带来的袖珍电视机，坐下来观看电视节目，直至他去作第一次巡视。

根据耶里德小组的报告，甚至清洁工也会受到监视。他们在星期一、三、五晚上打扫公用区域的卫生——厅道、楼梯和洗手间；星期六，清洁工在保安的眼皮底下打扫各个办公室的卫生，门卫自始至终跟着他们。但星期二晚上应该是没人会来打扰撬锁高手的。

夜间值班员的工作程序显然一直不变。他分别在夜晚十点，凌晨两点和早上五点对楼内作三次巡查，检查各处门户。

上班后与第一次巡视之间，值班员看电视，并吃带来的盒饭。在从十点至两点的这段最长的间隔，他会小睡一阵，闹钟的铃声设在凌晨两点钟。盗贼打算在这段时间行窃。

盗贼已经见过了格穆利希的办公室，以及那非常重要的办公室的大门。这扇门是用实木做的，幸好没连上报警装置。报警装置是连着窗户上的，盗贼已经注意到了踢脚线与地毯之间有两块压力填衬隐约凸起。

十点整，他听到电梯隆隆响着上升。夜间值班员上楼了，他即将开始巡查各个办公室门，从顶层开始，步行一层一层地检查下来。

半小时后，值班老头完成了工作，他把头探进男洗手间的房门，开了一下电灯，察看一下装有警报线的窗户，关上门回到门厅桌子边去了。在那里，他选了一个晚间体育节目频道。

十点四十五分，在漆黑之中，撬锁盗贼离开男厕所，溜上楼梯，到了四楼。

他在格穆利希先生的办公室门口花了十五分钟时间。四档隼眼门锁的最后一档缩回去了，他闪身进入了房间。

他头上戴着一个头灯，但他还是取出一支大手电扫描着房间。在手电光下，他避开了两个报警压力填衬，从未加防护的那一边走近了书桌。然后他关掉手电，恢复用头上的小灯照明。

书桌上格的三只抽屉锁不成问题——都是小小的百年古铜锁。三只抽屉拉出后，他把手伸进去探摸有无旋钮、按钮或者拉栓。没有。在一个小时之后，在第三只抽屉后边的右下方，他才找到了它。是一根小拉栓，黄铜做的，长度不超过一英寸。他拉了一下，一声低低的咔嚓声，木档底部的一块长条嵌板弹开了一厘米。

藏在里面的盒子相当浅，不足一英寸，但盛放二十二张薄纸绰绰有余。这些纸全都是授权书的副本，格穆利希负责的账户就是根据这些来操作的。

撬锁专家取出他的照相机和一只三脚架。铝合金三脚架能把预先设定焦距的相机保持在纸张上方最佳距离上，从而获得最清晰的图片。

这叠纸最上面的一张，是头天上午由私家侦探代表美国那个虚构的客户开立的账户操作方法。

他要的那一份是从上面数的第七张。号码他知道——在美国人接管之前，摩萨德已经向耶利哥的账户付了两年款。

为保险起见，他把这些纸全都拍了照。把暗盒恢复原位后，他又合上并且锁上所有的抽屉，然后他退出去，返身锁上了办公室门。凌晨一点十分时，他回到了男厕所旁边的清洁用具室内。

上午银行开门营业时，撬锁专家听着隔壁的电梯上上下下运行了半个小时，他知道保安用不着护送员工进入办公室。第一位顾客于十点差十分出现了。当电梯从他身边经过升上去时，窃贼溜出洗手间，踮着脚尖走到廊道的尽头，去看下面的门厅。保安的那张台子空着，他陪顾客上楼了。

窃贼取出一只信号机按了两下按钮。三秒钟之后，前门的门铃响了。一楼门厅女接待员激活电子对讲系统，问道："谁呀？"

"送货的。"一个小小的声音说。接待员按了一下开门按钮，一位满面笑容的送货员走进了门厅。他带来一幅巨大的油画，用棕色的牛皮纸包裹着，还扎着带子。

"给你们送回来了，女士，都清除干净了，可以重新挂起来了。"他说。

在他的身后，大门开始徐徐地自动关上。这时候，一只手从旁边伸过来在门缝底下塞进了一叠纸。那门看起来是关上了，但锁舌没有到位。

送货员把油画立在接待员的台子边上。这幅画很大，有五英尺宽四英尺高，完全挡住了她看向门厅的视线。

"可这事我一点也不知道……"她疑惑地说。送货员从油画旁边伸出头来。

"只要在这里签收一下就行了，请吧。"他一边说，一边把一块夹着收条的夹板放到了她面前。接待员在审阅收条的时候，撬锁高手走下大理石台阶溜出门去了。

"但这上面写的是哈兹曼画廊呀。"女接待员指出。

"是呀。巴尔加塞，14号。"

"可我们这里是8号。这里是温克勒银行。画廊在那边。"

一脸迷惘的送货员道歉后离开了。保安也从大理石梯级上走了下来。前台接待员把刚才的事情说给他听。他哼了几声，在门厅内自己的座位上坐下来，重新拿起了一份早报。

黑鹰直升机在中午时分把麦克·马丁送到利雅得的那个军事基地，那里有一小组人在等待着他。其中有英国秘情局的史蒂夫·莱恩，美国中情局的奇普·巴伯。马丁没有料到会遇见他的顶头上司——英国特空团指挥官布鲁斯·克雷格上校。马丁在巴格达期间，特空团已经陆续派遣了整整两个中队的官兵在伊拉克西部沙漠参加行动。特空团总共只有四个中队，其中一个中队仍留守在英国赫里福德作为常驻中队，另一个中队分成若干小组在世界各地开展培训任务。

"你拿到手了，麦克？"莱恩问。

"拿到了。耶利哥的最后情报。不能用无线电拍发。"

马丁简单解释了一下不能发送电报的原因，并把那份皱巴巴的报告交了出去。

"麦克，这两天我们一直为联系不上你而犯愁呢。"巴伯说，"你干得真漂亮，少校。"

"我只有一件事，先生们，"克雷格上校说，"如果你们已经用完了他，我可以把我的部下带回去了吗？"

莱恩正在阅读那张纸，尽力把阿拉伯语译解出来。

"哦，是啊，我想可以。我们非常感激。"

"等等，"巴伯说，"你现在让他去干什么，上校？"

"噢，机场对面我们的基地里，有床铺，还有饭菜……"

"我有一个更好的主意呢。"巴伯说，"少校，给你一份堪萨斯牛排加油炸薯条，在大理石浴缸泡一个小时，再加上一张柔软的大床怎么样？"

"太棒了。"马丁哈哈大笑起来。

"好。上校，让你的部下去路那边的凯悦酒店套房里过上二十四小时，以表示我方的感谢。行吗？"

"行。明天这个时候见，麦克。"克雷格说。

在驱车去空军总部对面那家宾馆的短短的路程中，马丁把耶利哥的情报翻译好，交给了莱恩和巴伯。莱恩逐字逐句地读了一遍。

"就是它，"巴伯说，"空军会去那里把它炸飞的。"

要使这位尘土满面的伊拉克农民住进凯悦酒店的最豪华套房，奇普·巴伯亲自办理入住登记手续才得以成功。马丁安顿下来后，巴伯离开旅馆到马路对面的黑洞去了。

马丁确实在那只深深的、冒着蒸汽的浴缸里泡了一个小时，用宾馆免费提供的香波和剃须用具擦洗身子，刮胡子。当他踏出浴室时，牛排和炸土豆已经摆放在客厅的一只盘子里了。

他才吃到一半就感到一阵睡意袭了上来。他刚刚爬上卧室那张宽大松软的双人床就睡着了。

在他睡眠期间发生了一些事。刚刚熨烫过的衬衣、短裤、长裤、袜子和皮鞋送进了他的客厅。

在维也纳，吉迪·巴齐莱把耶利哥账户的操作细节传送到了特拉维夫。在那里，摩萨德开始用适当的措辞准备一份极为相似的复制文件。

爱迪丝·哈登堡从银行下班后，卡里姆带她去喝咖啡，并向她解释说他要回约旦一个星期，探望患病的母亲。她接受了这个理由，拉住他的手叮嘱他尽早回来陪她。

从黑洞发出的命令到达了塔伊夫的一个空军基地。那里，一架TR-1侦察机正准备起飞，去伊拉克北方地区执行一项使命，去沙尔喀特的一个主要兵工厂进一步拍摄照片。

起飞前又增添了一个任务，专门去访问和拍摄哈姆利山脉北部的丘陵山区。新任务的地图坐标已经送来了。当基地的中队长对突然的变化提出抗议时，他得知这个命令是耶利米指令。抗议结束。

刚过两点，那架TR-1就起飞了，到四点钟时，它拍到的照片图像已经出现在黑洞廊道尽头那间特定会议室的屏幕上了。

那天山区上空有云团和降雨，但那架侦察机配备着ASARS-2设备，其远红外和热像雷达可以穿透云、雨、雾、冰雹和雨夹雪，因此照片还是拍到了。

这些图像到达后，美国空军的贝蒂上校和英国皇家空军的佩克少校对它们作了研究。他们两位是黑洞最好的照片分析专家。

计划会议在六点钟开始。出席会议的只有八个人。其中有霍纳将军的副手——同样有决断力但更为活泼的巴斯特·格洛森将军。史蒂夫·莱恩和巴伯·奇普这两名情报官也参加了，因为找到这个目标，并知道目标背景情况的就是他们两人。两位分析专家贝蒂和佩克，要在会议上解释他们对该地区照片的译解。在场的还有三名作战参谋，两名美国的，一名英国的，他们将作记录并且保证会议布置的任务能得以执行。

贝蒂上校首先发言，谈及这次会议的主题。

"我们在这里有一个问题。"他说。

"解释一下吧。"将军说。

"长官，提供给我们的情报是格子坐标的十二位数字，六位代表经度，六位代表纬度。但这还不是卫导参照图，只有卫导参照图才能把目标圈定在几平方码之内。我们谈论的地方有一平方公里。为保险起见，我们把那地方扩大为一平方英里。"

"怎么样？"

"喏，就是这里。"

贝蒂上校朝墙上作了一下手势。放大了的照片盖满了差不多整整一面墙。这是一张计算机增效的高清晰度照片，有六英尺长，六英尺宽。大家都转过头看着。

"我看不出什么东西，"将军说，"都是山。"

"就是这个问题，长官。目标不在那里。"

与会者的注意力转到了密探身上。毕竟这是他们提供的情报。

"那里，"将军缓慢地说，"应该有什么东西？"

"一门大炮。"莱恩说。

"一门大炮？"

"就是所谓的巴比伦大炮。"

"我还以为你们情报机关在制造阶段已经把它们全都拦截下来了呢。"

"我们是拦截了。但显然有一件漏网了。"

"这东西我们一直在作研究。发射器应该是一枚火箭，或是一个秘密战斗轰炸机基地。大炮不能发射这么大的载荷。"

"这门大炮能发射，先生。我已经与伦敦核对过了。大炮的炮筒有一百八十多米长，口径一米。载荷超过半吨。根据所使用的液体燃料计算，射程可达一千公里。"

"这里到三角区域的距离是多少？"

"四百七十英里，或者七百五十公里。将军，你们的战斗机能否拦截炮弹？"

"不能。"

"爱国者导弹呢？"

"有可能，如果它们在合适的地方，合适的时间，并能及时发现它。也许不能。"

"问题在于，"贝蒂上校插话，"大炮也好，火箭也好，这里看不到目标。"

"会不会埋在地下，像库拜组装厂那样？"巴伯提议。

"库拜那个工厂上面伪装成一个废车场，"佩克少校说，"可这里什么东西也没有。没有道路，没有输电线路，没有防卫，没有直升机坪，没有铁丝网，没有兵营，只是一片荒山野岭。"

"假如，"莱恩辩解说，"他们采取了与塔尔米亚一样的伎俩——把防线建在四周很远处，那么防线就在照片以外了？"

"我们也研究过了。"贝蒂说，"我们观察了方圆五十英里范围。没有东西，没有防卫。"

"会不会是故意不设防卫的一个骗局呢？"巴伯说。

"不会。伊拉克人总是保卫着他们的贵重财产，即使对他们自己的人民也严加防范。看这里。"

贝蒂上校走到图片旁指点着一组棚屋。

"一个农民的村庄，就在旁边。炊烟，羊圈。羊群在这里的山谷吃草。照片外面还有另两个村庄。"

"也许他们挖空了整座山。"莱恩说，"你们这样干过，在夏延山。"

"那是在钢筋混凝土大门后面的一系列山洞，隧道和一个个房间。"贝蒂说，"你现在说的是一支长度为一百八十米的炮筒。要把那个东西放进一座山里，你得把整座山从山顶开始扒下来。先生们，我认为炮膛、弹药库以及所有的居住区都可以建在地下，但那么大的一根炮筒肯定会在某个地方露出来。可这里没有。"

他们又去审视那张照片。这个方块里有三个村庄，第四个村庄露出了一部分。三个村庄中最大的那一个没有防爆门或者进出的公路。

"如果大炮就在那里的某处，"佩克提议，"为什么不对那一平方英里进行饱和轰炸呢？那样会把可能盖着武器的任何山头炸坍。"

"这主意不错。"贝蒂说，"将军，我们可以出动大胖丑八怪，把整个一平方英里炸成一摊烂泥。"

"我能否提个建议？"巴伯问。

"请吧。"格洛森将军说。

"假如我是萨达姆·侯赛因，患有他那种偏执狂，而且我有一件这么重要的武器，我肯定会让我最信任的人去负责。而且我会授权给他，万一那座要塞遭到轰炸，他可以发射大炮。简单地说，如果第一批炸弹没炸着——一平方英里是一块很大的地方，那么其后的炸弹就来不及了。"

格洛森将军俯身向前靠了过去。

"你的意思到底是什么，巴伯先生？"

"将军，如果上帝的拳头在这些山里面，肯定是用极为高明的伪装术隐藏起来的。要能够百分之百地摧毁它的唯一方法，是采取相同的隐蔽行动。派出一架飞机，突然间冒出来，发动一次奇袭，一次投弹击中目标。"

"我不知道这话我还要说多少遍，"贝蒂上校恼火地说，"可我们不知道该往哪里扔炸弹，准确位置。"

"我认为我的同事是在说目标标定。"莱恩说。

"但那意味着要派另一架飞机，"佩克提出异议，"就像海盗为狂风标定目标那样。即使目标标定者也必须先见到目标才行呀。"

"这个方法在打击飞毛腿时效果很好。"莱恩说。

"是啊，特空团战士标定导弹发射架，我们把它们炸飞。但特空团战士就在现场的地面上，举着望远镜在距导弹一千码的地方。"佩克说。

"是这样。"

会议室沉静了好几秒钟。

"你们是说，"格洛森将军说，"派人深入到那里的山区，为我们标示一个十平方码的目标。"

讨论又进行了两个小时，但总是回到莱恩的观点上。

首先是找到它，接着是标定它，然后是摧毁它，而且全都必须赶在伊拉克人反应过来之前完成。

半夜时分，英国皇家空军的一名下士走进了凯悦宾馆。他在那间客厅敲门没得到应答，于是请宾馆的夜班经理开门让他走进了套房。他进入卧室，把穿着毛巾布睡袍睡在床上的人推醒。

"长官，你醒醒，长官。马路对面叫你过去，少校。"

第二十二章

奇袭喀拉

"它在这里。"两个小时之后麦克·马丁说。

"哪里？"贝蒂上校好奇地问。

"这里的某个地方。"

在黑洞廊道尽头的那间会议室里，马丁正俯身在桌面上审视哈姆利山区的一张大照片。该照片中显示的面积有五英里乘五英里。他用食指指点着。

"这些村庄，这三个村庄，这里，这里，还有这里。"

"这些村庄怎么啦？"

"它们是假的。它们看起来很像，但只是完美的仿制品，其实里面住满了士兵。"

贝蒂上校凝视着那三个村庄。其中一个处在距照片中央三座山中间只有半英里的一个山坳里。另两个在远处的山坡上。

这些村庄都很小，因此村里都没有清真寺。每个村庄都有一个中央主谷仓，储存着过冬的干草和饲料，还有一些小谷仓供羊群使用。居住区里有十几间简陋的棚屋，是用泥砖砌起来的，屋顶上盖着中东山区随处可见的茅草或者洋铁皮。夏天，附近也许会有几块庄稼地，但冬天没有。

伊拉克山区的冬天是严酷的，寒风吹拂着云块，天上下着阴冷的斜风雨。认为中东的所有地区都是温暖的，只是一种误解。

"好吧，少校，你比我们更了解伊拉克。但你怎么知道这些村庄是假的？"

"生命维持系统。"马丁说，"村庄太多了，农民太多了，羊太多了。这里根本没有足够的粮食和牧草。他们会挨饿的。"

"啊，"贝蒂上校有所触动地说，"原来这么简单。"

"这也许证明了耶利哥没有说谎，没有搞错。既然他们造起了这些伪装，那么他们肯定藏着某种东西。"

第22特空团指挥官克雷格上校已经进入地下室，参加到他们的讨论之中。刚才他一直在与史蒂夫·莱恩轻声商量着。现在他走了过来。

"你有什么主意，麦克？"

"它在那里，布鲁斯。地面人员能看得到它，在一千码距离，配上一副好望远镜。"

"上头的意思是派遣一支小分队去标定目标。但你不在内。"

"不行，长官。这些山丘也许是活的，山脚下说不定有巡逻队。在照片上看不到任何道路。"

"那也没关系，巡逻队是可以避开的。"

"如果万一碰上呢？战友们没人能像我一样说阿拉伯语。此外，这是一次高空跳伞行动。直升机肯定不行。"

"据我所知，到目前为止，你已经参加了你想参加的一切行动。"

"不是这么回事。我一直没能参加任何行动。谍报工作我已经搞得厌烦了。让我去吧。战友们已经在沙漠里战斗了几个星期，可我一直在花园里浇花。"

克雷格上校扬起了一条眉毛。他没问过莱恩，马丁到底在干什么——假如他问了也不会得到确切回答的，但他对于手下的一名得力干将居然在当花匠而感到颇为惊奇。

"回基地吧。我们在那里仔细地制订一份计划。如果我喜欢你的主意，就让你参加。"

黎明前，盟军总司令施瓦茨科普夫上将表示没有异议，他同意了这项行动。在利雅得军事基地围起来的一角，是特空团的专用领地。马丁已经大致向克雷格上校汇报了他的设想，并得到了可以执行的指示。

计划的执行要靠克雷格上校的地面人员与格洛森将军派出的战斗轰炸机密切协调配合。上午，巴斯特·格洛森与他的朋友和上司查尔斯·霍纳在一起喝咖啡。

"我们用哪一支部队去参加这次任务呢？"他问道。

霍纳将军回想起，两周以前一名军官曾向他要求参加重大战斗任务。

"嗯，"他说，"把这个任务交给第336中队吧。"

麦克·马丁用充分的理由说服了他的上司克雷格上校。他说，在海湾战区的大多数特空团官兵都被派到了伊拉克执行任务，他是现在剩下来的唯一高级军官；而且他是B中队的指挥官，现在该中队由他的副手指挥；此外他是唯一能说流利阿拉伯语的军官。

但最有说服力的是他受过自由跳伞训练。进入伊拉克山区而不致引起警觉的唯一方法是自由跳伞——高空跳下，低空张伞，即从两万五千英尺高空的飞机上自由跳下，在三千五百英尺低空打开降落伞。这不是初学者可以参加的行动。

整个行动的计划制订理应需要一个星期，但现在没有那么多时间了。唯一的解决方法是，空降、越野行军以及潜伏地点的选择都要同时制订出来。据此，马丁挑选他信任的人员。

回到利雅得军事基地的特空团办公室后，他对克雷格上校提出的第一个问题是："我可以选谁？"

他可选的人员不多。许多人已经在沙漠里执行任务了。

当副官把名单给他看时，一个名字在他的眼前一亮。

"彼得·斯蒂芬森——要定了。"

马丁在第一次带队巡视外地时，就已经认识了斯蒂芬森中士，当时斯蒂芬森是一名下士，而他是一名上尉。与他一样，斯蒂芬森也是一名自由跳伞者，而且是中队里的一名航空兵成员。

"这个人不错，"克雷格说，手指指向另一个名字，"善于爬山越岭。我建议你在他们中间挑两个。"

他所指点的那个名字是本·伊斯曼下士。

"我认识他。你说得对，我也要他。还有谁？"

最后选中的是凯文·诺斯下士，是属于另一个中队的。马丁从来没有指挥过他，但诺斯是一名爬山专家，很受他所在中队指挥官的赞赏。

计划的五个部分必须同时完成。马丁对他们作了分工，由他自己全面负责。

首先要选定空投的飞机。马丁毫不犹豫地选择了C-130大力神运输机。这是特空团惯常跳伞用的飞机，现在有九架在海湾服役。它们的基地都在卡利德国王国际机场。早饭时传来了更好的消息，其中三架是属于第47中队的，该中队曾与特空团的自由跳伞者有过多年的配合经验。

那三架大力神的机组人员中有一位是格林·莫里斯上尉。

整个海湾战争期间，大力神运输机一直承担着部分运输任务，把抵达利雅得的货物转运到特布克、穆哈拉克、达兰，甚至阿曼锡布的皇家空军各个基地去。莫里斯一直担任着货运指导员的工作，但他的真正特长是跳伞教导员，马丁以前在他的监督下跳过伞。

英国武装力量的一切战斗空降均由皇家空军统一主管，而不是让伞兵或特空团各自准备自己的降落伞，他们的关系建立在相互信任和了解的基础上。海湾战区皇家空军统帅伊安·麦克法迪恩准将，马上把刚从特布克卸货返回的大力神调派给了特空团。装配工们开始为当天夜晚的高空自由跳伞行动对飞机进行改装。

主要的改装工作是在货舱底板上装置氧气控制面板。这架大力神平常主要承担低空运输飞行任务，没必要为坐在后舱的军人提供氧气。莫里斯上尉用不着培训就知道该怎么做，而且他还从另一架大力神带来了第二名跳伞教导员——萨米·道利什。整整一天他们在大力神上忙碌着，到太阳下山时把氧气设备装妥了。

第二件大事是降落伞本身。到目前为止，特空团官兵还没有以空降形式进入过伊拉克——他们都是坐汽车进入伊拉克沙漠的，但在地面战开始前的几个星期里，跳伞训练一直在进行。在这个军事基地里有一个封闭的、温控的安全设备仓库，特空团的降落伞就是储存在那里。马丁申领了八副主伞和八副备伞，尽管他的小分队只需要各四副。斯蒂芬森中士负责检查和包装全部八套降落伞。

空降兵部队使用的降落伞早已经不是圆形的降落伞了，而是被称为"方块"的新型设计的降落伞。它们不是正方形，而是长方形的，由两层织物构成。在下降过程中，空气进入夹层之中形成一个如同机翼横截面的半软半硬的"翼"，使自由跳伞者能像滑翔机那样带伞"飞"下来，转向和操纵机动性相当高。这种降落伞通常可在自由跳伞表演中看到。

那两名上士得到任务，去领取和检查所需的所有其他装备，包括四只大背包，有水瓶、头盔、皮带、武器、压缩饼干、弹药、急救包等等。每个人要背负的这个背包有八十磅重，而且里面的每一件物品都有可能是至关重要的。

在一个指定的机库里，地勤人员和机械师对那架大力神飞机进行了全面维护，检查了发动机和每一个活动部件。

中队长指派了他手下最好的机组人员，其中领航员陪同克雷格上校回到黑洞去选择合适的空投区。

马丁本人与六名技术人员待在一起，其中四名美国人，两名英国人，他们向他讲解了标定目标时需操作的仪器。该仪器可以把目标圈定在几平方码之内，并把这个情报反馈给利雅得。

马丁学会操作之后，把装备全都带到了机库里。在那里，四个人要携带的装备像山一样地堆放着。为保险起见，每件技术设备都备上了双份，这又增加了携带的重量。

马丁回到黑洞的作战参谋那里。他们俯身在一张大桌子上，审视着那天刚过黎明时另一架TR-1拍的新照片。这次天气很好，照片显示了哈姆利山区的每一个山谷和裂缝。

"我们假设，"克雷格上校说，"这门该死的大炮肯定是朝向南到东南方向的。因此最佳的观察地点似乎应该在这里。"

他指向假定的要塞——南方山边的一系列山缝，那是在方圆一平方公里的丘陵中央的一座山上，由已故的伊拉克陆军工程兵上校奥斯曼·巴德里选定的地点。

"至于空投区，这里有个小山坳，大约在南边的四十公里处……你能看见一道很细的溪水流下那个山坳。"

马丁看了看。山丘中有一个小凹地，大约五百码长，二百码宽，两边长满了青草，还夹杂着岩石，一条小溪夹带着冬季的雨水顺着山谷翻滚着流淌下来。

　　"这是最佳地点吗？"马丁问。

　　克雷格上校耸耸肩："坦率地说，这差不多是你能选择的最合适地点。另一个地点距目标有七十公里。再靠近的话，他们会看到你们着陆。"

　　根据地图上的那个地点，在大白天是不成问题的，但在漆黑的夜空中，以每小时一百二十英里的速度飘落下来就很难准确着陆。届时将没有灯光为他们照明，地面上也没有火把为他们导向。这是一次从黑暗降落到黑暗的行动。

　　"那就这里吧。"马丁说。皇家空军的那位领航员直起腰来。

　　"好，我去作准备。"

　　领航员将要忙碌一下午。他要负责让飞机在不开灯的情况下穿越没有月光的夜空，飞到空中的特定地点，这样，四个从飞机往下跳的人能够根据风向和风速找到那个小小的山坳。四个人如果飘向下风处，他也要计算出会飘移多少距离。

　　直到黄昏时，所有相关人员才在那个机库里再次碰头了。现在机库已不准任何其他人进入。那架大力神停在旁边，已作好了准备，加满了油。在一边的机翼下堆放着小分队需要的装备。皇家空军的跳伞教导员道利什已经重新包扎好了每套重达四十八磅的八套降落伞，好像他自己要使用那样认真。斯蒂芬森满意了。

　　在机库的一角有一张很大的办公桌。马丁从黑洞带来了一些放大的照片，他把斯蒂芬森、伊斯曼和诺斯叫到桌子边，一起制订从空投区到他们的隐藏地的行军路线。看来需要两个夜晚的强行军，中间的白天要找一个地方休息。白天行军肯定是不可能的，而且他们也不会走直线。

最后，他们每人收拾好了自己的背包，最后的一件物品是携带装备的皮带，那是一条结实的网状皮带，有许多口袋，着陆后这些袋子都要卸下来系在腰上。

太阳下山时，四个人从军需官那里领来了美国的汉堡包和汽水，现在他们将休息到飞机起飞。起飞定在晚上九点四十五分，空投定在午夜十一点三十分。

马丁总是认为等待是最令人心焦的。经过整整一个白天的手忙脚乱，突然间无所事事了。精力没地方可集中了，只有紧张感，脑子里一直在想着，尽管已经作了反复检查，会不会还是忘了某件至关重要的东西。这段时间，人们可以吃东西，看书报，写家信，打瞌睡，或者上厕所。

九点钟，一辆牵引车把那架大力神拖到了外面的停机坪上，机组人员——驾驶员、副驾驶、领航员和机械师，开始发动引擎作起飞前的最后检查。二十分钟后，一辆车窗封黑的客车驶进机库把人员和装备载到飞机旁。大力神后舱门打开，跳板放下来了。

两名跳伞教导员准备好了，还有货运指导员和降落伞装配员。但只有七个人步行走上跳板进入大力神硕大的货舱。跳板收起来，舱门关上了。装配员回到了客车上，他不加入他们的飞行。

与跳伞教导员和货运指导员一起，四名战士坐在沿舱壁的座位里，系上安全带并等待着。晚上九点四十四分，大力神从利雅得起飞了，随即把它那圆鼓鼓的机鼻转向了北方。

二月二十一日晚上，当英国皇家空军的大力神升入夜空时，一架美国的直升机按命令停在军事基地美军区域的前面。

这架直升机从阿尔卡兹接来了两个人。一个是第336战术战斗机中队的中队长史蒂夫·特纳，巴斯特·格洛森将军的一道命令把他召到了利雅得。与他同来的是他奉命选的中队里最佳的低空攻击飞行员。

火箭战斗机中队指挥官和唐·沃克上尉都不知道为什么叫他们来。一小时之后，在空军总部地下的一个小办公室里，他们才得知原因，以及任务的详情。他们还得到警告，除了他俩和沃克的火控员——坐在他身后与他同飞的人之外，其他人无权知道行动的细节。

然后他们搭乘直升机返回了基地。

大力神起飞以后，四名战士可以解开安全带的扣子并借着头顶上淡淡的红灯在机舱内来回走动。马丁走到前面，登上梯子到了飞行甲板，与机组人员一起坐了一会儿。

他们在一万英尺的高度飞向伊拉克国境，然后开始爬升。在两万五千英尺上空，大力神平飞越过边境进入了伊拉克，在寂寥的星空中显得形单影只。

其实它并不孤独。在海湾上空，一架阿瓦克斯预警机奉命时刻注视着周围和身下的天空。如有任何伊拉克雷达因为某种原因还没被多国部队炸掉，一旦开机将会立即遭到攻击。为此，携带着哈姆反雷达导弹的两个小队野鼬鼠飞翔在阿瓦克斯下方。

为防备那天晚上万一有伊拉克战斗机升空，皇家空军的一小队美洲虎飞行在大力神的左上方，一小队F-15C战鹰飞行在他们右方。这架大力神在高技术的团团保护之中。那天夜晚在天空中的其他飞行员谁也不知道这是为什么。他们只是按命令行事。

实际上，那天夜晚伊拉克如果有人在雷达屏幕上看到任何亮点闪动的话，他也只会认为那也是一架北飞去土耳其的货机。

货运指导员端来茶、咖啡、饮料和饼干，尽力招待他的客人。

距空投点还有四十分钟航程时，领航员闪动一只指示灯，于是最后的准备工作开始了。

四名战士系上了他们的主降落伞和备用降落伞，前者系在肩下，后者在背上。然后是背包，倒挂在后背上降落伞下面，尖头部位伸到两腿中间。武器——一支消音的赫克勒-科奇MP5SD冲锋枪挂在身体左侧，个人氧气瓶扣在肚子上。

最后，他们戴上头盔和氧气面罩，并把后者接上了中控板。中控板是一个大餐桌一样的框架结构，里面挤满了氧气瓶。当每个人都舒舒服服地吸上氧气后，飞行员得到通知，开始把机舱里的空气抽到夜空之中，直至机舱内外气压达到了平衡。

这个过程差不多花了二十分钟时间。然后他们又坐下来等待。距空投点还有十五分钟航程，又一个信息从飞行甲板传进了货运指导员的耳朵。他告诉跳伞教导员做手势，让战士们把氧气供应从主控板转到各人自己的小瓶上。每一只小氧气瓶可提供三十分钟的氧气，空投过程他们将需要三至四分钟的氧气供应。

这时候在飞行甲板只有领航员确切地知道他们处在什么地方，特空团小分队完全信任同事会在合适的位置将他们投下去。

现在货运指导员频繁地用手势与战士们联络着，最后他双手指向控制板上方的灯。货运指导员耳机里传来了领航员的指示。

战士们站起来开始移动，像宇航员那样背负着他们的装备，缓慢地走向跳板。两位跳伞教导员也用移动式氧气瓶呼吸着，与他们一起走过去。他们在仍然紧闭的尾舱门前站成一排，每人都在检查身上的装备。

在尚余四分钟时，尾舱门降下来了，他们注视着外边两万五千英尺高空黑洞洞的空气。又是一个手势信号，跳伞教导员竖起了两根手指，告诉他们尚余两分钟。战士们拖着脚走到跳板的边缘，看着跳板开口处两侧的电灯，此刻还未开亮。红灯亮了，风镜拉了下来。绿灯亮了……四个人转过身来用一只脚踩着跳板，面向机舱朝后面跳下去，双臂张开，脸朝下。跳板的边在他们的面具下闪了过去，大力神飞走了。

斯蒂芬森中士在领路。

稳定姿势之后，他们毫无声息地在夜空中下落了五英里。在三千五百英尺空中，自动压力操作系统弹开了降落伞。麦克·马丁看到身下五十英尺处的人影似乎停止了移动。就在同一秒钟，马丁感觉到他自己的主伞打开时的震动，方块伞开始受力，下落速度从每小时一百二十英里降到了十四英里，缓冲器承受了部分冲击力。

在一千英尺高度，每人都解开了挂在背上的背包扣锁，小心地让它滑落到自己的双腿，然后勾在双脚上。降落时背包会一直勾在脚上，直到距地面一百英尺时才离开双脚，改由一条全长十四英尺的尼龙绳吊着它。

中士的降落伞飘向马丁的右方，于是他也跟了过去。夜空如洗，星星清晰可见，群山的黑影从四面八方包围过来。接着马丁看见了那条小溪沿着山谷流淌发出的粼粼水光。

彼得·斯蒂芬森直接落到了空投区的中央，在小溪边上的几码处，柔软的草地上。马丁扔下绳子系着的背包，转过身，在空中停了一下，感觉到背包落在了他身下的地面，然后双脚缓慢地踩到了地上。

伊斯曼下士从他的头顶上方飘过去，又滑翔回来，在五十码远处着陆了。马丁在松解降落伞。他没看见凯文·诺斯降落。

事实上，这位登山专家是第四个，也是最后一个着陆。他降落在一百码远处，但没有落在草地上而是落到了山坡上。他拉扯着静止绳，试图去靠近战友们，这时候他身下的背包落到了山上。背包落地时，由于上头的人仍在飘移，背包绳拴在他的腰上，因此背包朝侧向被拖了过去。它在山腰上碰撞着翻滚了五码，然后在两块山岩之间被绊住了。

背包绳突然猛拉，把诺斯侧面朝下拉向地面，因此他不是双脚而是侧身着地。那里的山腰上岩石不多，但一块岩石把他的左股骨撞成了几块碎片。

诺斯下士清楚地感觉到骨头碎了，那阵轧轧声如此剧烈，使他在几秒钟之内没有觉得疼痛。接着剧痛开始了。他双手抱住大腿痛得翻滚起来，口中一遍又一遍喃喃说着："不，不，上帝呀，不要这样。"

他并不知道——因为是大腿内部受伤——他开始出血。骨头的一块碎片刺破了股动脉血管，鲜血汩汩不断地流满了他的大腿。

一分钟以后，另三人找到了他。他们全都解下了降落伞和背包，而且相信他也在那样做。当他们发觉他没在一起时，就来找他了。斯蒂芬森取出笔形小电筒照在那条断腿上。

"哦，糟了。"他轻声说。他们有急救包，甚至还有敷料，但他们无力回天。诺斯下士需要创伤治疗、血浆和外科大手术，而且要快。斯蒂芬森在诺斯的背包里翻了一下，找出急救包，取出吗啡，给诺斯扎了一针。但那没起什么作用。随着血液的流失，疼痛正在减缓。

诺斯睁开眼睛，努力把目光集中到他上方麦克·马丁的脸上，轻轻地说了声："对不起，头儿。"接着又闭上了眼睛。两分钟之后他死了。

换成其他场合，马丁也许会对在他领导下失去了一个诺斯那样的战士发出某种叹息。但现在没有时间了，而且这里也不是地方。站在旁边的两名战士也明白这一点。悲伤只能留给以后。

马丁原打算把张开的降落伞捆扎起来并撤离山谷，然后找到一条石缝把多余的装备全都掩埋起来。现在已经不可能了。他不得不用这个时间处理诺斯的尸体。

"彼得，去收拾我们要掩埋的全部物品。去附近找一个洞穴，或者挖一个。本，你去捡石块。"

马丁俯身在尸体上，摘下身份识别牌和自动手枪，然后走过去帮助伊斯曼。他们三人齐心协力用刀和手在柔软的草地上挖了一个洞穴，把诺斯的尸体放了进去。洞里还放了其他物品，四顶张开的降落伞，四顶仍包装着的备伞，四只氧气瓶，绳子和网状皮带等。

然后他们开始在上面堆放石块，不能清楚地堆成一个形状，那会被发现，而是随意的，好像石块是从山坡上翻滚下来的。他们从小溪中取来水把石块和草地上的血污冲洗掉。原先石块下面光秃秃的地块，用脚去踩了几下，溪边的草屑索性扔进溪流中让水给冲走了。这个山谷必须尽可能恢复成午夜前一小时的模样。

他们原先指望在黎明前可以安排五个小时的行军，但现在已经花费了三个多小时。诺斯背包里的某些物品留在那里与他埋在了一起：他的衣服、食物和水。设备需由剩下的人分担，这更加重了他们的负担。

黎明前一小时他们离开山谷进入了SOP，即常规行动程序。斯蒂芬森中士走在前面侦察。每当翻上一道山梁之前，他总要先蹲伏在地上观察山梁对面的情况，以免措手不及。

路线是上行的，他脚步沉重地行走着。虽然他个子较小，且比马丁年长五岁，但他可以背负八十磅装备比大多数空着手的人走得还快。

山区上空飘来一片云，这正是马丁所需要的，这样会推迟黎明的到来，给他们额外的一个小时。经过九十分钟的强行军，他们穿过几道山梁，翻过两座丘陵，已经走了八英里。最后，慢慢放亮的天空迫使他们去寻找一个藏身之处。

马丁选择了悬崖下的一条水平的石缝，外面有干枯的杂草作为屏障，下面有一个干涸的旱谷。在夜色褪尽前的最后一段时间里，他们吃了一些干粮，喝了几口水，在身上盖了一层稀松的伪装网，躺下来睡觉了。放哨观察分成三班，马丁值第一班。

上午十一点，他把斯蒂芬森推醒。中士值班警戒，他去睡觉了。下午四点钟，本·伊斯曼在马丁肋骨上捅了一下。马丁睁开眼睛，看到伊斯曼正把食指贴在自己嘴唇上。马丁听了听。从他们身下十英尺的旱谷里传来了阿拉伯语的说话声。

斯蒂芬森中士也醒了，他扬起了一条眉毛。现在我们怎么办？马丁又倾听了一会儿。对方共有四个人，是一个巡逻小组，对于无休止的山区行军任务已经厌烦了，而且已经疲劳了。在十分钟之内马丁就听明白他们想在那里扎营过夜。

马丁已经损失了不少时间。他需要在六点钟动身，那时候夜幕刚降临，他需要利用晚上的每一个小时走完剩下的路程，到达要塞对面山丘上的岩缝中。他也许需要更多的时间来寻找适合他们隐蔽和观察的岩缝。

下面旱谷里的对话表明，这些伊拉克人要去找一些木柴，在灌木里点上一堆火。他们肯定会到灌木里，向特空团战士藏身处察看一下。即使他们不来，马丁的小分队也要等几个钟头，等他们全都睡着、睡死以后才能溜走。没有其他选择。

马丁做了一下手势，另两个人抽出了他们随身佩带着的双刃尖刀。三个人悄悄地走过乱石堆进入到了旱谷里。

他们干完后，马丁翻了一下伊拉克人尸身上的番号。他注意到他们全都姓乌贝蒂。他们都是乌贝蒂部落人，是来自这个地区的山民。他们都佩戴着共和国卫队的识别符号。显然，共和国卫队从这些山区战斗队员中选拔一些人组成了巡逻队，其任务是确保要塞免受外人侵入。这些人全都长得瘦长结实，身上没有一丝脂肪，在这里翻山越岭一般不会走累。

马丁的小分队又花了一个小时的时间把四具尸体拖入石缝里，割开伊拉克人的伪装帐篷做了一块篷布，并在篷布上装饰了灌木、芦苇和青草。他们忙完之后，需十分锐利的眼光才能发现悬崖下面的这个隐藏处。幸好这支伊拉克的巡逻队没有无线电，他们很可能都是在返回后才去基地报到。现在他们永远不会返回了。如果运气好的话，两天以后才会有人想起他们。

夜色变浓时，特空团战士们又上路了。他们努力在星光下辨认着照片上那些山丘的形状，按照指南针指示的方向朝目的地挺进。

马丁携带的地图制作得很精美，是根据TR-1侦察机的航拍照片由电脑绘制出来的，显示了从空投区到潜伏地之间的路线。每隔一段时间马丁就停下来，用手提卫星导航定位仪测定一下方位，并借着笔形电筒看一下地图，以核对他们的行走方向和进度。到半夜时，方向和进度都令人满意。他估算还需要行走十英里。

在英国威尔士地区的布雷肯斯，马丁和战友们能保持一小时行走四英里的速度。那是在平地上，牵着狗在晚间轻松活泼地行走，肩上也没有八十磅的负荷，以这种速度行军是相当正常的。但在敌方的山区，在有可能遭遇敌人巡逻队的情况下，行军进度不得不放慢了。他们已经碰上了一次巡逻兵，再碰上一次简直太多了。

他们胜过伊拉克人的一项优势是他们的夜视镜。戴着这种新型的广角夜视镜，他们看到的前方乡野呈现一片淡绿色，因为图像增大器能收集附近的一点一滴自然光，并集中到观察者的视网膜内。

黎明前两小时，他们见到了前面那个要塞的庞大黑影，于是开始攀登左边的山坡。他们选定的那座山在耶利哥提供的一平方公里范围的南缘，从靠近山顶的岩缝里，他们应该能看见对面差不多平行高度上的要塞南立面，如果要塞确实在那里的话。

他们吃力地攀登了一个小时，喘气越来越粗重了。斯蒂芬森中士领头拐入了一条山羊踏出来的小路，沿着山坡蜿蜒而上。在快到山顶处，他们找到了TR-1侦察机下向和侧向照相机拍到过的那条岩缝。它比马丁想象的还要理想——岩石中的一条天然裂缝，有八英尺长，四英尺深，二英尺高。岩缝外面是一块二英尺宽的突岩，马丁可以在那里躺下来，身体和双脚藏在岩石丛中。

战士们取出一张稀松的伪装网，把他们的藏身处装点得难以察觉。

干粮和水装进了皮带上的弹药袋内，马丁的技术设备放在随手可及的地方，武器经检查后放在了旁边。在太阳升起之前，马丁使用了其中一件设备。

这是一部发报机，比他在巴格达用过的那一台要小得多，只有两包香烟那么大。发报机连着一块镍镉电池，其电量足够马丁使用。

频率已经设定好了，另一头接收信号的，是一个二十四小时开着的倾听表。马丁只要按约定的短声和停顿次序按下发射按钮，就可以引起接听者注意，然后等待扬声器作出反应。

该设备的第三个部件是一只碟形天线，像在巴格达的那一只一样也是折叠式的，但尺寸更小。虽然他现在身处比巴格达更往北的伊拉克北方，但他所处的地面也比原先更高了。

马丁架起天线，朝向南方，把发报机装上电池，再接上天线，然后按动发射按钮：1-2-3-4-5，停顿；1-2，停顿；1，停顿；1。

五秒钟之后，他手里的无线电轻柔地鸣响起来。四短声，四短声，两短声。

他用大拇指按住发射按钮，对着扬声器说了起来。

"来到尼尼韦，来到泰雷。重复一遍，来到尼尼韦，来到泰雷。"

他松开发射按钮等待着。从收发报机传来了一阵激动的声音：1-2-3，停顿；1，停顿；4，已收悉。

马丁把收发报机放进防水的塑料袋里，取出高倍野战望远镜，伏在那块突出的岩石上。在他身后，斯蒂芬森中士和伊斯曼下士像胎儿般地蜷缩在岩石下的石缝中，显然很舒适。两条树枝支撑起马丁身前的那部分伪装网，造成了一条狭长的裂口，正好让他把望远镜插进去。

二月二十三日早晨，当太阳从哈姆利的群山之间跃出时，马丁少校开始观察他的老同学奥斯曼·巴德里的杰作——高新技术无法看见的喀拉。

在利雅得，史蒂夫·莱恩和西蒙·巴克斯曼凝视着无线电报务员交给他们的那张纸。

"好极了，"莱恩激动地说，"他已经到了，已经在那座山上了。"

二十分钟以后，消息从格洛森将军办公室到达了阿尔卡兹。

唐·沃克上尉于二月二十二日凌晨一两点钟回到基地，他抓紧下半夜时间睡了一觉。当太阳升起时，夜间执行飞行任务的飞行员们结束任务汇报，返回寝室睡觉，他开始工作了。到中午，他制订出一份计划并报给了他的上级军官。计划随即送交利雅得并且获得了批准。下午，合适的飞机、机组人员和装备都安排了。

计划的内容是派出四架飞机去袭击巴格达北方很远的一个伊拉克空军基地，叫东提克里特，离萨达姆·侯赛因的家乡不远。这将是一次夜袭，准备投掷两千磅激光制导炸弹。唐·沃克将带上他惯常的僚机和另两架战鹰，领导这次空袭。

　　这项任务虽然是十二小时以前刚刚制订出来的，但奇迹般地出现在利雅得发出的空袭任务命令之中，没有用常规的三天准备时间。

　　另三架飞机的机组人员接到东提克里特的任务后，立即暂停其他任务。他们将于二月二十二日晚上或者其后的晚上去执行这次行动。从现在起到临战前，他们必须一直处于一小时内出发的备战状态。

　　作战参谋与他们一起制订了去东提克里特的航线，四架战鹰将沿着巴格达与伊朗东部边境之间的空中廊道飞行，在沙迪亚湖上空转向四十五度，然后直线飞去提克里特。

　　太阳下山前，那四架战鹰作好了起飞准备，到晚上十点钟，任务取消了。没有换成其他任务。八位机组人员接到了休息的命令。在此期间，中队的其他飞机正在打击科威特北方伊拉克共和国卫队坦克部队。

　　第二天早晨，唐·沃克在食堂里喝咖啡时，被中队长叫到了外面。

　　"你们的目标标定员已经到位了。"中队长告诉他，"好好休息一下。晚上的任务很艰巨。"

　　在初升的太阳下，麦克·马丁开始观察山谷对面的那座山丘。在图像增大模式下，他的望远镜能分辨出单棵的灌木；通过调节焦距，他能看清他想观察地区的各种大小物体。

　　在开始的一个小时内，它看上去只不过是一座山。与所有其他山丘一样，长着草，低矮的灌木，随处有光秃秃的岩石，偶尔还有几块圆石依附在山坡上。与他的视野内的所有其他山丘一样，这座山丘的形状是不规则的。看来没有什么反常的地方。

他不时地揉揉眼睛，把脑袋枕在手臂上休息一会儿，然后继续观察。

到半晌午时，开始出现了一种模式。在山上的某些部位，杂草的生长与其他部位不一样。有些地方的植被似乎太有规律了，几乎是直线分布。但仍然没有发现门户，除非安装在另一边；也没有道路，没有印着车辙的土路，没有换气的通风口，没有挖掘过的痕迹。

是上升的太阳提供了初始线索。刚过十一点钟，他觉得看见草丛中某个东西在闪光。他把望远镜对准那块山地并开足了图像增大器。太阳钻到云块后面了。太阳重新出来后，那个闪光又出现了。他看见了发光源头，草丛中有一小段金属线。

他眨了眨眼睛重新观看。那是草丛中一段一英尺长的金属线，有点倾斜。实际上这是一条长长的，套着绿色的塑料护套电线的一小段，塑料外壳已被剥离，露出了里面的金属线。

他又看到了几段，全都隐藏在草丛中，风吹动草茎左右摇摆时偶尔露了出来。在斜对角的另一方向，草丛中也有一截电线。

到中午时分，他看得更清楚了。整个一片山体都是在绿色丝网上撒上泥土构成的，青草和灌木栽种在网格之间，从沟缝中生长出来，掩盖着下面的金属线。

接着他看见了那片梯地。山坡的一部分是用一个个方块搭成的，很可能是混凝土，每一个方块比下面的方块缩进去三英寸。沿着梯地的每一层，用泥土做成小沟渠，在外沿栽上灌木。这些植物生长起来，形成了一条条水平的线条。起初看不出来，因为植物的高低参差不齐，但仔细观察这些灌木的茎干，就会发现它们成线成行。天然的灌木是不会成线成行的。

他试着看山上的其他部位，但没有这种规则的形状了，然后他去看左边更远的地方。在下午两三点钟时，他的这个疑问解决了。

某种程度上，利雅得的那些分析家们是对的。假如要挖空整座山丘的中部，山会向内坍下。工程的建造人肯定是占用了三座自然形成的山丘，切去内侧，在山峰之间开挖沟壑，造出一个巨大的坑口。

　　在回填沟壑时，建造者按照真山的外形，把一排排混凝土方块边往上堆砌边往后缩进，从而形成微型阶梯，再把成千上万吨泥土从山顶倾泻下来。

　　山体的表面包装处理一定是后来进行的。一块块绿色维尼龙布钉在混凝土砖块上面，网住山坡上的泥土。然后播撒青草种子，让它们生根发芽，在混凝土梯地更深的泥穴中播下了灌木种子。

　　头一年夏天栽种的青草已经连成了一片，形成了自己的根系网络，低矮的灌木发芽后，从金属线和青草中长上来，与原先山上的植物连成一片。

　　在坑口的上方，要塞的屋顶肯定是圆形的，上面布满了一个个小坑，小草可在那里繁衍生长。甚至还有块人造的大圆石，被漆成了与真石一般的灰色，并画上了雨水冲刷成的条纹。

　　马丁开始集中观察建造圆顶前坑口边缘的附近部位。

　　在圆顶下约五十码的地方他找到了要找的东西。他已经拿望远镜在对面那个稍微隆起的部位来回扫了五十次，但没有注意到它。

　　那是一块露出来的岩石，褪成了灰色，但有两条黑线侧向穿过。他越是观察这两条线越是纳闷，谁会爬到那么高的地方去给圆石画上两条线呢？

　　一阵疾风从东北方向吹来，吹拂着他头上的那张稀松的罩网。同一阵风也使对面山上的其中一条线晃动起来。风停下时，那条线也静止了。然后马丁明白了，它们不是画出来的线，而是铁丝，在岩石边经过后伸入到草丛之中。

那块大圆石周围是一些小圆石，如同哨兵那样围成了一圈。为什么排列得那么圆呢？为什么有两条铁丝呢？假定下面某个人拉动铁丝，这块大圆石会不会动？

三点半时他明白那不是一块圆卵石。它是一块灰色的篷布，周围用石块压着，从下面的洞穴里往下拉铁丝时，能把篷布拉到一边去。

他渐渐地看出了篷布下面的形状，圆形，直径有五英尺。他盯着这块帆布下面——当然他是看不见的——就是巴比伦大炮的炮筒，从坑口里面的炮膛升上来指向天空，共有二百多码长。炮口朝着东南偏南方向、七百五十公里以外的达兰。

"给我测距仪。"马丁对身后的战士轻声说。他把望远镜递回去并接住交给他的测距仪。它像是又一架望远镜。

他举起这架仪器用一只眼睛看向对面，如同技术人员在利雅得向他演示过的那样，他能看见隐藏着那门大炮的山丘和篷布，但不能增大图像。

这架测距仪的棱镜上有四个V字形标识，尖头都朝内。他慢慢转动着仪器旁边的旋钮直至四个尖头并在一起构成了一个十字。他把这个十字对准那块篷布。

他放下测距仪，看了看转盘上的数字，一千零八十码。

"罗盘。"他把测距仪推向身后并拿起了电子罗盘。他把它举到眼睛前，对准山谷对面的那块篷布，按下了按钮。于是罗盘为他提供了从他的位置到那块篷布的方位：348度10分18秒。

卫星导航定位仪为他做了最后一件事，确定他自己在地球表面上的精确位置，准确到十五码乘十五码的面积内。

在这个有限的空间要架起碟形卫星天线颇为不易，花了十分钟时间。当他呼叫利雅得时，应答声立即传了过来。马丁向沙特首都的收听者慢慢地读出了三组数字，他自己的准确位置，从他的位置到那块篷布的罗盘方位，以及距离。利雅得会完成余下的工作并把坐标方位告诉飞行员。

马丁爬回岩缝里去睡觉了，由斯蒂芬森接替他，警惕伊拉克巡逻队。

晚上八点半，在漆黑的夜色中，马丁测试了远红外目标标定器。这个仪器的形状如同一只大电筒，下面有一根手枪柄，后面有一个瞄准器。

他接上电池，把这个电筒对准要塞，看过去。整座山丘像是在满月照耀下一般明亮。他转动图像增大器，对准掩盖着巴比伦大炮炮筒的篷布，扣紧了扳机。

一条肉眼看不见的远红外光束射过山谷。他看到一个小红点出现在对面的山坡上。他调整了一下夜视镜，把那个红点稳定在篷布上，并让它在那里滞留了半分钟。现在万无一失了，他关掉仪器爬回了伪装网下面。

四架战鹰于晚上十点四十五分从阿尔卡兹起飞，升上了两万英尺高空。对其中三架飞机的机组人员来说，这不过是一次去袭击伊拉克空军基地的例行行动。每架战鹰除了自卫的空对空导弹以外，都携带着两枚两千磅激光制导炸弹。

在贴近伊拉克南方边境的上空，它们平安、正常地在指定的KC-10加油机加满了油，之后转身离开，编成了一个松散的队形。这个代号为"蓝鸟"的空军小队，航向差不多是正北方向，于十一点十四分经过了伊拉克的萨马瓦镇上空。

他们与往常一样关着无线电飞行，连航行灯也关着，每一位火控员都能够在雷达屏幕上清楚地看见另三架飞机。夜空清澈无云，海湾上空的阿瓦克斯预警机向他们报告"画面干净"，意即空中没有伊拉克战斗机。

在十一点三十九分时，唐·沃克的火控员轻声说："转向点五分钟。"

他们全都听到了，并明白他们将在五分钟内在沙迪亚湖上空转向。

就在他们向左舷转了四十五度朝东提克里特飞去时，其他三架飞机的机组人员听见唐·沃克清楚地说："蓝鸟小队长发生……发动机故障。我要返回基地。蓝鸟三号，接管。"

那天晚上的蓝鸟三号是布尔·贝克，是另两架飞机的负责人。从这次通讯以后，事情开始出错了，而且是以一种非常奇怪的方式。

沃克的僚机飞行员兰迪·罗伯茨追上他的领导，从外表看不出沃克的发动机有什么故障，然而指挥官正在失去动力和高度。如果指挥官要返回基地的话，那么他的僚机通常应该与他一起飞行，除非问题很小。但在敌人后方发生发动机故障决不能算作小问题。

"知道了。"贝克表示确认。然后他们听到沃克说："蓝鸟二号，重新加入蓝鸟三号，我重复一遍，重新加入。这是命令。飞向东提克里特。"

僚机飞行员被弄糊涂了，但他执行命令爬升回去，加入到蓝鸟小队之中。在湖的上空，他们的领导还下降高度；他们能在雷达屏幕上看见他。

同时他们意识到他的言行很不可思议。不知什么原因，也许是发动机故障引起了他的慌乱，他没用快速无线电加密说话，而是用"白话"说的。更令人惊讶的是，他还提到了他们的目的地。

在海湾上空，在那架阿瓦克斯飞机舱内的仪器旁边，一名值班的年轻美国空军中士疑惑地召来了机长。

"出了点问题，长官。蓝鸟队长出现发动机故障，要返回基地。"

"是的，知道了。"机长说。在大多数飞机上，飞行员即是机长，全面负责飞机。但在阿瓦克斯上，飞行员只负责飞机的安全，其他事务全由机长负责。

"可是长官，"中士继续说，"蓝鸟队长用白话说话。把行动的目标也说了出来。我要不要把他们全部召回基地去？"

"不要，行动继续进行。"机长说，"回去工作吧。"

中士回到了控制台前，完全被搞糊涂了。这是疯狂的举动，如果伊拉克人听到了通话，那么东提克里特的敌军防空设施将会全面警戒。

然后他又听到了沃克说话。

"我是蓝鸟队长，呼救，呼救。两台发动机都失灵。弹射跳伞。"

他仍在说白话。伊拉克人如果在听是完全可以听到的。

事实上中士是对的，这些话都被听到了。在东提克里特，伊拉克高射炮手们急忙掀开A三角上面的篷布，寻热导弹等待着由远而近的飞机发动机声。其他部队也迅速开赴湖区去搜索两名跳伞的机组人员。

"长官，蓝鸟队长已坠机。我们必须让小队其他飞机返回基地。"

"知道了。不必返回。"机长说。他看了一眼手表。他接到过命令。他不理解命令，但不理解也要执行。

这时候，蓝鸟小队离目标只有九分钟航程了，正朝着严阵以待的防空武器群飞去。三名飞行员默不作声地驾驶着他们的战鹰。

在那架阿瓦克斯预警机里，中士仍能看见蓝鸟的队长，迎着湖面栽落下去。显然战鹰已被抛弃了，马上就会坠毁。

四分钟之后，机长改变了主意。

"蓝鸟小队，阿瓦克斯呼叫蓝鸟小队，返回基地，重复一遍，返回基地。"

三架战鹰对晚上发生的事件感到特别沮丧，它们调头离开原来的航线朝家里飞回去了。在东提克里特的伊拉克高炮手因为没有雷达，又白白等了一个小时。

在哈姆利山区南缘，另一个伊拉克监听站也听到了这番对话。负责信号的那位上校，任务不是向东提克里特或者任何其他空军基地警告来犯的敌机。他唯一的工作是确保敌机不会侵入这里的山区。

蓝鸟小队在湖面上空转向，引起了他的高度警觉；沿着从湖上到那个空军基地的航线，战鹰们肯定要经过哈姆利山脉的南缘。当得知其中一架战鹰坠毁时，他高兴了；之后另三架调头往南飞去，他彻底松了一口气，警惕性松弛下来了。

唐·沃克在湖面上空不断盘旋下降，直至降到一百英尺才拉平机身并发出了求救呼叫。当他掠过沙迪亚湖的水面时，他把新的坐标方位输入计算机，转向北方，朝山区飞去。同时他启动了蓝盾系统。在蓝盾的帮助下，他能够通过座舱罩看见身下的地形——是机翼下发射的远红外光束照亮的。

他的头盔显示器现在告诉他一系列信息，航向、航速、飞行高度以及到进攻点的时间。他也可以把双手放在大腿上，进入自动驾驶状态，让计算机操纵战鹰，指挥它越过平原，跨过山谷，穿过悬崖和山地。但他喜欢手动模式，亲手驾驶战鹰。

出发前根据黑洞提供的侦察照片，他制订出一条穿越山脉的航线，在航程中不能高于地平线。现在他保持低空飞行，几乎贴着山谷的谷底，从一条山沟转到另一条山沟，之字形迂回曲折。他到达了通向要塞的那片山脉上空。

之前当沃克在呼救时，麦克·马丁的无线电传出了一系列事先商定的鸣叫声。马丁接到信号爬到山谷上面的那块突岩，把远红外目标标定器瞄向一千码以外的那块篷布，让红点对准目标的正中心，并一直这样保持着。

刚才无线电的鸣叫意味着"距投弹尚余七分钟"，此后马丁必须保持红点的位置，不得移动哪怕是一英寸的距离。

"时间差不多了吧，"伊斯曼下士轻声咕哝，"我在这里都快冻僵了。"

"快了。"斯蒂芬森一边说，一边把最后的几件物品装进了背包："然后就让你跑个痛快，本尼。"

只有无线电仍放在一边，准备再次使用。

在战鹰的后座里，火控员蒂姆也能看到飞行员看到的信息。距投弹尚余四分钟，三分半钟，三分钟……战鹰呼啸着穿越群山向目标飞去，头盔显示器的数据在倒计时。战鹰掠过了马丁和他的战友们降落的那条小山沟，只用了几秒钟时间就飞越了马丁他们背着背包艰苦行军所走过的那段路程。

"距投弹尚余九十秒钟……"

当战鹰开始拉升时，特空团官兵听到了从南方传来的发动机响声。

战斗轰炸机越过了目标南边三英里的最后那道山梁，这时候倒计时正好到零。在黑暗中，两枚鱼雷状的炸弹离开机翼下的吊架，由于惯性向上爬升了几秒钟。

在那三个假村庄里，共和国卫队的官兵们被不知道从哪里冒出来，在他们头顶上骤然响起的喷气发动机嚎叫声所惊醒，他们跳下床铺奔向他们的武器。在几秒钟之内，谷仓的屋顶在液压机构操纵下掀开了，露出了下面的导弹。

两枚炸弹感受到了地心的引力开始下落。在它们的弹头上，远红外探测器在寻觅着制导的光束，隐形光束射向目标上的红点，反射回来构成上大下小的漏斗。炸弹一旦进入这个漏斗就不会离开了。

麦克·马丁俯伏在地上等待着，因为发动机噪声的冲击，他感受到了山体的颤动，但他把红点死死地对准巴比伦大炮。

他没有看见那两颗炸弹。一秒钟前他还在通过图像增大器的光束凝视着淡绿色的山，突然间他不得不转过头去，用手捂住眼睛，这时候夜空变成了鲜红色。

两颗炸弹同时砸了下去，在山洞下面，那位共和国卫队的上校跑向发射操纵杆。但他慢了三秒钟，他永远没能把它发射出去。

现在无需夜视镜去观察山谷对面了，马丁看到要塞的整个山顶喷出了火焰。在火光中，他看见一条巨大的炮筒伸了出来，像一头受了惊吓用后腿站起来的野兽，在爆炸的巨浪中旋转、翻滚着，被炸得四分五裂，连同圆顶的碎片一起坠落下来，砸进了下面的坑口之中。

"好厉害的地狱火。"斯蒂芬森中士用胳膊肘支撑着身子轻轻地说。这个比喻并不是很糟糕。当第一次爆炸的闪光暗淡下来时，橘黄色的火焰开始在下面的坑口里燃烧起来，群山恢复了原先的幽暗。马丁开始向利雅得拍发提醒密码。

投下炸弹之后，唐·沃克就开始让战鹰转向，以一百三十五度的倾斜，边下降高度边寻找返回南方的航向。但由于这不是平原上空，而且他周围的群山全都高高地隆起，他不得不比平常飞得高一些，要不然就会有撞上山头的危险。

是离要塞最远的那个村庄进行了最佳的射击。在不到一秒钟的时间内，沃克倾斜着机翼还在他们的头顶上，正转向飞往南方，这时候两枚导弹发射出来了。它们不是苏制萨姆，而是伊拉克拥有的最佳的、法德联合研制的罗兰导弹。

第一枚发射得比较低，战鹰已经越过山梁超出了视线。这枚罗兰没能避开山梁。第二枚紧贴着山峰的岩石飞过去，在第二条山谷里追上了战鹰。当导弹击中他的飞机时，沃克感受到了巨大的震动。第二枚罗兰摧毁了他的右发动机，几乎把它撕裂下来了。

战鹰被抛向了空中，各种精美的系统失灵了，燃油系统燃起的火焰在机身后拖上了一条像彗星一样的尾巴。沃克试了一下操纵杆，曾经那么听话的操纵系统失去了反应。完了，他的飞机快要牺牲了，火灾警告灯全都亮了起来，起火燃烧的三十吨金属就要坠毁了。

"弹射，跳伞……"

在两把弹射椅跳出之前的一微秒时间里，座舱罩自动粉碎了。弹射椅升向夜空，转了几圈后稳定住。其感应器立即知道他们的位置太低了，因此马上切断了把飞行员固定在椅子上的绑带。这样，飞行员脱开了正在下落的金属座椅，降落伞也能张开了。

沃克以前从未跳过伞。休克的感觉使他一下子不知所措。幸好制造商已经考虑到了这一点。当金属椅子脱离下落后，降落伞猛地张开来了。沃克模模糊糊地发觉自己悬在漆黑的夜空之中，随着降落伞在他看不见的山谷上空摇摆着。

降落的时间并不长，因为他们是从低空跳出飞机的。几秒钟之内，地面迎上来，触到沃克的脚。他被落地时的冲击力打翻在地，开始翻滚，双手拼命去摸降落伞，解开扣子。降落伞脱开了，被风吹向下面的山谷，而他则仰面躺在坚硬的草地上。他站了起来。

"蒂姆，"他叫道，"蒂姆，你没事吧？"

他开始沿着山谷往上跑，寻找另一顶降落伞，他肯定他们两人都降落在同一个地方。

他估计对了。两名机组人员都落在了目标以南的第二条山谷里。眺望北边的天空，他能够看到暗红色的火光。

三分钟后他被某个东西绊了一下，碰痛了膝盖。他还以为是一块石头，但在淡淡的光线下他看见那原来是一把弹射出来的椅子。是他的，还是蒂姆的？于是他去寻找。

沃克找到了他的火控员。小伙子刚才好端端地跳出了飞机，但导弹的爆炸毁坏了他的椅子的分离机构。他是带着椅子坠落到山坡上的，降落伞仍然在他的身下。坠落时的撞击力最终还是把身体与座椅撕开了，但任何人都无法承受那种冲击。

蒂姆·内桑森仰躺在山谷里，摔破的四肢互相缠绕在了一起，他的脸上罩着头盔。沃克扯去头盔，摘下身份识别牌，转身离开微微发亮的山丘，开始奔跑起来，眼泪流满了他的脸颊。

他一直跑到再也跑不动了为止，然后找到山上的一条石缝并爬了进去。

要塞爆炸后两分钟，马丁就与利雅得联系上了。他先发过去一系列嘀嘀的提示声，然后是他的信息。这信息是："现在巴拉巴斯，重复一遍，现在巴拉巴斯。"

三名特空团战士收起无线电，装进背包，把背包背到肩上，开始快速离开那里的山区。现在巡逻队肯定增加了，不是搜寻他们——伊拉克人一下子还不会明白为什么会炸得如此精确——而是搜寻被击落的美国飞行员。

斯蒂芬森中士测了一下起火燃烧的喷气飞机方位及其坠落的方向。假设在弹射跳伞以后它又往前冲了一段距离，如果机组人员仍活着，那么他们应该在这个方向的前方。特空团战士们抢在了伊拉克共和国卫队乌贝蒂部落人的前头。卫兵们现在正从村子里蜂拥而出，朝山上跑去。

二十分钟后，麦克·马丁和其他两名特空团战士发现了战鹰火控员的尸体。对此他们也无能为力，于是他们继续前行。

又过了十分钟，他们听到身后传来轻武器连续射击发出的嗒嗒声。枪声持续了一段时间。乌贝蒂人也发现了那具尸体，盛怒之下，他们把弹匣内的子弹全都倾泻到了尸体身上。这也暴露了他们的位置。特空团小分队继续往前行进。

唐·沃克几乎没有感觉到斯蒂芬森中士架在他脖子上的刀锋。它如同一段丝线那样轻盈。但他抬起头来看见了站立在他面前的人。那人长得黝黑、瘦长、结实，右手握着一把手枪，枪口对准沃克的胸膛；而且身着伊拉克共和国卫队山地师的一套上尉军服。然后那人开口说话了："现在不是一起喝茶的时候。我们快点离开这个鬼地方好吗？"

那天夜晚，诺曼·施瓦茨科普夫上将独自一人坐在沙特国防部大楼四楼他的套间里。在过去的几个月里，他在那里度过的时间并不多；大多数时间他尽可能在外面视察部队，或者与作战参谋一起待在地下室里。但当他想一个人独处时，就来到这个宽大舒适的办公室。

那天夜晚他坐在办公桌后面等待着。桌面上放着一部直通华盛顿的绝密红色电话。

二月二十四日凌晨一点差十分时，另一部电话响了起来。

"施瓦茨科普夫上将？"是一个英国口音。

"是的。我就是。"

"我有一条信息要向您报告，长官。"

"说吧。"

"这信息是：'现在巴拉巴斯，长官。现在巴拉巴斯'。"

"谢谢你。"多国部队总司令说完就搁上了电话。那天凌晨四点整，地面战开始了。

第二十三章

最后的归宿

那天夜晚的剩余时间里，英国特空团的三名战士一直在急行军。他们的行进速度把唐·沃克落下了。美国飞行员虽然没有背包，而且形体也不错，但他还是累得直喘粗气。

有时候走着走着，他会跪倒在地上，觉得他再也迈不动步子了，即使现在死也比全身肌肉没完没了的疼痛要好。但每次他跪在地上不肯挪步时，总会感到一双强有力的手把他拉起来，还会听到斯蒂芬森中士在他的耳边用伦敦腔的英语说："来吧，朋友，只有一小段路程了。看见那道山梁了吗？我们或许会在山梁的那一边休息一会儿。"

但他们一直没有休息。他们不是朝南走向哈姆利的山脚，因为麦克·马丁估计在那里会遇上共和国卫队的机动部队，于是他们朝东走向与伊朗接壤的高山地区。这一策略会使共和国卫队的乌贝蒂山民巡逻队追着他们屁股追赶。

刚过黎明，马丁回头去看山下。他看见六个乌贝蒂人，长得身材剽悍，正奋力登山追上来。当这些追兵到达第二个山顶时，发现一个猎物正背对着他们坐在地上。

这些部落人跑到岩石后面隐蔽起来，然后开火，把那个外国人的背部打得全是窟窿。尸体跌倒了。共和国卫队的六名巡逻兵边掩护边跑上去。

太晚了，他们看到那具尸体其实是一只背包，披上了一件迷彩军服，上面安放着沃克的飞行头盔。当他们站在"尸体"周围时，三支装上了消音器的赫克勒-科奇MP冲锋枪把他们扫倒在地。他们再也没能爬起来。

到了哈纳金镇的上方，马丁才命令休息，并发了一个电报给利雅得。斯蒂芬森和伊斯曼担任警戒，面朝着西方。如有追捕巡逻队，肯定会从那个方向过来。

马丁只是简单地报告利雅得，特空团现在剩下三名战士，还有一个美国飞行员与他们在一起。为防信息遭截听，他没有报出他们的方位。然后他们继续前进。

在靠近边境的高山上，他们发现了一个可以栖身的小石屋，应该是当地的牧羊人夏天到高山上放牧时使用的。安排好轮流放哨警戒之后，他们在那里等待四天的地面战过去。在遥远的南方，盟军的坦克部队和空中力量在九十小时的闪电战中击溃伊拉克陆军，开进了科威特。

在地面战的第一天，一名形单影只的军人从西部进入了伊拉克。他是沙叶雷·马特卡尔突击队的一名以色列人，由于他能说一口流利的阿拉伯语，而被选中执行这个任务。

一架配有长航距油箱并涂有约旦陆军标志的以色列直升机，从内格夫沙漠飞来后掠过约旦的沙漠，把那个人放在了鲁韦希德边境站南边的伊拉克境内。

直升机放下他之后，转身飞过约旦回到了以色列。

与马丁一样，这个军人也有一辆配置粗纹沙漠轮胎的旧摩托车。虽然看上去沾满尘土、破破烂烂、锈迹斑驳，但摩托车的发动机处于最佳状态，而且挂在后轮的两个驮袋里还装着副油箱。上司对他的安全考虑是极其严密的。

那军人驾着摩托车沿东向的公路行驶，于太阳下山时进入了巴格达。

街谈巷议的小道消息传得似乎比电报还快，巴格达市民现在已经知道他们的军队在伊拉克和科威特正在遭受重创。到了第一天的晚上，秘密警察部队就已经缩进了兵营里。

现在空袭轰炸已经停止了，因为多国部队的所有飞机需要在战场上空飞行。这样巴格达的市民可以自由活动，公开谈论着，美国人和英国人即将来临，把萨达姆·侯赛因赶下台。

这种论点将会持续一个星期，直至后来人们明白多国部队不会进来了，秘密警察对市民的管理才又加强了。

长途汽车总站挤满了士兵，大都穿着单衣单裤，因为他们已经在沙漠里甩掉了他们的军服。这些都是逃兵，躲过了布置在前线后防的宪兵行刑队。他们现在正以低价出售他们的卡拉什尼科夫步枪，换得一张返回家乡的车票。刚开始时，这些步枪还能每支卖三十五第纳尔；四天以后，价格跌至十七第纳尔。

这名以色列渗入者有一项工作，他在夜间完成了这项工作。

摩萨德只知道阿尔方索·本茨·蒙卡达在八月份撤离时，留有三个可发给耶利哥信息的死信箱。后来，出于安全考虑，马丁已经放弃了其中两个，但第三个仍在使用。

那个以色列人在三个信筒里放进内容相同的信息，做上三个相应的粉笔记号，然后骑上摩托车又往西行，汇入到朝着那个方向蜂拥而去的难民潮中。

到达边境又花了他一天时间。他转下干线公路，朝南进入空旷的沙漠，越过国境进入约旦，找出他隐藏在那里的方位仪，发出了一个信号。嘀嘀作响的无线电信号当即被一架在内格夫上空盘旋着的以色列飞机接收到，于是那架直升机回到会面地点，把渗入者接回来了。

在那五十个小时里他没有睡过觉，吃得也很少，但他完成了任务并且安全地回到了家里。

在地面战的第三天，爱迪丝·哈登堡回到温克勒银行的办公室里，感到既迷惑又愤怒。头天早上正要去上班时，她接到了一个电话。

打电话的人说一口完美的德语并带有萨尔茨堡口音，他自我介绍是她母亲的邻居。他告诉她，她的母亲哈登堡太太因为踩上一块冰从楼梯上滑下来，伤得不轻。

她马上打电话给母亲，但对方一直忙音。最后她气急败坏地把电话打到了萨尔茨堡电话交换局，得到答复说那个电话一定是出了故障。

她又打电话给银行请了假，然后穿越冰雪驱车去萨尔茨堡，并于中饭前抵达。她的母亲显得健康平安，对她的出现感到惊奇。没有跌倒，没有受伤。更糟糕的是，一些无赖拉断了公寓外面她的电话线。

当爱迪丝·哈登堡回到维也纳时，再去上班已经太晚了。次日上午她走进办公室，发现副总裁沃尔夫冈·格穆利希的心情甚至比她还要沮丧。他批评她昨天没来上班，并板着脸听她解释。

不久，他把他自己的不幸经历也说了出来。昨天半晌午时，一个年轻人来到银行并坚持要见他。那客人解释说他姓阿齐兹，是一个巨额编号账户主人的儿子。这个阿拉伯人解释说，他父亲患病了，希望儿子来处理账户。

小阿齐兹出示了有关文件，以证明他是他父亲的授权代表，完全有权处理那个编号账户。格穆利希先生查验了授权文件是否有任何微小的疵瑕，但没能发现。他别无选择，只得照办。

年轻人再三说，他父亲要求关闭整个账户并把资金转移出去。而且，告诉你，哈登堡小姐，两天前刚刚有一笔三百万美元的资金打进那个账户，使得资金的总额超过了一千万美元。

爱迪丝·哈登堡静静地听着格穆利希讲述他的悲惨故事，然后询问了那个客人的有关情况。是的，格穆利希先生答道，他的名字是叫卡里姆。现在经她提示，这位卡里姆确实一只手的小指上戴着一枚印章戒指，上面镶着一块粉红色的蛋白石，而且下巴上有一条疤痕。假如格穆利希先生没有因为怒气而牵扯了注意力，他本来应该会感到奇怪，为什么他的秘书从来不曾见过那个人，竟能如此准确地发问。

格穆利希承认说，他当然知道该账户的户主肯定是个阿拉伯人，但他一点也不知道那人来自伊拉克，也不知道他有一个儿子。

下班后，爱迪丝·哈登堡回到家，开始清扫她的小公寓。她擦洗了好几个小时。她扔掉两只纸箱，拿到一百码远的大垃圾桶里去。其中一只装着一些化妆品、香水、洗发露和沐浴液，另一只里面是各种女用内衣内裤。然后她回家继续清扫。

邻居们后来说，晚上她一直在播放音乐，播放到深夜——不是她通常喜欢的莫扎特和施特劳斯，而是威尔第的作品，尤其是《纳布科》的一些曲子。一个耳朵特别尖的邻居指明那部曲子是《奴隶合唱曲》，她一遍又一遍地重复播放着。

凌晨一两点钟，音乐声停止了。她从厨房里拿了两件东西驾车离开了。

第二天早上七点钟在普拉特公园，一个正在牵狗散步的退休会计师发现了她。

她穿着她那件整洁的灰色花呢大衣，头发在脑后扎成了一个发髻，腿上穿着一双厚厚的长筒袜，脚上穿着一双平跟皮鞋。在一棵橡树的树枝上挂成了一个圆圈的那条晾衣绳没有背叛她的意愿，一把餐厅用凳子倒在一米开外的地方。

她死去时的模样相当安详，双手垂在两侧，脚尖指向地面。爱迪丝·哈登堡永远是一位酷爱整洁的女士。

二月二十八日是地面战的最后一天。在科威特西边的伊拉克沙漠里，伊拉克陆军从两侧受到围歼。在科威特市南边，八月二日趾高气扬地开进科威特的共和国卫队，已经有几个作战师不存在了。那一天，伊拉克占领军把能着火的一切东西全点上火，不能烧的东西尽可能砸烂，之后纷纷搭载卡车、大客车、面包车、小轿车和马车，组成一条长蛇般的车队向北方逃窜。

这个车队在穆塔拉山岭的公路上被捕捉到了。多国部队的战鹰、美洲虎、雄猫、大黄蜂、狂风、雷电、幻影和阿帕奇们，轮番向车队俯冲下来，把这些车炸成了碳化的残骸。由于首尾车辆先被毁，其余的夹在中间进退不得，处在山岭中也无法向两边逃离。车队中的许多人死了，其余的投降了。到太阳下山时，第一支阿拉伯部队正在开进科威特去解放它。

那天晚上，麦克·马丁又与利雅得取得了联系，并听到了这个消息。他报出了自己的方位，指明了附近的一片平展的牧地。

这几位特空团战士和沃克已经断粮了，现在融雪维持饮水，而且忍受着寒冷。他们不敢生火取暖，怕万一暴露他们的位置。战争已经结束了，但共和国卫队的山民巡逻兵也许还不知道，或者不加理会。

刚过黎明，美军第101空降师出借的两架长航程黑鹰直升机来接应他们了。他们刚刚经历过历史上最大的直升机攻击行动，从101师设在伊拉克境内五十英里处的基地里飞来。从沙特边境过来的路途实在太远了，即使从幼发拉底河边的基地出发，到靠近哈纳金的山区也是一段很长的航程。

为此，来了两架直升机，第二架载着更多的燃油，以便回程使用。

为安全起见，八架战鹰在上空盘旋，为直升机在草地上加油提供空中掩护。唐·沃克眯着眼睛看向天空。"嗨，他们是我的伙伴。"他喊道。

当两架黑鹰咔嗒咔嗒响着飞回去时，战鹰们一路护航，直至它们飞过南部国境。

在靠近沙特—伊拉克边境的尘土飞扬的沙地上——现在这里到处是败军丢弃的器械物品，他们互相道了别。一架黑鹰的螺旋桨扬起了沙尘，将把唐·沃克送往达兰，继之送到阿尔卡兹。一架英国的美洲豹停在旁边远处，它要把特空团小分队送回他们自己的秘密基地。

那天晚上，在英国苏塞克斯郡的一座舒适的房子里，特里·马丁博士这才获悉，自十月份起他的兄长实际上一直在什么地方，而现在麦克已经撤出伊拉克并安全到达了沙特阿拉伯。

马丁似乎有一种大病初愈的轻松感觉。秘情局让他搭车返回了伦敦，在那里，他恢复了在亚非学院的讲学生涯。

两天之后，即三月三日，在萨夫湾的一个光秃秃的小型伊拉克机场，多国部队的司令员们与来自巴格达的两位将军在一个小帐篷里碰面，谈判投降事宜。

盟军方面的发言人员有诺曼·施瓦茨科普夫上将和卡利德·苏丹王子将军。坐在美国将军旁边的是英军司令彼得·德拉比利埃尔爵士中将。

这一天，西方的两位高级将领都相信，只有两名伊拉克将军来萨夫湾。但实际上有三名。

美国人的安全措施布置得极为严密，防止任何杀手企图进入双方将军们会面的那座帐篷。美军的整整一个师面朝外保卫着这个机场。

盟军的司令员们是坐一系列直升机从南方飞抵的。但伊拉克的谈判代表组不同，按照命令，他们驱车到达简易机场北边的一个交叉路口。在那里，他们下车转乘美军的装甲运兵车，走完去机场和那个帐篷的最后两英里路程。

将军代表团组带着译员进入谈判帐篷后十分钟，另一辆黑色的梅赛德斯-奔驰高级轿车正沿着巴士拉公路南下驶往那个交叉路口。路障的负责人是美军第七装甲旅的一名上尉，所有级别更高的军官都已经去了机场里面。这辆出乎意料的豪华轿车当即被拦下了。

轿车的后座里是第三位伊拉克将军，尽管只是一位准将。他携带着一只黑色的公文箱。他和他的司机都不会说英语，而上尉也不会说阿拉伯语。他正要用无线电请示机场时，一辆美军吉普车开过来停下了。司机是一名美军上校，身着绿色贝雷帽特种部队的军服；旁边的旅客座上是另一名美军上校，佩戴着G2的徽章，属军事情报局。

两人都朝上尉晃了晃身份证。上尉查验并确认了证件，然后敬了一个军礼。

"没错，上尉。我们一直在等这个家伙。"绿色贝雷帽上校说，"看来他轮胎瘪气耽搁了。"

"那个公文箱里，"军情局情报官指着伊拉克准将的那只手提箱说，"有我们的所有战俘的名单，包括失踪的飞行员。'雷霆'诺曼要这份名单，现在就要。"那伊拉克军官正不知所措地站在自己的汽车旁边。

现在没有装甲运兵车了。绿色贝雷帽上校把伊拉克人推向吉普车。上尉被弄糊涂了，他一点也不知道还有第三个伊拉克将军。他只知道自己的部队最近上了一次"雷霆"诺曼的黑名单，因为他们声称攻占了萨夫湾但实际上当时还没有。他可不想因为错拦了施瓦茨科普夫上将需要的名单，结果让他加深对第七装甲旅的成见。

吉普车朝着萨夫湾方向驶去了。上尉耸耸肩并示意伊拉克司机把轿车与所有其他汽车停在一起。

在通往简易机场的路上，吉普车经过了排列在两边、绵延一英里的美军坦克和装甲车。在这些装甲车队后，到包围着谈判地点的阿帕奇直升机警戒线之前，有一段路是空着的。

离开坦克车队后，那位情报官上校转向伊拉克人用阿拉伯语说话。

"在你的座位下，"他说，"别下车，快点穿上。"

伊拉克人穿着他自己国家的深绿色军装。他座椅下的那一套是淡黄色的沙特特种部队上校的军服。他很快换上了军裤、军装和贝雷帽。

591

就在阿帕奇们停成一圈的警戒线之前，吉普车转向沙漠，绕过简易机场朝南驶去了。在萨夫湾的另一边，汽车重新驶上了通往科威特的主要公路。

到处都是美军坦克，炮口朝外。它们的任务是禁止任何渗入者进来。指挥官在炮塔顶上注意到一辆美军吉普车从那个保护区里驶出来，车里坐着两名美军上校和一名沙特上校，于是他们没多加注意。

吉普车差不多花了一个小时才到达科威特机场，这个机场已经面目全非了——内部许多东西被伊拉克人拿走了，上空笼罩着从酋长国各处正在起火燃烧的油田里飘过来的烟雾。路上之所以行驶了这么长时间，是因为要避开发生过血战的穆塔拉山岭，汽车在科威特市西部的沙漠里绕了一个大圈子。

离机场还有五英里时，情报官上校从吉普车的杂物盒里取出一只便携式通讯器，输入了一组数字。一架孤独的飞机开始接近机场上空。

机场的临时控制塔是一辆挂车，里面安排的是美国人。正在飞来的是一架英国的HS-125飞机。不仅如此，它还是英军统帅德拉比利埃尔将军的座机。肯定没错，因为所有标志和呼号都能对上。空中交通控制员同意它着陆。

那架HS-125没有滑行到已成为残骸的机场大楼前，而是停在了远处，在那里它与一辆美军吉普车会合了。机舱门打开，舷梯放下来，三个人登上了这架双引擎喷气飞机。

"格兰比一号要求起飞。"空中交通控制员听到了这个呼叫。他正在处理一队快要飞临的加拿大大力神运输机，机上载着供医院使用的药品。

"等一下，格兰比一号……请告诉我你们的飞行计划。"

他的意思是，你们要往哪里去？

"对不起，科威特控制塔。"说话声很脆也很准确，标准的英国皇家空军说话声。控制员以前听到过皇家空军的说话，都是这种口音。

"科威特控制塔，我们刚刚把一名沙特特种部队的上校带上了飞机。他病得不轻。他是卡利德王子手下的一名参谋长。施瓦茨科普夫上将要求让他立即疏散出去，因此彼得爵士提供了他自己的座机。请清理跑道允准起飞。朋友。"

在这几句话里面，英国飞行员提到了一位将军、一位王子和一位贵族骑士。控制员是一名军士长，工作干得很不错，在美国空军中混得较好。要是他拒绝按一位将军的要求让一位英军司令飞机上的一位王子手下的一名沙特上校疏散出去，恐怕对他自己没有任何好处。

"格兰比一号，同意起飞。"他说。

HS-125从科威特升空了，但它不是飞向拥有中东地区最好医院之一的利雅得，而是把航向定在正西方，沿着王国的北线边境飞走了。

那架时刻保持着警惕的阿瓦克斯预警机见到了它并呼叫起来，询问它的目的地。这一次那英国口音解释说他们正飞往在塞浦路斯阿克罗蒂里的那个英国基地，德拉比利埃尔将军的一位密友被一颗地雷炸成了重伤，他们要送他回去。阿瓦克斯的机长对此事一无所知，也不知道该如何提出异议反对，难道把它击落吗？

十五分钟后，HS-125离开沙特领空进入了约旦国境。

坐在这架公务喷气机后舱里的那个伊拉克人对所有这些事一无所知，他只是对英国人和美国人的高效率留下了深刻的印象。在接到西方付费人给他的最后一份信息时，他还是心存疑虑的，但细想了一下之后他同意了现在离开，省得以后在没有外援的情况下必须自己想办法离开。那份信息里为他描述的计划，像梦一般地运转起来了。

穿着英国皇家空军热带军服的一名飞行员从飞行甲板走到后面来，用英语向美国情报官咕哝了几声。美国人笑了。

"欢迎你投奔自由，准将。"飞行员用阿拉伯语对客人说，"我们已经出了沙特领空。很快我们就会让你坐上一架飞往美国的客机。顺便说一下，我还有一件东西要给你。"

他从衣服的胸袋里抽出一张纸给伊拉克人看。伊拉克准将欣喜地读着。这是一张汇总单：他在维也纳银行账户里的存款额现在已有一千多万美元了。

绿色贝雷帽军官伸手从储藏柜里取出几只玻璃杯和几个小瓶装的苏格兰威士忌。他打开一瓶，给每一只杯子倒了些酒并把杯子递了过去。

"嗯，朋友，为你的退休和发财。"

他仰起脖子干杯，另一个美国人也喝了下去。于是伊拉克人笑着喝光了自己的酒。

"休息一下吧，"军情局上校用阿拉伯语说，"用不了一小时，我们就能到那里了。"

然后他们让他一个人留下了。他把头往椅背上一靠，思绪返回到使他发大财的这几个月时光。

他冒了极大的风险，但现在已经见效益了。他回想起那天他坐在总统府的会议室里，听到热依斯宣布伊拉克终于在关键时刻拥有了自己的原子弹。这个消息真的使他感到极为震惊，后来他如实告诉美国人之后，所有通讯突然中断，他也一样震惊。

然后美国人突然又与他联络了，并坚持要求他找出该设备储存在什么地方。

对此他实在是一无所知，但是为了五百万美元的奖金，显然该是下赌注的大好时机了。后来，这事情要比他原先想象的来得容易。

那个不幸的核工程师萨拉·西迪基博士被从巴格达的街上抓来，并被指控泄露了那件设备的地点。他痛苦地分辩自己是清白无辜的时候，就不经意说出了库拜的位置以及废车场的伪装。那科学家怎么可能知道他是在轰炸前三天，而不是轰炸后两天受到审问的呢？

耶利哥的下一个震惊是获悉两名英国飞行员被击落。那是不可控的因素。他急需知道他们在接受任务时是否知道该情报的来源。

当得知他们除了知道那地方也许储存着炮弹，其余一概不知时，他心头上的一块石头总算落地了。但他的轻松很短暂，因为热依斯坚持认为肯定有一个叛徒。从那时起，用铁链拴在体育馆下面牢房里的西迪基博士必须被快速解决掉，于是博士的心脏被注射进大量空气，导致了冠状动脉阻塞。

对博士的审讯时间记录，已经及时地由轰炸前三天改为轰炸后两天。

但是最大的震惊是听说多国部队炸错了，那颗原子弹已被转移到了喀拉，也就是要塞。什么要塞？它在哪里？

核工程师临死前的一句不经意的评价，透露出伪装工程的王牌设计师是一个叫奥斯曼·巴德里的工程兵上校，但档案记录表明，那位年轻的军官是总统的狂热崇拜者。如何去改变他的信念呢？

答案就是捏造一个罪名逮捕并折磨死他敬爱的父亲。此后，在葬礼结束后，他们在汽车里会面时，幻想破灭的巴德里成了耶利哥手里的一块面团。

代号耶利哥，外号叫折磨者的人，感觉到周围世界一片安宁。一阵昏昏欲睡的麻木感传遍了全身，也许是因为过去的几天太紧张了。他想活动一下，但他的四肢不听使唤。两名美军上校正俯视着他，在用一种他听不懂但也不是英语的语言交谈着。他试图开口说话，但嘴里吐不出一个字。

HS-125飞机已经转向西南，飞过约旦的海岸线并且降到了一万英尺高度。在亚喀巴湾上空，绿色贝雷帽上校拉开了乘客舱门，顿时舱内充满了一阵空气的急流，尽管这架双引擎喷气机已经慢得差不多处于失速的状态。

两名上校把他拉起来。他没有抗议，软绵绵地任人摆布，试着想说些什么但没能说出来。在亚喀巴南边的蓝色海面的上空，伊拉克秘密警察局局长奥马尔·卡蒂布准将离开飞机朝水面扑了下去。在碰到水面时他的身体将会四分五裂，余下的工作将由鲨鱼去做。

HS-125转向北方，重新进入以色列领空后，经过埃拉特上空，最后降落在斯迪多夫机场——特拉维夫北郊的军用机场。在那里，两名飞行员脱去了他们身上的英国军服，两名上校也脱下了他们的美军制服。所有四个人全都恢复了他们的以色列军服。那架公务喷气飞机的英国皇家空军标志被涂掉，再重新刷上原先的标志，还给了在塞浦路斯从事包机业务的一名沙燕。

来自维也纳的那笔巨款先是转入了巴林的卡努银行，继之转到了美国的另一家银行。其中一部分款又被转到了特拉维夫的哈波林银行，归还给以色列政府；那是在移交给中情局之前由以色列支付给耶利哥的那笔金额。其余八百多万美元则被打入另一账户，摩萨德称之为"娱乐基金"。

地面战结束后第五天，又有两架长航程的美军直升机回到了哈姆利的山谷里。

战鹰火控员蒂姆·内桑森中尉的尸体永远没能找到。伊拉克巡逻兵用冲锋枪把它打得支离破碎，余下的工作已经由豺狼、狐狸、乌鸦完成了。

时至今日，他的遗骨肯定是散落在那些寒冷的山谷里的某处，离他的先辈们曾遭受巴比伦洪水肆虐并为之哭泣过的地方不足一百英里。

他的父亲在华盛顿听到了这个噩耗，独自一人在乔治城的庄园里为他守夜，诵念经文和哀悼。

凯文·诺斯下士的尸体被找到了。当黑鹰们停在旁边时，英军战士们用手扒开那个乱石堆找到了下士。尸体被装进一只尸袋，先是空运到利雅得，继之由一架大力神运输机运回英国。

四月中旬，在英国赫里福德郊外的特空团总部营地举行了一次简单的追悼会。

特空团没有墓地。没有一个墓地接纳特空团死者。许多战士永眠在五十多个国家的战场上，他们的名字很少有人知道。

有些人躺在利比亚的沙漠下面，他们是在一九四一年至一九四二年抗击德军元帅隆美尔时倒下的。其他人长眠在希腊的岛屿，意大利的阿布鲁齐山区，印度尼西亚的爪哇和法国的孚日。他们分散躺卧在马来西亚、文莱、也门、马斯喀特和阿曼，在丛林里，在寒冷的荒野里，在福克兰群岛外围冰冷刺骨的南大西洋水域里。

如果尸体找到了，就会运回英国，但总是交给死者的家属去埋葬，墓碑上也决不会提及特空团，因为委派到特空团的战士是来自于其原先的部队的——步兵、伞兵、警卫兵等等。

只有一块纪念碑。在赫里福德的斯特林线的中心，竖着一座低矮粗壮的塔楼，外面包着木头，并漆成了单调的棕色。在其顶部有一只钟，所以这座建筑物被简称为钟楼。

钟楼底部是单调的铜板，上面蚀刻了特空团所有烈士的名字以及他们牺牲的地方。

那年的四月份，铜板上新增了五个名字。其中一人被俘后又被伊拉克人枪杀，两个人是在试图返回沙特国境时发生交火战死的。第四个人在寒冷的天气中因多日雨水浸泡而冻死。第五个人是凯文·诺斯下士。

那天在雨中，特空团的几位前任首长也赶来了。约翰·辛普森，约翰尼·斯利姆子爵和彼得爵士，特种部队司令官JP洛瓦特准将和现任特空团指挥官布鲁斯·克雷格上校都来了。在场的还有麦克·马丁少校和几名战友。

因为他们现在是在自己家里，所以那些仍在特空团服役的军人可以佩戴鲜为人知的沙色贝雷帽，帽徽上是一把有翼的匕首和一句格言："勇者必胜。"

仪式时间不长。官兵们看到布幔被拉到了旁边，显露出青铜板上新蚀刻的白色粗体的新名字。他们敬礼后就走回到各幢乱糟糟的营房里去了。

不久，麦克·马丁走向他在停车场里停放着的那辆朝上开门的小轿车，驶出卫兵把守的大门，转向赫里福德郡山区的一个小村子里，他在那里依然保留着一座小房子。

驾车时他回想起过去的几个月里发生的所有事情：在科威特的街道上和沙漠里；在头顶上方的空中；在巴格达的小巷里和集市里；以及在哈姆利的山区。因为他是一个隐蔽的人，他至少对一件事颇为高兴——那就是这些事谁也不会知道。

结束语

所有战争必须给人以教训。如果没有教训，那么这些仗就白打了，在战场上阵亡的战士也就白白牺牲了。

海湾战争留下了两个深刻的教训，如果列强们愿意倾听。

首先是世界上三十个工业高度发达的国家的疯狂举措，他们为了短期的经济利益，互相转让百分之九十五的高科技武器及其生产技术，并把它们卖给了疯狂的、危险的和具有侵略野心的国家。

十年来，政治上的愚蠢、官僚主义的盲目和公司企业的唯利是图综合起来，致使伊拉克共和国的统治集团把自己武装到了令人惊骇的程度。最终，部分摧毁那架战争机器所花的成本大大高于供货所得的收入。

为避免再次发生这种事情，当局有必要对面向某些政权的所有出口设立中央登记调控制度，对违反者处以重罚。这样，负责审批的专家就会根据订单或供货的设备型号和数量，知道对方是否在准备大规模杀伤性武器。

当前放任高科技武器的扩散极其危险，相比之下多年的冷战似乎成了一个和平和安定的时代。

第二个教训是关于情报的收集。冷战结束时，许多人希望情报可以安全地加以控制。但现实恰恰相反。

在二十世纪七十年代和八十年代，电子情报收集技术发展得如此之快，以致西方各国政府相信，既然科学家们创造出了昂贵的奇迹，那么光是机器就能够承担这项工作了。人工的情报收集被降级了。

在海湾战争中，西方的技术侦察设备倾巢出动，竭尽了全力，部分是由于它们那昂贵的成本，人们认为它们是不会搞错的。

其实不然。把技术、创造、骗术和艰苦工作结合起来之后，伊拉克的大部分兵工厂和大规模杀伤性武器都隐藏起来了，或者伪装得机器无法发现它们。

在海湾上空飞行的飞行员们具有巨大的勇气和娴熟的技术，但他们也常常被那些精巧设计的复制品和伪装术所蒙骗。

细菌战、毒气战或者核战没有打响的事实，如同滑铁卢战役的结果一样，仅仅是因为"最终多国部队领先了一步"。

这一切结束时，人们能明白一件事，在某些地方、某些任务中，地球上迄今仍没有任何设备可以替代最原始的情报收集工具：人类的眼球。

附录一

主要人物表

美国人

乔治·布什	总统
詹姆斯·贝克	国务卿
科林·鲍威尔	参谋长联席会议主席
诺曼·施瓦茨科普夫上将	海湾战场联军总司令
查尔斯（查克）·霍纳中将	海湾战场联军空军司令
巴斯特·格洛森准将	查克的副手
威廉·韦伯斯特	美国中央情报局（中情局）局长
比尔·斯图尔特	中情局行动副局长
奇普·巴伯	中情局中东处处长
哈里·辛克莱	中情局伦敦站站长
史蒂夫·特纳	美国空军战斗机中队指挥官
唐·沃克	美国空军战斗机飞行员
蒂姆·内桑森	唐·沃克的火控员
兰迪·罗伯茨	唐·沃克的僚机飞行员
吉姆·亨利	兰迪·罗伯茨的火控员

索尔·内桑森	银行家和慈善家
洛马克斯"老爸"	退休的核物理学家

英国人

玛格丽特·撒切尔	首相
约翰·梅杰	继撒切尔之后的首相
彼得·德拉比利埃尔爵士	海湾战场英军司令
柯林·麦考尔爵士	英国秘密情报局（秘情局）局长
史蒂夫·莱恩	秘情局中东处处长
西蒙·巴克斯曼	秘情局伊拉克科科长
朱利安·格雷	秘情局利雅得站站长
保罗·斯普鲁斯爵士	英国"美杜莎"委员会主席
布赖恩特博士	"美杜莎"委员会细菌学专家
莱因哈特博士	"美杜莎"委员会毒气专家
约翰·希普韦尔博士	"美杜莎"委员会核专家
西恩·普鲁默	政府通讯总局阿拉伯处处长
特里·马丁博士	阿拉伯学专家，教授
斯图尔特·哈里斯	在巴格达的英国商人
菲利普·柯曾中校	皇家空军第608中队指挥官
洛夫蒂·威廉森少校	皇家空军第608中队飞行员
锡德·布莱尔上尉	威廉森的领航员
彼得·约翰斯上尉	皇家空军第608中队飞行员
尼基·泰恩上尉	约翰斯的领航员
JP洛瓦特准将	特种部队指挥官
布鲁斯·克雷格上校	第22特别空勤团（特空团）指挥官

麦克・马丁少校	特空团少校
斯帕基・洛少校	在卡夫吉的特空团军官
彼得・斯蒂芬森中士	特空团战士
本・伊斯曼下士	特空团战士
凯文・诺斯下士	特空团战士

伊拉克人

萨达姆・侯赛因	总统
伊扎特・易卜拉欣	副总统
侯赛因・卡米尔	萨达姆的女婿，工业与军工部部长
塔哈・拉马丹	总理
萨多恩・哈马迪	副总理
塔里克・阿齐兹	外交部长
阿里・哈桑・马吉德	被占"科威特省"省长
萨蒂・图马・阿巴斯上将	共和国卫队司令
阿里・穆苏里上将	工程兵司令
阿卜杜拉・卡迪里上将	装甲兵司令
阿莫・萨蒂博士	侯赛因・卡米尔的副手
哈桑・拉曼尼准将	反间谍局局长
伊斯梅尔・乌贝蒂博士	国外情报局局长
奥马尔・卡蒂布准将	秘密警察局局长，外号"折磨者"
奥斯曼・巴德里上校	工程兵上校
阿卜德尔卡里姆・巴德里上校	空军上校
贾法尔・阿尔贾法尔博士	核项目负责人
萨拉・西迪基博士	核工程师

科威特人

卡利德·阿尔卡里法	上尉飞行员
艾哈迈德·阿尔卡里法	富商，抵抗运动赞助者
阿布福阿德上校	抵抗运动领导人

以色列人

伊扎克·沙米尔	总理
本杰明·内塔尼亚胡	副外长
雅科夫（科比）·德洛尔将军	以色列情报局（摩萨德）局长
沙米·格桑	摩萨德战斗部主任
大卫·沙龙	摩萨德伊拉克科科长
吉迪恩（吉迪）·巴齐莱	"约书亚"特工队队长
阿维·赫尔佐格	"约书亚"特工队队员

奥地利人

沃尔夫冈·格穆利希	温克勒银行副总裁
爱迪丝·哈登堡	格穆利希的女秘书

军事及情报专有名词

01. A三角：防空高射炮

02. 联合星：美国空军E-8A电子侦察机

03. 阿贝德：伊拉克火箭项目

04. 阿帕奇：美军直升机

05. 阿瓦克斯：美国空军E-3空中预警机，又称哨兵

06. 爱国者：美军拦截导弹

07. 奥特：为摩萨德服务的阿拉伯人

08. 巴比伦：伊拉克超级大炮

09. 贝尼卡尔布：卡尔布（狗）的儿子，指美国人（阿拉伯语）

10. 贝尼纳吉：纳吉（智者）的儿子，指英国人（阿拉伯语）

11. 波特：为摩萨德特工跑腿、干家务的以色列青年学生

12. 超级美洲豹：直升机

13. 大黄蜂：美国海军F-18战斗机

14. 大力神：C-130运输机

15. 大胖丑八怪：美国空军B-52战略轰炸机，又称同温层堡垒

16. 大猩猩：由12架飞机组成的一个飞行编队

17. 瞪羚：直升机

18. 地狱火：美军激光导弹

19. 飞毛腿：苏制导弹

20. 复仇者：美军A-6攻击机

21. 谷仓：盟军航拍照片初步筛选中心

22. 鬼怪：美国空军F-117A隐形战斗轰炸机

23. 哈姆：美军反雷达导弹

24. 海盗：英国皇家空军反潜战斗机

25. 黑洞：盟军联合图像制作中心，空袭作战计划中心

26. 黑鸟：美国高空侦察机

27. 黑鹰：美军直升机

28. 雌鹿：苏制直升机

29. 胡赛恩：伊拉克导弹

30. 幻影：战斗机

31. 基顿：刺刀（希伯来语）

32. 加路特隆：加利福尼亚粒子加速器

33. 卡查：摩萨德外勤特工

34. 空军总部：盟军航拍照片译解中心

35. 狂风：英国皇家空军战斗轰炸机

36. 兰利：中央情报局所在地和代名词

37. 雷电：美军A-10攻击机

38. 猎隼：美国空军F-16战斗机

39. 龙女：美国U-2侦察机

40. 卢比扬卡：克格勃的所在地和代名词

41. 掠夺者：美国空军电子战机

42. 罗兰：地对空导弹

43. 麻雀：美军空对空导弹

44. 美洲虎：歼击机

45. 米格：苏联米高扬设计局研制的一种战斗机系列

46. 米兰：便携式反坦克导弹

47. 徘徊者：美国海军EA-6B电子战机

48. 奇努克：直升机

49. 企业：英国秘密情报局代名词

50. 青鸟：伊拉克火箭项目

51. 入侵者：美国海军战机

52. 萨姆：伊拉克地对空导弹

53. 三角区：多国部队在海湾的布置区域

54. 沙漠盾牌：多国部队阻止伊拉克军队南下入侵沙特阿拉伯的军事行动

55. 沙漠风暴：多国部队解放科威特的战役

56. 沙燕：愿为摩萨德提供服务的世界各地犹太人

57. 胜利者：英国皇家空军加油机

58. 世纪大厦：英国秘密情报局办公大楼和代名词

59. 曙光：美国高空侦察机

60. 苏霍伊：苏联苏霍伊设计局研制的一种战斗机系列

61. 体育馆：伊拉克秘密警察局审讯中心

62. 天鹰：科威特空军的一种战斗机

63. 挑战者：英军主战坦克

64. 同温层堡垒：美国空军B-52战略轰炸机，外号"大胖丑八怪"

65. 土豚：美军F-111战斗轰炸机

66. 响尾蛇：美军空对空导弹

67. 小羚羊：直升机

68. 雄猫：美国海军F-14战斗机

69. 迅雷：盟军空袭伊拉克的作战计划

70. 亚布拉姆斯：美军主战坦克

71. 要塞：巴比伦大炮的隐藏地，在哈姆利山区的喀拉

72. 野鼬鼠：美军F-4G战斗轰炸机

73. 银河：C-5运输机

74. 鹰眼：美国海军E-2预警机

75. 运输星：美军C-141运输机

76. 战斧：美军巡航导弹

77. 战鹰：美国空军F-15战斗轰炸机

78. 支点：苏制米格29战斗机

读客®
悬疑文库
认准读客读悬疑，本本都是大师级。

专注出版中、英、美、日、意、法等世界各国各流派的顶尖悬疑作品。

为读者精挑细选，只出版两种作品：
经过时间沉淀，经典中的经典；口碑爆表、有望成为经典的当代名作。

跟着读客悬疑文库，在大师级的悬疑作品中，
经历惊险反转的脑力激荡，一窥人性的善恶吧。

扫一扫，立即查看悬疑文库全书目，
收集下一本精彩悬疑！

图书在版编目（CIP）数据

间谍先生.上帝的拳头 / （英）弗·福赛斯著；舒
云亮译.—— 上海：上海文艺出版社，2019.1
（读客外国小说文库）
ISBN 978-7-5321-6823-1

Ⅰ.①间… Ⅱ.①弗… ②舒… Ⅲ.①长篇小说－英
国－现代 Ⅳ.① I561.45

中国版本图书馆 CIP 数据核字（2018）第 281832 号

THE FIST OF GOD by FREDERICK FORSYTH
Copyright © 1994 BY BANTAM BOOKS, A DIVISION OF RANDOMHOUSE, INC.
This translation published by arrangement with Bantam Books,
an imprint of Random House, a division of Penguin Random House LLC
through Big Apple Agency, Inc., Labuan, Malaysia.
Simplified Chinese edition copyright © 2019 Dook Media Group Limited
All rights reserved.

中文版权 © 2019 读客文化股份有限公司
经授权，读客文化股份有限公司拥有本书的中文（简体）版权
著作权合同登记号 图字：09-2018-714

责任编辑：崔　莉
特约编辑：顾珍奇　杨芳州
封面设计：陈艳丽

间谍先生.上帝的拳头
[英] 弗·福赛斯　著
舒云亮　译

上海文艺出版社出版、发行
地址：上海市闵行区号景路159弄A座2楼
电子信箱：cslcm@publicl.sta.net.cn
新华书店经销　三河市龙大印装有限公司印刷
开本 890毫米×1270毫米　1/32　19.5印张　字数 460千字
2019年1月第1版　2025年5月第5次印刷
ISBN 978-7-5321-6823-1/I.5447
定价：75.00元

如有印刷、装订质量问题，
请致电010-87681002（免费更换，邮寄到付）